Joyeux Noël Gwendo !

Le 24 décembre 201

Je remercie la vie
de t'avoir rencontrée.
Que Dieu te bénisse !
Bog te blagoslovio !

Veronika.

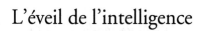

L'éveil de l'intelligence

Amour, sexe et chasteté, 2010

La première et dernière liberté, 2010

Le livre de la méditation et de la vie, 2010

Le sens du bonheur, 2006

De la vérité, 2001

L'esprit et la pensée, 2001

Cette lumière en nous, 2000

Les limites de la pensée, 1999

De l'amour et de la solitude, 1998

Krishnamurti en questions, 1998

À propos de Dieu, 1997

Se libérer du connu, 1991

J. Krishnamurti

L'éveil de l'intelligence

*Textes enregistrés aux États-Unis, en Inde,
en Suisse et en Grande-Bretagne*

Traduit de l'anglais par Annette Duché
Édition française établie par Nadia Kossiakov

Relecture par Colette Joyeux pour la présente édition

Stock

Titre original :
The Awakening of the Intelligence

Pour tous renseignements complémentaires, s'adresser à :

Pour la France
Association culturelle Krishnamurti
7, rue du Général-Guilhem, 75011 Paris
Tél. 01.40.21.33.33
www.krishnamurti-france.org

Pour la Grande-Bretagne
Krishnamurti Foundation Trust Ltd.
Brockwood Park, Bramdean, Hampshire, S024 OLQ
www.kfoundation.org

Pour les États-Unis
Krishnamurti Foundation of America
P.O. Box 1560
Ojai, Californie, CA 93023
www.kfa.org

Pour plus d'informations, vous pouvez également vous rendre sur le site
www.jkrishnamurti.org ou prendre contact par e-mail : kfa@kfa.org

Couverture et illustration de couverture : © NiCoTcHa

ISBN 978-2-234-07037-0

Avertissement

Pendant de nombreuses années, J. Krishnamurti a poursuivi ses activités en s'adressant à des auditoires de tout genre, ainsi qu'à des individus ou à des groupes restreints en Amérique, en Europe et en Inde. Le présent ouvrage a été établi dans l'intention d'offrir un recueil de son enseignement depuis 1967, recueil plus complet que ceux publiés auparavant. Les Causeries étant toujours improvisées et suivies d'un échange de questions et de réponses, cet ouvrage provient de bandes enregistrées, de sorte que les mots et les phrases sont reproduits avec exactitude. Il comporte néanmoins l'élimination de quelques répétitions.

Certaines questions traitées dans les Causeries sont reprises dans un esprit différent au cours des conversations avec quatre interlocuteurs qu'intéressent les idées de J. Krishnamurti. Ces entrevues personnelles sont également tirées d'enregistrements.

Ces dialogues ne sont pas des discussions au sens habituel du terme ni des débats contradictoires, mais un libre échange d'idées entre des gens poursuivant un but commun et se proposant de comprendre avec J. Krishnamurti certains problèmes fondamentaux.

C'est à Saanen, en Suisse, qu'ont eu lieu chaque été depuis onze ans des réunions où l'on se rend de toutes les parties du monde pour passer quelques semaines avec J. Krishnamurti. La discussion reproduite dans le chapitre intitulé « Discussion avec un petit groupe à Brockwood, Grande-Bretagne » et tenue par un groupe restreint a eu lieu à Brockwood Park dans le Hampshire, où se trouvent un centre éducatif et une école pour jeunes fondée par J. Krishnamurti.

Nous exprimons notre reconnaissance envers ceux qui nous ont aidés dans l'enregistrement, la transcription et l'élaboration de ce livre.

George et Cornelia Wingfield Digby

AMÉRIQUE

Deux conversations :
J. Krishnamurti et le professeur J. Needleman

1

Le rôle de l'instructeur

NEEDLEMAN [1] – On parle beaucoup d'une révolution spirituelle parmi les jeunes, et plus particulièrement ici, en Californie. Dans ce phénomène très complexe, distinguez-vous l'espoir d'un nouvel épanouissement dans la civilisation moderne, une nouvelle possibilité de croissance ?

KRISHNAMURTI – Pour qu'il y ait une nouvelle possibilité de croissance, ne croyez-vous pas, monsieur, qu'il faudrait qu'il y ait des gens plus ou moins sérieux, des gens qui ne se contentent pas de sauter d'un divertissement spectaculaire à un autre ? Si on a observé toutes les religions du monde et constaté leur futilité organisée, et que dans cette observation on ait distingué quelque chose de clair et de vrai, peut-être qu'alors il pourrait y avoir quelque chose de neuf en Californie et dans le monde. Mais pour autant que je puisse le voir, j'ai bien peur qu'il n'y ait pas une grande qualité de sérieux dans tout ceci. Je me trompe peut-être parce que je ne vois ces soi-disant jeunes que de loin, au sein d'un auditoire et, à l'occasion, ici même ; mais d'après leurs questions, leurs rires, leurs applaudissements, ils ne me

---

1. Jacob Needleman, professeur de philosophie au San Francisco State College ; auteur de *The New Religions* et éditeur de la Penguin Metaphysical Library.

frappent pas comme étant très sérieux, mûris, ni animés d'un intérêt très soutenu. Évidemment, je peux me tromper.

N. – Je comprends ce que vous dites. Toutefois, on n'est peut-être pas en droit d'attendre des jeunes un très grand sérieux.

K. – C'est pourquoi je ne crois pas que ceci soit particulièrement applicable aux jeunes. Je ne sais pas pourquoi on monte la jeunesse en épingle comme on le fait, pourquoi on en a fait une question tellement prépondérante. Dans peu d'années, ils seront à leur tour des gens âgés.

N. – Sans s'attaquer au fond de ce phénomène (l'intérêt porté aux expériences transcendantales, si on veut l'exprimer ainsi), ne peut-on y voir en quelque sorte un terreau d'où pourraient surgir des êtres d'exception, des Maîtres peut-être – abstraction faite des charlatans et des marchands d'illusion ?

K. – Mais je ne suis pas sûr, monsieur, que ces charlatans et ces marchands d'illusion ne soient pas en train d'étouffer ce « phénomène ». La « Krishna-conscience », la « méditation transcendantale » et toutes ces inepties dont nous sommes témoins, ils s'y laissent tous prendre. C'est une sorte d'exhibitionnisme, de divertissement, d'amusement. Mais pour que quelque chose de nouveau se produise, il faudrait qu'il y ait un noyau de gens véritablement dévoués, sérieux, prêts à aller jusqu'au bout. Eux, après avoir observé toutes ces choses, disent : « En voici une que je suis prêt à pousser jusqu'au bout. »

N. – Alors, un homme sérieux serait, selon vous, quelqu'un qui serait désillusionné par tout le reste.

K. – Je ne dirais pas désillusionné, il s'agit plutôt d'une forme de sérieux.

N. – Mais c'est une condition préalable ?

K. – Non, je ne dirais pas du tout que c'est un état de désillusion, car celui-ci conduit au désespoir et au cynisme. Je parle de l'examen de toutes ces choses soi-disant religieuses, soi-disant spirituelles : il s'agit d'examiner, de découvrir quelle vérité se cache dans tout ceci, si toutefois il s'y en cache une. Ou bien on rejette le tout et on commence de zéro sans être encombré par ces harnachements et tout ce fatras.

N. – Je crois que c'est là ce que je cherchais à dire, mais c'est mieux exprimé. Ce sont des gens qui ont fait cette tentative, laquelle s'est soldée par un échec.

K. – Non, pas des « gens ». Je veux dire que chacun doit rejeter toutes les promesses, toutes les expériences, toutes les affirmations mystiques. Je crois qu'il faut commencer comme si l'on ne savait absolument rien.

N. – C'est très ardu.

K. – Non, monsieur, je ne crois pas que ce soit ardu. Je crois que c'est ardu et difficile seulement pour les gens qui sont bourrés d'un savoir de seconde main.

N. – Est-ce qu'on ne peut pas dire cela de la plupart d'entre nous ? Je parlais à mes élèves hier du San Francisco State College et je leur ai dit que j'allais interviewer Krishnamurti ; je leur ai demandé quelles questions ils voudraient que je lui pose. Ils avaient beaucoup de questions, mais celle qui m'a le plus touché fut celle d'un jeune homme qui dit : « J'ai lu et relu ses livres encore et encore, mais je n'arrive pas à *faire* ce qu'il dit. » Il y avait en cela quelque chose de si net que j'en éprouvais une sorte de résonance. Il semblerait, d'une façon subtile, que cela commence comme ça. Être un débutant plein de fraîcheur.

K. – Je ne crois pas que nous nous posions assez de questions. Voyez-vous ce que je veux dire ?

N. – Oui.

K. – Nous acceptons, nous sommes crédules et dupes, nous sommes avides de nouvelles expériences. Les gens avalent tout ce qui est dit par n'importe quel barbu qui débite des promesses, affirmant : « Vous connaîtrez des expériences merveilleuses à condition de faire certaines choses ! » Il me semble qu'on devrait dire : « Je ne sais rien. » Très évidemment, je ne peux pas m'appuyer sur les autres. S'il n'y avait ni livres ni gourous, que feriez-vous ?

N. – Mais on se laisse si facilement abuser.

K. – Vous vous laissez abuser quand vous avez envie de quelque chose.

N. – Oui, cela je le comprends.

K. – Alors vous vous dites : « Je vais trouver, je vais examiner point par point. Je ne veux pas me laisser duper. » Mais la tromperie surgit dès l'instant où je désire, où je suis avide, où je dis : « Toute expérience est superficielle, moi, il me faut quelque chose de mystérieux. » Alors, je suis pris au piège.

N. – Pour moi, vous parlez d'un état, d'une prise de position, d'une façon d'aborder les choses qui, en elle-même, implique un certain chemin parcouru dans la compréhension de l'homme. Je suis très loin de ce point, et je sais que, pour mes étudiants, il en est de même. Ainsi, à tort ou à raison, ils ressentent le besoin d'être aidés. Il est possible qu'ils se trompent sur la nature de cette aide, mais une aide dans ce genre de chose existe-t-elle ?

K. – Iriez-vous jusqu'à dire : « Pourquoi demandez-vous de l'aide ? »

N. – Permettez-moi d'exprimer la chose comme suit : on subodore en quelque sorte que l'on se trompe soi-même, on ne sait pas exactement...

K. – C'est assez simple. Je ne veux pas me laisser tromper – d'accord ? Alors je découvre par moi-même quel est le mouvement, quel est l'élément qui entraîne ces illusions. Celles-ci se produisent évidemment dès l'instant où je suis avide, où j'ai soif de quelque chose, où je suis mécontent. Donc, au lieu de m'attaquer à l'avidité, au désir, au mécontentement, j'ai soif de quelque chose de plus.

N. – Oui.

K. – Donc, il me faut comprendre ma propre avidité. De quoi suis-je avide ? Suis-je avide parce que je suis rassasié de ce monde, j'ai eu des femmes, j'ai eu des automobiles, j'ai eu de l'argent, et je veux quelque chose de plus ?

N. – Je crois qu'on est avide parce qu'on désire un stimulant, on désire sortir de soi-même afin de ne pas voir sa propre misère intérieure. Mais ce que je voudrais demander – je sais que vous avez répondu à cette question d'innombrables fois dans vos causeries, mais c'est une question qui resurgit toujours et presque inévitablement – les grandes traditions du monde, sans s'inquiéter de ce qu'elles sont devenues (elles ont été déformées, mal interprétées et illusoires), parlent toujours, directement ou indirectement, d'aide ; elles disent : « Le gourou, c'est aussi vous-même », mais il y a tout de même une aide.

K. – Monsieur, savez-vous ce que signifie ce mot « gourou » ?

N. – Non, pas exactement.

K. – C'est celui qui indique. C'est là une des significations. Une autre, c'est celui qui apporte l'illumination et qui lève vos fardeaux. Mais au lieu de soulever votre fardeau, ils vous imposent le leur.

N. – Oui, j'ai bien peur qu'il n'en soit ainsi.

K. – « Gourou », cela veut aussi dire celui qui vous aide à traverser, et ainsi de suite, et ainsi de suite, il y a d'innombrables significations. Mais dès l'instant où le gourou prétend savoir, vous pouvez être sûr qu'il ne sait pas. Parce que ce qu'il sait, c'est quelque chose de passé, évidemment. Tout savoir appartient au passé. Et quand il dit qu'il sait, il pense à une expérience qu'il a connue, qu'il a pu reconnaître comme étant quelque chose de grand, et cette reconnaissance est née de son savoir passé ; autrement, il ne pourrait pas la reconnaître. Et son expérience, par conséquent, a ses racines dans le passé. Par conséquent elle n'est pas vraie.

N. – Mais il me semble qu'on peut en dire autant de presque tout savoir.

K. – Donc, pourquoi ressentons-nous en ce domaine le besoin d'une quelconque tradition ancienne ou moderne ? Regardez, monsieur, je ne lis aucun livre religieux, philosophique ou psychologique. Mais on peut pénétrer dans d'immenses profondeurs en soi-même et tout y découvrir. Pénétrer en soi-même, voilà le problème, comment s'y prendre ? Et, étant incapable de le faire, on dit : « Voulez-vous, s'il vous plaît, m'aider. »

N. – Oui.

K. – Alors survient quelqu'un d'autre qui dit : « Je vais vous aider », et qui vous pousse dans une autre direction.

N. – Oui, cela répond plus ou moins à ma question. Je lisais un livre l'autre jour qui parlait de quelque chose appelé « sat-san ».

K. – Savez-vous ce que cela veut dire ?

N. – Association avec des personnes sages.

K. – Non, avec des personnes bonnes.

N. – Des personnes bonnes, ah !

K. – Soyez bon et vous êtes sages. Et, en étant sage, vous êtes bon.

N. – Cela je le comprends.

K. – Parce que vous êtes bon, vous êtes sage.

N. – Je ne cherche pas à fixer cette discussion dans un sens ou dans un autre. Mais je suppose que mes étudiants et moi-même aussi, quand nous lisons, quand nous vous entendons, nous nous disons : « Ah ! je n'ai besoin de personne, je n'ai besoin de conseil de personne », et il y a une immense illusion dans ce sentiment.

K. – Évidemment, parce que vous subissez l'influence de l'orateur.

N. – Oui, c'est vrai. *(Rires.)*

K. – Voyons, soyons très simples. Supposons qu'il n'y ait aucun livre, aucun gourou, aucun instructeur, que feriez-vous ? On est plongé dans la confusion, dans le remous des tourments, que feriez-vous ? Avec personne pour vous aider, pas de drogue, pas de tranquillisant, pas de religion organisée, que feriez-vous ?

N. – Je ne peux pas m'imaginer ce que je ferais.

K. – C'est bien cela.

N. – Il y aurait peut-être à ce moment-là et pendant un instant un sentiment d'urgence extrême.

K. – Tout juste. Cette urgence, nous ne la connaissons pas, parce que nous nous disons toujours : « Oh ! quelqu'un va venir m'aider. »

N. – Mais la plupart des gens deviendraient fous, dans une telle situation.

K. – Je n'en suis pas sûr, monsieur.

N. – Je n'en suis pas sûr non plus.

K. – Non, je n'en suis pas sûr du tout. Parce que, qu'est-ce que nous avons fait jusqu'à présent ? Les gens sur lesquels nous nous sommes appuyés, les religions, les Églises, l'éducation, tout cela nous a plongés dans cet épouvantable pétrin. Nous ne sommes pas libérés de notre douleur, de notre animalité, de notre laideur, de notre vanité.

N. – Faut-il dire cela de tout le monde ? Il y a tout de même des différences. Pour mille menteurs, il y a un Bouddha.

K. – Mais cela ne m'intéresse pas, monsieur, si l'on se perd dans tout cela, on est conduit à de nombreuses illusions. Non, non.

N. – Alors, laissez-moi poser cette question. Nous savons que, sans un dur travail, le corps peut tomber malade, et ce travail, c'est ce que nous appelons l'effort. Existe-t-il un autre genre d'effort pour ce que nous pourrions appeler l'esprit ? Vous vous élevez contre l'effort, mais est-ce que la croissance et le bien-être de tous les aspects d'un homme n'exigent pas quelque chose qui ressemble à un travail ardu d'un genre ou d'un autre ?

K. – Je me demande ce que vous entendez par « travail ardu ». Un travail physique ?

N. – C'est là ce que nous appelons habituellement un travail ardu, ou encore le fait de se dresser contre ses propres désirs.

K. – Voyez-vous, nous y voilà ! Notre conditionnement, notre culture sont construits autour de cette idée, de « se dresser contre ». Dresser un mur de résistance. Par conséquent, quand nous disons « travail ardu », qu'entendons-nous par là ? La paresse ? Pourquoi dois-je faire un effort d'aucune sorte ? Pourquoi ?

N. – Parce que j'ai envie de quelque chose.

K. – Non. Pourquoi y a-t-il culte de l'effort ? Pourquoi dois-je faire un effort pour atteindre Dieu, l'illumination, la vérité ?

N. – Il y a beaucoup de réponses possibles, mais je ne peux répondre que pour moi-même.

K. – Ce que vous cherchez est peut-être à la portée de votre main. Seulement vous ne savez pas comment regarder.

N. – Mais alors, c'est qu'il y a forcément un obstacle.

K. – Comment regarder ! L'objet de votre recherche peut être au coin de la rue, sous cette fleur, n'importe où. Donc, tout d'abord, il me faut apprendre à regarder et non pas faire un effort pour regarder. Il me faut découvrir ce que cela veut dire que de regarder.

N. – Oui, en effet. Mais n'admettez-vous pas qu'il peut y avoir là une résistance ?

K. – Alors ne vous tourmentez pas pour regarder. Si quelqu'un vient vous trouver pour vous dire : « Je n'ai pas envie de regarder », comment allez-vous le forcer à le faire ?

N. – Non. En ce moment, je parle de moi-même. Je veux regarder.

K. – Si vous voulez regarder, qu'entendez-vous par « regarder » ? Il vous faut découvrir ce que cela signifie que de regarder, avant de faire un effort dans ce sens. D'accord, monsieur ?

N. – Pour moi, ce serait un effort.

K. – Non.

N. – Pour le faire de cette façon subtile, délicate. J'ai le désir de regarder, mais je n'ai pas le désir de découvrir tout ce que cela veut dire que de « regarder ». Je suis d'accord que, pour moi, c'est un point fondamental. Mais ce désir est en moi de faire la chose hâtivement, d'en avoir vite fini, n'est-ce pas là une résistance ?

K. – Un remède miracle pour en avoir vite fini ?

N. – Existe-t-il en moi un facteur qu'il me faut étudier et qui résiste à cette chose encore beaucoup plus subtile et encore beaucoup plus délicate dont vous parlez ? Et ce que vous dites, n'est-ce pas du travail, n'est-ce pas un dur travail que de poser cette question d'une façon si subtile, en toute sérénité ? Il me semble que c'est un travail ardu que de ne pas écouter cette partie de moi qui a ce désir…

K. – D'aller vite.

N. – Particulièrement pour nous autres en Occident, et peut-être pour tout le monde.

K. – J'ai bien peur que ce ne soit la même chose dans le monde entier. « Dites-moi comment y parvenir rapidement. »

N. – Et puis encore, vous dites que cela s'accomplit en un instant.

K. – Évidemment.

N. – Oui, je comprends.

K. – Monsieur, qu'est-ce que l'effort ? Sortir de son lit le matin quand vous n'avez pas envie de vous lever, c'est un effort. Qu'est-ce qui entraîne cet état de paresse ? Un manque de sommeil, avoir trop mangé, s'être trop laissé aller, et tout ce qui s'ensuit ; alors vous dites le lendemain matin : « Oh ! que c'est embêtant, je dois me lever ! » Eh bien, maintenant, attendez une minute, monsieur, et suivez-moi. Qu'est-ce que la paresse ? Est-ce la paresse physique, ou est-ce la pensée elle-même qui est paresseuse ?

N. – Là, je dois dire que je ne vous suis plus. Il me faut un autre mot. « La pensée est paresseuse ? » Pour moi, il me semble que la pensée est toujours pareille à elle-même.

K. – Non, monsieur. Je suis paresseux, je n'ai pas envie de me lever, alors je me force à me lever. Il y a ce qu'on appelle l'effort.

N. – Oui.

K. – Je voudrais telle chose, mais je ne devrais pas l'avoir et je résiste. Cette résistance est effort. Je me mets en colère et je ne dois pas être en colère, il y a résistance, effort. Qu'est-ce qui m'a rendu paresseux ?

N. – L'idée que je devrais me lever.

K. – Nous y voilà.

N. – D'accord.

K. – Donc, il me faut maintenant vraiment approfondir toute cette question de la pensée. Ne pas arguer que c'est le corps qui est paresseux, de le forcer à se tirer du lit, parce que le corps a sa propre intelligence, il sait très bien quand il est fatigué et qu'il devrait se reposer. Ce matin, j'étais fatigué, j'avais préparé le tapis et tout, en vue de mes exercices de yoga, et puis mon corps a dit : « Non, je regrette », et j'ai répondu : « D'accord. » Ce n'est pas de la paresse.

Le corps a dit : « Laisse-moi tranquille, tu as parlé hier, tu as vu beaucoup de gens, tu es fatigué. » La pensée a dit alors : « Il faut te lever, faire tes exercices, c'est bon pour toi, tu les fais tous les jours et c'est devenu une habitude, ne te laisse pas aller, tu deviendrais paresseux, accroche-toi. » Autrement dit, c'est la pensée qui me rend paresseux, et ce n'est pas le corps.

N. – Cela je le comprends. Donc l'effort est en rapport avec la pensée.

K. – Par conséquent, pas d'effort. Et pourquoi la pensée est-elle si mécanique ?

N. – Oui, d'accord, c'est une question que l'on se pose.

K. – N'est-ce pas ?

N. – Je ne peux pa ? dire que j'aie vérifié la cliose par moi-même.

K. – Mais ne pouvons-nous pas le faire, monsieur ? C'est une chose assez facile à constater. Toute pensée n'est-elle pas mécanique ? L'état non mécanique, c'est l'absence de la pensée ; il ne s'agit pas d'une pensée négligée, mais d'une pensée absente.

N. – Mais comment puis-je découvrir cela ?

K. – Faites-le tout de suite, c'est assez simple. Vous pouvez le faire maintenant si vous le désirez. La pensée est mécanique.

N. – Admettons.

K. – Non, n'admettons pas, il ne faut rien admettre.

N. – D'accord.

K. – La pensée est mécanique, n'est-ce pas ? Parce qu'elle est répétitive, qu'elle se conforme, qu'elle compare.

N. – Oui, cela je le vois, pour la comparaison. Mais, d'après mon expérience, toute la pensée n'est pas toujours de la même qualité. Il y a diverses qualités de la pensée.

K. – Vous croyez ?

N. – D'après mon expérience, oui.

K. – Nous allons découvrir ce qu'est la pensée. Qu'est-ce que penser ?

N. – Il semblerait qu'il y a la pensée très superficielle, très répétitive, très mécanique, elle est empreinte d'une certaine saveur. Et puis, il semble y avoir une autre sorte de pensée qui est plus ou moins liée à mon corps, à ma personne tout entière, et qui résonne sur un autre mode.

K. – Ce qui veut dire quoi, monsieur ? La pensée est une réaction de la mémoire.

N. – D'accord, c'est une définition.

K. – Non, non. Je peux voir la chose en moi-même. Je dois aller dîner dans une certaine maison ce soir. En moi-même fonctionne la mémoire, la distance, le chemin à parcourir. Tout cela, c'est de la mémoire, n'est-ce pas ?

N. – Oui, c'est de la mémoire.

K. – J'ai été en ces lieux auparavant et le souvenir est bien établi, et à partir de cette mémoire surgit ou une pensée instantanée, ou bien une pensée qui exige un peu de temps. Donc je me demande : toutes les pensées sont-elles analogues, mécaniques, ou bien existe-t-il une pensée qui n'est pas mécanique, qui n'est pas verbale ?

N. – Oui, c'est bien ça.

K. – Y a-t-il pensée quand il n'y a pas de mot ?

N. – Il y a la compréhension.

K. – Attendez, monsieur, comment se produit cette compréhension ? Est-ce qu'elle se produit quand la pensee fonctionne à plein ou bien, au contraire, quand la pensée est calme ?

N. – Quand la pensée est calme, oui.

K. – La compréhension n'a rien à voir avec la pensée. Vous pouvez raisonner, c'est le processus même de la pensée, la logique, jusqu'au moment où vous arrivez à dire : « Je ne comprends pas. » Alors vous êtes réduit au silence et tout à coup vous dites : « Ah ! je vois, je comprends. » Cette compréhension n'est pas le résultat de la pensée.

N. – Vous parlez aussi d'une énergie qui paraît être sans cause. Nous éprouvons l'énergie de la cause et de l'effet, c'est elle qui donne sa forme à notre vie. Mais cette autre énergie, quel est son rapport avec celle que nous connaissons ? Qu'est-ce que l'énergie ?

K. – Tout d'abord, l'énergie est-elle divisible ?

N. – Je n'en sais rien. Poursuivez toujours.

K. – Elle peut être divisible. L'énergie physique, l'énergie de la colère, et ainsi de suite, l'énergie cosmique, l'énergie humaine : tout cela peut être divisé, mais c'est toujours une seule et même énergie.

N. – Logiquement, je réponds oui, mais je ne cornprends pas l'énergie. Par moments, j'éprouve une chose, que j'appelle « énergie ».

K. – Mais pourquoi divisons-nous l'énergie ? C'est cela le point que je veux soulever ; alors nous pouvons l'aborder autrement. L'énergie sexuelle, l'énergie physique, mentale, psychologique, cosmique, de l'homme d'affaires qui va à son bureau – pourquoi divisons-nous tout cela ? Quelle est la raison de cette fragmentation ?

N. – Il semblerait qu'il y ait en moi différents fragments qui sont séparés les uns des autres, et nous divisons la vie, à ce qui me semble, pour cette raison-là.

K. – Pourquoi ? Nous avons divisé le monde en communisme, socialisme, impérialisme, catholiques, protestants, hindous, bouddhistes, en nationalités, divisions linguistiques ; tout cela, c'est de la fragmentation. Pourquoi notre esprit a-t-il ainsi fragmenté toute notre existence ?

N. – Je ne connais pas la réponse. Je vois l'océan, je vois les arbres, et il y a une division.

K. – Non. Il y a une différence entre l'océan et l'arbre, je l'espère bien ! Mais ce n'est pas une division.

N. – Non. C'est une différence, pas une division.

K. – Mais nous demandons pourquoi cette division existe non seulement extérieurement, mais encore en nous.

N. – Elle est en nous, et c'est là la question la plus intéressante.

K. – Parce que cette division existe en nous, nous la prolongeons extérieurement. Maintenant, pourquoi existe-t-elle en moi, cette division ? Le « moi » et le « non-moi ». Vous me suivez ? Le supérieur et l'inférieur, l'« atman » et le « soi inférieur ». Pourquoi cette division ?

N. – Peut-être que cela a été fait, tout au moins au commencement, pour aider les hommes à se poser des questions à eux-mêmes. Pour qu'ils se demandent s'ils savent vraiment ce qu'ils croient savoir.

K. – Est-ce par la division qu'ils prétendent le découvrir ?

N. – Peut-être à cause de l'idée qu'il y a quelque chose que je ne comprends pas ?

K. – Dans tout être humain, il y a une division. Pourquoi ? Quelle en est la *raison d'être*[1], quelle est la structure de cette division ? Je vois qu'il y a un penseur et sa pensée ; vous êtes d'accord ?

N. – Non. Je ne vois pas.

---

1. En français dans le texte.

K. – Il y a un penseur qui dit : « Il me faut contrôler cette pensée, il ne me faut pas penser ceci, il me faut penser cela. » Il y a donc un penseur qui dit sans cesse : « Je dois » ou « Je ne dois pas ».

N. – D'accord.

K. – Il y a cette division : « Je devrais être ceci » et « Je ne devrais pas être cela ». Si je peux comprendre pourquoi existe cette division en moi... Oh ! regardez, regardez ces collines ! Elles sont merveilleuses, n'est-ce pas ?

N. – Elles sont merveilleusement belles.

K. – Eh bien, monsieur, regardez-vous cela avec une division ?

N. – Non.

K. – Pourquoi ?

N. – Parce qu'à cet instant-là, il n'y avait pas de « moi » qui était concerné.

K. – Et voilà tout. Vous n'y pouviez rien. Ici, quand je pense, je me figure pouvoir faire quelque chose.

N. – Oui.

K. – Je voudrais changer quelque chose à « ce qui est ». Je ne peux pas modifier « ce qui est » là au-dehors, mais je me figure pouvoir modifier « ce qui est » en moi-même. Ne sachant pas comment le modifier, je suis désespéré, perdu, au désespoir, et je dis : « Je ne peux pas me changer », et, par conséquent, je ne dispose d'aucune énergie pour changer.

N. – C'est bien là ce qu'on dit.

K. – Donc, avant de modifier « ce qui est », il faut que je sache qui est celui qui se propose de modifier, qui se propose de changer.

N. – Il y a des instants dans la vie où on le sait, pendant un instant fugitif. Mais ces moments nous échappent. Il y a des moments où l'on sait qui est celui qui voit « ce qui est » en soi-même.

K. – Non, monsieur, je regrette. Simplement voir « ce qui est », cela suffit. Il ne s'agit pas de changer quoi que ce soit.

N. – Je suis d'accord avec cela.

K. – L'observateur n'est intervenu que lorsque vous avez désiré changer « ce qui est ». Vous dites : « ce qui est » ne me plaît pas, il faut le changer, et instantanément s'installe un état de dualité. L'esprit est-il capable d'observer « ce qui est » sans qu'il y ait l'observateur ? C'est ce qui est arrivé quand vous avez regardé les collines où se reflétait une merveilleuse lumière.

N. – Cette vérité est la vérité absolue. Dès l'instant où on en fait l'expérience, on dit : « Oui ! » Mais on s'aperçoit que cela aussi on l'oublie.

K. – On l'oublie !

N. – Par ce mot, je veux dire que constamment on s'efforce de modifier quelque chose.

K. – On l'oublie et puis on reprend la chose en main.

N. – Mais tout de même, dans cette discussion – quelle que soit votre intention – il y a une aide qui survient. Je sais – pour autant que j'aie un quelconque savoir – que cela n'arriverait pas sans cette aide qui s'est installée entre nous. Je pourrais observer ces collines et peut-être, pendant un instant, être dans un état de non-jugement, mais je n'en saisirais pas l'importance ; je ne me rendrais pas compte que c'est *cela*, la façon dont il faut que je regarde pour mon salut. Et ceci, à ce qu'il me semble, est une question qu'il faut toujours soulever. C'est peut-être l'esprit qui veut encore s'emparer de quelque chose, s'y cramponner, mais néanmoins, il me semble que la condition humaine…

K. – Monsieur, nous avons contemplé ces collines, nous n'y pouvons rien changer, simplement vous avez regardé ; puis vous avez regardé en vous et la lutte a commencé. Pendant un instant, vous avez regardé sans qu'existent cette lutte, cette contestation et tout ce qui s'ensuit. Et puis vous vous êtes souvenu de la beauté de cet instant, de cette seconde, et vous avez voulu vous en saisir à nouveau. Attendez, monsieur ! Avançons. Alors, que se passe-t-il ? Il survient un nouveau conflit : cette chose que vous avez eue et que vous voudriez avoir à nouveau, et vous ne savez pas comment la ravoir. Mais vous savez, dès l'instant où vous y réfléchissez, que ce ne sera pas la même chose, et ainsi vous luttez, vous combattez. « Il me faut me dominer, je ne dois pas désirer. » Vous êtes d'accord ? Tandis que si vous dites : « Très bien, c'est fini, c'est terminé », ce mouvement prend fin.

N. – C'est une chose qu'il faut que j'apprenne.

K. – Non, non.

N. – Mais il me faut apprendre, n'est-ce pas ?

K. – Qu'y a-t-il à apprendre ?

N. – Il me faut apprendre ce que ces conflits ont de vain et de futile.

K. – Non. Qu'est-ce qu'il y a à apprendre ? Vous-même voyez que cet instant de beauté devient un souvenir et qu'alors votre mémoire vous dit : « C'était tellement beau que je veux le revoir encore une fois. » Dès lors, ce n'est pas la beauté qui vous attire, mais la recherche d'un plaisir. Le plaisir et la beauté ne vont jamais ensemble. Cela, si vous le voyez, tout est accompli. C'est comme un serpent dangereux, vous ne vous en approchez plus jamais.

N. – *(En riant.)* Je n'ai peut-être pas vraiment vu, alors je ne peux pas dire.

K. – Toute la question est là.

N. – Oui, il me semble bien que c'est là qu'est le problème, car toujours et toujours on revient au même point.

K. – Non. Ceci c'est la vérité. Si je vois la beauté de cette lumière – et elle est vraiment extrêmement belle –, je la vois et c'est tout. Et maintenant, avec la même qualité d'attention, je veux me regarder moi-même. Il y a alors un instant de perception qui est aussi beau que cela. Alors que se passe-t-il ?

N. – Alors j'en ai le désir à nouveau.

K. – Alors je veux m'en emparer, je veux le cultiver, je veux le poursuivre.

N. – Et comment regarder ainsi ?

K. – Seulement voir que les choses se passent ainsi, cela suffit.

N. – C'est ce que j'oublie !

K. – Ce n'est pas une question d'oubli.

N. – Alors, c'est ce que je ne comprends pas assez profondément : qu'il suffit de voir.

K. – Monsieur. Quand vous apercevez un serpent, qu'est-ce qui se passe ?

N. – J'ai peur.

K. – Non. Qu'est-ce qui se passe ? Vous fuyez ou vous le tuez, vous faites quelque chose. Pourquoi ? Parce que vous savez qu'il est dangereux. Vous êtes conscient du danger qu'il comporte. Une falaise, c'est un meilleur exemple, un abîme : vous en voyez le danger ; il n'est besoin de personne pour vous le dire. Vous voyez tout de suite ce qui va se passer.

N. – D'accord.

K. – Maintenant, si vous voyez directement que la beauté de cette perception instantanée ne peut se répéter, c'est fini. Mais la pensée dit : « Non, ce n'est pas fini, il subsiste le souvenir. » Donc, que faites-vous maintenant ? Vous vous êtes lancé à la poursuite du souvenir mort de cette beauté, perdant en cela sa beauté vivante. D'accord ? Eh bien, cela, si vous le voyez, si vous en voyez la vérité – si ce n'est pas pour vous une simple affirmation verbale – alors c'est fini.

N. – Mais voir de cette façon est beaucoup plus rare que nous ne nous le figurons.

K. – Si je vois la beauté de cet instant, c'est fini. Je ne désire pas la poursuivre. Si je la poursuis, cela devient un plaisir, et si je ne peux pas l'avoir à nouveau, cela entraîne un état de désespoir, de souffrance, et tout ce qui s'ensuit. Mais je dis : « Très bien, c'est fini. » Alors, qu'est-ce qui se passe ?

N. – Mais, d'après mon expérience à moi, j'ai bien peur que ce qui se passe, c'est que le monstre renaît à nouveau. Il a des milliers de vies. *(Rires.)*

K. – Non, monsieur. Quand cet état de beauté a-t-il eu lieu ?

N. – Il a eu lieu quand j'ai vu sans chercher à y changer quoi que ce soit.

K. – Donc à un moment où votre esprit était complètement au calme ?

N. – Oui.

K. – C'était bien ça ?

N. – Oui.

K. – Quand vous avez regardé cette colline, votre esprit était tranquille, il ne s'est pas dit : « Comme je voudrais pouvoir la modifier, la copier, la photographier, ceci, cela et autre chose… » Tout simplement vous regardiez. Votre esprit n'agissait pas, ou plutôt votre pensée n'agissait pas ; mais la pensée intervient immédiatement. Et on en arrive à se demander : « Comment la pensée peut-elle être calme ? Comment peut-on se servir de sa pensée quand elle est nécessaire et ne pas s'en servir là où il n'y a pas lieu de le faire ? »

N. – Oui, voilà une question qui m'intéresse énormément.

K. – Autrement dit, pourquoi avons-nous cette vénération pour la pensée ? Pourquoi est-elle devenue une chose si importante ?

N. – Elle paraît capable de satisfaire tous nos désirs. Par la pensée, nous croyons pouvoir les satisfaire.

K. – Non, non. Ce n'est pas une question de satisfaction. Mais pourquoi, dans presque toutes les cultures humaines, la pensée a-t-elle pris une telle importance pour la plupart des gens ?

N. – En général, on s'identifie à ses pensées. Je pense à moi-même, et alors je pense à mes idées, au genre d'idées que j'ai, à ce que je crois. Est-ce là ce que vous voulez dire ?

K. – Pas tout à fait. À part l'identification avec le « moi » et le « non-moi », pourquoi la pensée est-elle toujours en action ?

N. – Ah oui ! Je comprends.

K. – La pensée agit toujours dans le champ du savoir, n'est-ce pas ? Si ce savoir n'existait pas, la pensée n'existerait pas. Elle agit toujours dans le champ du connu. Qu'elle soit technique, non verbale et ainsi de suite, toujours elle agit dans le passé. Ainsi, ma vie c'est le passé, parce qu'elle est fondée sur mon savoir, mes expériences, mes souvenirs, mes plaisirs, ma souffrance et ma peur, tous passés. Je projette mon avenir à partir de ce passé. Et c'est ainsi que la pensée oscille sans cesse entre le passé et l'avenir. Sans cesse elle répète : « Je devrais faire ceci, je ne devrais pas faire cela, j'aurais dû me comporter ainsi. » Pourquoi fait-elle tout cela ?

N. – Je n'en sais rien. Par habitude ?

K. – Par habitude. D'accord. Continuons, nous allons découvrir. Donc l'habitude ?

N. – C'est l'habitude qui apporte ce que j'appelle le plaisir.

K. – L'habitude, le plaisir, la souffrance.

N. – Pour me protéger moi-même. La souffrance, oui, la souffrance.

K. – Elle agit toujours dans ce champ. Pourquoi ?

N. – Parce qu'elle ne sait rien faire d'autre.

K. – Non, non. La pensée peut-elle agir dans un autre champ ?

N. – Ce genre de pensée, non.

K- – Non. Aucune espèce de pensée. La pensée peut-elle agir dans un autre champ que dans le champ du connu ?

N. – Non.

K. – Très évidemment non. Elle ne peut pas agir dans un domaine qu'elle ne connaît pas. Elle ne peut agir que dans ce champ-là. Eh bien, pourquoi agit-elle dans ce champ ? Voilà la question, monsieur, pourquoi ? C'est la seule chose que je connaisse, et là il y a sécurité, protection, certitude, et je ne connais que cela. Donc la pensée ne peut fonctionner que dans le champ du connu. Et quand elle ressent une lassitude, comme cela arrive, alors elle cherche quelque chose au-delà. Mais ce qu'elle cherche, c'est encore le connu. Ses dieux, ses visions, ses états spirituels, tout cela est projeté du passé connu vers un avenir connu. Donc la pensée agit toujours dans ce même champ.

N. – Oui, je comprends.

K. – Par conséquent, elle fonctionne toujours dans une prison. Elle peut lui donner le nom de liberté, de beauté, de tout ce qu'elle voudra, mais c'est toujours dans les limites d'une clôture de barbelés. Et maintenant, je veux découvrir s'il y a une place pour la pensée ailleurs que dans ce périmètre. Il ne reste à la pensée plus aucune action quand je me dis : « Je ne sais pas ; vraiment je ne sais pas. » D'accord ?

N. – Pour le moment.

K. – Tout ce que je sais, c'est que réellement je ne sais pas. Et je ne sais réellement pas si la pensée est capable de fonctionner dans un champ autre que celui-ci. Vraiment, je ne sais pas. Et quand je dis : « Je ne sais pas » – et cela ne veut pas dire que je m'attends à savoir, mais que je sais que, vraiment, je ne sais pas – que se passe-t-il ? je descends de mon échelle, mon esprit devient humble.

Et bien, cet état de « non-savoir », c'est l'intelligence. Et alors elle peut agir dans le champ du connu, avoir la liberté aussi de travailler ailleurs si elle en a le désir.

Malibu, Californie
26 mars 1971

2

Espace intérieur,
tradition et dépendance

NEEDLEMAN – Dans vos causeries, vous avez donné une signification et une portée nouvelle à cette nécessité qui existe pour
l'homme d'être sa propre autorité. Mais cette affirmation ne peut-
elle pas friser une sorte de psychologie humaniste qui refuserait
toute dimension transcendantale et sacrée à la vie humaine sur cette
terre et au sein d'un Cosmos vaste et intelligent ? Nous suffit-il de
nous saisir sur l'instant, ne devons-nous pas, en plus, nous saisir
comme des créatures du Cosmos ? La question que je cherche à
poser ici est celle d'une dimension cosmique.

KRISHNAMURTI – Dès que l'on se sert de ce mot « dimension »,
cela implique la notion d'espace. Pas de dimension, pas d'espace.
Parlons-nous bien de l'espace, de l'espace extérieur, de l'espace
infini ?

N. – Non.

K. – Ou bien de la dimension de l'espace qui est en nous ?

N. – Ce serait forcément celui-ci, mais non pas complètement
séparé du premier, à ce qu'il me semble.

K. – Existe-t-il une différence entre l'espace extérieur qui est sans limites et l'espace qui est en nous ? Ou bien n'existe-t-il en nous aucun espace et ne connaissons-nous que l'espace extérieur ? L'espace intérieur, nous le connaissons sous forme d'un centre et d'une circonférence. La dimension de ce centre et les rayons partant de ce centre, c'est en général ce que nous appelons cet espace-là.

N. – Oui, l'espace intérieur.

K. – Oui, l'espace intérieur. Maintenant, s'il existe un centre, cet espace est forcément limité, et c'est pour cela que nous séparons l'espace intérieur de l'espace extérieur.

N. – Oui.

K. – Nous ne connaissons que cet espace très limité, mais nous nous figurons que nous aimerions en atteindre un autre qui serait immense. Cette maison existe dans l'espace, autrement il ne pourrait y avoir ni maison ni les quatre murs de cette chambre qui constituent son espace. Et l'espace intérieur est celui qu'a créé le centre autour de lui-même. Prenons ce microphone…

N. – Oui, c'est un centre d'intérêt.

K. – Ce n'est pas seulement un centre d'intérêt, il dispose de son propre espace ; autrement, il ne pourrait pas exister.

N. – D'accord.

K. – De la même façon, les êtres humains peuvent avoir un centre et à partir de ce centre, ils créent un espace ; le centre crée un espace autour de lui-même. Et cet espace est toujours limité – forcément : à cause du centre, l'espace est limité.

N. – Il est défini, c'est un espace défini, oui.

K. – Quand vous vous servez des mots « espace cosmique »…

N. – Je n'ai pas parlé d'« espace cosmique ». J'ai dit « cosmique » au sens de la dimension du Cosmos. Je ne parlais pas alors de l'espace extérieur et des voyages interplanétaires.

K. – Nous parlons donc de cet espace que le centre crée autour de lui-même, et aussi d'un espace existant entre deux pensées ; il existe un espace, un intervalle entre deux pensées.

N. – Oui.

K. – Et le centre ayant créé cet espace autour de lui-même, il existe un espace qui est au-delà de cette limite, et puis il y a un espace dans la pensée, un espace entre deux pensées. Il y a aussi un espace autour du centre lui-même, et cet espace qui s'étend au-delà des barbelés. Maintenant, quelle est votre question, monsieur ? Comment dilater cet espace, comment pénétrer dans une dimension d'espace différente ?

N. – Non, pas comment, mais…

K. – Bon, d'accord. Existe-t-il une dimension différente de l'espace, en dehors de celui qui entoure le centre ?

N. – Ou une différente dimension de la réalité ?

K. – L'espace, pour le moment, c'est ce dont nous parlons. Nous pouvons nous servir de ce mot. Tout d'abord, il me faut voir très clairement l'espace entre deux pensées.

N. – L'intervalle.

K. – Cet intervalle entre deux pensées. Intervalle signifiant espace. Et que se passe-t-il pendant cet intervalle ?

N. – Moi, j'avoue que je n'en sais rien, parce que mes pensées se chevauchent tout le temps. Je sais qu'il existe des intervalles, il y a des moments où ces intervalles surgissent, je m'en aperçois et j'en ressens une sorte de liberté pendant un instant.

K. – Approfondissons quelque peu cette question, voulez-vous ? Il y a un espace entre deux pensées. Et il y a un espace que crée le centre autour de lui-même, et c'est un espace d'isolement.

N. – Bon, d'accord. Mais c'est un mot bien froid.

K. – Cela consiste à s'isoler. Je me considère comme étant important avec mon ambition, mes frustrations, ma colère, ma vie sexuelle, mes progrès, ma méditation, mes efforts pour atteindre le nirvana.

N. – Oui, c'est cela un processus d'isolement.

K. – C'est un isolement. Mes rapports avec vous sont une image de cet isolement, qui est cet espace. Puis cet espace ayant été créé, il y en a encore un au-delà des barbelés. Maintenant, existe-t-il un espace d'une dimension totalement différente ? Voilà la question.

N. – Oui, cela couvre la question.

K. – Comment allons-nous voir si l'espace qui m'entoure, qui entoure le centre, existe ? Et comment puis-je découvrir l'autre ? Je peux faire des hypothèses à son sujet ; je peux, à ma fantaisie, inventer n'importe quel espace qui me plaise – mais tout cela est trop abstrait, trop bête !

N. – Oui.

K. – Donc, est-il possible d'être libéré de ce centre afin que celui-ci ne créé plus aucun espace autour de lui-même, ne se construise pas de murs d'isolement, de prison, pour lui donner ensuite le nom d'espace ? Ce centre peut-il cesser d'exister ? Autrement, je ne peux pas aller au-delà. L'esprit est incapable d'aller au-delà de ces limites.

N. – Oui, je vois ce que vous voulez dire. C'est logique et raisonnable.

K. – Autrement dit, qu'est-il, ce centre ? Ce centre, c'est le « moi » et le « non-moi » ; ce centre, c'est l'observateur, le penseur, celui qui fait les expériences, et en lui est également contenue la chose observée. Mais le centre affirme : « Voilà la haie de barbelés que j'ai créée autour de moi. »

N. – Ce centre est donc également limité sur ce point.

K. – Oui. Par conséquent, il s'isole et se sépare du barbelé, le barbelé devient la chose observée, le centre étant l'observateur. Donc, il y a un espace entre l'observateur et la chose observée. D'accord, monsieur ?

N. – Oui, je comprends cela.

K. – Et cet espace, il cherche à l'enjamber. C'est ce que nous faisons tous.

N. – Oui, il cherche à l'enjamber.

K. – Il affirme : « Ceci doit être changé, ceci ne devrait pas exister, ceci est trop étroit, ceci est trop vaste. Il faudrait que je sois meilleur que cela. » Tout cela se passe dans l'espace qui s'étend entre l'observateur et la chose observée.

N. – Oui, je vous suis.

K. – Il résulte de là qu'il y a un conflit entre l'observateur et la chose observée. Parce que la chose observée, c'est la haie de barbelés qu'il s'agit d'enjamber, et ainsi commence la lutte. Eh bien, maintenant, est-ce que l'observateur – qui est le centre, qui est le penseur, celui qui sait, celui qui fait les expériences, qui est le savoir – est-ce que ce centre, donc, peut être complètement immobile ?

N. – Mais pourquoi chercherait-il à être immobile ?

K. – S'il ne l'est pas, l'espace sera toujours limité.

N. – Mais le centre, l'observateur ignore qu'il est limité de cette façon.

K. – Vous pouvez voir la chose en regardant. Voyez : le centre, c'est l'observateur – appelons-le l'observateur pour le moment – le penseur, celui qui sait, qui lutte, qui cherche, celui qui dit : « Moi je sais et vous ne savez pas. » Vous êtes d'accord ? Là où il y a un centre, il faut forcément qu'il y ait un espace autour de lui.

N. – Oui, je vous suis.

K. – Et quand il observe, il observe à travers cet espace. Quand j'observe ces montagnes, il y a un espace entre elles et moi. Et quand je m'observe moi-même, il y a un espace entre moi-même et la chose que j'observe en moi. Quand j'observe ma femme, je l'observe depuis le centre qu'est l'image que j'ai d'elle. Et elle m'observe à partir de l'image qu'elle a de moi. Il y a donc toujours cette division et cet espace.

N. – Pour changer complètement notre façon d'aborder le sujet, il existe quelque chose que l'on appelle le sacré. Des enseignements sacrés, des idées sacrées ; ce sacré qui, pour le moment, me fait voir que ce centre et cet espace dont vous parlez sont une illusion.

K. – Attendez, ceci vous l'avez appris de quelqu'un d'autre. Donc, s'agit-il de découvrir ce que c'est que le sacré ? Cherchons-nous parce que quelqu'un m'a dit : « Cela c'est sacré », ou bien parce qu'il existe une chose sacrée ? Ou bien tout vient-il de mon imagination parce que je suis en quête de sainteté ?

N. – C'est souvent cela, mais enfin, il y a…

K. – Et maintenant, qu'en est-il pour vous ? Le désir de quelque chose de saint ? Ou bien quelqu'un m'a-t-il imposé cette idée : « Ceci est sacré », ou bien s'agit-il encore de mon propre désir, parce que, autour de moi, tout est complètement dépourvu de sainteté et que j'ai soif de quelque chose de saint, de sacré. Mais tout ceci jaillit du centre.

N. – Oui, mais enfin…

K. – Attendez. Nous allons découvrir ce que c'est que le sacré, mais je me refuse à accepter la tradition ou toute chose que quelqu'un d'autre aurait pu dire à son sujet. Monsieur, je ne sais pas si vous avez jamais fait des expériences personnelles. Il y a quelques années, par jeu, j'ai pris un caillou dans le jardin, je l'ai mis sur la cheminée, et me suis amusé avec. Je lui apportais des fleurs tous les jours. Au bout d'un mois, ce caillou était véritablement devenu sacré.

N. – Je vois ce que vous voulez dire.

K. – Donc, je ne veux absolument rien qui ressemble à du pseudo-sacré.

N. – C'est un fétiche.

K. – Le sacré est un fétiche.

N. – D'accord, le plus souvent c'est bien le cas.

K. – Donc, je ne veux rien accepter qui ait été dit par quelqu'un d'autre au sujet du sacré. La tradition ! En tant que brahmane, on a été élevé dans une tradition qui peut rendre des points à n'importe quelle autre tradition, je vous assure !

Ce que je dis est ceci : je veux découvrir ce qui est saint, non pas une sainteté façonnée par l'homme, et cela je ne peux le découvrir que si mon esprit dispose d'un immense espace, et il ne peut pas connaître cet espace immense s'il existe un centre. Quand le centre n'agit pas, alors il y a un espace immense, et dans cet espace – qui fait partie de la méditation – il existe quelque chose de véritablement sacré qui n'a pas été inventé par mon misérable petit centre. Il existe quelque chose d'immensément sacré et que vous ne pourrez jamais découvrir tant qu'il y aura un centre. Et chercher à s'imaginer ce sacré est une folie. Vous me suivez ?

L'esprit peut-il être libéré de ce centre – avec son espace terriblement limité – espace qui peut être mesuré, dilaté, contracté, et tout ce qui s'ensuit ; le peut-il ? L'homme a dit qu'il ne le peut pas, et dès lors, Dieu est devenu un nouveau centre. Donc, ce qui m'intéresse surtout est ceci : le centre peut-il être complètement vide ? Ce centre, c'est la conscience. Ce centre, c'est le contenu de la conscience, le contenu est la conscience. Pas de contenu, pas de conscience. Vous devez voir ceci par vous-même…

N. – Le sens que ces paroles ont habituellement, oui.

K. – Il n'y a pas de maison s'il n'y a pas de murs, pas de toit. Le contenu, c'est la conscience, mais nous nous plaisons à les séparer, à faire des hypothèses, à mesurer l'étendue de notre conscience. Mais le centre est la conscience, le contenu de la conscience, et le contenu est la conscience. Sans le contenu, la conscience existe-t-elle ? Et c'est cela l'espace.

N. – Je vous suis quelque peu dans ce que vous dites, mais je voudrais vous demander : qu'est-ce que vous voyez en tout cela qui ait de la valeur à vos yeux ? En tout cela quel est le principe important ?

K. – Je poserai cette question quand j'aurai découvert si l'esprit peut être vidé de son contenu.

N. – Bien.

K. – Il y aura alors quelque chose d'autre qui agira, qui fonctionnera dans le champ du connu. Mais avant de l'avoir découvert, se contenter de dire…

N. – Non, c'est ainsi.

K. – Alors, allons de l'avant. L'espace existe entre deux pensées, entre deux facteurs de temps, deux périodes de temps, parce que la pensée est le temps. D'accord ?

N. – D'accord, oui.

K. – Vous pouvez avoir des douzaines de séquences de temps, mais c'est toujours de la pensée, il y a toujours cet espace. Puis il y a l'espace autour du centre, et celui qui est au-delà du soi, au-delà du harbelé, au-delà du mur créé par le centre. L'espace entre l'observateur et la chose observée, c'est celui qu'a créé la pensée, par exemple quand elle crée une image de ma femme et que se crée l'image qu'elle a de moi. Vous me suivez, monsieur ?

N. – Oui.

K. – Tout cela est fabriqué par le centre. Se livrer à des hypothèses au sujet de ce qui est au-delà de tout cela n'a pour moi aucun sens du tout, c'est un divertissement de philosophe.

N. – Le jeu du philosophe…

K. – Cela ne m'intéresse pas.

N. – Je suis d'accord. Quelquefois, ça ne m'intéresse pas, à mes bons moments, mais malgré tout…

K. – Je m'excuse, parce que, en somme, vous êtes un philosophe !

N. – Non, non, inutile de le rappeler – je vous en prie.

K. – Ma question est donc : « Le centre peut-il être immobile, s'effacer ? » Parce que s'il ne s'efface pas ou s'il ne demeure pas très tranquille, très serein, alors le contenu de la conscience va recréer de l'espace en lui-même, et il dira que c'est l'espace infini. Et là il y a une illusion et je ne veux pas m'illusionner. Je ne vais pas dire que je n'ai pas la peau brune quand ma peau est brune. Ainsi ce centre peut-il être résorbé ? Autrement dit : peut-il n'y avoir aucune image, car c'est l'image qui fait la séparation ?

N. – Oui, l'espace c'est elle.

K. – L'image parle d'amour, mais l'amour qui vient de l'image n'est pas l'amour. Par conséquent, il me faut découvrir si ce centre peut être complètement résorbé, dissous, ou demeurer à l'état de fragment vague dans le lointain. Si ceci est impossible il faut que j'accepte ma prison.

N. – Je suis d'accord.

K. – Il faut que j'accepte l'impossibilité de la liberté. Je peux alors m'amuser à décorer ma prison éternellement.

N. – Mais pour le moment, cette possibilité dont vous parlez, sans la rechercher consciemment…

K. – Non, ne la recherchez surtout pas !

N. – Je dis : sans la rechercher consciemment, la vie (ou quelque chose), subitement, me montre qu'elle est possible.

K. – La chose est là devant vous ! La vie ne me l'a pas montrée. Elle m'a montré, quand je regarde cette colline, qu'il y a une image en moi ; quand je regarde ma femme, je vois qu'il y a une image en moi. Tels sont les faits. Il n'est pas nécessaire que j'attende dix ans pour découvrir et connaître l'image ! Je sais qu'elle est là, par conséquent je dis : « Est-il possible de regarder sans qu'existe cette image ? » L'image, c'est le centre, l'observateur, le penseur, et tout ce qui s'ensuit.

N. – Je commence à entrevoir la réponse à ma question. Je commence à voir – je me parle à moi-même – je commence à voir qu'il n'y a aucune distinction entre humanisme et enseignement sacré. Il y a simplement la vérité ou la non-vérité.

K. – C'est tout, le faux et le vrai.

N. – Et voilà. *(Rires.)*

K. – Nous demandons : « La conscience peut-elle se vider de son contenu ? » Ce n'est pas quelqu'un d'autre qui va le faire.

N. – Telle est bien la question.

K. – Il n'y a pas de grâce divine, de soi supérieur, d'agent extérieur fictif. La pensée peut-elle se vider elle-même de tout son contenu ? Tout d'abord, voyez la beauté de la chose, monsieur.

N. – Je la vois.

K. – Parce qu'elle doit se vider sans effort. Dès l'instant où il y a effort, il y a l'observateur qui fait cet effort dans le but de changer le contenu. Et cela fait partie de la conscience. Je ne sais pas si vous saisissez ce point.

N. – Je vous suis. Ce dépouillement doit se produire sans effort et d'une manière instantanée.

K. – Il doit se produire sans qu'il y ait une force agissant sur lui, que ce soit un agent extérieur ou un agent intérieur. Or ceci peut-il se produire sans aucun effort, sans une directive qui dit : « Je me propose de changer ce contenu ? » Ceci implique que la conscience est vidée de toute volonté, volonté d'« être » ou de « ne pas être ». Monsieur, regardez ce qui se passe.

N. – C'est ce que je fais.

K. – Je me suis posé cette question à moi-même, personne d'autre ne me l'a posée. Parce que c'est un problème de la vie, de l'existence dans ce monde, et que c'est un problème que mon esprit doit résoudre. L'esprit, avec son contenu, peut-il se vider et néanmoins demeurer un esprit, et ne pas simplement flotter au hasard ?

N. – Il ne s'agit pas d'un suicide.

K. – Non.

N. – Il y a une sorte de principe subtil.

K. – Non, monsieur, cette notion est par trop fruste. J'ai posé la question et ma réponse est celle-ci : vraiment, je n'en sais rien.

N. – Et c'est la vérité.

K. – Vraiment je ne sais pas, mais je vais découvrir, dans ce sens que je ne vais pas attendre pour découvrir. Le contenu de ma conscience, c'est ma souffrance, ma douleur, mes luttes, mes tristesses, les images que j'ai réunies au cours de ma vie, mes dieux ; mes frustrations, mes plaisirs, mes peurs, mes tourments, mes haines – tout cela, c'est ma conscience. Cela peut-il être complètement éliminé, non seulement au niveau superficiel, mais dans toute son épaisseur – celle du soi-disant inconscient ? Si ce n'est pas possible, alors il me faudra vivre une vie de tourments, il faudra que je vive dans une douleur éternelle et sans fin. Il n'y a ni espoir ni désespoir, je suis en prison, et ainsi l'esprit doit découvrir comment se vider de son propre contenu, et malgré tout cela vivre dans ce monde, ne pas devenir un « demeuré », mais avoir un cerveau qui fonctionne avec efficacité. Et comment ceci peut-il se produire ? Cela peut-il jamais se produire, ou bien n'y a-t-il pour l'homme aucune issue possible ?

N. – Je vous suis.

K. – Et parce que je ne sais pas comment transcender tout cela, j'invente tous les dieux, les temples, les philosophies, les rites – vous comprenez ?

N. – Oui, je comprends.

K. – Ce que nous faisons en ce moment, c'est la méditation, la vraie méditation, et non pas de la pseudoméditation. Voir si l'esprit – avec son cerveau qui a évolué à travers les âges, qui est le résultat de milliers d'expériences, ce cerveau qui ne fonctionne de façon efficace que dans un état de complète sécurité – voir si l'esprit peut se vider tout en disposant d'un cerveau qui fonctionne comme un outil merveilleux. Voir aussi que l'amour n'est pas le plaisir, que l'amour n'est pas le désir. Quand il y a l'amour, il n'y a pas d'images ; mais je ne sais pas ce que c'est que l'amour. Pour le moment, je veux un amour qui soit plaisir, vie sexuelle et tout ce qui s'ensuit. Il y a forcément un rapport entre ce dépouillement total de la conscience et cette chose que j'appelle amour ; entre l'inconnu et le connu qui est le contenu de la conscience.

N. – Je vous suis. Un tel rapport doit exister.

K. – Il faut qu'il y ait harmonie entre les deux. Vider la conscience, connaître l'amour doivent être en harmonie. Il est possible que seul l'amour soit nécessaire, et rien d'autre.

N. – Vider la conscience, c'est une autre façon d'exprimer le mot « amour ». C'est bien là ce que vous dites ?

K. – Je me demande simplement ce que c'est que l'amour. L'amour se trouve-t-il dans le champ de la conscience ?

N. – Non, ce serait impossible.

K. – N'affirmez pas. Ne dites jamais oui ni non ; découvrez ! L'amour circonscrit le contenu de la conscience, cet amour est plaisir, ambition, et tout ce qui s'ensuit Qu'est-ce alors que l'amour vrai ? Je n'en sais rien. Je ne veux pas faire semblant de connaître quoi que ce soit. Je n'en sais rien. Il y a là un élément que je dois découvrir. Si vider la conscience de son contenu implique l'amour (c'est-à-dire l'inconnu), quelle est la relation qui existe entre le connu et l'inconnu ? – et non pas cet inconnu mystérieux, Dieu ou tout autre nom que vous voudrez lui donner. Nous en viendrons à l'idée de Dieu si nous continuons cette discussion. Quel est le rapport qui existe entre l'inconnu, chose que je ne connais pas et qui peut être ce que nous appelons amour, et le contenu de la conscience que je connais (cela peut se passer dans l'inconscient, mais je peux le contraindre à se révéler) ? Se mouvoir entre le connu et l'inconnu, c'est l'harmonie et l'intelligence, n'est-ce pas ?

N. – Absolument.

K. – Donc il me faut découvrir, mon esprit doit découvrir comment se vider de son contenu. Autrement dit, ne plus avoir d'image, et par conséquent, plus d'observateur. L'image implique le passé, soit l'image qui se crée à l'instant, soit celle que je projette dans l'avenir. Donc plus d'image, de formule, d'idée, d'idéal, de principe – toutes ces choses impliquent l'image. Peut-il n'y avoir aucune formation d'image ? Vous me blessez ou bien vous me faites plaisir et, par conséquent, j'ai une image de vous. Donc, maintenant, plus de formation d'image quand vous me blessez ou me faites plaisir.

N. – Est-ce possible ?

K. – Évidemment, c'est possible, sinon je suis condamné.

N. – Vous êtes condamné. Autrement dit, moi je suis condamné.

K. – Nous sommes condamnés, mais m'est-il possible, quand vous m'insultez, d'être si complètement attentif, d'observer avec une telle intensité, que votre insulte ne laisse aucune trace ?

N. – Je vois ce que vous voulez dire.

K. – Quand vous me flattez, pas de trace ; et dans ce cas, il n'y a pas d'image, et c'est ainsi que je l'ai fait, que mon esprit l'a fait, c'est-à-dire qu'alors il n'y a aucune formation, aucune. Si vous ne formez aucune image maintenant, pendant l'instant présent, les images du passé ne trouvent plus à se placer.

N. – Là, je ne vous suis pas. « Si je ne forme pas d'image maintenant… » ?

K. – Les images du passé ne trouvent plus de place, mais si vous formez une image, vous vous mettez d'emblée en rapport avec le passé.

N. – Vous êtes relié aux images du passé. Oui, c'eeî vrai.

K. – Mais si vous ne formez aucune image ?

N. – Alors, vous êtes libéré de tout le passé.

K. – Voyez la chose, voyez-là !

N. – Mais c'est très clair.

K. – Donc l'esprit peut se vider de toutes ses images quand il n'en forme aucune dans l'instant présent. Dès l'instant où je forme une image, je la relie à toutes les images du passé ; et ainsi la conscience, l'esprit se refuse à toute image dans l'instant présent et ôte toute vie à celles du passé. Alors il y a espace, et non pas un espace qui entoure le centre ; et si l'on creuse encore, si l'on va au fond, *alors* il y a quelque chose de sacré qui n'a pas été inventé par la pensée et qui est sans rapport aucun avec aucune religion.

N. – Merci.

⁂

N. – J'ai une autre question que je voudrais vous poser. Nous voyons l'inanité de tant de traditions qu'aujourd'hui les gens tiennent pour sacrées. Mais n'existe-t-il pas certaines traditions transmises de génération en génération, qui ont de la valeur, qui sont nécessaires et sans lesquelles nous perdrions le peu d'humanité que nous avons ? N'y a-t-il pas des traditions fondées sur quelque chose de vrai et que l'on se transmet ?

K. – Que l'on se transmet…

N. – Des façons de vivre, même si on ne les comprend que dans le sens extérieur.

K. – Si on ne m'avait pas appris, dès mon enfance, à ne pas me jeter sous une automobile…

N. – Ce serait un des exemples les plus simples.

K. – Ou de faire attention au feu, ou de veiller à ne pas taquiner un chien qui pourrait me mordre… Cela aussi, c'est la tradition.

N. – Oui, certainement.

K. – L'autre genre de tradition, c'est l'idée qu'on doit aimer.

N. – C'est le pôle opposé.

K. – Et les traditions des tisserands en Inde et ailleurs. Vous savez, il y a là des ouvriers qui peuvent tisser sans modèle, et ils tissent selon une tradition qui est si profondément enracinée qu'ils n'ont même pas besoin d'y penser. C'est ancré dans leurs mains. Je ne sais pas si vous avez jamais vu la chose. En Inde, ils ont un monde de traditions, ils produisent des choses merveilleuses. Et puis il y a la tradition du savant, du biologiste, de l'anthropologue ; c'est une tradition qui repose sur l'accumulation des connaissances qu'un savant transmet à un autre, ou un docteur à un autre docteur. La science. Très évidemment, ce genre de tradition est une chose essentielle. Mais je ne lui donnerais pas le nom de tradition. Et vous ?

N. – Non, ce n'est pas à ça que je pense. Ce que j'entends par tradition, c'est une façon de vivre.

K. – Cela non plus je ne l'appellerais pas tradition. Est-ce que nous n'entendons pas par tradition un facteur un peu différent ? La bonté est-elle un facteur de tradition ?

N. – Non, mais il y a peut-être de bonnes traditions.

K. – De bonnes traditions conditionnées par la culture dans laquelle nous vivons. Une bonne tradition parmi les brahmanes, jadis, consistait à ne tuer aucun être humain, aucun animal, c'était chose admise et cela fonctionnait. Or nous disons : « La bonté est-elle traditionnelle ? La bonté peut-elle fonctionner et s'épanouir dans la tradition ? »

N. – Ce que je me demande alors, c'est s'il existe des traditions qui ont été formées par une intelligence isolée ou collective, une intelligence qui comprend la nature humaine ?

K. – Mais l'intelligence est-elle traditionnelle ?

N. – Non. Mais l'intelligence ne peut-elle pas former, dessiner une façon de vivre capable d'aider d'autres hommes à se trouver eux-mêmes plus facilement ? Je sais que c'est là une chose qui a son origine en soi, mais n'y a-t-il pas des hommes de grande intelligence capables de façonner les conditions extérieures pour moi ? Dès lors, j'aurai moins de peine à entrevoir ce dont vous parlez.

K. – Ce qui veut dire quoi, monsieur ? Vous prétendez le savoir.

N. – Je ne prétends pas le savoir.

K. – Parlons de cela. Supposons que vous êtes cette personne de vaste intelligence et vous dites : « Mon cher fils, voici comment il faut vivre. »

N. – Mais je n'ai pas besoin de le dire.

K. – Vous le faites sentir par votre atmosphère, par votre aura, et alors moi je dis : « Je vais essayer – lui sait et moi pas. » La bonté peut-elle s'épanouir dans votre ambiance, croître sous votre ombre ?

N. – Non. Mais si je posais de telles conditions, je ne serais pas intelligent.

K. – Par conséquent, vous affirmez que la bonté, le bien ne peuvent agir, fonctionner, s'épanouir dans n'importe quel environnement.

N. – Non, je n'ai pas dit cela. Je demandais : existe-t-il des environnements qui sont favorables à un état de libération ?

K. – C'est une question que nous aurons à approfondir. Un homme qui va à son usine jour après jour et trouve une détente en buvant, et tout ce qui s'ensuit…

N. – Ça c'est l'exemple d'un environnement hostile, d'une mauvaise tradition.

K. – Alors, que fait-il, l'homme qui est intelligent, celui qui se préoccupe de modifier l'environnement, que peut-il faire pour cet homme-là ?

N. – Peut-être qu'il est en train de changer l'environnement pour lui-même. Mais il comprend certaines choses, il comprend l'homme en général. Je parle maintenant d'un grand instructeur, quel que soit le nom qu'on lui donne. Il aide, il nous offre une façon de vivre que nous ne comprenons pas, que nous n'avons pas vérifiée par nous-mêmes, mais qui néanmoins agit sur quelque chose qui est en nous et favorise notre harmonisation.

K. – C'est là le « sat-san », la fréquentation de gens qui sont bons. Il est agréable d'être en compagnie de gens bienfaisants, car alors nous n'allons pas nous quereller, nous n'allons pas nous combattre, nous n'allons pas être violents ; tout cela est bon.

N. – Très bien, mais peut-être que la fréquentation de gens justes signifie que tout en me querellant j'y serai plus sensible, j'en souffrirai plus et que je comprendrai mieux les choses.

K. – Donc, vous désirez la compagnie de gens bienfaisants afin de vous voir vous-même plus clairement ?

N. – Oui.

K. – Autrement dit, vous dépendez de votre environnement quand il s'agit de vous voir vous-même.

N. – Oui, peut-être au commencement.

K. – Dans le commencement, le premier pas c'est le dernier pas.

N. – Je ne suis pas d'accord.

K. – Examinons un peu la chose. Regardez ce qui s'est passé. Je m'entoure de gens bienfaisants parce que, dans cette ambiance, dans cette atmosphère, je me vois moi-même plus clairement, parce qu'ils sont bons, je vois mes propres déficiences.

N. – Les choses se passent quelquefois ainsi.

K. – Je prends cet exemple.

N. – Ce n'est qu'un exemple, d'accord ?

K. – Ou bien je suis bon moi-même et, par conséquent, je vis avec eux. Mais alors je n'ai pas besoin d'eux.

N. – Non. Dans ce cas, on n'a pas besoin d'eux. En effet.

K. – Donc, si je suis bon moi-même, je n'ai pas besoin d'eux. Mais si je ne suis pas bon et que je sois en leur présence, alors je me vois plus clairement. Alors, pour me voir clairement, il faut que je sois avec eux. C'est ce qui se passe en général. C'est *eux* qui prennent de l'importance et non pas ma bonté. Et cela arrive tous les jours.

N. – Mais, enfin, n'est-ce pas ce qui arrive quand on sèvre un bébé en noircissant le sein de sa mère ? Il se trouve que j'ai besoin de ces hommes bienfaisants, peut-être, au commencement.

K. – Je vais examiner la chose, je veux découvrir la vérité. En premier lieu, si je suis moi-même bon, je n'ai pas besoin d'eux. Je suis comme ces collines, comme ces oiseaux qui sont sans besoin.

N. – D'accord. Nous pouvons mettre ce cas-là de côté.

K. – Mais si je ne suis pas moi-même bon, j'ai besoin de leur compagnie parce que, lorsque je suis en leur compagnie, je me vois moi-même plus clairement ; je sens passer un souffle de fraîcheur.

N. – Ou je vois combien je suis mauvais.

K. – Dès l'instant où je sens l'horreur de moi-même, dans le sens le plus vaste du mot, je ne fais pas autre chose que de me comparer à eux.

N. – Non, pas toujours. Je peux exposer l'image que j'ai de moi-même et en saisir la nature mensongère.

K. – Eh bien, maintenant, je pose la question : avez-vous besoin de ces gens vertueux pour vous voir vous-même comme étant un menteur ?

N. – En principe, non.

K. – Non, non. Pas en principe. Ou bien c'est comme ça, ou bien cela ne l'est pas.

N. – Voilà la question.

K. – Ce qui veut dire que, si j'ai besoin d'eux, je suis perdu. Alors, éternellement, je vais me cramponner à eux. Monsieur, c'est ainsi que cela se passe. C'est vieux comme le monde.

N. – Mais enfin, il arrive aussi que je me cramponne pendant un certain temps et qu'après je me remette d'aplomb.

K. – Eh bien, alors, pourquoi vous, l'homme vertueux, me venez-vous pas me dire : « Commencez tout de suite, vous n'avez pas besoin de moi. Vous pouvez vous observez clairement dès maintenant. »

N. – Mais il se pourrait que, si je vous parlais comme cela, vous me compreniez entièrement de travers.

K. – Alors, qu'est-ce qui me reste à faire ? Toujours me cramponner à vous. Vous suivre partout ?

N. – Ce n'est pas la question de ce que vous allez faire, mais de ce que vous faites.

K. – Ce que les gens font d'habitude, c'est de lui courir après.

N. – Oui, c'est ce qu'ils font en général.

K. – Vous vous cramponnez à ses basques.

N. – C'est peut-être parce que l'instructeur n'est pas intelligent.

K. – Voici ce qu'il dit : « Voyez, mon ami, je ne peux pas vous enseigner, je n'ai rien à enseigner. Si je suis réellement bon et vertueux, je n'ai rien à enseigner. Je ne peux que montrer. »

N. – Mais il ne le dit pas, il le fait.

K. – Je dis : « Voyez, je n'ai pas envie de vous enseigner, vous pouvez apprendre à partir de vous-même. »

N. – Oui, d'accord. Admettons que c'est ce qu'il dit.

K. – Il vous dit : « Apprenez à vous connaître vous-même. Ne soyez pas dépendant. » Ce qui veut dire que, étant bon vous-même, vous m'aidez à me regarder moi-même.

N. – Vous m'attirez.

K. – Non. Vous m'acculez au mur et je ne peux pas m'échapper.

N. – Je vois ce que vous dites, mais c'est la chose la plus facile au monde que de s'échapper.

K. – Mais je n'ai pas envie de fuir. Vous me « dites ceci : Ne dépendez pas, parce que le vrai bien ne dépend pas. » Si vous voulez véritablement être bon, vous ne devez dépendre de rien.

N. – De rien d'extérieur, oui, d'accord.

K. – De rien, extérieur ou intérieur. Ne dépendez de rien. Ça ne veut pas dire simplement ne dépendez pas du facteur, ça veut dire ne dépendez pas intérieurement.

N. – Bien.

K. – Ce qui veut dire quoi ? Je dépends. Il m'a dit une chose : « Ne dépendez pas de moi, de personne, ni de votre femme, ni de votre mari, de votre fille, du politicien, ne soyez pas dépendant. » Et c'est tout. Il s'en va, il me laisse avec ça, et que vais-je faire ?

N. – Découvrir s'il a raison.

K. – Mais je suis dépendant.

N. – C'est ce que je veux dire.

K. – Je dépends de ma femme, du prêtre et du psychanalyste. Oui, je dépends. Alors je me mets en route, parce qu'il m'a dit la vérité. Vous me suivez, monsieur ? Elle est là, il faut que je travaille par moi-même, que je découvre si c'est bien la vérité ou si c'est faux. Autrement dit, il me faut utiliser ma raison, mes facultés, mon intelligence. Il faut que je travaille. Je ne peux pas me contenter de dire : « Eh bien, voilà, il est parti ! » Je dépends moi-même de mon cuisinier ! Donc, il me faut découvrir, il faut que je démêle le vrai du faux. J'ai vu la chose et ça ne dépend de personne.

N. – D'accord.

K. – Même la fréquentation des gens vertueux ne va pas m'enseigner ce qui est bon, ce qui est faux ou ce qui est vrai. Il me faut le voir.

N. – Oui, absolument.

K. – Alors, je ne dépends de personne pour découvrir ce qui est vrai ou ce qui est faux.

Malibu, Californie
26 mars 1971.

Trois causeries à New York

1. La révolution intérieure
2. Rapports humains
3. L'expérience religieuse, la méditation

1

La révolution intérieure

Nécessité de changer. Un processus temporel ou instantané ? Le conscient et l'inconscient ; les rêves. Le processus analytique. Voir le contenu de la conscience sans la séparation observateur et observé. Le bruit et la résistance. « Quand a cessé complètement la division entre l'observateur et la chose observée, le "ce qui est" n'est plus ce qui est. »

Questions. L'observateur et l'observé ; fragmentation ; résistance.

KHISHNAMURTI – Nous allons examiner ensemble la question de savoir ce que recèle la conscience, dans les couches profondes de l'esprit – ce qu'on appelle en général l'inconscient. Il s'agit pour nous de susciter une révolution radicale en nous-mêmes, et par conséquent dans la société. La révolution physique tant prônée actuellement dans le monde entier n'entraîne pas un changement fondamental de l'homme.

Dans une société corrompue telle que la société actuelle, en Europe, en Inde et ailleurs, il faut qu'il y ait des changements fondamentaux dans la structure même de la société. Et si l'homme lui-même reste corrompu dans ses activités, il contaminera la structure quelle qu'elle soit, si parfaite qu'elle puisse être ;

il est par conséquent impératif, absolument essentiel que lui-même change.

Ce changement peut-il être provoqué par un processus de durée, un aboutissement graduel au moyen d'un changement graduel ? Ou bien le changement ne se produit-il que dans l'instant présent ? C'est ce que nous allons examiner ensemble.

On voit la nécessité d'un changement intérieur – plus on est sensitif, éveillé, intelligent, plus on prend conscience qu'il est besoin d'un changement profond, véritable, vivace. Le contenu de la conscience, c'est la conscience ; ce ne sont pas deux choses séparées. Ce qui est implanté dans la conscience constitue la conscience. Et, s'agissant d'y provoquer un changement – à la fois dans celle qui est manifestée comme dans celle qui est plus cachée – cela dépend-il de l'analyse du temps ou de la pression de l'entourage ? Ou bien le changement doit-il se produire indépendamment de toute pression, de toute contrainte ?

Voyez-vous, l'examen de cette question va se révéler assez ardu ; elle est très compliquée, et j'espère que nous pourrons partager cette recherche. Faute d'approfondir ce sujet très sérieusement, se donnant vraiment du mal et y prenant un intérêt profond, une passion réelle, j'ai peur que nous ne puissions pas aller bien loin (loin n'est pas ici une question de temps ou d'espace, mais de profondeur intérieure). Il faut une grande passion, une grande énergie, et, pour la plupart, nous gaspillons notre énergie dans des conflits divers. Et il en faut si nous examinons toute cette question de l'existence. Mais l'énergie abonde quand existe la possibilité de changement ; là où il n'y a pas de possibilité de changement, elle s'étiole.

Nous nous figurons ne pas pouvoir changer. Nous acceptons les choses telles qu'elles sont, et ainsi nous cédons au découragement, à la dépression, à l'incertitude et à la confusion. Il est possible de changer d'une façon radicale, et c'est ce que nous allons examiner. Si vous le voulez bien, ne suivez pas trop minutieusement les paroles prononcées par l'orateur, mais utilisez ses mots comme un miroir pour vous observer vous-même et interrogez-vous avec passion, avec intérêt, vitalité et une grande énergie. Et peut-être alors parviendrons-nous à un point où nous pourrons constater d'évidence que, sans aucune sorte d'effort, sans aucun mobile d'aucune espèce, cette transformation radicale se produit d'elle-même.

Il n'y a pas seulement la connaissance superficielle de nous-mêmes, mais il y a encore le contenu profond et caché de notre conscience. Comment l'examiner, comment dévoiler ce contenu tel qu'il est ? Est-ce une chose à faire fragment par fragment, lentement, graduellement – ou bien tout le tableau peut-il être exposé et compris en un instant, de sorte que le processus analytique tout entier prenne fin ?

Nous allons approfondir la question de l'analyse. Pour l'orateur, l'analyse est la négation même de l'action – l'action ayant toujours lieu dans le présent actif. L'action ne signifie pas « on a fait » ou « on fera », mais *on fait*. L'analyse fait obstacle à cette action du présent, parce que toute analyse implique un roulement de temps ; il y a une dénudation graduelle : l'examen d'une couche après l'autre, et encore l'analyse du contenu de chaque couche. Et si l'analyse n'est pas parfaite, complète, vraie, alors étant incomplète, elle laisse forcément une connaissance qui elle-même est incomplète. Et l'analyse suivante part d'une chose qui est incomplète.

Regardez, je m'examine moi-même, je m'analyse moi-même, et si mon analyse est incomplète, alors ce que j'ai fait devient la base à partir de laquelle j'avance dans l'analyse de la couche suivante, et par ce procédé chaque analyse est incomplète, conduisant à de nouveaux conflits, et ainsi à un état d'inaction. Puis, dans l'analyse, il y a l'analyseur et la chose analysée, que l'analyseur soit un professionnel ou que ce soit vous-même, un laïque ; il existe cette dualité, l'analyseur analysant une chose dont il se figure qu'elle est différente de lui-meme. Mais cet analyseur, qu'est-il ? Il est le passé, il est la science accumulée de toutes les choses qu'il a analysées ; et c'est avec cette science – qui appartient au passé – qu'il analyse le présent.

Ce processus implique donc des conflits, une lutte pour chercher à se conformer ou pour forcer et contraindre ce qui est l'objet de l'analyse. Et puis il y a tout le processus des rêves. Je ne sais pas si vous vous êtes vous-même intéressé à tout ceci. Vous avez probablement lu des livres écrits par d'autres, et c'est regrettable, parce que si célèbres que soient vos auteurs, vous ne faites que répéter ce qu'ils ont pu dire. Mais si vous ne lisez pas tous ces livres, comme l'orateur qui, lui, ne les lit pas, alors il vous faut enquêter vous-même ; cela devient beaucoup plus intéressant, beaucoup plus original, plus direct et plus vrai.

C'est dans le processus d'analyse ou de psychanalyse qu'existe cet univers de rêves. Nous les acceptons comme étant chose nécessaire, parce que des professionnels ont dit : « Vous devez rêver, autrement vous deviendrez fou. » Et ces paroles renferment quelque vérité. Nous nous posons toutes ces questions parce que nous cherchons à découvrir s'il est possible de changer radicalement, alors qu'il y a tant de confusion, tant de souffrance, de haine et de brutalité dans le monde. Il n'existe aucune compassion. Et si l'on est le moins du monde sérieux, on doit forcément examiner toutes ces questions. Notre recherche n'est pas un simple divertissement intellectuel. Nous cherchons véritablement à découvrir s'il est possible de changer, et si nous voyons la possibilité de le faire, qui que nous soyons, aussi superficiels, aussi légers, aussi répétitifs, aussi imitatifs que nous soyons, si nous voyons qu'existe une possibilité de changement complet, nous avons alors l'énergie de le faire. Mais dès l'instant où nous disons que ce n'est pas possible, notre énergie se dissipe d'elle-même.

Donc, nous examinons cette question de savoir si la psychanalyse produit un changement radical d'aucune sorte, ou si elle n'est qu'un divertissement intellectuel, un procédé pour éviter l'action. Mais comme nous le disions, l'analyse implique que l'on pénètre dans l'univers des rêves. Les rêves, que sont-ils et comment prennent-ils naissance ? Je ne sais pas si vous avez examiné ce sujet – et si vous l'avez fait, vous aurez vu que les rêves sont la prolongation de votre vie quotidienne. Ce que vous faites pendant la journée, tout le mal, la corruption, la haine, les plaisirs passagers, l'ambition, la culpabilité, et ainsi de suite, tout cela se prolonge dans le monde des rêves, mais sous forme de symboles, de tableaux et d'images. Ces tableaux et ces images doivent être interprétés, et alors se déchaîne tout ce tapage que nous connaissons.

Mais nous ne nous demandons jamais pourquoi nous rêvons. Nous avons accepté le rêve comme une chose essentielle, comme faisant partie de la vie. Et maintenant, nous nous demandons (si vous partagez ce point de vue avec moi) pourquoi nous rêvons. Est-il possible, quand vous vous endormez, d'avoir l'esprit complètement calme ? Car l'esprit ne se renouvelle que dans cet état de calme, il se vide alors de son contenu et se réveille plein de fraîcheur, de jeunesse, de clarté, ayant éliminé toute confusion.

Si les rêves sont la prolongation de notre vie quotidienne, de ses remous, de l'anxiété, du désir de sécurité, des attachements, alors inévitablement ils se produiront sous leur forme symbolique. Ceci est clair, n'est-ce pas ? Alors on se demande : « Mais pourquoi rêver ? » Les cellules du cerveau ne peuvent-elles pas être calmées, tranquilles, sans remâcher tout le charabia de la journée ?

Cela, il faut le découvrir par expérience et non pas en acceptant ce que dit l'orateur – et pour l'amour du ciel, n'acceptez jamais, parce que nous partageons notre investigation, nous l'entreprenons ensemble. Vous ne pouvez en faire l'expérience personnelle qu'en étant totalement en éveil dans le courant de la journée, en observant vos pensées, vos mobiles, votre façon de parler, de marcher et de causer. Et quand vous êtes suffisamment éveillé, vous recevez des suggestions venant de l'inconscient, des couches les plus profondes, parce qu'à ce moment vous les exposez, en sollicitant les motifs cachés, les anxiétés – tout le contenu de l'inconscient se révèle au grand jour. Ainsi, quand vous vous endormez, vous vous apercevez que votre esprit – le cerveau compris – est dans un état de tranquillité extraordinaire. Il se repose véritablement parce que vous en avez fini avec ce que vous aviez à faire dans le courant de la journée.

Si vous passez en revue votre journée, au moment de vous coucher et de vous endormir – ne le faites-vous pas ? – en vous disant : « J'aurais dû faire ceci, je n'aurais pas dû faire cela », « Il aurait mieux valu faire cela, je regrette bien d'avoir dit ceci » ; quand vous passez ainsi en revue tous les événements de la journée, vous essayez, en fait, d'établir un ordre en vous-même avant de vous endormir. Si vous ne remettez pas de l'ordre avant de vous endormir, votre cerveau s'efforce de le faire pendant votre sommeil. Parce que le cerveau ne fonctionne parfaitement que dans un état d'ordre, non pas dans un état de confusion. Il fonctionne avec le plus d'efficacité quand il y a un ordre complet, que celui-ci ait été imposé rationnellement ou par l'effet d'une névrose, parce que, dans la névrose, dans le déséquilibre, il existe un ordre et le cerveau l'accepte.

Donc, si vous passez en revue tous les événements de la journée avant de vous endormir, vous cherchez à établir un ordre et, par conséquent, le cerveau n'a pas lieu de l'établir pendant votre sommeil : vous l'avez fait vous-même. Or, vous pouvez établir un tel ordre à chaque minute de la journée si vous prenez conscience de tout ce qui se passe extérieurement et intérieurement. Extérieurement, dans ce sens que vous prenez conscience du désordre qui vous entoure, de la cruauté, de l'indifférence, de la dureté, de la saleté, de la misère, des querelles, des politiciens et de leurs chicanes – tout cela se passe autour de vous. Et aussi vos relations avec votre mari, votre femme, votre fiancée ou votre petit ami. Vous prenez conscience de tout cela dans la journée sans vouloir rien y changer. Vous en prenez seulement conscience. Dès l'instant où vous vous efforcez d'y changer quelque chose, vous introduisez le désordre ; mais si vous vous contentez d'observer les choses vraiment telles qu'elles sont, alors, ce qui est, *c'est* l'ordre.

Quand vous vous efforcez de changer quelque chose à « ce qui est », alors seulement il y a désordre, parce que votre désir est de changer les choses conformément à votre savoir acquis. Ce savoir, c'est le passé, et vous cherchez alors à modifier « ce qui est » – qui n'est pas le passé – en fonction de ce que vous avez pu apprendre. Par conséquent, il existe un état de contradiction et de déformation, et tout cela est désordre.

Donc, dans le courant de la journée, si vous prenez conscience des cheminements de votre pensée, de vos mobiles, de l'hypocrisie, de vos faux-semblants – faire une chose, en dire une autre et en penser une troisième – du masque que vous mettez, de vos façons de tromper que vous avez si prestes à la portée de votre main, si vous percevez tout cela dans le courant de la journée, vous n'avez même pas besoin de passer votre journée en revue au moment de vous endormir, car vous avez établi un état d'ordre de minute en minute. Ainsi, quand vous vous endormez, vous vous apercevez que vos cellules cérébrales qui ont retenu et qui conservent le passé goûtent un repos total, et votre sommeil devient alors quelque chose d'entièrement différent. Quand nous nous servons du mot « esprit », cela comprend le cerveau, tout le système nerveux, l'affectivité, toute cette structure humaine ; nous parlons de *tout cela* et non pas de quelque chose d'isolé. Ce vocable comprend l'intellect, le cœur et tout le système nerveux. Alors, quand vous vous endormez, tout ce processus prend fin et, au moment du réveil, vous voyez les choses exactement telles qu'elles sont, et non pas avec votre interprétation ou le désir d'y changer quelque chose.

C'est ainsi que l'analyse, pour l'orateur, est un obstacle à l'action. Et l'action est une chose absolument essentielle quand il s'agit de provoquer ce changement radical. L'analyse n'est donc pas la bonne voie. N'acceptez pas, je vous en prie, ce que dit l'orateur, mais observez les choses par vous-même, apprenez à les connaître non pas de moi, mais apprenez en observant tout ce qu'implique l'analyse : le temps, l'analyseur, la chose analysée – l'analyseur *est* la chose analysée – et il faut que chaque analyse soit complète, autrement elle déforme l'analyse suivante. Donc il s'agit de voir que tout ce processus, qu'il s'agisse d'introspection ou d'analyse intellectuelle, est totalement erroné ! Ce n'est pas là la façon de s'en sortir. Elle est peut-être nécessaire pour ceux qui sont plus ou moins, ou même très déséquilibrés, et peut-être que la plupart d'entre nous le sommes.

Il nous faut découvrir une façon d'observer tout le contenu de la conscience sans avoir recours à l'analyseur. C'est très amusant, parce que ce faisant, vous avez complètement rejeté tout ce qui a pu être dit par autrui. Alors vous vous tenez debout tout seul, et quand vous découvrez quelque chose par vous-même, cette chose sera authentique, réelle, vraie, ne dépendant d'aucun professeur, d'aucun psychologue, d'aucun psychanalyste, et ainsi de suite.

Il faut donc découvrir une façon d'observer sans avoir recours à l'analyse. Je vais insister quelque peu sur ce sujet. J'espère que tout ce que nous disons ne vous ennuie pas. Nous ne nous livrons pas ici à une thérapeutique de groupe ! *(Rires.)* Ceci n'est pas une confession publique. L'orateur ne cherche pas à vous analyser ni à vous pousser à vous transformer et à devenir des êtres humains hors série ! Tout ceci, vous devez le faire par vous-même, et comme la plupart d'entre nous sommes des gens de seconde ou de troisième main, il va nous être très difficile de mettre complètement de côté tout ce qui a été imposé à nos intelligences par les professionnels, qu'ils soient religieux ou scientifiques, et tout cela nous devons le découvrir par nous-mêmes.

Si l'analyse n'est pas la bonne voie – et en ce qui concerne l'orateur, elle ne l'est pas – alors comment peut-on examiner et observer le contenu total de la conscience ? S'il vous plaît, n'allez pas répéter quelque chose qui vous aura été dit par quelqu'un d'autre. Quel est le contenu total de votre conscience ? Avez-vous jamais regardé ? L'avez-vous jamais considéré ? Et si vous l'avez fait, ne vous êtes-vous pas rendu compte qu'il s'agit de différents incidents, d'événements désagréables ou agréables, de différentes croyances, de différentes traditions, de différents souvenirs individuels, souvenirs raciaux et familiaux, de la culture dans laquelle vous avez été élevé, tout cela c'est le contenu de votre conscience, n'est-ce pas ? Et les incidents qui ont lieu chaque jour, les souvenirs, les souffrances, les douleurs, les insultes, tout cela laisse une trace, et c'est ce contenu qui est votre conscience. Vous, catholiques ou protestants, vous qui vivez dans ce monde occidental, avides toujours de plus et de plus, le monde du plaisir, du divertissement, de la richesse, de bruit incessant de la télévision, de la brutalité – tout cela c'est vous, c'est votre contenu.

Comment tout ceci peut-il être dévoilé ? Et s'agissant de le dévoiler, chaque incident, chaque événement, chaque tradition, chaque blessure, chaque douleur doit-il être examiné isolément ? Ou bien peut-on voir le tout d'un seul coup ? S'il s'agit de l'examiner fragment par fragment, un incident après l'autre, vous entrerez dans ce monde de l'analyse dont on ne connaît pas la fin, et vous mourrez en analysant et en dépensant beaucoup d'argent pour payer des gens qui vous analyseront, si cela vous plaît.

Et maintenant, nous allons découvrir comment considérer ces différents fragments qui constituent le contenu de la conscience d'une façon totale et non pas analytique. Nous allons découvrir comment observer sans aucune analyse. Jusqu'à présent, nous avons toujours regardé toute chose – l'arbre, le nuage, le mari ou la femme, le garçon ou la fille – toujours comme l'observateur et la chose observée. S'il vous plaît, prêtez un peu d'attention à ceci. Vous avez observé votre propre colère, votre avidité ou votre jalousie, ou tout autre chose, comme un observateur qui regarderait l'avidité, etc. Mais l'observateur *est* lui-même l'avidité. Vous les avez séparés parce que votre esprit a été conditionné par le processus analytique, et, par conséquent, vous regardez toujours l'arbre, le nuage, toutes les choses de la vie, comme un observateur considérant une chose observée. L'avez-vous remarqué ? Vous regardez votre femme à travers l'image que vous en avez ; cette image, c'est l'observateur, c'est le passé ; cette image a été construite au cours des temps. Et l'observateur *est* le temps, *est* le passé, *est* le savoir accumulé de tous ces incidents, des accidents, des événements, des expériences, et ainsi de suite. Cet observateur *est* le passé et il regarde la chose observée comme s'il ne lui appartenait pas, comme s'il en était séparé.

Eh bien, maintenant, êtes-vous capables de regarder sans qu'il y ait l'observateur ? Pouvez-vous regarder l'arbre en négligeant le passé devenu l'observateur ? Car, quand existe l'observateur, il y a un intervalle d'espace entre l'observateur et la chose observée – l'arbre. Cet espace est donc temps, parce qu'il implique une distance. Ce temps, c'est la qualité de l'observateur qui est le passé, qui est le savoir accumulé qui intervient pour dire : « Voilà l'arbre » ou « Voilà l'image de ma femme ».

Êtes-vous capable de regarder non seulement l'arbre, mais encore votre femme ou votre mari, indépendamment de l'image ? Voyez-vous, ceci exige une immense discipline. Je vais vous montrer quelque chose : la discipline, en général, implique un certain conformisme, des exercices, des imitations, un conflit entre ce qui est et ce qui devrait être. Et ainsi, toute discipline implique un conflit. Il faut supprimer, dominer, agir par sa volonté, et ainsi de suite. Ce mot discipline couvre tout cela. Or, en fait, ce mot veut dire apprendre – non pas se conformer, non pas supprimer, mais apprendre. Et le propre d'un esprit qui est en train d'apprendre est d'avoir son ordre à lui qui est une discipline. En ce moment, nous apprenons comment observer sans l'intervention de l'observateur, du passé, de l'image. Quand on observe de cette façon « ce qui est », c'est une chose vivante que vous regardez, et non pas une chose morte qui n'est reconnaissable que reliée à un événement du passé, à un savoir passé.

Voyez, messieurs, simplifions encore les choses. Vous me dites quelque chose qui me blesse et la souffrance entraînée par cette blessure s'imprime en moi. Son souvenir est prolongé, et s'il survient une nouvelle souffrance, celle-ci est enregistrée à son tour. Donc la blessure est renforcée dès l'enfance, et cela continue. Tandis que si j'observe d'une façon complète quand vous me dites quelque chose de pénible pour moi, cela ne s'imprime pas sous forme de blessure. Dès l'instant où vous le notez comme étant une blessure, ce souvenir se prolonge pendant tout le reste de votre vie ; tout le reste de votre vie, vous serez blessé et vous ajouterez à cette cicatrice. Tandis que si vous observez la souffrance entièrement et totalement sans la confier à votre mémoire, il faut que vous accordiez une attention totale au moment même de la souffrance. Tout ceci, le faites-vous ?

Regardez. Quant vous vous promenez, quand vous êtes dans la rue, il y a autour de vous toutes sortes de bruits, de cris, de vulgarités, de brutalités, et tout ce vacarme se déverse en vous. Tout cela est très destructeur. Plus vous êtes sensitif, plus cela vous détruit, plus cela entame votre organisme. Vous résistez à cette souffrance et construisez un mur ; et, ce faisant, vous vous isolez vous-même. Par conséquent, vous renforcez sans cesse cet isolement grâce auquel vous serez de plus en plus blessé. Tandis que si vous observez ce bruit, si votre attention est tournée vers lui, vous allez vous apercevoir que votre organisme n'en est jamais blessé.

Si vous comprenez ce principe primordial, vous aurez compris quelque chose d'immense ! Quand il y a un observateur qui s'isole de la chose observée, il y a forcément conflit. Vous pourrez faire tout ce que vous voudrez, tant qu'il y a une division entre l'observateur et la chose observée, il y aura forcément conflit. Tant qu'il y a division entre le musulman et l'hindou, entre le catholique et le protestant, entre le Blanc et le Noir, il y a inévitablement conflit. Vous pouvez vous tolérer réciproquement, mais la tolérance est une couverture intellectuelle pour masquer l'intolérance.

Tant qu'il y a division entre vous et votre femme, il y a forcément conflit. Cette division existe fatalement, tant qu'existe l'observateur séparé de la chose observée, tant que je dis : « La colère n'étant pas moi, il faut que je la contrôle, il faut que je domine mes pensées » ; en tout cela il y a division, par conséquent conflit. Le conflit implique suppression, conformisme, imitation, tout cela y est inclus. Si véritablement vous voyez la beauté de tout ceci, que l'observateur est la chose observée, que les deux ne sont pas séparés, vous pouvez alors observer votre conscience dans sa totalité, et cela sans analyse. Alors vous voyez tout le contenu de la conscience instantanément.

L'observateur est le penseur. Nous avons attribué une telle importance au penseur, n'est-ce pas ? Nous vivons par nos pensées, toutes nos activités, tous nos projets, toutes nos actions sont motivés par notre pensée. La pensée est vénérée dans le monde entier comme étant la chose la plus extraordinairement importante, et qui fait partie de l'intellect.

Et la pensée s'est séparée d'elle-même sous la forme du penseur. Le penseur dit : « Voici des pensées qui ne valent rien du tout », « Celles-ci sont meilleures », et puis il dit : « Cet idéal est meilleur que celui-là », « Cette croyance est meilleure que celle-ci ». Tout cela ce sont des produits de la pensée, cette pensée qui s'est scindée, morcelée en tant que penseur et expérimentateur. La pensée s'est divisée en soi supérieur et soi inférieur. Le soi supérieur, en Inde, s'appelle l'atman. Ici, vous le nommez « âme », ou ceci ou cela, mais c'est toujours et encore votre pensée qui agit. Tout ceci est bien clair ? Je veux dire : c'est logique, c'est net, ce n'est pas irrationnel.

Eh bien, maintenant, je vais vous montrer l'aspect irrationnel de tout cela. Tous nos livres, toute notre littérature, tout cela c'est la pensée. Et toutes nos relations sont fondées sur elle – vous vous rendez compte ?! Ma femme est l'image que j'ai créée d'elle en pensant, et cette pensée a été nourrie par des querelles, par tout ce qui se passe entre mari et femme : plaisir, sexualité, énervements, exclusions, tous les instincts de séparation qui prolifèrent. Et notre pensée est le résultat de nos relations réciproques. Or, qu'est-ce que la pensée ? On vous pose cette question : « Qu'est-ce que la pensée ? » S'il vous plaît, n'allez pas répéter les paroles de quelqu'un d'autre – découvrez par vous-même. La pensée est certainement une réaction de la mémoire, n'est-ce pas ? La mémoire-savoir, la mémoire-expérience, tout cela qui a été accumulé, emmagasiné dans les cellules cérébrales. Ainsi, les cellules du cerveau sont les cellules de la mémoire. Si vous ne pensiez pas du tout, vous seriez amnésique et vous seriez incapable de rentrer chez vous.

La pensée est la réaction des souvenirs accumulés sous forme de science, d'expériences, que ce soit les vôtres ou que vous les ayez héritées, que ce soit l'expérience commune de toute l'humanité. Donc elle est une réaction du passé ; elle peut se projeter dans l'avenir, traversant le présent, le modelant pour lui faire prendre la forme du futur. Mais c'est encore le passé. La pensée n'est donc jamais libre. Comment le pourrait-elle ? Elle peut s'imaginer un état de liberté, elle peut idéaliser ce que cette liberté devrait être, elle peut élaborer une utopie de liberté, mais, en elle-même, elle appartient au passé et, par conséquent, elle n'est pas libre, elle est toujours vieille. S'il vous plaît, il ne s'agit pas ici que vous soyez d'accord avec l'orateur. C'est un fait. La pensée organise notre vie ; elle a ses racines dans le passé. Cette pensée fondée sur le passé projette ce qui doit être demain, et ainsi se crée le conflit.

Et maintenant se pose une question, à savoir que la pensée a procuré beaucoup de plaisir à la plupart d'entre nous. Le plaisir est le principe directeur de notre vie. (Nous ne disons pas qu'il est bon ou mauvais. Nous regardons.) Le plaisir, c'est la chose au monde dont nous avons le plus soif. Dans ce monde et dans le monde spirituel, au paradis – si pour vous il existe un paradis – nous aspirons au plaisir sous n'importe quelle forme, religion, distraction, célébration de la messe, tout le cirque qui entoure le mot de religion. Et le plaisir suscité par n'importe quel incident que ce soit : un coucher de soleil, un plaisir sexuel, un plaisir sensoriel, tout cela est enregistré et remâché par la pensée. Ainsi la pensée et son prolongement dans le plaisir jouent un rôle immense dans notre vie. Hier a eu lieu un événement qui était merveilleusement beau, une félicité, et cet événement est noté, la pensée s'y attarde, le mâche et le remâche avec le désir de le voir se répéter demain, que ce soit un plaisir sexuel ou autre. Et ainsi la pensée donne de la vitalité à un incident qui est terminé.

Le processus même de retenir un souvenir est le passé, et la pensée est le passé. C'est ainsi que la pensée, sous son aspect plaisir, est maintenue. Si vous l'avez remarqué, le plaisir appartient toujours au passé. Le plaisir imaginé pour le lendemain est encore le souvenir projeté dans le futur à partir du passé.

Vous pourrez observer aussi que là où il y a plaisir et recherche du plaisir, il y a aussi un aliment pour la peur. Ne l'avez-vous pas remarqué ? La peur de la chose que j'ai faite hier, de la souffrance physique que j'ai subie il y a huit jours. La pensée s'y attardant nourrit la peur, et quand cette souffrance a pris fin, la peur subsiste. Elle est finie, mais j'en porte le poids en y pensant.

C'est ainsi que la pensée nourrit le plaisir et la peur. C'est elle qui entretient cet état de choses. Il y a la peur du présent, de l'avenir, la peur de la mort, de l'inconnu, la peur de ne pas se réaliser, de ne pas être aimé, de vouloir être aimé. Il y a tant de peurs, toutes engendrées par ce mécanisme. Il y a donc ce que la pensée comporte de rationnel et ce qu'elle comporte d'irrationnel.

Il faut évidemment la mettre en œuvre dans l'action. Techniquement, dans votre bureau, à la cuisine, pendant que vous faites la vaisselle, tout votre savoir doit fonctionner parfaitement. Il y a là tout ce que la pensée en action a de rationnel, de logique. Mais elle devient totalement irrationnelle quand elle alimente le plaisir ou la peur. Et néanmoins, elle dit toujours : « Je ne peux pas me priver de ce plaisir ! », et pourtant elle sait très bien – si elle est le moins du monde sensitive ou éveillée – que le plaisir sera suivi de souffrance.

Il s'agit donc de prendre conscience de tout ce mécanisme de la pensée, de ce mouvement compliqué et subtil. Ceci n'est pas vraiment si difficile quand vous vous êtes une fois dit : « Il me faut découvrir une façon de vivre totalement différente, où il n'y aura plus aucun conflit. » Si c'est là véritablement un besoin réel, insistant, passionné (égal à votre besoin de jouir) – de vivre une vie à la fois intérieure et extérieure, une vie sans aucun conflit d'aucune sorte, alors vous en verrez la possibilité. Parce que, comme nous l'avons expliqué, le conflit n'existe que quand il y a division entre le « moi » et le « non-moi ». Ceci vous le voyez – pas verbalement ou intellectuellement, parce que cela n'est pas « voir » – mais si vous vous rendez compte véritablement qu'il n'existe aucune division réelle entre l'observateur et la chose observée, entre le penseur et sa pensée, alors vous voyez, alors vous constatez vraiment « ce qui est ». Et quand vous voyez vraiment « ce qui est », vous êtes déjà au-delà de tout cela. Vous n'avez pas à demeurer collé à « ce qui est », vous ne demeurez avec « ce qui est » que quand l'observateur se distingue de « ce qui est ». Est-ce que vous saisissez ceci ? Donc, quand cette division entre l'observateur et la chose observée a complètement cessé d'exister, alors « ce qui est » n'est plus ce qui est. Votre esprit est au-delà.

AUDITEUR – Comment puis-je modifier cette identification de l'observateur avec la chose observée ? Je ne peux pas simplement me dire d'accord avec vous et dire : « Oui, c'est vrai », il me faut faire quelque chose par moi-même.

KRISHNAMURTI – Vous avez tout a fait raison, monsieur. Il n'y a aucune identification du tout. Quand vous vous identifiez avec la chose observée, c'est encore dans le cadre de la pensée, n'est-ce pas ?

A. – Exactement, mais alors, comment puis-je m'en sortir ?

K. – Vous ne vous en sortez pas. Je vais vous montrer, monsieur. Voyez-vous cette vérité que l'observateur est la chose observée ? – ce fait de la chose, ou son aspect logique. Est-ce que vous saisissez cela ou non ?

A. – Mais c'est plutôt une remarque qui surgit ; la vérité de la chose n'existe pas.

K. – Le fait n'existe pas ?

A. – Non, un commentaire en forme d'accord surgit.

K. – Mais ce fait, vous le voyez, non ? Ne dites pas être d'accord ou non, c'est une chose très sérieuse. Je voudrais bien parler de la méditation, mais pas maintenant ; c'est une notion qui est comprise dans ce que nous disons. Monsieur, voyez l'importance de ceci. La vérité est : si « je suis en colère », il n'y a pas un « je » différent de la colère. Voilà la vérité, c'est un fait. Je suis la colère, il n'y a pas de « je » séparé de cette colère. Quand je suis jaloux, je suis la jalousie, il n'y a pas un « je » différent de la jalousie. Je m'isole comme étant autre chose que ma jalousie, parce que j'ai le désir secret d'intervenir, soit d'entretenir ma jalousie ou de m'en débarrasser, ou tout autre chose. Mais le fait est que le « moi » est la jalousie.

Eh bien, comment vais-je agir quand je suis jaloux, quand le « moi » est jalousie ? Naguère, j'avais l'idée que le « moi » pourrait agir si je me séparais de ma jalousie. Je me figurais qu'il y avait quelque chose à faire : la supprimer, la rationaliser ou la fuir – enfin, faire quelque chose. Je me figurais faire quelque chose. Et maintenant, j'ai le sentiment de ne rien faire du tout. Autrement dit, quand je dis : « Je suis la jalousie », j'ai l'impression de ne pas pouvoir bouger. N'est-il pas vrai, monsieur ?

Considérez ces deux types d'activité, l'action qui se produit quand vous vous croyez différent de la jalousie, qui en fait aboutit à ne jamais y mettre fin. Vous pouvez la fuir, vous pouvez la supprimer, vous pouvez la transcender, vous pouvez vous évader, elle resurgira, elle sera toujours là parce qu'il y a cette division entre vous et la jalousie. Et puis il y a une action d'un genre absolument différent : elle se produit quand n'existe pas cette division, parce que l'observateur *est* la chose observée, et il n'y a rien qu'il puisse faire pour y changer quoi que ce soit. Avant, il se figurait pouvoir changer quelque chose, maintenant il se voit sans pouvoir, il est frustré, il ne peut rien faire. Si l'observateur *est* la chose observée, on ne peut pas dire : « Je peux ou je ne peux rien faire à ce sujet » – il est ce qu'il est. Il est la jalousie. Et maintenant, quand il est la jalousie, qu'est-ce qui se passe ? Avancez, monsieur !

A. – Il comprend…

K. – Je vous en prie, prenez votre temps. Quand je me figure être différent de ma jalousie, alors j'ai l'impression de pouvoir y faire quelque chose, et ce faisant, je donne naissance à un conflit. Si, d'autre part, quand je constate cette vérité, que je suis la jalousie, que ce « moi » c'est l'observateur et que je fais partie de la chose observée, alors que se passe-t-il ?

A. – Il n'y a pas de conflit.

K. – L'élément conflit cesse d'exister. D'un côté le conflit existe, ici il n'existe pas. Donc le conflit *est* la jalousie. Vous avez saisi ? Il s'est produit une action complète dépourvue de tout effort, et par conséquent totale, le conflit ne reviendra jamais.

A. – Vous avez dit que l'analyse est un outil mortel de la pensée ou de la conscience. Je suis absolument d'accord avec vous, et sur ce point vous disiez que vous alliez approfondir cette question – à savoir qu'il y a dans le cerveau, dans la pensée ou dans la conscience des fragments ; ce serait une sorte de contre-analyse. Je vous serais reconnaissant, monsieur, de développer cette partie de votre argument.

K. – De quoi, monsieur ?

A. – Vous avez parlé de fragments qui ne constitueraient aucun conflit, aucune lutte, et qui seraient antianalytiques.

K. – Monsieur, je viens d'expliquer qu'il y a forcément fragmentation dès l'instant où il y a observateur et la chose observée comme étant deux choses différentes. Voyez-vous, monsieur, ceci n'est pas une argutie, il n'y a pas d'argument à développer. J'ai approfondi la question plus ou moins ; nous pourrions évidemment y consacrer beaucoup plus de temps, parce que plus on pénètre profondément dans cet ordre de choses, plus on trouve. Nous avons morcelé notre vie en fragments nombreux, n'est-ce pas ? Le savant, l'homme d'affaires, l'artiste, la ménagère, et ainsi de suite. Quelle est la base, quelle est la racine de toute cette fragmentation ? La racine de cette fragmentation, c'est l'observateur qui se tient séparé de la chose observée. Il morcelle la vie : je suis hindou et vous êtes catholique, je suis un communiste et vous êtes un bourgeois. Ainsi existe cette division qui se perpétue éternellement, et moi je dis : « Pourquoi existe-t-elle, cette division et quelle en est la cause ? » – non seulement dans les structures externes, économiques et sociales, mais beaucoup plus profondément. Cette division est due à l'existence du « moi » et du « non-moi » – le « moi » qui aspire à être supérieur, célèbre, plus grand – tandis que « vous », vous êtes différent.

Donc le « moi » c'est l'observateur, ce « moi » c'est le passé qui divise le présent en passé et en avenir. Donc, tant qu'existe l'observateur, celui qui fait les expériences, le penseur, il y a forcément division. Là où l'observateur *est* la chose observée, la confusion cesse d'exister et, par conséquent, la jalousie cesse avec elle. Parce que la jalousie, c'est le conflit, n'est-ce pas ?

A. – La jalousie fait-elle partie de la nature humaine ?

K. – La violence est-elle la nature humaine ? L'avidité est-elle la nature humaine ?

A. – Je voulais vous poser une autre question, si vous permettez. Ai-je raison ou ai-je tort, selon ce que vous venez d'exposer, de dire que l'homme n'est autre que les pensées qui habitent son cœur ? Par conséquent, il nous faut observer nos pensées et tirer profit de nos expériences.

K. – C'est exactement cela. Ce que vous pensez, votre façon de penser, c'est vous. Vous croyez être plus puissant que quelqu'un d'autre, ou inférieur à quelqu'un d'autre, ou que vous êtes parfait, que vous êtes beau ou pas beau, que vous êtes en colère – ce que vous pensez être, vous l'êtes. Cela c'est assez simple, n'est-ce pas ? Il nous faut découvrir s'il est possible de vivre une vie où la pensée a une fonction rationnelle et naturelle, et, en revanche, voir dans quel domaine elle devient irrationnelle. C'est une question que nous approfondirons demain.

A. – Mais pour reprendre le sujet de la jalousie : quand la jalousie c'est « moi » et le « moi » est la jalousie, le conflit cesse, parce que je sais que c'est la jalousie, et elle disparaît. Mais si j'écoute le bruit dans la rue et que le « moi » est ce bruit et les bruits sont « moi », comment le conflit peut-il prendre fin, alors que ce bruit va continuer jusqu'à la fin des temps ?

K. – C'est assez simple, madame. Je me promène dans la rue et le bruit est affreux. Et quand je dis que ce bruit est « moi », il ne prend pas fin, il continue. C'est bien là votre question ? Mais je ne dis pas que le bruit est « moi », que le nuage est « moi », que l'arbre est « moi », et pourquoi dirais-je que le bruit c'est « moi » ? Nous avons indiqué tout à l'heure que, si vous observez, si vous dites : « J'écoute ce bruit », si vous écoutez complètement sans résister, alors ce bruit peut continuer à jamais, il ne vous affecte plus ; mais dès l'instant où vous résistez, vous vous séparez du bruit et ne vous identifiez pas à lui. Je ne sais pas si vous voyez la différence. Le bruit continue d'exister, je peux m'en isoler en résistant, en dressant un mur entre lui et moi. Et que se passe-t-il quand je résiste à quelque chose ? Il y a conflit, n'est-ce pas ? Et maintenant, puis-je écouter ce bruit sans y résister d'aucune façon ?

A. – Oui, si on sait que le bruit peut s'arrêter au bout d'une heure.

K. – Cette attitude comporte encore un élément de résistance.

A. – Alors cela veut dire que je peux écouter le bruit de la rue pendant le reste de ma vie avec la possibilité de devenir sourde.

K. – Non, écoutez, madame, je dis quelque chose d'entièrement différent. Nous disons : tant qu'il y a résistance, il y aura forcément conflit. Quand je résiste à ma femme ou à mon mari, ou que je résiste au bruit d'un chien qui aboie, à un bruit dans la rue, il y a forcément conflit. Comment peut-on écouter ce bruit sans qu'il y ait conflit ? Il ne s'agit pas de savoir si ce bruit va continuer indéfiniment ou espérer qu'il prendra fin tôt ou tard, mais comment écouter sans qu'il y ait conflit. C'est là ce dont nous parlons. Vous pouvez écouter le bruit quand votre esprit est complètement libre de toute forme de résistance, non seulement écouter ce bruit, mais écouter n'importe quoi dans votre vie, votre femme, votre mari, vos enfants ou le politicien ; et alors, qu'arrive-t-il ? Votre façon d'écouter devient de plus en plus fine, vous devenez de plus en plus sensitif et, par conséquent, ce bruit n'est qu'un fragment, et ce n'est pas le monde entier. L'acte même d'écouter est plus important que le bruit même, et c'est votre façon d'écouter qui devient la chose la plus importante, non le bruit.

New York
18 avril 1971

2

Rapports humains

Relations humaines. « Vous êtes le monde. » Le soi isolé ; corruption. Voir « ce qui est ». Ce que l'amour n'est pas. « Nous sommes sans passion ; nous connaissons le désir, nous connaissons le plaisir. » Comprendre ce qu'est la mort. L'amour est sa propre éternité.

Questions. Le concept du bien et du mal ; partager ; la souffrance et la peur ; comment s'affranchir du passé ?

KRISHNAMURTI – Je voudrais parler des rapports humains, de ce que c'est que l'amour, de l'existence humaine qui comprend notre vie quotidienne, nos problèmes, nos conflits, les plaisirs et les peurs, et cette chose extraordinaire que l'on appelle la mort.

Il me semble que nous devons comprendre, non pas en tant que théorie, ni en tant que concept hypothétique et divertissant, mais plutôt comme un fait réel, que nous sommes le monde et que le monde est nous-mêmes. Ce monde est chacun de nous ; le sentir, être véritablement imprégné de cette compréhension, à l'exclusion de toute autre, entraîne un sentiment de grande responsabilité et une action qui doit être non pas fragmentaire, mais globale.

Je crois que nous sommes portés à oublier que notre société, que la culture dans laquelle nous vivons nous a conditionnés, qu'elle est le résultat des efforts, du conflit des humains, de la souffrance, de la misère humaine. Chacun de nous est cette culture, la communauté est chacun de nous. Nous n'en sommes pas dissociés. Sentir ceci non pas comme une notion intellectuelle, comme un concept, mais en vivre véritablement la réalité, nous entraîne à examiner la question de ce que sont les relations humaines ; parce que notre vie, notre existence même est fondée sur ces relations. Notre existence est un mouvement qui se poursuit dans le sein de ces relations, et si nous ne comprenons pas ce qu'elles impliquent, nous arriverons inévitablement non seulement à nous isoler, mais à créer une société où les êtres humains seront divisés non seulement nationalement ou religieusement, mais encore dans leur vie intérieure, et c'est pourquoi ils projettent ce qu'ils sont dans le monde extérieur.

Je ne sais pas si vous avez suffisamment examiné cette question par vous-même, afin de découvrir si l'on peut vivre avec un autre être dans une harmonie totale, un accord total, de façon qu'il n'y ait aucune barrière, aucune division, mais un sentiment d'unité complète. Ce mot « relation » implique d'être reliés – non pas dans nos actions, dans nos projets, dans une idéologie, mais reliés totalement au sens où la division, ce morcellement qui existe entre individus, entre deux êtres humains, n'existe plus à aucun niveau.

Faute de comprendre ces relations, il me semble que, quand nous nous efforçons d'établir théoriquement ou techniquement un ordre dans le monde, par force non seulement nous en viendrons à créer de profondes divisions entre l'homme et son prochain, mais nous serons incapables d'empêcher la corruption. Celle-ci commence avec l'absence de rapports réels ; c'est là, me semble-t-il, la racine même de la corruption. Nos relations, telles que nous les connaissons actuellement, sont le prolongement d'un état de division entre les individus. La racine primordiale de ce mot « individu » signifie « indivisible ». Un être humain qui n'est pas divisé, fragmenté en lui-même, est véritablement un individu. Mais la plupart d'entre nous ne le sommes pas. Nous nous figurons l'être, et c'est pour cela qu'il y a une opposition entre l'individu et la communauté. Non seulement il nous faut comprendre le sens donné par le dictionnaire à ce mot « individualité », mais il faut en pénétrer le sens profond d'après lequel il n'y a plus de fragmentation aucune. Cela veut dire une harmonie complète entre l'esprit, le cœur et l'organisme physique. Alors seulement l'individu existe.

Si nous examinons nos rapports actuels les uns avec les autres, qu'ils soient intimes ou superficiels, profonds ou passagers, nous voyons qu'il y a toujours fragmentation. La femme ou le mari, le jeune homme ou la jeune fille, chacun vit sa propre ambition, ses buts personnels et égotistes, enfermé dans son propre cocon. Tous ces éléments contribuent à la construction d'une image en soi-même, tous nos rapports avec autrui passent à travers cette image et, par conséquent, il n'y a aucune relation réelle directe.

Je ne sais pas si vous avez conscience de la structure et de la nature de cette image que chacun construit autour de soi et en lui-même. Cela se fait à chaque instant, et comment peut-il y avoir des relations avec autrui quand existent cet élan personnel, cette envie, cet esprit de compétition, cette avidité, et toutes ces forces qui sont entretenues et exagérées dans notre société moderne ? Comment pourrait-il y avoir des relations avec un autre si chacun de nous est lancé à la poursuite de sa propre réussite personnelle, de son propre succès ?

Je ne sais pas si nous avons conscience de tout ceci. Nous sommes ainsi conditionnés que nous l'acceptons comme étant chose normale, le modèle même de la vie, chacun de nous devant poursuivre ses propres particularités, ses propres tendances, et néanmoins s'efforcer d'établir des relations avec autrui. N'est-ce pas là ce que nous faisons tous ? Vous êtes peut-être marié, et vous allez au bureau ou à l'usine ; quoi que vous fassiez pendant la durée de la journée, c'est cela que vous poursuivez. Et votre femme est chez elle, ayant ses propres ennuis, en proie à ses propres vanités, avec tout ce qui se passe autour d'elle. Et quelles sont alors les relations existant entre ces deux êtres humains ? Au lit, dans leur vie sexuelle ? Des relations tellement superficielles, limitées et circonscrites ne sont-elles pas en elles-mêmes l'essence de la corruption ?

On peut se demander : alors comment vous proposez-vous de vivre si vous n'allez pas au bureau, si vous ne poursuivez pas votre propre ambition, vos propres désirs d'atteindre ou d'aboutir ? Si l'on ne fait rien de tout cela, que peut-on faire ? Il me semble que ceci est une question absolument fausse. N'êtes-vous pas du même avis ? Parce que nous sommes préoccupés, n'est-ce pas, de susciter un changement radical dans la structure même de notre esprit. La crise n'est pas dans le monde extérieur, elle est dans notre conscience elle-même. Tant que nous n'aurons pas compris cette crise profondément, et non selon les idées de quelques philosophes, mais tant que véritablement nous ne comprendrons pas par nous-mêmes en regardant en nous-mêmes, en nous examinant nous-mêmes, nous serons incapables de provoquer un tel changement. C'est la révolution psychologique qui nous préoccupe, et cette révolution ne peut se produire que s'il y a des relations justes entre les êtres humains.

Comment de telles relations peuvent-elles s'établir ? Le problème est clair, n'est-ce pas ? Je vous en prie, partagez cette recherche avec moi, voulez-vous ? C'est votre problème et non le mien ; c'est votre vie, et non la mienne ; c'est votre souffrance, votre tristesse, votre anxiété, votre culpabilité. Toute cette lutte, c'est votre vie même. Si vous vous contentez d'écouter une description, vous vous apercevrez que vous flottez à la surface du problème et que vous ne pouvez pas le résoudre. C'est véritablement votre problème, l'orateur ne fait que le décrire, bien convaincu que la description n'est pas la chose décrite. Alors partageons ce problème qui est celui-ci : comment les êtres humains, vous et moi, pourraient-ils trouver des relations justes au milieu de tout ce tumulte, de cette haine, de ces destructions, de cette pollution, de ces horreurs qui règnent dans le monde ?

Pour le découvrir, il me semble qu'il faut examiner ce qui se passe, voir « ce qui est » réellement et non ce que nous nous figurons que les choses devraient être, sans nous efforcer de modifier nos relations, de les aligner sur un concept à venir ; il s'agit d'observer réellement dans les faits ce qui est maintenant. Par l'observation du fait, de la vérité, de ce qu'il y a d'actuel, il y a une possibilité de le changer. Comme nous l'avons dit l'autre jour, quand il existe une possibilité, il y a une intense énergie. Ce qui dissipe l'énergie, c'est l'idée que le changement n'est pas possible.

Nous devons donc observer ces relations humaines telles qu'elles sont maintenant, tous les jours ; et c'est en constatant ce qui est que nous pourrons découvrir comment amener une modification à cet état actuel. Donc, nous décrivons ce qui est vraiment, à savoir que chacun vit dans son monde à lui, son monde d'ambition, d'avidité, de peur, de désir de parvenir et tout ce qui en résulte – mais vous savez ce qui se passe. Si je suis marié, j'ai des responsabilités, des enfants, tout ce qui s'ensuit. Je vais à mon bureau ou ailleurs pour travailler, et nous nous rencontrons mari et femme, garçon et fille, au lit. Et c'est là ce que nous appelons amour ; nous vivons des vies séparées, isolées, ayant dressé un mur de résistance autour de nous, poursuivant une activité égocentrique ; chacun de nous recherche psychologiquement une sécurité, chacun dépend de l'autre pour son confort, son plaisir, sa compagnie, parce que chacun de nous est si profondément esseulé, chacun a soif d'être aimé, chéri, et chacun cherche à dominer l'autre.

Vous pouvez voir cela par vous-même si vous voulez bien vous observer. Des relations réelles existent-elles ? Il n'y en a aucune entre deux êtres humains ; même s'ils ont ensemble des enfants, une maison, ils ne sont pas véritablement reliés l'un à l'autre. S'ils ont des projets communs, ces projets les maintiennent, les lient, mais ce ne sont pas là des relations réelles.

Compte tenu de tout ceci, on constate l'absence de tout lien réel entre deux êtres humains ; alors la corruption s'installe non pas dans la structure extérieure de la société, par le phénomène extérieur de la pollution, mais par la pollution intérieure, la corruption, la destruction s'installe quand les êtres humains n'établissent aucune relation véritable, comme c'est le cas pour vous. Vous pouvez tenir la main d'un autre, vous pouvez l'embrasser, dormir ensemble, mais vraiment, quand vous y regardez de près, existe-t-il des relations réelles ? Être vraiment en relation signifie ne pas dépendre l'un de l'autre, ne pas vous évader de votre solitude au moyen d'un autre, ne pas vous efforcer de trouver un réconfort, une compagnie, grâce à un autre. Quand vous recherchez un réconfort chez autrui, que vous êtes dépendant avec tout ce que cela implique, peut-il y avoir des relations réelles, ou bien n'est-ce qu'une exploitation réciproque ?

Nous ne sommes pas cyniques, mais nous observons réellement ce qui est : ce n'est pas du cynisme. Donc, pour découvrir ce que cela signifie réellement que d'être relié à un autre, il faut comprendre cette question de solitude, car la plupart d'entre nous sommes affreusement seuls ; plus nous devenons vieux, plus nous sommes seuls et plus particulièrement dans ce pays-ci. Avez-vous remarqué les gens âgés, à quoi ils ressemblent, avez-vous remarqué leurs évasions, leurs distractions ? Ils ont travaillé toute leur vie et, maintenant, ils veulent s'évader en se livrant à différents modes de distractions.

Ayant pris connaissance de tout cela, pouvons-nous découvrir une manière de vivre où nous ne nous exploitons pas les uns les autres ? – où, psychologiquement et émotionnellement, nous ne dépendons pas des autres, où nous n'utilisons pas les autres comme un moyen de nous évader de nos propres tourments, de nos propres désespoirs, de notre propre solitude.

Comprendre ceci, c'est comprendre le sens de la solitude. Vous êtes-vous jamais senti seul ? Savez-vous ce que c'est que d'être absolument sans aucun lien avec personne, d'être complètement isolé ? Vous pouvez vivre au sein de votre famille, dans une foule, dans un bureau, n'importe où, quand soudain s'abat sur vous ce sentiment de solitude absolue, totale, doublée de désespoir. Tant que vous n'aurez pas résolu ce problème complètement, tous vos rapports avec les autres seront des moyens d'évasion et conduiront, par conséquent, à la corruption, à la souffrance. Dès lors, comment comprendre cette solitude, ce sentiment d'isolement complet ? Pour cela, il nous faut observer notre propre vie. Chacune de vos actions n'est-elle pas une activité autocentrique ? Vous pouvez bien, à l'occasion, être charitable, être généreux, faire quelque chose sans aucun motif personnel – ce sont de rares événements. Et ce désespoir ne peut jamais être dissous par une évasion, il ne cède qu'à une intense observation.

Nous voilà donc revenus à notre question : comment observer ? Comment nous observer nous-mêmes de façon que cette observation soit dépourvue de tout conflit ? Parce que le conflit en lui-même est corruption, gaspillage d'énergie ; il est au cœur de cette lutte constante qu'est notre vie de l'instant de notre naissance jusqu'au jour de notre mort. Est-il possible de vivre sans un seul instant de conflit ? Pour ce faire, pour découvrir cela par nous-mêmes, il nous faut apprendre comment observer tous les mouvements de notre âme. Il existe une observation qui devient harmonieuse et qui est vraie quand l'observateur n'existe pas, mais que seule demeure l'observation. C'est un point que nous avons examiné l'autre jour.

Quand il n'y a pas de relations réelles, l'amour peut-il exister ? Nous en *parlons*, mais l'amour tel que nous le connaissons est toujours associé au plaisir et à la sexualité, n'est-ce pas ? Certains d'entre vous diront « non ». Mais quand vous dites « non », il vous faut alors être sans ambition, sans esprit de compétition, sans ces divisions : vous et moi, nous et eux. Il faut qu'il n'y ait aucune division de nationalité, ni celle qu'entraînent la croyance, le savoir. Alors seulement pouvez-vous dire que vous aimez. Pour la plupart des gens, l'amour est lié à la sexualité, au plaisir, à tous les tourments qui les accompagnent : la jalousie, l'envie, l'hostilité. Vous savez tout ce qui se passe entre l'homme et la femme. Quand *ces* relations-là ne sont pas vraies, réelles, profondes, complètement harmonieuses, comment pouvez-vous espérer voir régner la paix dans le monde ? Comment en finir avec la guerre ?

Nos relations réciproques sont donc une des choses les plus importantes, sinon la plus importante de la vie. Ceci veut dire qu'il nous faut comprendre ce que c'est que l'amour. Et, assurément, l'amour surgit étrangement sans que nous l'ayons sollicité. Quand vous aurez découvert par vous-même ce que l'amour n'est pas, vous saurez ce qu'il est. Ceci non pas théoriquement ni verbalement, mais quand réellement vous voyez ce que l'amour n'est pas, à savoir : avoir un esprit compétitif, ambitieux, un esprit toujours en lutte, à comparer, à imiter ; un tel esprit est absolument incapable d'aimer.

Pouvez-vous, vivant dans ce monde, être complètement sans ambition, sans jamais vous comparer à un autre ? Parce que dès l'instant où vous comparez, s'installent le conflit, l'envie, le désir de réussir, de surpasser l'autre.

Un esprit et un cœur qui gardent la mémoire des blessures, des insultes, de tout ce qui les a rendus insensibles, de tout ce qui les a émoussés, un tel esprit, un tel cœur peuvent-ils savoir ce qu'est l'amour ? L'amour est-il plaisir ? Pourtant c'est bien le plaisir que nous recherchons consciemment ou inconsciemment. Nos dieux sont l'émanation de notre plaisir. Nos croyances, nos structures sociales, notre moralité – laquelle est essentiellement immorale – sont le résultat de notre recherche du plaisir, et quand nous disons : « J'aime quelqu'un », est-ce de l'amour ? Cet amour qui veut dire : pas de séparation, pas de domination, pas d'activité autocentrique. Pour découvrir ce que c'est, il faut rejeter tout cela, le rejeter, c'est-à-dire en voir la fausseté. Et dès lors que vous avez vu une chose comme étant fausse – une chose que jusqu'alors vous aviez acceptée comme étant vraie, naturelle, humaine – alors jamais plus vous ne pouvez y retourner. Quand vous voyez un serpent venimeux, un animal dangereux, vous ne vous amusez pas avec lui, vous ne vous en approchez pas. Et de même, quand vous voyez véritablement que l'amour est complètement étranger à toutes ces choses, quand vous le sentez, quand vous observez, que vous remâchez, que vous vivez la chose, que vous êtes complètement engagé dans votre examen, alors vous saurez ce que c'est que l'amour, ce que c'est que la compassion – ce qui implique une passion s'adressant à tous.

Nous sommes sans passion ; nous connaissons le désir, le plaisir ; la racine du mot « passion », c'est la souffrance, la douleur. Tous nous l'avons connue, la douleur d'une sorte ou d'une autre : avoir perdu quelqu'un, s'apitoyer sur soi, la souffrance de la race humaine, collective ou personnelle. Nous savons ce qu'est la douleur, la mort de quelqu'un que nous pensions avoir aimé. Si vous demeurez totalement avec elle, sans chercher à la raisonner, sans chercher à la fuir d'aucune façon, ni en parole ni en action, quand vous demeurez en présence de votre souffrance complètement, sans aucun mouvement de pensée, vous découvrez alors que cette souffrance devient passion, et cette passion a en elle-même la qualité de l'amour, et l'amour ne connaît pas la souffrance.

Il nous faut comprendre toute cette question de notre existence, les conflits, les luttes ; vous connaissez la vie que nous menons, si vide, si superficielle. Les intellectuels s'efforcent de lui donner un sens, et nous aussi voudrions lui trouver une signification, car telle que nous la vivons, elle n'en a pas. N'est-ce pas ? La lutte constante, le travail sans fin, la douleur, la souffrance, le labeur qui marquent notre vie, tout cela, en fait, n'a aucun sens : c'est par habitude que nous nous y livrons. Mais pour découvrir quelle en est la signification, il nous faut aussi comprendre la signification de la mort. Parce que vivre et mourir vont de pair, ce ne sont pas deux choses séparées.

Il nous faut donc nous demander ce que signifie mourir, parce que la mort fait partie de notre vie. Elle n'est pas quelque chose à remettre à un avenir éloigné, qu'il s'agit d'éviter, à regarder en face uniquement lorsqu'on est désespérément malade, quand on est vieux, ou par suite d'un accident ou sur un champ de bataille. Et de même que cela fait partie de notre vie quotidienne de vivre sans être effleuré par aucun conflit, cela fait partie de notre vie de découvrir ce que c'est que de mourir. Cela aussi fait partie de notre existence, et nous devons le comprendre.

Dans quel sens comprenons-nous ce que c'est que la mort ? Au moment de mourir, au dernier moment, êtes-vous capable de comprendre la façon dont vous avez vécu ? – les tensions et les luttes émotionnelles, les ambitions, les élans ; à ce moment, vous êtes probablement inconscient et incapable d'une perception claire. Et puis, il y a une décrépitude de l'esprit qui accompagne la vieillesse, et tout ce qui s'ensuit. Il nous faut donc comprendre *dès maintenant* ce qu'est la mort, et non pas demain. Et comme vous pourrez l'observer, notre pensée refuse d'y réfléchir. Votre pensée se tourne vers toutes les choses que vous allez faire demain – comment connaître de nouvelles inventions, avoir de plus belles salles de bains ; toutes ces choses où s'attardent vos rêves. Mais elle ne veut pas réfléchir à la mort, car elle ne sait pas ce que cela veut dire.

La signification de la mort peut-elle être trouvée au moyen de la pensée ? Je vous en prie, partagez ceci avec moi. Quand nous partageons, nous commençons à voir la beauté de tout ceci, mais si vous restez assis là et laissez parler l'orateur, n'écoutant que les paroles qu'il prononce, nous ne partageons rien. Partager implique une certaine qualité de soin, d'attention, d'affection, d'amour. La mort est un immense problème ; les jeunes peuvent bien dire : « Pourquoi nous en soucier ? » Mais cela fait partie de leur vie. Tout comme cela fait partie de leur vie de comprendre l'état de célibat. N'allez pas dire : « Pourquoi parler du célibat, tout cela c'est pour les vieux bonzes, pour les moines stupides. » Ce que cela veut dire que de vivre une vie de célibat a aussi été un problème pour les autres humains ; tout cela aussi fait partie de la vie.

L'esprit peut-il être complètement chaste ? Il ne s'agit pas de découvrir comment vivre d'une vie chaste, de faire vœu de célibat et de passer par les tourments que cela entraîne. Ce n'est pas cela, le célibat. C'est quelque chose d'absolument différent. C'est avoir un esprit libéré de toutes les images, de tous les savoirs, cela veut dire comprendre tout le processus du plaisir, de la peur.

Et c'est de la même façon qu'il faut comprendre cette chose que nous appelons la mort. Comment vous proposez-vous de comprendre une chose dont vous avez affreusement peur ? N'avons-nous pas peur de la mort ? Ou est-ce que nous disons : « Dieu merci, je vais mourir. » J'en ai assez de cette vie avec ses tourments, sa confusion, sa vulgarité, sa brutalité, les mécanismes qui nous tiennent ; Dieu merci, tout cela va prendre fin ! » ? Ce n'est pas une réponse non plus que de raisonner avec la mort ou de croire à la réincarnation, comme le fait tout le monde asiatique. Pour découvrir ce que signifie la réincarnation, c'est-à-dire renaître dans une vie future, il vous faut découvrir ce que vous êtes maintenant. Si vous croyez à la réincarnation, qu'êtes-vous maintenant ? – sinon un amas de mots, d'expériences, de savoir : vous êtes conditionné par différentes cultures, toutes les identifications de votre vie, vos meubles, votre maison, votre eompte en banque, vos expériences de souffrance et de plaisir. C'est là ce que vous êtes, n'est-ce pas ? Et aussi le souvenir de vos échecs, de vos espérances, de vos désespoirs, tout ce que vous êtes maintenant, tout cela va renaître dans une autre vie. Belle idée, n'est-ce pas !

Ou bien vous vous figurez qu'il existe en vous une âme permanente, une entité permanente. Existe-t-il en vous quelque chose de permanent ? Dès l'instant ou vous dites qu'il existe une âme permanente, une entité permanente, cette entité est le produit de votre pensée ou le résultat de vos espérances, parce qu'il y a tant d'insécurité que tout est passager, tout est en flottement, en mouvement. Donc, quand vous dites qu'il existe quelque chose de permanent, cette permanence est le produit de votre pensée. Et la pensée appartient au passé, jamais elle n'est libre – elle est capable d'inventer tout ce qu'elle veut !

Donc, si vous croyez à une naissance future, il vous faut savoir que ce futur est conditionné par votre façon de vivre actuelle : ce que vous faites maintenant, ce que vous pensez, ce que sont vos actions, votre morale. Donc, ce que vous êtes maintenant, ce que vous faites maintenant a une importance immense. Mais tous ces gens qui croient à une nouvelle naissance ne se soucient absolument pas de ce qui se passe maintenant, c'est une affaire de croyance, rien de plus.

Donc, comment allez-vous découvrir ce que c'est que la mort, alors que vous vivez maintenant plein de vitalité, d'énergie, de santé ? Il ne s'agit pas de le découvrir quand vous êtes déséquilibré ou malade ou à votre dernière heure, mais maintenant, sachant que l'organisme s'use inévitablement comme toutes les choses mécaniques. Malheureusement, nous utilisons notre mécanique sans le moindre respect, n'est-ce pas ? Sachant que l'organisme physique prend fin, avez-vous jamais réfléchi à ce que cela veut dire que de mourir ? Vous ne le pouvez pas. Et avez-vous jamais fait l'expérience de découvrir ce que cela signifie que de mourir psychologiquement, intérieurement ? – non pas comment trouver l'immortalité, parce que l'éternité, ce qui est en dehors du temps, existe *maintenant* et non pas dans un avenir éloigné. Et pour examiner cette question, il faut comprendre tout le problème du temps, non seulement du temps chronologique que l'on mesure à la montre, mais ce temps que la pensée a inventé pour couvrir la notion d'un processus graduel de changement.

Alors, comment apprendre à connaître cette chose étrange qu'il nous faudra rencontrer un jour ou l'autre ? Êtes-vous capable de mourir psychologiquement aujourd'hui, de mourir à tout ce que vous avez connu ? Par exemple, mourir à vos plaisirs, vos attachements, votre dépendance, y mettre fin sans discussion, sans raisonner, sans chercher à trouver des moyens de l'éviter. Savez-vous ce que cela veut dire que de mourir non pas physiquement, mais psychologiquement, intérieurement ? Cela veut dire mettre fin à tout ce qui comporte une continuité : mettre fin à votre ambition, parce que c'est là ce qui va se passer quand vous allez mourir. Vous ne pouvez pas l'emporter avec vous, puis vous asseoir à côté de Dieu ! *(Rires.)* Quand vous mourrez vraiment, il vous faudra mettre fin à toutes ces choses et sans discuter, vous ne pourrez pas dire à la mort : « Laissez-moi finir mon travail, laissez-moi finir mon livre, laissez-moi faire toutes les choses que je n'ai pas faites, laissez-moi guérir les blessures que j'ai infligées aux autres. » Il n'y a plus de temps.

Donc, pouvez-vous découvrir comment vivre une existence où à chaque instant intervient la fin de toutes les choses que vous avez commencées. Non pas évidemment dans votre bureau, mais intérieurement, mettre fin à tout le savoir que vous avez engrangé, votre savoir étant la somme de vos expériences, de vos souvenirs, de vos blessures, de votre façon comparative de vivre, les yeux sans cesse tournés vers quelqu'un d'autre à qui se mesurer. Mettre fin à tout cela chaque jour, de telle façon que le lendemain votre esprit soit plein de fraîcheur, de jeunesse. Un tel esprit ne peut jamais être blessé, et c'est cela l'innocence.

Il nous faut découvrir par nous-mêmes ce que veut dire mourir ; alors il n'y a plus de peur, et ehaque journée est une journée nouvelle – et je pense sérieusement, en disant cela, qu'il est *possible* de le faire – de sorte que votre esprit et vos yeux voient à chaque instant la vie comme quelque chose de totalement nouveau. C'est cela, l'éternité. C'est cela, la qualité de l'esprit qui a connu cet état intemporel, parce qu'il a connu ce que cela veut dire que de mourir chaque jour à toutes les choses qu'il a rassemblées pendant la journée. Certes, c'est là qu'est l'amour. Et l'amour est une chose entièrement neuve chaque jour, ce que le plaisir n'est pas ; le plaisir est fait de continuité. L'amour est toujours nouveau et, par conséquent, il a sa propre éternité.

Désirez-vous poser des questions ?

AUDITEUR – Supposons, monsieur, que, grâce à une observation de moi-même objective et complète, je m'aperçoive que je suis avide, sensuel, égoïste, et tout ce qui s'ensuit. Alors comment puis-je savoir si cette façon de vivre est bonne ou mauvaise, si je n'ai pas eu quelques préconceptions de ce qui est bien ? Et si j'ai de telles préconceptions, elles n'ont pu me venir que de mes observations par rapport à moi-même.

K. – Très juste, monsieur.

A. – Et puis, je me trouve devant une autre difficulté. Vous semblez croire aux vertus du partage, mais en même temps, vous dites que deux amants, ou un mari et une femme, ne peuvent, ne devraient pas fonder leur amour sur le réconfort qu'ils s'apportent. Moi, je ne vois rien de mal à se réconforter réciproquement, c'est-à-dire à partager.

K. – Ce monsieur dit : « On doit forcément avoir un concept de ce qui est bien, autrement, pourquoi renoncer à toute cette ambition, cette avidité, à cette envie, et tout ce qui s'ensuit ? » On peut avoir une formule ou un concept de ce qui serait mieux, mais peut-on avoir un concept de ce qui est bien ?

A. – Oui, je crois.

K. – La pensée peut-elle produire ce qui est bien ?

A. – Non. Je parlais d'une conception de ce qui est bien.

K. – Oui, monsieur. La conception du bien est le produit de la pensée, autrement, comment pourriez-vous concevoir ce qui est bien ?

A. – Mais les conceptions ne peuvent naître que de notre observation de nous-mêmes.

K. – C'est ce que j'indique, monsieur. Pourquoi avoir un concept du bien ?

A. – Mais sans cela, comment puis-je savoir si ma vie est bonne ou mauvaise ?

K. – Écoutez simplement la question. Ne savons-nous pas ce qu'est le conflit ? Dois-je avoir un concept de non-conflit avant de prendre conscience du conflit ? Je sais ce que c'est que le conflit – la lutte, la souffrance. Est-ce que ce n'est pas une chose que je connais, sans connaître un état où il n'y a pas de conflit ? Quand j'établis une formule de ce qui est bien, je le fais selon mon conditionnement, selon ma façon de penser, de sentir, selon mes particularités et tout le reste de mon conditionnement culturel. Le bien peut-il être projeté par la pensée ? – et est-ce la pensée qui viendra me dire ce qui est bon ou mauvais dans ma vie ? Ou le bien n'a-t-il absolument rien à voir avec la pensée ni avec une formule ? Où fleurit-il, où s'épanouit-il ? Dites-le-moi. Dans un concept ? Dans quelque idée, dans quelque idéal lié à l'avenir ? Un concept implique un avenir, un lendemain. Tout cela peut être très loin ou très près, mais cela appartient toujours au temps. Quand vous avez un concept, projeté par la pensée – la pensée étant la réaction de la mémoire, du savoir accumulé qui dépend de notre culture, de la culture dans laquelle vous avez vécu – allez-vous trouver ce bien dans l'avenir, lui-même créé par la pensée ? Ou bien trouvez-vous le bien quand vous commencez à comprendre le conflit, la souffrance et la douleur ?

Donc, c'est dans la compréhension de « ce qui est », et non pas en comparant « ce qui est » avec « ce qui devrait être », c'est dans cette compréhension que s'épanouit le bien. Certes, le bien n'a rien à voir avec la pensée, n'est-ce pas ? Et l'amour a-t-il rien à voir avec la pensée ? Pouvez-vous cultiver l'amour, en donner une formule et dire : « Mon idéal d'amour, c'est *cela*. » Savez-vous ce qui se passe quand vous cultivez l'amour ? Vous n'aimez pas. Vous vous figurez que l'amour vous viendra dans l'avenir ; mais, en attendant, vous êtes violent. Ainsi le bien est-il le produit de la pensée ? L'amour est-il le produit de l'expérience, du savoir ? Et quelle était votre deuxième question, monsieur ?

A. – La deuxième question concernait le partage.

K. – Que partagez-vous ? Que partageons-nous en ce moment ? Nous avons parlé de la mort, nous avons parlé de l'amour, de la nécessité d'une révolution totale, d'une modification psychologique complète, du rejet de votre modèle de formules, de lutte, de souffrance, d'imitation, de conformisme et de toutes ces choses que l'homme a vécues pendant des millénaires, et qui ont produit ce monde merveilleux, ce merveilleux pétrin ! Nous avons parlé de la mort. Eh bien, comment partageons-nous cela ? Il s'agit de partager sa compréhension et non pas des affirmations verbales, des descriptions, des explications. Qu'est-ce que cela signifie, partager ? – partager la compréhension, partager cette vérité qui accompagne la compréhension. Et la compréhension, que signifie-t-elle ? Vous me dites quelque chose qui est sérieux, vital, intéressant et important, et j'écoute avec une attention complète, parce que, pour moi, c'est une question vitale. Et pour écouter ainsi, il faut que mon esprit soit tranquille, n'est-ce pas ? Si je bavarde, si je regarde ailleurs, si je compare ce que vous dites avec ce que je sais, moi, mon esprit n'est pas tranquille. C'est seulement quand mon esprit est tranquille qu'il écoute complètement et que s'établit la compréhension de la vérité d'une chose. *Cela* nous le partageons, autrement, nous sommes incapables de le partager ; nous ne pouvons pas partager les paroles – nous ne pouvons partager que la vérité d'une chose. Vous et moi pouvons voir la vérité d'une chose quand notre esprit se donne entièrement à cette observation et dans ce cas seulement.

Voir la beauté d'un coucher de soleil, la beauté des collines, les ombres et les clairs de lune – comment partager tout cela avec un ami ? Est-ce en lui disant : « Oh ! Regardez cette merveilleuse colline ! » ? Vous pouvez prononcer ces paroles, mais est-ce là partager ? Quand véritablement vous partagez quelque chose avec un autre, cela veut dire que vous le ressentez tous les deux au même moment, avec la même intensité et au même niveau – autrement, il n'y a pas de partage possible. Vous pouvez partager un morceau de pain, mais ce n'est pas de cela que nous parlons.

Voir ensemble, c'est-à-dire partager, demande que nous voyions tous deux ; il ne s'agit pas d'être d'accord ou pas d'accord, mais de voir ensemble ce qui existe réellement. Ne pas l'interpréter selon mon conditionnement ou votre conditionnement, mais voir ensemble ce qui est. Et pour voir ensemble, il nous faut être libres d'observer, libres d'écouter. Et cela veut dire être sans préjugé. Alors seulement, avec cette qualité d'amour, il y a partage.

A. – Comment peut-on calmer ou libérer l'esprit des interruptions du passé ?

K. – Nous ne pouvons pas calmer l'esprit. Un point c'est tout ! Ce sont là des procédés. Vous pouvez prendre une pilule pour calmer l'esprit, mais *vous* ne pouvez absolument pas le calmer parce que *vous-même êtes cet esprit*. Vous ne pouvez pas dire : « Je vais tranquilliser mon esprit. » Il faut, par conséquent, comprendre ce que c'est que la méditation, ce qu'elle est vraiment, et non pas ce que les gens peuvent en dire. Il faut découvrir si l'esprit peut jamais être tranquille, et non pas comment rendre l'esprit tranquille. Il faut donc approfondir cette question du savoir, et si l'esprit, les cellules cérébrales qui sont chargées de tous les souvenirs du passé, peuvent être absolument calmes et tranquilles, et néanmoins fonctionner quand c'est nécessaire ; mais quand ce n'est pas nécessaire, être complètement, entièrement silencieux et calmes.

A. – Monsieur, quand vous parlez des relations humaines, vous parlez toujours d'un homme et d'une femme, d'un jeune homme et d'une jeune fille. Les choses que vous dites sont-elles applicables aux relations pouvant exister entre un homme et un homme, une femme et une autre femme ?

K. – Vous parlez de l'homosexualité ?

A. – Si vous voulez lui donner ce nom-là, oui, monsieur.

K. – Voyez-vous, quand nous parlons d'amour, qu'il s'agisse d'un homme et d'un autre homme, d'une femme et d'une autre, ou d'un homme et d'une femme, nous ne parlons pas de relations particulières, nous parlons d'un mouvement total, d'un sentiment global de relations, et non pas de relations avec une ou deux personnes. Ne savez-vous pas ce que cela veut dire que d'être relié au monde entier ? – quand vous avez le sentiment d'être vous-même le monde. Non pas une idée – ceci serait affreux – mais réellement avoir le sentiment que vous êtes responsable et que vous êtes engagé par cette responsabilité. C'est le seul engagement possible ; ne pas vous engager avec autrui au moyen de bombes ou de certaines activités particulières, mais sentir que vous êtes vous-même le monde et que le monde est vous-même. Faute de vous transformer complètement, radicalement, d'entraîner en vous-même une mutation globale, vous pourrez faire tout ce que vous voudrez extérieurement, il n'y aura pas de paix possible pour l'homme. Mais si vous avez ce sentiment dans votre moelle, alors vos questions seront dirigées entièrement vers le présent et vers ce changement à provoquer dans le présent, elles ne viseront pas certains idéaux hypothétiques.

A. – La dernière fois que nous étions ensemble, vous nous avez dit que si l'on a vécu une expérience pénible, qui n'a pas été regardée en face, mais a été évitée, elle entre dans l'inconscient sous forme de fragment. Comment pouvons-nous nous libérer de tous ces fragments, ces résidus d'expériences douloureuses ou effrayantes, afin de ne plus être la proie du passé ?

K. – Oui, monsieur, c'est cela, le conditionnement. Comment peut-on s'affranchir de ce conditionnement, comment puis-je me libérer du conditionnement de la culture dans laquelle je suis né ? Tout d'abord, il me faut prendre conscience de ce que je suis conditionné – il ne s'agit pas que ce soit quelqu'un d'autre qui vienne me le dire. Vous saisissez la différence ? Si quelqu'un vient me dire que j'ai faim, pour moi, ce n'est pas avoir faim, c'est tout autre chose. Il me faut donc prendre conscience de mon conditionnement, ce qui veut dire : il me faut percevoir la chose non seulement superficiellement, mais au niveau le plus profond. C'est-à-dire, il faut que je sois complètement conscient. Pour cela, je ne dois pas m'efforcer d'aller au-delà de mon conditionnement, de m'en libérer. Il faut que je le voie tel qu'il est vraiment, éviter tout élément étranger, éviter de vouloir, par exemple, m'en affranchir, ce qui serait une fuite devant la réalité. Il faut que je sois lucide. Qu'est-ce que cela veut dire ? Être lucide à l'égard de mon conditionnement totalement, et non partiellement, signifie que mon esprit doit être hautement sensitif, n'est-ce pas ? Sinon, il n'y a pas de lucidité possible. Pour être sensitif, il faut observer chaque chose de très près : les couleurs, la qualité des gens, tout ce qui m'entoure. Il faut également que je prenne conscience de ce qui existe sans exercer aucun choix, aucune préférence. En êtes-vous capable ? Ne pas interpréter, ne pas modifier, ne pas transcender, ni faire d'effort pour s'affranchir – simplement être pleinement conscient.

Quand vous observez un arbre, entre vous et cet arbre, il y a du temps et de l'espace, n'est-ce pas ? Il y a aussi votre savoir botanique à ce sujet et la distance entre vous et l'arbre – qui implique la notion de temps – et la séparation qui accompagne votre connaissance de l'arbre. Regarder cet arbre sans aucun savoir, sans qu'intervienne la notion de temps, cela ne veut pas dire que vous vous identifiez à l'arbre, mais que vous l'observez avec une attention telle que les frontières du temps n'interviennent plus du tout. Les frontières du temps n'interviennent que quand vous avez au sujet de cet arbre une connaissance préalable. Êtes-vous capable d'observer votre femme ou votre amie, ou n'importe qui, sans en avoir une image ? L'image, c'est le passé qui a été construit par la pensée, par les querelles, les intimidations, les dominations, les plaisirs, le temps passé en commun et tout cela. C'est cette image qui sépare, c'est cette image qui crée la distance et le temps. Regardez cet arbre, ou cette fleur, ou ce nuage, ou la femme, ou le mari – sans l'image !

Si vous êtes capable de le faire, vous êtes capable d'observer votre conditionnement globalement ; vous pouvez alors le contempler avec un esprit qui n'est pas contaminé par le passé, et l'esprit dès lors est lui-même libéré du conditionnement. Me regarder moi-même comme nous le faisons habituellement, je le fais comme un observateur devant la chose observée, moi-même étant la chose observée et l'observateur qui regarde. L'observateur, c'est tout le savoir du passé, le temps, les expériences accumulées – l'observateur s'isole de la chose qu'il observe.

Et maintenant, il s'agit de regarder sans l'observateur ! C'est une chose que vous faites quand vous êtes complètement attentif. Savez-vous ce que cela signifie, être attentif ? N'allez pas à l'école pour apprendre à être attentif ! Être attentif signifie écouter sans interpréter, sans juger, simplement écouter. Et quand vous écoutez ainsi, il n'y a pas de frontière, il n'y a pas de *vous* qui écoute. Il n'y a que cet état d'écouter. Donc, quand vous observez votre conditionnement, celui-ci n'existe que dans l'observateur, et non pas dans la chose observée. Et quand vous regardez sans l'observateur, sans le « moi » – ses craintes, ses anxiétés, et tout ce qui s'ensuit – vous verrez alors que vous pénétrez dans une dimension entièrement différente.

New York
24 avril 1971

3

L'expérience religieuse, la méditation

Existe-t-il une expérience religieuse ? La recherche de la vérité ; le sens de la recherche. « Qu'est-ce qu'un esprit religieux ? » « Quelle est la qualité d'un esprit qui a cessé de faire des expériences ? » La discipline ; la vertu ; l'ordre. La méditation n'est pas une évasion. La fonction du savoir et l'affranchissement du connu. « La méditation consiste à découvrir s'il existe un champ déjà contaminé par le connu. » « Le premier pas est le dernier pas. »

Questions. Les analogies de la crasse ; la lucidité ; la conscience ; l'amour ; le temps psychologique.

KRISHNAMURTI – Nous avons dit que nous nous proposions de parler ensemble d'un problème très complexe, à savoir : existe-t-il une expérience religieuse et qu'implique la méditation ? Si l'on veut bien observer, il apparaît qu'à travers le monde, l'homme a toujours été à la recherche de quelque chose au-delà de sa propre mort, de ses propres problèmes, quelque chose de durable, de vrai, d'intemporel. Il l'a appelé Dieu, il lui a donné beaucoup de noms, et la plupart d'entre nous croyons à quelque chose de cet ordre sans l'avoir jamais éprouvé par nous-mêmes.

Différentes religions ont promis qu'à condition de croire à certains rites, certains dogmes, certains sauveurs, vous pourrez, si vous menez un certain genre de vie, entrer en contact avec cette chose étrange, quel que soit le nom qu'on lui donne. Et ceux qui en ont eu une expérience directe, l'ont eue selon leur conditionnement, leur croyance et les influences culturelles de leur environnement.

La religion, apparemment, a perdu sa portée parce qu'il y a eu des guerres religieuses ; elle ne résout pas tous nos problèmes et les religions ont été pour les hommes un agent de division. Elles ont certes eu une influence civilisatrice, mais elles n'ont pas modifié l'homme radicalement. Si l'on commence à se demander ce que peut bien être une expérience religieuse et si elle existe, et pourquoi on l'appelle « religieuse », il faut tout d'abord faire preuve d'une grande honnêteté. Ce n'est pas être honnête que de se conformer à certains principes, à certaines croyances, de se rendre esclave de certains engagements ; mais il s'agit de voir honnêtement les choses exactement telles qu'elles sont, sans déformation, non seulement extérieurement, mais encore intérieurement : ne jamais se laisser abuser. Parce qu'il est très facile de s'abuser si l'on a soif de certaines expériences religieuses ou autres – si l'on prend de la drogue et ainsi de suite. Dans ce cas, forcément, vous vous laisserez prendre au piège de quelque illusion.

Il faut découvrir par soi-même, si on le peut, ce qu'est l'expérience religieuse. Et pour cela, il faut une grande humilité, une grande honnêteté ; ne jamais solliciter l'expérience, ne jamais exiger une réussite ou une réalité. Il faut ainsi observer ses propres désirs de très près, ses attachements, ses craintes, les comprendre d'une façon totale, si on le peut, de sorte que l'esprit ne soit en aucune façon faussé, qu'il n'y ait pas d'illusion, pas d'erreur. Et puis il faut aussi se demander : qu'entendons-nous par ce mot « expérience » ?

Je ne sais pas si vous avez quelque peu approfondi cette question. La plupart d'entre nous sommes las des expériences habituelles et quotidiennes. Tout cela nous ennuie, et plus on est sophistiqué, intellectuel, plus on ressent le désir de ne vivre que dans le présent (ce que ceci veut dire est une autre question) et d'inventer une philosophie du présent. Le mot « expérience » signifie aller jusqu'au bout des choses et en finir avec la question. Mais, malheureusement, pour la plupart d'entre nous, chaque expérience laisse derrière elle une cicatrice, un souvenir agréable ou pénible, et nous ne voulons retenir que ce qui est agréable. Quand nous partons à la recherche d'une expérience spirituelle, religieuse ou transcendantale, nous devons d'abord découvrir si de telles expériences existent et quelle en est la portée. Si vous éprouvez quelque chose et que vous ne pouvez pas le reconnaître, il ne s'agit pas d'une expérience. Un des éléments essentiels de l'expérience, c'est la reconnaissance. Et là où il y a reconnaissance, il s'agit d'une chose qui a été déjà connue auparavant, dont on a eu une expérience préalable, sinon on ne pourrait pas la reconnaître.

Donc, quand on parle d'expérience religieuse, spirituelle ou transcendantale – c'est un mot dont on fait un très mauvais usage – il vous faut l'avoir déjà connue pour être capable de reconnaître que vous avez éprouvé quelque chose qui sort de l'événement ordinaire. Il paraît logique et vrai que l'esprit doit être capable de reconnaître une telle expérience, et cette reconnaissance implique qu'il s'agit de quelque chose que vous avez déjà connu, et qui, par conséquent, n'est pas neuf.

Quand vous avez soif d'une expérience dans le champ religieux, vous la désirez parce que vous n'avez pas résolu vos problèmes, vos peurs, vos désespoirs, vos angoisses quotidiennes, et, par conséquent, vous avez le désir de quelque chose de plus. Et il y a une illusion dans cette soif, d'un « plus ». Ceci est, me semble-t-il, logique et vrai. Non pas que ce qui est logique soit toujours vrai, mais quand on utilise la logique, la raison, d'une façon saine et équilibrée, on connaît alors leurs limites. Ce besoin d'expériences plus larges, plus profondes, plus fondamentales, ne fait que prolonger les cheminements du connu. Il me semble que c'est clair, et j'espère que nous communiquons, que nous partageons ensemble.

Et puis, dans une telle enquête religieuse, on cherche à découvrir ce qu'est la vérité, s'il existe une réalité, s'il existe un état de l'esprit en dehors du temps. Toute recherche implique au moins une entité qui recherche, n'est-ce pas ? Et que recherche-t-elle ? Comment va-t-elle savoir que ce qu'elle trouve dans sa recherche est vrai ? Et encore une fois, si elle trouve la vérité – ou tout au moins ce qu'elle se figure être la vérité – cela dépendra de son conditionnement, de son savoir, de ses expériences passées ; alors la recherche est tout simplement une nouvelle projection de ses propres expériences, de ses peurs, de ses aspirations passées.

Un esprit qui interroge, et non pas qui recherche, doit être absolument affranchi de ces deux choses : le besoin de l''expérience et la recherche délibérée de la vérité. On peut très bien voir pourquoi, parce que lorsque vous êtes en quête, vous allez trouver différents instructeurs, vous lisez différents livres, vous pratiquez un certain nombre de cultes, vous suivez différents gourous et tout ce qui s'ensuit, comme lorsque l'on fait du lèche-vitrine. Une telle recherche est absolument dépourvue de sens.

Donc, s'agissant de cette question : « Qu'est-ce qu'un esprit religieux, quelle est la qualité d'un esprit qui a cessé de faire aucune expérience ? », il vous faut découvrir si l'esprit peut être affranchi de cette soif d'expériences et peut mettre fin à toute recherche délibérée. Il faut enquêter, interroger sans mobile, sans but, tous les éléments du temps, et se demander s'il existe un état intemporel. Et se poser une telle question implique qu'on n'ait aucune croyance d'aucune sorte, aucun engagement à l'égard d'aucune religion, d'aucune organisation spirituelle, qu'on ne suive aucun gourou et que, par conséquent, on ne soit soumis à aucune autorité d'aucune sorte – et plus particulièrement à celle de l'orateur. Parce que vous vous laissez très facilement influencer, vous êtes terriblement crédule ; vous êtes peut-être très sophistiqué, vous savez peut-être bien des choses, mais vous êtes toujours avide, assoiffé, et par conséquent crédule.

Donc, celui qui examine cette question de la religion doit être complètement libéré de toute sorte de croyance et de toute peur, parce que la peur, comme nous l'avons expliqué l'autre jour, contribue à fausser, à introduire la violence et l'agressivité. Par conséquent, un esprit qui se propose d'approfondir la nature de l'état religieux doit être dégagé de tout ceci – et cela exige une grande honnêteté et une grande humilité.

Pour la plupart d'entre nous, la vanité est un des principaux obstacles. Nous croyons savoir parce que nous avons beaucoup lu, parce que nous sommes engagés, que nous nous sommes exercés à tel ou tel système, que nous avons suivi tel ou tel gourou qui dispense sa philosophie au plus offrant ; nous croyons savoir – tout au moins un peu – et c'est là le commencement de la vanité. Quand vous vous posez une question aussi extraordinaire, il faut une liberté totale et véritablement faire table rase de tout dès le départ. Vous ne savez vraiment rien du tout. Vous ne savez pas ce que c'est que la vérité, ce qu'est Dieu – s'il existe – ce qu'est un esprit véritablement religieux. Vous avez beaucoup lu à ce sujet, les gens ont parlé de tout cela depuis des millénaires, ils ont construit des monastères, mais, en fait, on vit du savoir d'autrui, de l'expérience, de la propagande d'autrui. Pour découvrir quoi que ce soit, il faut absolument balayer tout cela ; par conséquent, notre enquête sera une chose très sérieuse. Si vous désirez vous amuser, il y a toutes sortes de divertissements soi-disant spirituels ou religieux, mais, pour un esprit sérieux, ils sont sans valeur aucune.

Pour espérer connaître la nature d'un esprit religieux, il faut être libre de tout conditionnement, de notre christianisme, de notre bouddhisme, avec toutes leurs propagandes millénaires, alors seulement on est véritablement capable d'observer. C'est là une chose très difficile, parce que chacun de nous redoute d'être seul, de se tenir debout tout seul. Nous avons soif de sécurité, à la fois extérieure et intérieure. Et, par conséquent, nous dépendons d'autrui, que ce soit du prêtre, ou d'un chef, ou d'un gourou qui nous dit : « J'ai passé par ces expériences donc je sais par moi-même. » Il faut être complètement seul et non pas isolé ! Il y a une grande différence entre l'isolement et la solitude intégrale. L'isolement est un état où toutes nos relations avec autrui sont coupées, quand dans votre vie quotidienne et vos activités vous avez véritablement dressé, consciemment ou inconsciemment, un mur autour de vous-même, afin de ne pas être blessé. Cet isolement empêche évidemment toute relation. La solitude est le propre d'un esprit qui ne dépend psychologiquement d'aucun autre, qui n'est lié à personne, et ceci ne veut pas dire qu'il soit sans amour – l'amour étant tout autre chose que l'attachement. La solitude est la qualité d'un esprit qui, profondément, ignore la peur et est, par conséquent, sans conflit.

Si vous en êtes à ce point, nous pourrons alors avancer et découvrir ce que signifie la discipline. Pour la plupart d'entre nous, la discipline est une sorte d'exercice, de répétition ; il s'agit de surmonter un obstacle ou de résister, de réprimer, de contrôler, de modeler, de se conformer – toutes ces choses sont implicites dans le mot « discipline ». Le radical de ce mot signifie apprendre ; un esprit qui est disposé à apprendre, et non pas à se conformer, doit être curieux, en éveil ; s'il croit savoir d'avance, il est absolument incapable d'apprendre. Il s'agit d'apprendre pourquoi on veut contrôler, réprimer, pourquoi la peur existe, pourquoi on se conforme, pourquoi on compare et pourquoi, par conséquent, il y a conflit. Le fait même d'apprendre ainsi instaure un état d'ordre ; non pas un ordre conforme à un plan ou à un modèle, mais, dans le mouvement même de l'enquête qui examine la confusion et le désordre, s'instaure un état d'ordre. La plupart d'entre nous sommes plongés dans la confusion pour des douzaines de raisons que nous n'approfondirons pas pour le moment. Il faut apprendre à connaître la confusion, la vie désordonnée que nous menons. Il ne s'agit pas d'établir de l'ordre dans cette confusion et ce désordre, simplement d'apprendre à les connaître. Et quand vous apprenez ainsi, l'ordre s'installe de lui-même.

L'ordre est une chose vivante, non mécanique, et il est assurément synonyme de vertu. Un esprit troublé qui se conforme, qui imite, n'est pas ordonné – il est la proie des conflits. Il est dès lors désordonné et, par conséquent, à l'opposé de la vertu. Et par notre enquête, en apprenant, l'ordre s'installe et l'ordre est la vertu. Je vous en prie, observez tout ceci en vous-même, voyez combien votre vie est désordonnée, confuse, mécanique, et c'est à partir d'un tel état que vous vous efforcez d'instaurer une manière de vivre morale, ordonnée et saine. Comment un esprit agité, confus, conformiste, imitatif, pourrait-il connaître aucune sorte d'ordre ou de vertu ? La morale sociale courante, comme vous pouvez le constater, est complètement immorale ; elle est peut-être respectable, mais ce qui est respectable est en général désordonné.

L'ordre est nécessaire, il est indispensable à toute action totale, et l'action, c'est la vie. Mais notre activité actuelle entraîne le désordre ; il y a l'action politique, l'action religieuse, l'action dans les affaires, dans la famille – elles sont fragmentaires et naturellement contradictoires. Vous êtes un homme d'affaires, mais, dans votre foyer, vous êtes un être humain bienveillant, ou tout au moins vous prétendez l'être ; il y a là une contradiction et, par conséquent, des éléments de désordre ; or celui qui est dans le désordre ne peut absolument pas comprendre ce que c'est que la vertu. De nos jours, il règne un état de laxisme général ; l'ordre et la vertu sont simplement niés. Mais l'esprit religieux doit avoir un ordre, non pas conforme à un modèle, à un dessein préétabli, mais cet ordre, ce sentiment de droiture morale exige que l'on ait compris le désordre, la confusion, la pagaille où nous vivons.

Ce que nous faisons, c'est de poser les bases de la méditation. Si vous ne posez pas ces bases, la méditation devient une évasion. Et vous pouvez vous amuser à perpétuité avec ce genre de méditation : c'est ce que font la plupart des gens. Ils mènent des vies ordinaires, confuses, malsaines, et ils se ménagent un petit coin réservé pour calmer leur esprit. Et alors, il y a tous ces gens qui promettent de vous procurer un esprit calme, tranquille ; on ne sait pas trop ce qu'ils entendent par là.

Donc, pour un esprit sérieux – et c'est une chose très sérieuse, ce n'est pas un jeu – il faut être libre de toute croyance, de tout engagement particulier, parce que l'on est engagé à l'égard de la vie tout entière et non pas à l'égard de tel ou tel fragment. La plupart d'entre nous sommes engagés dans le sens d'une révolution physique ou politique, ou d'une activité religieuse, ou d'une vie religieuse ou monastique, et ainsi de suite. Ce ne sont là que des engagements fragmentaires. Nous parlons de liberté, une liberté vous permettant de vous engager de tout votre être, de toute votre énergie, de toute votre vitalité, de toute votre passion à l'égard de la vie totale, et non pas d'un fragment. Alors nous pourrons nous demander ce que veut dire méditer.

Je ne sais pas si jamais vous vous êtes posé une telle question. Il est probable que certains d'entre vous s'y soient amusés. Vous avez cherché à dominer votre pensée, vous avez suivi différents systèmes ; ce n'est pas cela, la méditation. Il nous faut rejeter tous les systèmes qui se sont offerts à nous : le zen, la méditation transcendantale et différentes croyances qui nous sont venues d'Inde ou d'Asie, et auxquelles les gens se sont laissé prendre. Il nous faut approfondir toute cette question de système, de méthode, et j'espère que vous le ferez. C'est un problème que nous partageons.

Quand vous suivez un système, que devient votre esprit ? Qu'impliquent ce système et cette méthode – un gourou ? Je ne sais pas pourquoi ces gens s'appellent des gourous – je ne peux pas trouver un mot assez énergique pour rejeter complètement cet univers de gourous, leur autorité venant de ce qu'ils croient savoir. Tout homme qui dit : « Je sais » ne sait pas. Ou si un homme vient nous dire : « J'ai fait l'expérience de la vérité », méfiez-vous de lui complètement. Ce sont ces gens-là qui nous offrent des systèmes. Un système entraîne des exercices, un état d'obéissance, de répétition, l'effort pour changer « ce qui est » et, par conséquent d'augmenter vos conflits. Les systèmes font de l'esprit une mécanique, ils ne vous procurent aucune liberté ; ils peuvent vous promettre un état de liberté à la fin de vos efforts, mais la vraie liberté est au commencement et pas à la fin. Si vous recherchez la vérité grâce à un système, si vous n'êtes pas libre au début de votre recherche, vous finirez forcément par adopter un système et, par conséquent, par vous retrouver avec un esprit incapable de toute subtilité, de toute délicatesse, de toute sensitivité. On peut donc rejeter complètement tous les systèmes.

Ce qui est important, ce n'est pas de contrôler sa pensée, mais de la comprendre, de comprendre son origine, son commencement – qui est en vous-même. Autrement dit, le cerveau accumule des souvenirs – chose que vous pouvez constater par vous-même, vous n'avez pas besoin de lire des livres pour cela. Si le cerveau n'avait pas accumulé des souvenirs, il ne pourrait pas penser du tout. Ces souvenirs sont le résultat de l'expérience, du connu – le vôtre ou celui de la communauté, ou de la famille, ou de l'espèce, et ainsi de suite. La pensée prend naissance dans ces souvenirs emmagasinés. La pensée n'est donc jamais libre, elle est toujours vétusté ; une pensée libre est une chose qui n'existe pas. D'elle-même, elle ne peut jamais être libre. Elle peut parler de liberté, mais, en elle-même, elle est le résultat de souvenirs, d'expériences, de savoirs tous liés au passé ; et, par conséquent, elle est vieille. Toutefois, ce savoir accumulé nous est nécessaire, autrement nous ne pourrions pas fonctionner, communiquer, rentrer chez nous et ainsi de suite. Le connu est une chose essentielle.

Mais, dans la méditation, il s'agit de découvrir s'il y a une fin au connu et ainsi une possibilité de s'en affranchir. Si la méditation n'est qu'une prolongation du savoir, c'est une prolongation de tout ce que l'homme a accumulé jadis, et alors la liberté n'existe pas. Il n'y a de liberté que là où il y a une compréhension de la fonction, du rôle du connu, et, par conséquent, une libération du connu.

Nous examinons le champ du connu, nous devons percevoir où il a une fonction, un rôle à jouer, et là où il devient un empêchement à toute enquête plus poussée. Tant que les cellules cérébrales sont en action, elles ne peuvent agir que dans le champ de l'expérience, du savoir, du temps. Tout cela appartient au passé. La méditation consiste à découvrir s'il existe un champ qui n'ait pas été déjà contaminé par le connu.

Si je médite et que je continue de le faire selon ce que je sais déjà, je vis dans le passé, dans le champ de mon conditionnement. En tout cela, il n'y a aucune liberté. Je peux bien décorer la prison dans laquelle je vis, me livrer à toutes sortes d'activités dans cette prison, mais il y a toujours des frontières, une barrière. L'esprit doit donc découvrir si les cellules cérébrales, qui se sont développées au cours des millénaires, peuvent rester totalement immobiles et réagir à une dimension qu'elles ne connaissent pas. Autrement dit, l'esprit peut-il être totalement immobile et silencieux ?

Ceci a été le problème de tous les gens religieux au cours des siècles. Ils se rendent compte qu'il faut avoir un esprit tranquille, parce qu'on ne peut observer qu'à cette condition. Si vous bavardez, si votre esprit est constamment agité, se précipitant de-ci de-là, évidemment il ne peut pas regarder, il ne peut pas écouter d'une façon totale. Alors ces gens disent : « Contrôlez-le, maintenez-le, mettez-le en prison », et ils n'ont pas trouvé un moyen de donner naissance à un esprit complètement et entièrement tranquille. Ils disent : « Ne vous abandonnez à aucun désir, ne regardez aucune femme, ne regardez pas les merveilleuses collines, les arbres et la beauté de la terre, parce que si vous le faisiez, cela pourrait vous faire penser à un homme ou à une femme. Par conséquent, dominez-vous, maintenez-vous, concentrez-vous. » Et quand vous faites tout cela, vous êtes en plein conflit et, par conséquent, il vous faut un contrôle renforcé, une subjugation accrue. Il y a des milliers d'années que cela se passe ainsi, parce que les gens se rendent bien compte qu'il leur faut un esprit silencieux et immobile. Eh bien, maintenant, l'esprit peut-il parvenir à cette immobilité, à ce silence, sans effort, sans domination, sans établir de barrière ? Mais dès l'instant où vous introduisez le mot « comment », vous introduisez tout le système ; par conséquent : pas de « comment ».

L'esprit peut-il devenir silencieux ? Je ne sais pas ce que vous allez faire quand vous verrez clairement le problème, quand vous verrez la nécessité d'avoir un esprit subtil et délicat qui soit complètement tranquille. Comment cela peut-il se produire ? C'est là le problème de la méditation, parce que seul un tel esprit est un esprit religieux. Seul un tel esprit est capable de voir la vie tout entière comme une unité, un mouvement unitaire, non fragmenté. Et ainsi un tel esprit agit d'une façon totale, non fragmentaire, parce que son action part d'un complet silence.

La base de tout cela, c'est une vie où les relations sont complètes, une vie qui est ordonnée et par conséquent vertueuse, extraordinairement simple intérieurement, et totalement austère. Cette austérité qui accompagne la plus profonde simplicité implique que l'esprit ne soit pas en conflit. Quand vous avez posé cette base, avec aisance, sans effort – parce que des l'instant où vous introduisez un effort, il y a conflit – vous voyez la vérité de la chose. Et c'est par conséquent la perception directe de « ce qui est » qui entraîne un changement radical.

Seul un esprit silencieux peut comprendre qu'il existe en lui un mouvement totalement différent, d'une autre dimension, d'une autre qualité. Ce sont des choses qui ne peuvent être mises en mots, parce qu'elles sont indescriptibles. Mais ce qu'on peut décrire, c'est le chemin parcouru jusqu'à ce point, le point où vous avez posé la base et vu la nécessité, la vérité et la beauté d'un esprit silencieux.

Pour la plupart d'entre nous, la beauté existe en *quelque chose*, un bâtiment, un nuage, la forme d'un arbre, un visage. La beauté est-elle « là-bas », « dehors », ou est-elle la qualité d'un esprit où toute activité autocentrique a cessé ? Parce que, comme la joie, la compréhension de la beauté est un élément essentiel de la méditation. La beauté est véritablement l'abandon total du « moi », et les yeux qui ont renoncé au « moi » sont capables de voir les arbres, la beauté de toute chose et la féerie des nuages ; c'est ce qui se passe quand il n'existe plus aucun centre, plus de « moi ». Cela arrive à chacun de nous, n'est-ce pas ? Quand vous voyez une montagne splendide, elle apparaît subitement ; elle est là ; tout a disparu, excepté la majesté de cette montagne. Cette colline, cet arbre vous absorbent complètement.

C'est comme un enfant avec un jouet – le jouet absorbe l'enfant, mais quand le jouet est cassé, l'enfant revient là où il se trouvait avant, avec ses caprices, ses pleurs. Il en est de même pour nous : quand vous voyez la montagne, ou un arbre solitaire se détachant sur un sommet, cela vous absorbe. Et nous cherchons à nous laisser absorber par quelque chose, par une idée, par une activité, par un engagement, une croyance, ou nous désirons être absorbé par quelqu'un d'autre, comme un enfant avec un jouet.

C'est ainsi que la beauté signifie sensitivité – un corps sensitif implique un régime alimentaire juste, une façon juste de vivre, et tout ceci, vous l'avez, si vous en êtes au point où nous en sommes. J'espère que c'est le cas pour vous, et qu'alors votre esprit, inévitablement, naturellement, sans le savoir, sera silencieux et immobile. Vous ne pouvez pas le contraindre au silence, parce que c'est précisément *vous* qui êtes la cause du conflit, vous-même êtes troublé, anxieux, plongé dans la confusion – comment pouvez-vous imposer le silence a votre esprit ? Mais quand vous comprenez ce qu'est ce silence et ce qu'est la confusion, la douleur – et la question de savoir si la douleur peut jamais cesser – et quand vous comprenez le plaisir, de tout cela émerge un esprit absolument calme ; vous n'avez pas besoin de le rechercher. Il vous faut commencer par le commencement – le premier pas, c'est le dernier pas, et c'est la méditation.

AUDITEUR – Quand vous avez recours à l'analogie des montagnes, des collines et du ciel infini – c'est une erreur pour tous ces gens – cette analogie ne leur convient pas ; l'analogie qui leur convient, c'est la saleté.

K. – D'accord, prenons cet exemple. L'analogie des rues sales de New York, de la crasse, de la misère des ghettos, des guerres auxquelles nous avons tous sans exception contribué. Vous n'en avez pas le sentiment parce que vous êtes isolé et séparé et, par conséquent n'ayant aucun rapport avec autrui, vous tombez dans la corruption, et vous permettez à la corruption de se répandre dans le monde entier. C'est pourquoi cette corruption, cette pollution, ces guerres, cette haine ne peuvent pas être arrêtées par des systèmes politiques ou religieux, ni par aucune organisation. C'est *vous* qui devez changer – ne le voyez-vous pas ? Il vous faut cesser complètement d'être ce que vous êtes. Non pas par un effort de votre volonté – la méditation consiste a vider l'esprit de toute sa volonté – il se produit alors une action totalement différente.

A. – Si l'un de nous peut avoir ce privilège d'être totalement lucide, peut-il alors aider ceux qui sont conditionnés et qui ont en eux-mêmes un profond ressentiment ?

K. – Pourquoi, si je puis le demander, employez-vous ce mot « privilège » ? Qu'y a-t-il de sacré, de privilégié à être lucide ? C'est une chose toute naturelle, n'est-ce pas, d'être lucide ? Si vous voyez avec lucidité votre propre conditionnement, vos tourments, la saleté, la crasse, la guerre, la haine, si vous voyez tout cela avec lucidité, vous établirez alors des rapports avec les autres, des rapports si complets que vous serez relié à chaque être humain de par le monde. Vous comprenez cela ? Si j'ai des rapports complets avec quelqu'un – non pas une idée ou une image – je suis alors en relation avec chaque être humain du monde entier. Alors je verrai clair et n'en blesserai jamais aucun. Les gens se blessent eux-mêmes. Alors, allez, prêchez, parlez-en, mais pas dans le désir d'aider quelqu'un d'autre. Vous comprenez ? C'est une chose terrible de dire : « Je veux aider quelqu'un d'autre. » Qui êtes-vous pour aider un autre ? – et la question vaut aussi pour l'orateur.

Monsieur, regardez : la beauté de l'arbre ou de la fleur n'implique pas chez eux le désir de vous aider. Elle est là ; c'est à vous de regarder, de contempler la crasse ou la beauté, et si vous êtes incapable de regarder, découvrez alors pourquoi vous êtes devenu totalement indifférent, dur, superficiel, vide. Mais si vous arrivez à le découvrir, vous êtes alors dans un état où coulent les eaux, les grandes eaux de la vie ; vous n'avez rien à faire de plus.

A. – Quel rapport existe-t-il entre le fait de voir les choses exactement comme elles sont et la conscience en général ?

K. – Vous ne connaissez la conscience que par son contenu ; son contenu, c'est ce qui se passe dans le monde – dont vous faites partie. Vous vider de tout cela, ce n'est pas être sans conscience, c'est vivre dans une dimension entièrement différente. Vous ne pouvez pas faire d'hypothèse au sujet de cette dimension ; laissez cela aux savants, aux philosophes. Ce que nous pouvons faire, c'est de découvrir s'il est possible de déconditionner l'esprit en devenant lucides, totalement attentifs.

A. – Par moi-même, je ne sais pas ce qu'est l'amour, ni la vérité, ni Dieu. Mais vous en faites une description. Vous dites : « L'amour, c'est Dieu », au lieu de dire : « L'amour est l'amour. » Pouvez-vous expliquer pourquoi vous dites : « L'amour, c'est Dieu » ?

K. – Je n'ai pas dit que l'amour c'était Dieu.

A. – Mais j'ai lu dans un de vos livres…

K. – Je regrette, mais ne lisez pas de livres. *(Rires.)* Ce mot a tant servi, il est tellement chargé de tous les désespoirs et de toutes les espérances humaines. Vous avez votre Dieu, les communistes ont les leurs. Donc, si je puis vous le conseiller, découvrez ce qu'est l'amour. Or, vous ne pouvez savoir ce qu'est l'amour qu'en sachant ce qu'il n'est pas. Il ne s'agit pas d'un savoir intellectuel, mais vraiment dans la vie de mettre de côté tout ce que l'amour n'est pas : la jalousie, l'ambition, l'avidité, toutes ces divisions qui surgissent dans la vie, le moi et le vous, nous et eux, le noir et le blanc. Malheureusement, vous ne le faites pas, parce qu'il vous faut pour cela de l'énergie, et l'énergie ne vient que lorsque vous observez ce qui est vraiment, que vous ne le fuyez pas. Quand vous voyez ce qui existe vraiment, alors, dans l'observation même, vous trouvez l'énergie d'aller au-delà, et vous ne pouvez pas aller au-delà si vous voulez tout le temps vous évader, traduire, dominer. Contentez-vous d'observer simplement ce qui est, alors vous aurez de l'énergie en abondance. Alors vous pourrez découvrir ce que c'est que l'amour. L'amour n'est pas le plaisir, et pour découvrir cela vraiment, intérieurement, par vous-même, savez-vous ce que cela implique ? Cela veut dire qu'il n'y a plus aucune peur, aucun attachement, aucune dépendance, mais des relations où il n'y a pas de division.

A. – Pourriez-vous nous parler du rôle de l'artiste dans la société – l'artiste a-t-il une fonction au-delà de la sienne propre ?

K. – Qu'est-ce qu'un artiste ? Quelqu'un qui peint un tableau, qui écrit un poème, qui veut s'exprimer au moyen d'un tableau, d'un livre ou d'une pièce de théâtre ? Pourquoi nous dissocions-nous de l'artiste – ou de l'intellectuel ? Nous avons placé l'intellectuel à un certain niveau, l'artiste peut-être à un niveau supérieur et le savant à un niveau encore plus éminent. Alors nous demandons : « Quel est leur rôle dans la société ? » La question n'est pas quel est leur rôle, mais quel est *votre* rôle dans la société. C'est vous qui êtes cause de toute cette confusion. Quel est votre rôle ? Découvrez cela, monsieur, c'est-à-dire découvrez pourquoi vous vivez dans ce monde de crasse, de haine, de misère ; on dirait que cela ne vous touche pas.

Voyez, vous avez écouté ces causeries, nous avons partagé certaines des questions ensemble, vous avez compris, espérons-le, beaucoup de choses. Alors vous êtes un centre de rapports justes et, par conséquent, c'est votre responsabilité de modifier cette société affreuse, destructrice, corrompue.

A. – Monsieur, pourriez-vous approfondir la question du temps psychologique ?

K. – Le temps, c'est la vieillesse, c'est la tristesse, c'est l'indifférence. Il y a un temps chronologique que mesure la montre. Celui-ci doit nécessairement exister, autrement vous ne pourriez pas attraper votre autobus, faire cuire un repas, ou tout ce qui s'ensuit. Mais il existe un autre genre de temps que nous avons accepté. Nous disons : « Je serai demain, demain je changerai, demain, je deviendrai… » ; psychologiquement, nous avons créé ce temps – demain. Mais, psychologiquement, est-ce que demain existe ? C'est une question que nous avons toujours peur de nous poser sérieusement, parce que « demain », nous *en avons besoin* : « J'aurai plaisir à vous rencontrer demain. Demain, je comprendrai, demain ma vie sera différente, demain j'atteindrai l'illumination. » C'est ainsi que demain est devenu la chose la plus importante de notre vie. Hier, vous avez eu une expérience sexuelle, tous ses plaisirs, tous ses tourments quels qu'ils soient, et vous voulez les revivre demain, parce que vous voulez voir ce plaisir se répéter.

Posez-vous cette question, voyez-en la vérité : « Demain existe-t-il ? – sinon la pensée qui projette cette idée du lendemain ? » Donc, demain est une invention de la pensée sous forme de temps, et s'il n'y a pas de demain psychologique, qu'en est-il de la vie d'aujourd'hui ? C'est une immense révolution, n'est-ce pas ? Toute votre action subit un changement radical, alors vous êtes complètement intégré maintenant, et vous ne projetez plus à partir du passé, à travers le présent, vers l'avenir.

Cela veut dire que l'on vit et que l'on meurt chaque jour. Faites-le. Vous découvrirez ce que cela veut dire que de vivre complètement aujourd'hui. N'est-ce pas là l'amour ? Vous ne dites pas : « Demain, j'aimerai », n'est-ce pas ? Vous aimez ou bien vous n'aimez pas. L'amour ne connaît pas le temps, c'est la souffrance qui le connaît, la souffrance étant la pensée (tout comme dans le plaisir). Il nous faut donc découvrir par nous-mêmes ce que c'est que le temps, découvrir s'il existe un état « sans lendemain ». Cela c'est vivre – il y a la vie éternelle, car l'éternité est en dehors du temps.

New York
25 avril 1971

Deux conversations :
J. Krishnamurti et Alain Naudé

1

Le cirque de la lutte humaine

NAUDÉ [1] – Vous parlez de la totalité de la vie. Quand nous regardons autour de nous, nous constatons pourtant un désordre effrayant ; les hommes paraissent être entièrement plongés dans la confusion. Nous voyons que dans ce monde régnent la guerre, le désordre écologique, politique et social, le crime et tous les maux liés à l'industrialisation et à la surpopulation. Il semblerait que, plus les gens s'efforcent de résoudre ces problèmes, plus ceux-ci vont croissant. Puis il y a l'homme lui-même, plein de conflits. Non seulement ceux du monde qui l'entoure, mais les problèmes intérieurs – la solitude, le désespoir, la jalousie, la colère ; à tout ceci nous pouvons donner le nom de confusion. Et puis l'homme vient à mourir. Or, on nous a toujours dit qu'il existait autre chose que l'on pourrait appeler Dieu, l'éternité, la création. Et de ceci l'homme ne sait rien. Il s'est efforcé de vivre à la lumière de ce principe, et ceci a été la cause de nouveaux conflits. Il semblerait, d'après ce que vous avez dit tant de fois, qu'il nous faut découvrir une façon de traiter simultanément ces trois aspects de la vie, ces trois séries de

---

1. Alain Naudé, musicien, fut pendant six ans un très proche collaborateur de Krishnamurti (son secrétaire et assistant) et surtout son élève. Il vit actuellement aux États-Unis.

difficultés. Parce que c'est à celles-ci que l'homme doit faire face. Existe-t-il une façon de poser la question permettant d'espérer une réponse commune à ces trois séries de problèmes ?

KRISHNAMURTI – Tout d'abord, monsieur, pourquoi établissons-nous une telle division ? N'y aurait-il pas plutôt un seul mouvement qui doit être pris au sommet de la vague ? Donc, tout d'abord, il s'agit de découvrir pourquoi nous avons partagé cette existence, pourquoi nous parlons du monde extérieur, du monde intérieur, et d'un principe qui serait au-delà des deux. Cette division existe-t-elle à cause du chaos extérieur et ne sommes-nous préoccupés que du chaos extérieur, négligeant complètement le chaos intérieur ? Puis, impuissants à trouver une solution au problème extérieur, et au problème intérieur, nous cherchons une solution grâce à une croyance, à un principe divin ?

N. – Oui.

K. – Donc, en posant une question de ce genre, traitons-nous les trois problèmes séparément, ou bien y voyons-nous un mouvement unique et global ?

N. – Comment pouvons-nous en faire un mouvement unique ? Quelles sont leurs relations réciproques et quelle est l'action humaine qui pourrait les réduire à une seule question ?

K. – Nous ne sommes pas encore arrivés à ce point. Je demande : pourquoi l'homme a-t-il divisé le monde, toute son existence, en trois catégories ? Pourquoi ? À partir de ce point, nous pourrons avancer. Et moi, en tant qu'être humain, pourquoi ai-je séparé le monde qui m'entoure de mon monde intérieur et de cet autre monde que je m'efforce de saisir, et dont je ne sais rien, et vers lequel tendent toutes mes aspirations désespérées ?

N. – D'accord.

K. – Pourquoi est-ce que j'agis ainsi ? À titre d'essai, nous posons la question : n'ayant pas pu résoudre les problèmes extérieurs chaotiques, confus, destructeurs, brutaux, violents, pleins d'horreurs, nous nous tournons vers un monde intérieur espérant, grâce à lui, résoudre les problèmes de l'extérieur – c'est bien cela ? Et devant notre impuissance à résoudre le chaos intérieur, la carence intérieure, la brutalité, la violence et tout ce qui s'ensuit, étant incapables de résoudre quoi que ce soit dans ce domaine non plus, nous leur tournons le dos à tous les deux, l'extérieur et l'intérieur, vers une autre dimension ?

N. – Oui, c'est bien ça. C'est ce que nous faisons.

K. – C'est ce qui se passe tout le temps autour de nous et en nous.

N. – Oui, Il y a les problèmes extérieurs qui engendrent les problèmes intérieurs, et ne sachant pas comment traiter ni les uns ni les autres, nous créons de toutes pièces l'espoir d'un autre état, un troisième état que nous nommons Dieu.

K. – Oui, un agent extérieur.

N. – Un agent extérieur qui sera la consolation, la solution finale. Mais c'est un fait qu'il y a des choses qui sont réellement des problèmes extérieurs : le toit coule, l'atmosphère est polluée, les fleuves se dessèchent, de tels problèmes existent. Puis il y a les guerres, qui sont des problèmes extérieurs visibles. Il y a aussi des problèmes dont nous nous figurons qu'ils sont intérieurs, nos espoirs secrets, notre anxiété, nos tourments.

K. – Oui.

N. – Il y a le monde, il y a la réaction de l'homme à ce monde, sa façon d'y vivre ; il y a donc ces deux entités – ou du moins pratiquement on peut dire qu'elles existent. Et il est probable aussi que nos efforts pour résoudre des problèmes pratiques débordent jusque dans le monde intérieur et y donnent lieu à de nouveaux problèmes.

K. – Autrement dit, nous considérons toujours l'extérieur et l'intérieur comme deux mouvements séparés.

N. – Oui, c'est là ce que nous sommes. C'est ce que nous faisons.

K. – Et j'ai le sentiment que c'est une façon absolument fausse d'aborder la question. Oui, le toit coule et le monde est surpeuplé, il y a la pollution, il y a les guerres, il y a toutes sortes de malfaisances autour de nous. Et ne sachant rien résoudre de tout cela, nous nous tournons vers l'intérieur ; et, dans notre impuissance à résoudre les questions intérieures, nous nous retournons vers quelque chose d'extérieur, mais plus éloigné de tout ceci. Tandis que si nous voulions bien traiter toute cette existence comme un seul mouvement unique, peut-être pourrions-nous résoudre tous ces problèmes intelligemment, raisonnablement et dans leur ordre.

N. – Oui, il semblerait que c'est bien cela dont vous parlez. Mais voulez-vous nous dire, s'il vous plaît, comment ces trois problèmes sont véritablement une seule et unique question ?

K. – J'y viens, j'y viens. Le monde extérieur est ma création – je ne parle pas des arbres, des nuages, des abeilles et de la beauté du paysage – mais les rapports existant dans l'humanité, ce qu'on appelle la société, *cela* s'est créé par vous, par moi, et ainsi le monde c'est moi, et moi je suis le monde. Il me semble que c'est là le premier point qui doit être bien établi : ce n'est pas un fait intellectuel ni abstrait, mais c'est un sentiment réel, une réalisation immédiate. C'est un fait et non une hypothèse, un concept intellectuel : c'est un fait que le monde c'est moi et que je suis le monde. Le monde étant la société dans laquelle je vis, avec sa culture, sa moralité, ses inégalités et tout le désordre échevelé qui sévit autour de nous. Tout cela, c'est moi-même en action. Et cette culture, je l'ai créée et j'en suis prisonnier. Il me semble que c'est là un fait absolu et irréfutable.

N. – Oui. Mais comment se fait-il que les gens n'en soient pas suffisamment conscients ? Nous avons des politiciens, des écologistes, des économistes, nous avons des soldats qui tous s'efforcent de résoudre les problèmes extérieurs simplement en tant que problèmes extérieurs, et rien de plus.

K. – C'est probablement dû à une éducation imparfaite : la spécialisation, le désir de conquérir, d'aller sur la lune, de jouer au golf, et ainsi de suite et ainsi de suite ! Nous sommes toujours à vouloir modifier l'extérieur, espérant ainsi modifier l'intérieur. « Créer un environnement juste (c'est ce que les communistes ont répété des centaines de fois), et alors l'esprit humain changera conformément à cet environnement. »

N. – C'est en effet ce qu'ils disent. En fait, chaque grande université, avec toutes ses sections, ses spécialistes, on pourrait presque dire que ces universités sont fondées et construites dans la croyance que le monde peut être changé grâce à un certain savoir spécialisé en différents domaines.

K. – Oui. Il me semble que nous passons à côté de l'élément fondamental, qui est : le monde c'est moi, et moi je suis le monde. Je crois que cette constatation – et non pas cette idée, ni ce sentiment – a pour effet de changer complètement notre façon d'envisager le problème.

N. – C'est une révolution considérable. Voir le problème comme n'étant qu'un seul problème, le problème de l'homme et non pas celui de son environnement – c'est un pas énorme, mais la plupart des gens se refusent à le faire.

K. – Les gens ne veulent en aucune façon faire un pas. Ils sont habitués à cette organisation extérieure et négligent complètement ce qui se passe intérieurement. Et quand on se rend compte que le monde c'est moi et que je suis le monde, désormais mon action n'est pas séparatrice, il ne s'agit plus de l'individu dressé contre la communauté. Il ne s'agit pas non plus de l'importance de l'individu et de son salut personnel. Quand on se rend compte que le monde c'est moi et que je suis le monde, alors, quelle que soit l'action entreprise, quel que soit le changement, cette action, ces changements modifieront la conscience de l'homme dans sa totalité.

N. – Pouvez-vous expliquer ce point ?

K. – Moi, en tant qu'être humain, je me rends compte que le monde c'est moi et que je suis le monde : je m'en rends compte, je me sens profondément impliqué, je vois ce fait avec une lucidité passionnée.

N. – Oui. Et je vois que mon action c'est en fait le monde entier. Mon comportement élabore le seul monde qui existe parce que les événements de ce monde sont le comportement. Et le comportement appartient à la vie intérieure. Donc, le monde intérieur et le monde extérieur ne font qu'un parce que les événements historiques, les événements de la vie sont en fait le point de contact entre l'intérieur et l'extérieur. Tout cela c'est le comportement de l'homme.

K. – Et ainsi la conscience du monde c'est aussi ma conscience.

N. – Oui

K. – Ma conscience *est* le monde. Or la crise existe dans cette conscience et non pas dans l'organisation extérieure, l'amélioration du réseau routier – ou dans le fait d'aplanir des collines dans le but de construire plus de routes.

N. – Ou le fait d'avoir de plus grands bulldozers, de plus grands missiles intercontinentaux.

K. – Ma conscience c'est le monde, et la conscience du monde c'est moi. Quand il y a une modification dans cette conscience, elle agit sur la conscience entière du monde. Je ne sais pas si vous voyez cela ?

N. – C'est un fait extraordinaire.

K. – C'est un fait.

N. – C'est la conscience qui est en désordre, il n'y a de désordre qu'en elle.

K. – Évidemment !

N. – Par conséquent, les maux du monde sont les maux de la conscience humaine. Les maux de la conscience humaine sont les miens, ils sont mon désordre, ma maladie.

K. – Et quand je me rends compte que ma conscience est celle du monde et que la conscience du monde c'est moi, toute modification qui aura lieu en moi agira sur la conscience totale.

N. – À cela les gens répondent toujours : « Tout cela est bel et bien, je pourrais peut-être changer, moi, mais il y aura toujours la guerre en Indochine ! »

K. – En effet, il y aura toujours la guerre.

N. – Et des ghettos et de la surpopulation.

K. – Évidemment, il y aura tout cela. Mais si chacun de nous voyait cette vérité – à savoir que la conscience du monde c'est la mienne et que la mienne est celle du monde, et si chacun d'entre nous sentait la responsabilité qui en résulte, si le politicien, le savant, l'ingénieur, le bureaucrate, l'homme d'affaires, si tout le monde avait ce sentiment, alors ?… Or, c'est à vous et à moi de les pousser à le sentir, c'est assurément cela, la fonction de l'homme religieux.

N. – C'est quelque chose d'immense.

K. – Attendez, laissez-moi poursuivre. Donc, c'est un seul mouvement – il ne s'agit pas d'un mouvement individuel et d'un salut individuel. C'est le salut – si vous voulez recourir à ce mot – de la conscience humaine totale.

N. – La plénitude, la santé de la conscience elle-même. C'est une chose qui contient à la fois ce qui semble être l'extérieur et qui pourrait être l'intérieur.

K. – C'est bien ça, et ne sortons pas de cette question.

N. – Donc, ce dont vous parlez, c'est en fait cette santé, cet équilibre, cette totalité de la conscience qui a toujours été et est en fait une entité indivisible.

K. – Oui, c'est bien ça. Et maintenant, quand ceux qui espèrent créer un monde différent, les éducateurs, les écrivains, les organisateurs, se rendent compte que le monde actuel constitue leur propre responsabilité, alors la conscience de l'homme tout entière commence à changer. C'est ce qui se passe dans un autre ordre d'idée, mais les gens mettent l'accent sur l'organisation et sur la division, ils font exactement la même chose.

N. – D'une façon négative.

K. – D'une façon destructrice. Donc, maintenant surgit la question : cette conscience humaine qui est moi-même – qui est la communauté, qui est la société, qui est la culture, qui comprend toutes ces horreurs qui sont mon œuvre dans le contexte de la société, de cette culture qui est moi – cette conscience peut-elle subir une révolution radicale ? Telle est la question. Il ne s'agit pas de trouver une évasion dans un principe divin hypothétique. Parce que dès que nous comprenons cette modification de la conscience, le divin est là ; il n'est pas besoin de le chercher.

N. – Pourriez-vous, s'il vous plaît, expliquer en quoi consiste cette révolution de la conscience ?

K. – C'est ce dont nous allons parler maintenant.

N. – Nous pourrons peut-être alors nous interroger sur le divin si ces questions se posent.

K. – *(Pause.)* Tout d'abord, existe-t-il la possibilité d'un changement dans la conscience ? Tout changement accompli consciemment est-il un changement ? Quand on parle d'un changement de la conscience, cela implique que l'on change de cet *état-ci* pour aboutir à cet *état-là*.

N. – Et les deux, ceci et cela, sont compris dans la conscience.

K. – C'est là ce que je me propose d'établir en premier lieu. Quand nous disons qu'il faut qu'il y ait un changement dans la conscience, ceci se passe dans le champ de la conscience.

N. – Notre façon d'envisager le problème et notre façon d'envisager la solution, à laquelle nous donnons le nom de changement, tout cela se passe sur le même plan.

K. – Tout se passe sur le même plan et, par conséquent, il n'y a pas de changement du tout. Autrement dit, le contenu de la conscience est la conscience. Les deux ne sont pas choses séparées. C'est encore un point qu'il faut voir clairement. La conscience est constituée par toutes les choses qui ont été emmagasinées par l'homme sous forme d'expériences, de savoir, de souffrance, de confusion, de destruction, de violence – tout cela c'est la conscience.

N. – Plus les soi-disant solutions.

K. – Dieu et non-Dieu, différentes théories sur Dieu, tout cela c'est la conscience. Quand nous parlons de changement dans la conscience, nous changeons la position des différents morceaux, les prenant dans un coin pour les mettre dans un autre.

N. – Oui.

K. – Nous prenons une qualité dans un coin pour la mettre dans un autre coin du champ.

N. – Ce sont des jongleries que nous accomplissons avec des éléments contenus dans cet immense coffre.

K. – Oui, nous jonglons avec le contenu et, par conséquent...

N. – ... nous créons des variations dans la même série d'objets.

K. – Tout à fait ça. On ne saurait mieux dire. Quand nous parlons de changer, nous pensons réellement à ces jongleries intéressant le contenu. D'accord ? Or ceci implique qu'il y a un jongleur et les objets de ses jongleries. Mais tout cela se passe toujours dans le champ de la conscience.

N. – Il surgit alors deux questions. Prétendez-vous qu'il n'existe aucune conscience en dehors de ce contenu de la conscience ? Et, deuxièmement, qu'il n'existe aucune entité qui soit l'auteur de ces jongleries, aucune entité appelée le « moi » en dehors du contenu de la concience ?

K. – Très évidemment pas.

N. – Ce sont là deux affirmations considérables, monsieur. Auriez-vous la bonté de les expliquer ?

K. – Quelle est la première question ?

N. – La première chose que vous dites, si j'ai bien compris, c'est que cette conscience dont nous discutons, qui est tout ce que nous avons, tout ce que nous sommes et qui, nous l'avons vu, est le problème lui-même, vous dites que cette conscience *est* son propre contenu ; et qu'en dehors du contenu de la conscience, il n'est rien qu'on puisse appeler proprement la conscience.

K. – C'est tout à fait exact.

N. – Et prétendez-vous que, en dehors des problèmes de l'homme, en dehors de sa souffrance, de ses réflexions, des cheminements de sa pensée, il n'existe absolument rien que nous puissions appeler la conscience ?

K. – Exactement.

N. – C'est une affirmation considérable ; pouvez-vous l'expliquer ? Nous croyons tous – et ceci a été postulé par les religions hindoues depuis le commencement des temps – qu'il existe une superconscience en dehors de cette coquille qui serait la conscience dont nous parlons.

K. – Pour découvrir s'il existe quelque chose au-delà de cette conscience, il me faut tout d'abord en comprendre le contenu. Il faut que l'esprit aille au-delà de lui-même. C'est alors que je pourrai découvrir s'il existe ou non quelque chose d'autre que ceci. Mais affirmer d'emblée qu'il existe quelque chose, c'est une hypothèse, ça n'a pas de sens.

N. – Vous prétendez donc que ce que nous appelons habituellement la conscience, et qui est le sujet de notre entretien, est le contenu même de cette conscience ? Le contenant et le contenu sont une chose indivisible ?

K. – C'est cela.

N. – Et votre deuxième affirmation est celle-ci : c'est qu'il n'existe aucune entité pour décider, vouloir, jongler, dès l'instant où ce contenu est absent.

K. – Autrement dit, ma conscience est la conscience du monde, et la conscience du monde c'est moi. Ceci est une vérité, ce n'est pas une invention de ma part ou dépendant de votre accord. C'est une vérité des plus absolues. Et aussi ce contenu est la conscience : sans ce eontenu, il n'y a pas de conscience. Or, quand nous voulons changer, modifier ce contenu, nous nous livrons à des jongleries.

N. – C'est le contenu qui jongle avec lui-même, parce que vous avez une troisième affirmation, à savoir qu'il n'existe personne en dehors de ce contenu qui puisse jongler d'aucune façon.

K. – Très juste.

N. – Par conséquent, le jongleur et le contenu sont une seule et même chose, le contenant et le contenu sont une seule et même chose.

K. – Le penseur qui, dans le sein de cette conscience, affirme qu'il lui faut changer, ce penseur est lui-même la conscience s'efforçant de changer. Il me semble que cela est assez clair.

N. – De sorte que le monde, la conscience et l'entité qui seraient censément capables de le changer, tout cela n'est qu'une seule entité portant trois masques pour jouer trois rôles différents.

K. – S'il en est ainsi, alors que peut faire l'être humain pour vider complètement le contenu de la conscience ? Comment cette conscience – qui est moi et le monde avec tous ses tourments – comment peut-elle subir un changement complet ? Comment l'esprit, qui est la conscience avec tout son contenu, avec le savoir accumulé issu du passé, comment cet esprit peut-il se vider de tout son contenu ?

N. – Mais les gens – en vous écoutant et en comprenant de travers – vont dire : « Cette conscience peut-elle être vidée, et quand cette conscience est vidée – à supposer que ce soit possible – n'est-on pas alors réduit à un état de vague et d'inertie ? »

K. – Bien au contraire. Parvenir au point où nous sommes exige une recherche considérable, beaucoup de raison, de logique, tout ceci s'accompagnant d'intelligence.

N. – Parce que beaucoup de gens pourraient penser que la conscience vide dont vous parlez ressemble plutôt à la conscience d'un enfant à sa naissance.

K. – Non, monsieur, pas du tout. Avançons lentement, pas à pas. Reprenons depuis le début. Ma conscience est la conscience du monde. Le monde c'est ma conscience, et le contenu de ma conscience c'est le contenu du monde. Le contenu de la conscience *est* la conscience elle-même.

N. – Et aussi l'entité qui prétend être consciente.

K. – Et maintenant, je me demande, m'étant rendu compte que je suis cela : qu'y a-t-il de changé ?

N. – Ce qui est changé pourra résoudre les trois séries de problèmes qui en réalité ne sont qu'un.

K. – Qu'implique le changement ? Et qu'implique la révolution ? Je ne parle pas ici de révolution matérielle.

N. – Non, nous sommes au-delà de cela.

K. – La révolution sur le plan matériel est une chose absurde, primitive, inintelligente et destructrice.

N. – C'est une fragmentation de la conscience.

K. – Oui.

N. – Et vous demandez quel principe pourra rétablir l'ordre dans cette conscience ? – un ordre d'une portée globale.

K. – Peut-il exister de l'ordre dans le sein de cette conscience ?

N. – Est-ce là le pas suivant ?

K. – C'est ce que vous demandez.

N. – Oui. Ayant vu que le désordre, la souffrance, la douleur c'est le désordre de cette conscience indivisible, la question suivante sera : y pouvons-nous quelque chose, et quoi ?

K. – Oui.

N. – Et puisqu'il n'existe aucune entité capable de faire quelque chose…

K. – Attendez, ne concluez pas trop vite.

N. – Parce que nous avons vu que cette entité est elle-même le désordre.

K. – Nous en rendons-nous compte ? Non. Nous rendons-nous compte que ce penseur fait partie de cette conscience et qu'il n'est pas une entité séparée existant en dehors d'elle. Nous rendons-nous compte que l'observateur ayant vu le contenu, l'ayant examiné, analysé, regardé, voit qu'il est lui-même le contenu ? Autrement dit, l'observateur est le contenu.

N. – Oui.

K. – Mais affirmer une vérité, c'est une chose ; s'en rendre compte réellement, c'en est une autre.

N. – C'est bien vrai. Je crois que nous ne nous rendons pas pleinement compte qu'il n'existe aucune entité en dehors de cette chose que nous nous efforçons de changer.

K. – Quand nous parlons de changer, cela semble impliquer qu'il existe une entité séparée dans le sein de la conscience, mais capable d'effectuer une transformation.

N. – Nous nous figurons que nous pouvons sortir de cette pagaille, la regarder et jongler avec. Nous nous disons toujours à nous-mêmes : « Enfin, je suis encore là et je peux faire quelque chose pour modifier tout cela », et ainsi nous jonglons de plus en plus.

K. – Cela entraîne plus de pagaille, plus de confusion.

N. – On change de décor et les choses empirent.

K. – La conscience du monde, c'est ma conscience. Dans cette conscience, il y a tout le contenu, les efforts humains, les tourments de la cruauté, du mal, toutes les activités humaines se poursuivent dans cette conscience. Mais c'est dans cette conscience que l'homme a donné naissance à cette entité qui dit : « Je suis en dehors de ma conscience. » L'observateur dit : « Je suis autre chose que la chose observée. » Le penseur dit : « Mes pensées sont autre chose que moi-même. » Et tout d'abord, est-ce vrai ?

N. – Nous croyons tous que les deux entités sont différentes. Nous nous disons : « Il ne faut pas que je me laisse aller à la colère, il ne faut pas que je cède à la douleur, il faut que je m'améliore, il faut que je me change. » Ceci nous le disons tacitement ou consciemment tout le temps.

K. – Parce que nous nous figurons qu'il s'agit de deux choses séparées ; et nous essayons de faire voir qu'elles ne sont pas séparées ; qu'elles ne font qu'un, parce que s'il n'y a pas de pensée du tout, il n'y a pas de penseur.

N. – C'est vrai.

K. – Si rien n'est observé, il n'y a pas d'observateur.

N. – Mais on croise des centaines d'observateurs et des centaines de penseurs dans le courant de la journée.

K. – Je me contente de dire : en est-il ainsi ? J'observe ce faucon à plumes rouges qui vole ; je le vois. Mais quand j'observe cet oiseau, est-ce que je l'observe à travers l'image que j'en ai ou est-ce que je l'observe tout simplement ? N'existe-t-il que la pure et simple observation ? Parce que s'il y a une image, c'est-à-dire des mots, des souvenirs et tout ce qui s'ensuit, alors il y a un observateur, qui regarde passer l'oiseau. Mais s'il n'y a que l'observation, alors il n'y a pas d'observateur.

N. – Pouvez-vous m'expliquer pourquoi il y a un observateur quand je regarde cet oiseau à travers le filtre d'une image ?

K. – Parce que l'observateur, c'est le passé. L'observateur, c'est le censeur, le savoir accumulé, l'expérience, la mémoire. C'est cela, l'observateur, et avec tout cela il observe le monde. Son savoir accumulé est différent de votre savoir accumulé.

N. – Prétendez-vous que cette consciente totale, qui est le problème, n'est pas autre chose que l'observateur qui se propose d'agir sur le contenu, et ceci semblerait nous amener à un point mort, parce que la chose que nous nous efforçons de changer, c'est la personne qui s'efforce d'entraîner ce changement ? Et surgit la question : « Que faire alors ? »

K. – C'est exactement ça. Si l'observateur est la chose observée, quelle est la nature d'un changement dans la conscience ? C'est ce que nous nous proposons de découvrir. Nous nous rendons compte qu'une révolution radicale dans la conscience est nécessaire. Comment ceci peut-il se produire ? Cela peut-il se produire par le fait de l'observateur ? Si l'observateur est séparé de la chose observée, il ne s'agit plus alors que d'une jonglerie avec les divers contenus de la conscience.

N. – C'est juste.

K. – Alors avançons lentement. On se rend compte que l'observateur est la chose observée, que le penseur est la pensée, c'est un fait. Arrêtons-nous là un instant.

N. – Prétendez-vous que le penseur est la totalité de toutes ces pensées qui engendrent la confusion ?

K. – Le penseur est la pensée, qu'elle soit multiple ou qu'il n'y en ait qu'une seule.

N. – Il y a une différence parce que le penseur se considère comme étant une sorte d'entité concrète, cristallisée. Même dans le courant de cette discussion, le penseur se voit comme étant une entité concrète à laquelle toutes ces pensées et toute cette confusion appartiennent.

K. – Cette entité concrète, comme vous le dites, est le résultat de la pensée.

N. – Cette entité concrète est…

K. – … construite par la pensée.

N. – Construite par ses pensées.

K. – Par la pensée, par les siennes, par la pensée.

N. – Oui.

K. – La pensée voit qu'il faut qu'il y ait un changement. Cette entité concrète, qui est le résultat de la pensée, espère changer le contenu.

N. – Autrement dit, lui-même.

K. – Et ainsi il y a une lutte entre l'observateur et la chose observée. La lutte consiste à vouloir dominer, changer, mouler, supprimer, donner une nouvelle forme, etc. Et cette lutte se poursuit à tous les instants de notre vie. Mais quand l'esprit comprend cette vérité, à savoir que l'observateur, l'expérimentateur, le penseur est lui-même la pensée, l'expérience, la chose observée, alors que se passe-t-il ? – sachant qu'un changement radical est indispensable.

N. – C'est un fait.

K. – Et quand l'observateur, qui veut changer, se rend compte qu'il fait partie de la chose à changer ?

N. – Qu'il est en fait le voleur, prétendant qu'il est un agent de police afin de s'attraper lui-même.

K. – Exactement. Alors que se passe-t-il ?

N. – Voyez-vous, monsieur, ce n'est pas là ce que les gens croient, ils disent : « J'ai, par ma volonté, cessé de fumer, je suis arrivé à me lever plus tôt, à maigrir, à apprendre une langue. » Ils disent aussi : « Je suis le maître de ma destinée, capable de changer. » En fait, tout le monde croit cela. Tout le monde se figure qu'il est d'une façon ou d'une autre capable d'agir sur sa propre existence, par sa volonté, d'agir sur son comportement et sur sa propre pensée.

K. – Autrement dit, il nous faut comprendre le sens de l'effort. Ce qu'il est et pourquoi il existe. Est-ce par ce moyen qu'on transforme la pensée ? Par l'effort, par la volonté ?

N. – Oui.

K. – Ce qui signifie quoi ? Que le changement passe par un conflit. Dès qu'il y a action de la volonté, il existe une forme de résistance ; dominer, supprimer, rejeter, s'évader – tout cela c'est la volonté en action. Et cela veut dire que la vie est une lutte constante.

N. – Prétendez-vous simplement qu'un élément de la conscience établit alors une domination sur un autre ?

K. – C'est évident. Il y a un fragment qui en surclasse un autre.

N. – Et, par conséquent, le conflit continue d'exister, et ceci entraîne en fait un état de désordre. Oui, ceci est bien clair.

K. – Donc le fait central demeure. Il faut qu'il y ait une transformation radicale dans la conscience et de la conscience. Comment ceci peut-il advenir ? C'est là la vraie question.

N. – Oui.

K. – Nous avons abordé le problème dans l'idée qu'il y a un fragment supérieur à tous les autres, à tous les autres fragments qui subsistent dans le champ de la conscience.

N. – C'est bien ce que nous avons fait.

K. – C'est bien ce fragment dit supérieur, que nous qualifions d'intelligence, intellect, raison, logique, qui est le produit de nombreux autres fragments. C'est donc un fragment qui a pris sur lui l'autorité d'agir sur les autres, mais il demeure que c'est un fragment et, par conséquent, il y a une lutte entre lui et les autres. Et n'est-il pas possible de voir qu'une telle fragmentation ne résout pas nos problèmes ?

N. – Parce qu'elle est cause de division et de conflit, ce qui était dès le début notre problème.

K. – Autrement dit, quand il y a division entre un homme et une femme, il y a conflit. Quand il y a division entre l'Allemagne et l'Angleterre ou la Russie, il y a conflit.

N. – Et tout ceci, c'est la division, au cœur de la conscience elle-même. Et toute action de la volonté sur la conscience est une nouvelle division au sein de la conscience.

K. – Donc, il nous faut abandonner l'idée que l'on puisse changer le contenu au moyen de la volonté. C'est là la chose importante à comprendre.

N. – Oui, que l'exercice de la volonté n'est rien d'autre que la tyrannie d'un fragment sur un autre.

K. – C'est simple. On se rend compte aussi que s'affranchir de la volonté, c'est s'affranchir de cette fragmentation.

N. – Mais toutes les religions du monde ont fait appel à la volonté pour qu'elle intervienne et qu'elle fasse quelque chose.

K. – Oui, mais tout cela nous le rejetons.

N. – Oui.

K. – Alors l'esprit, que peut-il faire ou ne pas faire quand il constate que la volonté est ici impuissante, qu'un fragment, s'il prétend en contraindre un autre, est encore en pleine fragmentation et, par conséquent, en plein conflit ? – et que tout cela se passe encore dans le champ de la souffrance. Que peut faire un tel esprit ?

N. – Oui, c'est vraiment la question.

K. – Pour un tel esprit, y a-t-il quelque chose à faire ?

N. – Quand vous dites cela, on est tenté de dire : « S'il n'y a rien à faire, le cirque ne peut que continuer. »

K. – Non, monsieur, regardez. Le cirque continue quand il y a action de la volonté – et alors seulement.

N. – Prétendez-vous que ce cirque, dont nous avons parlé et que nous cherchons à modifier, est en fait un effet de la volonté ?

K. – Ma volonté contre la vôtre, et ainsi de suite.

N. – Mais ma volonté, c'est encore une autre partie de moi-même.

K. – Et ainsi de suite.

N. – Mon désir de fumer...

K. – Justement, un esprit qui commence par dire : « Il me faut changer », se rend compte qu'un fragment – celui qui affirme qu'il doit changer – est encore en conflit avec un autre fragment qui fait partie de la conscience. Cela, il s'en rend compte. Et, par conséquent, il se rend compte aussi que la volonté à laquelle l'homme est habitué, qu'il prend pour une chose acquise, comme étant la seule façon d'entraîner un changement...

N. – ... n'est pas un élément de changement.

K. – Qu'elle n'est pas un élément de changement. Et, par conséquent, un tel esprit est parvenu à un niveau tout à fait différent.

N. – Bien des choses ont été éclaircies,

K. – Beaucoup de choses ont été mises au rebut.

N. – Un tel esprit a vu la division entre l'intérieur et l'extérieur ; la division entre la conscience et son contenu. Il a également éclairci cette question de la division entre l'entité consciente et la conscience lui appartenant et appartenant aux différents fragments. Et il a tiré au clair la division qui existe entre les différents fragments dans cette conscience.

K. – Donc, que s'est-il passé ? Que s'est-il passé pour l'esprit qui a vu tout ceci ? Non pas théoriquement, mais qui a véritablement senti tout ceci et qui dit : « Plus de volonté désormais dans ma vie. » Ceci veut dire : plus de résistance dans ma vie.

N. – Tout ceci est tellement extraordinaire ! C'est comme de trouver le ciel sous ses pieds en se levant le matin. C'est une telle révolution qu'il est difficile de dire quelle en est la portée.

K. – Elle s'est déjà produite ! Voilà ce que je dis.

N. – Vous prétendez qu'il n'y a plus de volonté, plus d'effort, plus de division entre l'intérieur et l'extérieur…

K. – … plus de fragmentation au sein de la conscience.

N. – Plus de fragmentation.

K. – Tout ceci est très important à comprendre, monsieur.

N. – Plus d'observateur séparé de ce qu'il a pu observer.

K. – Ce qui veut dire quoi ? Qu'il n'y a plus de fragmentation dans la conscience. Ce qui veut dire que la conscience n'existe que là où il y a conflit entre les fragments.

N. – Ça, je ne suis pas sûr de l'avoir compris. La conscience est identique à ses propres fragments ?

K. – La conscience n'est autre que ses propres fragments, et elle est la lutte entre ses fragments.

N. – Voulez-vous dire qu'il n'y a de fragments que parce qu'ils sont en conflit, en lutte ? Quand ils ne sont pas en lutte les uns avec les autres, ils ne sont pas des fragments, parce qu'ils n'agissent plus comme des fragments. L'action d'un élément sur un autre cesse ; et c'est cette interaction que vous visez quand vous parlez de fragmentation. C'est donc cela, la fragmentation.

K. – Voyez ce qui s'est passé !

N. – Les fragments disparaissent quand ils n'agissent plus l'un sur l'autre.

K. – Naturellement ! Quand le Pakistan et l'Inde…

N. – … ne sont plus en lutte l'un avec l'autre, il n'y a plus de Pakistan ni d'Inde.

K. – Naturellement.

N. – Et vous prétendez que c'est cela le changement ?

K. – Attendez. Je n'en sais rien pour le moment. Nous allons creuser la question. Un esprit humain s'est rendu compte que le monde est moi et que je suis le monde, que ma conscience est la conscience du monde et que la conscience du monde c'est moi. Le contenu de la conscience avec toutes ses souffrances, etc., c'est la conscience. Et au sein de cette conscience, il y a des milliers de fragmentations. Un fragment entre les autres si nombreux devient l'autorité, le censeur, l'observateur, celui qui examine, celui qui réfléchit.

N. – Le boss.

K. – Le boss. Et ainsi il entretient la fragmentation. Vous voyez l'importance de ceci. Dès l'instant où il a endossé cette position d'autorité, il est contraint de maintenir la fragmentation.

N. – Oui, évidemment. Parce que c'est un élément de la conscience qui agit sur tout le reste.

K. – Il lui faut par conséquent entretenir le conflit. Et ce conflit, c'est la conscience.

N. – Vous avez dit que les fragments sont la conscience et, maintenant, vous dites que ces fragments sont en fait le contenu.

K. – Évidemment.

N. – Les fragments sont le conflit. Il n'existe pas de fragment sans conflit.

K. – Quand la conscience est-elle active ?

N. – Quand elle est en conflit.

K. – Évidemment. Autrement, il y a liberté, la liberté d'observer. Donc, la révolution radicale de la conscience, et dans la conscience, se produit quand il n'y a plus en elle aucun conflit du tout.

Malibu, Californie
27 mars 1971

2

Le bien et le mal

NAUDÉ – Le bien et le mal existent-ils vraiment, ou ne sont-ils que des points de vue conditionnés ? Le mal existe-t-il et, dans ce cas, qu'est-il ? Le péché existe-t-il ? Et le bien existe-t-il ? Et être véritablement et profondément bon, qu'est-ce que c'est ?

KRISHNAMURTI – Ce matin, je pensais précisément à un thème qu'impliquent vos questions sur l'existence d'un bien et d'un mal absolus, tels que l'idée chrétienne du péché et l'idée asiatique du karma – une action qui engendre plus de souffrance et plus de tristesse, mais que néanmoins, du conflit de cette tristesse et de cette souffrance, il puisse naître un bien. J'y pensais l'autre jour quand, à la télévision, je regardais des gens tuer des bébés phoques. C'était une chose affreuse, et j'ai détourné la tête bien vite. Tuer a toujours été une chose mauvaise, non seulement quand il s'agit d'un être humain, mais encore d'animaux. Et les gens religieux, non pas ceux qui croient à une religion, mais ceux dont l'esprit est véritablement religieux, ont toujours rejeté toute forme d'assassinat. Évidemment, quand vous mangez un légume, vous tuez – un légume – mais c'est une forme édulcorée d'assassinat et c'est la forme la plus élémentaire de survie : je n'appellerais pas cela « tuer ». On a pu observer en Inde, en Europe et en Amérique une acceptation de

137

l'assassinat dans la guerre, les tueries organisées – la guerre n'est pas autre chose. On peut aussi « tuer » quelqu'un par une parole, un geste, un regard, du mépris ; cette forme d'assassinat a été dénoncée également par les gens religieux. Mais, malgré cela, on continue à tuer – à tuer, à être violent, brutal, arrogant, agressif, toutes choses qui nous conduisent en pensée ou en action à brutaliser, à blesser les autres. Et nous avons peut-être eu aussi l'occasion de voir ces grottes de l'Afrique du Nord et du midi de la France où l'on voit l'homme luttant contre des animaux, et où peut-être on comprend ce que cela signifie que de combattre le mal. Ou bien le combat est-il une sorte d'amusement ; il s'agit alors de tuer, de vaincre quelque chose ? Donc, regardant tout cela, on se demande si le mal en lui-même existe, un mal complètement vidé de tout bien ; et quelle est la distance qui existe entre le bien et le mal ! Le mal est-il une diminution du bien, qui lentement se termine dans le mal ? Ou bien la diminution du mal conduit-elle petit à petit au bien ? Autrement dit, par le passage d'un laps de temps, peut-on dire que l'on marche du bien vers le mal et du mal vers le bien ?

N. – Vous voulez dire que ce sont les deux extrémités d'un même bâton ?

K. – Deux extrémités d'un même bâton – ou bien ne seraient-elles pas deux choses complètement séparées ? Alors, qu'est-ce qui est le mal et qu'est-ce qui est le bien ? Le monde chrétien, l'Inquisition avait coutume de brûler des gens pour cause d'hérésie, considérant que c'était une bonne action.

N. – Les communistes en font autant.

K. – Les communistes le font à leur façon pour le bien de la communauté, pour le bien de la société, pour le bien-être économique de l'homme en général, et ainsi de suite. En Asie aussi de telles choses ont été faites sous des formes différentes. Mais enfin, il y a toujours eu un groupe, jusqu'à ces derniers temps, où le fait de tuer sous n'importe quelle forme était jugé comme étant mal. Tout cela est en train de disparaître, pour des raisons économiques et culturelles.

N. – Vous voulez dire que le groupe de gens qui évitent de tuer…

K. – … disparaît peu à peu. Voilà où nous en sommes. Maintenant, existe-t-il une chose telle que le bien absolu ou le mal absolu, ou bien est-ce une affaire de degré : le bien relatif et le mal relatif ?

N. – Et existent-ils en tant que faits distincts des points de vue conditionnés ? Par exemple, pour les Français, pendant la guerre l'envahisseur allemand était mauvais ; et de même pour l'Allemand, le soldat allemand était bon, il représentait une protection. Le bien existe-t-il ? Le bien et le mal absolus ? Ou ces notions sont-elles le résultat d'un point de vue conditionné ?

K. – Le bien dépend-il de l'environnement, de la culture, des conditions économiques ? Et, dans ce cas, est-ce le bien ? Le bien peut-il s'épanouir dans un environnement conditionné et culturel ? Et le mal est-il également le résultat d'une culture, de l'environnement ? Fonctionne-t-il dans ce cadre ou en dehors ? En demandant : « Existe-t-il un bien ou un mal absolu ? », toutes ces questions sont impliquées.

N. – C'est vrai.

K. – Et tout d'abord, qu'est-ce que le bien ? Le mot « bien » *(goodness)* est-il relié au mot « Dieu » *(God)* ? Dieu étant le souverain bien, la vérité et l'excellence ; et la faculté d'exprimer cette qualité du divin dans nos relations serait le bien. Et tout ce qui s'y oppose serait vu comme étant le mal. Si le bien est relié à Dieu, alors le mal est relié au diable. Le diable étant ce qui est laid, ce qui est sombre, ce…

N. – … qui est tordu…

K. – … ce qui est déformé, ce qui est volontairement malfaisant, tel que le désir de blesser – tout cela est contraire au bien ; autrement dit, l'idée de Dieu est bonne et l'idée du diable est mauvaise –

d'accord ? Il me semble que nous avons plus ou moins indiqué ce qui est le bien et ce qui est le mal. Et nous demandons donc s'il existe un bien absolu et un mal irrévocablement absolu.

N. – Le mal comme étant un fait, un objet.

K. – Examinons par conséquent si le bien absolu existe. Non pas dans ce sens que le bien serait lié à Dieu ou consisterait à se rapprocher d'une idée de Dieu, parce que, alors, ce bien serait une pure hypothèse. En effet. pour la plupart des gens, Dieu est en réalité une pseudo-croyance à quelque chose – quelque chose d'excellent, de noble.

N. – La félicité ?

K. – La félicité et ainsi de suite. Maintenant, qu'est-ce que le bien ? J'ai le sentiment que le bien, c'est l'ordre total. Non seulement extérieur, mais plus particulièrement intérieur. Je crois que l'ordre peut être absolu, tout comme en mathématique. Je crois qu'il y a un ordre complet. Et c'est le désordre qui conduit au chaos, à la destruction, à l'anarchie, au soi-disant maL

N. – Oui.

K. – Tandis qu'un ordre total de notre être, l'ordre dans notre esprit, dans notre cœur, dans nos activités physiques, l'harmonie qui règne entre les trois, c'est le bien.

N. – Les Grecs disaient que l'homme parfait était accordé dans une harmonie totale entre son esprit, son cœur et son corps.

K. – Tout à fait. Nous disons donc pour le moment que le bien, c'est un ordre absolu. Et comme la plupart des êtres humains vivent dans le désordre, ils contribuent à toutes sortes de malfaisances, qui, en fin de compte, conduisent à la destruction, à la brutalité, à la violence, à différentes blessures psychiques et physiques. On peut, pour tout cela, se servir d'un mot, le « mal », mais je n'aime pas beaucoup ce mot « mal », parce qu'il est chargé de résonances chrétiennes, de condamnations et de préjugés.

N. – C'est un conditionnement.

K. – En effet. En Inde et en Asie, les mots « mal » et « péché » ont de fortes connotations – tout comme le mot « bien ». Donc, nous pouvons balayer toute l'écume existant autour de ces mots et les aborder d'un regard neuf. Autrement dit, existe-t-il en soi-même un ordre absolu ? Et cet ordre absolu peut-il être instauré en soi-même et, par conséquent, dans le monde extérieur ? Parce que le monde c'est moi et je suis le monde ; ma conscience est la conscience du monde, et la conscience du monde c'est moi-même. Par conséquent, quand l'ordre existe à l'intérieur de l'être humain, il y a aussi ordre dans le monde. Cet ordre peut-il de part en part être absolu ? Ce qui implique l'ordre de l'esprit, du cœur et des activités physiques ; autrement dit, une harmonie complète. Comment ceci peut-il être mis en place ? C'est un aspect de la question.

Et l'autre est celui-ci : l'ordre est-il une chose que l'on peut imiter en s'alignant sur un certain modèle ? L'ordre est-il préétabli par la pensée, par l'intellect et copié dans l'action par le cœur ? Ou dans les relations humaines ? L'ordre ressemblerait-il aux plans établis par un architecte, et comment cet ordre peut-il être instauré ?

N. – D'accord.

K. – L'ordre est vertu et le désordre est non-vertu. Il est néfaste, destructeur, impur – si nous pouvons nous permettre ce mot.

N. – Cela fait penser au mot sanskrit *Adharma*.

K. – *Adharma* ; oui. Donc l'ordre est-il une chose qui a été construite selon un modèle élaboré par la pensée, par notre savoir ? Et l'ordre existe-t-il en dehors du champ de la pensée et du connu ? On a le sentiment qu'il existe un bien absolu, non pas un concept émotif, mais l'on sait – si on s'est examiné soi-même pro-fondément – que c'est une chose qui existe : le bien complet, absolu, irrévocable ; autrement dit, un ordre. Et cet ordre n'est pas une chose fabriquée par la pensée ; s'il l'était, ce serait conforme à un plan préétabli, mais alors, étant un objet d'imitation, cette imitation

141

conduirait au désordre ou au conformisme. Le conformisme, l'imitation sont la négation de ce qui est, le commencement du désordre, conduisant en fin de compte à ce que l'on peut appeler le « mal ». Donc, nous posons la question : le bien – lequel (comme nous l'avons dit) est ordre et vertu – est-il un produit de la pensée ? Autrement dit, peut-il être cultivé par la pensée ? La vertu peut-elle jamais être cultivée ? Cultiver implique que l'on fasse naître et croître lentement ; autrement dit, cela implique le temps.

N. – Une synthèse mentale.

K. – Oui. Or la vertu est-elle le résultat du temps ? L'ordre est-il une affaire d'évolution ? L'ordre absolu, le bien absolu sont-ils une affaire de croissance, de culture lente, le tout impliquant l'écoulement du temps ? Comme nous l'avons dit l'autre jour, la pensée est la réaction de la mémoire, du savoir, de l'expérience, qui sont le passé et qui sont accumulés dans le cerveau. Dans les cellules cérébrales, le passé existe. Donc la vertu se trouve-t-elle dans le passé, et par conséquent, il faudrait la cultiver, la pousser. Ou bien la vertu, l'ordre n'existent-ils que dans l'instant présent ? Parce que le « maintenant » n'a pas de lien avec le passé.

N. – Vous dites que le bien c'est l'ordre et que cet ordre n'est pas un produit de la pensée, mais cet ordre, s'il existe, doit exister dans le comportement, nos activités diverses et dans nos rapports avec nos semblables. Les gens se figurent toujours qu'un comportement juste dans nos rapports, dans le monde, doit être pensé d'avance et que l'ordre est toujours le résultat d'un planning. Et souvent les gens se disent (après vous avoir écouté) que la lucidité – cet état de l'être dont vous parlez et où il n'y a pas de place pour des activités de la pensée – est une sorte d'énergie désincarnée qui ne peut avoir d'action ni de rapport avec le monde des hommes, des événements, du comportement. Ils se figurent, par conséquent, que cet état n'a pas de valeur réelle, n'a aucun sens que l'on pourrait appeler historique et temporel

K. – C'est exact, monsieur.

N. – Mais vous dites que le bien c'est l'ordre et que l'ordre ne peut pas être planifié d'avance.

K. – Quand nous parlons d'ordre, n'entendons-nous pas un ordre dans notre comportement, dans nos rapports humains ? Nous n'entendons pas un ordre abstrait, un bien qui existe au paradis, mais un ordre qui est la bonté dans nos relations humaines et dans notre action dans le présent. Quand nous parlons de planning, il est évident qu'il faut qu'il y ait une certaine planification à un certain niveau.

N. – En architecture, par exemple.

K. – En architecture, dans la construction de chemins de fer ; s'il s'agit d'aller dans la lune, il faut qu'il y ait un projet, un devis, des opérations très bien agencées, très intelligentes. Nous n'allons certainement pas confondre les deux : il faut qu'il y ait des prévisions, de l'ordre, de la coopération, un travail en commun, une mise en pratique commune de certains projets, de cités bien dessinées, d'une communauté – tout cela exige du « planning ». Mais nous parlons de quelque chose d'entièrement différent. Nous demandons s'il y a un ordre absolu dans le comportement humain, s'il y a un bien absolu, un ordre en soi-même et, par conséquent, dans le monde. Et nous avons dit que l'ordre n'est pas planifié d'avance et ne peut jamais l'être. S'il est l'objet d'une planification, alors l'esprit recherche la sécurité, parce que le cerveau réclame toujours cette sécurité. À la poursuite de la sécurité, il supprimera, ou il détruira, ou il pervertira « ce qui est » dans son effort de se conformer, d'imiter. Or, cette imitation, ce conformisme sont le désordre même, et de là jaillissent tous les maux, les névroses et les différentes déformations de l'esprit et du cœur. Planifier suppose un savoir préalable.

N. – Une pensée...

K. – Un savoir, une pensée, la mise en ordre de la pensée sous forme de concepts. Donc, nous demandons : la vertu peut-elle être l'aboutissement d'un « planning » ? Très évidemment pas. Dès l'instant où votre vie est l'objet d'un « planning », selon un certain modèle, alors vous ne vivez pas ; simplement, vous vous conformez à un certain standard, et ce conformisme aboutit à une contradiction interne. Le « ce qui est » et le « ce qui devrait être » impliquent la contradiction et, par conséquent, un conflit. Celui-ci est la source même du désordre. Donc, l'ordre, la vertu, le bien existent dans le moment présent. Par conséquent, toutes ces choses sont libérées du passé. Mais cette liberté peut être relative.

N. – Et qu'entendez-vous par là ?

K. – On peut être conditionné par la culture dans laquelle on vit, par son environnement, et ainsi de suite. Ou bien on s'affranchit, on se libère totalement de tout conditionnement, et, par conséquent, on est absolument libre, mais il peut y avoir un déconditionnement partiel.

N. – On se débarrasse d'un ensemble de conditionnements…

K. – … pour tomber dans un autre.

N. – Ou bien on en rejette un seul tel que le christianisme ou tous les tabous qui l'entourent.

K. – Cette façon graduelle de rejeter un conditionnement peut comporter une apparence d'ordre, mais c'est une erreur ; se défaire couche par couche d'un conditionnement peut temporairement avoir l'apparence de la liberté, mais ce n'est pas la liberté absolue.

N. – Prétendez-vous que la liberté n'est pas le résultat d'une action particulière sur un conditionnement ou un autre ?

K. – Tout juste.

N. – Vous avez dit que la liberté existe au commencement et non pas à la fin. C'est là ce que vous voulez dire ?

K. – Oui, c'est bien cela. La liberté est maintenant et non pas dans l'avenir. Donc, la liberté, l'ordre, le bien existent maintenant et s'expriment dans le comportement.

N. – Autrement, ils n'ont pas de sens.

K. – Autrement ils n'ont pas de sens du tout. Le comportement dans nos rapports, non seulement avec un individu qui vous est proche, mais votre comportement avec tout le monde.

N. – Mais quand sont absents tous ces éléments du passé qui poussent la plupart des gens à se conduire correctement, qu'est-ce qui nous aidera à nous comporter comme il faut ? Cette liberté paraît être aux yeux de beaucoup de gens une chose tellement désincarnée, un horizon si morne, une chose tellement immatérielle ! Qu'y a-t-il dans cette liberté qui nous poussera à nous comporter dans le monde des hommes et des événements de manière ordonnée ?

K. – Monsieur, regardez. Dans notre dernière conversation, nous avons dit que je suis le monde et que le monde c'est moi. Nous avons dit que la conscience du monde c'est la mienne. Ma conscience est celle du monde. Quand on fait une affirmation de ce genre, ou bien c'est purement verbal, et par conséquent cela n'a aucune portée du tout, ou bien c'est une chose vraie, vivace, vivante. Quand on se rend compte que c'est une chose vivante, cette réalisation s'accompagne de compassion – une compassion vraie, non pas une compassion limitée à une ou deux personnes, mais une compassion qui s'étend à tout le monde et à toute chose. La liberté, c'est cette compassion qui n'est pas une idée désincarnée.

N. – C'est un état de retrait.

K. – Mes rapports humains n'existent que dans le « maintenant », non pas dans le passé, parce que si mes rapports ont leurs racines dans le passé, je n'ai aucun rapport actuel dans le présent. Donc, la liberté c'est la compassion, et celle-ci prend naissance quand on se rend compte profondément qu'on est le monde et que le monde est soi-même. La liberté, la compassion, l'ordre, la vertu, le bien sont une seule et même chose ; c'est cela, l'absolu. Dans ce cas, quelle relation existe entre le « non-bien » – auquel on a donné les noms de mal, péché, péché originel – quelle relation existe-t-il entre cela et ce sens merveilleux de l'ordre ?

N. – Qui n'est pas le résultat de la pensée, de la civilisation ni de la culture.

K. – Quel rapport y a-t-il entre les deux ? Aucun. Donc, quand nous nous écartons de cet ordre, quand nous nous en écartons dans ce sens que nous agissons mal, pénètre-t-on dans le champ du mal, si l'on peut toutefois recourir à ce mot ? Ou le mal est-il quelque chose d'entièrement différent du bien ?

N. – Il s'agit de savoir si toute déviation de l'ordre du bien est en elle-même une pénétration dans le champ du mal, ou bien ces deux principes n'ont-ils aucune espèce de contact ?

K. – C'est bien ça. Je peux me mal conduire, je peux mentir, je peux consciemment ou inconsciemment blesser quelqu'un, mais je peux éclaircir tout cela, je peux balayer tout cela en m'excusant, en disant : « Pardonnez-moi. » Ceci peut être fait immédiatement.

N. – On peut y mettre fin.

K. – Donc je découvre quelque chose, à savoir ceci : ne pas mettre fin à cette mauvaise conduite, la reporter dans sa pensée jour après jour sous forme de haine, de rancune…

N. – … de culpabilité, de peur.

K. – … est-ce que cela nourrit le mal ? Vous me suivez ?

N. – Oui

K. – Si je persiste dans ce sens, si j'entretiens dans mon esprit ce ressentiment, cette rancœur que j'ai contre vous, si j'entretiens jour après jour cette rancune qui comprend la haine, l'envie, la jalousie, l'antagonisme – tout cela c'est la violence. Dès lors, quel rapport existe entre la violence, le mal et le bien ? Nous nous servons de ce mot « mal » très…

N. – … précautionneusement.

K. – Précautionneusement, oui. Parce que c'est un mot que je n'aime pas du tout. Donc quel rapport y a-t-il entre la violence et le bien ? Très évidemment, aucun ! Mais la violence que j'ai cultivée – qu'elle soit le produit de la société, de la culture, de mon environnement ou de mon héritage animal – cette violence peut être balayée si j'en prends conscience, si je suis lucide.

N. – Oui.

K. – Il ne s'agit pas de l'éliminer graduellement comme quand vous nettoyez…

N. – … quand vous effacez une tache sur un mur.

K. – Et alors vous êtes toujours dans le bien.

N. – Alors prétendez-vous que le bien est une chose absolument négative ?

K. – Il doit forcément l'être.

N. – Et de cette façon, ce qui est négatif n'a aucun rapport avec le positif, parce que ce n'est pas le résultat d'un déclin graduel ou de l'accumulation du passé. Le négatif existe quand le positif est entièrement absent.

K. – Oui, vous l'exprimez d'une autre façon. La négation de la rancune, de la violence, et la négation de la continuité de la violence, la négation de tout cela, c'est le bien.

N. – C'est le dépouillement, le vide.

K. – Le dépouillement de la violence, c'est l'abondance du bien.

N. – Et, par conséquent, le bien est toujours une chose intacte.

K. – Oui, il n'est jamais brisé ni fragmenté. Mais attendez ! Donc le mal absolu existe-t-il ? Je ne sais pas si vous avez jamais songé à ceci : en Inde, j'ai vu des petites statues d'argile dans lesquelles souvent on a piqué des aiguilles ou des épines. J'ai vu cela très souvent. Cette image est censée représenter une personne que l'on veut blesser. En Inde, il y a de très longues épines, vous les avez vues dans les broussailles, et on les pique dans ces statuettes d'argile.

N. – Je ne savais pas qu'on faisait cela en Inde.

K. – Je l'ai vu. Eh bien, là il y a une action volontaire en vue de faire mal à un autre, de le blesser.

N. – Une intention.

K. – Une intention laide, profonde, haineuse.

N. – Délibérée. Mais ceci doit être mal, monsieur.

K. – Quel est son rapport avec le bien – le bien étant tout ce que nous avons dit ? Là, il y a une intention réelle de blesser.

N. – Un désordre organisé, pourrait-on dire.

K. – Un désordre organisé qui est le désordre organisé d'une société qui a rejeté le bien. Parce que la société, c'est moi. Je suis la société ; si je ne change pas, la société ne peut pas changer. Et ici il y a l'intention volontaire de blesser autrui, que cette intention soit organisée et soit la guerre organisée ou non.

N. – En fait, la guerre organisée, c'est la manifestation collective de ce phénomène dont vous parlez en Inde, ces épines qui sont piquées dans des petites statuettes.

K. – C'est une chose bien connue, c'est aussi vieux que le monde. Je dis donc que ce désir de blesser consciemment ou inconsciemment, le fait de s'y abandonner, de le nourrir, c'est quoi ? Allez-vous dire que c'est le mal ?

N. – Évidemment.

K. – Alors nous sommes amenés à dire que la volonté est mauvaise.

N. – L'agression est mauvaise. La violence est mauvaise.

K. – Attendez, voyez la chose ! La volonté est mauvaise parce que j'ai le désir de vous blesser.

N. – Mais quelqu'un pourrait dire : « La volonté de faire du bien, cette volonté-là est-elle mauvaise également ? »

K. – Vous ne pouvez pas vouloir faire le bien. Ou vous êtes bon ou vous ne l'êtes pas, mais vous ne pouvez pas vouloir le bien. La volonté étant une concentration de la pensée qui est résistance.

N. – Mais vous avez dit que le bien, c'est l'absence d'un projet établi à l'avance.

K. – Donc, je demande : le mal est-il lié au bien, ou sont-ce deux choses complètement étrangères l'une à l'autre ! Et le mal absolu existe-t-il ? Il y a un bien absolu, mais le mal absolu ne peut pas exister. D'accord ?

N. – Oui, parce que le mal est toujours cumulatif, il l'est toujours dans une plus ou moins large mesure.

K. – Oui. Donc, un homme portant en lui l'intention profonde d'en blesser un autre – après un incident, un accident, une affection quelconque, un souci, cet homme pourrait changer tout cela. Mais prétendre qu'il existe un mal absolu, un péché absolu, c'est une chose terrible à dire. C'est cela qui est mal.

N. – Les chrétiens ont personnifié le mal comme étant Satan et une force à peu près immuable presque égale au bien, presque égale à Dieu. Les chrétiens ont couronné le mal presque éternellement.

K. – Regardez, monsieur. Vous avez vu ces broussailles en Inde, elles portent de très longues épines presque longues de deux pouces ?

N. – Oui.

K. – Il y a des serpents venimeux, mortellement venimeux. Il y a d'autres choses effroyablement cruelles dans la nature, comme le requin blanc, cette épouvantable chose que nous avons vue l'autre jour. Est-ce le mal ?

N. – Non.

K. – Non ?

N. – Non, en effet, monsieur.

K. – Il se protège lui-même, et l'épine, elle, se protège elle-même contre les animaux pour que les feuilles du buisson ne soient pas mangées.

N. – Oui, et le serpent aussi.

K. – Le serpent aussi.

N. – Le requin suit sa nature.

K. – Vous voyez ce que cela veut dire. Une chose qui se protège elle-même dans le sens physique n'est pas mauvaise. Mais se protéger soi-même psychologiquement, résister à un mouvement, cela conduit au désordre.

N. – Si je puis vous interrompre ici : c'est l'argument qu'utilisent bien des gens quand il s'agit de la guerre. Ils disent que de constituer une armée, de s'en servir par exemple en Asie du Sud-Est, c'est le même genre de protection physique que le requin…

K. – Ça, c'est un argument trop absurde. Le monde entier est divisé pour des raisons psychologiques entre « votre pays » et « mon pays », « mon Dieu » et « votre Dieu » – cela et des raisons économiques sont la cause de la guerre, assurément ? Mais je vise un point tout à fait différent. La nature, sous certains aspects, est terrible.

N. – Impitoyable.

K. – Nous autres êtres humains nous voyons cela et nous disons : « C'est mal, comme c'est terrible ! »

N. – Par exemple la foudre.

K. – Les tremblements de terre qui détruisent mille personnes en quelques secondes. Donc, dès l'instant où nous pensons qu'il y a le mal absolu, cette affirmation est la négation du bien. Le bien implique une abnégation totale du « moi ». Parce que le « moi » est toujours un agent de séparation. Le « moi », ma famille, le soi, la personne, l'ego sont le noyau même du désordre parce que c'est un élément qui divise. Le « moi », c'est la pensée, et nous n'avons jamais pu nous éloigner de cette activité égocentrique. Mais nous écarter complètement de cet ego, c'est là l'ordre parfait, la liberté, le bien. Et demeurer dans ce cercle d'un mouvement axé sur l'ego engendre le désordre qui est toujours accompagné de conflit. Ce conflit, nous l'attribuons au mal, au diable, à un mauvais karma, à notre environnement, à la société ; mais la société c'est moi, et c'est moi qui ai construit cette société. Donc, à moins que ce « moi » ne soit totalement transformé, je contribue toujours plus ou moins au désordre.

L'ordre signifie l'action dans la liberté. La liberté signifie amour et non plaisir. Quand on veut bien observer tout ceci, on voit très clairement qu'il existe un sens merveilleux d'ordre absolu.

Malibu, Californie
28 mars 1971

INDE

Deux conversations :
J. Krishnamurti et Swami Venkatesananda

1

Le gourou et la recherche

Examen de quatre écoles de yoga (karma, bhakti, raja et gnana yoga).

VENKATESANANDA [1] – Krishnaji, je viens à vous comme un modeste penseur s'adressant à un « gourou », non pas dans un sens dévotionnel, mais dans le sens littéral du mot « gourou » ; autrement dit, celui qui dissipe l'obscurité de l'ignorance. Le mot *gou* indique l'obscurité de l'ignorance, le mot *rou* indique celui qui écarte. Il s'ensuit que le « gourou », c'est la lumière qui dissipe l'obscurité, et pour moi, vous êtes maintenant cette lumière. Nous sommes assis sous la tente ici à Saanen, vous écoutant, et je ne peux m'empêcher d'évoquer des scènes analogues, par exemple le Bouddha s'adressant au Bikshus ou de Vasishta instruisant Rama à la cour royale de Dasaratha. Nous avons quelques exemples de ces « gourous » dans les Upanishad. En premier lieu, il y eut Varuna le « gourou ». Il ne fait qu'encourager son disciple avec les paroles : *Tapasa Brahma... Tapo Brahmeti.* « Qu'est-ce que le *Brahman ?* – Ne me le demandez pas. » Tapo brahman, *tapas,* l'austérité et la discipline – ou, comme vous le dites vous-même souvent :

---

1. Swami Venkatesananda, penseur et enseignant, n'est cité que par son nom à sa propre demande.

« Trouvez par vous-même. » C'est cela, le brahman, et le disciple doit découvrir la vérité par lui-même, mais toutefois par étapes. Yajnyavalkya et Uddhalaka abordèrent le sujet plus directement. Yajnyavalkya, en instruisant son épouse Maitreyi, utilisa la méthode *netineti*. Il est impossible de décrire exactement le brahman, mais quand on a éliminé tout le reste, il est là. Comme vous l'avez dit l'autre jour, l'amour ne peut pas être décrit – « il est ceci » – mais seulement en éliminant tout ce qui n'est pas l'amour. Uddhalaka eut recours à différentes analogies pour permettre à ses disciples d'apercevoir la vérité, et la cloua avec son expression célèbre : *Tat-Twam-Asi*. Dakshinamurti instruisit ses disciples par le silence et le chinmudra[1]. On raconte que les Sanatkumaras allèrent le trouver pour être instruits. Dakshinamurti garda le silence et leur fit voir le chinmudra, et les disciples le contemplèrent et furent éclairés. On croit communément qu'il est impossible de réaliser la vérité sans l'aide d'un « gourou ». Il est évident que même les gens qui viennent à Saanen régulièrement sont grandement aidés dans leur recherche. Eh bien, selon vous, quel est le rôle d'un « gourou », d'un précepteur ou de celui qui provoque l'éveil ?

KRISHNAMURTI – Monsieur, si vous utilisez le mot « gourou » dans un sens classique qui est celui qui dissipe l'obscurité, l'ignorance, est-il possible qu'un autre, quel qu'il soit, stupide ou éclairé, puisse réellement aider à dissiper cette obscurité qui réside en soi-même ? Supposons que « A » est ignorant et que vous êtes son « gourou » – « gourou » dans le sens communément accepté, celui qui dissipe l'obscurité, celui qui porte le fardeau d'un autre, celui qui montre – un tel « gourou » peut-il aider un autre homme ? Ou plutôt, le « gourou » est-il capable de dissiper l'obscurité d'un autre ? Non pas théoriquement, mais réellement. Pouvez-vous, si vous êtes le « gourou » d'un tel, dissiper son obscurité, dissiper l'obscurité d'un autre ? Sachant qu'il est malheureux, troublé, qu'il n'a pas suffisamment de substance cérébrale, pas assez d'amour ou de douleur

---

1. Position de la main lorsqu'on médite.

profonde, êtes-vous capable de dissiper tout cela ? Ou bien ne doit-il pas plutôt travailler avec ardeur sur lui-même ? Vous pouvez indiquer, vous pouvez dire : « Voyez, passez par cette porte-là », mais c'est à lui de faire le travail entièrement, du commencement jusqu'à la fin. Par conséquent, vous n'êtes pas un « gourou » dans le sens courant de ce mot si vous dites qu'un autre est incapable d'aider.

S. – Ce n'est rien d'autre qu'une question de « si » et de « mais ». La porte est là. Il me faut la franchir. Mais il y a cette ignorance qui consiste à ne pas savoir où se trouve la porte. Vous, par votre indication, vous écartez cette ignorance.

K. – Mais il faut que je m'y rende par moi-même. Monsieur, vous êtes le « gourou » et vous me montrez la porte. Et là finit votre tâche.

S. – Et ainsi l'obscurité de l'ignorance est détruite.

K. – Non, votre tâche est terminée, et maintenant c'est à moi de me lever, de marcher et de voir ce que cela implique que de marcher. Tout cela, je dois le faire moi-même.

S. – Parfait.

K. – Par conséquent, ce n'est pas vous qui dissipez mon obscurité.

S. – Je regrette, mais je ne sais pas comment sortir de cette salle. J'ignore jusqu'à l'existence d'une porte dans aucune direction, et le « gourou » dissipe l'obscurité de cette ignorance ; et alors je fais le nécessaire pour sortir.

K. – Monsieur, voyons les choses clairement. L'ignorance, c'est un manque de compréhension général, ou le manque de compréhension de soi-même – pas du petit « soi » ou du grand « soi ». La porte c'est le « moi » à travers laquelle je dois passer. Elle ne se trouve pas en dehors du « moi ». Ce n'est pas une porte existant comme existe cette porte-là qui est peinte. C'est une porte qui est en moi et par laquelle je dois passer. Et vous, vous dites : « Faites cela. »

S. – Exactement.

K. – Et votre fonction en tant que « gourou » est alors terminée. Vous ne prenez aucune importance. Je ne mets pas de guirlandes autour de votre tête, c'est à moi de faire tout le travail. Vous n'avez pas dissipé l'obscurité de l'ignorance. Plutôt, vous m'avez fait sentir que : « C'est vous-même qui êtes la porte à travers laquelle vous devez passer. »

S. – Mais iriez-vous jusqu'à dire, Krishnaji, qu'il a été nécessaire de vous indiquer cette porte ?

K. – Oui, naturellement. J'indique, cela je le fais, nous le faisons tous. Sur la route, je demande à un homme : « Veuillez me dire, s'il vous plaît, le chemin pour aller à Saanen », et il me l'indique ; mais je ne perds pas de temps à exprimer un sentiment de dévotion pour dire : « Mon Dieu, vous êtes le plus grand des hommes ! » Ce serait trop puéril !

S. – Merci, monsieur. En rapport étroit avec ce qu'est le « gourou », est la question de ce qu'est la discipline, dont vous avez dit qu'elle est définie par le fait d'apprendre. Le Vedanta classifie les chercheurs en fonction de leurs qualifications, de leur maturité, et prescrit à leur endroit des méthodes adaptées pour apprendre. Le disciple dont la perception est la plus affinée reçoit l'instruction en silence ou grâce à un mot bref destiné à l'éveiller, tel que *Tat-Twam-Asi*. On appelle ce disciple *Uttamadhikari*. Le disciple dont les aptitudes sont médiocres reçoit une instruction plus élaborée ; on le nomme *Madhyamadhikari*. L'homme d'intelligence médiocre se laisse distraire par des histoires, des rituels, etc., espérant arriver à une plus grande maturité ; on le nomme *Adhamadliikari*. Voudriez-vous peut-être faire quelques commentaires sur ce sujet ?

K. – Oui, le haut, le milieu et le bas. Et ceci implique, monsieur, qu'il nous faut découvrir ce que nous entendons par maturité.

S. – Puis-je m'expliquer sur ce point ? L'autre jour, vous avez dit : « Le monde entier est en feu, il faut vous rendre compte de la gravité de la situation. » J'ai été frappé comme par un coup de foudre en saisissant cette vérité-là. Mais il y a sans doute des milliers d'hommes qui ne s'en soucient pas du tout, cela ne les intéresse pas. Ceux-là nous les appelons les *Adhama*, ceux qui sont tout en bas. Il y en a d'autres, tels les hippies, qui s'amusent, qui se laissent distraire par des histoires et qui disent : « Nous sommes malheureux », ou qui vous racontent : « Nous savons que la société est une pagaille, alors nous allons prendre du L.S.D. », et ainsi de suite. Et puis il y en a d'autres qui réagissent à cette idée que le monde est en feu, et cela déclenche en eux une étincelle. On peut les voir partout. Comment agir à leur égard ?

K. – Comment s'y prendre avec des gens qui sont complètement frustes, ceux qui sont modérément mûrs, et ceux qui se considèrent comme étant mûrs ?

S. – Bonne question.

K. – Pour ce faire, il nous faut comprendre ce que nous entendons par maturité. Quelle idée vous faites-vous de la maturité ? Dépend-elle de l'âge, du temps ?

S. – Non.

K. – Donc, nous pouvons écarter cette idée. Le temps, l'âge ne fournissent aucune indication de maturité. Puis il y a la maturité de l'homme très instruit, celui qui est hautement évolué intellectuellement.

S. – Non, il peut dénaturer et déformer les mots.

K. – Donc, nous allons l'éliminer également. Selon vous, qui serait l'homme mûr, en pleine maturité ?

S. – Celui qui est capable d'observer.

K. – Attendez. Évidemment, celui qui se rend à l'église, au temple, à la mosquée, nous l'éliminons, et nous éliminons de même l'intellectuel, l'homme religieux, l'homme émotif. Ayant éliminé tout cela, nous pourrions dire que la maturité consiste à ne pas être centré sur soi-même, ne pas mettre le « moi » en premier et tous les autres après, ou placer ses propres émotions avant toute autre chose. La maturité, par conséquent, implique l'absence du « moi ».

S. – Ou, dirions-nous plutôt, de fragmentation.

K. – L'absence de « moi », du créateur de fragments. Comment donc vous adresser à cet homme-là ? Et comment s'adresser à l'homme qui est moitié l'un et moitié l'autre, le « moi » et le « non-moi », qui joue sur les deux tableaux ? Et un autre encore qui est complètement le « moi » et qui se donne du bon temps ? Comment s'adresser à ces trois hommes ?

S. – Comment les éveiller tous les trois ? Là est le problème.

K. – Attendez ! Chez l'homme qui est absorbé par son « moi », il n'y a pas d'éveil. Ça ne l'intéresse pas, il ne vous écoutera même pas, il vous écoutera si vous lui promettez quelque chose, le paradis, l'enfer, la peur, ou bien de plus grands bénéfices dans ce monde, plus d'argent ; il n'agira que pour gagner. Par conséquent, l'homme qui subit l'appât du gain, de la réussite, n'est pas mûr, il est immature.

S. – Tout à fait d'accord.

K. – Qu'il cherche le nirvāna, le paradis, le moksha, ou l'illumination, il est immature. Alors qu'allez-vous faire avec un tel homme ?

S. – Lui raconter des histoires.

K. – Non, pourquoi irais-je lui raconter des histoires, l'embrouiller encore plus par mes histoires ou les vôtres ? Pourquoi ne pas le laisser tranquille ? Il n'écouterait pas.

S. – C'est cruel.

K. – Qui est cruel ? Il ne veut pas vous écouter. Tenons-nous en aux faits. Vous venez me trouver. Je suis le « moi » dans toute sa beauté. Rien ne m'intéresse que le « moi », et vous venez me dire : « Mais regardez un peu, vous faites du monde une pagaille complète, vous créez tant de souffrance pour l'homme. » Et alors, moi je réponds : « Je vous en prie, allez-vous en. » Vous pouvez exprimer la chose comme vous voulez, y introduire des histoires, dorer la pilule, sucrer la pilule, il ne va pas changer son « moi ». S'il le fait, il arrivera au point moyen – le « moi » et le « non-moi ». C'est ce qu'on appelle l'évolution. L'homme qui était au bas de l'échelle parvient au milieu.

S. – Mais comment ?

K. – Par les coups que lui porte la vie. C'est elle qui le contraint, qui l'instruit. Il y a la guerre, la haine, et il est détruit. Ou bien il va dans une Église ; l'Église devient pour lui un piège. Elle ne l'éclaire pas, elle ne lui dit pas : « Pour l'amour de Dieu, brisez toutes vos chaînes », mais elle lui dit qu'elle lui donnera ce qu'il désire – un divertissement, que celui-ci tourne autour de Jésus ou de l'hindouisme ou du bouddhisme ou de l'islam ou de toute autre chose – tout cela va le divertir, mais toujours au nom de Dieu. Et ainsi il est maintenu au même niveau, avec quelques modifications superficielles, un petit coup de vernis, une meilleure culture, de plus beaux habits, etc. Voilà ce qui se passe. Des gens tels que lui constituent probablement (comme vous l'avez dit tout à l'heure) quatre-vingts pour cent de l'humanité, peut-être un peu plus, quatre-vingt-dix pour cent.

S. – Mais qu'est-ce qu'on peut faire ?

K. – Je n'y ajouterai rien. Je ne lui raconterai pas d'histoires, je ne le divertirai pas, parce qu'il y a déjà beaucoup de gens qui le divertissent.

S. – Merci !

K. – Puis il y a le type moyen, celui du « moi » et du « non-moi », qui s'adonne aux réformes sociales, un peu de bien par-ci par-là, mais c'est toujours le « moi » le facteur agissant. Socialement, politiquement, dans tous les domaines, c'est le « moi » qui agit, mais en y mettant une sourdine, un peu de vernis. Alors, à celui-là vous pouvez parler un peu, lui dire : « Regardez, les réformes sociales sont très bien à leur place, mais ne vous mènent nulle part », et ainsi de suite. Vous pouvez lui parler ; il vous écoutera peut-être. Celui de tout à l'heure ne vous écoute même pas. Celui-ci vous écoutera. Il vous prêtera une certaine attention, et peut-être qu'il vous dira alors que vous êtes trop sérieux, que cela exige trop de travail, et il retombera dans sa routine. Nous lui parlerons, et puis nous le quitterons. Ce qu'il veut faire, cela dépend de lui. Et puis il y a celui qui se dégage du « moi », qui se libère de tout le cercle du « moi ». À celui-là vous pouvez parler : il fera attention. Et ainsi on parle à tous les trois, sans faire de distinction entre ceux qui sont mûrs et ceux qui ne le sont pas. Nous parlerons aux hommes des trois catégories, aux trois types d'individus, et c'est à eux de faire le reste.

S. – Celui que ça n'intéresse pas, il s'en ira.

K. – Il sortira de la tente, il sortira de la salle, c'est son affaire. Il ira à l'église, à son football, ses divertissements, ou que sais-je encore. Mais dès l'instant où vous lui dites : « Vous n'êtes pas mûr, mais je vais vous enseigner quelque chose de mieux », il devient…

S. – … il n'en a rien à faire.

K. – Le germe du poison est déjà là. Monsieur, si le sol est sain, la semence prendra racine. Mais dire à quelqu'un : « Vous êtes mûr, et vous n'êtes pas mûr », c'est une erreur totale. Qui suis-je pour dire à quelqu'un qu'il n'est pas mûr ? C'est à lui de le découvrir.

S. – Mais un imbécile peut-il découvrir qu'il est un imbécile ?

K. – Si c'est un imbécile, il ne vous écoutera même pas. Voyez, monsieur, nous partons toujours de cette idée de vouloir aider.

S. – Mais c'est là la base même de notre discussion.

K. – Je crois que ce désir d'aider n'est, dès le début, pas valable, sauf peut-être dans le monde médical, ou celui de la technologie. Si je suis malade, il m'est nécessaire d'aller trouver un docteur pour être guéri. Mais ici, si psychologiquement, je somnole, je me refuse à vous écouter. Si je suis à moitié éveillé, je vous écouterai selon mon état, plus ou moins vacant, selon mes humeurs. Par conséquent, celui qui dit : « Véritablement, je veux rester éveillé, psychologiquement je veux être éveillé », à celui-là vous pouvez parler. Et ainsi nous parlons à tous.

S. – Je vous remercie. Vos propos dissipent un grand malentendu. Ici, tout seul, j'ai réfléchi à ce que vous avez dit au commencement de la journée. Je ne peux pas éviter ce sentiment spontané : « Tiens, le Bouddha a dit ceci, ou Vasishta a dit cela », bien qu'immédiatement je m'efforce de passer outre l'imagerie liée aux mots pour en pénétrer le sens. Vous nous aidez à trouver ce sens bien que ce ne soit peut-être pas votre intention. Il en fut ainsi pour Vasishta et Bouddha. Les gens viennent ici comme jadis on allait trouver les grands initiés. Pourquoi ? Quelle est donc cette chose en nous qui cherche, qui tâtonne, à la recherche d'une béquille ? Encore une fois, ne pas les aider est peut-être cruel, mais les nourrir à la cuillère peut être plus cruel encore. Alors, que faire ?

K. – La question étant : pourquoi les gens ont-ils besoin de béquilles ?

S. – Oui. Et aussi s'il faut les aider ou pas.

K. – C'est bien cela : doit-on leur donner des béquilles pour qu'ils s'y appuient ? Et cela entraîne deux questions. Pourquoi les gens ont-ils besoin de béquilles ? Et êtes-vous bien celui qui doit leur en donner ?

S. – Faut-il le faire ou pas ?

K. – Faut-il le faire ou pas, et aussi êtes-vous capable de les aider ? Ces deux questions sont implicites. Pourquoi les gens veulent-ils des béquilles, pourquoi les gens désirent-ils dépendre d'autrui, que ce soit Jésus, Bouddha, ou les anciens saints, pourquoi ?

S. – Tout d'abord, il y a quelque chose dans l'homme qui est en recherche. Cette recherche en elle-même paraît être une bonne chose.

K. – Est-ce que c'est le cas ? Ou bien ont-ils peur de ne pas aboutir à quelque chose que les saints, les grands ont indiqué ? Ou bien est-ce la peur de se tromper, de ne pas être heureux, de ne pas avoir l'illumination, la compréhension – peu importe le terme ?

S. – Puis-je me permettre de citer une très belle phrase de la Bhagavad-Gita ? Krishna a dit : « Quatre sortes de gens viennent à moi. Celui qui est dans la détresse : il vient pour que j'écarte de lui cette détresse. Puis il y a celui qui est tout simplement curieux, il voudrait savoir ce qu'est Dieu, la vérité, et s'il existe un paradis et un enfer. Le troisième désire de l'argent. Lui aussi vient trouver Dieu et prie pour avoir plus d'argent. Et le gyani, le sage, vient aussi. Tous sont dans le bien, parce que tous, d'une façon ou d'une autre, recherchent Dieu. Mais de tous ceux-ci, il me semble que le gyani est le meilleur. » Donc la recherche peut être due à des raisons différentes.

K. – Oui, monsieur. Mais demeurent ces deux questions. Tout d'abord, pourquoi cherchons-nous ? Pourquoi l'humanité demande-t-elle des béquilles ? Pourquoi cherche-t-on et pourquoi est-il besoin de rechercher quoi que ce soit ?

S. – Pourquoi on cherche – parce qu'on s'aperçoit qu'il manque quelque chose.

K. – Et ça veut dire quoi ? Que je suis malheureux, que je voudrais être heureux. C'est une façon de chercher. Je ne sais pas ce que c'est que l'illumination : on en parle dans les livres que j'ai lus, ça me paraît sympathique et je la recherche. Je suis aussi en quête d'une meilleure situation où je compte gagner plus d'argent, trouver plus de profit, plus de jouissance, et ainsi de suite. En tout ceci il y a recherche, quête, désir. Je peux comprendre l'homme qui désire une meilleure situation, parce que la société telle qu'elle existe est monstrueusement organisée et le pousse à toujours vouloir plus d'argent, une meilleure situation. Mais, psychologiquement, intérieurement, qu'est-ce que je recherche ? Et quand je le trouve, au cours de ma quête, comment puis-je savoir que ce que je cherche est vrai ?

S. – Il y a peut-être un moment où cette recherche cesse d'elle-même.

K. – Attendez, monsieur. Comment puis-je savoir ? Au cours de ma quête, comment puis-je savoir que ceci est la vérité ? Comment vais-je le savoir ? Pourrai-je jamais dire : « Voici la vérité » ? Alors pourquoi la chercher ? Donc, qu'est-ce qui m'a poussé à chercher ? Ce qui me pousse à chercher est une question beaucoup plus fondamentale que la recherche elle-même, et que le fait de dire : « Ceci est la vérité. » Si je dis : « Ceci est la vérité », je dois la connaître d'avance, et si je la connais d'avance ce n'est pas la vérité, c'est quelque chose de mort, appartenant au passé, qui me dit : « Voilà la vérité. » Or une chose morte est incapable de me dire ce qu'est la vérité.

Mais pourquoi est-ce que je cherche ? Parce que, au plus profond de moi-même, je suis malheureux, troublé, qu'il existe en moi une profonde souffrance, et je veux trouver un moyen d'en sortir. Et vous, en tant que « gourou », vous survenez comme un homme éclairé ou comme un professeur, et vous me dites : « Regardez, voici la façon de vous en sortir. » La raison fondamentale de ma recherche, c'est d'éviter mon tourment, et je prends pour acquis qu'il est possible de s'évader de la souffrance, et que l'illumination est quelque part là-bas ou en moi-même. Suis-je capable de m'en évader ? Je ne le peux pas s'il s'agit de l'éviter, d'y résister, de la fuir : elle est là. Partout où je vais, elle est encore là. Donc, ce qui me reste à faire, c'est de découvrir en moi-même pourquoi la souffrance a pris naissance, pourquoi je souffre. Est-ce là ce qu'on peut appeler une recherche ? Non. Découvrir pourquoi je souffre, ce n'est pas chercher. Ce n'est même pas une quête. C'est comme d'aller chez le médecin et de dire : « J'ai mal au ventre », et il me dit : « Vous avez mangé quelque chose de mauvais. » Je vais donc éviter de mauvais aliments. Si la cause de ma souffrance est en moi-même, qu'elle n'est pas nécessairement créée par l'environnement où je me trouve, il me faut alors découvrir comment m'en affranchir par moi-même. Vous pouvez, en tant que « gourou », m'indiquer qu'il y a par là une porte, mais dès que vous l'avez indiquée, là se termine votre tâche. Alors il me faut travailler, découvrir quoi faire, comment vivre, comment penser, comment trouver une façon de vivre où il n'y ait plus de souffrance.

S. – Alors jusqu'à quel point cette aide, cette façon d'indiquer se trouve-t-elle justifiée ?

K. – Elle n'est pas justifiée, cela se fait naturellement.

S. – Supposons que l'autre homme se trouve bloqué quelque part, et que dans sa progression il se cogne contre cette table…

K. – Il lui faut apprendre que la table est là. Il lui faut apprendre que, quand il se dirige vers la porte, il y a un obstacle sur sa route. S'il est de nature curieuse, il le découvrira. Mais si vous venez lui dire : « Là il y a la porte, là il y a la table, n'allez pas vous cogner », vous le traitez comme un enfant, vous le conduisez jusqu'à la porte, ça n'a pas de sens.

S. – Alors, cette aide limitée, le fait d'indiquer la porte, cela se justifie ?

K. – Tout homme bien ayant un peu de cœur dira : « N'allez pas par là, il y a un précipice. » Naguère, j'ai rencontré un « gourou » très connu en Inde. Il vint me voir. Il y avait sur le sol un matelas, et nous lui avons dit poliment : « Je vous en prie, installez-vous sur ce matelas », et, paisiblement, il s'assit sur le matelas, prit la position classique du « gourou », posa son bâton devant lui et se mit à discuter – une très belle performance – et il nous dit : « Les autres hommes ont besoin d'un "gourou" parce que nous autres "gourous" savons plus de choses que les laïques, et pourquoi passeraient-ils tous seuls à travers ces dangers ? Nous allons les aider. » Il se révéla impossible de discuter avec lui, parce qu'il avait admis par avance qu'il était seul à savoir et que tous les autres étaient dans l'ignorance. Au bout de dix minutes, il nous quitta très vexé.

S. – C'est là une des choses pour lesquelles Krishnaji est célèbre en Inde ! Deuxièmement, lorsque, très justement, vous indiquez combien l'acceptation aveugle de dogmes et de formules est vaine, vous n'allez pas demander qu'on les rejette d'emblée. Alors que la tradition peut être un obstacle mortel, elle est peut-être digne d'être comprise, il est peut-être utile d'en rechercher l'origine. Autrement, si l'on détruit une tradition, il peut en surgir une autre également pernicieuse.

K. – Tout à fait juste.

S. – Puis-je, dès lors, vous citer quelques croyances traditionnelles, afin que vous puissiez les examiner et découvrir où et comment ce qu'on peut appeler de « bonnes intentions » ont pris la direction de l'enfer – cette coquille dans laquelle nous sommes emprisonnés ? Chaque branche du yoga a prescrit sa propre discipline, croyant fermement que si on s'y soumet dans un esprit juste, on peut mettre fin à la souffrance. Je vais les énumérer afin que vous puissiez nous en parler.

Tout d'abord le karma yoga. Il exigeait le dharma, une vie vertueuse qui souvent allait jusqu'à inclure le varnashrama dharma de sinistre réputation. La parole de Krishna : *Swadharme... Bhayavaha,* semble indiquer que si un homme se soumet volontairement à certaines règles de conduite, son esprit serait dès lors libre d'observer et d'apprendre avec l'aide de certains bavana. Qu'avez-vous à dire à ce sujet ? – cette idée de dharma, de lois, de règlements : « Faites ceci », « Ceci est bien », « Ceci est mauvais »…

K. – Autrement dit, tout ceci indique une affirmation de ce qui est juste, et dès lors je m'y soumets volontairement. Il y a un instructeur qui énonce une nature de comportement juste ; je surviens et, pour reprendre vos termes, je l'accepte volontairement. Est-ce que cela existe, une acceptation volontaire ? Un instructeur devrait-il dire ce qu'est une conduite juste, ce qui veut dire qu'il a établi un modèle, un moule, un conditionnement ? Vous en voyez le danger ? – le danger d'avoir ainsi stipulé un conditionnement destiné à produire un comportement juste qui peut nous conduire au paradis.

S. – C'est un aspect de la chose, mais l'autre, qui m'intéresse plus, c'est que, ayant accepté tout cela, toute ma structure psychologique se trouve libre d'observer.

K. – Je comprends. Non, monsieur. Pourquoi l'accepterais-je ? Vous êtes l'instructeur. Vous énoncez un comportement. Comment puis-je savoir que vous avez raison ? Vous avez peut-être tort. Je ne vais pas accepter votre autorité. Parce que je vois l'autorité du « gourou », du prêtre, de l'Église. Tout cela s'est soldé par un échec. Par conséquent, devant un nouvel instructeur qui énonce une nouvelle loi, je dirais : « Pour l'amour de Dieu, vous jouez toujours au même jeu, et je ne l'accepte pas. » Est-ce que cela existe, une acceptation volontaire, une acceptation volontaire et libre ? Ou bien suis-je déjà influencé par avance, parce que vous êtes un instructeur, vous êtes un être supérieur, vous me promettez une récompense à la fin de mes efforts, tout cela, consciemment ou inconsciemment, me conduit à une acceptation « volontaire » ? Je ne l'accepte pas librement, et si je suis libre, je ne l'accepte pas du tout. Je vis. Et je vis vertueusement.

S. – Donc la vertu naît de l'intérieur.

K. – Monsieur, évidemment, quoi d'autre ? Regardez ce qui se passe dans une étude de comportement. Les gens prétendent que les circonstances extérieures, l'environnement, la culture produisent certains types de comportement. Autrement dit, si je vis dans un environnement communiste avec ce qu'il comporte de domination, de menaces, et ses camps de concentration, tout cela me poussera à me comporter d'une certaine façon, alors je porte un masque, je suis effrayé, j'agis d'une certaine façon. Dans une société qui est plus ou moins libre, où il n'y a pas tant de règles parce que personne n'y croit, où tout est permis, là je me divertis.

S. – Eh bien, laquelle des deux hypothèses est la plus acceptable du point de vue spirituel ?

K. – Ni l'une ni l'autre. Parce que le comportement, la vertu, c'est quelque chose qui ne peut pas être cultivé, ni par moi ni par la société. Il me faut découvrir comment vivre vertueusement. La vertu est une chose qui ne consiste pas a accepter des modèles ou à suivre une routine mortelle. Le bien n'est pas la routine. Et, assurément, si je suis bon parce que mon instructeur dit que je suis bon, ça n'a pas de sens, et, par conséquent, l'acceptation volontaire d'un comportement imposé par le « gourou » ou par l'instructeur, ça n'existe pas.

S. – C'est une chose à découvrir par soi-même.

K. – Il faut donc que je commence par m'enquérir, par découvrir. Je me mets à regarder, à découvrir comment vivre ; et je ne vis vraiment que lorsqu'il n'y a plus de peur en moi.

S. – Ceci, peut-être que j'aurais dû l'expliquer. Selon Sankara, cela ne s'adresse qu'aux gens qui sont au bas de l'échelle.

K. – Qu'est-ce que c'est que le bas et qu'est-ce que c'est que le haut ? Qu'est-ce que c'est que la maturité et le manque de maturité ? Sankara ou X, Y, Z, dit : « Instaurez une règle pour ceux d'en bas et une pour ceux d'en haut », et ils le font. Ils lisent les livres de Sankara ou quelque pandit les leur lit, et ils disent : « Combien tout cela est merveilleux », s'en retournent vivre leur vie comme avant. Ceci est évident. Vous voyez la chose en Italie. Les gens écoutent le pape, ils écoutent sérieusement pendant deux ou trois minutes, et puis poursuivent leur vie quotidienne ; personne ne s'en soucie, et ça ne fait aucune différence. Et c'est pour cela que je voudrais bien demander pourquoi les soi-disant Sankara, les soi-disant « gourous » énoncent des lois sur le comportement ?

S. – Autrement, il y aurait un état de chaos.

K. – Le chaos existe en tout cas. Il existe un abominable chaos. En Inde, ils ont lu Sankara et tous les maîtres depuis plus de mille ans, et regardez-les !

S. – Peut-être que selon eux l'alternative est impossible.

K. – Quelle est l'alternative ? La confusion ? Mais c'est dans la confusion qu'ils vivent. Pourquoi ne pas s'attacher à comprendre la confusion dans laquelle ils vivent, au lieu de s'adresser à Sankara ? S'ils comprenaient la confusion, ils pourraient la changer.

S. – Ceci nous conduit peut-être à cette question du *bhawana* qui touche un peu à la psychologie. En parlant du *sadhana* du karma yoga, la Bhagavad-Gita ordonne, parmi d'autres choses, un *nimitta bhawana*. *Bhawana* est indubitablement l'*être*, et le *nimitta bhawana* consiste à être un instrument dépourvu d'ego dans les mains de Dieu ou de l'Être infini. Mais, parfois, on le prend dans le sens d'une attitude ou d'un sentiment dans l'espoir que cela pourra aider l'étudiant à s'observer lui-même, et que, ainsi, tout son être sera rempli de ce *bhawana*. C'est peut-être là une chose indispensable pour les gens peu évolués ; ou bien est-ce de nature à les détourner complètement, à s'illusionner eux-mêmes ? Comment est-ce que tout cela peut fonctionner ?

K. – Quelle est votre question, monsieur ?

S. – Il y a la technique du *bhawana*.

K. – Ce qui implique un système, une méthode, et en l'exerçant, on espère en fin de compte atteindre à l'illumination. Vous vous livrez à certains exercices dans le but de parvenir à Dieu ou à toute autre chose du même ordre. Mais dès l'instant où vous vous exercez à une méthode, que se passe-t-il ? Je m'exerce jour après jour selon la méthode que vous m'avez prescrite. Que se passe-t-il ?

S. – Il y a un dicton célèbre : « On devient ce que l'on pense. »

K. – Je me figure que, par l'exercice de cette méthode, je pourrai atteindre à l'illumination. Alors, qu'est-ce que je fais ? Je m'y exerce tous les jours et je deviens de plus en plus mécanique.

S. – Mais enfin, on ressent quelque chose.

K. – Cette routine mécanique se poursuit, et un sentiment qui s'y ajoute, à savoir : « Cela me plaît », « Cela ne me plaît pas », « C'est ennuyeux » – enfin vous savez bien, il y a une lutte qui se poursuit. Donc, tous les exercices auxquels je puis me livrer, toutes les disciplines que je peux m'imposer, toutes les méthodes mécaniques dans le sens habituel du mot, ne font que rétrécir mon esprit de plus en plus, le limiter, le rendre plus obtus, et vous me promettez le paradis à la fin de tout cela. Moi, je dis que cela ressemble à des soldats que l'on dresse jour après jour – un exercice, puis un autre exercice – jusqu'au moment où ils ne sont plus rien d'autre que des outils entre les mains de leur officier ou de leur sergent. Laissez-leur quelque initiative ! Donc, je mets en doute toute cette façon d'aborder la question en fonction d'un système ou d'une méthode devant conduire à l'illumination. Même dans une usine, un ouvrier qui se contente de pousser ou tourner un bouton ou un autre est moins productif que l'homme qui est libre d'apprendre au fur et à mesure qu'il avance.

S. – Pouvez-vous faire entrer cette idée dans la pratique du *bhawana* ?

K. – Mais pourquoi pas ?

S. – Alors ça fonctionne ?

K. – C'est la seule façon. C'est le vrai *bhawana*. Apprenez à mesure que vous avancez. Par conséquent, restez éveillé. Apprenez d'instant en instant et, par conséquent, soyez sans cesse en alerte. Si je me promène et que je suive un certain système, une certaine méthode pour marcher, je ne m'intéresse qu'à cela, je ne verrai pas les oiseaux, les arbres, les jeux de lumière sur les feuilles, rien. Et pourquoi accepter l'instructeur qui m'impose une méthode, une manière d'agir ? Il est peut-être aussi bizarre que moi-même, et il y a des instructeurs qui sont très bizarres. Donc, tout cela je le regrette.

S. – Le problème est de nouveau celui du débutant.

K. – Qui est le débutant ? Celui qui n'est pas mûr ?

S. – Probablement.

K. – Par conséquent, vous lui donnez un jouet pour s'amuser.

S. – Une sorte d'ouverture pour le début.

K. – Oui, un jouet Et cela lui fait plaisir, il s'y exerce toute la journée, et son esprit demeure très limité.

S. – C'est peut-être votre réponse également à la question du bhakti yoga. Mais encore une fois, ils désiraient que ces gens brisent leur conditionnement.

K. – Je n'en suis pas du tout sûr, monsieur.

S. – Nous allons parler de ce bhakti yoga. S'agissant du bhakti yoga, on encourage l'étudiant à adorer Dieu, même dans des temples, même sous forme de représentations, et à sentir la présence divine qui est en toute chose. Dans un grand nombre de mantra, on répète sans cesse : « Tu es celui qui pénètre tout », « Tu es l'Omniprésent », etc. Krishna exhorte ses dévots à voir Dieu dans tous les objets de la nature, et ainsi comme étant le « Tout ». Et, en même temps, au moyen de japa ou de répétition de mantra s'accompagnant d'une lucidité correspondante permettant de saisir sa signification, on demande au disciple de percevoir que la présence divine existant en dehors de lui est identique à celle qui est en lui. Ainsi l'individu perçoit son unité avec le collectif. Y a-t-il quelque chose de fondamentalement faux dans ce système ?

K. – Oh oui ! monsieur. Le bloc communiste ne croit absolument pas en Dieu. Les communistes ont placé l'État au-dessus de Dieu. Ils sont égoïstes, effrayés, mais il n'y a pas de Dieu, pas de mantra, etc. Un autre n'a jamais entendu parler de Dieu, de japa, de répétition, mais il dit : « Je veux découvrir ce que c'est que la vérité, je veux découvrir s'il existe un Dieu. Il n'en existe peut-être pas. » La Gita et tous ces gens prennent pour acquis que Dieu existe. Ils affirment que Dieu existe. Mais que sont-ils tous, Krishna ou X, Y, Z, pour me dire qu'il existe ou non ? Je dis que tout cela peut être votre propre conditionnement ; vous êtes né dans un certain climat, au sein d'un certain conditionnement, ayant une attitude particulière ; et tout cela est pour vous articles de foi. Et puis alors vous énoncez des lois. Mais si je rejette toutes les autorités, communistes compris, les autorités occidentales, asiatiques, absolument toutes les autorités, alors où suis-je ? Il me faut alors tout découvrir, parce que je suis malheureux, je suis misérable.

S. – Mais je pourrais être libéré de mon conditionnement.

K. – Ça c'est mon *affaire* – d'être libre. Autrement, je ne peux pas apprendre. Si je reste un hindou pour le reste de ma vie, c'en est fini de moi. Le catholique demeure catholique et le communiste est également mort. Mais est-il possible – et c'est là la véritable question – de rejeter tous les conditionnements qui acceptent une autorité quelconque ? Puis-je réellement rejeter toute autorité et rester seul debout pour découvrir ? Il faut que je sois seul. Autrement, si je ne suis pas seul dans le sens le plus profond du mot, je ne vais que répéter ce qui a été dit par Sankara, Bouddha ou X, Y, Z. Quel est l'intérêt de cette attitude, puisque je sais très bien que la répétition n'est pas le vrai ? Donc, ne dois-je pas – que je sois mûr, pas mûr ou à moitié mûr – ne dois-je pas apprendre à me tenir droit tout seul ? C'est douloureux et les gens disent : « Mon Dieu, comment puis-je rester seul ? » – être sans enfants, sans Dieu, sans commissaire du peuple ? Et, dès lors, il y a la peur.

S. – Croyez-vous que tout le monde est capable d'arriver à ce point par lui-même ?

K. – Pourquoi pas, monsieur. Si vous n'y arrivez pas, vous êtes pris au piège. Et alors, aucun Dieu, aucun mantra, aucun procédé ne pourra vous aider. Ils peuvent vous aider à tout dissimuler, à tout museler, ils peuvent étouffer le problème et le mettre en chambre froide, mais il est toujours là.

S. – Et puis il y a une autre méthode, celle où l'on reste seul : le raja yoga. Ici, l'étudiant est prié de cultiver certaines qualités de vertu, lesquelles, d'une part, font de lui un bon citoyen et, d'autre part, écartent certaines barrières psychologiques. Ce *sadhana*, qui consiste principalement dans une pensée lucide comprenant la mémoire, l'imagination et le sommeil, me paraît être proche de votre propre enseignement. L'*asana* et le *pranayama* sont peut-être des auxiliaires. Et même le *dhyana* du yoga n'est pas destiné à entraîner la réalisation du soi, lequel, nous l'admettons, n'est pas l'ultime fin d'une série d'actions. Krishna dit clairement que le yoga clarifie la perception : « *Atma Shuddhaye* ». Cette façon d'aborder le problème, ne l'approuvez-vous pas ? Tout cela ne comporte pas une grande aide ; même Iswara n'est que « *Purusha visheshaha* ». C'est une sorte de « gourou » invisible, mais compris dans le processus intérieur. Ce procédé n'a-t-il pas votre approbation ? Il comporte cette méthode de rester assis en méditation en s'efforçant de creuser de plus en plus profondément.

K. – Certainement. Mais alors, il faut examiner la question de la méditation.

S. – Et Patanjali définit la méditation comme étant « l'absence de toute idée du monde, de toute idée extérieure ». Ceci est le *Bhakti sunyam*.

K. – Voyez-vous, monsieur, je n'ai rien lu du tout. Or me voici ; je ne sais rien. Je ne sais rien, sinon que je souffre et que j'ai une intelligence assez bien faite. Pour moi, il n'y a pas d'autorité – Sankara, Krishna, Patanjali, personne – je suis absolument seul. Je dois faire face à ma vie et être un bon citoyen – et non pas selon les communistes, les capitalistes ou les socialistes. Être un bon citoyen suppose un comportement qui ne soit pas une chose au bureau et une autre chose chez soi. Tout d'abord, je veux découvrir cornment me libérer de ma souffrance. Puis, m'en étant libéré, je veux découvrir s'il existe une chose telle que Dieu ou tout autre nom qu'on lui donne. Donc, comment vais-je apprendre à me libérer de cet énorme fardeau ? Telle est ma première question. Je ne peux espérer la comprendre qu'à travers mes relations avec autrui. Je ne peux pas rester là tout seul et creuser la question dans mon coin, parce que je pourrais aussi bien la pervertir. Mon esprit est trop plein de sottises et de préjugés. Donc, c'est dans mes relations avec la nature, avec les êtres humains que je peux découvrir ce qu'est cette peur, cette souffrance ; dans mes relations agissantes, parce que si je reste tout seul dans mon coin, je peux très bien m'illusionner. Mais c'est dans un état d'éveil dans mes relations courantes que je peux immédiatement mettre le doigt dessus.

S. – Si vous êtes vigilant.

K. – Toute la question est là. Si je suis alerte, vigilant, je trouverai et cela ne demande pas de temps.

S. – Mais si on ne l'est pas ?

K. – Le problème c'est donc d'être vigilant, d'être alerte. Est-ce que cela comporte une méthode ? Suivez-moi, monsieur. S'il existe une méthode qui prétend m'aider à être lucide, je vais m'y exercer. Mais est-ce là la lucidité ? Parce que cela implique une certaine routine, une acceptation d'autorité, de répétition et, petit à petit, tout cela émousse ma vigilance. Donc je la rejette, cette idée de m'exercer à la vigilance. Je dis que je ne peux espérer comprendre la souffrance que dans mes rapports journaliers et que cette compréhension ne peut venir que grâce à la vigilance. Il faut, par conséquent, que je sois dans un tel état. Et je suis vigilant parce que j'ai soif de mettre fin à ma souffrance. Si j'ai faim, j'ai besoin de nourriture et je recherche quelque chose à manger. De la même façon, je découvre cet immense fardeau de souffrance qui m'accable. Je le découvre dans mes relations avec autrui, en voyant comment je me comporte avec vous, comment je parle aux gens. Et c'est dans ce processus des relations humaines que tout le problème se révèle à moi.

S. – Et c'est au cours de toutes ces relations que vous êtes conscient de vous-même, si je puis m'exprimer ainsi ?

K. – Oui, je suis lucide, j'observe, je suis vigilant.

S. – Est-ce si facile pour un homme ordinaire ?

K. – Oui, si cet homme est sérieux et s'il dit : « Je veux découvrir. » Mais l'homme ordinaire, quatre-vingts à quatre-vingt-dix pour cent des hommes, ça ne les intéresse pas vraiment. Mais l'homme qui est sérieux dit : « Je veux découvrir, je veux voir si l'esprit peut être affranchi de la souffrance. » Et il n'est possible de découvrir cela qu'au cours des relations humaines quotidiennes. Je ne peux pas inventer la souffrance, mais au cours de ces relations, la souffrance survient.

S. – La souffrance est intérieure.

K. – Naturellement, monsieur, c'est un phénomène psychologique.

S. – Et vous ne voulez pas qu'un homme s'installe pour méditer et qu'il aiguise son esprit ?

K. – Revenons-en donc à la question de la méditation. Qu'est-ce que la méditation ? – pas selon Patanjali et d'autres, parce que ces gens peuvent se tromper totalement. Et moi aussi, je pourrais me tromper si je prétends savoir méditer. Donc, il faut découvrir par soi-même, il faut demander : « Qu'est-ce que la méditation ? » Méditer, est-ce rester assis tranquillement, se concentrer, dominer sa pensée, observer ?

S. – Observer peut-être.

K. – On peut observer tout en se promenant.

S. – C'est difficile.

K. – On peut observer en mangeant, en écoutant parler les gens, en écoutant une parole blessante ou flatteuse. Autrement dit, il faut être en éveil tout le temps – quand vous exagérez, quand vous dites des demi-vérités – vous me suivez ? Pour observer, il faut un esprit très calme. Et c'est cela la méditation ; tout cela, c'est la méditation.

S. – Il me semble que Patanjali a prescrit des exercices pour calmer l'esprit, non pas dans le feu de la bataille de la vie, mais l'on s'y met dans la solitude et ensuite on étend le procédé aux moments où l'on est en rapport avec les autres.

K. – Mais si vous fuyez la bataille…

S. – Pendant un certain temps seulement…

K. – Si vous fuyez la bataille, c'est que vous ne l'avez pas comprise. La bataille, c'est vous-même. Comment pouvez-vous vous évader de vous-même ? Vous pouvez prendre une drogue, vous pouvez faire semblant d'avoir fui, vous pouvez répéter des mantra, des japa et vous livrer à des exercices, mais la bataille est continue. Vous dites : « Écartez-vous tranquillement, vous y reviendrez plus tard. » C'est l'essence de la fragmentation. Mais nous, nous suggérons ceci : « Ouvrez les yeux sur cette bataille dans laquelle vous êtes pris, vous en êtes prisonnier. Vous êtes la bataille, vous *l'êtes*. »

S. – Ceci nous conduit à la dernière discipline : *vous l'êtes*.

K. – Vous êtes la bataille.

S. – Vous l'êtes, vous êtes la bataille, vous êtes le combattant, vous en êtes écarté, vous êtes avec elle – vous êtes tout cela. C'est là peut-être ce qu'implique le gnana yoga. Selon le gnana yoga, le chercheur est prié de s'armer de quatre moyens : *viveka*, rechercher le vrai et rejeter le faux ; *vairagya*, la non-recherche du plaisir ; *shat satsampath*, ce qui en fait signifie de mener une vie favorable à l'exercice de ce yoga ; et *mumukshutva*, un engagement total à la recherche de la Vérité. Le disciple ainsi s'approche du « gourou » et son *sadhana* a consisté à *sravana* (écouter), *manana* (réfléchir) et *niryudhyajna* (assimiler), choses que nous faisons tous ici. Le « gourou » employait certains moyens pour éclairer l'étudiant. Habituellement, cela impliquait une réalisation du Tout ou de l'Expérience totale. Sankara le décrit comme suit : « L'Infini seul est réel, le monde est irréel. L'individu ne diffère pas de l'Infini, et là il n'y a pas de fragmentation. » Sankara disait que le monde est *maya*, et par là il entendait que le monde des apparences n'est pas le réel, chose qu'il faut examiner et découvrir. Krishna nous donne la description suivante dans la Gita : « Le yogi dès lors est conscient de ce que l'action, l'acteur, les instruments employés et la fin vers laquelle l'action est dirigée, tout cela n'est qu'une seule et même chose, et la fragmentation est ainsi vécue. »

Quelle est votre réaction à l'égard de cette méthode ? Tout d'abord, il y a ce *sadhana chaturdhyaya* auquel le disciple se prépare. Puis il va trouver son « gourou », il s'assied, entend la Vérité que lui expose le « gourou », y réfléchit, assimile la Vérité jusqu'au moment où il ne fait plus qu'un avec Elle ; habituellement la Vérité est exprimée par toutes ces formules. Mais toutes ces formules que nous répétons, nous devons les avoir réalisées. Pour vous, est-ce que ceci ne comporte pas une certaine validité ?

K. – Monsieur, si vous n'aviez rien lu de tout cela – Patanjali, Sankara, les chan upanishad, le raja, le yoga, le karma yoga, le bhakti yoga, le gnana yoga – rien, que feriez-vous ?

S. – Il me faudrait les découvrir.

K. – Que feriez-vous ?

S. – Je lutterais.

K. – C'est ce que vous faites maintenant. Mais qu'est-ce que vous feriez ? Par où commenceriez-vous ? – ne sachant rien de ce que d'autres gens ont pu dire, ce que les leaders communistes ont pu dire – Marx, Engels, Lénine, Staline. Je suis ici, moi un être humain ordinaire, je n'ai absolument rien lu et je veux savoir. Par où vais-je commencer ? Il me faut travailler – selon karma yoga – dans un jardin, ou comme cuisinier, dans une usine, ou dans un bureau, il me faut travailler. Et puis, de plus, il y a la femme et les enfants, je les aime ou je les déteste, ou je suis un obsédé sexuel, parce que c'est la seule évasion que m'offre la vie. Et me voici. C'est là la carte de ma vie, mon point de départ. Je ne peux pas partir de là-bas, je pars d'ici même et je me demande ce que tout cela signifie. De Dieu, je ne sais rien. Vous pouvez inventer, faire semblant, moi j'ai horreur de faire semblant ; quand je ne sais pas, je ne sais pas. Je ne vais pas citer Sankara, Bouddha, ou qui que ce soit d'autre. Donc, je dis : « Voici mon point de départ. » Suis-je capable d'instaurer un certain ordre dans ma vie ? – non pas un ordre que j'aurais inventé, moi ou d'autres, mais un ordre qui est vertu. En suis-je capable ? Et pour qu'il y ait vertu, il faut qu'il n'y ait aucune lutte, aucun conflit, ni en moi ni à l'extérieur. Par conséquent, il faut qu'il n'y ait ni agressivité, ni violence, ni haine, ni animosité. Voilà mon point de départ. Et puis je m'aperçois que j'ai peur. Il faut que je me libère de ma peur. En prendre conscience, c'est prendre conscience de tout ceci, d'où je me trouve, et c'est de là que je vais partir, que je vais travailler. Et je m'apercevrai que je peux être seul, sans porter avec moi tout le fardeau de la mémoire, des Sankara, Bouddha, Marx, Engels – vous me suivez ? Je peux être seul parce que j'ai compris l'ordre dans ma vie. Et j'ai compris l'ordre parce que j'ai nié le désordre, et cela parce que j'ai appris à connaître le désordre. Le désordre signifie conflit, acceptation de l'autorité, imitation, obéissance, tout cela. Cela c'est le désordre, et la moralité courante est désordre. À partir de tout cela, je vais instaurer l'ordre en moi-même ; moi-même n'étant pas un petit être humain misérable évoluant dans une petite arrière-cour, mais moi-même en tant qu'Être humain.

S. – Mais comment allez-vous expliquez tout cela ?

K. – C'est un être humain qui vit cet enfer. Chaque être humain vit cet enfer. Donc, si moi, en tant qu'être humain, j'ai compris cela, j'ai découvert quelque chose que tous les êtres humains sont capables de découvrir.

S. – Mais comment peut-on savoir que l'on ne s'illusionne pas soi-même ?

K. – C'est très simple. D'abord, l'humilité : je ne propose pas d'aboutir à quoi que ce soit.

S. – Je ne sais pas si vous n'avez pas rencontré des gens qui disent : « Je suis l'être au monde le plus humble. »

K. – Je sais bien ; tout ça est trop bête. Mais n'avoir aucun désir d'aboutir ne l'est pas.

S. – Mais quand on s'y trouve en plein, dans le pétrin, comment le sait-on ?

K. – Évidemment vous le saurez. Quand votre désir vous dit : « Il me faut ressembler à M. Smith qui est le Premier ministre, ou au général, ou à un haut fonctionnaire », il y a là le commencement de l'orgueil, de la volonté d'aboutir. Quand je désire ressembler à un héros, quand je veux devenir pareil au Bouddha, quand je veux atteindre à l'illumination, quand mon désir me dit : « Sois quelque chose ou sois quelqu'un », je le sais. Le désir vient me dire qu'être quelque chose est un immense plaisir.

S. – Mais nous sommes-nous attaqués à la racine de ce problème dans tout ce que nous avons dit ?

K. – Évidemment que nous l'avons fait. Le « moi », voilà la racine du problème. Être centré sur soi, voilà la racine du problème.

S. – Mais qu'est-ce que c'est, qu'est-ce que cela veut dire ?

K. – Être centré sur soi-même ? Je suis plus important que vous ; ma maison, ma propriété, mon succès, « moi » toujours en premier.

S. – Mais un martyr peut dire : « Je ne suis rien, on peut me fusiller. »

K. – Mais qui ? Non, les gens ne font pas cela.

S. – Il y en a qui peuvent prétendre être complètement dépourvus de « soi », d'égoïsme.

K. – Non, monsieur, ce que quelqu'un d'autre peut dire ne m'intéresse absolument pas.

S. – Un tel homme peut se bluffer lui-même.

K. – Tant qu'en moi-même je suis absolument clair, je ne me trompe pas. Je peux me tromper dès l'instant où j'ai une mesure. Dès l'instant où je me compare à celui qui roule en Rolls-Royce, ou au Bouddha, j'ai une mesure ; me comparer à quelqu'un, c'est le commencement de l'illusion. Mais quand je ne me compare à rien, pourquoi est-ce que je me mettrais en mouvement ?

S. – Pour être le « soi » ?

K. – Je pars de ce que je suis, autrement dit laid, coléreux, menteur, effrayé, ceci ou cela. Voilà mon point de départ, et je regarde pour voir s'il est possible de me libérer de tout cela. Me mettre à penser à Dieu, c'est comme si je pensais à gravir ces collines, chose que je ne ferai jamais.

S. – Mais même avec tout cela, l'autre jour vous avez dit quelque chose de très intéressant : l'individu et la collectivité sont une seule et même chose. Mais comment l'individu peut-il réaliser cette unité entre lui et la collectivité ?

K. – Mais c'est un fait. Me voici vivant à Gstaad ; quelqu'un d'autre vit en Inde, il y a le même problème, la même anxiété, la même peur – les expressions sont différentes, mais la racine de la chose est la même. C'est là un aspect de la situation. Deuxièmement, il y a l'environnement qui a produit cette individualité, et l'individualité à son tour a créé l'environnement. C'est mon avidité qui a créé cette société pourrie. Ma colère, ma haine, le morcellement de ma vie ont engendré les nationalités et tout ce chaos. Donc je suis le monde et le monde c'est moi. Logiquement, intellectuellement, verbalement, les choses sont ainsi.

S. – Mais comment peut-on le ressentir ?

K. – Cela n'arrive que quand vous changez. Quand vous changez, vous n'avez plus de nationalité, vous n'appartenez plus à rien.

S. – Je peux mentalement dire que je ne suis pas hindou, ou que je ne suis pas de nationalité indienne.

K. – Monsieur, cela n'est qu'un stratagème. Il faut que vous le sentiez jusque dans votre sang et dans vos os.

S. – Je vous en prie, expliquez ce que cela veut dire.

K. – Cela veut dire, monsieur, que lorsque vous voyez le danger que comporte le nationalisme, vous en êtes totalement sorti. Quand vous voyez le danger de la fragmentation, vous n'appartenez plus au fragment. Mais nous n'en voyons pas le danger. Voilà tout.

Saanen
Juillet 1969

2

Discussion sur les quatre
Mahavakya des Upanishad

La communication et l'idéal bodhisattva. Vedanta et fin du savoir.

S. VENKATESANANDA – Krishnaji, nous voici assis l'un près de l'autre, nous posons des questions, nous écoutons, nous apprenons. Il en fut précisément ainsi jadis du sage et du chercheur de sagesse, et c'est là, dit-on, l'origine des Upanishad. Ceux-ci contiennent ce qu'on appelle les *Mahavakya*, les Grands Enseignements, qui peut-être produisaient sur le chercheur de cette époque le même effet que vos paroles sur moi aujourd'hui. Puis-je vous demander de dire ce que vous en pensez, ont-ils encore de la valeur ou doivent-il être revus ou renouvelés ?

Les Upanishad ont traité de la Vérité dans les enseignements suivants :

> *Prajnanam Brahma :* « La conscience c'est l'infini, l'absolu, la Vérité suprême. »
> *Aham Brahmasmi*: « Je suis cet infini », ou « le *je* est cet infini » – parce que le *je*, ici, n'indique pas l'ego.
> *Tat-Twam-asi :* « Tu es cela. »

185

Ayam Atma Brahma : « Le soi c'est l'infini », ou : « L'individu est l'infini. »

Ce sont là les quatre *Mahavakya* prononcés par le sage de jadis pour transmettre le message à son élève, et ils étaient assis tout comme nous, face à face, le « gourou » et son disciple, le sage et le chercheur.

KRISHNAMURTI – Oui, et quelle est votre question, monsieur ?

S. – Qu'en pensez-vous ? Ces *Mahavakya* sont-ils encore valables maintenant ? Ont-ils besoin d'être revus ou renouvelés ?

K. – Des préceptes tels que « Je suis cela », *Tat-Twam-Asi* et *Ayam Atma Brahma ?*

S. – Autrement dit : « La Conscience est Brahma. »

K. – N'y a-t-il pas un danger, monsieur, à répéter quelque chose sans savoir ce que cela veut dire ? « Je suis cela », qu'est-ce que cela signifie vraiment ?

S. – « Tu es cela. »

K. – « Tu es cela. » Qu'est-ce que cela veut dire ? On pourrait dire : « Je suis le fleuve. » Ce fleuve emporte dans son courant un immense volume d'eau qui est mouvant, agité, qui s'avance sans cesse, qui traverse de nombreux pays. Je peux dire : « Je suis ce fleuve. » Et ce serait tout aussi vrai que de dire : « Je suis brahma. »

S. – Oui, oui.

K. – Pourquoi disons-nous : « Je suis cela » ? Et non pas : « Je suis le fleuve » ou « Je suis ce pauvre homme », un homme sans talent, sans valeur, ennuyeux – sa médiocrité lui ayant été imposée par son hérédité, sa misère, sa dégradation, tout cela ! Et pourquoi ne disons-nous pas : « Je suis cela aussi » ? Pourquoi nous attachons-nous toujours à quelque chose dont nous pensons que c'est ce qu'il y a de plus sublime ?

S. – « Cela » signifie peut-être tout simplement ce qui est inconditionné. *Yo Vai Bhuma Tatsukham* – Ce qui est inconditionné.

K. – Inconditionné, oui.

S. – Donc, puisqu'il existe en nous cette soif de briser tout notre conditionnement, nous nous tournons vers l'inconditionné.

K. – Un esprit conditionné, un esprit qui est petit, mesquin, étroit, vivant de distractions superficielles, un tel esprit peut-il connaître, concevoir, comprendre, ressentir ou observer ce qui est inconditionné ?

S. – Non, mais il peut se déconditionner.

K. – Oui, il ne peut faire que cela.

S. – Oui.

K. – Et ne pas dire : « L'inconditionné existe et je vais y penser », ou « Je suis cela ». La question que je désire mettre en évidence, c'est pourquoi nous nous attachons toujours à ce qui, selon nous, est ce qu'il y a de plus élevé ? Et pourquoi pas à ce qui est le plus bas ?

S. – Peut-être que dans le brahma, qui est l'inconditionné, il n'y a aucune division entre le plus haut et le plus bas.

K. – C'est exactement ça. Quand vous dites : « Je suis cela » ou « Tu es cela », c'est affirmer un fait hypothétique…

S. – Oui.

K. – … et qui n'est peut-être même pas un fait.

S. – Peut-être devrais-je expliquer encore une fois que le sage qui a prononcé ces *Mahawakya* était censé avoir passé par l'expérience directe de la chose.

K. – Bon ! S'il a véritablement eu l'expérience directe de la chose, est-il capable de la transmettre à un autre ?

S. – *(Se met à rire.)*

K. – Et puis surgit encore la question : peut-on véritablement faire l'expérience d'une chose qui n'est pas, par sa nature, objet d'expérience ? Nous nous servons si facilement de ce mot « éprouver », « expérimenter » – nous disons si facilement « réaliser », « parvenir », « se réaliser soi-même », tous ces mots ; peut-on véritablement avoir l'expérience de ce sentiment d'extase suprême ? Prenons cela pour le moment. Peut-on en faire l'expérience ?

S. – De l'infini ?

K. – Peut-on avoir une expérience de l'infini ? Ceci est véritablement une question fondamentale, non seulement ici, mais dans la vie en général. Nous pouvons faire l'expérience de quelque chose que nous avons déjà connu. Je fais l'expérience de vous rencontrer. C'est une expérience le fait de vous rencontrer ou le fait que je rencontre X. Et quand je vous rencontre une deuxième fois, je vous reconnais et je dis : « Mais oui, je l'ai rencontré à Gstaad. » Donc, dans toute expérience, il y a un élément de reconnaissance.

S. – Oui, c'est une expérience objective.

K. – Si je ne vous avais pas rencontré auparavant, je passerais mon chemin et vous passeriez le vôtre. Donc, dans toute expérimentation, il y a, n'est-il pas vrai, un élément de reconnaissance ?

S. – C'est possible.

K. – Autrement, il n'y a pas d'expérience. Je vous rencontre – est-ce là une expérience ?

S. – Une expérience objective.

K. – Ce peut être une expérience, n'est-ce pas ? Supposons que je vous rencontre pour la première fois. Que se passe-t-il à cette première rencontre de deux personnes ? Que se passe-t-il ?

S. – Une impression, une impression de sympathie.

K. – Une impression de sympathie ou d'aversion, telle que : « C'est un homme très intelligent » ou « Il est stupide », « Il devrait être ceci, cela ». Tout cela est fondé sur un arrière-plan de mes jugements, de mes valeurs, de mes préjugés, de mes préférences et de mes aversions, de mon conditionnement. Cet arrière-plan vous aborde et vous juge. Ce jugement, cette évaluation, c'est ce que nous appelons expérience.

S. – Mais, Krishnaji, est-ce qu'il n'y a pas un autre… ?

K. – Attendez, monsieur, laissez-moi finir. L'expérience, après tout, c'est la réaction à un défi, n'est-ce pas ? La réaction à un défi. Je vous rencontre et je réagis. Si je ne réagissais pas du tout, si je n'avais aucun sentiment de prédilection, d'aversion, de préjugé, que se passerait-il ?

S. – Oui ?

K. – Que se passerait-il dans des rapports où l'un des deux – vous peut-être – est sans préjugé, sans réaction ? – vous vivez dans un état entièrement différent et vous me rencontrez. Que se passe-t-il alors ?

S. – La paix.

K. – Il me faut reconnaître cette paix qui est en vous, cette qualité qui est en vous, sinon je poursuis mon chemin. Donc, quand nous disons : « Faire l'expérience du suprême », l'esprit qui est conditionné, qui est plein de préjugés, qui est sujet à la peur, peut-il faire l'expérience de ce qui est suprême ?

S. – Très évidemment pas.

K. – Évidemment pas. Et la peur, les préjugés, l'état d'excitation, la stupidité, tout cela c'est l'entité qui dit : « Je me propose de faire l'expérience la plus sublime. » Et quand cette stupidité, cette peur, cette anxiété, ce conditionnement cessent d'exister, y a-t-il l'expérience du suprême ?

S. – L'expérience du « ça ».

K. – Non. Je n'ai pas su m'exprimer clairement. Si l'entité – qui est peur, anxiété, culpabilité et tout ce qui s'ensuit – si cette entité se dissout, si elle-même rejette la peur et toutes ses séquelles, que reste-t-il comme objet d'expérience ?

S. – Eh bien, cette merveilleuse question a déjà été posée presque dans les mêmes termes ! Il a posé cette question : *Vijnataram Are Kena Vijaniyat* – « Vous êtes celui qui connaît, comment pourriez-vous connaître le connaisseur ? » « Vous êtes l'ensemble des expériences. » Mais il y a un conseil que nous donne le Vedanta, à savoir : jusqu'à présent nous avons parlé d'une expérience objective : *Paroksanubhuti*. N'existe-t-il pas une autre expérience ? Non pas celle qui consiste à rencontrer X, Y ou Z, mais le senti-ment « je suis ». Il ne s'agit pas d'avoir rencontré un désir sur mon chemin, il ne s'agit pas de m'être trouvé devant un désir. Je ne vais pas trouver un docteur ni personne pour me certifier que « je suis ». Pourtant il existe ce sentiment, cette connaissance, « je suis ». Et cette expérience paraît être entièrement différente de l'expérience objective.

K. – Monsieur, quel est le but de l'expérience ?

S. – Exactement ce que vous avez dit : se débarrasser de nos peurs, de tous nos complexes, de tout notre conditionnement. Voir ce que je suis en vérité, quand je ne suis *pas* conditionné.

K. – Non, monsieur. Voyons, prenons un exemple : je suis bête.

S. – Je suis bête ?

K. – Je suis bête ; et parce que je vous vois vous, ou bien X, Y ou Z, qui lui est très intelligent, très doué…

S. – Il y a une comparaison.

K. – Une comparaison ; et grâce à la comparaison, je m'aperçois que je suis très bête et je me dis : « Oui, je suis bête, et qu'y faire ? », et je demeure dans ma bêtise. Puis au cours de ma vie, un incident se produit qui me secoue. Pendant un instant, je m'éveille et je lutte, je lutte pour ne pas être bête, pour être plus intelligent, et ainsi de suite. Ainsi l'expérience en général a pour effet de nous réveiller, de nous lancer un défi qu'il s'agit de relever. Vous le relevez de manière adéquate ou de manière imparfaite. Si elle est imparfaite, la réaction deviendra une cause de souffrance, de lutte, de conflit. Mais si vous y répondez d'une manière absolument adéquate, c'est-à-dire pleinement, alors vous *êtes* le défi. Vous êtes vous-même le défi, vous n'êtes plus celui qui subit le défi, vous *êtes* cela. Et, dès lors, vous n'avez plus besoin de défi si, d'instant en instant, vous relevez chaque défi de manière adéquate.

S. – C'est beau, mais *(riant)* comment y parvenir ?

K. – Attendez, monsieur. Voyons s'il y a véritablement besoin d'expérience. Voyez-vous, c'est vraiment extraordinaire si l'on se donne la peine d'approfondir la chose. Pourquoi les êtres humains exigent-ils non seulement des expériences objectives, ce que l'on peut comprendre – en allant sur la lune ils ont rapporté un tas d'éléments de connaissance, d'information…

S. – … des rochers…

K. – Ce type d'expérience est sans doute nécessaire parce qu'il favorise la science, la connaissance d'objets, de faits. Mais ce type d'expérience mis à part, est-il besoin d'aucune autre expérience ?

S. – D'expérience subjective ?

K. – Oui, mais je n'aime pas beaucoup les expressions « subjective » et « objective ». Mais, enfin, est-il besoin d'aucune expérience ? Nous avons dit : l'expérience est la réaction à un défi. Je vous jette un défi, je demande : « Pourquoi ? », et peut-être allez-vous répondre et dire : « mais oui, vous avez tout à fait raison. Je vous suis tout à fait. » « Pourquoi ? » Mais dès l'instant où il y a une résistance à cette question, « Pourquoi ? », vous réagissez déjà d'une façon imparfaite. Dès cet instant il y a un conflit entre nous, entre le défi et la réponse. Ça c'est un point. Puis il y le désir de l'expérience, mettons de faire l'expérience de Dieu, de quelque chose de sublime, de suprême, d'atteindre une félicité complète, une extase, un sentiment de paix, tout ce que vous voudrez. L'esprit est-il capable d'éprouver cela ?

S. – Non.

K. – Alors, quelle est l'entité qui en est capable ?

S. – Vous désirez que nous examinions ce que c'est que l'esprit ?

K. – Non.

S. – Ce que c'est que le « moi » ?

K. – Non. Mais pourquoi est-ce que le « moi », vous et moi, a soif d'expériences ? C'est là l'objet de mes questions. Pourquoi exige-t-il ainsi l'expérience du sublime qui lui promet le bonheur, l'extase, la félicité ou la paix ?

S. – Évidemment parce que, dans notre état actuel, nous ne nous sentons pas à la hauteur.

K. – Et c'est tout, c'est tout.

S. – D'accord.

K. – Nous trouvant dans un état où il n'y a pas de paix, nous aspirons à un état qui soit absolu, permanent, à une paix éternelle.

S. – Ce n'est pas tellement que je sois agité ou qu'il existe un état de paix, mais je voudrais savoir ce que c'est que ce sentiment quand je dis : « Je suis agité. » Le « je » est-il agité ou le « je » est-il bête ? Suis-je bête ou ma bêtise est-elle une condition dont je puis me débarrasser ?

K. – Eh bien, quelle est l'entité qui pourrait vous en débarrasser ?

S. – Plutôt qui pourrait m'éveiller. Le « je » se réveille.

K. – Non, monsieur. Voilà notre difficulté. Finissons-en tout d'abord avec ce point. Je suis malheureux, triste, accablé de douleur, et je voudrais éprouver un état où il n'y aurait pas de douleur. C'est une soif qui est en moi, j'ai un idéal, un but, me figurant qu'en luttant pour m'en approcher, j'y parviendrai en fin de compte. Telle est ma soif intérieure. Je voudrais éprouver cet état et m'emparer de cette expérience. C'est là fondamentalement ce que désirent les êtres humains, si l'on met de côté les parlotes, les discussions ingénieuses.

S. – Oui, oui, et c'est là sans doute pourquoi un autre très grand sage de l'Inde du Sud a dit (en tamil) : *Asai Arumin Asai Arumin Isanodayinum Asai Arumin.* C'est vraiment très beau.

K. – Qu'est-ce que cela veut dire ?

S. – « Retranchez tous ces désirs ; même le désir d'être uni à Dieu, retranchez-le. » Voilà ce qu'il dit.

K. – Oui, je comprends. Maintenant, monsieur, voyons. Si « moi » – si l'esprit – peut se libérer de tous ces tourments, quel besoin éprouve-t-il de faire l'expérience du Suprême ? Il n'y en a plus.

S. – Non. Sans aucun doute.

K. – Il n'est alors plus prisonnier de son propre conditionnement, il est donc quelque chose d'autre, il vit dans une autre dimension. Et, par conséquent, ce désir de faire l'expérience du Sublime est *essentiellement* faux.

S. – Si c'est un désir.

K. – Quoi que ce soit ! Est-ce que je le connais, le Sublime ? Les sages en ont parlé, mais moi je n'accepte pas les affirmations des sages, ils sont peut-être victimes d'une illusion, ils peuvent dire des choses sublimes ou des bêtises ! Je n'en sais rien, et ça ne m'intéresse pas. Mais je m'aperçois que tant que mon esprit est dans un état de peur, il aspire à s'en évader et il projette un concept du Sublime et a soif d'en faire l'expérience. Mais s'il se libère de son propre tourment, il est alors dans un état complètement différent, il ne demande même pas cette expérience, parce qu'il vit maintenant à un niveau différent.

S. – D'accord, d'accord.

K. – Et, maintenant, pourquoi les sages, selon ce que vous avez dit, prétendent-ils : « Il vous faut éprouver ceci, il vous faut être cela, il vous faut réaliser cela » ?

S. – Ils n'ont jamais dit : « Il faut… »

K. – Exprimez la chose comme vous voudrez. Pourquoi ont-ils dit toutes ces choses ? Ne vaudrait-il pas mieux dire : « Voyez, mes amis, débarrassez-vous de votre peur, débarrassez-vous de votre affreuse hostilité, de vos enfantillages, et quand vous l'aurez fait »…

S. – … il ne reste plus rien.

K. – Plus rien. Vous en verrez la beauté ; vous n'avez plus rien à demander à ce moment-là.

S. – C'est fantastique, fantastique.

K. – Voyez-vous, monsieur, l'autre attitude, c'est un état hypocrite ou qui conduit à l'hypocrisie. Je recherche Dieu, mais en attendant je brutalise mon prochain.

S. – Oui. On pourrait dire que c'est de l'hypocrisie.

K. – Mais ça l'est, ça l'est.

S. – Et ceci me conduit à ma dernière et peut-être impertinente question.

K. – Non, monsieur, il n'y a pas d'impertinence.

S. – Je ne veux ni vous flatter ni vous insulter, Krishnaji, si je dis que c'est pour moi une extraordinaire expérience d'être assis à côté de vous et de vous parler comme je le fais. La portée de votre message est immense ; vous parlez depuis plus de quarante années de sujets qui, selon vous, sont très importants pour l'homme. Et, maintenant, j'ai trois questions. Croyez-vous qu'un homme puisse communiquer tout cela à un autre homme, et croyez-vous que d'autres puissent le communiquer à d'autres encore ? Si oui, comment ?

K. – Communiquer quoi, monsieur ?

S. – Ce message, ce message auquel vous avez consacré votre vie ; comment voulez-vous le nommer ? On peut l'appeler un message.

K. – Oui, appelez-le comme vous voudrez, ça n'a pas d'importance. Moi – celui qui parle, est-ce qu'il transmet un message, est-ce qu'il vous délivre un message ?

S. – Non. On pourrait l'appeler un éveil, un questionnement…

K. – Non, non. Je pose une question, monsieur, regardez.

S. – Il me semble que c'est l'impression que nous avons, nous les auditeurs…

K. – Que dit l'orateur ? Il dit : « Regardez, regardez vous-même. »

S. – Exactement.

K. – Rien de plus.

S. – Il n'y a besoin de rien d'autre.

K. – Rien d'autre. Regardez-vous vous-même. Observez-vous vous-même. Creusez en vous, parce que dans l'état où nous sommes, nous créons inévitablement un monde monstrueux. Vous pouvez aller jusqu'à la lune, plus loin même, jusqu'à Vénus ou Mars, et tout ce qui s'ensuit, mais vous emporterez toujours avec vous votre « vous-même ». Changez-vous vous-même d'abord. Changez-vous vous-même – non pas tellement d'abord – mais changez-vous. Et pour vous changer, regardez-vous, creusez en vous-même, observez, écoutez, apprenez. Ça, ce n'est pas un message, vous pouvez le faire tout seul si vous le voulez.

S. – Mais il faut que quelqu'un me dise…

K. – Mais je *suis* en train de vous le dire. Je dis : « Regardez, mais regardez cet arbre merveilleux, regardez cette fleur africaine tellement belle. »

S. – Oui, mais jusqu'au moment où vous l'avez dit, je ne l'avais pas regardée.

K. – Et pourquoi ?

S. – *(Rit.)*

K. – Pourquoi ? Elle est là, tout cela vous entoure.

S. – Oui.

K. – Et pourquoi ne regardez-vous pas ?

S. – Il pourrait y avoir des milliers de réponses à cette question.

K. – Non, non. Je vous ai demandé de regarder cette fleur. Vous ayant demandé : « Regardez », regardez-vous ?

S. – Si j'en ai l'occasion, oui.

K. – Non. Regardez-vous cette fleur véritablement, ou parce que quelqu'un d'autre vous dit de le faire ?

S. – Non.

K. – Non. Vous ne le pouvez pas. C'est simplement ça. Si je vous dis : « Vous avez faim », avez-vous faim parce que je l'ai dit ?

S. – Non.

K. – Vous savez quand vous avez faim et néanmoins vous avez besoin de quelqu'un d'autre pour vous dire de regarder une fleur.

S. – Je peux savoir si j'ai faim, mais c'est ma mère qui me dira où trouver à manger.

K. – Non. non. Nous ne parlons pas du lieu où se trouvent les aliments, nous parlons de « faim ». Vous savez quand vous avez faim, mais pourquoi avez-vous besoin de quelqu'un pour regarder une fleur ?

S. – Parce que je ne suis pas affamé de la vue d'une fleur.

K. – Pourquoi pas ?

S. – Parce qu'il y a d'autres choses qui me satisfont.

K. – Non. Pourquoi ne regardez-vous pas cette fleur ? Tout d'abord, je crois que la nature n'a aucune valeur pour la plupart d'entre nous. Nous disons : « Oh ! je peux voir cet arbre à n'importe quel moment si je le désire. » C'est là un aspect de la chose. Nous sommes aussi tellement concentrés sur nos propres soucis, nos espérances, nos désirs, nos expériences, que nous nous enfermons dans la cage de notre pensée. Nous ne regardons pas plus loin. L'orateur, lui dit : « Ne faites pas cela, regardez tout ce qui vous entoure, et c'est en regardant toute chose que vous découvrirez votre cage. » Et c'est tout.

S. – Eh bien, ne s'agit-il pas d'un message ?

K. – Ce n'est pas un message dans le sens…

S. – Non.

K. – Le nom que vous lui donnez n'a aucune importance – appelez ça un message. Bon, voilà. Voici ce que je vous dis, vous vous en amusez ou bien vous prenez la chose très au sérieux. Et si c'est pour vous une chose sérieuse, tout naturellement vous irez la répéter à quelqu'un d'autre. Vous n'avez pas besoin de dire : « Je veux faire de cela un sujet de propagande… »

S. – Non, non.

K. – Vous direz : « Voyez la beauté de ces fleurs. »

S. – Oui.

K. – Voilà ce que vous dites, et votre interlocuteur ne vous écoute pas, et c'est tout, c'est fini. Est-il besoin de propagande ?

S. – Propagation, monsieur.

K. – Soit, propagation. Oui, c'est le mot, propager.

S. – Oui, mais nous parlons de quarante années où vous avez parlé…

K. – … plus de quarante années…

S. – Oui. Des millions de gens parlent depuis des siècles, gaspillant…

K. – Oui, nous avons parlé en effet ; nous avons propagé…

S. – … quelque chose de première importance, que vous, certainement, considérez comme étant très important.

K. – Sinon, je ne continuerais pas.

S. – J'ai lu certains de vos livres, de ceux qui ont été publiés, mais l'expérience d'aujourd'hui où je suis ici en train de parler avec vous…

K. – … c'est autre chose que de lire un livre.

S. – C'est complètement, complètement différent !

K. – Je suis d'accord.

S. – Hier soir, j'ai lu un de vos livres et j'y ai. trouvé une signification plus profonde. Comment cela se fait-il ?

K. – Vous êtes un homme sérieux, et celui qui est avec vous étant sérieux aussi, il y a un contact, une relation réciproque, une union dans cet esprit de sérieux. Mais si vous ne l'êtes pas, vous vous contenterez de dire : « Eh bien, c'est très agréable de parler avec vous de tout cela, mais enfin, de quoi s'agit-il ? », et vous vous éloignerez.

S. – Oui.

K. – Assurément, monsieur, dans tout rapport qui a une portée réelle, il faut se rencontrer au même niveau, au même moment, avec la même intensité, autrement il n'y a pas de communication, pas de relation réelle. Et c'est peut-être ce qui s'est passé tandis que nous étions assis ensemble ici. Parce qu'on ressent l'urgence de quelque chose, son intensité, il s'établit un rapport qui est tout autre chose que de lire un livre.

S. – Un livre n'a pas de vie.

K. – Les mots imprimés n'ont pas de vie, mais vous pouvez donner la vie à la parole imprimée si vous êtes sérieux.

S. – Et alors, arrivé à ce point, comment aller de l'avant ?

K. – Vous demandez s'il est possible de transmettre à d'autres cette sensation d'urgence, d'intensité et d'action qui règne en ce moment ?

S. – … véritablement maintenant.

K. – Oui, et non pas demain ni hier.

S. – L'action qui signifie une observation au même niveau.

K. – Et qui fonctionne toujours – voir et agir, voir, agir, voir, agir.

S. – Oui.

K. – Et comment ceci peut-il se produire ? Tout d'abord, monsieur, la plupart des gens, comme nous l'avons dit hier, ne s'intéressent absolument pas à ces questions. Ils s'en amusent. Il y a véritablement très très peu de gens sérieux. Quatre-vingt-quinze pour cent des gens disent : « Eh bien, d'accord s'il s'agit d'une distraction ; mais si ce n'est pas distrayant, vous n'êtes pas du tout le bienvenu » (il s'agit de ce qui est divertissant pour eux). Alors qu'allez-vous faire ? Sachant qu'il n'y a que très, très peu de gens dans ce monde qui sont véritablement et désespérément sérieux, qu'allez-vous faire ? Vous leur parlez, et vous parlez aussi à ceux qui cherchent un divertissement. Mais ça vous est tout à fait égal qu'ils vous écoutent ou qu'ils ne vous écoutent pas.

S. – Merci, merci encore.

K. – Et je ne dis pas : « Offrez des béquilles aux gens qui ont besoin de béquilles. »

S. – Non.

K. – Pas plus qu'on offre du réconfort à ceux qui cherchent le réconfort, une évasion. Je leur dis : « Allez ailleurs… »

S. – Au Palace Hôtel !…

K. – Je crois, monsieur, que c'est peut-être là ce qui s'est passé dans toutes ces religions, avec tous ces soi-disant maîtres. Ils ont dit : « Il me faut aider cet homme, celui-là, et encore cet autre. »

S. – Oui.

K. – Ceux qui sont ignorants, ceux qui sont à moitié ignorants et ceux qui sont très intelligents. À chacun il faut des nourritures appropriées. C'est peut-être là ce qu'ils ont dit. Mais cela ne m'intéresse pas. J'offre une fleur, je leur laisse le soin d'en respirer le parfum, ou de la détruire, ou de la mettre à cuire, ou de la mettre en pièces. Ça ne m'intéresse pas.

S. – Mais eux glorifient l'autre attitude, celle de l'idéal du bodhisattva.

K. – Encore une fois, l'idéal du bodhisattva n'est-il pas de notre invention, cet espoir désespéré, ce désir d'une consolation quelconque ? Le Maitraiya Bodhisattva, cette idée qu'Il a renoncé à la vie suprême, à l'illumination et qu'Il attend toute l'humanité…

S. – Je vous remercie.

K. – Qu'est-ce que le Vedanta ?

S. – Ce mot signifie « la fin des Veda »… Pas la fin indiquée par un point à la ligne.

K. – Cela veut dire la fin de tout savoir.

S. – Très exactement. La fin du savoir, le domaine où le savoir n'a plus d'importance.

K. – Par conséquent, laissons-le de côté.

S. – Oui.

K. – Alors pourquoi, à partir de là, se mettre à décrire ce que cela n'est pas ?

S. – En étant assis avec vous et en vous écoutant, je pense à un certain sage dont on raconte qu'il a été trouvé un sage encore plus éminent que lui, et il lui a dit : « Voyez, mon esprit est agité, dites-moi ce qu'il faut faire. » Et le sage vieillard lui dit : « Faites-moi la liste de tout ce que vous savez déjà, et nous pourrons partir de là. » Et le premier répond : « Cela prendra beaucoup de temps, parce que je connais toutes les formules, tous les shastra, tout cela. » Et le sage répond : « Mais ce n'est là qu'une suite de mots, tous ces mots on les trouve dans le dictionnaire, ça n'a pas de sens. Mais maintenant, qu'est-ce que vous *savez ?* » Et le premier répond : « Voilà ce que je sais, et je ne sais rien d'autre. »

K. – Le Vedanta, comme il est dit, signifie la fin du savoir.

S. – Oui, c'est merveilleux, jamais je n'ai entendu exprimer la chose comme cela. « La fin du savoir. »

K. – La libération du savoir.

S. – Oui, en effet.

K. – Alors, pourquoi ne s'en sont-ils pas tenus là ?

S. – Ils prétendent qu'il faut passer à travers le savoir afin de s'en extraire.

K. – Passer à travers quoi ?

S. – À travers toute cette science, toute cette fange, afin ensuite de la rejeter. *Parivedya Lokan Lokajitan Brahmano Nirvedamayat* – autrement dit : « Ayant examiné toutes ces choses et s'étant aperçu qu'elles ne vous sont d'aucune utilité, il faut vous en dégager. »

K. – Alors pourquoi les acquérir ? Si le Vedanta signifie la fin du savoir, ce qui est le sens réel de ce mot, la fin des Veda qui est le savoir, alors pourquoi passer par tout ce processus laborieux pour acquérir un savoir et le rejeter ensuite ?

S. – Autrement, vous ne seriez pas dans le monde du Vedanta. La fin du savoir consiste en ceci, qu'ayant acquis toute cette science, vous arrivez à sa fin.

K. – Mais pourquoi l'acquérir ?

S. – Pour pouvoir y mettre fin.

K. – Non, non. Pourquoi l'acquérir ? Pourquoi est-ce que, dès le début, je ne peux pas voir en quoi consiste le savoir et le mettre de côté ?

S. – Constater ce que c'est que le savoir ?

K. – Et le rejeter, rejeter tout cela : ne jamais accumuler. Le Vedanta, cela veut dire cesser d'accumuler votre savoir.

S. – C'est bien ça, c'est ça qui est vrai.

K. – Alors pourquoi accumuler ?

S. – Passer à travers, peut-être.

K. – Passer à travers, et pourquoi ? Je sais que le feu brûle, je sais quand j'ai faim, quand il me faut manger. Je sais que je ne dois pas vous frapper, et je ne vous frappe pas. Je ne passe pas par tout le processus qui consiste à vous frapper et à acquérir le savoir que je vais en souffrir. Donc, je rejette tout ce que je sais chaque jour. Je me libère de tout ce que j'apprends minute par minute, et ainsi chaque minute de ma vie marque la fin de mon savoir.

S. – Oui, d'accord.

K. – Maintenant, vous et moi nous acceptons cela, c'est un fait, c'est la seule façon de vivre ; autrement, on ne peut pas vivre. Alors pourquoi les gens ont-ils dit : « Il faut que vous passiez à travers tout ce savoir, toutes ces choses », et pourquoi ne me disent-ils pas : « Mon ami, voyez, alors que vous vivez en acquérant quotidienne-ment et sans cesse de nouvelles connaissances, mettez-y fin chaque jour » ? Et non pas : « Le Vedanta dit ceci et dit cela » ?

S. – Non, non.

K. – *Vivez la chose !*

S. – D'accord. Oui. Il y a encore ici cette division, cette classifi-cation.

K. – Très exactement. Nous revenons à notre point de départ.

S. – Notre point de départ.

K. – Nous nous trouvons de nouveau devant un fragment – une fragmentation de la vie.

S. – Oui. Mais je suis trop hête. Je ne peux pas atteindre à ce point ; donc je préfère acquérir toute cette science…

K. – Pour la rejeter ensuite.

S. – Mais, dans l'histoire religieuse et spirituelle de l'Inde, il y a eu des sages qui ont été des sages-nés : le Ramana Maliarishi, etc. Eux ont pu rejeter tout savoir même avant de l'avoir acquis. Et, dans leur cas, évidemment, l'argument mis en avant a toujours été que cela avait été fait…

K. – Dans leurs vies passées.

S. – Dans leurs vies passées.

K. – Non, monsieur. Mais à part ce fait d'acquérir le savoir et d'y mettre fin, que dit le Vedanta ?

S. – Le Vedanta décrit le rapport qui existe entre l'individu et le Cosmos.

K. – L'Éternel.

S. – Le Cosmos, ou l'Infini, peu importe le mot. Cela commence très bien : *Isavasyam Idam Sarvam Yat Kimcha Jagatyam Jagat.* « Tout l'univers est imprégné par celui… »

K. – Cette chose unique…

S. – … et ainsi de suite. Et puis, à partir de ce point, c'est principalement un dialogue entre un maître et son disciple.

K. – Monsieur, est-ce que ce n'est pas extraordinaire, il y a toujours eu en Inde cet instructeur et son disciple, toujours et encore ?

S. – Oui, le « gourou ».

K. – Jamais on ne vous a dit : « Vous êtes l'instructeur, mais vous êtes aussi le disciple. »

S. – C'est arrivé quelquefois.

K. – Mais toujours avec une certaine hésitation, une certaine appréhension. Mais pourquoi ? – le fait c'est que vous êtes l'instructeur et que vous êtes aussi le disciple ; vous êtes perdu si vous dépendez de quelqu'un d'autre. C'est un fait. Et je voudrais aussi savoir pourquoi, dans leurs chants, dans la littérature hindoue, on a toujours loué la beauté de la nature, les arbres, les fleurs, les fleuves, les oiseaux ; et pourquoi les gens qui vivent en Inde n'ont aucun sentiment de tout cela ?

S. – Parce qu'ils sont morts ?

K. – Mais pourquoi ? Et pourtant, ils en parlent, de cette beauté, dans leur littérature ; ils citent le sanskrit, et le sanskrit est la langue la plus belle du monde.

S. – Ils n'ont aucun sentiment pour…

K. – Ils n'ont aucun sentiment pour l'homme pauvre.

S. – Oui, c'est cela, ce qu'il y a de plus tragique.

K. – Et ils ne perçoivent ni la crasse ni la saleté.

S. – Et Dieu sait d'où leur vient cette idée qui ne se trouve dans aucune des écritures. Ce qui veut dire qu'ils répètent les écritures sans jamais en saisir le sens.

K. – C'est bien cela.

S. – Krishna dit : *Isvarah Sarvabhutanam Hriddesserjuna Tisthati* – « Je me tiens dans le cœur de tous les êtres. » Mais personne ne se préoccupe du cœur de tous les êtres. Selon vous, quelle en est la cause ? Ils répètent ces choses quotidiennement, tous les matins on leur dit de répéter un chapitre de la Bhagavad-Gita.

K. – Chaque matin ils accomplissent le puja et ils répètent.

S. – Et pourquoi en ont-ils perdu le sens ? Évidemment, les auteurs de ces écritures y ont vu une signification profonde. On nous ordonne de les répéter tous les jours afin de leur garder…

K. – … la vie.

S. – De leur garder la vie. Alors, quand et comment ai-je tué l'esprit ? Comment cela a-t-il été possible ? Comment l'empêcher ?

K. – Quelle en est la raison, monsieur ? Non, vous connaissez l'Inde mieux que moi.

S. – J'en suis choqué.

K. – Pourquoi cela se passe-t-il ainsi ? Est-ce affaire de surpopulation ?

S. – Non, la surpopulation est un résultat, ce n'est pas la cause.

K. – Oui. C'est qu'ils ont accepté cette tradition, cette autorité…

S. – Mais la tradition dit des choses très bonnes.

K. – Oui. Mais ils l'ont acceptée. Ils ne l'ont jamais mise en doute. Monsieur, j'ai vu des agrégés, des bacheliers en Inde qui ont accumulé des diplômes, qui sont ingénieurs, intelligents : ils ne sauraient pas comment mettre une fleur sur une table. Ils ne connaissent que leur mémoire et l'intensification de cette mémoire. N'est-ce pas là une des causes ?

S. – Peut-être. Tout accorder à la mémoire.

K. – Confier tout à la mémoire.

S. – Sans réfléchir. Pourquoi l'homme se refuse-t-il à réfléchir ?

K. – Oh ! Ça c'est différent ; cela vient de l'indolence, de la peur, de vouloir toujours suivre le chemin de la tradition afin de ne pas courir le risque de se tromper.

S. – Mais nous avons rejeté cette tradition dont on dit qu'elle ne nous convient pas.

K. – Évidemment, mais alors nous trouverons une nouvelle tradition qui nous conviendra, et nous nous sentirons de nouveau en sécurité.

S. – Mais nous n'avons jamais eu le sentiment qu'une tradition saine est une tradition qui soit bonne à conserver.

K. – Balayez toutes les traditions ! Cherchons, monsieur, à voir si tous ces instructeurs, ces gourous et ces sages ont véritablement aidé les gens. Marx a-t-il vraiment aidé des gens ?

S. – Non.

K. – Ils ont imposé leurs idées aux hommes.

S. – Et d'autres ont utilisé les mêmes idées.

K. – Et c'est pour cette raison que je me dresse contre tout cela, parce que ces gens ne s'intéressent pas vraiment au bonheur d'autrui.

S. – Bien qu'ils le prétendent.

K. – Si les marxistes et tous ces leaders soviétiques s'intéressaient vraiment au *peuple*, il n'y aurait pas de camps de concentration. Il y aurait la liberté. Il n'y aurait pas de mesures de répression.

S. – J'imagine qu'ils se figurent qu'il faut mettre en prison les fous…

K. – C'est cela ; et le fou c'est celui qui met mon autorité en question.

S. – Et le dirigeant d'hier peut être le fou d'aujourd'hui.

K. – C'est ce qui arrive toujours, c'est inévitable et c'est pourquoi je demande s'il n'est pas important de pousser l'homme, l'être humain, à se rendre compte qu'il est le seul responsable.

S. – Chacun d'entre nous.

K. – Absolument. Chacun est responsable de ce qu'il fait, responsable de ce qu'il pense et comment il agit. Faute de quoi nous finissons dans cette hypertrophie de la mémoire et dans l'aveuglement complet.

S. – Et c'est là votre message. Comment le fixer ?

K. – En enfonçant le clou chaque jour. *(Rires.)* En l'enfonçant dans son propre cœur, parce que l'homme est toujours tellement désireux de faire endosser sa responsabilité à d'autres. L'évasion la plus sûre, c'est l'armée – là, on vous dit quoi faire. Vous n'avez pas de responsabilités, tout a été pensé pour vous, ce que vous devez faire, comment vous devez penser, agir, porter votre fusil, tirer – et voilà ! On vous procure votre nourriture, un endroit pour dormir et, pour votre vie sexuelle, vous pouvez aller au village. Et c'est tout. Et, alors, chose étrange, ils parlent du karma.

S. – C'est le karma. *Prarabdha Karma.*

K. – Ils insistent beaucoup sur le karma.

– C'est là le karma – j'ai été un brahmane et je sais ce qui s'est passé. Nous avons joué avec cette idée du karma et nous avons reçu le choc en retour.

K. – Et qui maintenant fait des ravages en Inde.

S. – Nous avons joué avec cette idée et nous avons dit : « C'est votre karma et il vous faut souffrir. Mon karma à moi est bon et je suis dégagé de tout cela ; j'ai la chose en main. » Et, maintenant, ça c'est retourné contre nous.

K. – D'accord.

S. – Une végétarienne – c'est une végétarienne fanatique – m'a demandé : « Est-ce que le pur végétarisme n'est pas indispensable pour s'exercer au yoga ? » Et je lui ai répondu : « Ce n'est pas tellement important. Parlons d'autre chose. » Elle a été horrifiée. Elle est revenue me voir et elle m'a dit : « Comment pouvez-vous dire une chose pareille ? Vous ne pouvez pas prétendre que le végétarisme est d'importance secondaire. Vous devez dire que c'est d'une importance primordiale. » J'ai répondu : « Excusez-moi. » J'ai dit quelque chose, peu importe quoi. Et puis je lui ai demandé : « Croyez-vous à la guerre, à une armée défensive, à la défense de votre pays ? – Oui, a-t-elle dit, autrement comment pourrions-nous vivre, c'est nécessaire. » Et je lui ai répondu : « Si je vous disais que vous êtes une cannibale, quelle serait votre réaction ? Voilà un homme qui tue un petit animal pour rester en vie, mais vous, vous êtes toute prête à tuer des hommes pour conserver la vôtre, tout comme un cannibale. » Elle n'était pas contente, mais je crois que plus tard elle m'a compris.

K. – Très bien.

S. – C'est fantastique. Les gens ne veulent pas réfléchir. Et j'imagine que dans votre cas, quand vous dites la vérité, vous êtes très impopulaire. Il y a un prêtre qui a dit : *Apriyasya Tu Pathyasya Vakta Srota Na Vidyate.* Très, très beau : « Les gens entendent ce qui leur est agréable, agréable à dire, agréable à entendre. »

Saanen
26 juillet 1969

Trois causeries à Madras

1. L'art de voir
2. La liberté
3. Le sacré

1

L'art de voir

Voir totalement et non partiellement. « L'art de voir est la seule vérité. » Dans l'immensité de l'esprit, seul un fragment est utilisé. Influence fragmentaire de la culture, de la tradition. « Vivre dans un petit recoin d'un champ déformé. » « Impossibilité de comprendre au moyen d'un fragment. » Libération du « petit recoin ». La beauté de la vision.

L'autre jour, nous avons dit combien il est important d'observer. C'est un art véritable auquel il faut consacrer une grande attention. Nous ne voyons que très partiellement ; jamais nous n'avons une vision complète de quelque chose, jamais la totalité de notre esprit ni la plénitude de notre cœur ne sont engagées. Faute d'apprendre cet art extraordinaire, il me semble que nous persisterons à vivre, à fonctionner par une très petite partie de notre esprit, une parcelle de notre cerveau. Pour des raisons diverses, nous sommes tellement conditionnés, tellement obsédés par nos propres problèmes, et chargés du lourd fardeau de la croyance, de la tradition, du passé, que nous sommes incapables de regarder ou d'écouter. Jamais nous ne voyons un arbre, nous le percevons toujours à travers l'image que nous en avons, à travers le concept de cet arbre ; mais le concept, le savoir, l'expérience sont tout autre chose que l'arbre réel. Ici nous sommes par bonheur entourés de beaucoup d'arbres, et si vous regardez autour de vous, tandis que l'orateur développe ce thème de la « vision », si vous regardez vraiment, vous sentirez combien il est difficile de voir le tout de façon qu'aucune image, aucun écran ne s'interpose entre votre vision et le fait réel. Je vous en prie, faites-le : ne me regardez pas, mais regardez l'arbre et découvrez si vous êtes capables de le voir d'une façon globale. Par globale, j'entends que la totalité de votre esprit et de votre cœur est engagée, et non pas un seul fragment. Ce que nous allons approfondir ce soir exige une telle observation et une telle vision. Faute de le faire vraiment, et ayant l'habitude d'établir des théories, d'intellectualiser les choses ou de soulever différentes questions étrangères au sujet, je crains que vous ne puissiez suivre de très près le chemin que nous allons parcourir ensemble.

Jamais nous ne voyons, jamais nous n'entendons réellement ce que disent les autres ; nous sommes émotifs, sentimentaux, ou au contraire intellectuels – ce qui, évidemment, nous empêche de voir véritablement la couleur, la beauté de la lumière, des arbres, des oiseaux, ou d'écouter ces corbeaux. Nous ne sommes jamais en rapport direct avec tout cela. Je doute même que nous soyons en rapport direct avec quoi que ce soit, même avec nos propres idées, nos pensées, nos mobiles et nos impressions. Il y a toujours cette image qui observe, même quand nous nous observons nous-mêmes.

Il est donc important de comprendre que l'acte de voir est la seule vérité ; il n'y en a pas d'autre. Si je sais regarder un arbre, un oiseau, un beau visage ou le sourire d'un enfant, tout est là, je n'ai rien à faire de plus. Mais voir l'oiseau ou la feuille, écouter le chant des oiseaux devient à peu près impossible à cause de l'image que l'on s'est forgé non seulement de la nature, mais aussi de nos semblables. Et toutes ces images nous empêchent véritablement de voir et de ressentir ; la sensitivité étant d'un tout autre ordre que la sentimentalité ou l'émotivité.

Comme nous l'avons dit, ce que nous voyons est fragmenté ; nous sommes entraînés, dès notre enfance, à regarder, à observer, à apprendre à vivre par fragment. Et il y a une immense part de notre esprit que nous ne connaissons pas et à laquelle nous ne touchons jamais ; cet esprit est vaste, impossible à mesurer, et nous n'en connaissons pas la qualité parce que jamais nous n'avons regardé d'une façon complète, avec la totalité de notre être, de notre cœur, de nos nerfs, de nos yeux, de nos oreilles. Pour nous, le mot, le concept sont extraordinairement importants, plus que l'action de voir ou de faire. Notre vie conceptuelle est alimentée de croyances et d'idées, ce qui nous empêche de voir et d'agir dans le réel ; c'est à cause de cela que nous prétendons avoir des problèmes d'action, nous demandant ce qu'il y a lieu de faire ou de ne pas faire, et nous sommes la proie de conflits entre l'action et le concept.

Je vous en prie, observez toutes ces choses dont je vous parle ; ne vous contentez pas d'entendre les paroles de l'orateur, mais observez-vous vous-même ; que l'orateur soit pour vous comme un miroir dans lequel vous pouvez vous regarder. Ce qu'il vous dit a bien peu d'importance et l'orateur lui-même n'en a aucune, mais ce que vous retirez de votre observation par vous-même, cela c'est important. Il en est ainsi parce qu'il faut qu'il y ait une révolution totale, une mutation totale dans notre esprit, dans notre façon de vivre, notre façon de sentir et dans les activités de notre vie quotidienne. Pour susciter une telle révolution, profonde et fondamentale, il faut avant tout savoir regarder ; regarder non seulement avec vos yeux, mais encore avec votre esprit. Je ne sais pas si vous avez jamais conduit une voiture ; si cela vous est arrivé, vous n'êtes pas conscient d'une autre voiture qui avance sur vous de façon uniquement visuelle, mais votre esprit anticipe, observant le tracé de la route, les chemins de traverse, le mouvement des autres voitures. Et cette façon de voir n'intéresse pas seulement les yeux et les nerfs, mais on voit aussi avec son cœur, son esprit. Or, on ne peut pas voir ainsi quand on vit, qu'on fonctionne, qu'on pense et qu'on agit avec un fragment de son esprit.

Voyez ce qui se passe dans le monde ; nous sommes conditionnés par la société, par la culture dans laquelle nous vivons, et cette culture est un produit purement humain, elle ne comporte rien de divin, de sain, d'éternel. La culture, la société, les livres, la radio, tout ce que nous écoutons, que nous voyons, toutes ces influences que nous subissons consciemment ou inconsciemment, tout ceci nous encourage à vivre en mobilisant une infime partie de l'immensité de notre esprit. Vous fréquentez des écoles, des collèges, vous apprenez une technique en vue de gagner votre vie, et pendant les quarante années suivantes, vous consacrez votre vie, votre temps, votre énergie, votre pensée à cette parcelle spécialisée. Il existe pourtant de vastes champs de l'esprit. Et, à moins de provoquer un changement radical dans cette fragmentation, il ne peut y avoir de révolution ; certes il y aura des modifications économiques, sociales et soi-disant culturelles, mais l'homme continuera de souffrir, il poursuivra sa vie dans les conflits, la guerre, la misère, la tristesse et le désespoir.

Je ne sais pas si vous avez lu, il y a quelque temps, comment un des maréchaux de l'armée russe, faisant un rapport au Politburo, a dit que dans cette armée on entraînait des soldats sous hypnose – vous voyez ce que cela veut dire ? On les hypnotise pour leur apprendre à tuer ou bien à fonctionner dans une dépendance complète, et cela toujours dans le cadre d'un modèle et sous l'autorité d'un supérieur. Or la culture et la société font exactement la même chose pour chacun de nous. La culture et la société vous ont hypnotisés. Je vous en prie, écoutez ceci avec beaucoup de soin : ce n'est pas un état de choses particulier à l'armée russe, mais cela se passe dans le monde entier. Quand vous lisez perpétuellement la Gita ou le Coran, ou que vous marmonnez un quelconque mantram, ou d'autres paroles sans cesse ressassées, vous faites exactement la même chose. Quand vous dites : « Je suis un hindou », « Je suis un bouddhiste », « Je suis un musulman », « Je suis un catholique », c'est la même ritournelle qui se répète – vous avez été hypnotisé, mesmérisé ; et la technologie joue exactement la même besogne. Vous pouvez être un homme de loi très habile, un ingénieur de premier ordre ou un artiste, un grand savant, mais c'est toujours au sein d'un fragment à l'intérieur du tout. Je ne sais pas si vous le voyez, non pas parce que j'en donne une description, mais si vous voyez vraiment vous-même la façon dont tout cela se passe. Les communistes, les capitalistes le font, tout le monde, les parents, les écoles, l'éducation, tout cela est en train de modeler l'esprit en vue de fonctionner selon un certain modèle dans le cadre d'un certain fragment.

Quand peut-on se rendre compte de tout ceci, pas théoriquement, non pas comme étant une simple idée, mais en voir la réalité – vous comprenez – en voir la réalité urgente et immédiate ? Voir réellement ce qui se passe tous les jours et ce qu'on raconte dans les journaux, ce qui est dit par les politiciens selon notre culture et notre tradition, ce qui est répété dans la famille, qui vous pousse à vous dire hindou ou tout autre chose que vous vous figurez être. Alors, si vous voyez tout cela, vous devez vous poser la question (je suis certain que vous le feriez si seulement vous pouviez voir) ; c'est pourquoi il est tellement important de comprendre *comment* on voit. Si vous voyez les choses vraiment telles qu'elles sont, alors se posera pour vous la question : « Comment l'esprit pourrait-il agir dans sa totalité ? » (et par là je n'entends pas le fragment, l'esprit conditionné, éduqué, sophistiqué, celui qui a peur, celui qui dit : « Dieu existe » ou « Dieu n'existe pas », et qui dit encore : « Il y a ma famille, votre famille, ma nation, votre nation »). Vous demanderez alors : « Comment la totalité de cet esprit peut-elle exister, comment peut-elle fonctionner de manière intégrale, complète, même quand il s'agit d'apprendre une technique ? » Bien que l'esprit soit contraint à apprendre une technique, à vivre en relation avec les autres dans notre société actuelle si désordonnée, se souvenant de tout cela on en arrive à poser cette question fondamentale : « Comment cet esprit dans sa totalité peut-il devenir complètement sensitif au point que chaque fragment le devienne aussi ? » Je ne sais pas si vous avez compris ma question, mais nous allons y aboutir par un autre chemin.

Dans notre état actuel, nous ne sommes pas sensitifs. Il y a des parcelles dans ce champ qui sont sensitives quand nos préférences, nos plaisirs particuliers nous sont refusés – il s'installe un état de lutte. Nous sommes sensitifs par fragments, par endroits, mais nous ne le sommes pas complètement. La question est donc : « Comment des fragments qui font partie de l'ensemble, qui sont insensibilisés tous les jours par la répétition, comment ces fragments peuvent-ils être rendus sensitifs aussi bien que la totalité ? » Cette question est-elle plus ou moins claire ? Dites-le-moi, je vous en prie.

C'est peut-être une question toute nouvelle pour vous. Vous ne vous l'êtes probablement jamais posée. Parce que tous nous sommes satisfaits de vivre avec le moins de tracas et de conflits possible, de vivre dans ce petit champ qui est notre vie, appréciant notre merveilleuse culture partielle comme opposée à toutes les autres cultures, occidentales, anciennes ou toute autre. Et nous ne nous rendons même pas compte de ce qu'implique cette existence dans une minuscule parcelle, dans un recoin d'un champ très vaste. Nous ne voyons pas par nous-mêmes à quel point nous sommes préoccupés du petit recoin, et nous cherchons à trouver des réponses à tous les problèmes compris dans ce fragment, dans ce petit recoin, dans cette parcelle d'une vie tellement plus vaste. Nous nous demandons comment l'esprit (qui pour le moment est à moitié endormi dans ce vaste champ, parce que nous ne sommes préoccupés que d'une petite parcelle), comment nous pouvons prendre une conscience totale de la vie globale et être complètement sensitifs.

D'abord, constatons qu'il n'y a pour cela aucune méthode, parce que toute méthode, tout système, toute répétition, toute habitude fait essentiellement partie du recoin dont nous parlons. (Avançons-nous ensemble, faisons-nous un voyage ensemble, ou bien vous laissez-vous prendre de vitesse ?) La première chose consiste à constater le fait de ce petit recoin et quelles sont ses exigences. Nous pourrons alors nous poser la question : « Comment s'y prendre pour que le champ tout entier devienne sensible ? », parce que c'est là la seule révolution réelle. Quand il y a une sensitivité totale de tout l'esprit, nous agirons différemment : notre pensée, nos sentiments appartiendront à une dimension entièrement autre, mais pour cela, il n'y a aucune méthode. N'allez pas dire : « Comment puis-je y parvenir, comment devenir sensitif ? » On ne peut pas aller au collège pour apprendre à être sensitif. On ne peut pas pour cela lire des livres ou écouter ce que d'autres viendront vous dire. Pour l'instant, c'est ce que vous faites dans votre recoin du vaste champ global, et c'est cela qui vous a rendu de plus en » plus insensitif, on peut s'en apercevoir en voyant votre vie quotidienne, si indifférente, si brutale, si violente. Je ne sais pas si vous avez vu les photos dans les magazines, de soldats américains et vietnamiens blessés. Peut-être regardez-vous ces choses et vous vous dites : « Comme c'est triste », mais cela ne vous est pas arrivé à vous, à votre famille, à votre fils. Et c'est ainsi que nous devenons durs, parce que nous fonctionnons, nous vivons, nous agissons dans un petit recoin d'un champ déjà déformé.

Il n'existe aucune méthode. Il faut s'en rendre compte, parce que si vous vous en rendez compte vous serez libéré de cet énorme poids de l'autorité et vous serez également libéré du passé. Je ne sais pas si vous le saisissez. Le passé est implicite dans notre culture, que nous trouvons si merveilleuse (les traditions, les croyances, les souvenirs, l'obéissance) – tout cela est alors complètement balayé, et pour toujours, quand vous vous rendez compte qu'il n'y a aucune méthode d'aucune espèce pour vous affranchir du petit recoin. Par conséquent, il vous faut apprendre à connaître à fond ce petit recoin, alors seulement vous serez libéré du fardeau qui vous rend insensitif. On dresse les soldats à tuer, ils s'y exercent jour après jour sans scrupule, et ils en arrivent à n'avoir plus aucun sentiment humain, et c'est là le genre de chose qui se pratique à l'égard de chacun de nous tous les jours, tout le temps, dans les journaux, par les leaders politiques, par les gourous, par le pape, les évêques, partout, dans le monde entier.

Alors, puisqu'il n'y a pas de méthode, que faire ? Une méthode implique que l'on s'exerce, que l'on dépend ; il y a votre méthode, ma méthode, son chemin à lui et celui de quelqu'un d'autre, mon gourou qui est un peu plus savant, ce gourou qui est un faux gourou et celui qui ne l'est pas (mais tous les gourous sont des pseudo-gourous, cela vous pouvez l'admettre dès le départ, que ce soit des lamas tibétains ou catholiques ou hindous) ; tous sont des charlatans, parce qu'ils fonctionnent encore dans un petit recoin du champ sur lequel on a craché, piétiné et qui est détruit.

Alors que faire ? Comprenez-vous ma question, maintenant ? Voici le problème : nous ne connaissons pas la profondeur, l'immensité de l'esprit. Vous pouvez lire bien des choses à ce sujet, des psychologues modernes ou bien d'anciens maîtres qui ont parlé jadis ; il faut vous en méfier, parce que c'est à vous de découvrir par vous-même et non pas selon les idées d'un autre. Nous ne connaissons pas l'esprit, vous ne le connaissez pas et ne pouvez avoir aucune idée à ce sujet. Comprenez-vous ce que nous disons ? Vous ne pouvez avoir aucune idée, aucune opinion, aucun savoir à ce sujet. Vous êtes donc libéré de toute hypothèse, de toute théologie.

Donc, encore une fois, que faire ? Tout ce qu'il y a à faire, c'est de voir. Voir le recoin, la petite maison que l'on a construite dans ce recoin d'un vaste champ et incommensurable ; on y vit, on s'y querelle, on s'y bat, on cherche à introduire des améliorations (vous voyez ce qui se passe) – le *voir*. Et c'est pourquoi il est si important de comprendre ce que signifie la vision, parce que, dès l'instant où il y a en vous le moindre conflit, vous appartenez à votre petit recoin isolé. Mais là où il y a une vision réelle, il n'y a pas de conflit, et c'est pour cela qu'il faut apprendre dès le commencement – non, même pas dès le commencement, mais *maintenant*, tout de suite – à voir. Pas demain, parce que demain n'existe pas, demain appartient au monde où règne la recherche du plaisir, de la peur ou de la douleur, qui invente le « lendemain ». Mais, en réalité, le demain n'existe pas psychologiquement ; c'est le cerveau, l'esprit humain qui a inventé le temps. Mais c'est un point que nous approfondirons plus tard.

Donc, tout ce que nous avons à faire, c'est de voir. Vous en êtes incapable si vous n'êtes pas sensitif, et vous n'êtes pas sensitif s'il s'interpose une image entre vous et la chose à voir. Comprenez-vous ? Donc, voir est l'action de l'amour. Vous savez ce qui peut rendre l'esprit tellement sensitif ? – l'amour et lui seul. Vous pouvez apprendre une technique et aimer quand même, mais si vous êtes maître d'une technique et que vous êtes sans amour, vous allez détruire le monde. Observez la chose en vous-mêmes, messieurs, creusez dans votre esprit et votre cœur, et vous verrez les choses par vous-mêmes. Voir, observer, écouter, ce sont des actions immenses, parce que vous êtes incapables de voir si vous regardez à partir de votre petit recoin ; vous ne pouvez pas alors voir ce qui se passe dans le monde, le désespoir, l'anxiété, la douloureuse solitude, les larmes des mères, des femmes, des amants, de tous ceux qui ont été tués. Mais tout ceci, il faut le voir, pas émotivement, ni sentimentalement, pas en disant : « Moi, je suis contre la guerre », ou encore : « Je suis pour la guerre », parce que la sentimentalité ou l'émotivité sont des choses destructrices – elles éludent les faits et ainsi tournent le dos à ce qui est. C'est donc la vision qui est de toute première importance, et la vision c'est la compréhension. Vous ne pouvez pas comprendre par l'exercice de votre mental, de votre intelligence, vous ne pouvez pas comprendre au moyen d'un fragment. C'est quand l'esprit est complètement tranquille, silencieux, qu'alors seulement il y a compréhension, parce qu'à ce moment-là il n'y a aucune image.

La vision détruit toutes les barrières. Voyez, messieurs, tant qu'il y a un mur de séparation entre vous et cet arbre, entre vous et moi, entre vous et votre prochain (ce prochain pouvant être tout à côté ou éloigné de milliers de kilomètres), il y a forcément conflit. La séparation signifie conflit, c'est très simple. Nous avons vécu dans la lutte, nous sommes habitués, à la division et aux conflits. Vous voyez l'Inde comme unité géographique, politique, économique, sociale, culturelle, et il en est de même pour l'Europe, l'Amérique et la Russie : ce sont des unités séparées agissant les unes contre les autres, et toutes ces divisions ne peuvent conduire à la guerre. Ceci ne veut pas dire que nous devons tous être toujours d'accord, et que si nous sommes en désaccord, que je vais devoir vous combattre ; il n'y a aucun désaccord ou aucun accord dès l'instant où vous voyez une chose telle qu'elle est. Il y a désaccord et division quand vous avez des opinions sur ce que vous voyez. Quand vous et moi nous voyons que telle chose, c'est la lune, il n'y a pas désaccord : c'est la lune. Mais si vous vous figurez que c'est une chose et moi une autre, il y a division et par conséquent conflit.

Donc, en voyant un arbre, quand véritablement vous le voyez, il n'y a pas de division entre vous et cet arbre, il n'y a pas d'observateur qui regarde l'arbre.

L'autre jour, nous parlions à un docteur très savant qui avait pris de cette drogue que l'on appelle L.S.D., une dose minime, et il y avait auprès de lui deux médecins avec un magnétophone pour enregistrer ses impressions. Après quelques secondes, il vit les fleurs sur la table devant lui et – disait-il – entre ces fleurs et lui-même, il n'y avait pas d'espace. Il ne faut pas comprendre qu'il s'identifiait avec ces fleurs, mais il n'y avait pas d'espace ; autrement dit, il n'y avait pas d'observateur. Nous ne vous conseillons pas de prendre du L.S.D., parce que cette drogue entraîne des effets délétères, et aussi, quand vous en prenez l'habitude, vous en devenez l'esclave. Mais il y a une façon plus directe, plus naturelle qui consiste à observer par vous-même un arbre, une fleur, le visage d'une autre personne, les regarder de telle façon que l'espace qui vous sépare d'eux n'existe plus, et vous pouvez regarder de cette façon quand existe l'amour – ce mot qui a été si mal employé.

Nous n'allons pas approfondir la question de l'amour pour le moment. Mais quand vous avez ce sentiment d'observation réelle, de la vision réelle, alors cette vision entraîne avec elle l'extraordinaire élimination du temps et de l'espace qui se produit là où il y a amour. Et vous ne pouvez pas avoir d'amour sans reconnaître la beauté. Vous pouvez parler de beauté, vous pouvez écrire, dessiner, mais si vous êtes sans amour, rien n'est beau. Être sans amour signifie que vous n'êtes pas entièrement sensitif. Et parce que vous n'êtes pas sensitif, vous dégénérez. Ce pays est en état de dégénérescence. N'allez pas dire : « Les autres pays ne sont-ils pas dans le même état ? » – ils le sont évidemment – mais *vous*, vous êtes en état de dégénérescence même si techniquement vous êtes un ingénieur de premier ordre, un excellent homme de loi, un technicien remarquable sachant faire fonctionner des ordinateurs ; mais vous êtes en état de dégénérescence parce que vous n'êtes pas sensible au processus de la vie.

Notre problème fondamental est donc, désormais, non pas le moyen d'arrêter les guerres, ni de prétendre qu'un Dieu est meilleur qu'un autre, ni que tel système économique ou politique surclasse tel autre, ni quel parti politique il faut soutenir (ils sont tous plus ou moins tordus), mais le problème fondamental pour l'être humain, qu'il soit en Amérique, en Inde, en Russie ou n'importe où, c'est la question de s'affranchir du « petit recoin ». Ce petit recoin c'est nous-mêmes, ce petit recoin c'est votre esprit trivial et rétréci. C'est nous qui l'avons créé, parce que notre esprit mesquin est fragmenté et, par conséquent, incapable d'être sensible à la totalité. Ce petit recoin, nous voulons le sécuriser, qu'il soit paisible, satisfaisant, tranquille, agréable, et ainsi nous évitons toute souffrance, parce que, dans le fond de nous-mêmes, nous recherchons toujours le plaisir. Si vous avez examiné le plaisir, le vôtre, si vous l'avez observé, regardé, approfondi, vous verrez que partout où il y a plaisir, il y a souffrance. Vous ne pouvez pas avoir l'un sans l'autre. Or, nous avons toujours soif de plaisirs accrus, et ainsi nous sollicitons la douleur. C'est sur ce principe que nous avons structuré ce fragment que nous appelons la vie humaine. Voir vraiment, c'est rentrer en contact intime avec tout cela, et vous ne pouvez le faire si vous entretenez en vous des concepts, des croyances, des dogmes, des opinions.

Donc, ce qui est important, ce n'est pas d'apprendre, mais de voir et d'écouter. Écouter les oiseaux, écouter la voix de votre femme, si énervante, si belle ou si laide qu'elle soit, écoutez-la, écoutez votre propre voix, si irritante, si belle, si laide ou si impatiente qu'elle soit. Et en écoutant ainsi, vous vous apercevrez que toute séparation entre l'observateur et la chose observée prend fin. Dès lors, il n'existe plus aucun conflit, et vous pouvez alors observer avec tant de soin que l'observation elle-même est une discipline ; plus besoin d'imposer une discipline. Et c'est là la beauté, messieurs (si seulement vous pouviez vous en rendre compte), c'est la beauté de la vision. Si vous êtes capable de voir, il n'y a rien d'autre à faire, parce que cette vision comprend toute la discipline, toute la vertu, qui est attention. Dans cette vision, il y a toute la beauté, et avec la beauté : l'amour. Quand il y a amour, il n'y a rien d'autre à faire. Là, où vous *êtes*, sont tous les paradis où cessent toutes les recherches.

Madras
3 janvier 1968

2

La liberté

Participer à un esprit libre. « Si nous pouvions le découvrir, c'est véritablement une fleur mystérieuse. » Pourquoi l'homme ne le possède-t-il pas ? La peur. « Vivre » ce n'est pas vivre. Les paroles sont prises comme étant substance. Gaspillage d'énergie. « L'esprit mûri ignore la comparaison, la mesure. » La validité de « la vie quotidienne… si celle-ci est sans compréhension, elle vous poussera à passer à côté de l'amour, de la beauté, de la mort ». C'est par la négation que prend naissance cette chose qui est en réalité le positif.

Il serait assez intéressant, et cela en vaudrait la peine, de pouvoir participer à un esprit fondamentalement libre qui ne se laisse pas torturer, qui ne connaisse aucune barrière, qui voie les choses telles qu'elles sont et qui constate qu'un intervalle de temps sépare l'homme de la nature et des autres êtres humains. Un esprit qui voie le sens effrayant du temps et de l'espace et qui sache ce qu'est réellement la qualité de l'amour. Si nous pouvions tous y prendre part – non pas intellectuellement, ni d'une façon sophistiquée, philosophique ou métaphysique, mais y prendre réellement part – si nous le pouvions, je crois que tous nos problèmes prendraient fin. Mais pour partager cela avec un autre, il faut d'abord l'avoir soi-même, et quand vous l'avez, vous l'avez en abondance. Et là où existe cette abondance, le un et le multiple sont une seule et même chose,

225

comme un arbre où les feuilles sont innombrablés, mais où chaque feuille est parfaite et fait partie de l'arbre tout entier.

Si nous pouvions, ce soir, partager cette qualité, non pas avec l'orateur, mais en la vivant nous-mêmes pour la partager ensuite ! Alors la question du partage ne se poserait même pas. C'est comme une fleur qui répand son parfum, elle ne le partage pas, mais elle est là, et tout passant peut en jouir. Qu'on soit tout près du jardin ou très éloigné, pour la fleur c'est pareil, parce que le parfum abonde en elle et le fait partager. Si nous pouvons saisir cela, c'est véritablement une fleur merveilleuse. Elle paraît mystérieuse parce que nous sommes encombrés d'émotions, de sentiments, et le sentiment pure émotivité est bien peu de chose ; on peut éprouver de la sympathie, on peut être généreux, bienfaisant, doux, d'une politesse exquise, mais la qualité dont je parle est en dehors de tout cela. Et ne vous demandez-vous pas (non pas en termes abstraits, ni selon ce que peut fournir un système, une philosophie ou un gourou), ne vous demandez-vous pas pourquoi les êtres humains ignorent cette chose ? Ils engendrent des enfants, ont une vie sexuelle, ils sont tendres, ils ont le sentiment de partager quelque chose, une certaine camaraderie, une certaine amitié, une certaine proximité, mais cette chose-là, pourquoi ne l'avons-nous pas ? Parce que, quand elle existe, alors tous les problèmes, quels qu'ils soient, prennent fin. Et ne vous êtes-vous pas demandé incidemment, par moments, quand vous vous promenez tout seul dans une rue boueuse, que vous êtes assis dans un autobus, quand vous passez vos vacances au bord de la mer, ou dans un bois où il y a beaucoup d'arbres, d'oiseaux, de ruisseaux, d'animaux sauvages – ne vous est-il jamais arrivé de vous demander pourquoi l'homme, qui vit depuis des milliers d'années, ne possède pas cette chose, cette fleur extraordinaire qui ne se fane jamais ?

Si vous vous êtes posé cette question, même par une curiosité passagère, vous avez dû en sentir passer un soupçon, une suggestion de réponse. Mais vous n'avez probablement jamais posé la question. Nous vivons une vie si monotone, si morne, si fade, toujours dans le champ de nos propres problèmes, de nos anxiétés, que nous ne nous la sommes même jamais posée. Et si nous nous l'étions posée (comme nous allons le faire maintenant, ici sous cet arbre et pendant cette soirée si calme, écoutant le cri des corbeaux), je me demande quelle serait notre réponse. Qu'est-ce que chacun de nous donnerait honnêtement comme réponse directe, sans détour, sans équivoque, quelle serait la réponse si vous vous posiez la question ? Pourquoi passons-nous par tous ces tourments affreux, taraudés par tant de problèmes, avec toutes nos peurs qui s'accumulent, et cette chose unique semble passer son chemin et ne trouve chez nous aucune place ? Et si vous posez cette question : « Pourquoi n'avons-nous pas trouvé cette qualité ? », je me demande quelle serait votre réponse. Elle dépendrait de votre propre intensité quand vous la posez, et de son urgence. Mais nous sommes sans intensité et sans urgence, et nous ne le sommes pas parce que nous n'avons pas d'énergie. Pour regarder n'importe quoi, un oiseau, un corbeau perché sur une branche lissant ses plumes, pour regarder cela avec tout votre être, tous vos yeux, vos oreilles, vos nerfs, votre esprit et votre cœur, pour regarder tout cela d'une façon complète, il vous faut de l'énergie ; non pas cette énergie triviale issue d'un esprit dissipé qui a lutté, qui se torture, chargé de fardeaux innombrables. Et cette existence torturée, cet épouvantable fardeau est le sort de quatre-vingtdix-neuf pour cent des esprits humains ; par conséquent, ils ne disposent d'aucune énergie, l'énergie étant la passion. Sans passion, vous ne pouvez découvrir aucune vérité. Ce mot « passion » vient d'un mot latin signifiant souffrance, et dérive aussi d'un mot grec, et ainsi de suite ; et, à partir de cette idée de la souffrance, toute la chrétienté a une vénération pour la souffrance, elle ignore la passion. Ils ont donné au mot « passion » un sens particulier. Je ne sais pas quel sens vous lui donnez, ce sentiment de passion complète animé d'une sorte de force mystérieuse, de totale énergie, cette passion qui ne recèle aucun besoin caché.

Et si nous demandions, non pas seulement par curiosité, mais avec toute la passion que nous avons, quelle serait la réponse ? Mais il est probable que la passion vous fait peur, car, pour la plupart des gens, la passion est désir. Elle découle de la vie sexuelle et tout ce qui l'accompagne. Ou bien elle peut être liée au sentiment qui nous vient d'une identification avec la patrie à laquelle nous appartenons, ou nous connaissons la passion qu'inspire quelque petit Dieu minable élaboré par la main ou l'esprit de l'homme ; et ainsi, pour nous, la passion est plutôt une chose redoutable, car si jamais nous l'éprouvons, nous ne savons pas où elle va nous entraîner. Nous avons donc soin de la canaliser, de l'entourer de garde-fous, de concepts philosophiques, d'idéaux, de sorte que l'énergie qui est nécessaire si l'on veut résoudre cette question extraordinaire (et elle est extraordinaire si l'on veut se la poser honnêtement et directement) : pourquoi nous, êtres humains, qui vivons dans notre famille avec nos enfants, entourés de tous les remous et toute la violence du monde, pourquoi, quand une seule chose pourrait régler toutes ces questions, pourquoi cette énergie nous fait-elle défaut ? Je me demande si ce n'est pas parce que nous n'avons pas vraiment envie de découvrir ? Parce que, pour faire une quelconque découverte, il faut qu'il y ait liberté ; pour découvrir ce que je pense, ce que je sens, quels sont mes mobiles, pour découvrir et non pas simplement m'analyser intellectuellement, pour découvrir, il faut que j'aie la liberté de regarder. Pour regarder vraiment cet arbre, il vous faut être affranchi de tous vos soucis, de votre anxiété, de votre sentiment de culpabilité. Pour regarder vraiment, il vous faut être affranchi du connu ; la liberté est la qualité de l'esprit qui ne peut pas être obtenue par sacrifice ou renonciation. Suivez-vous tout ceci, ou est-ce que je parle au bénéfice du vent et des arbres ? La liberté est la qualité de l'esprit qui est absolument nécessaire quand il s'agit de voir. Ce n'est pas liberté *de* quelque chose. Si vous êtes libre *de* quelque chose, ce n'est pas la liberté, c'est une réaction. Si vous fumez et renoncez à fumer, et vous dites alors : « Je suis libre », vous n'êtes pas réellement libre, mais vous êtes libéré *de* cette habitude particulière. La liberté intéresse tout le mécanisme de la création des habitudes, et pour comprendre ce problème de la création des habitudes, il faut être libre d'observer, de regarder ce mécanisme. Nous avons peut-être peur de cette liberté-là aussi, et c'est pourquoi nous la reléguons dans un paradis hypothétique.

C'est donc peut-être la peur qui est cause de ce que nous n'avons pas cette énergie dans la passion, énergie qui nous permettrait de découvrir par nous-mêmes pourquoi cette qualité d'amour nous fait défaut. Nous avons bien d'autres choses : l'avidité, l'envie, la superstition, la peur, la laideur d'une petite vie triviale, la routine consistant à aller au bureau tous les jours pendant les quarante ou cinquante années à venir – ce n'est pas dire qu'il ne faut pas aller au bureau, malheureusement on y est contraint, mais cela devient une routine, et cette routine, cet éternel bureau, cet accomplissement de la même tâche jour après jour, interminablement, pendant quarante années, moule l'esprit, le rend morne, abêti, ou encore expert, mais dans une seule direction.

Il se pourrait, et c'est probablement vrai, que chacun de nous a tellement peur de la vie parce que, faute de comprendre tout ce processus, nous ne pouvons absolument pas comprendre ce que c'est que de ne pas vivre. Vous saisissez ? Ce que nous nommons vivre, l'ennui quotidien, la lutte, le conflit journalier qui se produisent en soi-même et en dehors de soi-même, les exigences cachées, les besoins dissimulés, les ambitions, les cruautés et ce fardeau énorme de souffrances conscientes ou inconscientes – voilà ce que nous appelons vivre, n'est-ce pas ? Nous pouvons chercher à fuir tout cela, à fréquenter le temple ou le cercle, ou suivre un nouveau « gourou », ou devenir un hippie, ou nous mettre à boire, ou faire partie d'une société quelconque qui nous promet quelque chose, n'importe quoi, tout cela pour nous évader. C'est la peur qui constitue le principal problème de ce que nous appelons vivre, la peur de ne pas exister, d'être lié avec toute la souffrance qui s'ensuit, comment se détacher, savoir s'il existe une sécurité d'ordre physique, émotive, psychologique, la peur de tout cela, la peur de l'inconnu, du lendemain, de voir votre femme vous abandonner, d'être sans croyance aucune, de se sentir isolé, solitaire et, à chaque instant, profondément désespéré en soi-même ; voilà ce que nous appelons vivre, c'est une lutte, une existence torturée, pleine de pensées stériles. Et c'est ainsi que nous vivons, parce que telle est

notre existence avec de rares moments d'équilibre, de clarté, auxquels nous nous attachons avec fureur.

S'il vous plaît, messieurs, ne vous contentez pas d'écouter des
paroles et de vous laisser emporter par elles ; les explications, les
définitions, les descriptions ne sont pas le fait. Le fait, c'est votre vie,
que vous en soyez conscients ou non. Et vous ne pouvez pas en être
conscients en écoutant les paroles de l'orateur, paroles qui ne font
que décrire votre condition, et si vous vous laissez prendre à la description, au piège des mots, alors vous êtes perdus à tout jamais. Et
c'est cela ce que nous sommes, nous sommes perdus, nous sommes
déboussolés parce que nous avons accepté des mots, des mots et
encore des mots. Donc, je vous en supplie, ne vous laissez pas
prendre au piège des mots, mais observez-vous vous-même et
observez votre vie quotidienne, ce à quoi vous donnez le nom de
vivre et qui consiste à aller au bureau, à passer des examens, à
obtenir une situation, à perdre votre situation, à vivre dans la
crainte, sous les pressions familiales, sociales, les traditions, les tortures de l'insuccès, l'incertitude de l'existence, la profonde et
complète lassitude de la vie qui n'a aucun sens d'aucune sorte. Vous
pouvez lui donner un sens, vous pouvez inventer tout comme le
font les philosophes, les théoriciens et les gens religieux – inventer
une signification à la vie, c'est là leur métier. Mais ceci consiste à
vous nourrir de paroles alors que vous avez besoin d'aliments substantiels ; vous êtes nourris de parôles et vous êtes satisfaits par les
paroles. Pour comprendre cette vie, nous devons tout d'abord la
regarder : entrer en contact intime avec elle, ne laisser ni temps ni
espace s'installer entre vous et elle. Quand vous êtes dans un état
de souffrance physique intense, cet intervalle de temps-espace
n'existe pas, vous agissez, vous ne faites pas de théorie, vous ne vous
querellez pas avec d'autres pour savoir s'il existe un atman ou pas
d'atman, une âme ou pas d'âme, vous ne vous mettez pas à citer la
Gita, les Upanishad, le Coran, la Bible ou les paroles d'un saint
quelconque. À ces moments-là, vous êtes directement en face de la
vie vraie. La vie, c'est ce mouvement qui est actif, qui consiste à
faire, à penser, à ressentir, à craindre, à se sentir coupable, à être

désespéré – voilà ce qu'est la vie. Et il nous faut être en contact intime avec elle. Or, il est impossible d'être en contact intense, passionné, vivace avec elle si on a peur.

Cette peur nous pousse à croire – que l'objet de notre croyance soit la communauté idéologique du communisme ou l'idée théocratique du prêtre ou du pasteur. Toutes ces choses sont issues de la peur. Très évidemment, tous les dieux naissent de nos tourments, et quand nous les adorons, ce que nous adorons c'est notre tourment, notre solitude, notre désespoir, notre malheur, notre tristesse. Je vous en supplie, écoutez tout ceci, il s'agit de votre vie, non de la mienne. Il faut que vous voyiez ceci en face, et ainsi il vous faut comprendre la peur, et vous ne pouvez pas la comprendre si vous ne comprenez pas votre vie. Il vous faut comprendre votre propre jalousie, votre envie – l'envie et la jalousie ne sont que des symptômes de la peur. Et il est possible de comprendre totalement (non pas intellectuellement, une compréhension intellectuelle n'existe pas, il n'existe qu'une compréhension totale), et c'est ce qui se passe quand vous regardez ce coucher de soleil avec votre esprit, votre cœur, vos yeux, vos nerfs, et c'est alors que vous comprenez vraiment. Pénétrez la jalousie, l'envie, l'ambition, la cruauté, la violence, pour leur donner une attention complète au moment même où vous vous sentez envieux, jaloux, haineux, et même privé de toute honnêteté vis-à-vis de vous-même ; alors, ayant pénétré cela, vous comprenez la peur. Mais vous ne pouvez pas prendre la peur comme une abstraction. Après tout, elle existe toujours à l'occasion de quelque chose. N'avez-vous pas peur de votre voisin, du gouvernement, de votre femme, de votre mari, de la mort, et ainsi de suite ? Il vous faut observer non pas tellement la peur, mais vous demander comment elle a pris naissance.

Et maintenant, nous allons examiner ce que c'est que de vivre cette vie à laquelle nous nous cramponnons si désespérément, la vie quotidienne monotone, tragique, la vie du bourgeois, de l'homme médiocre, de celui qui est écrasé – car nous sommes tous écrasés par la société, la culture, la religion, les prêtres, les leaders, les saints, et faute de comprendre ceci, jamais vous ne comprendrez la peur.

Donc, nous nous proposons de comprendre cette vie et aussi cette source immense de peur que nous nommons la mort. Et pour ce faire, il nous faut disposer d'une immense énergie et d'une intense passion. Vous savez comment nous gaspillons notre énergie (je ne fais pas allusion ici à votre vie sexuelle, c'est une très petite chose, et n'en faites pas une question inutilement importante), mais il nous faut examiner directement, et non pas conformément aux idées de Shankara ou de quelque autre penseur qui ont inventé leur façon particulière de s'évader de la vie.

Pour découvrir ce que c'est que de vivre, il nous faut avoir non seulement l'énergie, mais encore une qualité de passion soutenue, et ce n'est pas l'intelligence qui peut soutenir la passion. Pour qu'existe cette passion, il faut nous demander d'où vient le gaspillage de l'énergie. Il est aisé de voir que c'est un gaspillage d'énergie que de suivre quelqu'un – vous comprenez ? – d'avoir un leader, un gourou, parce que, quand vous suivez, vous imitez, vous copiez, vous obéissez, vous établissez une autorité, et votre énergie est par conséquent diluée. Observez ceci, je vous en prie, faites-le. Ne retournez pas vers vos gourous, vos sociétés, vos autorités, laissez-les tomber comme une vulgaire patate chaude. Vous pouvez voir comment vous gaspillez votre énergie quand vous acceptez un compromis. Vous savez ce que c'est qu'un compromis ? Il y a compromis quand il y a comparaison. Or, depuis notre enfance, nous sommes entraînés à comparer ce que nous sommes avec celui qui est le meilleur de la classe ou le meilleur de l'école ; ou encore nous comparer avec ce que nous étions naguère, nobles ou ignobles, nous comparer aux moments heureux par lesquels nous avons passé hier, qui sont survenus sans que nous soyons prévenus, mais subitement ce bonheur nous est arrivé, la joie de contempler un arbre, une fleur, le visage d'une belle femme, d'un enfant ou d'un homme, et nous comparons l'état d'aujourd'hui avec celui d'hier. Une telle comparaison, une telle forme de mesure, c'est le commencement d'un compromis. Je vous en prie, voyez ceci par vous-même. Voyez-en la vérité, voyez que, dès l'instant où vous mesurez, c'est-à-dire où vous comparez, vous êtes en train de négocier avec ce qui est. Quand vous dites qu'un tel homme est fonctionnaire, qu'il gagne tant, qu'il est à la tête de ce département-ci ou de celui-là, vous comparez, vous jugez, vous situez certaines personnes comme étant importantes, oubliant leurs qualités humaines, mais les jugeant selon des diplômes, leur qualité, leur valeur économique, leur job, et toutes les lettres de l'alphabet qui figurent après leur nom. Et ainsi vous comparez, vous vous comparez à un autre, que « l'autre » soit un saint, un héros, un dieu, une idée ou une idéologie – vous comparez, vous mesurez – et tout ceci donne naissance à des compromis qui ne sont rien d'autre qu'un immense gaspillage d'énergie. Il ne s'agit pas ici de votre vie sexuelle et de toutes les traditions qui accompagnent cette idée. Donc, quand on voit que tout ceci constitue un gaspillage d'énergie et que cette énergie est complètement perdue, quand vous vous complaisez à des activités purement intellectuelles, des théories, vous demandant s'il existe ou non une âme, s'il existe un atman ou pas d'atman – tout cela c'est du temps perdu, de l'énergie gaspillée. Quand vous lisez ou que vous écoutez les sempiternelles citations d'un saint quelconque, ou d'un sannyasi, ou les commentaires qu'il a pu faire de la Gita ou des Upanishad, mais pensez combien c'est absurde, combien c'est puéril ! Voilà quelqu'un qui donne une explication d'un livre, lequel est lui-même mort et écrit par un poète qui est mort, pour lui attribuer une signification immense. Tout ceci montre l'infantilisme d'un tel gaspillage d'énergie.

Seul un esprit immature se compare à ce qui est et à ce qui devrait être. Un esprit mûr ne compare pas, ne mesure pas. Je ne sais pas si jamais vous vous êtes regardé vous-même pour constater comment vous vous comparez à un autre, disant : « Il est tellement beau, il est si intelligent, si habile, si éminent ; moi je ne suis rien du tout et j'aimerais tellement être comme lui. » Ou bien encore : « Comme elle est belle, comme elle est bien faite. Elle a un esprit vraiment intelligent, séduisant, bien supérieur au mien. » Toujours nous pensons et nous fonctionnons dans un monde de comparaison, de mesure. Et si jamais vous vous êtes examiné, peut-être que vous vous êtes dit : « Maintenant, plus de comparaison, plus de comparaison

avec n'importe qui, même pas avec l'actrice la plus prestigieuse. »
Voyez-vous, la beauté ne se trouve pas dans l'actrice, la beauté est
une chose totale qui n'est ni dans le visage, ni dans la taille, ni dans
le sourire, mais là où il y a une qualité de compréhension totale, la
totalité de son être ; quand c'est là ce qui apparaît, là est la beauté.
Voyez la chose en vous-même, s'il vous plaît, essayez, ou plutôt
faites-le. Quand on se sert du mot « essayer », vous savez qu'un tel
état d'esprit est déplorable et bête ; quand il dit : « J'essaie, je fais
des efforts », c'est le symptôme d'un esprit essentiellement bourgeois qui mesure, qui a le sentiment de faire un peu mieux chaque
jour. Donc, découvrez par vous-même si vous êtes capable de vivre
non pas théoriquement, mais vraiment sans comparer, sans
mesurer, sans jamais évoquer les mots « mieux » et « plus ». Voyez
alors ce qui se passe. Seul un esprit mûr ne gaspille pas son énergie,
et un tel esprit peut vivre une vie très simple. J'entends une vie d'une
simplicité réelle, non pas la simplicité de l'homme qui ne prend
qu'un repas par jour et qui ne porte qu'un pagne – ça c'est de l'exibi-
tionnisme – mais un esprit qui se refuse à mesurer et qui, par conséquent, ne gaspille pas son énergie.

Donc, venons-en au fait. Nous gaspillons notre énergie et cette
énergie vous en avez besoin si vous vous proposez de comprendre
la manière monstrueuse dont nous vivons, et il faut que nous le
comprenions, c'est la seule chose que nous ayons, et non nos dieux,
nos Bible, nos Gita, nos idéaux : tout ce que vous avez, c'est cette
chose-là, le tourment quotidien, l'anxiété quotidienne. Et s'agissant de le comprendre, il vous faut être en contact intime avec elle,
qu'il n'y ait aucun espace entre vous-même, l'observateur, et cette
chose observée, c'est-à-dire le désespoir, etc. ; et, pour cela, il vous
faut disposer d'une énergie immense, d'un élan total. Si vous disposez de cette énergie qui ne se dissipe pas – quand cela vous arrive,
vous pouvez comprendre ce que c'est que de vivre. Il n'y aura alors
aucune peur de la vie, de l'élan de la vie. Savez-vous ce que c'est
qu'un élan ? C'est une chose qui n'a ni commencement ni fin, et par
conséquent, ce mouvement, en lui-même, est la beauté, la gloire.
Vous me suivez ?

Donc, la vie, c'est cet élan, et pour le comprendre, il faut qu'il y ait liberté et énergie. Comprendre la mort, c'est comprendre quelque chose qui est en rapport très étroit avec la vie. Vous savez, la beauté (il ne s'agit pas de tableaux, ou d'une personne, ou d'un arbre, ou d'un nuage, ou d'un coucher de soleil), la beauté ne peut pas être séparée de l'amour ; et là où il y a amour et beauté, il y a la vie et il y a aussi la mort. On ne peut pas séparer l'une de l'autre. Dès l'instant où vous les séparez, il y a conflit et le rapport qui les relie disparaît. Nous avons regardé, pas en grand détail ni très largement peut-être, mais nous avons regardé la vie.

Et maintenant, approfondissons, examinons cette question de la mort. Vous êtes-vous demandé pourquoi vous avez peur de la mort ? Il semblerait que presque tout le monde en ait peur. Il y a des gens qui ne veulent même pas en entendre parler, ou ils s'y résignent, ou encore ils la glorifient. Il y en a qui inventent une théorie, une croyance, une évasion – telle que la résurrection ou la réincarnation. La plupart des gens qui vivent en Orient croient à la réincarnation, c'est probablement le cas pour vous tous. Autrement dit il existerait une entité permanente ou une mémoire collective, destinée à renaître dans une vie future. C'est bien cela ? C'est cela que vous croyez tous ; vous aurez alors de meilleurs occasions de vivre plus pleinement vous pourrez vous perfectionner car cette vie est si courte, elle ne peut pas vous procurer toutes les expériences, toutes les joies, tout le savoir et, par conséquent, ayons donc une autre vie ! Vous avez soif d'une autre vie où vous aurez le temps et l'espace pour vous perfectionner, c'est là votre croyance. Ainsi, vous vous évadez du fait. Nous ne nous préoccupons pas maintenant de savoir si la réincarnation existe vraiment, s'il existe une continuité ou non. C'est une question qui exige une analyse tout à fait différente. Brièvement nous pouvons voir que ce qui comporte une continuité, c'est une chose qui a existé, qui a existé hier, qui se prolongera aujourd'hui, à travers aujourd'hui vers demain. Une telle continuité se produit dans le temps et l'espace. Ceci n'est pas un jeu intellectuel, vous pouvez le voir très simplement par vous-même. Et nous avons peur de cette chose que nous nommons la mort. Nous n'avons pas seulement peur de vivre, nous avons peur de cette chose inconnue. Mais avons-nous peur de l'inconnu, ou avons-nous peur du connu, de perdre le connu ? Autrement dit, notre famille, nos expériences, notre existence quotidienne si monotone – ce connu, la maison, le jardin, le sourire auquel vous êtes habitué, la nourriture que vous avez mangée depuis trente années, la même nourriture, le même climat, les mêmes livres, la même tradition – vous avez peur de perdre tout cela, n'est-ce pas ? Car comment pouvez-vous avoir peur de quelque chose que vous ignorez ?

Donc, la pensée a peur non seulement de perdre le connu, mais encore elle a peur de quelque chose qu'elle appelle la mort et qui est inconnu. Comme nous l'avons dit, on ne peut pas se débarrasser de la peur, mais elle peut être comprise quand les choses qui la font naître, comme la mort, sont elles-mêmes comprises. Or, au cours des temps, l'homme a toujours repoussé la mort loin de lui ; les anciens Égyptiens, en revanche, vivaient en vue de mourir. La mort est quelque chose que l'on tient à distance, cet intervalle de temps et d'espace qui s'écoule entre la vie et ce que nous appelons la mort. La pensée qui a établi cette division, qui a séparé le vivre du mourir, la pensée entretient cette division. Approfondissez donc la chose, messieurs. Si vous le voulez, c'est très simple. La pensée a séparé ces choses parce qu'elle s'est dit : « Je ne sais pas ce que c'est que le futur » ; je peux me complaire à d'innombrables théories : si je crois à la réincarnation, cela veut dire qu'il me faut me comporter, travailler, agir maintenant – si c'est cela que je crois. Ce que vous faites maintenant a de l'importance et en aura le jour où vous mourrez – mais ce n'est pas là votre façon de croire. Vous croyez à la réincarnation comme à une idée réconfortante, plutôt vague, et vous ne vous inquiétez pas du tout de ce que vous faites maintenant. Vous ne croyez pas vraiment au karma, bien que vous en parliez beaucoup. Si vous y croyiez vraiment, réellement, comme vous croyez à la valeur de l'argent, des expériences sexuelles, alors chaque mot, chaque geste, chaque mouvement de votre être aurait de l'importance, parce que vous paierez tout cela dans votre prochaine vie. Et une telle croyance entraînerait une discipline stricte ; mais vous n'y croyez pas, ce n'est qu'une évasion, et vous avez peur seulement parce que vous ne voulez pas lâcher prise.

Or, que s'agit-il de lâcher ? Regardez. Quand vous dites : « J'ai peur de lâcher prise », de quoi avez-vous peur ? De lâcher quoi ? Mais regardez de très près. Votre famille, votre mère, votre femme, votre enfant ? Avez-vous jamais eu des rapports réels avec eux ? Vous avez eu des relations avec une idée, une image, et quand vous dites : « J'ai peur de lâcher prise, d'être détaché », de quoi croyez-vous vous détacher ? De souvenirs ? Simplement de souvenirs, souvenirs de plaisirs sexuels, d'être devenu un homme important ou d'être un petit homme de rien du tout qui a grimpé un ou deux échelons dans l'échelle sociale, des souvenirs de votre caractère, de vos amitiés – simplement des souvenirs. Et vous avez peur de perdre ces souvenirs. Mais si agréables ou pénibles qu'ils puissent être, que sont des souvenirs ? Ils n'ont aucune substance. Vous avez donc peur de perdre quelque chose qui n'a aucune valeur, les souvenirs étant une chose qui a une continuité, un assemblage dans la mémoire, une unité, un centre.

Donc, quand on comprend ce que c'est que de vivre, c'est-à-dire quand on comprend la jalousie, l'anxiété, la culpabilité, le désespoir, et quand on est au-delà et au-dessus de toutes ces choses, la vie et la mort sont très proches l'une de l'autre. Vivre alors, c'est mourir. Vous savez, si vous vivez selon les souvenirs, les traditions, dans l'idée de ce que vous « devriez être », vous ne vivez pas vraiment. Mais si vous rejetez tout cela, autrement dit si vous mourez à tout ce que vous connaissez, si vous vous libérez du connu, c'est ça la mort ; alors vous vivez vraiment. Vous vivez non pas dans un monde fantastique de concepts, mais vous vivez vraimez, non pas selon les Veda, les Upanishad qui n'ont pas de substance ; mais ce qui a de la substance, c'est votre vie de tous les jours, c'est la seule chose que vous ayez, et faute de le comprendre, jamais vous ne comprendrez l'amour, la beauté ou la mort.

Et, maintenant, nous en revenons à notre point de départ, à savoir : pourquoi n'existe-t-elle pas dans nos cœurs, cette flamme ? Car si vous avez examiné de très près ce qui a été dit, non pas verbalement, intellectuellement, mais si vous l'avez examiné dans votre esprit et dans votre cœur, vous saurez alors pourquoi vous ne l'avez pas. Si vous comprenez pourquoi vous ne l'avez pas, si vous avez ce sentiment et que vous vivez avec, si vous êtes passionné dans votre recherche en vous demandant pourquoi vous ne l'avez pas, vous vous apercevrez que vous l'avez. Par une négation complète, cette chose qui seule est positive, qui est amour, prend naissance. Tout comme l'humilité, l'amour ne peut pas être cultivé. L'humilité prend naissance quand il y a la fin totale de toute vanité, de tout orgueil, mais jamais vous ne saurez ce que c'est que d'être humble ; parce que l'homme qui croit savoir qu'il est humble est un homme vaniteux. Et de la même façon, si vous donnez tout votre esprit, tout votre cœur, tous vos nerfs, tous vos yeux, tout votre être pour découvrir la juste façon de vivre, pour voir ce qui « est » vraiment et pour aller au-delà, si vous rejetez complètement, totalement, cette vie telle que vous la vivez maintenant, c'est là, dans ce rejet complet de tout ce qui est laid, brutal, dans sa négation totale, que naît « autre chose ». Mais que jamais vous ne *connaîtrez*. Celui qui sait qu'il aime ne connaît pas l'amour, ne connaît pas le silence.

Madras
10 janvier 1968

Le sacré

*Labourer sans jamais semer. Idéation. Manque de sensitivité dans la vie quoti-
dienne. Attention et intelligence. Désordre en nous-mêmes et dans le monde : notre
responsabilité. La question de « la vision ». Images et contact direct. Le sacré.
Quand vous connaîtrez cet amour, vous pourrez mettre de côté tous vos livres
sacrés.*

Nous pouvons continuer à lire, à discuter, à entasser des mots les
uns sur les autres, et cela interminablement, sans jamais rien
changer à quoi que ce soit. Comme un homme qui laboure sans
arrêt, qui ne sème jamais, et qui par conséquent ne récolte jamais.
C'est le cas pour la plupart d'entre nous. Et les mots, les idées, les
théories sont devenus tellement plus importants que la vie qui, elle,
consiste à faire et à agir. Je ne sais si vous vous êtes jamais demandé
pourquoi, à travers le monde, les idées, les formules, les concepts ont
une portée immense, d'un point de vue non seulement scientifique,
mais aussi théologique. Pourquoi ? Est-ce une évasion devant le réel,
devant notre vie quotidienne et monotone ? Ou bien pensons-nous
que les idées et les théories nous permettront de vivre d'une façon
plus intense – donneront plus d'étendue à notre vision et une plus
grande profondeur à notre vie ? Parce que nous nous disons que sans

idées, sans signification, sans but dans la vie, celle-ci est superficielle et vide. C'est peut-être là une des réponses. Ou bien trouvons-nous que la vie quotidienne, le labeur journalier, la routine manquent d'une certaine qualité de sensitivité, que nous espérons la trouver dans l'activité mentale ?

La vie telle que nous la vivons est évidemment très brutale, elle nous rend insensitifs, obtus, lourds, stupides, et ainsi nous espérons, grâce à une activité verbale, une agitation mentale, donner naissance à une certaine qualité de sensitivité. Nous constatons que notre existence est inévitablement entachée de répétitions : la vie sexuelle, le bureau, les aliments, un éternel bavardage portant sur des choses sans importance, les frictions constantes dans nos rapports réciproques – tout ceci favorise évidemment une certaine brutalité, une dureté, un je ne sais quoi de grossier. Ayant constaté tout cela (peut-être pas consciemment, mais dans les profondeurs), les concepts, les idéaux, les théories sur Dieu, sur la vie future, peuvent apporter une certaine qualité de raffinement et introduire peut-être un but ou une certaine portée dans cette vie douloureuse et morne. Nous nous figurons peut-être que cela donnera à notre esprit un certain vernis, une certaine acuité, une certaine qualité à laquelle l'ouvrier qui travaille quotidiennement dans les champs ou à l'usine ne peut pas prétendre. C'est peut-être là une des raisons pour lesquelles nous nous complaisons à ce jeu. Mais même quand nous sommes stimulés et vivifiés intellectuellement par des discussions, des lectures et des arguties, tout cela ne nous procure absolument pas cette qualité de sensitivité. Et, vous le savez, tous ces gens qui sont soi-disant érudits, qui lisent, qui imaginent des théories, qui sont capables de discuter brillamment, sont en fait extrêmement ennuyeux.

Il me semble donc que la sensitivité réelle, celle qui détruit la médiocrité, est une chose très importante à comprendre, parce que la plupart d'entre nous devenons, je le crains, de plus en plus médiocres. Nous n'employons pas ce mot dans un sens péjoratif. Nous observons simplement un fait : la médiocrité entendue dans ce sens que l'on est un homme moyen, assez bien élevé, que l'on gagne sa vie et que l'on est peut-être capable de discuter avec compétence ; mais malgré tout cela, nous demeurons médiocres, bourgeois, non seulement dans nos attitudes, mais dans nos activités. Et la maturité n'entraîne pas une mutation, un changement, une révolution dans la médiocrité (c'est l'évidence même), et même si l'on a un corps mûri par l'âge, la médiocrité persiste sous différents aspects.

Nous allons donc approfondir cette question de la sensitivité – il ne s'agit pas d'un simple raffinement physique qui est évidemment nécessaire, il s'agit de la forme la plus haute de la sensitivité qui est aussi la plus haute intelligence. Faute d'être sensitif, on n'est pas intelligent. Il faut savoir écouter ce corbeau, en prendre conscience, épouser son mouvement, dissiper tout espace entre lui et vous-même – ce qui ne veut pas dire vous identifier à lui, chose absurde, mais goûter la qualité d'un esprit intensément aiguisé, attentif, et où l'observateur, le censeur avec ses traditions et ses souvenirs accumulés, *n'existe pas.* Après tout, c'est une question d'habitude constante, notre façon de penser, la nourriture que nous mangeons, la façon dont nous choisissons nos amis, lesquels très évidemment sont nos amis parce qu'ils ne nous contredisent pas et qu'ils ne troublent pas trop notre vie ; ainsi la vie devient non seulement répétitive, mais routinière ; donc la sensitivité exige de l'attention.

Voyez-vous, la concentration est une chose absolument mortelle. Acceptez-vous cette affirmation, ou non ? Ce disant, l'orateur affirme une chose qui vient complètement contrecarrer tout ce que vous avez considéré comme étant nécessaire jusqu'à présent. Par conséquent, ne l'acceptez pas, ne le rejetez pas, regardez-le. Avancez en tâtonnant dans votre examen de ce qui est vrai et de ce qui est faux. Les paroles prononcées par l'orateur sont peut-être totalement stupides, idiotes, ou bien elles sont vraies. Mais les accepter ou les rejeter d'emblée signifie que vous restez ce que vous êtes, lent, lourd d'esprit, asservi à vos habitudes, insensible. Donc, s'agissant de nos propos dans les instants qui suivent et même maintenant, ne les acceptez pas, ne les comparez pas avec ce que vous savez déjà, avec ce que vous avez lu, avec ce qu'on vous a dit, mais écoutez afin de découvrir par vous-même ce qui est vrai. Et pour faire attention, pour écouter, il vous faut donner une attention *totale*. Or, vous ne pouvez pas donner une attention totale si vous apprenez à vous concentrer, si vous vous efforcez de vous concentrer sur quelques mots ou sur le sens des mots, ou ce qu'on a pu vous dire auparavant. Mais donner votre attention, cela veut dire écouter sans aucune barrière, sans qu'interviennent aucune comparaison, aucune condamnation ; c'est cela donner votre pleine attention. Alors vous découvrirez par vous-même ce qui est vrai ou ce qui est faux sans qu'il soit besoin de vous le dire. Mais c'est une des choses les plus difficiles à faire, de donner toute son attention. Celle-ci n'exige aucune qualité de volonté ni de désir. Habituellement, nous fonctionnons dans le cadre du désir qui n'est autre que la volonté. Autrement dit, nous affirmons : « Je vais faire attention, je vais m'efforcer d'écouter sans qu'il y ait de barrière, sans qu'il y ait le moindre écran entre l'orateur et moi-même. » Mais l'exercice de la volonté, ce n'est pas l'attention.

La volonté est l'une des choses les plus destructrices que l'homme ait jamais cultivé. Ceci, l'acceptez-vous ? Accepter ou nier, ce n'est pas en connaître la vérité. Mais il s'agit de découvrir la vérité de cette affirmation, il vous faut accorder votre attention totale à ce que dit l'orateur. Après tout, la volonté n'est pas autre chose que le désir porté à son plus haut point – j'ai soif de quelque chose, j'en ai tellement besoin, et je le poursuis. Ce désir peut être un fil très ténu, mais il est renforcé par une constante répétition et il devient volonté – « Je veux » et « Je ne veux pas ». Et à ce niveau d'affirmation (et qui peut être aussi négation), nous fonctionnons, nous agissons et nous abordons la vie. « Je veux réussir, je veux devenir, je veux être noble » – ce sont là des désirs très vigoureux. Et nous affirmons maintenant qu'être attentif n'a aucun rapport avec le désir ou la volonté.

Dès lors, comment être attentif ? Suivez ceci. Sachant que nous ne sommes pas attentifs, mais sachant que nous sommes capables d'une certaine concentration, laquelle est une activité de notre volonté qui exclut ou qui résiste, et sachant que toute forme d'effort, qui est encore de la volonté, n'est pas attention, comment être attentif ? Parce que si vous savez donner une attention totale à tout ce que vous faites (et, par conséquent, vous faites très peu de chose), ce que vous faites, vous le faites d'une façon complète, avec votre cœur, votre esprit, vos nerfs, avec *tout* ce que vous avez. Et comment cette attention peut-elle se produire tout naturellement, sans effort, sans exercice de la volonté, et sans tirer parti de cette attention comme un moyen de parvenir à autre chose ? J'espère que vous suivez tout ceci. Vous savez, vous allez trouver l'exercice très difficile si vous n'arrivez pas à suivre pas à pas, parce que vous n'êtes probablement pas habitué à ce genre de réflexion, vous avez l'habitude de faire ce que l'on vous, dit, d'une façon répétitive, et alors vous vous figurez avoir compris. Mais ce que nous nous efforçons de dire ici, c'est quelque chose d'entièrement différent.

Cette attention, par conséquent, prend naissance naturellement, avec aisance, dès l'instant où vous vous rendez compte que vous n'êtes pas attentif. D'accord ? Quand vous prenez conscience de votre inattention, du fait que votre attention vagabonde, cette simple lucidité en ce qui concerne votre inattention est elle-même attention : il ne vous reste rien d'autre à faire. Comprenez-vous ? C'est par la négation que vous parvenez à ce qui est positif, et non pas par la recherche du positif. Quand vous faites les choses sans examen critique, vous les faites dans un état d'inattention, et prendre conscience d'une action où règne l'inattention, c'est l'attention par excellence. Ceci rend l'esprit très subtil, très éveillé, parce qu'il n'y a alors aucun gaspillage d'énergie, alors qu'une volonté exercée délibérément est un gaspillage d'énergie – tout comme la concentration.

Nous avons dit que cette attention est nécessaire – n'allez pas dire : « Donnez-nous une définition de ce que vous entendez par attention », vous pourriez tout aussi bien vérifier vous-même dans un dictionnaire. Nous n'allons pas en donner une définition, ce que nous nous efforçons de faire, c'est en partant du rejet de ce qu'elle n'est pas, trouver par soi-même ce qu'elle est. Nous disons que cette attention est nécessaire pour intensifier la sensitivité qui est l'intelligence à un niveau plus profond. Répétons-le, ces mots sont difficiles à manier, parce qu'il n'y a pas de mesure en cette matière – quand vous dites « plus » ou « plus profond », vous comparez, et toute comparaison entraîne une déperdition d'énergie. Donc, ceci étant compris, nous pouvons utiliser les mots pour transmettre un sens qui ne comporte rien de comparatif et qui ne s'attache qu'au réel.

Cette sensitivité implique une intelligence, et il nous faut une grande intelligence pour vivre, pour vivre notre vie quotidienne, parce que seule l'intelligence peut susciter une révolution totale de notre psyché, au noyau même de notre être. Et une telle mutation est chose nécessaire parce que l'homme a vécu pendant des millions d'années tourmenté, désespéré, toujours en lutte avec lui-même et avec le monde. Il a inventé une paix qui n'est en aucune façon la paix – une paix précaire entre deux guerres, entre deux conflits. Et du fait que la société devient de plus en plus complexe, désordonnée, compétitive, il faut qu'intervienne un changement radical, non pas dans la société, mais au sein de l'être humain qui a créé la société. L'être humain tel qu'il est actuellement est un être de désordre, de confusion, il croit, il ne croit pas, il entretient des théories, et ainsi de suite, et ainsi de suite ; il vit en pleine contradiction ; et il a élaboré une société, une culture qui est elle-même contradictoire avec ses classes riches et ses classes pauvres. Le désordre règne non seulement dans notre vie, mais encore extérieurement, dans la société. Or, un ordre digne de ce nom est une chose absolument nécessaire. Vous savez ce qui se passe dans le monde, ici en Inde, mais regardez donc ! Que se passe-t-il ? Des collèges sont fermés, toute une génération de jeunes grandit sans éducation ; ils seront détruits par les politiciens qui se disputent sur une stupide division linguistique. Puis il y a la guerre au Vietnam où les êtres humains sont décimés au nom d'une idée. Les émeutes raciales en Amérique, si affreusement destructrices, et des troubles en Chine ; et en Russie, la tyrannie, la suppression de toute liberté, ou, une libéralisation au mieux, bien lente – des divisions entre les nationalités, les séparations causées par la religion, tout cela étant le symptôme d'un désordre total. Et ce désordre est l'œuvre de chacun de nous ; *nous* en sommes responsables. Je vous en prie, voyez votre responsabilité. La vieille génération a créé cette discorde mondiale, et vous avez suscité un chaos épouvantable dans votre monde avec vos puja, vos gourous, vos dieux, vos nationalités, parce que tout ce qui vous intéresse c'est de gagner votre vie, de cultiver une parcelle de votre cerveau, et le reste vous le négligez, vous le rejetez. Chaque être humain est responsable de ce désordre qui règne en lui-même et dans la société ; ni le communisme ni d'autres formes de tyrannie ne vont instaurer un ordre quelconque – au contraire, ils ne feront qu'augmenter la discorde, parce que l'homme a besoin de liberté.

Donc, le désordre règne et l'ordre est chose nécessaire, faute de quoi la paix est impossible. Et ce n'est que dans la paix et la sérénité, dans la beauté, que le bien peut s'épanouir. L'ordre est vertu ; non pas cette vertu élaborée par des esprits ingénieux. L'ordre est vertu, c'est une chose vivante tout comme la vertu est une chose vivante. On ne peut donc pas pratiquer la vertu, les choses étant ce qu'elles sont. C'est une question que nous allons approfondir et vous allez écouter. Vous ne pouvez pas vous y exercer, pas plus qu'on ne peut s'exercer à être humble ni avoir une méthode pour découvrir ce que c'est que l'amour.

L'ordre pris dans ce sens relève du même schéma que les mathématiques. Dans les mathématiques supérieures, il y a un ordre suprême, un ordre absolu, et cet ordre absolu doit exister en soi-même. Et la vertu ne pouvant être cultivée ni stockée, de même l'ordre ne peut pas être engendré ni élaboré par l'esprit ; mais ce que l'esprit peut faire, c'est découvrir la nature du désordre. Vous me suivez ? Vous savez ce que c'est que le désordre – notre façon de vivre est un désordre total. Pour le moment, chaque homme poursuit son propre avantage : il n'y a pas de coopération, pas d'amour, mais une totale indifférence pour ce qui se passe au Vietnam ou en Chine, ou chez notre voisin. Prenez conscience de ce désordre et, grâce à cette perception du désordre, sachez comment il a pris naissance, quelle en est la cause. Quand vous aurez pénétré les causes, les forces à l'œuvre suscitant le désordre, quand vous comprendrez tout cela vraiment et à fond, et non intellectuellement, alors grâce à cette compréhenaion surgira un ordre vrai. Cherchons à comprendre ce désordre qui est notre vie quotidienne, le comprendre non pas intellectuellement, ni verbalement, mais l'observer, voir comment nous avons été séparés des autres en tant qu'hindou, musulman, chrétien (le chrétien avec son Dieu, ses idéaux, l'hindou avec les siens, le musulman avec les siens qui lui sont particuliers, et ainsi de suite), observez tout cela, soyez en contact intime avec tout cela et soyez sans préjugé, sinon vous ne pourrez pas entrer en contact direct avec un autre être humain.

Donc, l'ordre jaillit de ce désordre, cela se passe tout naturellement, librement, avec aisance, avec une grande beauté, une grande vitalité, quand vous êtes en contact direct avec le désordre en vous-même. Ce contact direct est impossible si vous ne savez pas comment vous regarder vous-même. Comment vous voir ? Nous avons étudié cette question de comment voir, comment voir un arbre, une fleur – parce que, comme nous l'avons dit l'autre jour, l'acte de voir c'est l'acte d'aimer. Et l'acte de voir est action. C'est une chose que nous allons approfondir quelque peu, car c'est véritablement très important.

Quand vous prêtez une attention totale, autrement dit quand sont engagés votre esprit, vos yeux, votre cœur et vos nerfs, vous vous apercevez qu'il n'existe plus en vous de centre, il n'y a plus d'observateur et, par conséquent, il n'y a pas de division entre la chose observée et l'observateur : le conflit est alors totalement annihilé, ce conflit qui est né de la séparation, de la division. Cela paraît difficile parce que vous n'êtes pas habitué à cette façon d'envisager la vie. Mais c'est en fait tout à fait simple. C'est simple si vous savez regarder un arbre, si vous savez voir, comme si c'était la première fois, l'arbre, votre femme, votre mari, votre prochain ; si vous regardez le ciel avec toutes ses étoiles, avec sa silencieuse profondeur, tout cela comme si c'était la première fois. Si vous regardez, si vous voyez, si vous écoutez, vous avez alors résolu tout le problème de la compréhension, parce qu'il n'y a pas de « compréhension » du tout, il n'y a qu'un état de l'esprit où ne règne aucune division et, par conséquent, aucun conflit.

Pour en arriver à ce point naturellement, aisément et pleinement, il faut qu'il y ait attention, et cette attention peut exister quand vous savez comment regarder et écouter sans qu'intervienne aucune image. L'image, en somme, c'est le passé, ce passé fait d'une accumulation d'expériences agréables ou pénibles, et c'est à travers cette image que vous contemplez votre femme, votre enfant, votre prochain, le monde entier. C'est avec cette image que vous regardez la nature. Donc, ce qui est en contact, c'est votre mémoire, cette image qui a été façonnée par la mémoire. Et c'est cette image qui regarde et, par conséquent, il n'existe aucun contact direct. Vous savez, quand vous souffrez, il n'y a pas d'image, il n'y a que la souffrance et, par conséquent, il y a une action immédiate-Vous pouvez remettre au lendemain d'aller voir le docteur, mais il y a une action qui entre en jeu. Et, de la même façon, quand vous regardez, que vous écoutez, vous connaissez la beauté de l'action immédiate, celle où il n'y a aucun conflit. C'est pour cela qu'il est important de connaître l'art de regarder, qui est très simple – il suffit de regarder avec une attention complète, avec votre cœur, votre esprit. Et l'attention signifie amour, parce que vous ne pouvez pas regarder le ciel avec une extraordinaire sensitivité s'il existe une division entre vous-même et la beauté de ce coucher de soleil.

L'ordre dont nous parlons ne peut advenir que lorsque nous voyons, lorsque nous entrons en contact direct avec le désordre qui est en nous-mêmes, qui est véritablement *nous*. Nous ne sommes pas *dans* le désordre. « Nous » *sommes* le désordre. Et maintenant que vous vous regardez sans qu'il y ait aucune image de vous-même, quand vous regardez ce que vous êtes vraiment (et non pas ce qu'ont pu dire Sankara, Bouddha, Freud, Jung ou X, Y, Z, parce que dans ce cas vous vous regardez vous-même selon leur image), vous regardez alors le désordre qui règne en vous-même, la colère, la brutalité, la violence, la stupidité, l'indifférence, la dureté, votre constante soif d'ambition avec toute sa cruauté – si vous arrivez à prendre conscience de tout cela indépendamment de toute image, de toute parole et le regarder en face, alors vous êtes en contact direct avec ce désordre, et là où il y a contact direct, il y a action immédiate. Il y a action immédiate quand vous éprouvez une souffrance intense ou que vous êtes en grand danger : là, il y a action immédiate. Et cette action immédiate, c'est la vie, et non pas ce que nous avons appelé « vie » jusqu'à présent, qui n'est pas autre chose qu'un champ de bataille, le tourment de ce champ de bataille, le désespoir, les besoins cachés, et ainsi de suite. Voilà ce que nous avons appelé la vie jusqu'à présent. Je vous en prie, observez la chose en vous-même. Que l'orateur soit pour vous un miroir dans lequel vous pouvez vous observer maintenant. Ce que dit l'orateur est destiné à vous exposer à vous-même. Par conséquent, regardez tout ceci, écoutez, entrez en contact direct avec la chose, soyez entièrement avec elle et, si vous l'êtes, vous vous apercevrez qu'il surgit une action immédiate.

Le passé est alors détruit. Voyez-vous, le passé, c'est l'inconscient. Savez-vous ce que c'est que l'inconscient ? Ne revenez pas toujours à Freud, Jung ou leurs semblables, mais regardez la chose par vous-même et découvrez-la, et découvrez-la vraiment. Le passé en vous, c'est votre tradition, les livres que vous avez lus, l'héritage lié à vos origines, qui fait de vous un hindou, un bouddhiste, un musulman, un chrétien et tout ce qui s'ensuit, et la culture dans laquelle vous avez vécu, les temples, les croyances qu'on vous a transmises de génération en génération. Tout cela constitue la propagande à laquelle vous avez été soumis, votre propagande : vous êtes les esclaves d'une propagande cinq fois millénaire. Et le chrétien est l'esclave d'une propagande deux fois millénaire. Il croit en Jésus-Christ et vous croyez en Krishna ou à tout autre dieu, et les communistes croient en quelque chose d'autre. Nous sommes le résultat de cette propagande – vous rendez-vous compte de ce que cela veut dire ? – des mots, l'influence d'autrui, et, en tout cela, il n'y a rien, absolument rien d'original. Mais si nous voulons découvrir l'origine d'une chose, quelle qu'elle soit, il faut tout d'abord être dans un état d'ordre. Et celui-ci peut seulement naître en nous quand cesse le désordre total qui sévit pour le moment. Parce que tous, ou tout au moins ceux d'entre nous qui sommes quelque peu sérieux, réfléchis et ardents, ont dû se demander s'il existe quelque chose de sacré au monde, quelque chose de saint ; et la réponse immédiate, c'est que le temple, la mosquée ou l'église ne sont pas saints, ne sont pas sacrés, pas plus que les images qui s'y trouvent.

Je ne sais pas si vous avez jamais fait cette expérience avec vous-même : prenez un bâton, mettez-le sur votre cheminée et, tous les jours, disposez une fleur devant lui, faites-lui cadeau d'une fleur et répétez n'importe quoi : « Coca-Cola », « Amen », « Om », n'importe quel mot, n'importe quoi fera l'affaire. Écoutez, ne riez pas, faites-le et vous verrez ce qui se passe. Si vous le faites, au bout d'un mois vous allez voir combien ce bâton est devenu sacré. Vous vous êtes identifié à ce bâton, à cette pierre ou à ce fragment d'idée, et vous en avez fait quelque chose de saint, de sacré. Mais il ne l'est pas. Vous lui avez attribué une certaine sainteté par votre peur, par cette habitude constante de votre tradition de vous dévouer, de vous soumettre à quelque chose que vous considérez comme étant saint. Mais l'image du temple n'est pas plus sainte que le bâton ou le rocher sur le bord de la route. Il est donc très important de découvrir ce qui est véritablement sacré, ce qui est véritablement saint, et si cela existe.

Vous savez, l'homme a discuté de ces choses à travers les siècles, recherchant quelque chose d'impérissable qui ne soit pas une création de l'esprit, qui soit saint en soi-même, quelque chose que le passé n'ait pas souillé. Depuis toujours, l'homme est à la recherche de cela. Sa quête s'étant avérée vaine, il a inventé la religion, la croyance organisée. Mais l'homme réfléchi doit découvrir, et non pas au moyen d'un rocher, d'un temple ou d'une idée – il doit découvrir ce qui est véritablement, réellement et éternellement sacré. Faute d'une telle découverte, vous serez toujours cruel, vous serez toujours plongé dans le conflit. Mais si vous voulez écouter ce soir, peut-être pourrez-vous trouver cela, non pas grâce à l'orateur, ni à ses paroles, ni à ses affirmations, mais vous pourrez y parvenir quand il y aura une discipline établie grâce à la compréhension du désordre. Quand vous observez, voyez ce que c'est que le désordre : la vision même du désordre exige de l'attention. Suivez-moi bien, je vous en prie. Voyez-vous, pour la plupart d'entre nous, la discipline c'est un exercice, comme elle l'est pour le soldat, soumis à des exercices, des exercices du matin au soir, de sorte qu'il n'y a rien que l'esclavage d'une habitude. C'est cela que nous appelons discipline : l'interdiction, la contrainte – ce sont des choses mortelles, ce n'est pas la vraie discipline, pas du tout. La discipline, c'est une chose vivante qui comporte sa propre beauté, sa propre liberté. Et cette discipline prend naissance tout naturellement dès l'instant où vous savez comment regarder un arbre, le visage de votre femme, de votre mari, quand vous pouvez distinguer la beauté d'un arbre ou d'un coucher de soleil. Voir, regarder ce ciel, ces lueurs, la beauté des feuilles se détachant sur la lumière, la couleur orange, la profondeur de cette couleur, la rapidité de ses mutations – *voir* tout cela ! Et pour le voir, il vous faut y consacrer toute votre attention, ce qui comporte sa propre discipline, il n'est besoin d'aucune autre. Donc, cette chose-là, cette attention est une chose vivante, mouvante, vitale.

Cette attention en elle-même est la vertu. Vous n'avez besoin d'aucune autre norme morale, aucune autre moralité ; en tout cas, vous n'avez pas de moralité, sauf, d'une part, cette moralité que votre société vous a enseignée et, d'autre part, ce dont vous avez envie, et ni l'un ni l'autre n'ont aucun rapport avec la vertu réelle. La vertu est beauté et la beauté est amour, et sans amour il n'y a pas de vertu et, par conséquent, pas d'ordre. Donc, encore une fois, si vous l'avez *fait* maintenant, au moment même où l'orateur en parle, regardant ce ciel de tout votre être, cet acte même de regarder entraîne sa propre discipline et, par conséquent, sa vertu propre, son ordre. Alors l'esprit atteint au point le plus haut de l'ordre absolu, et parce qu'il est absolument ordonné, *lui-même* devient sacré. Je ne sais pas si vous comprenez ceci. Voyez-vous, quand vous aimez l'arbre, l'oiseau, la lumière sur l'eau, quand vous aimez votre prochain, votre femme, votre mari, sans jalousie aucune, cet amour qui n'a jamais été souillé par aucune haine, quand il y a cet amour-là, cet amour lui-même est sacré, et aucune autre chose ne peut l'être davantage.

Donc, cette essence sacrée existe non pas dans les choses qui ont été créées par la main de l'homme, mais elle prend naissance quand l'homme brise complètement avec son passé, sa mémoire. Ceci n'implique pas qu'il devienne distrait, sa mémoire doit agir dans certaines directions, mais cette mémoire se trouvera faire partie d'un état complet qui est sans relation aucune avec le passé. Et cette cessation du passé se produit quand vous voyez les choses telles qu'elles sont, quand vous entrez en contact direct avec elles – comme vous pourriez entrer en contact avec ce merveilleux coucher de soleil. Et alors, de cet état d'ordre, de discipline, de vertu, prend naissance l'amour. Cet amour est une immense passion et, par conséquent, il agit immédiatement. Il ne s'écoule aucun temps entre la vision et l'action. Quand vous connaissez cet amour, vous pouvez mettre de côté tous vos livres sacrés, tous vos dieux. Et il vous *faut* mettre de côté vos livres sacrés, vos dieux, vos ambitions quotidiennes si vous voulez connaître cet amour. C'est l'unique chose sacrée qui existe. Et pour la connaître, le bien doit s'épanouir. Le bien – vous comprenez, messieurs ? – ce bien qui ne peut s'épanouir et fleurir que dans la liberté et non dans la tradition. Le monde a besoin de changement, et il a besoin d'une immense révolution en vous-même. Le monde a besoin de cette immense révolution (non pas une révolution économique, communiste, sanglante, comme celles qu'a connues l'histoire et qui conduisent l'homme à des souffrances accrues). Nous avons besoin d'une révolution fondamentale, psychologique, et cette révolution *est* l'ordre. L'ordre c'est la paix, et cet ordre, avec sa vertu et sa paix, prend naissance seulement quand vous êtes en contact direct avec le désordre de votre vie quotidienne. C'est de cela que jaillit le bien, et il n'est plus besoin alors d'aucune recherche. Parce que ce qui *est* est sacré.

Madras
14 janvier 1968

Quatre dialogues à Madras

1

Le conflit

Images : ayons-nous conscience de ne voir qu'à travers des images ? Concepts ; l'écart entre les concepts et la vie quotidienne ; le conflit qui en résulte. « Pour connaître l'illumination, il faut savoir "regarder". » « Vivre sans conflit sans pour cela s'assoupir. »

KRISHNAMURTI – Il me semble que ces réunions ne devraient pas véritablement s'appeler des « Discussions », mais plutôt des conversations entre deux personnes ou entre de nombreux interlocuteurs. Des conversations portant sur des sujets sérieux que la plupart d'entre nous considérons avec un intérêt plus que passager et avec l'intention profonde de comprendre les problèmes qu'ils impliquent. Ainsi ces conversations deviendront non seulement objectives, mais très intimes. Comme deux personnes qui parlent de sujets d'une façon amicale, facile – s'exposant réciproquement l'un à l'autre. Autrement, je ne vois pas l'utilité de ce genre de conversations. Ce que nous nous efforçons de faire, n'est-ce pas, c'est de comprendre (non pas intellectuellement, ni verbalement, ni théoriquement, mais réellement) quelles sont les nécessités les plus impératives de la vie et de quelle façon peuvent être résolus les problèmes profonds et fondamentaux que chaque être humain trouve devant lui. Ceci étant clair – que nous parlions ensemble comme deux amis qui font connaissance et non pas qui expriment leurs opinions d'une façon dialectique, mais qui véritablement examinent et réfléchissent ensemble à leurs problèmes ; maintenant, si ceci est bien établi, de quoi pouvons-nous parler ensemble ?

Auditeur – L'autre jour, vous parliez de l'observateur et de la chose observée, la résolution des problèmes...

K. – Est-ce de cela que vous voulez parler ? S'il vous plaît, monsieur, tâchons de découvrir d'abord ce dont chacun de nous désire discuter, et ainsi nous pourrons tout considérer ensemble et voir ce qui se passera.

A. – Pourquoi prétendez-vous qu'étudier la culture hindoue, son art et ses philosophes, est synonyme de violence ?

A. – Quelle est la voie à parcourir pour nous déconditionner ?

A. – L'esprit produit des images, mais ce que l'esprit aperçoit n'est pas vrai.

K. – Est-ce là véritablement ce qui nous intéresse dans notre vie quotidienne ? Messieurs, ne sommes-nous pas en train de réduire cette réunion à un échange d'idées purement verbal et intellectuel ?

A. – Qu'est-ce que penser clairement ?...

A. – Qu'est-ce que le réel ?...

A. – Voulez-vous nous suggérer que la violence et la non-violence sont deux extrêmes ?

A. – Ne pouvons-nous pas diriger notre vie selon certains principes ?

K. – N'y a-t-il pas eu suffisamment de questions ? Qu'en pensez-vous, messieurs ? Et laquelle est la question la plus importante entre toutes celles-ci ?

A. – Qu'est-ce que faire attention ?

K. – Monsieur, quelle est, selon vous, la chose la plus importante à discuter ? Ne pourrions-nous pas prendre cette question de l'observation et de la pensée ? Le voulez-vous ? C'est-à-dire ce que c'est que d'observer, d'écouter, qui écoute, qui pense ? Nous allons relier notre discussion à notre vie quotidienne, et ne pas nous amuser avec ces concepts abstraits, parce que ce pays, comme tous les pays du monde, fonctionne au niveau des concepts, sauf quand il s'agit de technique. Qu'entendons-nous par *voir*. *Vous*, qu'en pensez-vous ?

A. – C'est observer avec un peu plus d'attention que d'habitude.

K. – Pourquoi dites-vous « un peu plus » ? Monsieur, quand j'emploie des mots tels que : « Je vois un arbre », ou : « Je vous vois », ou : « Je vois ou je comprends ce que vous dites », qu'entendons-nous par le mot « voir » ? Avançons très lentement si vous le voulez bien – pas à pas. Quand vous voyez un arbre, qu'entendez-vous par là ?

A. – Nous ne regardons que superficiellement.

K. – Qu'entendez-vous par « superficiellement » – quand vous voyez un arbre, qu'entendez-vous par « voir » ? Je vous en prie, restons-en à ce mot-là.

A. – Nous le voyons en passant.

K. – Tout d'abord, monsieur, avez-vous déjà regardé un arbre ? Si vous avez regardé, que voyez-vous au moyen de votre « vision » ? Voyez-vous l'image de l'arbre, ou l'arbre ?

A. – L'image de l'arbre.

K. – Faites attention, je vous en prie, monsieur. Voyez-vous l'image dans le sens d'une construction mentale, du concept d'un arbre, ou bien voyez-vous véritablement l'arbre ?

A. – L'existence physique de l'arbre.

K. – Mais voyez-vous véritablement cela ? Messieurs, il y a un arbre… Vous devez être capables de voir un arbre ou une feuille en regardant par cette fenêtre, comme moi je les vois. Et quand vous les voyez, que voyez-vous réellement ? Ne voyez-vous que l'image de cet arbre ou voyez-vous véritablement l'arbre lui-même sans son image ?

A. – Nous voyons l'arbre lui-même.

A. – Nous arrivons à le comprendre.

K. – Avant d'en venir à comprendre, quand je vous dis : « Je vois un arbre », est-ce que je vois véritablement cet arbre ou l'image que j'en ai déjà ? Quand vous regardez votre femme ou votre mari, la voyez-vous elle et le voyez-vous lui, ou voyez-vous l'image que vous en avez ? *(Pause.)* Quand vous regardez votre femme, vous la voyez à travers vos souvenirs, à travers l'expérience que vous avez d'elle, de ses manières d'être, à travers toutes ces images que vous avez d'elle. Et ne faisons-nous pas la même chose avec l'arbre ?

A. – Quand je regarde un arbre, je vois un arbre.

K. – Oui, vous n'êtes pas botaniste, vous êtes avocat et, par conséquent, vous regardez cet arbre simplement comme un arbre, mais si vous étiez botaniste, si l'arbre vous intéressait véritablement – comment il grandit, à quoi il ressemble, comment il vit, sa qualité – vous auriez alors des images, des représentations, et vous les compareriez à d'autres arbres, et ainsi de suite. Vous le regardez, n'est-il pas vrai, d'un regard qui compare, accompagné de connaissances botaniques, vous disant qu'il vous plaît ou non, qu'il donne de l'ombre ou non, qu'il est beau ou non, et ainsi de suite, et ainsi de suite. Quand vous avez toutes ces images, ces associations d'idées, ces souvenirs en ce qui concerne cet arbre, est-ce que vous regardez véritablement l'arbre, est-ce que vous le regardez directement, ou n'existe-t-il pas un écran entre cet arbre et la perception visuelle que vous en avez ?

A. – J'essaie d'identifier l'arbre.

K. – Comme un symbole. Donc, vous ne regardez pas vraiment cet arbre. Mais ceci est assez simple, n'est-ce pas ?

A. – Un arbre est un arbre.

K. – L'« arbre », messieurs, je sais que c'est assez difficile. Regardons la chose un peu différemment. Contemplez-vous votre femme ou votre mari à travers l'image que vous avez construite d'elle ou de lui, ou bien de votre ami ? Vous vous êtes créé une impression, et cette impression a laissé derrière elle une image, une idée, un souvenir, n'est-il pas vrai ?

A. – Les impressions que j'ai de ma femme se sont accumulées…

K. – Oui, elles se sont solidifiées, elles se sont épaissies, elles ont pris de la substance. Donc, quand vous regardez votre femme ou votre mari, vous la regardez, vous le regardez à travers l'image que vous avez construite. D'accord ? Ceci est simple, n'est-ce pas ? C'est ce que nous faisons tous. Mais en fait, est-ce que nous la regardons véritablement, ou bien ne regardons-nous pas le symbole, les souvenirs – et tout ceci, c'est l'écran à travers lequel nous regardons ?

A. – Mais comment pouvons-nous nous en empêcher ?

K. – Il n'est pas question *d'empêcher*. Voyons tout d'abord ce qui se passe réellement.

A. – Quand vous regardez une femme ou un homme pour la première fois, vous n'avez pas d'impression préalable.

K. – Évidemment pas.

A. – Mais alors, nous ne regardons pas la femme ou l'homme ?

K. – Si, bien sûr, mais pourquoi en faites-vous une abstraction ? Qu'est-ce qui se passe véritablement dans votre vie quotidienne ? Vous êtes marié ou bien vous vivez avec une personne, il y a entre vous des relations sexuelles, du plaisir, de la souffrance, des insultes, de l'ennui, de l'indifférence, de l'irritation, de l'agacement, de la brutalité, de la contrainte, de l'obéissance, et tout ce qui s'ensuit – tout cela a créé une image en vous au sujet de l'autre, et c'est à travers cette image que vous vous regardez l'un l'autre. D'accord ?

Donc, regardons-nous la femme ou l'homme, ou bien ne sont-ce pas plutôt des images qui se regardent ?

A. – Mais l'image, c'est la personne.

K. – Non, non. Il y a une énorme différence entre eux. N'y a-t-il pas une différence ?

A. – Nous ne connaissons aucune autre façon de nous y prendre.

K. – C'est la seule méthode de vision que vous connaissiez.

A. – Mais nos impressions se modifient…

K. – Tout cela fait partie de l'image, monsieur – c'est une affaire d'addition et de soustraction. Regardez, monsieur. Avez-vous une image de l'orateur ? Vous *avez*, bien sûr, une image de l'orateur, et cette image est fondée sur sa réputation, sur ce qu'il a pu dire auparavant, ce qu'il condamne ou ce qu'il approuve, et ainsi de suite. Vous avez construit une image, et c'est à travers cette image que vous écoutez ou que vous regardez. D'accord ? Et cette image croît ou décroît selon votre plaisir ou selon votre souffrance. Et cette image, évidemment, interprète ce que dit l'orateur.

A. – Mais il y a en nous un élan qui nous pousse à venir assister à vos causeries.

K. – Non, non, monsieur. Vous pouvez avoir une prédilection pour mes « yeux bleus » ou que sais-je encore ! L'image comprend tout cela, monsieur. La stimulation, l'inspiration, l'élan – il y a beaucoup de choses que l'on peut ajouter à cette image !

A. – Mais nous ne connaissons aucune autre façon de regarder.

K. – C'est ce que nous allons découvrir, monsieur. Nous regardons les gens non seulement de cette façon-là, mais nous contemplons aussi des concepts, n'est-ce pas ? – l'idéologie communiste, socialiste, et ainsi de suite. Nous regardons toute chose à travers des concepts, n'est-ce pas ? Des concepts, des croyances, des idées, des connaissances, des expériences, des choses qui nous intéressent.

Le communisme plaît à une personne et déplaît à une autre ; il y a celui qui croit en Dieu et l'autre qui n'y croit pas. Tout cela, ce sont des concepts, des utopies, et c'est à ce niveau que nous vivons. Eh bien, ces concepts ont-ils aucune valeur ? Existant à un niveau concret, conceptuel, ont-ils une valeur ? Ont-ils un sens dans la vie quotidienne ? La vie, ce sont les actes que l'on vit : vivre implique d'être en relation ; la relation implique un contact, et le contact signifie coopération. Les concepts ont-ils aucune portée dans ce sens-là dans nos relations réciproques ? Mais les seuls rapports que nous ayons sont des rapports conceptuels. D'accord ?

A. – Il nous faut alors trouver des rapports justes.

K. – Non, ce n'est pas une question de rapports justes, monsieur. Nous nous contentons d'examiner. Je vous en prie, monsieur, comprenez ceci. Avancez lentement. N'acceptez pas d'emblée des conclusions préconçues. Nous vivons dans un univers de concepts, notre vie est conceptuelle, nous savons ce que cela veut dire, le mot « conceptuel » ; nous n'avons pas besoin de l'analyser. Ainsi, il y a une vie quotidienne *réelle* et une vie conceptuelle. Ou bien toute notre vie ne serait-elle pas conceptuelle ? Est-ce que je vis selon mes concepts ? Supposons qu'une personne croit qu'il faut être non violent.

A. – Je n'ai pas encore rencontré quelqu'un qui croie réellement à la violence.

K. – Bien, monsieur. Ma question est celle-ci : toute notre vie est-elle conceptuelle ?

A. – La construction d'un concept vient d'une habitude et devient une habitude.

K. – Nous pourrions peut-être arriver à cette question-là, plus tard, si nous pouvons nous attaquer à notre problème d'abord. Notre question est celle-ci : toute ma vie est-elle conceptuelle ?

A. – N'existe-t-il pas une vie spontanée ?

K. – Il existe une vie conceptuelle et une vie spontanée, mais puis-je savoir ce que c'est que de vivre d'une façon spontanée, alors que je suis totalement conditionné, que j'ai hérité de tant de traditions ? Reste-t-il *aucune* spontanéité ? Que vous ayez un seul concept ou une douzaine, c'est encore une question de concepts. Je vous en prie, messieurs, tenons-nous à ce sujet pendant une minute. Toute la vie, toute notre existence, toutes nos relations ne sont-elles que conceptuelles ?

A. – Mais comment peut-il en être ainsi ?

K. – N'avez-vous pas une idée, monsieur, disant que vous devriez vivre de cette façon-ci et non pas de cette façonlà ? Par conséquent, quand vous dites : « Il faut que je fasse ceci, il ne faut pas que je fasse cela », c'est d'ordre conceptuel. Donc, toute notre vie est-elle conceptuelle, ou bien existe-t-il une différence entre vivre d'une façon non conceptuelle et vivre d'une façon conceptuelle ? – dans ce cas, n'en résulte-t-il pas un conflit entre les deux ?

A. – Moi, je dirais que nous avons un concept, mais qu'après chaque expérience le concept se modifie.

K. – Oui, monsieur, les concepts se modifient, très évidemment. Ils sont modifiés, on les change quelque peu, mais la vie conceptuelle est-elle différente de la vie quotidienne ou bien…

A. – Elle est différente.

K. – Attendez, monsieur, attendez ! Je voudrais analyser ceci un peu plus… Est-ce que la vie conceptuelle est différente de la vie quotidienne, ou y a-t-il un écart entre les deux ? Je dis qu'il y en a un. En quoi consiste-t-il, et pourquoi y en a-t-il un ?

A. – *(Inaudible.)*

K. – C'est exactement cela. Mon concept est différent de l'actuel qui se passe en ce moment. D'accord ? Il y a donc un écart, un clivage entre ce qui est-et ce qui *devrait être*, autrement dit, le concept Je m en tiens à ce mot « concept ».

A. – Mais quand vous parlez de l'« actuel », pour moi il s'agit du concept.

K. – Non, monsieur. Quand vous avez mal aux dents, ce n'est pas un concept. Quand moi j'ai mal aux dents, ce n'est pas un concept. C'est une réalité concrète. Quand j'ai faim, ce n'est pas un concept. Quand j'éprouve un désir sexuel, ce n'est pas un concept. Mais l'instant d'après, je dis : « Non, je ne dois pas » ou « Je dois », « C'est mal » ou « C'est bien ». Et alors il y a une division entre le réel, ce qui *est* et le conceptuel. Il y a une dualité. D'accord ?

A. – Quand j'ai faim, ce n'est pas juste un concept.

K. – C'est ce que nous disons, monsieur. Les élans primordiaux, la faim, la vie sexuelle, etc., sont des faits concrets, mais nous avons d'eux un concept. Sans compter les concepts de division de classes, et ainsi de suite. Ce que nous cherchons à découvrir, c'est pourquoi il existe cet écart et s'il est possible de vivre sans ce clivage, de vivre uniquement avec ce qui *est*. D'accord ? C'est cela ce que nous cherchons à découvrir.

A. – Les animaux ne mangent que quand ils ont faim.

K. – Mais vous et moi, nous ne sommes pas des animaux. Il y a des moments où nous le sommes peut-être, mais réellement, là, maintenant, nous ne sommes pas des animaux. Donc, ne retournons pas aux animaux, aux bébés, aux générations précédentes ; il faut nous en tenir à *nous-mêmes*. Donc, il y a le moment immédiat où l'on vit, et l'existence en termes d'abstractions, conceptuelle, et qui est étrangère au fait. D'accord, messieurs ? Je *crois* à quelque chose, mais cette croyance n'a absolument rien à voir avec le réel, bien que le réel ait pu produire la croyance ; mais le réel n'a aucun rapport avec cette croyance. « Je crois à la fraternité universelle. » Dieu sait qui peut y croire, mais je dis : « Je crois à la fraternité universelle » – alors que *dans les faits*, je suis en concurrence avec vous. Donc, la concurrence réelle qui nous oppose est entièrement différente du concept de concurrence.

A. – *(Inaudible.)*

K. – Jusqu'à présent, nous avons quelque peu éclairci la question. L'actuel c'est « ce qui est », ce sont les faits. Dans ce pays, il y a la faim, la misère, la surpopulation, la corruption, l'inefficacité, la brutalité, et tout ce qui s'ensuit. Voilà le *fait*, mais nous nous disons que nous ne devrions pas admettre tout cela. D'accord ? Dans notre vie quotidienne, l'« actuel », le « ce qui est », le « factuel », se dissocie totalement du fait réel et devient conceptuel. Vous êtes d'accord ?

A. – Mais ce que vous appelez l'actuel, c'est un autre concept, assurément.

K. – Non. J'ai faim, ce n'est pas un concept, j'ai vraiment faim. Ceci n'est pas *né* d'un souvenir de la faim que j'ai éprouvée hier. Si c'est le résultat de la faim que j'ai éprouvée hier, ce n'est pas l'actuel. Prenons comme exemple la vie sexuelle – vous ne voyez pas d'objection à ce que je parle de la vie sexuelle ? Vous tous… enfin, n'en parlons plus. *(Rires.)* L'élan sexuel peut exister ou non, mais il est stimulé par une image qui est fictive, qui n'est pas réelle. Et alors je me demande pourquoi le conceptuel existe.

A. – Peut-être…

K. – Non, non, monsieur. Ne me répondez pas, mais découvrez si vous avez en vous un concept. Pourquoi ai-je un concept ?

A. – Mais il y a des choses comme la colère qui sont d'ordre psychologique…

K. – Toutes ces choses sont reliées les unes aux autres. Quand je suis en colère, irrité – c'est un *fait*. Il est là. Mais dès l'instant où je me dis : « Il ne devrait pas en être ainsi », cela devient conceptuel. Si vous dites : « Eh bien, la famine en Inde ne peut être résolue que par tel ou tel parti politique », c'est purement conceptuel – vous n'êtes pas en train d'agir sur le fait. Les communistes, les socialistes, les membres du Congrès – quels que soient les partis – se figurent tous que l'on pourra résoudre le problème de la famine en suivant leur méthode – ce qui est évidemment une pure sottise. La famine c'est le *fait*, le concept c'est l'idée, la méthode, le système. Et je me pose la question : pourquoi ai-je des concepts ? (Ne me répondez pas, messieurs, posez-vous la question à vous-mêmes.) Pourquoi croyez-vous aux Maîtres, aux gourous, à Dieu, à un état parfait ? Pourquoi ?

A. – Mais je me demande…

K. – Écoutez ce qu'a dit le premier des auditeurs. Il a dit qu'en ayant un concept je peux me réformer. Tout le monde se figure cela, et pas vous seulement. Avoir un idéal, un but, un principe, un héros, vous vous figurez ainsi que vous pourrez vous améliorer vous-même. Mais, en fait, qu'est-ce qui arrive : est-ce que cela vous améliore, ou est-ce que cela crée un conflit entre ce qui est et ce qui devrait être ?

A. – Nous avons peur, et par conséquent nous nous réfugions dans ces concepts.

K. – Certes. Mais alors, pouvons-nous vivre sans concepts ? S'il vous plaît, avançons pas à pas. Pouvez-vous vivre sans l'ombre d'une croyance – suivez ceci très lentement – sans l'ombre d'un concept, sans espoir ou désespoir ?

A. – Mais, enfin, il nous faut tout de même avoir certaines croyances…

K. – Approfondissez la question. Découvrez pourquoi vous avez des concepts, tout d'abord. Est-ce parce que vous avez peur ?

A. – Mais il faut lutter avec les autres pour les besoins nécessaires de la vie.

K. – Vous dites qu'il faut lutter.

A. – *(Inaudible.)*

K. – Vous n'avez pas répondu à la question de cet autre monsieur. Vous n'avez aucun respect des autres pour ces questions. Cherchons donc à découvrir ce que l'autre veut savoir. Vous savez, il y a deux théories à ce sujet. L'une préconise « la survie du plus fort », ce qui implique une lutte, des guerres, des batailles constantes, une race supérieure, le concept parfait, et ainsi de suite. Puis il y a une autre théorie prétendant qu'au moyen de la violence il ne peut y avoir aucun changement du tout – au sens le plus fondamental du terme. Je ne sais pas pourquoi vous avez une croyance quelconque à ce sujet, dans un sens ou dans l'autre. Le fait, c'est que, pour survivre dans ce monde, il vous faut lutter, ou bien vous le faites avec beaucoup d'astuce, d'habileté, de brutalité, ou bien très subtilement en exploitant les gens avec douceur. Voilà le fait. Or, pourquoi avons-nous un concept à ce sujet ou au sujet de n'importe quoi ?

A. – *(Inaudible.)*

K. – Attendez, attendez, monsieur. Avancez lentement. Vous allez beaucoup trop vite ; allez lentement. Tout d'abord il y a, comme on peut le voir dans sa vie quotidienne, ce qui est non conceptuel et ce qui est conceptuel, et je me pose cette question – j'espère que vous vous la posez aussi : pourquoi ai-je des concepts ? – comme celui de croire que le communisme, le capitalisme sont les modes de vie les plus merveilleux ? Pourquoi ? Ou bien ce concept qu'il y a un Dieu ou qu'il n'y a pas de Dieu. Pourquoi avons-nous des concepts, par exemple les concepts de Rama et Sita ?

A. – Sans concepts, nous serions dans un état de vide.

K. – Avez-vous découvert cela ? Est-ce un fait ? Est-ce réellement ainsi ? Vous n'êtes vraiment pas très sérieux en abordant cette question. Il faut être très précis, très clair, et ne pas sauter d'un concept à un autre. Vous ne répondez pas à la question. Pourquoi avez-vous, si vous en avez, des concepts d'aucune sorte ? Vous voulez vous évader de l'actuel, de « ce qui est », n'est-ce pas ? (C'est ce que dit ce monsieur ; mais vous, monsieur… comprenez d'abord cette question : « S'évader de ce qui est. ») Pourquoi voulez-vous vous évader de ce qui est ? Vous ne désireriez pas vous évader de « ce qui est » si c'était agréable. Vous ne désirez vous évader que de ce qui est douloureux ou pénible.

A. – Nous ne savons pas exactement que penser de « ce qui est », et nous nous efforçons de comprendre.

K. – Vous ne savez pas « ce qui est » ? Et qu'entendez-vous par *vous efforcer* ? Vous arrive-t-il d'avoir mal à l'estomac, de vous mettre en colère, n'avez-vous jamais peur, n'êtes-vous jamais malheureux, n'êtes-vous jamais troublé ? Tout cela, ce sont des faits réels, et il n'y a pas lieu de *vous efforcer* pour les comprendre. Réfléchissez-y, messieurs. Si c'était un cas de plaisir, nous n'aurions pas de concept du tout. Simplement, nous nous dirions : « Donnez-moi tout ce qui est capable de me procurer du plaisir, et ne vous préoccupez de rien d'autre. » Mais si nous nous trouvons dans des circonstances pénibles, nous voulons nous évader de ce qui *est*, et nous nous plongeons dans un concept. Telle est votre vie quotidienne, messieurs. Il n'y a pas besoin de discuter. Et ainsi, vos dieux, vos croyances, vos idéaux, vos principes sont une évasion devant la souffrance, les peurs, les anxiétés quotidiennes. Donc, s'il s'agit de comprendre quelque chose, ne pouvons-nous pas demander : « Les concepts sont-ils nécessaires ? » Vous comprenez, monsieur ? J'ai peur et je vois combien il est absurde de fuir cette peur pour me perdre en quelque chose qui n'est qu'un concept, qu'une croyance aux Maîtres, à Dieu, à l'au-delà, à une vie parfaite – bref, tout ce fatras. Et pourquoi ne puis-je pas *regarder* cette peur ? Est-il besoin d'aucun concept, et ces concepts ne m'empêchent-ils pas de regarder ma peur en face ? N'est-ce pas, messieurs ? Donc, les concepts sont un obstacle, ils agissent comme un obstacle qui vous empêche de regarder.

A. – Je vous en prie, clarifiez ce que vous venez de dire.

K. – Clarifier quoi ?

A. – Votre analyse.

K. – Clarifier l'analyse ? Vous pourriez le faire vous-même, monsieur.

A. – Mais vous le faites mieux que moi.

K. – Est-ce que cela a de l'importance qui le fait mieux ou moins bien ? Ce qui est important, c'est de savoir si nous comprenons cette chose clairement. Et c'est assez simple, messieurs. Ma vie est très ennuyeuse, je vis dans une petite maison médiocre avec une petite femme laide et je suis malheureux, anxieux et assoiffé de satisfactions. Je veux être heureux, je veux entrevoir pendant un moment une félicité inexprimable, et, par conséquent, je m'évade vers quelque chose que j'appellerai X, par exemple. Voilà le fait dans son intégrité, n'est-ce pas ? Ça n'a pas besoin d'être expliqué plus avant. Et alors, je vis *là-bas* dans un monde idéologique, un monde que j'ai conçu, dont j'ai hérité ou dont on m'a parlé. Et vivre, réfléchir dans ce monde d'abstractions me procure de grands plaisirs. C'est une évasion de ma vie quotidienne lassante et ennuyeuse. D'accord ? Et, maintenant, je me pose la question : « Pourquoi dois-je m'évader ? » Pourquoi ne puis-je pas vivre et comprendre cet effroyable ennui ? Pourquoi gaspiller toute mon énergie en évasion ?…

Comme vous êtes tous silencieux !

A. – Mais vous concevez un type d'existence absolument différent de tout ce que nous connaissons.

K. – Je ne conçois *rien du tout.* Je dis *regardez.* Et je regarde ce fait, à savoir que je me suis toujours évadé, que je m'évade à l'instant même, et je vois combien c'est absurde. Je dois faire face à ce qui *est,* et pour cela il me faut de l'énergie. Par conséquent, je ne vais pas m'évader. L'évasion, c'est de l'énergie perdue. Donc, je ne veux plus rien avoir affaire avec les croyances. Dieu, les concepts. Je n'aurai plus aucun concept. (Évidemment pas, monsieur, évidemment pas.) Si vous vous brûlez le doigt et que la souffrance crée en vous un concept comme quoi vous ne devez plus jamais mettre votre doigt dans le feu, dans ce cas, ce concept a une certaine valeur, n'est-ce pas ? Vous avez connu des guerres, des milliers de guerres. Pourquoi n'avez-vous pas appris à ne plus faire la guerre ? (Monsieur, ne faites pas d'histoires, vous savez très bien ce que je veux dire.) Nous n'avons pas besoin d'analyser ceci chaque fois que nous faisons un pas en avant. Je me brûle le doigt et je me dis que dorénavant il me faudra faire attention. Ou bien vous me marchez sur les pieds, physiquement ou métaphoriquement, et physiquement je suis en colère, et intérieurement je bous. Cela m'a appris quelque chose, et je me dis : « Je ne dois pas » ou bien « Je dois ». (C'est la même chose. Éviter, dresser une résistance, ces choses-là je les comprends très clairement, elles sont nécessaires.)

A. – Mais si quelqu'un me met en colère, je m'en souviens, et la prochaine fois que je le rencontre, je suis prêt à le recevoir.

K. – C'est justement cela, monsieur, justement ! Eh bien, ne puis-je pas le rencontrer la prochaine fois sans avoir en tête ce concept ? Il a pu changer, mais si je l'aborde avec mon concept – cette idée qu'il m'a marché sur les pieds –, il n'y a plus de rapport possible entre nous. Par conséquent, est-il possible, malgré votre expérience passée à son égard, d'agir sans le concept ? Nous devons donc revenir à cette question : « Est-il possible de vivre dans ce monde sans aucun concept ? »

A. – Je ne le crois pas.

K. – Ne disons pas que c'est possible ou pas possible. Cherchons. Vous vous êtes isolés des autres gens, messieurs, en tant qu'hindous, c'est un concept. (Oui, oui, vous l'avez fait ! Mon Dieu, vous l'avez fait !) Auriez-vous l'idée de marier votre fille à un musulman ? Donc, parlons clairement. J'ai pris un exemple, monsieur. Vous me blessez et cette blessure est retenue par ma mémoire et je m'efforce de vous éviter si je le peux. Mais, malheureusement, comme vous vivez dans la même maison, dans la même rue, je dois forcément vous rencontrer tous les jours. Et j'ai de vous une image, une image cristallisée, épaisse, et qui s'épaissit chaque jour quand je vous rencontre. Il y a donc une lutte qui se produit entre nous, et alors je me dis : ne serait-il pas possible de vivre sans cette image, de sorte que je vous rencontre vraiment ? Vous pouvez avoir changé, vous pouvez n'avoir pas changé, mais l'image, je n'en veux plus. Ne puis-je pas découvrir comment vivre sans cette image, de sorte que mon esprit ne soit plus encombré d'images ? Vous me suivez, messieurs ? De sorte que mon esprit soit libre de regarder, de jouir, de vivre.

A. – Ça c'est une idée.

K. – Ah non ! Pour *vous* c'est une idée, mais pas pour moi. Je me dis : « Il m'a blessé, mais suis-je obligé de porter le fardeau de cette blessure ? »

A. – Simplement, la fois suivante je fais attention.

K. – Oui, mais je ne vais pas passer mon temps à répéter : « Il faut que je fasse attention », ce qui ne fait qu'épaissir le souvenir. Je dis que ce n'est pas une façon de vivre ; je le dis pour moi, pas pour vous. Je me refuse à garder cette image, à la porter en moi tout le temps. C'est contraire à la liberté. Vous pouvez avoir changé et, de plus, j'aime exister *sans* image. Ce n'est pas une idée, c'est un fait que je n'en veux plus. Pour moi, c'est absurde d'avoir une image au sujet de n'importe qui. Maintenant, revenons-en à d'autres questions.

A. – Mais si je rencontre un homme de bien, n'est-ce pas une bonne chose d'en avoir le souvenir, l'impression qu'il est bon ?

K. – Une mauvaise impression ou une bonne impression, c'est encore une impression. Il n'y a pas de « bonne impression » ou de « mauvaise impression ». *(Remarque inaudible.)* (Évidemment, si vous avez mauvaise vue, vous devez aller trouver un bon oculiste.) Il y a là une division entre le conceptuel et le réel, et cela engendre un conflit. Mais un homme qui se propose d'examiner et d'aller au-delà de l'actuel doit pouvoir disposer de toute son énergie, et cette énergie ne doit pas être gaspillée dans le conflit. Donc je me dis – je ne prétends pas vous dire, à *vous*, quoi faire – je me dis : « C'est absurde de vivre avec des concepts. » Je veux vivre dans un monde de faits, avec « ce qui est », tout le temps, et ne jamais me laisser embourber dans des concepts. Dès lors, je me trouve devant cette question : « Comment regarder un fait, regarder ce qui est ? » Tout ce qui est conceptuel ne m'intéresse absolument pas. Je m'intéresse uniquement à l'observation de ce qui existe vraiment. D'accord ?

A. – *(Inaudible.)*

K. – (Oui, mais vous prenez les choses comme elles viennent à partir d'une série d'habitudes. Des habitudes dont vous étiez peut-être conscient ou peut-être inconscient... Mais, messieurs, nous nous écartons toujours de la question principale.) Notre question est donc celle-ci : « Puis-je vivre avec ce qui est, sans pour cela créer des conflits ? » Est-ce que vous me suivez ? Je suis en colère, c'est un fait. Je suis jaloux. J'ai des préférences et des aversions. C'est un fait. Suis-je capable de vivre avec cela, avec ce qui est, sans créer un problème, sans en faire un conflit ?

A. – Mais ce n'est pas une idée très heureuse pour moi ! Je me sens perdu... *(Inaudible.)*

K. – Ce monsieur dit qu'il se sent perdu parce qu'il vit à un certain niveau et que sa femme, ses enfants, son voisin vivent à un autre niveau – plus haut ou plus bas. Et ainsi, dit-il, il n'y a pas de coopération. Je vais mon chemin, ils vont le leur. Mais c'est ce que nous faisons tous. Et alors ?... Voyez-vous, nous allons aborder la question centrale, qui est celle-ci : « Suis-je capable de vivre sans conflit, avec ce qui est ? » Et de ne pas m'assoupir, parce que effectivement, le conflit, à ce qu'il me semble, est un demi-rempart contre l'assoupissement. Et je me pose la question : « Est-il possible de vivre avec ce qui est, sans conflit, et d'aller au-delà ? » Je suis jaloux. C'est un fait. J'en suis témoin dans ma vie. Je suis jaloux de ma femme, jaloux de l'homme qui est plus riche, qui a plus de biens de ce monde, qui est plus intelligent – je suis envieux et je sais comment l'envie survient. Elle survient par la comparaison. Mais rien ne m'oblige à analyser comment surgit l'envie. Voyons, puis-je vivre avec ce fait, le comprendre, sans avoir de concept à son sujet ? De sorte qu'ayant regardé le fait et ainsi l'ayant compris, ayant étudié sa structure, sa nature, je l'aie véritablement compris et que je puisse aller au-delà, et qu'ainsi jamais l'envie ne vienne souiller à nouveau mon esprit ? Vous voyez, tout cela ça ne vous intéresse pas. Ça ne vous intéresse pas du tout, n'est-ce pas ?

A. – Si, ça nous intéresse. Si ça ne nous intéressait pas, nous ne serions pas ici, mais nous ne sommes pas en contact avec vous.

K. – Pourquoi ? Pourquoi n'êtes-vous pas en contact avec l'orateur, avec ce qu'il dit ? Il a posé la question très clairement : est-il possible de vivre sans concept ? Et il a pris un exemple, l'envie. Nous connaissons la nature et la structure de l'envie. Eh bien, maintenant, pouvez-vous vivre avec elle et la transcender sans passer par un conflit ? Et pourquoi n'êtes-vous pas en contact avec ce que dit l'orateur ? Si vous n'êtes pas en contact (pas vous, monsieur, pas vous personnellement), c'est peut-être que l'envie, vous l'*aimez. (Inaudible.)* Voyez, messieurs, qu'est-ce qui se passe ? Je suis envieux. Cette envie a pris naissance dans la comparaison. Je possède peu de chose, vous êtes plus riche, ou bien je suis bête et vous êtes très intelligent. J'occupe une situation modeste dans l'échelle sociale et vous êtes haut placé, vous avez une voiture et moi je n'en ai pas. Donc, par la comparaison, en me mesurant à vous, cette envie prend naissance. D'accord ? C'est clair ? Donc, puis-je vivre sans mesurer, sans comparer ? Ceci *n'est pas* un concept.

A. – Toute la question est de se réconcilier avec ce fait que l'inégalité existe.

K. – Monsieur, il ne s'agit pas de se réconcilier. Je vous pose une question et vous parlez de réconciliation possible entre le blanc et le noir, vous ne faites alors que produire du gris. *(Rires.)* Je me pose une question tout à fait différente, monsieur, je vous prie d'écouter. Êtes-vous capable de vivre de votre vie quotidienne, au bureau, chez vous, sans mesurer, sans comparer ? Non ? Pourquoi comparez-vous ? Parce que dès votre enfance vous avez été conditionné à comparer. Suivez ceci, messieurs. C'est devenu une habitude et vous persistez dans cette attitude par habitude. Et, bien que cette habitude ait toujours été cause de confusion, de souffrance, d'un tas de calamités, cela vous est égal, vous persistez dans votre habitude.

Qu'est-ce donc qui va vous permettre de saisir, d'apercevoir la nature de cette habitude de comparer ? Quelqu'un doit-il vous forcer à en prendre conscience ? Si le gouvernement venait vous dire : « Vous ne devez pas être envieux », vous trouveriez d'autres manières de l'être, des manières plus subtiles. C'est ce qu'ont tenté de faire les religions, mais vous avez triomphé de toutes les religions. Donc, si l'on veut vous contraindre à être non envieux, vous vous révolterez contre cette contrainte, et cette révolte est violence. Vous comprenez, messieurs ? Si je vous mets le dos au mur, vous disant : « Vous devez faire ceci », vous allez vous défendre, vous allez ruer dans les brancards. Mais si vous prenez conscience de cette habitude que vous avez cultivée pendant quarante, vingt ou dix années, cette habitude de vous comparer toujours à un autre, que va-t-il se passer ? Vous voyez, ça ne vous intéresse pas. Je vous ai perdus, parce que ça ne vous intéresse pas de rompre vos habitudes. Le communiste a ses habitudes, le non-communiste a les siennes, et les deux sont toujours à se combattre. C'est ce qui se passe dans le monde. Mais vous avez *votre* habitude de croire à quelque chose et moi je n'ai pas l'habitude de croire. Alors, quel rapport existe-t-il entre nous ? Aucun !

Donc, nous en revenons à une chose très simple, et Dieu sait pourquoi vous êtes là à m'écouter. Est-ce en train de devenir une habitude ?

A. – Mais nous l'espérons.

K. – Vous espérez que ça devienne une habitude !

A. – Nous espérons recevoir une illumination.

K. – Ça n'arrivera pas. Monsieur, pour connaître une illumination, il vous faut avoir un esprit clair et être capable de *regarder*.

A. – Vous avez dit... *(Inaudible.)*

K. – Non, monsieur, je n'ai pas dit cela. Je n'ai pas dit cela et je ne veux pas repasser par tous ces sujets ; c'est inutile. Voyez-vous, vous vous refusez à faire face au réel et à « ce qui est » ! Vous voulez vivre dans vos concepts, et moi je *ne veux pas* vivre dans les concepts. Mais bonté divine, l'amour n'est pas un concept. Et c'est parce que vous ignorez l'amour que vous vivez dans vos concepts. (Et tous, vous secouez la tête, vous vous dites d'accord et vous persistez dans vos habitudes.) Donc, pourquoi écoutez-vous, pourquoi venez-vous ici, parce que dès que nous parlons de choses réelles votre esprit s'évade – il prend la tangente ? Malheureusement, ou heureusement, l'orateur parle depuis quarante-deux années. Mais quand il arrive au point crucial – il s'agit de vivre sans envie – vous n'êtes plus là !

A. – La vérité, c'est que nous ne voulons pas être dérangés.

K. – Alors, ne soyez pas dérangé. Allez-vous-en ! Pourquoi venez-vous ? Tout ceci ne vous rapportera rien en termes de *poonyum* – de mérites. Voici une question fondamentale et, s'il vous plaît, écoutez. C'est une question fondamentale – de vivre sans conflit, de ne pas s'endormir. Vivre sans concept exige une intelligence extraordinaire et beaucoup d'énergie. Et je dis que quand vous vivez dans vos concepts, vous gaspillez votre énergie. Alors vous dites : « Tiens, quelle idée intéressante », et vous continuez à vivre là dans vos concepts. Vous dites : « Je suis communiste » ou « Je crois en Dieu », et ainsi de suite. Alors je me dis en moi-même : « Qu'est-ce qui ne va pas ? »

A. – Il y a tout de même un élan en nous qui nous pousse à en savoir davantage.

K. – Alors, allez chercher une encyclopédie ou un dictionnaire et vous en saurez davantage. Mais connaître d'une façon plus véridique signifie mieux se connaître soi-même, autrement il ne reste que l'ignorance. Techniquement, vous êtes peut-être très brillant, mais si vous ne vous connaissez pas *vous-même*, vous êtes un homme ignorant. Me voici, et je viens dire : « Il faut que je sache pourquoi je vis dans des concepts. Je veux analyser la question. Je veux comprendre. » Ce n'est pas que je doive ou ne doive pas vivre dans des concepts, mais je veux savoir *pourquoi*. Alors, je *regarde* et je sais pourquoi. Parce que ma vie est tellement médiocre, triviale, mesquine, et pour m'en évader je me perds dans les concepts – et j'en ai de merveilleux, d'immenses, des concepts inventés par Lénine, ou Trotski, ou Nehru, ou Gandhi, peu importe qui. Je m'évade dans ces concepts, mais je demeure coléreux, envieux, mortellement las. Donc, pourquoi vivre dans des concepts ? Et je me dis : « Je ne le ferai plus parce que c'est bête. » Je ne le ferai absolument *pas*. Mais ça, vous ne le dites pas.

A. – Est-ce que nous comprenons le sens de ce mot ?

K. – J'ai bien peur que vous ne compreniez *rien*. Il va nous falloir recommencer. C'est trop fort !

A. – Mais c'est quelque chose qu'il faut approfondir ; il nous faut y penser.

K. – Vraiment ! Si je vous frappe, vous le *saurez* bien. Si vous êtes insulté, ou si vous souffrez, vous ne dites pas que vous y penserez. Tout ceci est tellement évident, mais vous dites un lieu commun quelconque et vous croyez avoir compris. Et alors nous perdons tout contact l'un avec l'autre dès que nous ne parlons *pas* de concepts. Quand nous parlons de concepts, il y a un contact. Quand nous avons parlé de Dieu (si j'ai eu la sottise de parler de Dieu), nous étions en contact. Mais quand vous en venez à un fait direct – l'avidité, l'envie – nous perdons tout contact. Savez-vous, messieurs, ce qui se passe dans le monde ? Le monde comprenant l'Inde aussi. Comment l'Inde est en état de dégénérescence, vous ne le savez pas ? Non seulement ici, mais dans le monde entier. Et probablement vous n'y pouvez rien du tout. Somme toute, au moins il y en a peut-être quelques-uns, rares, qui entretiendront la flamme. Et c'est tout. Ça dépend de vous, messieurs.

Madras
2 janvier 1968

2

La recherche du plaisir

Intérêt personnel et abandon de soi. Le besoin de se satisfaire. Niveaux de satisfaction. Une satisfaction psychologique a-t-elle un sens quelconque ? « Un tourbillon de mal et de souffrance intérieure. » Agressivité. Recherche du plaisir. « Il n'y a pas de racines de bonheur dans le plaisir – il n'y a que des racines de souffrance et d'indifférence. » Observer comporte sa propre discipline.

KRISHNAMURTI – De quoi parlerons-nous ce matin ? *(Pause.)*

AUDITEUR – Ne pouvons-nous pas poursuivre le sujet traité la dernière fois, qui concerne les concepts ? Pouvons-nous vivre sans concept, sans croyance ?

K. – Ne pensez-vous pas qu'avant d'aborder cette question-là, ou n'importe laquelle, il serait important d'examiner, de critiquer, non pas quelqu'un d'autre, mais – ce qui est encore beaucoup plus important – d'être conscient de soi-même dans un esprit critique ? Il me semble beaucoup plus important de mettre en question nos propres mobiles, nos attitudes, nos croyances, nos manières de vivre, nos habitudes, nos traditions, notre manière et nos raisons de penser de telle ou de telle façon. Parce que je ne vois pas comment nous pouvons espérer avoir une certaine santé mentale si nous ne prenons pas conscience de nos propres raisonnements ou de notre absence de raisonnement, si nous n'avons aucune lucidité en ce qui concerne nos attitudes émotives ou nos croyances – larges ou étroites. Je ne vois pas comment nous pouvons espérer instaurer un équilibre quelconque dans nos vies (l'équilibre étant une façon de vivre plus ou moins saine) à moins d'être conscients, dans un esprit critique, des choses dont nous parlons et, par conséquent, de mettre tout en question, sans accepter *quoi que ce soit*, qu'il s'agisse de nous-mêmes ou des autres. Il me semble que si nous pouvions commencer par cela – ce qui ne veut pas dire que nous devrions être sceptiques à propos de tout, ce qui serait une forme de démence ; mais si nous pouvions mettre tout en doute, il me semble que ce que nous découvrirons ce matin, en discutant, aura quelque valeur.

A. – Pouvons-nous continuer à traiter le sujet dont vous venez de parler ?

A. – Pouvez-vous nous parler du temps et de l'espace ?

A. – Pouvez-vous nous parler de ce docteur qui a pris du L.S.D., qui a détruit l'espace en lui-même en fonction de l'observateur et de la chose observée ?

A. – Pouvons-nous discuter de l'envie et des activités qui en découlent ?

K. – Monsieur, si je peux vous poser une question – quel est l'intérêt profond, fondamental et durable de votre vie ?

A. – *(Inaudible.)*

K. – C'est *cela* votre intérêt fondamental, monsieur ? C'est un peu juste, non ? Si vous vouliez bien éviter toutes ces questions indirectes, obliques, à double entente, qui sont hors du sujet, et si vous vouliez en traiter une directement et honnêtement, ne sauriez-vous pas quel est dans la vie votre intérêt durable et fondamental ?

A. – Être libre.

A. – Être heureux.

A. – Ce qui m'intéresse vraiment, c'est moi-même.

K. – ... c'est le cas de la plupart d'entre nous. Je m'intéresse à mon progrès, ma situation, ma petite famille, à mon avancement, mon prestige, mon pouvoir, à ma domination sur les autres, et ainsi de suite. Il me semble qu'il serait logique, n'est-il pas vrai, de reconnaître que chacun de nous s'intéresse principalement à lui-même – moi d'abord et tout le reste en second.

A. – Mais c'est très mal.

K. – Je ne pense pas que ce soit mal. Où est le mal ? Vous voyez, monsieur, c'est là ce que nous faisons tout le temps. Prenons ce fait-là. Presque tous, nous nous intéressons au petit recoin dans lequel nous vivons, non seulement extérieurement, mais intérieurement. Tout cela nous intéresse, mais jamais, honnêtement, et décemment, nous ne voulons le reconnaître. Et si par hasard nous le reconnaissons, nous en avons plutôt honte et nous ajoutons des commentaires comme : « Je ne trouve pas que ce soit bien » ou « C'est mal », « ça n'est d'aucune aide à l'humanité », et tout ce blabla. Donc, voilà le fait. On s'intéresse à *soi-même* fondamentalement, on a l'impression que c'est mal (pour diverses raisons traditionnelles, idéologiques, et ainsi de suite), mais le fait quotidien et réel, c'est qu'on s'intéresse à soi-même et qu'on a l'idée que c'est *mal*. Mais ce que vous *pensez* est hors de question, sans valeur. Alors pourquoi introduire cet élément ? Pourquoi dire : « C'est mal » ? C'est là une *idée*, n'est-ce pas ? – c'est un concept. Mais, ce qui *est*, c'est le fait que nous nous intéressons principalement à nous-mêmes.

A. – Je ne sais pas si je peux me permettre de poser une question.

K. – Tout à fait, monsieur, allez-y.

A. – Quand je fais quelque chose pour les autres, j'éprouve une sorte de satisfaction. Je vois très bien que cet intérêt féroce qu'on porte à soi-même n'est pas satisfaisant, mais travailler dans une école ou aider quelqu'un est plus satisfaisant que de penser à soi-même, chose qui ne donne pas la même satisfaction.

K. – Où est la différence ? Vous avez soif de satisfaction – ce qui est une forme d'égoïsme. Suivez ceci pour vous-même, monsieur. Si vous cherchez une certaine satisfaction à aider les autres, et que par conséquent cela vous donne plus de satisfaction, c'est toujours à vous-même que vous vous intéressez, vous cherchez ce qui vous donnera la satisfaction la plus grande. Mais pourquoi faire intervenir un concept idéologique ? On a soif de liberté parce qu'elle est beaucoup plus satisfaisante, et vivre une petite vie mesquine ne l'est pas. Alors, pourquoi avons-nous ainsi une pensée double ? Pourquoi dire qu'une chose est satisfaisante et qu'une autre ne l'est pas ? Vous comprenez, monsieur ? Pourquoi ne pas dire : « Vraiment, ce que je recherche, c'est la *satisfaction* quelle qu'elle soit, qu'il s'agisse de vie sexuelle, de liberté, d'aider les autres, de devenir un grand saint, un politicien, un ingénieur ou un homme de loi. Tout cela relève du même processus, n'est-ce pas ? La satisfaction sous des formes innombrables, évidentes ou subtiles, voilà ce que nous désirons. D'accord ? Et quand nous disons que nous sommes assoiffés de liberté, nous en sommes assoiffés parce que nous nous figurons que, peut-être, ce serait extrêmement agréable, que ce serait une satisfaction suprême ; et la suprême satisfaction, c'est cette idée étrange de réalisation de soi-même.

A. – Donc, il nous faut nous débarrasser de cette recherche de la satisfaction.

K. – Ah non ! monsieur. Attendez. Se débarrasser de la satisfaction n'est pas la liberté. Être libéré de quelque chose est entièrement différent. Ce n'est pas une chose que l'on obtient *à partir* de quelque chose. Si je me débarrasse, si je me libère de la satisfaction, je m'en libère parce que je recherche une satisfaction plus grande. D'accord ? Donc, ne vaudrait-il pas mieux nous demander pourquoi nous recherchons cette satisfaction ? N'allons pas dire : « Nous ne devrions pas », car ce n'est qu'un concept, une formule, et par conséquent une contradiction, et par conséquent un conflit. Donc, regardons cette seule et unique chose. La plupart d'entre nous voulons, désirons, recherchons la satisfaction : nous en sommes assoiffés. D'accord ?

A. – Mais je ne le crois pas.

K. – Vous ne le croyez pas. Et pourquoi non, monsieur ?

A. – La satisfaction ne m'intéresse pas particulièrement. Mais j'aimerais bien savoir pourquoi je suis insatisfait ?

K. – (O mon Dieu !) Comment savez-vous que vous êtes insatisfait ? Parce que vous savez ce que c'est que la satisfaction ! *(Rires.)* Messieurs, ne riez pas, pour l'amour du Ciel, ne riez pas. Nous ne sommes pas en train d'étaler des arguments subtils. Pourquoi suis-je insatisfait ? Parce que je suis marié et que je n'y trouve pas de satisfaction ; parce que je vais au temple et que cela ne me satisfait pas (suivez bien tout ceci). Je me rends à des réunions qui n'ont pas de sens pour moi, je vois des arbres et je ne ressens rien ; et alors, petit à petit, je me sens insatisfait de tout ce que je vois, de ce que je possède ou de ce que je ressens. Et cela veut dire quoi ? Que je recherche une satisfaction dans laquelle il n'y aurait nulle trace d'insatisfaction. C'est bien cela ? Ce n'est pas une affirmation subtile, c'est évident, n'est-ce pas ? Non, monsieur ? Regardez, chacun de nous recherche une certaine satisfaction tout en étant insatisfait. D'accord ? Eh bien, maintenant, pourquoi recherchons-nous la satisfaction ? Il ne s'agit pas de savoir si c'est bien ou mal, mais quel est le mécanisme de cette recherche. *(Un long silence.)* Vous attendez-vous à ce que je vous analyse la question ?

A. – Dans certains domaines, il nous faut rechercher la satisfaction si nous voulons survivre.

K. – Oui, évidemment, il y a des nécessités fondamentales. Mais attendez, monsieur, avant que nous y arrivions, ne pouvons-nous pas découvrir pourquoi nous recherchons la satisfaction ? Creusons un peu, monsieur. Qu'est-ce que la satisfaction ?

A. – Je crois que nous avons besoin de cette lucidité dont vous parlez, si nous voulons distinguer par nous-mêmes ce qui peut nous donner un bonheur durable.

K. – Monsieur, ne vous amusez pas à jouer avec des mots, mais pensez-y un peu, pensez-y. Je ne sais rien du tout sur la lucidité. Je ne veux pas en entendre parler, pas plus que du permanent et de l'impermanent. Nous voulons découvrir pourquoi nous autres, êtres humains, recherchons toujours la satisfaction.

A. – *(Question confuse.)*
Nous recherchons la satisfaction parce que nous voulons changer.

K. – Attendez, messieurs, attendez une minute. La nourriture vous satisfait, n'est-ce pas ? Manger un bon repas. Pourquoi ? Parce que j'ai faim et qu'il est bon de se débarrasser de ce sentiment de vide. Maintenant, pour élever un peu le débat, parlons de la vie sexuelle. C'est très satisfaisant, apparemment. Comme vous êtes silencieux ! Et puis, le fait d'avoir une situation qui vous permet de dominer les autres, ça aussi c'est très satisfaisant. Vous éprouvez un sentiment de puissance, vous sentez que vous pouvez donner des ordres, et cela aussi est très satisfaisant. On recherche différentes façons de trouver la satisfaction – par la nourriture, la vie sexuelle, la situation sociale, différentes qualités, et ainsi de suite. Pourquoi ? On peut comprendre, quand vous avez besoin de vous nourrir, que vous éprouviez une certaine satisfaction en mangeant, mais pourquoi passer à un autre niveau de satisfaction, d'autres niveaux de satisfaction existent-ils ? Ma nourriture me satisfait, mais j'en veux différentes variétés, et si j'ai l'argent et l'appétit, je m'en procurerai. Je désire également avoir une situation éminente dans la société, une situation où je sois respecté, chose très satisfaisante, parce que là je suis en sécurité, avec une grande maison, l'agent de police devant la porte, et tout ce qui s'ensuit. Puis j'en veux toujours plus. Une maison plus grande, deux agents de police, et ainsi de suite. Eh bien, qu'est-ce que c'est que cette soif de satisfaction ? Vous comprenez, messieurs, cette soif, qu'est-ce que c'est ? J'ai un besoin impérieux d'aliments, je mange et je bois, si je le peux. Mais cette soif d'une situation sociale – prenons cela comme exemple – la plupart d'entre nous désirent avoir une situation éminente, être le meilleur ingénieur, le meilleur avocat ou le président de quelque société, ou ceci ou cela. Pourquoi ? À part l'argent que cela vous procure, à part le confort, pourquoi ce désir ?

A. – Je veux faire voir aux autres ce dont je suis capable.

K. – Autrement dit, inspirer de l'envie à votre prochain ?

A. – *(Inaudible.)*

K. – Est-ce bien cela ? Attendez, monsieur, vous n'avez pas encore entendu cet autre monsieur. Si vous n'aviez pas votre situation, vous ne seriez rien du tout. Dénudez le pape de ses vêtements sacerdotaux, ou le sanyasi de son tamasha, ils ne seraient plus rien du tout. Est-ce cela ? Nous avons donc peur d'être nuls, et c'est pour cela que nous sommes assoiffés de standing. Être considéré comme un érudit, un philosophe, un maître. Si vous vous trouvez dans cette situation, c'est très satisfaisant – voir votre nom imprimé dans les journaux, et des gens qui viennent à vous, et ainsi de suite. Est-ce là pourquoi nous faisons tout ceci ? C'est qu'intérieurement nous sommes des gens tout à fait ordinaires, en proie aux tourments, aux conflits, aux luttes familiales, rongés d'amertume, d'anxiété, de peur, une peur qui est constamment là. Et avoir une situation extérieure où je suis respecté, considéré comme un citoyen éminent, c'est très satisfaisant. D'accord ? Et pourquoi ai-je soif de cette situation extérieure ? Je me pose la question et vous répondez : « Je le désire parce que, dans la vie quotidienne, je suis simplement un petit être humain pas très heureux. » D'accord ? Est-ce bien cela ?

A. – *(Plusieurs suggestions inaudibles.)*

K. – Que se passe-t-il en réalité ? Nous en sommes arrivés à un certain point, monsieur, continuons. Ce point c'est que chacun recherche une situation qui lui sera agréable parce que, intérieurement, chacun est… un petit homme très ordinaire. Mais d'avoir un agent de police à mon portail me donne une grande importance. Vous êtes d'accord ? C'est évident, n'est-ce pas ? Ce n'est pas une chose que nous ayons à approfondir.

A. – Mais il faut que nous nous dévoilions, monsieur.

K. – Mais en ce moment je vous dévoile ! Ça ne vous plaît peut-être pas, mais c'est un fait ! – je suis en moi-même une petite entité triste, soutenue par toutes sortes de dogmes, de croyances en Dieu, de rites et tout cela. Un tourbillon de misères et de souffrances intérieures, mais, extérieurement, j'ai besoin d'un agent de police au portail ! Et, maintenant, pourquoi ai-je cette soif d'un prestige extérieur ? Vous comprenez ? Pourquoi ?

A. – *(Un auditeur inaudible.)*

K. – Non, monsieur, s'il vous plaît, approfondissons la question. Pourquoi ce besoin en nous ? Quelle en est la cause ? Et n'allez pas réduire tout cela au mot « égoïsme », monsieur.

A. – *(Une longue remarque inaudible.)*

K. – Monsieur, monsieur. Regardez, monsieur ! N'êtes-vous pas assoiffé de situation, de standing, de puissance, de prestige, d'être reconnu comme étant un grand homme, de jouir d'une certaine célébrité, et ainsi de suite ? Ce désir n'existe-t-il pas en vous ?

A. – *(Un auditeur qu'on n'entend pas.)*

K. – Vous voyez comment vous vous dérobez devant cette question. Ce désir n'existe-t-il pas en vous ?

A. – Si.

K. – Enfin ! Et maintenant, pourquoi ? Creusons la question, monsieur. Pourquoi, pourquoi être ainsi assoiffé de standing ? N'allez pas dire que c'est dû aux circonstances, que je me trouve dans cette situation par la société qui m'entoure, que j'ai été conditionné de cette manière.

A. – Mais j'ai soif d'une belle situation de la même façon dont j'ai faim quand j'ai besoin de nourriture.

K. – Ah non ! monsieur, pas du tout ! Voyez, nous ne voulons pas regarder la question en face du tout !

A. – *(Remarques diverses. Inaudible.)*

K. – Je vous en prie, soyons sérieux. Déverser comme cela un flot de paroles est tellement vain. Vous ne réfléchissez pas vraiment. Voici une question très simple. Chacun dans le monde entier désire une belle situation – que ce soit dans la société, dans la famille ou d'être assis à la droite de Dieu, « à la droite du Père ». Tout le monde désire une belle situation. On en est assoiffé. Pourquoi ?

A. – *(Quelqu'un fait une remarque qu'on n'entend pas.)*

K. – Non, monsieur. Ne lancez pas des paroles à la volée. Analysez la chose, monsieur, ne vous contentez pas de répondre ! Pourquoi cette soif ?

A. – Mais c'est naturel.

K. – Vraiment ? Ah ! monsieur, vous dites une chose et vite vous passez à autre chose. Avez-vous jamais observé les animaux ? Allez dans un poulailler ; n'avez-vous pas remarqué qu'il y a toujours un poulet qui donne des coups de bec à un autre ? Il y a un ordre, une hiérarchie des coups de bec. Donc, c'est peut-être une chose que nous avons héritée – vouloir dominer, être agressif, rechercher une situation, c'est une forme d'agressivité, non ? Évidemment que ça l'est. Je veux dire que le saint qui recherche une situation éminente par sa sainteté est tout aussi agressif que le poulet qui donne des coups de bec dans son poulailler. Je ne sais pas si vous suivez tout ceci. Non, vous ne suivez pas. Peut-être que nous avons hérité de ce désir agressif de dominer ; autrement dit, d'atteindre à une certaine situation. D'accord ? Et qu'est-ce que ceci implique, cette agressivité, jouir d'une certaine situation dans la société (une situation que les autres devront reconnaître, sinon ce n'est pas une véritable situation sociale) ? J'ai toujours le désir d'être assis sur une estrade. Pourquoi ? *(Pause.)* Je vous en prie, poursuivons, messieurs, c'est moi qui fais tout le travail. Pourquoi cette agressivité existe-t-elle en vous ? *(Murmure dans l'auditoire.)* Non, monsieur, ce n'est pas une question de quelque chose qui nous manque. Mon Dieu ! comment pouvons-nous espérer discuter avec un groupe de gens qui se refusent toujours à approfondir quoi que ce soit.

A. – *(Inaudible.)*

K. – C'est bien là une des raisons, monsieur. Mais regardons-y de plus près. Il y a l'agressivité. D'accord ? Quand je suis assoiffé d'une situation sociale qui soit reconnue par la société, c'est une forme d'agression. Mais pourquoi donc suis-je agressif ?

A. – *(Encore un murmure qu'on ne comprend pas.)*

K. – Voyez-vous, vous refusez de vous poser la question à vous-même. Vous vous refusez à découvrir en vous-même pourquoi vous êtes agressif. Oubliez maintenant la « situation sociale », c'est une chose que nous avons analysée ; mais pourquoi sommes-nous agressifs ?

A. – Pour atteindre à ce que nous désirons, à ce qui est notre but.

K. – Et quel est votre but ? (C'est une chose que nous avons déjà dite, monsieur. C'est un point que nous avons dépassé.) Et notre question est maintenant : « Pourquoi sommes-nous agressifs ? » Creusez la chose, s'il vous plaît, monsieur. Le politicien est agressif, les gens importants sont agressifs, que ce soit des hommes d'affaires ou religieux, ils le sont. Pourquoi ?

A. – L'agressivité naît de la peur.

K. – Est-ce vrai ? Peut-être. Découvrez cela par vous-même, monsieur. Vous êtes agressif dans votre famille. Pourquoi ? Dans votre bureau, dans l'autobus, et ainsi de suite. Pourquoi êtes-vous agressif ? Ne donnez pas d'explication, monsieur. Découvrez tout simplement pourquoi vous l'*êtes*.

A. – Mais pourquoi ai-je peur de ne rien être du tout ?

K. – Regardez ! Comme l'a dit ce monsieur tout à l'heure, la peur est peut-être la cause de cette agressivité. Parce que la société est ainsi faite qu'un citoyen qui occupe une situation respectable est traité avec courtoisie, tandis que celui qui ne jouit d'aucune situation du tout se fait bousculer – on l'envoie dans l'armée au Vietnam pour se faire tuer. Alors, pourquoi sommes-nous agressifs ? Est-ce parce que nous avons peur d'être des rien du tout ? Ne répondez pas, monsieur. Creusez. Regardez en vous-même. La recherche d'une belle situation est devenue une habitude. Nous n'avons pas vraiment peur, mais c'est devenu une habitude. Je ne sais pas si vous suivez tout ceci. Si c'est la peur qui nous rend agressifs, c'est un aspect de la question. Mais c'est peut-être la pression ambiante de la société qui nous rend agressifs. Vous savez, monsieur, on a fait des expériences biologiques. On a mis des rats par milliers dans une toute petite pièce. Dans cette situation, ils perdent tout sens des proportions. La mère qui est sur le point d'avoir des petits, la mère rat ne s'en soucie pas parce que la pression de l'espace, l'absence d'espace vital, le fait qu'un tel nombre de rats vivent ensemble les rend fous. Suivez bien ceci. De la même façon, si les gens vivent dans une ville extrêmement peuplée et ne disposent pas de l'espace vital nécessaire, cela les rend très agressifs, cela les rend violents. Les animaux ont besoin d'un espace pour chasser ; ils ont des droits territoriaux tout comme les oiseaux. Ils marquent leur territoire et ils chasseront tout animal qui envahira ce territoire. C'est ainsi qu'ils ont des droits territoriaux et des droits sexuels – tous les animaux sont ainsi faits. Et les droits sexuels n'ont pas la même importance que les droits territoriaux. D'accord ? Évidemment, il y en a parmi vous qui savent tout ceci très bien. Il est donc possible que nous soyons agressifs parce que nous ne disposons pas d'un espace vital convenable. Est-ce que vous me suivez ? C'est peut-être une des raisons qui nous rend agressifs. Une famille qui vit dans une petite pièce ou dans une petite maison, où cohabitent dix personnes : on explose, on s'irrite pour un rien. Et c'est ainsi que l'homme a besoin d'espace, et s'il ne dispose pas d'un espace physique suffisant, c'est peut-être là une des raisons qui le rend agressif. Et on peut être agressif aussi parce qu'on a peur. Dans quelle catégorie vous situez-vous ? Êtes-vous agressif parce que vous avez peur ?

A. – *(Un murmure qu'on n'entend pas.)*

K. – Donc vous dites, vous monsieur, qu'une fois votre sécurité physique garantie, vous ne serez plus agressif ? Mais cela existe-t-il, une sécurité dans la vie, une sécurité qui soit garantie ? C'est peut-être bien là la raison fondamentale pour laquelle nous avons peur – sachant qu'une sécurité durable n'existe pas. Au Vietnam, il n'y a pas de sécurité. Ici, vous jouissez peut-être d'une certaine sécurité, mais dès qu'il y a une guerre, il n'y a plus de sécurité, et s'il survient un tremblement de terre, tout est détruit, et ainsi de suite. Donc, examinez tout ceci en vous-même, monsieur, découvrez par vous-même si votre agressivité est née de la peur ou du fait du surpeuplement – sur le plan extérieur et intérieur. Intérieurement, vous n'avez aucune liberté – intellectuellement, vous *n'êtes pas* libre, vous répétez ce qui a été dit par d'autres. Le progrès technique, la société, la communauté, tout cela est constamment ressenti comme une pression à laquelle vous êtes incapable de résister, et par conséquent vous explosez, vous avez le sentiment d'être frustré. Eh bien, messieurs, de quoi s'agit-il ? Vous appartenez à quelle catégorie ? Découvrez-le, messieurs. *(Longue pause.)* Si vous avez peur et que vous êtes agressifs pour cette raison-là, comment allez-vous agir à l'égard de la peur ? Et si vous êtes libérés de toute peur, allez-vous pour cela renoncer au plaisir que vous procure l'agressivité ? Et sachant que ce plaisir que vous procure l'agression vous l'avez perdu, cela vous est-il égal d'avoir peur ? D'accord ? Vous me suivez ? *(Pause.)* La peur est une chose pénible, l'agressivité est beaucoup plus agréable. D'accord ? Donc, je tolère un peu de peur parce que l'agressivité, avec le plaisir qui l'accompagne, lui fait équilibre.

A. – Je me rends très bien compte de toute la difficulté de toute cette situation.

K. – Ah ! je ne suis pas du tout sûr que vous en ayez véritablement conscience. Creusez la chose. Je vous pose la question. Alors vous préférez sans doute être agressif, mais en même temps vous avez peur. Donc, en fait ça vous est égal d'avoir peur ou d'être agressif.

A. – *(Un murmure qu'on n'entend pas.)*

K. – Messieurs, ceci est une question très difficile, parce que chacun de vous va interpréter son agressivité à sa façon. Mais si nous pouvions faire face à cette question de voir si nous pouvons comprendre la peur et nous rendre compte s'il y a une possibilité de nous en affranchir, alors, ayant éclairei ce point, l'agressivité demeurerait-elle – la vôtre, la mienne, celle de celui-ci ou de celui-là ? Vous suivez, monsieur ? Donc, examinons ce premier point. Est-ce la peur qui est la cause de l'agressivité ? C'est très évidemment le cas. J'ai peur de n'avoir aucune croyance et, par conséquent, je deviens agressif au sujet de toute croyance qui est la mienne. La peur a donné naissance à une agressivité liée à ma croyance. C'est une chose toute simple. D'accord ? (Est-ce que vous êtes en train de somnoler d'un sommeil matinal, ou quoi ?) Est-il possible de s'affranchir de la peur ? (Enfin !) On ne pose cette question que quand on a véritablement le désir de s'affranchir de la peur. Est-il possible de vivre sans peur ? C'est un problème infiniment complexe. Il ne s'agit pas de dire : « Oui, il nous faut vivre sans peur », et de déverser toute une série de lieux communs à ce sujet. Mais peut-on vivre sans peur, et qu'est-ce que cela *veut dire* ? Physiquement, qu'est-ce que cela veut dire ? Avançons pas à pas. Qu'est-ce que cela signifie que de vivre sans peur, physiquement ? Est-il possible, dans cette société telle qu'elle est structurée, dans une culture qui est la nôtre, qu'elle soit communiste ou que ce soit la culture de notre pays actuel, ou une culture ancienne, est-il possible de vivre sans peur dans une société quelconque ?

A. – Ce n'est pas possible.

K. – Pourquoi ? C'est extraordinaire, messieurs ! Dès qu'on en arrive à des questions fondamentales, vous restez tous à peu près silencieux.

A. – Mais je réfléchis à ce qui se passerait dans ma vie.

K. – Craignez-vous, si vous disposiez d'une sécurité durable dans une société stable, d'être sans peur ? *(Un murmure.)* (Oui, monsieur. J'ai compris, monsieur.) Donc, vous n'aurez pas peur si vous pouvez avoir la certitude que votre vie, que l'existence quotidienne à laquelle vous êtes habitué, ne sera pas troublée et que vous n'aurez pas à sortir de la routine à laquelle vous êtes habitué. D'accord ? Et c'est la base sur laquelle nous construisons une société. Évidemment. C'est là ce qu'ont fait les communistes. Vous dites donc qu'il n'est pas possible de vivre dans une société sans qu'existe la peur. C'est bien ça ? Non ?

A. – Il me semble que cela doit être possible, mais je ne sais pas comment faire.

K. – Ah ! Si vous vous figurez que c'est possible, c'est un concept. Le fait est qu'on redoute de vivre dans la société telle qu'elle est sans avoir peur. D'accord ?

A. – *(Inaudible.)*

K. – (Mais c'est ce que nous faisons, monsieur, c'est ce dont nous parlons.) Une de nos craintes, c'est que, pour vivre dans toute société, il faille être agressif. Acceptons cela pendant un moment. Que pour vivre dans une société d'aucune espèce, communiste, capitaliste, ou hindoue, ou musulmane, vous êtes forcément agressif et, par conséquent, effrayé si vous voulez simplement survivre. Et restons-en là. Et, maintenant, à quel autre niveau de notre existence sommes-nous effrayés ? Je peux comprendre que j'aie peur de ne pas avoir assez à manger pour demain et que, par conséquent, je fasse des provisions pour un mois ou pour quelques jours, et je vais monter la garde devant ces provisions et veiller à ce que personne ne vienne me les voler. Et puis, je crains que le gouvernement ne fasse un jour quelque chose d'inattendu, et j'ai peur. Ça aussi, je peux le comprendre. Donc, à ce niveau-là, nous sommes agressifs. Mais ne sommes-nous apeurés qu'à ce niveau-là ?

A. – Intérieurement, il en est de même.

K. – Qu'entendez-vous par « intérieurement » ? Qu'est-ce que cela veut dire, monsieur ?

A. – *(Un auditeur qu'on ne comprend pas.)*

K. – Alors, la peur existe à un autre niveau. Quelqu'un a suggéré qu'il existe une peur dans nos relations humaines et que c'est pour cette raison que nous sommes agressifs dans nos relations. Pourquoi sommes-nous effrayés dans les relations humaines ? Avez-vous peur de votre femme, de votre mari, de votre voisin ou de votre chef ? Je sais que c'est assez pénible de reconnaître que vous avez peur de votre femme ! Mais on a peur dans toutes les relations possibles. Pourquoi ?

A. – *(Inaudible.)*

K. – Pourquoi ai-je peur ? S'il vous plaît, voyez la question d'une façon simple parce qu'elle va devenir compliquée tout à l'heure, et si nous ne sommes pas simples au début de notre enquête, nous en arriverons à ne rien comprendre du tout. Pourquoi ai-je peur de ma femme, de mon voisin, de mon chef (tout cela, ce sont des relations humaines) ? Pourquoi ?

A. – *(Des murmures.)*

K. – Cher ami, vous n'êtes pas marié ! Donc, laissez la chose de côté pour le moment. Votre calamité personnelle, nous en parlerons tout à l'heure !

A. – Je ressens une peur dans mes relations parce que lui, ou elle, ou mon chef peuvent me priver de quelque chose… *(Inaudible.)*

K. – Mais comment vous proposez-vous de discuter de tout ceci si vous vous refusez à avancer pas à pas ? Ne sautez pas d'une chose à une autre ; n'adoptez pas de conclusion prématurée. Avez-vous peur de votre voisin, de votre chef ? *Peur*, vous savez bien. Il pourrait vous faire perdre votre situation, il pourrait ne pas vous donner une augmentation, ne pas vous encourager. Et aussi, vous avez peut-être peur de votre femme parce qu'elle vous domine, elle vous agace, elle vous bouscule, elle est laide. Donc, on a peur. Pourquoi ? Parce qu'on est assoiffé de continuité. Avançons plus lentement encore. Je m'excuse de vouloir avancer très lentement, pas à pas. J'ai peur de ma femme. Pourquoi ? J'ai peur parce que – et c'est très simple – elle me domine, elle me harcèle, et je n'aime pas cela. Je suis assez sensible, elle est agressive, et je suis lié à elle par une cérémonie, le mariage, les enfants – donc, j'ai peur. Elle me domine et ça m'est pénible. D'accord, messieurs ? J'ai peur pour cette raison-là, parce que je suis plutôt sensible, et j'aimerais mieux agir autrement. J'aime regarder les arbres, jouer avec mes enfants, aller à mon bureau pas trop tôt, faire ceci ou cela, et elle me brime et je n'aime pas être brimé. Donc, je commence à la craindre. D'accord ? Et, d'autre part, si je me rebiffe et que je dise : « Laisse-moi tranquille », elle me refusera tout plaisir sexuel, mon plaisir avec elle ; donc, j'ai encore peur de cela. Vous êtes d'accord, messieurs ? Vous êtes bien silencieux ! (Quelle génération extraordinaire !) J'ai peur parce qu'elle veut se quereller avec moi, et ainsi de suite. Alors, qu'est-ce que je vais faire ? J'ai peur et je suis censé être lié à elle. Elle me domine, elle me brime, elle me donne des ordres, elle me méprise, et si je suis un homme fort, je la méprise. Vous savez bien ! Alors, que faire ? J'ai peur ; est-ce un fait – et je le reconnais – ou bien est-ce que j'édulcore la situation en disant : « C'est mon karma », « C'est mon conditionnement », vous savez bien – et aussi vous vous plaignez de la société et de votre environnement.

A. – Je suppose qu'on est obligé de souffrir en silence.

K. – Souffrir en silence ! Mais c'est ce qui vous arrive en tout cas.

A. – Il faut divorcer !

K. – Divorcer, ça coûte cher et ça prend trop de temps. Alors, qu'allez-vous faire ?

A. – Me résigner.

K. – Alors, que se passe-t-il ? Suivez-moi, messieurs. Qu'est-ce qui se passe ? Vous avez peur et vous le supportez. Alors, qu'est-ce qui vous arrive ? Vous avez peur et vous vous habituez à cette peur. Vous vous habituez à être maltraité, vous vous habituez à votre environnement. Ainsi, petit à petit, vous devenez de plus en plus morne. Petit à petit, vous perdez toute sensitivité. Vous ne regardez plus les arbres que vous regardiez naguère, et jamais vous ne souriez. Graduellement, vous devenez lamentable. C'est exactement ce qui vous est arrivé, à vous, messieurs et mesdames. Parce que vous vous y êtes habitués. Vous vous êtes habitués à cette société pourrie, aux rues crasseuses. Vous ne regardez plus ni les rues crasseuses ni le soleil merveilleux du soir. Donc, la peur (le fait de ne pas l'avoir comprise) vous réduit à cet état lamentable. Mais qu'allez-vous *faire*, messieurs ? Je vous en prie, ne vous contentez pas de dire : « Oui, vous avez raison. » Un docteur a fait le diagnostic de votre maladie et il vous demande ce que vous allez faire. Vous vous êtes habitués aux Upanishad, à la Gita, à la saleté, à la fange, à la méchanceté de votre femme, à la domination des politiciens, vous êtes devenus entièrement insensitifs et mornes. Vous pouvez donner des conférences très intellectuelles, lire, citer, tout cela, mais, intérieurement, vous êtes complètement abêtis. Alors, qu'allez-vous faire ? Vous n'avez rien à répondre ?

A. – Nous débarrasser de tout cela.

K. – Et comment ? Par un geste charmant ?

A. – Me débarrasser des relations en question.

K. – La quitter, quitter les enfants ? Pour retomber dans un nouveau piège ? Mais qu'allez-vous *faire*, monsieur ?

A. – Trouver pourquoi ma femme me brime.

K. – Elle ne va pas me le dire. Elle a ses propres soucis, elle a Dieu sait quels problèmes, elle est insatisfaite sexuellement, elle est peut-être malade – il peut y avoir mille raisons. Ou bien elle a le sentiment d'avoir besoin de se reposer, de prendre des vacances, d'être un peu sans son mari, de s'éloigner de lui. Donc, ce n'est pas par elle que je vais pouvoir découvrir pourquoi elle me brime. C'est moi-même qui dois agir à l'égard de moi-même. Mon Dieu ! Vous êtes si… Donc, que vais-je faire ?

A. – Résister.

K. – Je ne peux pas.

A. – Chercher à me réconcilier.

K. – Mon Dieu ! Elle va garder son caractère et moi le mien. Alors, qu'est-ce que je vais faire ?

A. – Devenir indifférent.

K. – C'est tout ce que vous avez déjà fait. Vous êtes complètement indifférent à *tout*, aux arbres, à la beauté, à la pluie, aux nuages, à la crasse, à votre femme, à vos enfants. Vous êtes devenu complètement indifférent.

A. – Peut-être devons-nous mettre en doute tout ce que nous avons accepté jusqu'à maintenant.

K. – Écoutez, monsieur. C'est un problème beaucoup plus sérieux que cet échange verbal. Parce que vous êtes devenu indifférent, dur – à cause de votre peur, parce que vous êtes malmené par les dieux, les Upanishad, la Gita, les politiciens, votre femme, vous êtes devenu morne, n'est-ce pas ? Alors, comment allez-vous vous éveiller à cet état d'insensitivité et le rejeter ? Vous comprenez ma question ? Je suis tombé dans cette insensitivité à cause de ma femme, à cause des sempiternelles répétitions des livres sacrés, et de la société dans laquelle je vis, je suis devenu complètement indifférent. Ce qui m'arrive, ce qui arrive aux autres m'est complètement indifférent. Je suis devenu dur, insensible. Ceci je le reconnais, c'est un fait. Ou peut-être que vous ne le reconnaissez pas, peut-être vous dites-vous : « Il me reste tout de même des petits recoins par-ci par-là où subsiste une certaine sensitivité. » Mais ces petits recoins de sensitivité n'ont aucune valeur, quand tout le champ est flétri. Donc, que puis-je faire ? Je reconnais le fait tel qu'il est. Et la question n'est pas tellement comment m'en débarrasser. Je ne le condamne même pas. Je dis ; « C'est un fait. » Donc, que vais-je faire ? Alors, monsieur, que vais-je faire ?

A. – Je me sens complètement impuissant.

K. – Alors, vous ne pouvez rien faire du tout, et c'est ainsi que l'Inde tout entière se trouve dans l'état où elle est. Eh bien, maintenant, *moi* je veux faire quelque chose, véritablement je le veux. Vous, vos dieux, vos livres religieux, la société, la culture dans laquelle vous avez grandi, toutes ces choses m'ont rendu incroyablement indifférent et dur. Donc, que vais-je faire ? Alors, messieurs, que vais-je faire ?

A. – Rompre avec tout cela.

K. – Rompre ? Mais j'ai peur de rompre, n'est-ce pas ? Tout d'abord, suis-je conscient, lucide quant à mon indifférence ? L'êtes-vous, messieurs ? (Mais quelle génération !) *(Un long silence.)* Bon, messieurs, je vais avancer. Je suis devenu dur et j'en vois la raison. Ma femme, ma famille, la surpopulation, le poids immense de dix mille années de tradition, les rites incessants, la crasse qui entoure ma maison et parfois qui est dedans, etc. Je vois les raisons pour lesquelles mon esprit a été ainsi émoussé, par mon éducation, et ainsi de suite. C'est un fait. Et, maintenant, que vais-je faire ? Tout d'abord, je me refuse à vivre de cette façon-là. D'accord ? Je ne peux pas vivre de cette façon. C'est pire qu'un animal. (Mais tout ça ne vous intéresse pas.)

A. – Continuez, s'il vous plaît.

K. – Tout d'abord, je vois la cause, puis l'effet, et je vois qu'il est impossible de vivre ainsi. Eh bien, qu'est-ce donc qui me pousse à dire : « Il est impossible de vivre ainsi » ? Suivez tout ceci, s'il vous plaît. Messieurs, je vous en prie, ne toussez pas.) Ceci exige une grande attention. Qu'est-ce qui me pousse à dire : « Je ne vais pas vivre de cette façon-là » ? *(Un long silence.) Je* suis insensible. Si cela m'est pénible et que je désire changer, je change alors parce que je me figure qu'autre chose me procurera un plus grand plaisir. (Est-ce que vous ne voyez pas tout ceci !) Je veux changer parce que je vois qu'un esprit qui est abêti à ce point n'existe pas et qu'il faut un changement. Si je change parce que mon état est douloureux – suivez ceci, s'il vous plaît – si je change parce que cela m'est pénible, alors je suis encore à la poursuite du plaisir. D'accord ? Or, cette recherche du plaisir est précisément la cause de cette indifférence. Cette indifférence est venue parce que j'ai recherché le plaisir, le plaisir dans ma famille, dans mes dieux, les Upanishad, le Coran, la Bible, l'ordre établi ; tout cela m'a réduit à l'état où je suis. Cette *indifférence*. L'origine de ce mouvement a été le plaisir, et si je me révolte contre l'état où je suis arrivé, ce sera encore par recherche du plaisir !

Me suivez-vous ? Je viens de *voir* quelque chose. Je me suis rendu compte que si je change avec le plaisir pour mobile, je retomberai dans le même cercle. S'il vous plaît, messieurs, comprenez ceci avec votre cœur et non pas avec votre petit intellect rétréci. Comprenez ceci avec votre cœur : quand on commence à rechercher le plaisir, inévitablement on finit dans cette catastrophe qu'est l'insensibilité. Et si vous brisez avec cette insensibilité parce que vous recherchez un plaisir d'un autre ordre, vous retournez dans le même cercle infernal. Et alors, je me dis : « Mais regarde un peu ce que tu fais. » Il faut donc que je sois extrêmement en éveil pour observer le plaisir. Je ne vais pas le nier, parce que si je le nie, cela revient à rechercher un autre plaisir plus grand. Or, je vois que le plaisir réduit l'esprit à des habitudes qui entraînent une totale insensibilité. J'ai suspendu ce tableau au mur parce qu'il me procure un grand plaisir. Je l'ai regardé dans un musée ou dans une exposition, et je me dis : « Mais quel merveilleux tableau ! » Si je suis assez riche, je l'achète et je le pends au mur de ma chambre. Je le regarde tous les jours, et je me dis : « Comme il est beau ! » Puis je m'y habitue. Vous comprenez ? Et ainsi, le fait de le regarder tous les jours a établi une habitude qui, maintenant, m'empêche de regarder. Je ne sais pas si vous voyez la chose. C'est comme la vie sexuelle. Ainsi l'habitude, le fait de s'habituer à quelque chose, c'est le commencement de l'indifférence. Vous me suivez ? Vous vous habituez à la crasse du village tout proche parce que vous y passez tous les jours. Les petits garçons et les petites filles qui souillent la rue – la saleté, la crasse. Il y a accoutumance, ainsi vous êtes habitué. De la même façon, vous vous êtes habitué à la beauté d'un arbre et tout simplement vous ne le voyez plus. Donc, j'ai découvert que partout où je recherche le plaisir, il y a toujours, profondément enfouie, la racine de l'indifférence. S'il vous plaît, voyez cela. Dans le plaisir, il n'y a pas les racines de la félicité céleste, il n'y a que les racines de l'indifférence et de la douleur.

Que vais-je faire si je vois tout ceci très clairement ? Le plaisir est une chose si attirante ! Vous comprenez ? Je regarde cet arbre, c'est une joie profonde. Je vois un nuage sombre d'où tombe la pluie, un arc-en-ciel, c'est incroyablement beau, c'est un bonheur, une félicité, une jouissance profonde. Pourquoi ne pas en rester là ? Vous comprenez ? Pourquoi est-ce que je me dis : « Il me faut conserver cette impression » ? (Je ne sais pas si vous me suivez en tout ceci.) Et puis, quand le lendemain je revois de nouveau le sombre nuage d'où tombe la pluie et les feuilles agitées dans le vent, le souvenir de la veille gâche ce que je vois. Je suis devenu insensible. Donc, que vais-je faire ? Je ne vais pas refuser le plaisir, mais ça ne signifie pas non plus que je vais m'y complaire. Mais je comprends maintenant que, inévitablement, le plaisir engendre l'indifférence. C'est une chose que je constate. C'est une chose que je vois comme un fait, tout comme je vois ce micro – pas comme on voit une idée ou une théorie ou un concept, mais c'est un fait. D'accord ? Donc, en ce moment, j'observe les agissements du plaisir. Vous me suivez ? C'est le processus du plaisir que j'observe. Tout comme quand je dis : « Vous me plaisez », « Je n'aime pas telle personne », c'est agir selon le même modèle. Tous mes jugements sont fondés sur mes préférences et mes aversions. Vous me plaisez parce que vous êtes respectable et vous ne me plaisez pas parce que vous n'êtes *pas* respectable. Vous êtes musulman ou hindou, ou vous avez des perversions sexuelles et moi j'en préfère d'autres, et ainsi de suite. Vous me suivez ? Aversion et préférence. Donc, j'observe. Et l'aversion et la préférence sont à leur tour une habitude que j'ai cultivée par la recherche du plaisir. Et mon esprit, maintenant, observe tout le mouvement du plaisir, et vous êtes incapable de l'observer si vous le condamnez. Vous me suivez ? Et alors, mon esprit, que lui est-il arrivé ? Observez-le, monsieur. Qu'est-il arrivé à mon esprit ? (Ah ! voyez-vous, vous ne faites que prononcer des *paroles* et vous ne savez pas ce que vous dites.) (Ah ! monsieur, vous avez raison.) Mon esprit est devenu beaucoup plus sensitif. D'accord ? Et, par conséquent, beaucoup plus intelligent. Et, maintenant, c'est cette intelligence qui agit – non pas *mon* intelligence ou *votre* intelligence, simplement l'intelligence. Je ne sais pas si vous suivez tout ceci. Auparavant, il y avait une indifférence et ça m'était égal. Mon esprit se moquait complètement à l'idée de vivre comme un porc ou non. Puis je me suis rendu compte qu'il fallait changer. Puis j'ai vu que changer en vue d'un plus grand plaisir ce serait revenir à la même fange. Donc, mon esprit a vu quelque chose, a saisi quelque chose, et cela non parce que quelqu'un m'en a parlé – non, mais mon esprit a vu quelque chose très clairement. Il a vu que là où il y a la recherche du plaisir, il y a inévitablement l'indifférence, et ainsi il s'est aiguisé. Il observe chaque frémissement du plaisir, et vous ne pouvez observer quelque chose que librement, sans réserve, condamnation ou jugement. Et ainsi mon esprit est à l'affût ; et il dit : « Mais qu'est-ce qu'il m'arrive, pourquoi suis-je incapable de regarder un arbre ou la beauté d'un visage de femme ou d'enfant ? » Je ne peux pas fermer les yeux et m'enfuir aveuglément dans l'Himalaya. Le fait est *là devant moi.* D'accord ? Alors, que faire ? Me refuser à regarder ? Détourner la tête quand je rencontre une femme ? (C'est ce que font les sanyasi, ils connaissent tous les vieux trucs.) Donc, que vais-je faire ? Je regarde. Vous comprenez ? Je regarde. Je regarde cet arbre, la beauté de la branche, la ligne du tronc. Je regarde le beau visage bien proportionné, le sourire, les yeux. Je regarde. Suivez ceci. Quand je *regarde*, il n'y a pas plaisir. Avez-vous remarqué cela ? Avez-vous saisi ? Avez-vous compris ce dont nous parlons ? Quand je regarde vraiment, il n'y a pas de place pour le plaisir. Je ne regarde pas avec peur, disant : « Mon Dieu ! me suis-je laissé prendre au piège ! » Mais je regarde, que ce soit l'arbre, l'arc-en-ciel, la mouche, la belle femme ou l'homme. Je regarde. Et, dans ce regard, il n'y a pas de plaisir. Le plaisir ne surgit que quand intervient la pensée.

Faute de comprendre tout ce processus – les saints, ces êtres laids, frustes qu'on appelle des saints, les rishi, les écrivains condamnent cette libre observation. « Ne regardez pas », disent-ils. Bien au contraire – *regardez*. Et quand vous voyez très clairement, il n'y a ni plaisir ni déplaisir. Tout est là devant vous. La beauté du visage, la démarche, les vêtements, la beauté de l'arbre ; et puis une seconde après la pensée intervient et elle dit : « Cette femme était belle. » Et alors se met en branle toute l'imagerie de la vie sexuelle, les excitations, les frémissements. Vous me suivez, messieurs, et alors, qu'allez-vous faire ? Que se passe-t-il ? La pensée intervient, et ce qui est important maintenant, ce n'est pas le plaisir, parce que cela vous l'avez compris, le plaisir est sans intérêt. Regardez ce qui s'est passé. L'esprit est devenu extraordinairement sensitif et, par conséquent, hautement discipliné. Hautement discipliné, mais pas sous l'effet d'une discipline imposée. En observant combien je suis indifférent et dur, en observant et observant encore, l'esprit est devenu sensitif. C'est cette observation qui *est* la discipline. Je me demande si vous avez saisi tout ceci. Dans cette discipline il n'y a pas de suppression, il n'y a pas de censure, ni de suppression nécessaire s'il s'agit de *voir*. C'est ainsi que l'esprit est devenu hautement sensitif, hautement discipliné, austère – non pas de cette austérité qui concerne les vêtements, l'alimentation, tout cela est enfantin et fruste. Et, maintenant, l'esprit voit qu'il observe le plaisir, il voit que la continuité du plaisir est une création de la pensée. D'accord ?

Ainsi j'ai pénétré dans une dimension entièrement différente. Vous me comprenez ? Une dimension où il me faut travailler très dur et où personne ne peut rien me dire. Moi je peux vous parler, mais le travail doit être fait par vous-même. Donc, je dis : « Pourquoi la pensée intervient-elle en tout ceci ? » Je regarde l'arbre, je regarde une femme, je vois cet homme qui passe à côté d'une voiture luxueuse, belle, conduite par un chauffeur, et je me dis : « Très bien » ; mais pourquoi la pensée intervient-elle, pourquoi ? *(Un long silence.) (Un murmure dans l'auditoire.)* Non, monsieur, non monsieur. Je n'ai pas appris l'art de *regarder*. Écoutez ceci. Je ne l'ai pas appris. Quand j'ai dit : « Je vois l'indifférence, la dureté », je ne l'avais pas vraiment vue. La voir, non pas dans l'espoir de modifier cette dureté, simplement la voir. Et, maintenant, je me demande : « Pourquoi la pensée intervient-elle dans le tableau ? » Pourquoi ne puis-je pas me contenter simplement de regarder cet arbre, cette femme, cette voiture ? Pourquoi ? Pourquoi la pensée intervient-elle ?

A. – La mémoire intervient comme un obstacle.

K. – Posez-vous la question à vous-même, monsieur, et ne vous contentez pas de dire : « La mémoire intervient comme un obstacle. » Vous venez d'entendre quelqu'un d'autre le dire. Vous m'avez entendu dire cela des douzaines de fois et vous le répétez, et vous me lancez mes propres paroles à la figure. Elles n'ont plus de sens pour moi. Je pose une question tout à fait différente. Je demande pourquoi la pensée intervient. *(Murmures dans l'auditoire.)* Posez-vous la question, monsieur, et trouvez la réponse. Pourquoi cette intervention constante de la pensée ? Vous comprenez, monsieur ? C'est très intéressant si vous vous interrogez vous-même. Pour le moment, vous êtes incapable de regarder *quoi que ce soit* sans l'intervention d'une image, d'un symbole. Pourquoi ? *(Un long silence.)* Vous voulez que *moi* je réponde ? Ce monsieur est très confortablement assis et il dit « oui ». « Répondez, s'il vous plaît. » Et ça ne lui fera pas un sou de différence à lui. (Ceci est vrai, c'est devenu une habitude. Pendant cinquante années, en faisant tout ce que vous avez pu faire.) Si c'est une habitude, alors que puis-je faire ? Est-ce que je vois cette habitude sous forme d'idée, ou bien est-ce que je la vois *vraiment* ? Vous voyez la diffé-rence ? Si vous la voyez, il faut que vous partiez à la découverte.

Madras
5 janvier 1968

3

Le temps, l'espace et le centre

L'idéal, le concept et « ce qui est ». La nécessité de comprendre la souffrance : la douleur, la solitude, la peur, l'envie. Le centre-ego. L'espace et le temps de ce centre. Est-il possible de vivre dans ce monde sans qu'existe le centre-ego ? « Nous vivons dans la prison de notre propre pensée. » Voir la structure du centre. Regarder sans le centre.

KRISHNAMURTI – Quelle question allons-nous examiner ensemble ce matin ?

AUDITEUR – Qu'est-ce que la mémoire psychologique et comment est-elle gravée dans le cerveau ?

A. – Voudriez-vous approfondir la question du plaisir et de la pensée ?

A. – Qu'en est-il du concept relatif à la vie et à ce monde ?

K. – Désirez-vous discuter de cette question-là ? « Quel est le concept de la vie et de ce monde ? » Également, qu'est-ce que le penseur et la pensée… Qu'en dites-vous, messieurs ? Moi je suis prêt à discuter de n'importe quoi.

A. – Pouvons-nous continuer à parler de la pensée ? La dernière causerie s'est terminée sur le problème du temps et de l'espace.

A. – Pourrions-nous parler un peu plus, expliquer plus à fond les questions du temps, de l'espace et du centre, dont nous parlions l'autre jour ?

A. – Mais pourquoi discuter de quelque chose qui se réfère à l'autre jour ? Maintenant c'est fini.

K. – Peut-être qu'en discutant de cette question du concept de la vie, de l'existence, nous tomberons tout naturellement sur la question du temps, de l'espace et du centre. Je crois que toutes les questions posées seront comprises dans celle-là. Qu'en est-il de ce concept de vie ? Qu'entendons-nous par concept, par le mot ? Concevoir, imaginer, manifester. Un monde conceptuel, c'est un monde d'idées, de formules, de théories, un monde de formation imaginative et idéologique. C'est bien cela que nous entendons, n'est-ce pas, quand nous parlons de concept ? Un monde conceptuel, un monde idéologique. En tout premier lieu, quelle est sa place dans nos relations avec les autres, dans le cadre général de la vie ? Quel est le rapport entre le monde conceptuel que nous avons plus ou moins décrit ou expliqué verbalement, quel est le rapport donc, entre ce monde et notre vie quotidienne réelle ? Existe-t-il un rapport ? J'ai mal aux dents : c'est un fait évident. Et le concept que je me fais de ne pas avoir mal aux dents est une chose irréelle ; le fait réel est que j'ai mal aux dents. L'autre est une chose fictive, une idée. Et maintenant, quel est le rapport entre la réalité, le « ce qui est », la vie quotidienne réelle, et la formule, le concept ? Existe-t-il un rapport quelconque ? Vous croyez, ou tout au moins certains d'entre vous, les hindous, qu'il existe un atman (nous touchons à un sujet délicat), qu'il existe quelque chose de permanent. Mais cela c'est une idée, une théorie, un concept. N'est-ce pas ? Non ? Sankara ou les Vedanta, ou un individu quelconque a prétendu qu'existait cet atman, ce quelque chose, cette entité spirituelle. Mais ce n'est qu'une idée abstraite, n'est-ce pas ?

A. – C'est beaucoup plus que cela.

K. – Beaucoup plus ?

A. – *(Un murmure indistinct.)*

K. – Mais prétendre qu'il existe une chose permanente…

A. – *(Encore un murmure.)*

K. – (Mais je ne prétends rien, monsieur.) Il y a cette théorie, monsieur, ce concept qu'il existe un état permanent, une réalité en chacun de nous – Dieu, peu importe ce que vous voudrez l'appeler. Les chrétiens, les musulmans le disent tous. Différentes personnes se servent de mots différents. Ici vous disposez de toute une série de mots. Eh bien, tout cela n'est-il pas un concept dépourvu de toute espèce de réalité ?

A. – Pour le moment c'est un concept, mais nous espérons dans l'avenir découvrir cette chose par nous-mêmes.

K. – Si vous affirmez *l'existence* d'une certaine chose, d'un quelque chose, inévitablement vous le découvrez ! Psychologique-ment, c'est un processus des plus simples. Mais pourquoi affirmer quelque chose ?

A. – Je suis amoureux de la plus belle femme du monde, mais je ne l'ai jamais vue. Bien que je ne l'aie jamais vue, c'est un fait qu'elle est belle.

K. – Mais vous plaisantez, monsieur. Ça n'a rien à voir ! Ce que vous dites là, ça mène tout droit à la folie. Nous avons des idéo-logies, des concepts – l'idéal de l'homme parfait, l'idéal de ce qui devrait être, comment l'homme libéré devrait agir, penser, sentir, vivre et ainsi de suite ; mais tout cela ce sont des concepts, n'est-ce pas ?

A. – Mais ce que vous appelez le « ce qui est » est aussi, bien sûr, un concept !

K. – Ah oui ? Quand vous avez un vrai mal aux dents, c'est un concept ? Quand vous êtes véritablement malheureux parce que vous n'avez pas de situation, rien à manger, c'est un concept ? Et quand quelqu'un que vous aimiez meurt et que vous souffrez intensément, c'est un concept ?

A. – *(Inaudible.)*

K. – Quoi ! Un mal de dents est irréel ? Mais où vivez-vous donc tous ? Quand survient la mort dans votre vieillesse ou par accident, que vous vous cassez la jambe ou n'importe quoi, est-ce là une théorie, une idée problématique, est-ce un concept ? Pour le moment, monsieur, nous traitons de concepts. Le concept de la vie. Mais pourquoi avez-vous besoin de concepts ?

A. – Pour qualifier la vie.

K. – Et pourquoi qualifier la vie ? Je *vis*, je souffre.

A. – *(Inaudible.)*

K. – C'est précisément ça. « Comment s'y prend-on pour concevoir la vie ? » Mais pourquoi voulez-vous concevoir la vie ? Pour vous figurer ce que les choses *devraient être ?* Quelle est la réalité de la vie, demandez-vous. La réalité de la vie est là, c'est la souffrance. Il y a la douleur, il y a le plaisir, il y a le désespoir, il y a le tourment.

A. – Mais ce ne sont que des apparences.

K. – Qu'entendez-vous par « apparences » ? Ah ! Vous voulez dire que c'est une illusion ! Vous prétendez que ça n'existe pas, le plaisir, la souffrance, la guerre ? Que ce monde est une chose délicieuse ? *(Rires.)* Quand vous perdez votre situation, vous allez dire que ça n'existe pas ! Quand vous n'avez rien à manger, allez-vous dire que c'est une illusion ? Non ? Alors de quoi parlez-vous ? Vous dites que ça n'est pas vrai ? Mais alors, que voulez-vous dire ?

Vous dites qu'un concept est un moyen pour parvenir à une fin ? Vraiment, c'est un monde des plus extraordinaires. Mais de quoi parlons-nous tous ! Nous avons très soigneusement analysé ce mot

« concept », ce qu'il veut dire. D'accord ? Et ce monsieur dit que bien des gens ont besoin de concepts. Alors, gardez-les, monsieur, gardez-les donc !

A. – Ce n'est pas ce que je dis. Je dis que beaucoup de gens ont besoin de comprendre le mot « concept ».

K. – Mais nous venons juste de l'expliquer. Nous avons demandé quel rapport il y avait entre le concept et la vie quotidienne. La vie quotidienne, c'est la routine de tous les jours, aller au bureau, la routine de cette torture de la solitude, de la souffrance, et ainsi de suite. Et quel rapport entre tout *cela*, qui est le vrai, qui est « ce qui est », qui est ce qui se passe chaque jour de notre vie, quel est le rapport entre cela et le concept ?

A. – Puis-je dire quelque chose ?

K. – Monsieur, j'en suis ravi. Prenez la parole.

A. – *(Un long discours inaudible.)*

K. – Ah ! Il dit que si nous comprenions véritablement le concept, la vie serait différente, et il a cité un autre monsieur, je ne sais pas qui. Mais pourquoi devrais-je comprendre les concepts ? Quand je suis submergé par ma souffrance, que je suis affamé, que mon fils est mort, que je suis sourd, muet, bête – quel est le rapport entre le concept et tout cela ? Le concept étant le mot, l'idée, la théorie. Quel est le rapport existant entre cela et ma douloureuse solitude ?

A. – *(Intervention inaudible.)*

K. – Quoi, monsieur, quoi donc ? Je crois qu'il faut que nous avancions, sans cela nous n'arriverons à rien. Nous nous refusons à regarder les faits en face et nous tourbillonnons avec un flot de paroles. La réalité n'est pas un concept ; la réalité, c'est ma vie quotidienne. D'accord ? La réalité, c'est que je suis torturé, et la douleur ce n'est pas une théorie, ce n'est pas un concept, c'est un processus réel de la vie. Et alors je me dis : « Pourquoi me suis-je fait des concepts au sujet de la douleur ? » C'est un tel gaspillage d'avoir des concepts sur la douleur. Donc, des concepts je n'en veux pas. Je veux comprendre ma douleur. D'accord ?

Le problème est donc : qu'est-ce que la douleur ? Il y a une douleur physique telle que le mal de dents, le mal d'estomac, le mal de tête, les maladies, il y a aussi la souffrance à un autre niveau, au niveau psychologique. Et comment puis-je me libérer de *cela ?* Me libérer de la douleur intérieure ? Je peux aller trouver un docteur pour me faire guérir de ma douleur physique. Mais il y a la douleur psychologique et, dans ce sens-là, je souffre. Je souffre de quoi ? Quel est le sujet d'une telle souffrance, monsieur ?

A. – La solitude et la peur.

K. – Exactement ! La solitude et la peur. Et je veux maintenant m'en affranchir parce que cette solitude et cette peur sont toujours un fardeau, qui assombrit ma pensée, mon point de vue, ma vision, ma façon d'agir. Par conséquent, mon problème, c'est comment me libérer de la peur, et non pas d'une théorie quelconque. Les théories, je les ai jetées par-dessus bord. Je n'accepte plus aucune théorie sur aucun sujet. Donc, comment me débarrasser de ma peur ? Un concept va-t-il m'aider à m'en débarrasser ? C'est ce que vous disiez tout à l'heure, monsieur. Mais le fait d'avoir un concept au sujet de la peur, cela peut-il m'aider à m'en débarrasser ? Vous dites : « Oui », vous dites : « C'est une idée scientifique », « C'est une base de la réalité », « C'est une conclusion logique ».

Prenez donc un exemple tout simple, monsieur. Examinez-le par vous-même. N'allez pas introduire des faits scientifiques, logiques et biologiques. Il y a la peur. Est-ce qu'un concept de « non-peur » va m'aider à m'en débarrasser ? Monsieur, n'étalons pas de théorie. Vous avez une peur, n'est-ce pas ? Non ? Ne vous amusez pas à projeter des paroles. Vous avez une peur, n'est-ce pas ? Un concept va-t-il vous aider à vous débarrasser de cette peur ? Creusez la question, monsieur, creusez-la et ne vous adonnez pas à des théories, tenez-vous en à un seul sujet. Il y a une peur. Vous avez peur de votre femme, vous avez peur de la mort, peur de perdre votre situation. Existe-t-il une théorie, un concept capable de vous aider à vous débarrasser de toutes ces peurs ? Vous pouvez les fuir et vous évader. Si vous avez peur de la mort, vous pouvez fuir cette peur et croire à la réincarnation, mais la peur est toujours là. Vous ne voulez pas mourir, et bien que vous puissiez croire à toutes sortes de théories, le fait, c'est que la peur est toujours là. Les concepts n'aident absolument pas à se débarrasser de la peur.

A. – Ils peuvent nous aider graduellement à nous en affranchir.

K. – Graduellement ? Vous serez mort avant ! Non, monsieur, ne faites pas de théories, pour l'amour du ciel. Tous ces cerveaux inutiles s'amusent à faire des théories !

A. – Mais n'est-ce pas également une évasion que de chercher à se débarrasser de la peur ?

K. – Comme nous sommes puérils ! Vous pouvez fuir votre femme, mais elle est encore chez vous.

A. – On peut changer de façon de vivre.

K. – Messieurs, s'il vous plaît, restons très simples à propos de tout ceci : vous savez ce qu'est la peur, vous savez ce qu'est la violence, n'est-ce pas ? Est-ce qu'une théorie sur la non-violence peut vous aider à vous débarrasser de la violence ? Considérez ce fait tout simple. Vous êtes violents : c'est une réalité. Dans votre vie quotidienne vous êtes violents, et cette violence, pourrez-vous la comprendre grâce à un concept, le concept de non-violence ? *(Un long silence.)*

A. – *(Long discours inaudible.)*

K. – Que dites-vous, monsieur ? Nous parlons anglais ! Vous comprenez l'anglais, monsieur ? Nous parlons de la violence. Avez-vous jamais été violent, monsieur ?

A. – Quelquefois.

K. – Eh bien ! Vous êtes-vous débarrassé de cette violence par l'effet d'un concept ?

A. – Quand on voit qu'on est violent, on se dit qu'il faudrait être calme.

K. – Je me demande si nous parlons la même langue. Je renonce ! Continuez, monsieur.

A. – *(Réplique inaudible.)*

K. – Bien, monsieur. Vous gagnez.

A. – *(Le dialogue inaudible se poursuit.)*

K. – Dieu merci, monsieur, ce n'est pas vous qui dirigez le monde ! Vous êtes en train de perdre votre temps. Vous vivez dans un monde qui est totalement irréel.

A. – *(Nouvelle harangue inaudible.)*

K. – Mais c'est ce que nous disons, monsieur. Regardez le fait en face. Vous ne pouvez regarder le fait en face que si vous n'avez aucune théorie à son sujet. Et, apparemment, vous autres messieurs de l'ancienne génération, vous vous refusez à regarder les faits en face. Vous vous complaisez à vivre dans un monde de concepts. Alors, messieurs, je vous en prie, continuez à y vivre. Et, maintenant, avançons. La question est celle-ci : est-il possible pour l'esprit d'être affranchi de la peur ? Eh bien, qu'est-ce que la peur ? Nous la ressentons. (Monsieur, nous revenons à votre question.) (Pas *votre* question, monsieur, vous, vous voulez vivre dans un monde de théories, alors continuez à y vivre ; mais je réponds à cet autre monsieur.) Vous demandez quelle est l'entité, quel est l'être qui dit : « J'ai peur » ? Il vous est arrivé, monsieur, d'être jaloux ou envieux ? Et quelle est la personne qui dit : « Je suis envieux » ?

A. – Mais c'est l'ego. Il existe un sentiment de l'ego.

K. – Mais qu'est-ce donc que l'ego ? Monsieur, analysez-le, s'il vous plaît. Vous savez ce que c'est que d'analyser. Avancez pas à pas.

Qui est-ce ? Creusez la question, monsieur, et n'allez pas citer Sankara, Bouddha ou X, Y, Z ! Quand vous dites : « J'ai peur », qui est ce « je » ?

A. – *(Plusieurs suggestions de réponse, inaudibles.)*

K. – Messieurs, pas de citations, je vous en prie : pensez *par vous-mêmes.*

A. – N'est-ce pas la pensée qui se figure qu'elle est permanente au moment où elle est envieuse ?

K. – Et alors, quel est ce moment pendant lequel la pensée se considère comme étant permanente ? Je suis conscient d'être envieux. Quelle est donc l'entité, quelle est la pensée qui dit : « Je suis envieux » ?

A. – *(Un auditeur inaudible.)*

K. – S'il vous plaît, monsieur ! Vous n'analysez pas, vous vous contentez d'une affirmation. Creusez la question. Vous dites qu'à ce moment, quand cette pensée affirme : « Je suis jaloux », cette pensée, pendant l'instant même, se figure être permanente. D'accord ? Mais pourquoi cette pensée se figure-t-elle qu'elle est permanente ? N'est-ce pas parce que la pensée a reconnu un sentiment analogue qu'elle a déjà éprouvé auparavant ? Avancez lentement, pas à pas. Je suis envieux. Je sais ce que c'est que l'envie, et je prends conscience du fait que je suis envieux, et maintenant je pose la question : « Quelle est l'entité qui a pris conscience, et comment cette entité, ou cette pensée, peut-elle savoir qu'il s'agit d'envie ? » Cette pensée sait qu'elle est envieuse parce qu'elle a déjà ressenti de l'envie auparavant. Le souvenir de cette envie passée surgit, et la personne qui la ressent dit : « Tiens, la revoilà ! » D'accord ? Voici cette envie que j'ai déjà ressentie. Autrement, vous la considéreriez d'une façon totalement différente. Mais parce que la pensée a pu reconnaître ce sentiment, elle a pu lui donner le nom d'« envie ». Elle a éprouvé ce même sentiment naguère et elle dit : « C'est cela qui est la pensée »… *(Interruption dans l'auditoire.)* Messieurs, je sais que c'est une chose qui est très complexe, il nous faut donc avancer pas à pas. (Messieurs, voulez-vous cesser de tousser tous à la fois.) *(Rires.)*

C'est une question très difficile, et faute d'y donner votre pleine et entière attention, vous n'allez pas pouvoir comprendre sa nature subtile et complexe. Nous disons : tout d'abord il y a un état d'envie ; on prend conscience de cette envie. Puis intervient la pensée qui dit : « Ce sentiment, je l'ai déjà éprouvé. » Autrement, vous ne pourriez pas reconnaître ce sentiment auquel vous avez donné le nom d'« envie ». À ce qui a été expérience avant s'adjoint une notion de permanence, de continuité, à travers la reconnaissance de ce qui se produit maintenant. Donc, la pensée comporte une continuité parce qu'elle est une réaction de la mémoire. D'accord ? Cette pensée, qui est le résultat de la mémoire d'hier, dit : « Tiens, la revoilà, c'est de l'envie » ; en la reconnaissant, elle lui a donné une vitalité accrue. La pensée est la réaction de toute l'accumulation des souvenirs qui constituent la tradition, le savoir, l'expérience, et ainsi de suite, et cette pensée reconnaît le sentiment qu'elle éprouve maintenent, l'« envie ». Donc, la pensée *est* le *centre*, ou encore la mémoire *est* le centre ! D'accord ? *(Pause.)* Messieurs, c'est votre centre qui dit : « Ceci est *ma* maison, je vis là, légalement elle m'appartient », et ainsi de suite. Vous avez un certain nombre de souvenirs, des souvenirs agréables ou pénibles. Et l'ensemble de tout cela, c'est le centre. Le centre étant violence, ignorance, ambition, avidité, et ce centre comporte la souffrance, le désespoir, et ainsi de suite. Ce centre crée autour de lui un espace. N'est-ce pas vrai ? Non ? *(Une interruption.)* (Avancez lentement, messieurs… Un intervalle ?… Ah ! Ce monsieur veut que je répète ce que j'ai dit. Je regrette, monsieur, je ne peux pas répéter, je ne peux pas me souvenir de ce que j'ai dit.)

Exprimons la chose différemment. Voici un micro. Autour de ce micro, il y a de l'espace. C'est un centre et un certain espace l'entoure. Tout comme cette chambre renferme un espace, mais cette chambre connaît un espace qui l'entoure. Donc, le centre a un petit espace en lui-même, et il y a aussi un espace qui l'entoure. (Non, je ne parle pas de création. Écoutez tranquillement.) S'il vous plaît, observez ceci, messieurs, creusez la chose, observez-la complètement et non pas intellectuellement. C'est beaucoup plus stimulant si vous creusez véritablement. Mais si vous vous contentez de théories à ce sujet, la discussion peut se poursuivre indéfiniment et ne conduire nulle part. Donc, voici le centre, et ce centre est un assemblage de souvenirs. (C'est fascinant, messieurs. Je vous en prie, allez au fond des choses.) Le centre est un assemblage de souvenirs, de traditions. Il a été créé par des états de tension, de pression, d'influence. Il est le résultat du temps, il existe dans le champ de la culture – la culture hindoue, la culture musulmane, etc. Donc, tel est le centre. Or, ce centre, parce qu'il est le centre, comporte un espace qui l'entoure, évidemment ; et, à cause de ce mouvement, il a aussi un espace en lui-même. S'il n'y avait pas de mouvement, il n'y aurait pas d'espace. Il n'existerait pas. Tout ce qui est capable de mouvement dispose forcément d'un espace. Donc, il y a un espace autour du centre et il y en a un dans le centre. Et ce centre recherche toujours un espace plus vaste afin de pouvoir se mouvoir plus largement. Pour exprimer la chose d'une façon différente, le centre *c'est* la conscience. Autrement dit, ce centre a des limites qu'il reconnaît comme étant le « moi ». Tant qu'il existe un centre, il y a forcément une circonférence. Et il cherche à étendre le champ de cette circonférence – produit par des drogues, on appelle ça : « l'expansion psychédélique de l'esprit », par la méditation ou différentes formes du vouloir, etc. Il s'efforce d'étendre cet espace qu'il connaît sous forme de conscience, de l'élargir et de l'élargir sans cesse. Mais tant qu'il demeure un centre, cet espace est forcément toujours limité. D'accord ? Tant qu'il existe un centre, l'espace est toujours confiné, comme un prisonnier vivant dans une prison. Il dispose d'une certaine liberté pour circuler dans la cour de sa prison, mais prisonnier il est et demeure toujours. Il peut disposer d'une cour plus vaste, d'un bâtiment plus plaisant, de chambres plus confortables avec des salles de bains, et tout ce qui s'ensuit, mais il reste toujours enfermé. Tant qu'il y a un centre, il y a forcément une limitation de l'espace et, par conséquent, le centre ne peut jamais être libre ! C'est comme le prisonnier qui dit : « Je suis libre », alors qu'il est dans les murs d'une prison. Il n'est pas libre. Bien des gens peuvent inconsciemment se rendre compte qu'il n'existe aucune liberté dans le champ de la conscience qui comporte un centre et, par conséquent, ils se demandent s'il est possible d'étendre cette conscience, de la dilater par la littérature, la musique, les arts, les drogues, par des procédés divers. Mais tant qu'existe un centre, l'observateur, le penseur, quoi qu'il fasse, tout se passera toujours dans les murs de la prison. D'accord ? S'il vous plaît, n'allez pas dire « oui ». Parce qu'il existe une distance entre les limites et le centre, et le temps intervient parce qu'il veut aller au-delà, transcender, repousser ses limites. Je ne sais pas si vous suivez tout ceci. Monsieur, il ne s'agit pas de théories, mais si ce processus est pour vous une réalité, vous en verrez la beauté.

A. – Voulez-vous approfondir cette question de la tendance que l'on a à vouloir repousser les limites ?

K. – Vous savez ce que ça veut dire de dilater. Un rond de caoutchouc, vous pouvez l'étirer, mais si vous l'étirez au-delà d'un certain point, il se brise. Mais oui, monsieur, il se brisera au-delà d'un certain point. Vivant à Madras dans une petite maison, j'ai le sentiment qu'il n'y a là aucun espace. Avec ma famille, mes soucis, mon bureau, mes traditions, tout cela est trop mortellement mesquin et je veux briser avec tout cela, et là encore il y a ce désir de s'étendre. Et quand la société exerce sur moi une pression, qu'elle me relègue dans un certain recoin, j'explose, ce qui est encore une fois une révolte dans le but de m'étendre. Et quand on vit dans un petit appartement, dans une rue encombrée, et qu'il n'y a pas d'espace libre pour respirer, aucune possibilité d'y aller, je deviens violent. C'est ce que font les animaux. Ils ont des droits territoriaux parce qu'ils ont besoin d'un espace pour chasser, et ils empêchent tout autre de pénétrer dans leur champ. D'accord, monsieur ? Donc, *tout le monde* demande à s'étendre, se dilater, le commerce, les insectes, les animaux, les êtres humains, tous ont besoin d'espace. Et non pas seulement extérieurement, mais intérieurement, et le centre affirme : « Je pourrais étendre cette conscience en prenant une drogue. » Mais il n'a pas besoin de prendre une drogue pour éprouver ce genre d'expansion. Je n'ai pas besoin de m'enivrer pour savoir ce qu'est l'ivresse, je la vois, et je n'ai pas besoin pour cela de boire !

A. – *(Inaudible.)*

K. – Non, monsieur, s'il vous plaît, ne faites pas intervenir autre chose. Tout ceci est très complexe. Si vous avancez lentement, vous comprendrez. Le centre étant prisonnier de sa propre limitation aspire à se dilater, et il recherche cette dilatation par diverses identifications – avec Dieu, avec une idée, avec un idéal, une formule, un concept. Je vous en prie, monsieur, suivez ceci. Et il se figure qu'il peut vivre autrement, à un autre niveau, bien qu'en fait il vive dans une triste prison. C'est ainsi que les concepts prennent une extraordinaire importance pour le prisonnier, parce qu'il sait qu'il ne peut pas s'évader. Et le centre étant la pensée – c'est une chose que nous avons examinée – cette pensée s'efforce de se dilater en s'identifiant avec *quelque chose* : avec la nation, la famille, le groupe, la culture – vous savez – pour s'étendre et s'étendre encore. Mais elle vit toujours dans une prison. Tant qu'il existe un centre, il n'y a pas de liberté. D'accord ? (Monsieur, ne vous dites pas d'accord : pour vous, tout ceci est une théorie, et une théorie en vaut une autre.) Donc, voyez ce qu'elle fait ! Elle invente le *temps* qui est un moyen d'évasion. *Graduellement*, je pourrai m'évader de cette prison. D'accord ? Je vais m'exercer, je vais méditer, je vais faire ceci et je ne ferai pas cela. Graduellement, demain, demain, la vie prochaine, l'avenir. Elle n'a pas seulement créé cet espace limité, mais elle a créé encore le temps et elle est devenue l'esclave d'un espace et d'un temps qu'elle a fabriqués elle-même. Est-ce que vous voyez ceci, monsieur ?

A. – Mais comment la mémoire… *(Le reste est inaudible.)*

K. – Monsieur, c'est très simple. Vous avez déjà posé cette question. C'est très simple si vous constatez la chose par vous-même. Quelqu'un vous frappe, vous insulte et vous en avez gardé le souvenir. Je vous frappe, vous êtes blessé, vous êtes insulté, vous êtes *rapetissé*, et cela vous déplaît, et cela s'inscrit dans votre cerveau, dans votre conscience, ce souvenir de moi qui vous insulte ou vous flatte. Et ainsi la mémoire demeure, et la prochaine fois que vous me rencontrerez, vous vous direz à vous-même : « Voilà un homme qui m'a insulté », « Cet homme m'a flatté ». La *mémoire* réagit quand vous me rencontrez à nouveau, et c'est tout, c'est très simple ; alors ne gaspillez pas votre temps à vous appesantir là-dessus.

A. – Et où en sommes-nous après toutes ces discussions et causeries ?

K. – Je regrette, je ne peux pas vous le dire. Si vous comprenez ce qui a été dit, si vous *le vivez*, vous serez dans un monde entièrement différent Mais si vous ne le vivez pas quotidiennement, vous continuerez à vivre tel que vous êtes. Et c'est tout.

Donc, tout d'abord, le problème est celui-ci : tant qu'il existe un centre – et nous savons ce que veut dire le « centre » – il y a forcément le temps et un espace limité. C'est un fait et vous pouvez l'observer dans votre vie quotidienne. Vous êtes attaché à votre maison, votre famille, votre femme, et aussi à la communauté, à la société, et encore à votre culture, et ainsi de suite, et ainsi de suite. Et tout cela, c'est le centre – la culture, la famille, la nation – tout cela a créé une frontière qui est la conscience, et qui est toujours limitée. Et ce centre s'efforce d'étendre les limites, les frontières, d'élargir les murs, mais tout ceci se passe encore à l'intérieur de la prison. C'est donc là le premier point, c'est ce qui se passe réellement dans notre vie quotidienne. Puis surgit la question (écoutez, s'il vous plaît, ne répondez pas de manière théorique, ce serait sans valeur) : est-il possible de vivre dans ce monde sans qu'il y ait de centre ? Voilà le véritable problème. Est-il possible de ne pas avoir de centre et néanmoins de vivre complètement et pleinement dans ce monde ? Qu'en dites-vous ?

A. – On pourrait se réduire à n'être qu'un point.

K. – Mais un point, c'est encore un centre ! Non, madame, ne répondez pas à cette question. Si vous répondez comme cela, c'est que vous ne l'avez pas approfondie.

A. – *(Inaudible.)*

K. – Et voilà ! Je savais que vous alliez dire cela, monsieur ; mais vous êtes encore dans la circonférence. Vous ne... Monsieur, avez-vous jamais été en prison – pas vous, monsieur, personnellement, mais avez-vous déjà visité une prison ? Si vous aviez visité une prison, vous verriez qu'on est en train d'étendre et d'agrandir les murs. Les chambres sont plus grandes, les prisons plus vastes, toujours plus. Mais vous êtes encore dans une prison. Et c'est à cela que nous ressemblons. Nous vivons dans une prison créée par notre pensée, avec notre souffrance, notre culture, disant : « Je suis un brahmane, je ne suis pas un brahmane, je déteste ceci, j'aime cela, ceci ne me plaît pas, ceci me plaît et pas cela », et ainsi de suite. Nous vivons dans cette prison. Je peux la rendre plus vaste, mais elle demeure une prison. Donc surgit cette question (s'il vous plaît, ne répondez pas, c'est une question très fondamentale et vous ne pouvez pas répondre légèrement en quelques mots), vous devez la découvrir dans votre vie, dans votre vie quotidienne ; et ainsi nous demandons : « Est-il possible de vivre dans ce monde tout en accomplissant notre travail, en faisant *tout* ce que nous avons à faire avec une immense vitalité, mais sans qu'il y ait un centre, sachant ce qu'est ce centre, et sachant que pour vivre dans ce monde il faut qu'existe la mémoire. » Vous voyez cela, monsieur ? Vous avez besoin de votre mémoire pour aller à votre bureau, pour y fonctionner » Si vous êtes négociant, il vous faut une bonne mémoire pour rouler les autres ou ne pas les rouler, quelle que soit votre habitude. Il vous faut une bonne mémoire et néanmoins être affranchi de la mémoire créatrice du centre. Vous voyez la difficulté ? Alors, qu'allez-vous faire ? *(Une exclamation.)* Non, monsieur, s'il vous plaît, ne répondez pas, voilà encore vos théories. Quand j'ai mal aux dents, mal à l'estomac, ou que j'ai faim et que je vais chez vous, qu'allez-vous me donner ? Des théories ? Où allez-vous me chasser ?

C'est ici un immense problème, ce n'est pas seulement un problème pour l'Inde, c'est un problème dans le monde entier, un problème pour chaque être humain.

Or, existe-t-il une méthode pour se débarrasser de ce centre ? Vous me suivez ? Une méthode ? Existe-t-elle ? Toute méthode appartient à l'univers du temps, très évidemment, et, par conséquent, une méthode ne sert à rien, que ce soit une méthode de Sankara, Bouddha, ou de votre gourou préféré, ou d'aucun gourou, ou bien d'un gourou de votre invention. Le temps est sans valeur et, cependant, si vous n'êtes pas affranchi de ce centre, vous n'êtes pas libre. Et, par conséquent, vous allez toujours souffrir. L'homme qui dit : « Existe-t-il une fin à la souffrance ? » doit forcément trouver une réponse à ce problème – pas dans un livre ou grâce à une théorie quelconque. Il faut trouver, il faut *voir*. D'accord ? Et s'il n'y a pas de méthode, pas de système, pas de dirigeant, pas de gourou, pas de sauveur – tout cela impliquant le temps – alors que se passera-t-il ? Qu'allez-vous faire ? Étant arrivé au point où nous sommes, que s'est-il passé dans votre esprit, que lui est-il arrivé ? Qu'est-il arrivé à cet esprit qui a examiné tout ceci très assidûment, sans conclure trop hâtiment, sans faire de théories, sans dire : « Mais c'est merveilleux » ; mais s'il a *fait* ceci *vraiment*, pas à pas, et s'il est arrivé au point où nous sommes, s'il s'est posé cette question, qu'est-il arrivé à cet esprit ?

A. – *(Un murmure inaudible.)*

K. – *Oh non !* monsieur, *s'il vous plaît.* Qu'est-il arrivé à votre esprit si vous avez fait cela ? Non, non, il s'agit de quelque chose qui lui est arrivé à lui. Vous ne faites que deviner. Ne devinez pas. Nous ne jouons pas aux devinettes. Votre esprit est devenu intensément actif, n'est-il pas vrai ? Parce que, pour analyser avec tant de soin, sans jamais passer à côté d'un point important, logiquement, pas à pas, pour cela il faut agir avec votre cerveau, avec logique, avec discipline, et ainsi l'esprit est devenu extrêmement sensitif. L'esprit, en observant ses propres activités passées et présentes, sa construction du centre, simplement par le fait d'observer, l'esprit est devenu extrêmement vivant et alerte. D'accord ? Vous n'avez rien fait pour le rendre alerte, mais simplement en observant le mouvement de la pensée pas à pas, tout s'est extraordinairement éclairci. Et dans la clarté où il se trouve, il pose la question : « Comment le centre peut-il disparaître ? » Quand cette question il l'a posée, déjà il aperçoit toute la structure du centre. Il l'aperçoit visiblement comme je vois cet arbre. C'est ainsi que je vois ceci.

A. – Quelle est l'entité qui voit cette action ?

K. – Monsieur, j'ai dit que l'esprit… Vous retournez en arrière. Je refuse de retourner en arrière ; ça ne sert à rien de retourner en arrière vers une chose que nous n'avons pas vécue par nous-mêmes au moment où nous avons avancé. Vous êtes inactif, mais vous vous figurez que vous êtes devenu actif en posant une question comme : « Quelle est l'entité qui voit ? » Mais vous n'avez pas vraiment compris comment le centre se forme par la mémoire, la tradition, par la culture où l'on vit, la religion, et tout ce qui s'ensuit. Le centre a été formé par la pression économique et tout cela. Et ce centre engendre son espace, sa conscience, et s'efforce de l'étendre. Et ce centre se dit à *lui-même* (personne d'autre ne lui pose aucune question) : « Je me rends compte de ce que je vis dans une prison et, évidemment, s'il s'agit d'être libéré de la souffrance, de la douleur, il faut qu'il n'y ait aucun centre. » Ceci, il le *voit*. Le centre lui-même le voit, non pas quelqu'un d'autre qui serait au-dessus ou au-dessous et qui le lui dit. Donc, le centre dit, se voyant lui-même : « Est-il possible pour moi de ne pas exister ? » *(Un long silence.)* Et ceci voudrait dire qu'il nous faut revenir sur cette question de la vision, ce que c'est que de *voir*. Si vous ne comprenez pas ceci, vous ne pouvez pas arriver au point où nous en sommes.

A. – *(Une question inaudible.)*

K. – Non, non, non. *Voir* sans émotivité ni sentimentalité, sans aversion ni préférence, et ça ne veut pas dire que vous voyez une chose avec insensibilité.

A. – *(Une suggestion inaudible.)*

K. – Mais c'est ce que vous faites tous, messieurs. Vous voyez cette saleté sur la route tous les jours. J'ai été ici pendant les dernières vingt ou trente années, et cette crasse, je la vois tous les jours. Évidemment, vous la voyez sans émotion. Si vous ressentiez quoi que ce soit, vous *feriez* quelque chose. Si vous ressentiez la pourriture, la corruption de ce pays, vous feriez quelque chose. Mais vous ne ressentez rien. Si vous voyiez l'inefficacité du gouvernement, toutes les divisions linguistiques qui détruisent ce pays, si vous le sentiez, si cela éveillait en vous une passion, vous feriez quelque chose. Mais non. Ça veut dire que vous ne le voyez pas du tout.

A. – *(Une interjection inaudible.)*

K. – Non, non et non. « Vous voyez une vie plus grande » – qu'est-ce que c'est qu'une « vie plus grande » ? Vous voyez comment vous désirez déformer tout et en faire autre chose. Vous ne pouvez rien regarder tout droit, simplement, honnêtement. Donc, si vous n'êtes pas prêt à le faire, nous pouvons rester assis ici et discuter jusqu'à la fin des temps. Ce que c'est que de *voir*, est-ce ceci ou cela ? Mais si véritablement vous voyez cet arbre en dehors de l'espace et du temps et, par conséquent, sans qu'il y ait un centre, alors, quand il n'y a pas de centre et que vous regardez l'arbre, il y a un espace vaste, incommensurable. Mais d'abord, il faut apprendre, observer, sentir *comment regarder*. Mais vous vous refusez à le faire ; vous ne voulez pas aborder cette chose si complexe qu'on appelle la vie, d'une façon très simple. Votre notion de la simplicité, c'est de vous habiller d'un pagne, de voyager en troisième classe, de vous adonner à une soi-disant méditation ou que sais-je encore. Mais ce n'est pas la simplicité. La simplicité consiste à regarder les choses telles qu'elles sont, à regarder, à regarder l'arbre sans qu'il y ait le centre.

Madras
9 janvier 1968

4

Une question fondamentale

Quelle relation y a-t-il entre une pensée claire et la vie quotidienne ? Aborder le présent à partir du passé. Comment vivre en faisant appel à la mémoire et aux connaissances techniques tout en restant libre du poids du passé ? Une vie double : le temple, le bureau. Comment vivre sans fragmentation ? – toute réponse issue d'un concept n'est qu'une fragmentation supplémentaire. Le silence devant l'immensité d'une question fondamentale. « Est-il possible de vivre dans une telle plénitude que seul demeure le présent actif ? »

KRISHNAMURTI – De quoi parlerons-nous ensemble ce matin ?

AUDITEUR – L'amour n'est-il pas une méthode ?

A. – Ai-je raison d'admettre, monsieur, que le temps et l'espace sont un de nos problèmes ?

A. – Quelle relation existe entre la mémoire et la pensée ?

A. – La mémoire nous est nécessaire si nous devons fonctionner dans notre vie quotidienne, selon nos connaissances techniques. Mais la mémoire n'est-elle pas également un empêchement ?

K. – Je ne sais pas si vous avez entendu toutes les questions – je crois que je ferais bien de les répéter. Tout d'abord : l'amour comporte-t-il une méthode ?

A. – L'amour *n'est*-il pas une méthode ?

K. – L'amour n'est-il pas une méthode ? – quelle idée merveilleuse. Et quelle était l'autre question ?

A. – Les relations existant entre la pensée et la mémoire.

K. – Et votre question, madame, était : la mémoire est chose nécessaire dans notre vie quotidienne, nos activités techniques, et ainsi de suite, mais n'est-ce pas aussi un obstacle, un empêchement ? Avez-vous encore d'autres questions ?

A. – Nous désirons prendre conscience de chaque pensée, de chaque sentiment, de chaque action, mais la pensée, le sentiment et l'action persistent dans cette coloration et sont supprimés quand l'esprit demeure silencieux. Comment ceci peut-il se produire ?

K. – Est-ce vraiment là la question qui vous intéresse ?

A. – Notre vie quotidienne baigne dans le désordre. Comment pouvons-nous nous y prendre pour instaurer un état d'ordre ?

K. – Dans notre vie quotidienne règne le désordre ; comment nous mettre à établir un état d'ordre ? C'est bien cela, monsieur ?

A. – Ou bien faut-il attendre qu'un changement se produise de lui-même ?

A. – Qu'est-ce que penser clairement ?

K. – Très bien. Donc, prenons ce sujet-là, voulez-vous ? Et nous pourrons répondre à toutes vos questions dans le courant de celle-ci. Cela vous convient-il ?

Qu'est-ce que penser clairement ? Voulez-vous que l'on discute de cela ? Et en voir le rapport, s'il est possible, avec notre vie quotidienne ? Qu'est-ce que penser clairement ? La pensée est-elle jamais claire ? Il serait bon que nous n'avancions pas trop vite. Tout d'abord, demandons-nous ce que c'est que la clarté et ce que nous entendons par « penser ». Qu'entendons-nous par « clarté » ? Une chose claire – quand vous regardez à travers l'eau d'un lac et que vous en voyez le fond, vous voyez tout très clairement, les cailloux, les poissons, les rides sur l'eau et ainsi de suite. Et vous voyez très clairement quand la lumière brille sur la forme d'un arbre, d'une feuille, d'une branche, d'une fleur. Donc, qu'entendons-nous par clarté ?

A. – Une impression directe.

K. – Oh non ! Une impression directe bien définie, c'est ce que vous voulez dire ?

A. – Une compréhension complète.

K. – La clarté signifie une compréhension complète. Mais nous n'en sommes pas encore arrivés à ce niveau. Nous parlons en ce moment de ce que nous entendons par ce mot « clarté ».

A. – Une chose libre de toute entrave ?

A. – Voir les choses vraiment telles qu'elles sont.

A. – Voir en dehors de l'espace.

A. – Monsieur, il arrive que nous n'ayons pas une impression de clarté quand nous regardons la lune et un nuage au même instant, nous voyons la lune qui a l'air de se mouvoir et nous ne voyons pas le nuage.

K. – Monsieur, nous parlons d'un mot, du sens d'un mot, sa sémantique.

A. – La clarté, c'est plus de détails.

A. – Je crois que cela a un rapport avec la lumière, le fait de voir.

K. – Monsieur, voudriez-vous bien attendre une minute pour examiner la question avant de dire quoi que ce soit de plus. Qu'entendons-nous par le mot « clarté » ? Je vous vois clairement. Je vois les arbres, les étoiles le soir, très clairement.

A. – Sans entraves.

K. – Sans entraves. C'est quand l'œil peut voir tout très clairement. Cette vision, c'est cela que nous entendons, une vision quand il n'y a pas d'obstruction, de barrière, d'écran, pas de brouillard, et si vous êtes myope, vous mettez des lunettes pour voir plus clairement, et ainsi de suite. La clarté – d'accord – ceci est-il clair ? Je crois que, maintenant, nous avons une notion plus ou moins nette du sens de ce mot. Et puis, qu'entendons-nous par « penser » ?

A. – Raisonner.

K. – Penser, qu'est-ce que cela veut dire, monsieur ?

A. – *(Une réponse inaudible.)*

K. – Monsieur, regardez. L'orateur vous pose une question. Qu'est-ce que penser ? *(Interruptions dans l'auditoire.)*

K. – L'orateur vous pose une question : qu'est-ce que penser ? *(D'autres interruptions.)*

K. – L'orateur vous demande : qu'est-ce que penser ? Et vous ne vous donnez même pas le temps et l'espace de découvrir ce que c'est que « penser ». Une question vous est posée, c'est un défi et vous bouillonnez ! Vous ne vous dites pas : « Maintenant, comment puis-je découvrir ce que c'est que penser ? Comment la pensée se produit-elle ? Quelle est l'origine, le commencement de la pensée ? » C'est un défi et vous avez à y répondre. Et pour répondre, vous devez (si vous vous proposez de répondre convenablement), vous devez examiner ce que c'est que penser, comment ça se passe. L'orateur vous demande : qu'est-ce que penser ? Et que fait votre esprit quand ce défi lui est posé ? Cherchez-vous des réponses ?

A. – C'est ce que nous faisons en ce moment.

K. – Écoutez, je vous en prie, pendant une minute. Vous aurez votre chance de parler tout à l'heure, monsieur. Mais donnez sa chance au pauvre orateur. Quand cette question vous est posée, quels sont les cheminements de votre esprit ? Où allez-vous trouver la réponse à cette question-là ?

A. – Dans l'esprit.

K. – Monsieur, observez, réfléchissez, approfondissez la question. Si je vous demande où vous habitez, ou quel est votre nom, votre réponse est immédiate, n'est-ce pas ? Pourquoi est-elle immédiate ? Parce que votre nom, vous l'avez répété des centaines de fois, des milliers de fois, et vous savez très bien où vous habitez. Donc, entre la question et la réponse, il ne s'écoule aucun laps de temps. D'accord ? Cela se passe immédiatement, mais si je vous demande quelle est la distance entre Madras et Delhi ou New York, il y a une hésitation, n'est-ce pas ? Vous vous tournez vers votre mémoire, vers ce que vous avez appris, ce que vous avez lu, et vous dites : « Bien, la distance est de tant de miles. » Donc, il y a eu un intervalle de temps. Vous êtes d'accord, messieurs ? Eh bien, maintenant, qu'est-ce qui se passe quand on vous pose la question : « Qu'est-ce que penser ? » Comment allez-vous découvrir la réponse ?

A. – Il faut solliciter son esprit pour obtenir toutes les réponses.

K. – Qu'est-ce que vous faites, monsieur ?

A. – *(On n'entend pas la réponse.)*

K. – Vous sondez votre mémoire, et qu'est-ce que vous en tirez ? Quelle est votre réponse ?

A. – Nous étudions la question un peu plus à fond, encore plus à fond, et nous cherchons à récolter des éléments que nous associons.

K. – Voyez, monsieur, je vous pose cette question maintenant, ce matin ; n'attendez pas jusqu'à après-demain où vous et moi serons partis ou bien morts. Mais je vous demande maintenant : qu'est-ce que penser ? Et alors, ou bien vous allez découvrir, ou bien vous n'en savez rien. C'est bien cela ? Lequel des deux ?

A. – C'est un processus de l'esprit qui va donner la réponse.

K. – Et qu'entendez-vous par processus de l'esprit ?

A. – Mais, monsieur, où voulez-vous en venir ? Je ne comprends pas.

K. – Où je veux en venir ? Une minute, monsieur, vous avez posé une question. Où est-ce que je veux en venir ? Je me propose une chose très simple. Je voudrais savoir quand cette question m'est posée : « Qu'est-ce que penser ? », je voudrais découvrir ce que c'est. *(Nombreuses interruptions inaudibles.)* Monsieur, donnez sa chance à votre voisin, ne répondez pas si vite. Je voudrais découvrir ce que c'est que penser. Comment est-ce que cela se produit, quelle en est l'origine. Mais c'est très simple, monsieur. Eh bien, qu'est-ce que c'est et comment cela se produit ? Autrement dit, vous m'avez posé une question : « Qu'est-ce que penser ? » – et vraiment je n'en sais rien. D'accord ? Ou alors je le sais fort bien, je connais à fond tout ce processus – comment cela agit, comment cela commence, quel en est le mécanisme – d'accord ? Non ?

A. – On sent comment cela se passe, mais on est incapable de l'expliquer.

K. – On sent comment cela se passe, mais on n'est pas capable de l'expliquer. Voyons, prenons une chose très simple, monsieur. Je vous demande quel est votre nom. Vous entendez des paroles, et qu'est-ce qui se passe à ce moment-là ?

A. – Vous répondez, c'est tout. *(Différents commentaires inaudibles.)*

K. – Vous répondez, n'est-ce pas ? Vous dites que votre nom c'est ceci ou cela. Qu'est-ce qui s'est passé ?

A. – Je me suis adressé à ma mémoire, et ma mémoire a réagi.

K. – Voilà, monsieur, c'est tout. La question – à cette question votre mémoire réagit et elle répond. D'accord ? Eh bien, je vous demande maintenant : « Qu'est-ce que penser ? » – et pourquoi est-ce que votre mémoire ne répond pas ?

A. – Parce que… *(Inaudible.)*

K. – C'est possible, monsieur. Approfondissez la chose, découvrez – pourquoi ne répondez-vous pas quand on vous demande ce que c'est que penser ? De deux choses l'une : ou vous le savez ou vous ne le savez pas. Si vous le savez, vous allez le dire, et si vous l'ignorez, vous direz : « Je regrette, je ne sais pas. » Quelle serait votre réponse ?

A. – Je n'en sais rien.

K. – Ce monsieur ne sait pas. Nous cherchons à répondre à cette question : « Qu'est-ce que penser clairement ? » Nous avons compris plus ou moins le sens des mots « clarté », « netteté », « clair », et nous éprouvons quelques difficultés à découvrir ce que c'est que penser. Nous disons que c'est la réaction de la mémoire à un défi – d'accord ? Et cette réponse est issue de souvenirs, du savoir, de l'expérience accumulés. Ceci, monsieur, est très simple. Vous apprenez une langue après l'avoir entendue depuis votre enfance, vous pouvez la répéter parce que vous avez accumulé les mots, le sens de ces mots, le mot en rapport avec l'objet, et ainsi de suite, et vous pouvez parler parce que vous avez emmagasiné tout le vocabulaire, les paroles, la structure, etc. Et les réponses de la mémoire, c'est la pensée. Et, maintenant, quelle est l'origine de la pensée, son commencement ? Nous savons qu'après avoir accumulé dans la mémoire nous répondons, et que cette réponse c'est la pensée. Et, maintenant, je veux découvrir – c'est-à-dire dans le but de découvrir ce qu'est « penser clairement » – je veux découvrir ce que c'est que le commencement de la mémoire. Ou bien est-ce là une chose trop difficile, trop abstraite ?

A. – C'est notre conditionnement qui est en cause.

K. – Non, il me semble que je vais trop vite. Désolé. Bon ! Messieurs, nous n'allons pas approfondir tout cela. Qu'est-ce que penser ? – nous le savons maintenant. Donc, quand vous répondez, quand la pensée est la réponse de la mémoire, et cette mémoire c'est le passé (l'expérience, le savoir, la tradition accumulés, et ainsi de suite), cette réponse c'est ce que nous appelons pensée, qu'elle soit logique, illogique, équilibrée, déséquilibrée, saine, c'est toujours de la pensée. Eh bien, maintenant, suivez la question suivante : la pensée peut-elle être claire ?

A. – Non, elle est toujours conditionnée.

K. – Non, s'il vous plaît, découvrez la chose par vous-même. La pensée peut-elle être claire ?

A. – *(Inaudible.)*

K. – Voyez-vous, tout ça, ce sont des suppositions. Vous vivez d'abstractions, et c'est pour cela que vous ne pouvez pas être pratique. Vous vivez de concepts, d'idées, de théories, et quand vous sortez de ce champ, vous êtes complètement perdu. Quand vous vous trouvez dans le cas d'avoir à répondre à quelque chose d'une façon directe et venant de vous-même, vous êtes complètement perdu. Nous avons demandé : « La pensée qui est le résultat de la mémoire (la mémoire appartenant toujours au passé, il n'y a pas de mémoire vivante), la pensée qui appartient au passé peut-elle jamais être claire ? » Messieurs, c'est une question très intéressante. Est-ce que le passé est capable de produire une action claire ? Parce que l'action est pensée – d'accord ?

A. – Oui, c'est un fait.

K. – Messieurs, avons-nous compris la question ? Nous avons plus ou moins analysé le mot « clair », et nous avons plus ou moins analysé ce que c'est que penser. Donc, ce que nous demandons maintenant est ceci : « La pensée (qui est le résultat du passé très long, qui n'est pas vivante et qui est toujours quelque chose de vieilli), est-ce que cette chose vieillie, ce passé peut-il jamais être clair ? » Vous comprenez, messieurs ? Si je fais quoi que ce soit par tradition (la tradition, si noble, ignoble ou stupide soit-elle, c'est le passé), si je fais quelque chose par tradition, cette action peut-elle être claire ?

A. – Non, elle ne le peut pas, parce que la mémoire et la tradition appartiennent au passé…

K. – Je demande, monsieur, si l'action étant née du passé, l'« agir », lequel est affaire du présent, cet « agir » (et non pas « avoir agi » ou « se proposer d'agir », mais l'« agir » réel et immédiat), cela peut-il jamais être clair ?

A. – Le mot « action » et le mot « clair » n'ont absolument rien à voir l'un avec l'autre. Le mot « clair » s'applique à ce que l'on voit…

K. – Très bien. Eh bien, cette action peut-elle jamais être pleine de fraîcheur nouvelle, directe, aussi directe que quand vous rencontrez devant vous un feu et que vous vous écartez ? Alors, je demande : « Quand nous vivons, que nous fonctionnons à l'ombre du passé, y a-t-il de la clarté ? » Laissons l'action de côté parce que cela vous trouble et je sais pourquoi cela vous trouble, parce que vous n'êtes pas habitué à l'action, vous êtes habitué à une pensée conceptuelle ; et quand vous vous trouvez devant l'action, vous êtes dans la confusion parce que votre vie est confuse, mais ça, c'est votre affaire. Donc, quand vous agissez à partir du passé, de la tradition, est-ce là vraiment une action, quelque chose de vivant ?

A. – Mais pourquoi est-ce qu'il y a une différence entre la clarté et l'action ?

K. – Oh ! c'est là un sujet dont nous pourrions discuter jusqu'à la fin des temps, mais je vous demande ceci : vous êtes tous accablés sous le poids de la tradition, vous êtes des traditionalistes, n'est-ce pas ? Vous dites que ceci ou cela est sacré, ou bien vous répétez un sloka quelconque, ou si vous ne faites rien de tout cela, vous avez vos propres traditions, vos expériences que vous continuez à répéter. Eh bien, est-ce que cette répétition entraîne une compréhension, une clarté, une fraîcheur, une nouveauté ?

A. – Mais c'est une aide quand il s'agit de comprendre la situation présente.

K. – Le passé va vous aider à comprendre le présent ?

A. – Les choses se brisent d'elles-mêmes.

K. – Attendez, monsieur, attendez, regardez. Le passé peut-il nous aider à comprendre le présent ?

A. – Le passé est…

K. – Écoutez simplement, monsieur, ce qu'elle a dit. Vous avez eu des milliers et des milliers de guerres, est-ce que cela vous aide à empêcher toutes les guerres ? Vous avez eu des divisions de classes – brahmane ou non brahmane, et toute l'hostilité que cela implique – est-ce que le passé vous aide à vous libérer de la caste ?

A. – Il devrait le faire.

K. – Il devrait – et alors nous sommes perdus ! Dès que je dis : « Cela devrait », c'est une idée, ce n'est pas une action. Et vous continuerez à être un brahmane, à être superstitieux, à être violent.

A. – Mais les gens n'ont pas envie d'être affranchis du passé.

K. – Ça n'a pas d'importance si vous êtes libéré ou pas, ne soyez pas libéré, vivez dans votre malheur. Mais si vous voulez comprendre cette chose qu'on appelle la pensée claire, afin d'aller au-delà, il vous faut regarder certaines choses en face. Et si vous dites : « Mais moi je ne veux pas changer mes traditions »…

A. – Mais ne pouvez-vous pas nous aider tout au moins… ?

K. – C'est ce que nous faisons, monsieur, c'est ce que nous faisons. Regardez, monsieur : si le passé nous aide, si la tradition nous aide, si la culture nous aide à vivre maintenant pleinement, clairement, avec bonheur, santé, à nous épanouir dans le bien, alors le passé a une certaine valeur, mais cette valeur, l'a-t-il vraiment ? Vous, avec toutes vos traditions, vivez-vous heureux ?

A. – Le passé, c'est comme de regarder à travers un verre sali.

K. – C'est très vrai. Donc le passé ne vous aide pas.

A. – Un peu.

K. – Ne dites pas « non », parce que vous ne parlez que d'une *idée* ; et à moins d'*agir*, de briser vraiment avec le passé, vous ne pouvez pas dire : « Oui, c'est vrai, le passé ne vaut rien. »

A. – Nous avons la chance de vous comprendre parce que nous vous entendons depuis longtemps, mais un enfant n'a pas cette chance.

K. – « Nous avons la chance de vous comprendre parce que nous vous entendons depuis quarante années, mais un enfant n'a pas cette chance. » Mais pourquoi vous donnez-vous la peine d'écouter l'orateur ? Même quand ce ne serait que pendant une journée ou, bien pis, pendant quarante années ? Combien c'est tragique, tout cela ! Je ne sais pas où vous vivez, vous autres.

Enfin, revenons à notre sujet. Quand je regarde tout le temps par-dessus mon épaule pour contempler le passé, je suis incapable de voir quoi que ce soit clairement dans le présent, évidemment. J'ai besoin de mes deux yeux pour regarder, mais si je regarde par-dessus mon épaule tout le temps, je suis incapable de voir le présent. Ce qu'il me faut, c'est voir le présent, et je ne suis pas capable de voir le présent parce que je suis alourdi par le fardeau du passé, de la tradition. La tradition me dit : « C'est une chose affreuse que d'épouser une femme divorcée », ou bien ma respectabilité me dit : « Cette personne est abominable et n'a aucune morale » (quel qu'en soit le sens). Tous nous agissons ainsi. Donc, que se passe-t-il dans mes affections, ma bienveillance vis-à-vis de cette personne ? Mes préjugés qui sont issus de ma tradition m'empêchent d'être affectueux et bienveillant avec cette personne.

Le passé peut m'aider dans le champ de la technique, mais il n'est d'aucune aide dans le champ de la vie. Je sais que ceci, pour le moment, est une théorie pour vous et que vous allez la répéter jusqu'à la fin des temps, vous figurer que vous l'avez comprise. Alors surgit cette question : du fait que la pensée appartient au passé et que j'ai à vivre complètement dans le présent, si je me propose de comprendre le présent, comment le passé peut-il être mis de côté et néanmoins servir à quelque chose ? C'était là votre question. Vous comprenez la mienne ? Il me faut vivre, vivre dans ce monde, et j'ai besoin d'un savoir technique quand il s'agit d'aller à mon travail ; vous savez ce que cela implique, la science, la bureaucratie. C'est le cas pour vous si vous êtes professeur ou même si vous êtes un ouvrier. Et je vois aussi – j'ai compris quelque chose ce matin – que pour vivre d'une façon pleine et complète, le passé ne doit pas intervenir ; je me dis donc : « Comment ceci est-il possible ? Comment est-il possible pour moi de vivre dans ce monde de technique avec efficacité, logique, avec plus ou moins de savoir, tout en vivant à un autre niveau ou même au même niveau, mais sans que le passé s'interpose et soit un obstacle ? » Dans le champ technique le passé est nécessaire, mais dans l'autre champ de ma vie – pas de passé. Est-ce là une chose que nous voyons ?

A. – Oui, maintenant que nous l'avons comprise.

K. – Eh bien, tant mieux. Et je me demande (ne riez pas, monsieur), je me demande comment ceci est possible.

A. – Une double vie est-elle possible ?

K. – Non, voyez-vous, ce que vous faites en ce moment, c'est de vivre constamment une « double vie ». Vous allez au temple et vous vous couvrez de cendres – mais vous connaissez tout ce cirque, les cloches qui sonnent et tout le bruit qui en résulte. Et, au même moment, vous vivez au niveau technique. Donc, vous vivez d'une vie double et vous dites : « Est-ce possible ? » Évidemment c'est possible, parce que c'est justement ce que vous faites. Mais nous ne parlons pas d'une vie double. Examinons ce problème dans toute sa complexité, qu'il nous faut disposer d'un savoir technique, mais qu'il faut également être affranchi de tout notre savoir, affranchi du passé, et comment ceci est-il possible ? La vie double que vous menez maintenant existe et, par conséquent, vous faites de votre vie une pagaille hideuse ; vous allez au temple et, en même temps, vous faites fonctionner des machines. Vous vous couvrez de cendres ou vous vous livrez à tout autre rite et vous allez à votre bureau. C'est un genre de folie. Et comment est-ce possible ? Avez-vous compris ma question, messieurs ? Vous, dites-moi comment c'est possible. Prétendez-vous que ce n'est pas une vie double ?

A. – Il faut utiliser son savoir technique quand c'est nécessaire, mais pas dans d'autres cas.

K. – Mais vous êtes obligé de vous servir de votre savoir tout le temps. Pour aller à votre bureau, pour rentrer chez vous, pour vous reconnaître sur la route, pour regarder un arbre, accomplir votre travail au bureau, et ainsi de suite. Ces opérations mentales fonctionnent tout le temps. C'est la chose que les gens ne voient pas. Mais vous ne pouvez pas diviser les choses, n'est-ce pas ? Avançons lentement, lentement. Vous ne pouvez pas partager votre vie en vie technique et vie non technique. C'est ce que vous avez fait jusqu'à présent, et c'est ainsi que vous menez une vie double. Donc, nous demandons : « Est-il possible de vivre d'une façon si totalement complète que la partie est comprise dans le tout ? » D'accord ? Vous saisissez ? En ce moment, nous vivons d'une vie double, une partie d'un côté que nous tenons séparée du reste, allant à notre bureau, apprenant une technique et tout cela, et, d'autre part, allant à l'église ou au temple, et sonnant les cloches. Vous avez donc divisé votre vie, et, par conséquent, il y a un conflit entre ses deux versants. Et nous demandons maintenant quelque chose d'entièrement différent : comment vivre de telle façon qu'il n'y ait pas de division du tout ? Je ne sais pas si vous voyez ce que je veux dire ?

A. – Vous voulez que nous…

K. – Non, je ne veux rien du tout.

A. – *(Réplique inaudible.)*

K. – Oh non ! monsieur. Vous ne répondez pas à ma question. Je vous en prie, comprenez ce que l'orateur cherche à transmettre, ne revenez pas en arrière sur les choses qu'il a dites au sujet de la mémoire psychologique, et ainsi de suite, c'est une série de mots que vous avez appris. Mais tâchez de découvrir ce que l'orateur s'efforce d'expliquer *maintenant*. Êtes-vous capable de vivre une vie où il n'y a aucune division du tout (vie sexuelle, croyance en Dieu, vie technique, mauvaise humeur) – vous suivez ? Une vie où il n'y aurait pas de division, pas de fragments ?

A. – Mais dès que toutes ces choses prennent fin…

K. – S'il vous plaît, monsieur, ne prononcez pas de semblables paroles. Ma vie, telle qu'elle est, est une existence fragmentaire, elle résulte du passé, elle est le résultat de toutes les fois où je me suis dit : « Voici qui est bien, voici qui est mal », ou encore : « Voici ce qui est sacré, voici ce qui ne l'est pas », ou : « Le technique et tout cela n'a pas tellement d'importance, mais il faut bien gagner sa vie, mais aller au temple est infiniment important. » Ceci étant, comment vivre sans fragmentation ? Vous comprenez la question, monsieur, la comprenez-vous, *maintenant* ?

Comment faire ? (Ce comment ne signifie pas « conformément à quelle méthode », parce que dès l'instant où vous avez introduit l'idée d'une méthode, vous avez introduit une fragmentation.) « Comment faire ? », voilà la question. Mais vous répondez tout de suite : « Donnez-moi une méthode », et cette méthode signifie que c'est une méthode à laquelle vous vous exercez, vous opposant ainsi à quelque chose d'autre, et, par conséquent, vous êtes revenu à votre point de départ. Il n'y a par conséquent pas de méthode. Mais la question du « comment » consiste simplement à demander, à découvrir, et non pas à rechercher une méthode. Donc, comment est-il possible de vivre de façon à ce qu'il n'y ait aucune fragmentation ? Vous comprenez ma question, monsieur ? Cela veut dire pas de fragmentation du tout à aucun niveau de mon existence, de ma vie.

A. – Qu'est-ce que l'existence, monsieur ?

K. – Qu'est-ce que l'existence ? Je regrette, mais ce n'est pas là ce que nous discutons. Vous voyez, vous ne faites même pas attention. Vous vous emparez d'un mot comme « existence » ou d'une phrase comme « Quel est le but de la vie ? », et alors vous voilà parti. Mais nous ne parlons pas de cela. Monsieur, regardez, comment puis-je vivre de façon qu'il n'y ait pas de fragmentation du tout ? Je ne vais pas me dire : « Eh bien, je vais allez méditer » – ce qui devient une nouvelle fragmentation ; ou encore : « Il me faut être ceci ou cela » ; toutes ces phrases impliquent une fragmentation. Suis-je capable de vivre sans fragmentation, sans être tiraillé, déchiré ? D'accord, monsieur ? Avez-vous compris la question ?

Et maintenant, qui va vous donner une réponse ? Allez-vous de nouveau faire appel à votre mémoire, vous demander ce qu'a dit la Gita, ou les Upanishad, ou Freud, ou quelqu'un d'autre ? Si vous retournez en arrière pour découvrir ce que tous ces gens illustres ont pu dire de la vie sans fragmentation, ce ne serait qu'un nouveau fragment, n'est-ce pas ?

A. – Mais que dire de ceux qui n'ont pas fait appel à leur aide ?

K. – Si vous ne faites pas appel à leur aide, alors où êtes-vous ? Qu'allez-vous découvrir ? Comment allez-vous découvrir une façon de vivre sans aucune fragmentation ? Messieurs, ne voyez-vous pas la beauté de ceci ?

A. – Par intégration.

K. – Je savais bien que vous alliez donner cette réponse-là. *(Rires.)* L'auditeur dit « par intégration » – intégration avec quoi ? L'intégration de tous les fragments, un ajustement de tous les morceaux ? Et quelle sera cette entité qui se propose d'adapter ces morceaux ? Est-ce l'atman suprême, le Cosmos ou Dieu, l'âme, ou Jésus-Christ, ou Krishna ? Tout cela, c'est encore de la fragmentation. Vous me suivez, monsieur ? Donc, vous vous vous trouvez devant ce défi, et comment allez-vous y répondre, c'est là ce qui est de la première importance. On vous jette un défi, comment allez-vous y répondre ?

A. – Vous vivez au jour le jour de façon à le faire harmonieusement.

K. – Quelle merveille ! Et quand ? *(Rires.)*

A. – Chaque jour.

K. – Il n'y a pas de chaque jour.

A. – Chaque matin.

K. – Maintenant, regardez ce que vous faites. Vous vous adaptez au défi, mais vous n'y répondez pas. *(Rires.)* Comment répondez-vous à ceci, monsieur ?

A. – Ce n'est pas du tout une question de répondre, parce que nous essayons de vous rencontrer avec vous au moyen de paroles.

K. – Découvrez, monsieur, ce que vous faites. Découvrez. Voici un défi et vous ne pouvez pas retourner trouver vos livres. D'accord ? Vous ne pouvez pas retourner vers vos autorités, la Gita et toutes ces sottises. Alors, qu'allez-vous faire ? Voyez-vous, je peux continuer à expliquer, mais vous allez l'accepter comme vous acceptez tant de choses et continuer comme auparavant. Regardons la chose de très près. Voici un nouveau défi. Ce défi consiste en ceci – à savoir que j'ai vécu fragmentairement toute ma vie : le passé, le présent et l'avenir, Dieu et le diable, le bien et le mal, le bonheur et le malheur, l'ambition et la modestie, la violence et la non-violence, la haine, l'amour, la jalousie – toutes ces choses sont des fragments, et toute ma vie j'ai vécu ainsi.

A. – *(Inaudible.)*

K. – Monsieur, nous avons examiné tout cela. Donnez deux minutes à l'orateur, voulez-vous ?

Et maintenant, quelle est la réponse ? J'ai vécu une vie fragmentaire, destructrice, brisée, et maintenant il me faut vivre – maintenant on m'a porté un défi : « Puis-je vivre sans fragmentation ? » Tel est ce défi. Comment vais-je y répondre ? Je réponds en disant : « Je ne sais vraiment pas. » D'accord ? Vraiment, je ne sais pas. Je ne fais pas semblant de savoir, je ne fais pas semblant en disant : « Oui, voici une réponse. » Quand on vous porte un défi, un nouveau défi, la réponse instinctive – non, je ne veux pas dire instinctive – la réponse *juste*, c'est l'humilité : « Je ne sais pas. » D'accord ? Mais cela, vous ne le dites pas. Pouvez-vous dire honnêtement que vous ne savez pas ? Vous le pouvez, tant mieux. Alors, qu'entendez-vous par ce sentiment : « Je ne sais pas ? »

A. – *(Inaudible.)*

K. – Ne répondez pas trop vite. Découvrez. Utilisez vos cellules cérébrales.

A. – On reconnaît le fait, monsieur.

K. – Mais je l'ai reconnu, le fait, sinon je ne répondrais pas.

A. – Je n'ai pas de moyen de découvrir. Je ne sais pas et je n'ai pas les moyens de découvrir.

K. – Maintenant, attendez. Je ne sais pas – nous sommes d'accord ? Eh bien, maintenant, quel est l'état d'un esprit – suivez ceci, s'il vous plaît, écoutez calmement – quel est l'état d'un esprit qui dit : « Vraiment, je ne sais pas ? »

A. – Mais c'est un manque de…

K. – Alors nous voilà revenus ! Votre esprit est si émoussé.

A. – Mais je ne sais pas.

A. – *(Différents commentaires inaudibles.)*

K. – Vous manquez tellement de maturité. Vous êtes comme les enfants en classe. Ceci est une question très sérieuse que nous posons et nous n'entendons pas que vous projetiez tout un flot de paroles ; vous n'avez même pas l'humilité d'écouter et de découvrir les choses par vous-mêmes.

A. – Mais ce n'est pas facile, je ne sais pas.

K. – Mais quand nous disons, quand vous dites, comme ce monsieur l'a dit à l'instant, qu'il ne sait pas, quel est l'état d'un esprit qui a répondu : « Je ne sais pas » ?

A. – Il attend.

K. – Vous êtes – monsieur, quel âge avez-vous ?

A. – *(Réponse qu'on n'entend pas.)*

K. – Monsieur, quand je dis : « Je ne sais pas », vraiment je ne sais pas. Mais j'attends de découvrir ou j'attends que quelqu'un me le dise – j'attends. Par conséquent, quand je dis : « Je ne sais pas », ce n'est pas un fait réel que je ne sais pas, parce que j'espère toujours que quelqu'un va me le dire, ou que je vais découvrir. Est-ce que vous suivez ceci ? Donc, vous êtes en état d'attente, n'est-ce pas ? Et pourquoi attendez-vous ? Qui va vous le dire ? Votre mémoire ? Si votre mémoire doit vous le dire, vous êtes revenu dans la vieille ornière de tout à l'heure. Alors, qu'attendez-vous ? Vous vous dites : « Je ne veux pas attendre » – vous me suivez, monsieur ? Il n'y a plus d'attente, il n'y a plus de « en attendant » – vous me suivez ? Je me demande si vous me suivez. Donc, quand vous dites : « Je ne sais pas », ça veut dire que personne ne sait. Parce que si quelqu'un me le dit, il parlera à partir d'un état de fragmentation. Non ? Donc, je ne sais pas, et par conséquent je n'attends pas, et il n'y a pas de réponse. D'accord ? Donc, je ne sais pas. Mais alors je découvre ce qu'est l'état de l'esprit qui dit : « Je ne sais pas » – est-ce que vous suivez ? Là, il n'y a pas d'attente, on n'attend pas une réponse, on ne se tourne pas vers un souvenir, une mémoire, une autorité, tout cela cesse, tout cela a cessé. D'accord ? Donc l'esprit – suivez pas à pas – l'esprit est silencieux devant un nouveau défi. Il est silencieux parce qu'il est incapable de répondre, de relever ce défi. Je ne sais pas si vous me rencontrez en ceci ; d'accord, messieurs ? (Non, non, vous ne comprenez pas.)

Voyez-vous, quand vous regardez une montagne silencieuse, sa beauté, son altitude, sa dignité, sa pureté, vous êtes contraint au silence, n'est-ce pas ? Cela peut durer une seconde, mais sa grandeur même vous réduit au silence. Et, une seconde plus tard, toutes les réactions familières se mettent en marche. Eh bien, si vous voyez ce défi de la même façon – mais vous ne le voyez pas parce que votre esprit bavarde, et vous ne voyez pas l'immensité de cette question qui est celle-ci : puis-je vivre, ce qui veut dire vivre maintenant, pas demain, ni hier, ni dans une seconde, ni il y a une seconde, puis-je vivre sans fragmentation ? C'est une question immense – d'accord ? Et pourquoi n'êtes-vous pas silencieux ?

A. – Parce que j'ai le désir de vivre sans fragmentation.

K. – Ah ! Ça veut dire quoi ?

A. – Je voudrais me sortir de tout cela.

K. – Ce qui veut dire quoi ? Creusez, monsieur. Vous ne voyez pas l'immensité de la question. Tout ce que vous voulez, c'est être dans un autre état parce que vous ne voyez pas l'immensité de la question. Pourquoi ? Poursuivez. Vous voyez, quand vous regardez une montagne merveilleuse, étincelante dans la neige, dans le ciel bleu, répandant des ombres profondes, il y a un silence absolu. Et ceci, pourquoi ne le voyez-vous pas de la même façon ? Parce que vous avez le désir de vivre d'une façon ancienne. Ça ne vous intéresse pas de voir la pleine et entière signification de la question, mais vous vous dites : « Pour l'amour de Dieu, dites-moi, et bien vite, comment je peux y parvenir. »

A. – Mais je recherche déjà la solution de savoir comment y parvenir.

K. – C'est bien cela. Vous êtes beaucoup plus intéressé par la solution que par la question. Et cela veut dire quoi ?

A. – Que je ne recevrai pas de réponse.

K. – Mais non. Ça veut dire quoi ? Regardez, regardez, ne répondez pas encore – ça veut dire quoi ?

A. – *(Inaudible.)*

K. – Non, madame, restez avec la question.

A. – *(Inaudible.)*

K. – Vous avez compris la question. Vous ne voyez pas l'immensité de cette question parce que vous voulez l'atteindre, la saisir, vous êtes avide et c'est votre avidité qui vous empêche d'en voir l'immensité. Donc, qu'est-ce qui est important ? Suivez pas à pas. Non pas cette immensité, mais votre avidité. Pourquoi êtes-vous avide à ce point, avide d'un sujet que vous ne comprenez pas du tout. (Ça vous est égal, monsieur, que je poursuive ce sujet, abordé par votre fille, comme je le…)

A. – Satisfaction !

K. – Eh bien, maintenant, voyez pourquoi. Pourquoi êtes-vous avide quand vous n'avez même pas compris ce que tout cela implique ? Alors vous vous dites : « Comme je suis bête d'être avide de quelque chose quand je ne sais pas ce que cela veut dire. » D'accord ? Donc, ce qui me reste à faire, ce n'est pas de ne pas être avide, mais de découvrir les implications, la beauté, la vérité de cette chose. Pourquoi n'est-ce pas là ce que vous faites, au lieu de dire : « Il me faut l'obtenir » ?

Alors, invariablement vous répondez à cette question qui est neuve, à ce défi qui est neuf, à partir d'un état d'esprit qui est vieux. Parce que l'avidité appartient au monde du passé. Est-il par conséquent possible de se couper complètement du passé ? Vous comprenez ? C'est le passé qui est fragmentaire, c'est le passé qui entraîne cette fragmentation qui brise la vie. Ma question est donc celle-ci : est-il possible d'être affranchi du passé totalement, de façon à pouvoir néanmoins vivre avec les avantages de la technique ? Je ne sais pas si vous suivez ceci ? Puis-je être libéré d'être hindou, bouddhiste, musulman, chrétien, et n'importe quoi d'autre ? Ce n'est pas « puis-je », mais « il faut que ». C'est stupide pour moi d'appartenir à une caste, à une religion, à un groupe, et je le rejette. Il n'y a pas le temps d'y penser comme vous l'avez suggéré. Tout cela est passé, balayé. Vous me suivez ? Donc, est-il possible de rejeter le passé complètement ? Si vous êtes capable de le faire dans une direction, vous pouvez le faire complètement. D'accord ? (Oh non ! vous ne comprenez pas !)

Pouvez-vous, à partir de cet instant même, être complètement libéré de votre nationalité, de votre tradition, de votre culture, de votre passé ? Si vous ne le pouvez pas, vous vivez dans la fragmentation et éternellement votre vie devient un champ de bataille. Personne ne peut vous aider en ceci. Aucun gourou, aucun communiste, personne ne peut vous aider, et dans le fond de votre cœur vous le savez très bien. Donc, messieurs, donc la pensée est toujours ancienne et vétuste – d'accord ? Découvrez ceci par vous-mêmes, n'allez pas le répéter après moi, découvrez-le et vous verrez alors la chose extraordinaire que vous avez découverte. Si vous découvrez ceci – que la pensée est véritablement ancienne – alors tout le passé : les Sankara, les Bouddha, le Christ, tout le passé est fini. Non ? Mais vous ne le découvrez pas. Vous vous refusez à faire l'effort qu'il faudrait pour le découvrir. Vous n'avez pas envie de le découvrir.

A. – Non, monsieur, parce qu'on a peur d'être perdus.

K. – Alors soyez perdus, en tout cas vous êtes perdus !

A. – Mais pas complètement perdus.

K. – Messieurs, vous êtes perdus. De quoi parlez-vous ? Vous êtes affreusement perdus. Vous n'êtes pas autre chose qu'un homme perdu dans un conflit éternel. Vous êtes perdus, mais vous ne convenez pas que vous l'êtes. Ainsi, la pensée est toujours ancienne ; alors qu'est-ce – c'est trop difficile d'approfondir cette question maintenant, mais je veux simplement y faire allusion, et vous verrez par vous-même – alors qu'est-ce qui voit le neuf ? Vous comprenez, messieurs ? La pensée, elle, est toujours ancienne – suivez ceci soigneusement ; quand Adi Sankara, ce vieil oiseau, a dit quelque chose, sa pensée était déjà vieille. Vous comprenez ? Donc, ce qu'il a pu dire n'était jamais neuf, il a répété selon sa propre fabrication les mots de quelque chose qu'il avait entendu, et vous le répétez après lui. Ainsi, la pensée n'est jamais neuve, ne peut jamais être neuve, mais vivre l'actuel de jour en jour appartient au présent actif.

Par conséquent, quand vous vous efforcez de comprendre l'activité dans le présent à partir du passé, qui est la pensée, vous ne comprenez rien du tout. Il y a alors fragmentation et la vie devient un conflit. Vous est-il donc possible de vivre assez totalement, assez complètement pour qu'il n'existe plus que le présent actif maintenant ? Et vous êtes incapable de vivre de cette façon si vous n'avez pas compris et si vous ne vous êtes pas complètement coupé du passé, parce que vous-même êtes le passé. Voyez-vous, très malheureusement, vous allez continuer à écouter, et s'il se trouve que je vienne de nouveau ici l'année prochaine, vous répéterez encore toutes les mêmes vieilleries.

A. – Mais, monsieur, si nous ne sommes pas dans le passé mais dans le présent, est-ce que cela ne devient pas le passé et le futur – comment savoir que nous avons raison ?

K. – Vous n'avez pas besoin de savoir que vous avez raison. Peut-être avez-vous tort ! Pourquoi avez-vous peur d'avoir tort ou raison ? Mais cette question n'a pas de valeur parce que ce sont simplement des mots, c'est une pure théorie. Vous dites : « Si ceci se passait, qu'est-ce qui se passerait ? » Mais si vous mettez tout cela en action, vous saurez très bien que se tromper, « avoir tort », ça n'existe pas.

A. – Mais, monsieur, quand nous rentrons chez nous, que nous voyons nos enfants, alors le passé intervient.

A. – Sankara, on peut s'en passer.

K. – J'espère qu'on s'en passe. Sankara on peut s'en passer, mais les enfants sont là. *(Rires.)* Mais les enfants sont-ils le passé ? Dans un sens, ils le sont. Mais ce sont des êtres humains ; ne pouvez-vous pas les élever pour vivre d'une façon complète, de la façon dont nous parlons ensemble maintenant ?

A. – Monsieur, vous avez répondu ; je regrette ma question.

K. – Tout cela veut dire qu'il me faut les aider à être intelligents, sensitifs, parce que la sensitivité, la sensitivité suprême, c'est l'intelligence suprême, et par conséquent, s'il n'y a aucune école autour de vous, il vous faut les aider chez vous à être sensitifs, à regarder les arbres, les fleurs, à écouter les oiseaux, à planter un arbre si vous avez une petite cour — et si vous n'avez pas de jardin, d'avoir un arbre dans un pot, de le regarder, de le chérir, de l'arroser et de ne pas déchirer ses feuilles. Et comme dans les écoles on n'a pas le désir de les voir être sensitifs, éduqués, intelligents (tout ce que les écoles désirent, c'est qu'ils passent des examens et trouvent une situation), il vous faut les aider à la maison à discuter avec vous de sujets comme : pourquoi vous allez au temple, pourquoi vous faites cette cérémonie, pourquoi vous lisez la Bible, la Gita — vous me suivez ? Ainsi, ils vous posent des questions tout le temps de façon que ni vous ni personne ne devienne une autorité. Mais j'ai bien peur que vous ne fassiez rien de tout cela, parce que le climat, l'alimentation, la tradition vous dépassent ; alors vous vous laissez glisser dans votre vie si monstrueusement laide. Pourtant, il me semble que si vous aviez l'énergie, la passion, c'est là la seule façon de vivre.

Madras
12 juin 1968

EUROPE

Sept causeries à Saanen, Suisse

1

Quel est votre centre d'intérêt majeur ?

La passion et l'intensité, choses nécessaires. L'intérieur et l'extérieur ; peuvent-ils être séparés ?

Intérêt et plaisir ; Dieu ; les enfants et l'éducation ; multiplicité des centres d'intérêt ; signification des manifestations ; amour, vérité, ordre.

KRISHNAMURTI – Quel est votre centre d'intérêt majeur, quelles sont vos intentions profondes et durables ? Il me semble que c'est une chose à découvrir par soi-même. Il vous faut la trouver et y relier toutes les activités de votre vie.

On peut avoir de sérieuses raisons de s'inquiéter pour le monde tel qu'il est, avec sa violence, cet épouvantable chaos, les divisions politiques et la corruption – toutes choses qui nous sont mortelles, non seulement extérieurement, mais encore intérieurement. En découvrant par soi-même son intérêt primordial, on pourra découvrir aussi les relations que l'on entretient avec autrui, conformément à cet intérêt. S'il s'agit d'un intérêt vague, superficiel, dépendant de l'entourage et de chaque vent qui tourne, alors nos activités, à la fois extérieures et intérieures, seront plutôt sans consistance, dépourvues de portée profonde. Au cours de ces causeries et de ces discussions, vous allez pouvoir découvrir quel est votre intérêt primordial dans la vie, si véritablement vous avez le souci du monde entier et de votre place dans ce monde, de vos rapports avec d'autres êtres humains, de vos relations politiques, économiques, sociales et religieuses. Quelle est votre préoccupation majeure et profonde dans cette vie ? S'agit-il de gagner de l'argent, d'accéder au prestige, à la sécurité ? Je vous en prie, écoutez ceci soigneusement. Si c'est là votre préoccupation réelle, vitale, constante, il vous faut alors voir quelles sont les conséquences d'un tel souci. Ou bien votre intérêt, étant donné le monde et vos rapports avec lui, serait-il non seulement de vous changer vous-même, mais aussi de transformer ce qui vous entoure ? Il vous faut alors voir ce qu'implique une telle attitude. Ou bien désirez-vous établir un rapport personnel avec un autre être humain, une union si complète, si totale, qu'il n'y aurait pas de conflit entre vous ? Alors il faut en saisir les conséquences. Votre préoccupation principale est peut-être quelque chose de plus difficile : chercher à découvrir le rôle de la pensée, son caractère mesurable ou non-mesurable. Pour découvrir l'orientation de ce qui fait notre intérêt majeur, nous devons être prêts à nous y dévouer complètement, ne pas nous en amuser, acceptant ou rejetant ceci ou cela mollement selon les circonstances, selon les influences, selon nos propres préférences et nos propres aversions. Si nous sommes disposés à approfondir la question complètement, nous pourrons dès lors établir un rapport entre nous – un rapport avec le monde, avec notre prochain, avec notre plus intime ami.

C'est là ce que nous nous proposons de faire pendant les semaines à venir, découvrir où se situent nos facultés et notre intérêt principal, et si cet intérêt est une chose isolée ou reliée à tous les êtres humains. Si c'est une chose isolée et si vous recherchez votre propre plaisir particulier, votre propre salut, votre sécurité individuelle, une situation éminente dans le monde, alors en discutant de tout ceci ensemble, nous pourrons découvrir si un tel intérêt est véritablement valable, s'il a une signification réelle. Mais il s'agit peut-être pour vous de découvrir une vie entièrement différente. Voyant les choses telles qu'elles sont, la violence, la brutalité, l'hostilité, la haine, la corruption et le chaos total, votre but est peut-être de savoir si l'esprit humain, votre esprit, celui de chacun de nous, est capable de se transformer complètement, de sorte que, en tant qu'être humain, vous soyez l'objet d'une révolution radicale, une révolution à la fois intérieure et extérieure (du reste, les deux ne font qu'un).

Nous ne parlons pas d'une révolution d'ordre matériel : la violence, les bombes, l'assassinat de gens innombrables au nom de la paix, cela ce n'est pas une révolution véritable ; ce n'est que destruction et puérilité.

Je ne sais pas si vous avez observé cette violence qui sévit dans le monde entier. Dans ses débuts, la jeune génération distribuait des fleurs à tout le monde, tous prétendaient vivre dans un monde de « beauté » et d'imagination ; et ceci n'ayant pas réussi, ils se sont mis à prendre des drogues, ils sont devenus violents, et nous vivons maintenant dans un monde de totale violence. C'est une chose que vous pouvez constater en Inde, au Proche-Orient, en Amérique.

À mesure que nous vieillissons, nos facultés s'émoussent, le monde nous dépasse. Par conséquent, il convient que chacun de nous découvre quel est son but, son intention, son intérêt majeur. Quand nous aurons éclairci ce point, nous pourrons en discuter, nous pourrons entreprendre ensemble un voyage, si votre intérêt et celui de l'orateur sont pareils, parce que l'orateur connaît exactement quelles sont ses intentions, ses élans, son intérêt, et si le vôtre est quelque chose d'entièrement différent, nos rapports seront difficiles. Toutefois, si votre intérêt est de comprendre ce monde dans lequel nous vivons en tant qu'êtres humains, et non pas en tant que techniciens, nous pourrons alors instaurer une relation et discuter ensemble – nous pourrons entreprendre en commun le voyage. Sinon, ces causeries et ces discussions seront sans grande portée.

Souvenez-vous bien de ceci : vous êtes venus ici pour prendre vos vacances dans les montagnes, au milieu des collines et des ruisseaux, des divertissements touristiques, mais malgré tout cela, nous avons l'occasion d'être assis ensemble pendant une heure entière. Voyez-vous, c'est une chose assez intéressante d'être assis ensemble pendant une heure et de discuter de nos problèmes sans faux-sem-blants, sans hypocrisie et sans nous retrancher derrière une façade plus ou moins ridicule. Disposer d'une heure ensemble, de toute une heure ensemble, est une chose vraiment extraordinaire, parce qu'il est tellement rare pour nous de rester assis et de parler de choses sérieuses avec quelqu'un pendant une heure entière. Vous allez peut-être à votre bureau toute une journée, mais c'est d'une beaucoup plus grande importance de passer soixante minutes ou plus ensemble afin d'examiner, de creuser sérieusement nos pro-blèmes, en tâtonnant, en hésitant, mais avec une sollicitude et une espèce de tendresse, sans chercher à imposer une opinion plutôt qu'une autre ; parce que nous ne nous occupons ni d'opinions ni de théories.

Notre propos est d'établir des relations entre nous, et ceci n'est possible que si nous connaissons nos intérêts réciproques, leur degré de profondeur, et notre niveau d'énergie pour résoudre ces grands problèmes de l'existence. Notre vie n'est pas différente de celle du reste du monde : nous sommes le monde. Je crois qu'aucun de nous ne se rend compte d'une façon profonde et continue que nous sommes le monde et que le monde c'est nous-mêmes. Cette notion doit être profondément enracinée en nous. C'est nous qui avons créé cette structure sociale, cette violence, conformes à nos désirs, à notre ambition, à notre avidité et notre envie, et si nous nous pro-posons de changer la société, il nous faut tout d'abord nous changer nous-mêmes. Ceci paraît être une façon simple et radicale d'aborder le problème tout entier. Mais nous nous figurons qu'en modifiant les structures extérieures de la société, en lançant des bombes, en multipliant les divisions politiques et ainsi de suite, nous pourrons, par quelque miracle, devenir des êtres humains parfaits ; malheureu-sement, je crains bien qu'il n'en soit jamais ainsi. Et nous rendre compte que nous sommes le monde, non pas en faire une affirma-tion verbale ou une théorie, mais véritablement le sentir dans le fond de notre cœur, est une chose très difficile, parce que notre éducation, notre culture ont mis l'accent sur le fait que nous sommes séparés du monde, sous-entendant qu'en tant qu'individus nous avons des responsabilités vis-à-vis de nous-mêmes, et non pas vis-à-vis du monde, et qu'en tant qu'individus nous sommes, dans des limites raisonnables, libres de faire ce qui nous plaît. Or nous ne sommes pas du tout des individus : nous sommes le résultat de la culture dans laquelle nous vivons. Un individu, cela veut dire une entité qui n'est pas morcelée, qui est une totalité ; et cela, nous ne le sommes pas. Nous sommes morcelés, fragmentés, dans un état de contradiction intérieure, et, par conséquent, nous ne sommes pas des individus. Donc, ayant pris conscience de tout ceci, quel est notre intérêt majeur dans la vie ?

Il faut vous donner le temps d'y réfléchir. Restons assis tranquillement ensemble et partons à la découverte. Avez-vous d'innombrables problèmes, économiques, sociaux, des problèmes dans vos relations personnelles, et vous aimeriez bien les résoudre tous totalement et complètement ? Ou bien s'agit-il de problèmes sexuels que vous n'avez pu résoudre, de sorte que la solution à ces problèmes est devenue votre préoccupation majeure ? Ou bien désirez-vous vivre paisiblement dans un monde, qui, lui, est bruyant, corrompu et violent ? Ou bien encore vous intéressez-vous aux réformes sociales et vous êtes-vous dévoué à de telles activités ? Et, dans ce cas, quels sont vos rapports avec ladite société ? Ou bien encore, cela vous intéresse-t-il de découvrir quelles sont les frontières de la pensée ? La pensée est une chose limitée, si logique, si compétente qu'elle puisse être ; la pensée aussi a des qualités d'invention et d'expérimentation, donnant naissance à des merveilles de technologie, mais malgré cela elle est limitée. Désirez-vous découvrir s'il existe quelque chose de plus, au-delà de la pensée – au-delà de ce qui est mesurable et non mesurable ? Il vous faut prendre en considération tous ces problèmes.

AUDITEUR – Je ne comprends pas ce que vous voulez dire quand vous dites : « Nous sommes le monde » et « Le monde c'est nous ».

K. – Est-ce là votre problème prédominant ? Ne vous inquiétez pas de ce que je dis. Quel est *votre* problème, quel est *votre* intérêt principal, et disposez-vous de l'énergie, de la faculté, de l'intensité nécessaires pour résoudre ce problème ? C'est une chose qu'il est très important pour vous de découvrir. Ne vous préoccupez pas de ce que dit l'orateur ; pour vous, ce n'est pas intéressant. Mais découvrez par vous-même quel est votre centre d'intérêt et voyez combien d'énergie, de passion et de vitalité vous êtes prêt à lui consacrer ; parce que si vous êtes sans passion, s'il n'y a en vous aucune intensité vous poussant à creuser cet intérêt, alors – si vous me permettez de vous le faire remarquer – un état de corruption s'est installé en vous, et là où il y a corruption, c'est la mort.

Donc, par quoi allons-nous commencer ? Est-ce que ce mouvement total de la vie, cette existence humaine globale peuvent être disséqués de cette façon ? N'allez pas vous dire d'accord ou pas d'accord. Contentez-vous d'écouter. Est-ce qu'en tout premier lieu vous établissez un ordre extérieur dans le monde physique destiné à vous procurer une sécurité économique et sociale après en avoir posé les bases, vous proposez-vous de construire une maison complète, pour ensuite vous tourner vers le monde intérieur ; ou bien s'agit-il pour vous d'un mouvement total, unitaire, indivisible, non fragmenté, quel que soit votre point de départ, parce que les deux choses sont inséparables ?

Nous sommes assoiffés d'un ordre total sur le plan matériel, et il nous faut de l'ordre dans notre vie intérieure aussi bien que dans notre vie extérieure. Il nous faut avoir un ordre, non pas un ordre militaire, l'ordre de l'ancienne génération, ni l'ordre de la jeune génération – notre société de licence actuelle est désordre, elle est corruption et décadence ; et le soi-disant ordre de la génération plus âgée est en réalité désordre avec ses guerres, sa violence, ses divisions, son snobisme – cela aussi c'est de la corruption. Donc, ayant considéré à la fois le désordre licencieux de la jeunesse et le désordre « ordonné » des anciens, les ayant examinés tous les deux, on se rend compte qu'il faut un ordre entièrement différent. Et cet ordre doit assurer une sécurité physique pour tout le monde, non pas seulement pour quelques gens riches, ou pour ceux qui sont bien placés et bien doués. Il faut une sécurité physique pour tous.

Comme vous le savez, plus de six millions de personnes venues de l'Est ont traversé les frontières et pénétré en Inde. Vous rendez-vous compte de ce que cela signifie, non seulement pour les réfugiés, mais encore pour le pays qui est lui-même déjà si pauvre ? Comment pouvez-vous établir un ordre là-bas ? Et puis, la jeunesse a créé ce total désordre avec sa société de soi-disant licence généralisée. Ils prétendent que l'ancienne génération a répandu le désordre et ils veulent s'en dissocier complètement ; ils veulent une autre façon de vivre, donc ils font tout ce qui leur plaît. Mais cela aussi, c'est du désordre : les deux sont du désordre. Je voudrais bien que vous puissiez le voir !

On se rend compte qu'il faut qu'il y ait un ordre matériel, une sécurité matérielle, et cela pour chaque être humain dans le monde. Tel a toujours été le rêve des révolutionnaires, des idéalistes et des philosophes. Ils croyaient que, grâce à une révolution matérielle, ils pourraient réaliser leurs ambitions. Mais ils n'ont jamais réussi. Il y a eu tant de révolutions, et ce n'est jamais arrivé. Regardez les communistes avec leurs divisions, leurs armées, leurs États totalitaires, et regardez toutes les abominations qui sévissent dans le reste du monde ; il n'y a d'ordre nulle part.

On sent qu'il faut qu'il y ait un ordre matériel. Or cet ordre dépend-il de l'administration, de la loi, de l'autorité, de la société, en fonction de sa culture, de son environnement ? Ou est-ce qu'il dépend entièrement de l'être humain, de chacun d'entre nous, de notre façon de vivre, de penser, de la façon dont nous agissons dans nos rapports les uns avec les autres ? Commençons donc par là. Autrement dit, tout en vivant, en tant qu'être humain, dans un monde destructeur, chaotique et violent, comment puis-je, moi, et vous, comment pouvez-vous y établir un ordre ? Cet ordre dépend-il de vous ou du politicien ? Cet ordre dépend-il de vous ou du prêtre, ou du philosophe, ou d'un idéal utopique ?

Si vous dépendez du prêtre, du politicien, etc., regardez ce qui se passe : vous vous conformez alors à un modèle établi, selon l'idéal utopique de théoriciens. Il en résulte un conflit entre ce que vous êtes et ce que vous vous figurez devoir être ; et ce conflit fait partie de cette violence et de ce désordre. Donc, êtes-vous capable de percevoir que l'ordre dans la société ne peut être établi que par vous-même – et personne d'autre ? Nous sommes responsables de cet ordre de par notre conduite, nos pensées, notre manière de vivre – par tout cela. Et votre intérêt, votre préoccupation réelle, profonde, durable, est-ce de découvrir quel est cet ordre ? Il nous faut vivre, alors que le monde est dans un état de corruption et de chaos, avec sa souffrance et sa destruction – et pour comprendre cette confusion, il nous faut vivre dans un ordre total et complet. Si cela vous intéresse, si vous êtes disposé à consacrer votre énergie, vos facultés, votre passion à découvrir ce qu'est cet ordre, alors nous pourrons approfondir la question, nous pourrons partager ce problème ; vous ne serez pas tout simplement un spectateur regardant de loin, car c'est votre problème, il faut que vous le preniez à la gorge ! Et si c'est là pour vous une préoccupation réelle, profonde, il faut que vous soyez passionné. Je ne parle pas de la passion physique ou sexuelle. Je parle de la passion intérieure qui nous vient quand il y a en nous un intérêt profond.

Admettons, par exemple, que l'on s'intéresse profondément à découvrir si la souffrance peut jamais prendre fin. La souffrance, le chagrin, la douleur, l'angoisse et la peur, que nous connaissons tous. C'est pour vous d'un intérêt profond, vous désirez vraiment découvrir la vérité de la chose et non pas simplement chercher un soulagement passager. Vous découvrirez alors que ce n'est qu'avec la fin de cette souffrance que naît la véritable passion et la véritable intensité. Donc, est-il dans vos intentions de découvrir par vous-même si, vivant dans ce monde, il est possible d'établir un tel ordre en vous-même ? – parce que vous êtes le monde et que le monde est vous.

A. – Vous nous dites qu'il faut connaître la passion, mais tout à l'heure vous avez dit que, à mesure que nous vieillissons, les passions s'affaiblissent. Alors, que faire ?

K. – Nos passions vont-elles s'affaiblissant tandis que nous vieillissons ? Il en est peut-être ainsi de nos passions physiques, parce que nos glandes travaillent avec moins d'efficacité, mais nous ne parlons ni de la passion organique ni des gens âgés et de la disparition de cette passion. Nous parlons du fait de porter un intérêt, un intérêt passionné et prépondérant à une question qui vous préoccupe en tant qu'être humain. Il ne s'agit pas d'un talent, d'une technique ou d'une faculté. Mais s'il existe en vous un intérêt profond et si vous vivez avec cet intérêt, alors là jaillit la passion. Et cette passion ne disparaît pas simplement parce que vos cheveux grisonnent.

A. – Mais qu'est-ce qui se passe si vous ressentez cet intérêt profond mais qu'il y a aussi en vous un désir de plaisir ?

K. – Vous avez d'une part devant vous le plaisir, et de l'autre un intérêt profond et durable. S'il vous plaît, écoutez ! Existe-t-il une contradiction entre le plaisir et un tel intérêt ? Si cela m'intéresse vitalement d'établir un état d'ordre en moi-même et dans le monde qui m'entoure, c'est alors pour moi mon plaisir le plus profond. J'ai peut-être une belle voiture, je regarde une belle jeune fille ou je contemple les collines, et tout ce qui s'ensuit. Mais ce sont là des choses passagères, triviales, lesquelles ne viendront contredire mon intérêt vital en aucune façon, cet intérêt qui est mon plus grand plaisir. Voyez-vous, nous divisons le plaisir en nous-mêmes ; nous nous disons que ce serait agréable d'avoir une belle voiture ou d'écouter de la belle musique. Il y a un profond plaisir à écouter de la musique. Elle peut calmer, apaiser vos nerfs par son rythme, par le son ; elle peut vous emporter dans des régions lointaines, et tout cela s'accompagne d'un grand plaisir. Mais ce plaisir ne vient pas contredire votre intérêt principal, bien au contraire. Quand vous portez un intérêt immense à quelque chose, cet intérêt même devient le plaisir majeur de votre vie ; tous les autres deviennent secondaires, triviaux ; et en tout cela il n'y a pas de contradiction. Mais quand nous ne sommes pas assurés de notre principale motivation, nous sommes alors tiraillés dans des directions différentes par divers objets et divers plaisirs, et c'est alors qu'il y a contradiction.

Il nous faut donc découvrir, et j'espère bien que ce sera votre cas durant les semaines à venir, quelle est votre motivation majeure, dans laquelle coexistent la passion et le plaisir.

A. – Est-ce que vous ne croyez pas que cet ordre ne peut advenir qu'en donnant à Dieu la place qu'il devrait tenir dans notre vie ? Tout ce chaos qui existe dans le monde actuel provient de ce que nous vivons sans l'idée de Dieu.

K. – Pour établir cet ordre dans nos vies, nous faudrait-il donner la première place à Dieu ? Si nous n'avons aucune connaissance de Dieu, aucun sentiment pour lui, aucune compréhension de cette chose que l'on appelle Dieu, alors l'ordre devient mécanique, superficiel et variable. Dieu étant la chose la plus importante, dit l'auditeur, à partir de là surgira un état d'ordre. Et maintenant nous cherchons à examiner ; nous n'allons pas nier et nous n'allons pas affirmer ; nous cherchons à découvrir, à enquêter. Notre principale difficulté ici, c'est que nous avons tous notre interprétation, notre idée de ce qu'est Dieu, en fonction de notre culture, de notre milieu, de nos peurs, de nos plaisirs, de notre sentiment de sécurité, et ainsi de suite. C'est une évidence. Et si nous ne reconnaissons pas cette réalité ultime, si nous n'en avons aucune notion, pouvons-nous dès lors établir cet ordre ? Nous examinons, nous cherchons à découvrir. Ou bien vous faut-il établir un ordre matériel tout d'abord, un ordre mesurable, et puis ayant établi cet ordre, découvrir l'incommensurable au sein duquel l'ordre est quelque chose d'entièrement différent.

Tel a été le point de vue de tous les gens religieux à travers le monde : préoccupez-vous de Dieu, et alors vous aurez un ordre parfait. Et chaque religion, chaque secte, traduit « ce qu'est Dieu » selon ses propres croyances, et, élevés dans une telle croyance, nous acceptons cette interprétation. Mais si vous voulez véritablement découvrir s'il existe un Dieu, une chose que les paroles ne peuvent absolument pas exprimer, une chose que l'on ne peut pas nommer, si véritablement c'est là l'intérêt primordial de votre vie, alors cet intérêt même instaure en vous un état d'ordre. Mais pour trouver cette réalité, il faut vivre d'une façon différente : il faut une austérité sans dureté, il faut de l'amour, et l'amour ne peut exister s'il y a la peur, si l'esprit est lancé à la poursuite du plaisir. Donc, pour découvrir cette réalité, il faut se comprendre soi-même, comprendre la structure, la nature du soi ; et la structure, la nature du soi est mesurable par la pensée. Elle est mesurable dans ce sens que la pensée est capable de percevoir ses propres activités, elle peut voir ce qu'elle a créé, ce qu'elle a nié, ce qu'elle a accepté ; et, nous étant rendu compte de ses limitations, nous pourrons peut-être approfondir ce qui est au-delà de la pensée.

A. – Le problème des parents est de savoir quoi enseigner aux enfants.

K. – Tout d'abord, quels sont nos rapports avec nos enfants ? Souvenez-vous, s'il vous plaît, que nous examinons ensemble. Si vous êtes le père, vous allez à votre bureau, vous rentrez très tard le soir. Si vous êtes la mère, vous avez vos propres ambitions, vos élans, votre solitude, vos tourments, vos soucis de savoir si vous êtes aimée ou non ; les enfants doivent être soignés, et puis il faut faire la cuisine, laver la vaisselle, et si vous n'avez pas assez d'argent, il est probable que vous devez sortir également pour gagner votre vie. Quels sont alors vos rapports avec vos enfants ? Existe-t-il des rapports réels ?

Nous faisons une enquête. Nous cherchons. Je ne dis pas que la relation soit inexistante. Et puis, à mesure que vos enfants grandissent, vous les envoyez dans une école où on leur apprend à lire et à écrire. Là ils s'agglutinent à d'autres enfants qui, eux aussi, imitent et se conforment, et sont également perdus. Vous avez le problème non seulement de vos propres enfants, mais encore d'autres enfants qui sont des gangsters pleins de brutalité. Et alors, que deviennent vos rapports avec votre enfant ? Vous avez des enfants. Vous voudriez les élever comme il faudrait. Et maintenant, si c'est là véritablement votre intérêt vital, principal, il vous faut découvrir quel est le sens profond de l'éducation. S'agit-il simplement pour les enfants d'acquérir un certain savoir technique, leur permettant de gagner leur vie dans un monde de plus en plus compétitif, parce qu'il y a de plus en plus de gens, et par conséquent de moins en moins de postes à leur offrir ? Il vous faut regarder tout ceci en face.

Le monde est partagé en nationalités, avec leurs gouvernements souverains, leurs armées, leurs marines, et toute la boucherie qui en résulte. Et si véritablement vous ne vous intéressez qu'au savoir technique, alors considérez les conséquences de cette attitude : l'esprit devient de plus en plus mécanique et vous négligez des pans entiers de la vie. Quand les enfants grandissent, s'ils ont de la chance, on les envoie à une université où ils sont de plus en plus enrégimentés, coulés dans le moule, contraints au conformisme et mis en cage. Est-ce là l'objet de vos préoccupations, est-ce là votre responsabilité ? Et les enfants, se refusant à être mis en cage, sont dans un état de révolte. Je vous en prie, voyez tout ceci. Et puis, quand cette révolte se révèle impuissante, vous avez la violence.

Comment allez-vous, en tant que parents, élever vos enfants à être différents ? Pouvez-vous établir un système éducatif nouveau, ou pouvez-vous, avec l'aide d'autres personnes, créer une école qui serait complètement différente ? Pour cela, il faut de l'argent, un groupe de gens véritablement dévoués. Et si vous êtes un parent, n'est-ce pas votre responsabilité de veiller à ce que de telles écoles soient créées ? Il vous faut donc travailler dans ce sens ; voyez-vous, la vie n'est pas un jeu. Donc, ceci est-il votre intérêt profond et vital, ou bien, en tant que parents, n'êtes-vous préoccupés que de vos propres ambitions, de votre propre avidité, de votre vie, de votre situation au bureau, d'un salaire plus élevé, d'une maison plus vaste, d'une plus grosse voiture, et ainsi de suite ? Tout ceci, il faut le considérer. Et, par conséquent, où commence l'éducation ? Commence-t-elle à l'école, ou bien chez vous ? Autrement dit, vous, en tant que parents, en tant qu'êtres humains, êtes-vous prêts à vous rééduquer à chaque instant ?

A. – L'éducation a-t-elle un sens, ou nos enfants devront-ils finir par se retrouver au même point que nous ?

K. – On m'a dit que Socrate se plaignait des jeunes de son temps. Il disait qu'ils avaient de mauvaises manières, pas de respect pour leurs aînés, qu'ils étaient licencieux, et tout ce qui s'ensuit ; ceci se passait à Athènes 400 ans avant Jésus-Christ, et nous nous plaignons encore de nos enfants. Donc, notre question est celle-ci : l'éducation de nos enfant consiste-t-elle à les dresser à être pareils à nous, comme des singes, ou l'éducation ne devrait-elle pas, à côté d'une instruction technique, inclure une compréhension profonde de tout un champ négligé de la vie ? Je dis la totalité de la vie et non pas un simple fragment, parce que, de la façon dont nous vivons, nous laissons tout cela de côté et nous ne sommes préoccupés que d'un fragment, et c'est pour cela qu'il y a toute cette violence et ce chaos dans le monde.

A. – Prétendez-vous que nous ne devons avoir qu'un seul et unique intérêt ? Ne devrions-nous pas nous intéresser à beaucoup de choses : la guerre, la pollution et ainsi de suite ? N'est-il pas certain que nous devons prendre conscience de toutes ces choses ?

K. – Monsieur, quand on a un intérêt principal dans la vie, on prend conscience de tout. Si vous vous intéressez à la question de l'ordre, il ne s'agit pas seulement de l'ordre en vous-même, mais de l'ordre dans le monde entier. Vous vous refusez aux guerres, vous sentez que votre sympathie va aux gens qui vivent sans cet ordre-là. Par conséquent, pour savoir ce qui se passe, vous vous intéressez énormément aux questions de pollution, de misère et de guerre.

Les guerres sont le fait des nationalités, des gouvernements, des politiciens, des sectes religieuses divisées entre elles, et tout ce qui s'ensuit. En observant tout cela, j'ai soif d'ordre, non seulement en moi-même, mais dans le monde, et dans mon désir d'ordre, il me faut en trouver dans tout ce qui m'entoure, ce qui veut dire qu'il faut que je travaille en vue de cet ordre, que je m'y consacre ; que j'en sois passionné. Ceci implique que je n'aie pas de nationalité – vous suivez, monsieur. Tout désordre est violence, par conséquent il me faut découvrir comment mettre complètement fin à toute violence en moi-même.

A. – Approuvez-vous les manifestations ?

K. – Arpenter la rue avec un groupe de gens manifestant contre la guerre au Vietnam ? Voulez-vous mettre fin à toutes les guerres ?

Prétendez-vous faire des manifestations pour mettre fin à toutes les guerres, ou seulement pour mettre fin à une guerre particulière ? Je vous en prie, réfléchissez à tout ceci. Mettez-y votre cœur. Je peux manifester contre une guerre en particulier, mais quand ce qui m'occupe c'est de mettre fin à toutes les guerres, non seulement sur le plan extérieur mais en moi-même, comment puis-je m'associer à une manifestation avec tout un groupe de gens ? Désirez-vous mettre fin à toutes les guerres comme moi ? Vous comprenez ? Cela veut dire pas de nationalités, pas de frontières, pas de différences linguistiques, pas de divisions religieuses – l'enjeu, c'est tout cela. Non, monsieur, point n'est besoin de manifestations, il vous faut vivre la cliose. Et quand vous la vivez, en soi, c'est une manifestation.

A. – Mais l'amour et la vérité ne suscitent-ils pas l'ordre ?

K. – Mais savez-vous ce que c'est que l'amour, ce que c'est que la vérité ? Êtes-vous capable d'aimer si vous êtes jaloux, avide, ambitieux ? Et la vérité est-elle une chose fixe, statique, ou bien est-ce une chose vivante, vitale, mobile, à laquelle aucun chemin ne conduit ? Tout ceci, c'est par vous-même qu'il vous faut le découvrir.

Saanen
18 juillet 1971

2

L'ordre

L'esprit ne connaît que le désordre. L'état de « non-savoir ». Le « soi » fait partie de notre culture, laquelle est désordre. L'esprit est-il capable de regarder ? L'analyse ; le gourou ; rapports avec Krishnamurti ; êtes-vous capable de vous regarder vous-même ?

KRISHNAMURTI – L'autre jour, nous parlions de l'ordre. Dans un monde qui est si complètement trouble et divisé, dans un monde qui est violent et si brutal, on aurait pu penser que notre intérêt principal dans la vie serait d'établir un ordre non seulement en nous-mêmes, mais encore extérieurement.

L'ordre n'est pas l'habitude ; celle-ci devient automatique et perd toute sa vitalité quand les êtres humains se contentent d'un ordre purement mécanique. L'ordre, comme nous le disions, n'intéresse pas seulement notre propre vie particulière, mais encore toute la vie qui nous entoure, extérieurement, dans le monde, et intérieurement et au plus profond de nous. Or, en prenant conscience de notre désordre, de cette confusion, comment peut-on établir un état d'ordre en soi-même sans pour cela qu'il y ait conflit, sans que tout cela ne devienne simplement une question d'habitude, de routine, de mécanisme, de névrose ? Nous avons pu observer ces gens qui

sont très ordonnés ; ils ont une certaine rigidité, ils sont sans sou-
plesse, ils ne sont pas prompts, ils sont devenus durs, centrés sur
eux-mêmes, parce qu'ils suivent un certain modèle qui, pour eux,
est l'ordre ; et, petit à petit, cela tourne à la névrose. Donc, tout en
ayant pris conscience que ce genre d'ordre (lequel est désordre)
devient mécanique et conduit à la névrose, on se rend compte néanmoins que l'ordre est indispensable dans notre vie. Comment l'instaurer ? C'est ce que nous allons examiner ensemble ce matin.

Il nous faut de l'ordre sur le plan physique. Il est essentiel d'avoir
un corps alerte, sensitif, bien discipliné, parce que son état réagit
sur celui de l'esprit. Et comment peut-on espérer avoir un organisme hautement sensitif qui ne devienne pas rigide, dur, contraint
à suivre un certain modèle, un certain tracé que l'esprit prend pour
de l'ordre et impose au corps ? C'est un de nos problèmes.

Il faut que l'ordre règne dans la totalité de notre esprit, de notre
cerveau. L'esprit, c'est la faculté de comprendre, d'observer logiquement, sainement, de fonctionner d'une façon globale, générale, non
fragmentaire, de ne pas se laisser prendre à des désirs, des projets,
des intentions contradictoires. Et comment la nature même de
notre esprit peut-elle établir un ordre total, un ordre psychosoma-
tique, sans pour cela tomber dans le conformisme, ou la contrainte
d'une discipline élaborée par la pensée ?

Voyons quelle est notre difficulté tout d'abord, et ce qu'implique
tout ceci. Il nous faut de l'ordre : c'est une chose absolument essentielle, et nous allons examiner ensemble ce que nous entendons par
l'ordre. Il y a l'ordre tel qu'il est compris par l'ancienne génération,
qui est en réalité un total désordre quand on observe ses activités à
travers le monde, dans les affaires, dans la religion, dans le champ
économique, entre les nations et partout ailleurs. C'est un désordre
total.

Et puis, en réaction à cet ordre-là, il y a notre société permissive, celle de la jeune génération qui se comporte à l'opposé de
l'ancienne, mais cela aussi c'est un désordre total, n'est-ce pas ?
Toute réaction est forcément désordre. Et comment l'esprit, avec
toutes les subtilités de la pensée, avec toutes les images construites

par elle, ces images que l'esprit s'est faites d'autrui, celles qu'il s'est faites de lui-même, images de « ce qui est » et de « ce qui devrait être » (en somme, un état complet de contradiction), comment un tel esprit peut-il connaître un ordre complet, total, dégagé de toute fragmentation, de toute réaction à un modèle, de toute contradiction entre les opposés qui donnent naissance à la violence ? Voyant tout ceci, comment l'esprit – votre esprit – peut-il vivre dans un ordre complet et total dans l'action et dans la pensée, dans chaque mouvement à la fois psychologique et physiologique ?

Les gens religieux ont prétendu que l'on ne peut avoir d'ordre que par la croyance à une vie supérieure, une foi en Dieu, une croyance à quelque chose d'extérieur ; il faut se conformer, s'adapter, imiter, tout cela conformément à cette croyance ; selon eux, par la discipline, il vous faut contraindre toute votre nature et transformer la structure de votre psyché tout aussi bien que votre état physiologique. Tout cela ils l'ont dit. Et il existe un groupe de comportementalistes qui prétendent que c'est votre environnement qui vous force à vous comporter de telle ou telle façon, et si vous ne vous comportez pas comme il faut, cet environnement vous détruira. Et c'est ainsi que vivent tous ces gens, selon leurs croyances particulières, qu'elles soient communistes, religieuses, sociologiques ou économiques.

Malgré cette division qui existe dans le monde, la contradiction qui règne en nous aussi bien que dans la société et la « contre-culture » qui se dresse contre la culture existante, tous ces gens prétendent qu'il faut qu'il y ait de l'ordre dans le monde, les prêtres le prétendent aussi bien que les militaires. Or, l'ordre est-il mécanique ? Peut-il être établi au moyen d'une discipline ? Peut-il être établi en passant par le conformisme, l'imitation, la contrainte ? Ou bien existe-t-il un ordre qui ne connaît pas la contrainte, la discipline telle que nous la connaissons, le conformisme, l'adaptation, et ainsi de suite ?

Examinons toute cette idée de contrainte et cherchons à découvrir si elle est de nature à vraiment favoriser un état d'ordre (n'allez pas conclure que nous nous élevons contre la contrainte). Nous cherchons à comprendre ; et si nous comprenons, peut-être pour-rons-nous découvrir quelque chose d'entièrement différent. J'espère que vous suivez tout ceci et que vous vous y intéressez, et que vous êtes aussi passionné de la question que moi. Il est absolument inutile d'écouter avec nonchalance l'exposé d'une idée théorique ; nous ne parlons pas de théories ni d'hypothèses : nous observons réelle-ment ce qui se passe et nous voyons ce qui est faux. La perception même qu'entraîne la vision de ce qui est faux – c'est cela la vérité. Vous comprenez ?

Mais qu'implique donc la contrainte ? Toute notre culture, toute notre éducation, toute notre façon d'élever nos enfants est fondée sur elle ; et en nous-mêmes existe ce besoin de contrainte. Eh bien, qu'est-ce que cela implique ? Jamais nous ne nous sommes demandé pourquoi nous devons nous contraindre. C'est une question que nous allons approfondir tout de suite. La contrainte implique, n'est-il pas vrai, une entité qui l'exerce et un objet qui la subit. S'il vous plaît, prêtez attention à tout ceci. Je suis en colère et il faut que je domine ma colère, et là où il y a domination, il y a conflit entre « je dois » et « je ne dois pas ». Or tout conflit déforme évidemment l'esprit. Un esprit est sain quand il est sans conflit d'aucune sorte ; il peut alors fonctionner sans la moindre friction ; un tel esprit est équilibré et clair, mais la contrainte rend la chose impossible, parce que là où il y a contrainte, il y a conflit et contradiction, il y a un désir d'imiter, de se conformer à un modèle – la chose que vous croyez devoir faire. Ceci est-il clair ?

Donc, la contrainte n'est pas l'ordre. C'est un point très impor-tant à comprendre. Jamais on ne pourra obtenir un état d'ordre par la contrainte, parce que l'ordre implique un fonctionnement clair, une vision globale et sans déformation ; mais là où règne le conflit, il y a forcément déformation. La contrainte implique aussi l'interdit, le conformisme, l'adaptation et une division entre l'observateur et la chose observée. Nous allons découvrir ce que c'est que d'agir, ou de faire naître un ordre, sans contrainte. Nous ne prétendons pas rejeter d'emblée toute la structure qui accompagne la contrainte, mais nous voyons ce qu'elle a de faux et, par conséquent, par cette vision, nous découvrons la vérité de l'ordre. Avançons-nous ensemble, non pas verbalement mais réellement, à mesure que nous parlons, parce que nous nous proposons de créer un monde entièrement différent, une culture différente, de donner naissance à un être humain qui vit sans frictions ? Et seul un tel esprit, capable de vivre sans déformation, peut connaître l'amour, La contrainte, de quelque nature qu'elle soit, entraîne une déformation, des conflits et un esprit malsain.

La culture de jadis prétendait qu'il faut se soumettre à la discipline, et cette discipline commence avec les enfants au foyer, puis dans les écoles, puis dans les collèges et au long de la vie tout entière. Or, ce mot « discipline » signifie apprendre, et cela ne veut pas dire dresser, se conformer, réprimer, et ainsi de suite. Un esprit qui apprend à chaque instant est, en fait, dans un état d'ordre, mais l'esprit qui n'apprend pas et qui dit : « J'ai appris », un tel esprit engendre le désordre. L'esprit lui-même se rebiffe si on prétend lui faire subir des exercices mécaniques et le plier au conformisme et à la contrainte, choses qu'implique notre discipline actuelle. Et pourtant, nous avons dit qu'il fallait qu'il y ait un ordre. Comment cet ordre peut-il prendre naissance sans discipline dans le sens habituel du mot ?

Ayant vu le problème, qui est très compliqué, quelle sera votre réponse ? Si vous laissez travailler votre esprit, si vous êtes véritablement, profondément intéressé par cette question de l'ordre, non seulement en vous-même, mais encore extérieurement, quelle est votre réaction ? Où allez-vous trouver une réponse à ce besoin d'ordre, qui ne dépend pas de la contrainte, de la discipline, du conformisme, et qui rejette totalement toute autorité – c'est-à-dire un désir de liberté ? Quand il y a une forme d'autorité quelconque, alors, dans l'acceptation de cette autorité, il y a conformisme et soumission ; et ceci engendre une contradiction et, par conséquent, le désordre.

Donc, pas de contrainte dans le sens habituel du terme, mais un rejet total de toute la structure et de toute la nature de l'autorité, laquelle est la négation de la liberté. Et, pourtant, l'ordre est nécessaire : vous voyez la difficulté de la question. Il y a l'autorité de la loi, celle de l'agent de police, l'autorité civile qu'il nous faut respecter ; mais il faut s'affranchir de l'autorité des anciens et de leurs croyances, et aussi de l'autorité de nos propres exigences, de notre expérience et de notre savoir accumulé ; parce que tout cela c'est la négation même de la liberté.

Quand nous observons l'état actuel du monde tel qu'il est, en regardant notre culture d'un point de vue social, économique et religieux, notre système éducatif et les relations familiales, nous voyons que tout cela est fondé sur cette autorité. Elle a été cause d'une complète confusion, de grandes souffrances, de guerres, du morcellement du monde, ainsi que des divisions parmi les hommes. Et en observant tout cela, comment établir un ordre ? C'est *votre* problème – vous comprenez ? Et comment allez-vous répondre à cette question si véritablement cela vous intéresse profondément et passionnément ? Quelle sera votre réponse ? Allez-vous faire appel aux livres, aux prêtres, aux philosophes, aux gourous, au dernier venu qui viendra vous dire : « Je suis éclairé, venez, je vais tout vous expliquer » ? Vers qui allez-vous vous tourner pour découvrir comment vivre une vie qui soit totalement ordonnée, tout en rejetant tout conformisme, toute autorité, toute discipline, toute contrainte ? C'est une question à laquelle il vous faut répondre. Nous abordons le problème sous un nouvel angle – au sens où nous ne savons pas comment établir un ordre dans ce chaos. Si vous dites : « L'ordre devrait être ceci ou cela », c'est en réaction à « ce qui est ». Vous parlez de quelque chose qui s'oppose à « ce qui est ». C'est une réaction qui n'a aucune espèce de valeur. Donc, nous abordons le problème d'une façon nouvelle ; jusqu'à présent nous nous sommes contentés d'examiner *des faits actuels*, ce qui se passe dans le monde et en nous-mêmes. Et, maintenant, nous allons découvrir ensemble ce que c'est que l'ordre. Mais surtout n'acceptez rien de ce que dit l'orateur, acquiescez aveuglément à ses propos, soyez tout à fait fixés sur ce point, parce que si vous le faites, nos rapports réciproques en sont complètement changés. Nous nous rendons compte de l'état de confusion qui règne dans le monde, nous constatons le désordre qui sévit en nous-mêmes et dans toute notre vie, nous voyons combien tout cela est misérable, trivial, nous sentons le fait profondément, c'est une question qui nous passionne. En effet, une telle passion est nécessaire pour découvrir ce que c'est que l'ordre.

Nous allons découvrir, tout d'abord, ce que cela veut dire que d'apprendre en observant « ce qui est » et en apprenant à partir de cette constatation. Apprendre réellement se passe au présent actif de ce verbe. C'est un mouvement perpétuel. Il ne s'agit pas d'avoir appris pour mettre en pratique ce qu'on a appris, ce qui est entièrement différent que d'apprendre d'instant en instant. Saisissez-vous la différence ? Nous apprenons ensemble ; nous n'avons pas accumulé des connaissances pour agir ensuite conformément à ce savoir ; parce que ceci est un procédé qui implique une contradiction et, par conséquent, une contrainte, tandis qu'un esprit qui apprend constamment d'instant en instant ne subit aucune autorité, ne connaît aucune contradiction, aucune contrainte, aucune discipline, mais cette façon même d'apprendre exige de l'ordre. Je vous en prie, observez-vous vous-même. Êtes-vous dans un état où vous apprenez – ou bien attendez-vous qu'on vienne vous dire ce que c'est que l'ordre ? Observez-vous, je vous en prie. Si vous attendez d'apprendre d'un autre ce qu'est l'ordre, vous dépendez de lui ou d'un autre, ou d'un prêtre, ou d'une structure quelconque, et ainsi de suite. Donc, nous apprenons ensemble. Est-ce bien votre état d'esprit, avez-vous compris la contrainte et tout ce qu'elle implique, avez-vous compris la pleine et entière signification de la discipline, êtes-vous conscient de ce qu'implique l'autorité ? Si vous avez compris, vous êtes libre ; sinon, vous ne pouvez pas apprendre. Apprendre ainsi implique un esprit curieux, qui ne sait pas, qui est avide de découvrir, qui s'intéresse. Votre esprit est-il comme cela, est-il intéressé ? Vous dites-vous : « Je ne sais pas ce que c'est que l'ordre, mais je vais le découvrir » ? Êtes-vous plein de curiosité, de passion, d'un intérêt profond, votre esprit est-il ainsi fait et donc désireux d'apprendre, non pas d'un autre, mais d'apprendre par vous-même et par votre propre observation ? Le contrôle, la contrainte et l'autorité, qui jusqu'à présent étaient pour vous la discipline, sont des obstacles à l'observation, et ceci le constatez-vous ?

Un esprit ne peut apprendre que quand il est libre, quand il ne sait pas, sinon on ne peut pas apprendre.

Donc, votre esprit est-il libre d'observer le monde et de vous observer vous-même ? Vous ne pouvez pas observer si vous êtes en train de vous dire : « Ceci est bien » et « Ceci est mal », « Il faut que je me contraigne », « Il faut que je me réprime », « Il faut que j'obéisse », « Il faut que je désobéisse », et si, en revanche, vous prétendez vivre dans la permissivité, vous n'êtes toujours pas libre d'apprendre ; si vous vous conformez, vous n'avez pas la liberté d'apprendre. Quand vous avez les cheveux longs, n'est-ce pas du conformisme ? Et moi, est-ce que je me conforme parce que je mets une chemise et un pantalon ? S'il vous plaît, découvrez tout cela. Le conformisme ne consiste pas simplement à se plier à un modèle national, à une certaine structure de la société ou à une croyance, il existe aussi un conformisme dans les petites choses. Et un tel esprit est incapable d'apprendre, parce que derrière ce conformisme se cache cet énorme sentiment de peur ; et les jeunes le connaissent aussi bien que les vieux, c'est pourquoi ils se conforment. Et si c'est le cas pour vous, vous n'êtes pas libre d'apprendre.

Or, il faut qu'il y ait de l'ordre, quelque chose de vivant, de beau, et non pas une chose mécanique – l'ordre de l'univers, l'ordre qui existe dans les mathématiques, l'ordre de la nature, l'ordre dans les rapports entre les différents animaux, un ordre que les êtres humains ont complètement rejeté, parce qu'au fond de nous, nous sommes dans le désordre, ce qui veut dire que nous sommes morcelés, pleins de contradictions, et tout ce qui s'ensuit.

Et, maintenant, je me demande, et vous vous demandez si l'esprit est capable d'apprendre, étant donné qu'il ne sait pas ce que c'est que l'ordre. Il connaît ses propres réactions à l'égard du désordre, mais il doit découvrir s'il est vraiment capable d'apprendre sans qu'il y ait réaction afin de pouvoir être libre d'observer. Autrement dit, votre esprit connaît-il le problème de la contrainte, de la discipline, de l'autorité et ses réactions constantes ? Avez-vous conscience de toute cette structure ? Avez-vous conscience de tout ceci en vous-même et dans votre vie quotidienne ? Ou bien n'en prenez-vous conscience que quand quelqu'un vient vous le faire remarquer ? Je vous en prie, voyez la différence. Si vous avez conscience de tout ce problème de confusion, de contrainte, d'interdit, ce problème qui est le conformisme, parce que vous l'avez observé dans la vie en regardant, alors cela vous appartient ; autrement, l'intérêt que vous y portez est fallacieux. Et, maintenant, pour vous, de quoi s'agit-il ?

Pour la plupart d'entre nous, notre connaissance est de seconde main, parce que nous sommes des gens de seconde main, n'est-ce pas ? Tout notre savoir est de seconde main, comme le sont nos traditions ; il peut parfois y avoir quelques activités qui sont entièrement les nôtres et non pas celles d'un autre. Avons-nous conscience que ce sont par nos propres perceptions directes et non un savoir qui nous vient d'autrui ? Parce que tout ce que nous avons pu apprendre de quelqu'un d'autre, il faut le rejeter complètement, n'est-ce pas ? Il vous faut rejeter tout ce qui vient d'être dit à l'instant même par l'orateur, quand il a parlé de ce qu'impliquent la contrainte, la discipline, l'autorité et ainsi de suite : vous vous rendez compte alors que tout ce qui vous a été montré par un autre doit être complètement rejeté si vous voulez apprendre. Et si vous avez rejeté toutes ces choses, l'orateur compris, on peut dire alors que vous apprenez vraiment, n'est-ce pas ?

Eh bien, découvrons ensemble ce que signifie l'ordre. Comment allez-vous découvrir ce que c'est que l'ordre quand vous n'en savez absolument rien ? Vous ne pouvez y parvenir qu'en examinant quel est l'état d'un esprit qui s'efforce de découvrir ce qu'est l'ordre. Je ne connais que le désordre, cela je le connais, toute notre culture de désordre c'est notre société actuelle, et je la connais très bien. Mais j'ignore ce qu'est l'ordre ; je puis me l'imaginer ; je puis faire des théories à ce sujet, mais les théories, l'imagination, les hypothèses ne sont pas l'ordre ; et, par conséquent, tout cela, je le rejette. Ainsi, véritablement, je ne sais pas ce que c'est que l'ordre.

Mon esprit connaît le désordre, il sait comment il a pris naissance, par la culture, le conditionnement de cette culture et des êtres humains ; j'ai conscience de tout cela, qui est désordre total. Mais je ne sais vraiment pas ce qu'est l'ordre ; donc, quel est l'état d'un esprit qui dit : « Je ne sais pas » ? Quel est l'état de votre propre esprit quand il dit vraiment : « Je ne sais pas » ? Dans cet état, attendez-vous une réponse, attendez-vous qu'on vienne vous la donner, espérant ainsi trouver cet ordre ? Si votre esprit est dans l'expectative, s'il attend, alors ce n'est pas l'état dont nous parlons, l'état de non-savoir ; cet état de non-savoir n'attend rien ; il n'est pas dans l'expectative ; il est intensément vivant, actif, mais il ne sait pas. Il sait ce qu'est le désordre, et, par conséquent il le rejette complètement, mais quand un tel esprit affirme : « Je ne sais pas », il est alors complètement libre. Il a rejeté le désordre et, parce qu'il est libre, il a trouvé l'ordre. Ceci, le comprenez-vous ? Si vous y parvenez par vous-même, c'est véritablement merveilleux.

J'ignore ce qu'est l'ordre et je n'attends de personne qu'on vienne me le dire. Parce que mon esprit a rejeté tout ce qui est désordre totalement, sans rien retenir, parce qu'il a vidé ses placards de fond en comble, il est libre, il est ainsi capable d'apprendre. Et quand un esprit est totalement libre, c'est-à-dire non morcelé, il est dans un état d'ordre. Avez-vous compris ceci ?

Et, maintenant, votre esprit est-il dans un état d'ordre total ? Sinon, inutile d'aller plus loin. Personne, aucun maître, aucun gourou, aucun sauveur, aucun philosophe, ne peut vous enseigner ce qu'est l'ordre ; mais en rejetant totalement toute autorité, vous êtes affranchi de la peur et vous pouvez par conséquent découvrir ce qu'est l'ordre. Avez-vous conscience de votre propre esprit, de vous-même, de votre vie – non pas la vie des vacances où vous êtes assis ici pendant une heure pour écouter une causerie, mais avez-vous conscience de votre vie quotidienne, de votre vie de famille, de vos relations les uns avec les autres ? Et dans cette vie, avez-vous conscience de la routine de la monotonie, de la lassitude quand vous allez au bureau ? Avez-vous conscience des querelles, de la brutalité, des mesquineries, de la violence, de tout ce qui est le résultat d'une culture qui n'est que désordre total et qui est pourtant votre vie ? Vous ne pouvez pas, dans ce désordre total, choisir quelques éléments par-ci par-là qui, pour vous, font partie de l'ordre. Avez-vous conscience de ce que votre vie est un total désordre, et si vous n'êtes pas animé d'un intense intérêt, d'une passion, d'une intensité, d'une flamme qui vous pousse à trouver l'ordre, alors vous allez choisir par-ci par-là des éléments que vous croyez être une forme d'ordre issue du désordre. Êtes-vous capable de vous observer vous-même en toute honnêteté, sans aucune hypocrisie ni arrière-pensée, sachant par vous-même que votre vie est désordonnée, et êtes-vous capable de mettre tout cela de côté pour découvrir ce qu'est l'ordre ? Vous savez, rejeter le désordre, ce n'est pas tellement difficile ; nous en faisons tout un drame. Mais quand vous voyez quelque chose de très dangereux, un précipice, un animal sauvage ou un homme armé d'un fusil, vous l'évitez instantanément, n'est-ce pas ? Vous ne discutez pas, vous n'hésitez pas, vous ne remettez pas au lendemain, il y a action immédiate. Et, de la même façon, quand vous voyez le danger du désordre, il y a une action ins-tantanée qui est le rejet total de toute cette culture qui a engendré le désordre, qui vous a engendré vous-même.

AUDITEUR – Le problème ne consiste-t-il pas à savoir comment regarder ?

K. – Nous avons posé la question : « Est-on libre de regarder ? » Vous n'avez pas envie de regarder, n'est-ce pas ? Avez-vous vrai-ment envie de regarder toutes ces choses auxquelles vous attribuez de la valeur, que vous chérissez, les croyances dont vous pensez qu'elles sont importantes et qui, en général, baignent dans une atmosphère de confusion ? Êtes-vous capables de regarder tout cela en face ? Allons, messieurs, ce n'est pas mon problème. Êtes-vous capable de vous regarder vous-même sans aucune déformation du regard ? Vous êtes-vous jamais regardés vous-mêmes, sans que ce soit une image qui regarde une quantité d'autres images ?

A. – Est-ce que nous ne nous conformons pas à un certain schéma établi en ce moment ? Vous parlez pendant une heure et nous posons des questions, n'est-ce pas une sorte de modèle ?

K. – Est-ce un modèle ? Vous pouvez faire de n'importe quoi un modèle ; s'asseoir sur une chaise, s'asseoir par terre, cela peut devenir un modèle. Mais ce qui se passe ici suit-il un modèle ? Si oui, nous n'avons plus qu'à le briser. Voyez-vous, je pose une question et la voici : vous êtes-vous jamais observé vous-même ? Je ne parle pas de regarder votre visage dans un miroir, mais savez-vous ce que cela veut dire que de vous regardez vous-même véritablement ? Tel que vous êtes ? Cela vous fait peur ? Cela vous fait peur parce que vous avez de vous-même une certaine image, et vous vous dites : « Je vaux mieux que cela », « J'ai plus de noblesse en moi que cela ». Ou encore, on dit : « Que je suis laid, que je suis vieux, décrépit, malade, que je suis bête ! » Et tout cela vous empêche de regarder, n'est-ce pas ? Je voudrais simplement me voir tel que je suis. Je ne veux pas choisir dans ce que je vois. Je veux simplement regarder. Cela exige un grand courage. Mon intérêt, la passion d'observer ce que je suis me poussent à regarder, et non pas ma peur de découvrir ce que je suis. Je ne sais pas si vous me comprenez sur ce point. Je ressens un intérêt vital, immense, à voir ce que je suis, à voir quoi que ce soit – et vous ? Dans mes relations humaines, je veux voir si je mens ou si je dis la vérité, si j'ai peur ; je veux voir si je suis avide ou ambitieux, je veux observer tous ces frémissements subtils qui s'insinuent dans ma vie et qui en ressortent.

Donc, comment est-ce que je me regarde moi-même ? Mon esprit est-il capable de se regarder lui-même ? Ceci n'implique-t-il pas qu'il y ait une pensée qui se sépare des autres, qui se donne pour but d'observer les autres pensées ? Y a-t-il alors une pensée qui s'est séparée des autres et qui affirme : « Ceci est bien », « Ceci est mal », « Ceci est juste », « Ceci est mauvais », « Ceci est à conserver », « Ceci est à rejeter », « Comme j'ai peur », « Comme je suis laid » – vous me suivez ? Regarder, est-ce bien cela ? Quand une pensée s'est isolée des autres, est-elle capable de regarder, ou bien êtes-vous capable de vous regarder sans qu'il y ait aucun morcellement de votre pensée ?

Vous êtes-vous jamais vraiment regardé – votre comportement, pourquoi vous faites ceci, comment vous marchez, comment vous parlez, comment voua écoutez ? Avez-vous conscience de ce que fait votre corps, observez-vous vos réactions nerveuses, les mouvements de vos doigts ? Êtes-vous conscients de vous-même, de vos pensées, de vos sentiments, de vos mobiles et de vos élans intérieurs, de vos besoins – avez-vous la conscience complète de tout ceci, sans chercher à rien corriger, en ne faisant qu'observer, regarder, examiner ?

A. – Mais il est très difficile de ne pas analyser.

K. – Quand vous analysez, vous ne regardez pas.

A. – Je sais bien.

K. – Non, vous ne savez pas, sinon vous n'analyseriez pas. Regardez. Je voudrais voir ce qu'il y a dans cette armoire qui est mon esprit, ce qui s'y est accumulé. Je veux lire toutes les choses qu'elle contient, parce que le contenu de l'esprit, c'est l'esprit lui-même. Je veux voir ce que je fais pendant mes heures de veille, quand je marche, quand je parle, quand je fais certains gestes, quand je suis à mon bureau, quand je suis en colère, dans les moments passagers de plaisir de ma vie sexuelle, dans la joie de contempler les collines, les ruisseaux, les arbres, les oiseaux et les nuages, et puis je veux encore me voir pendant que je dors, prendre conscience de ce qui se passe. N'avez-vous pas le désir de vous voir vous-même en état d'éveil et de sommeil ? C'est ce que vous croyez faire. Mais savez-vous ce que cela veut dire que d'apprendre à se connaître ? C'est une chose très ardue, une observation quotidienne – observer, observer, observer, mais non pas d'une observation centrée sur vous-même, simplement observer comme vous observeriez un oiseau, le mouvement des nuages ; on ne peut rien changer aux mouvements d'un nuage, donc observez de cette façon-là. Et la question suivante serait : l'esprit est-il capable de s'observer pendant le sommeil ? Nous n'avons pas le temps d'approfondir cette question maintenant. Nous le ferons peut-être un autre jour.

A. – Je voudrais examiner les rapports qui existent entre vous et nous. Vous dites que vous n'êtes pas un gourou, mais vous parlez et nous écoutons ; nous posons des questions et vous répondez. Pourrions-nous considérer la nature de ces relations ?

K. – N'avons-nous pas entrepris un voyage ensemble ? Ou bien vous contentez-vous de suivre ? C'est à vous de me le dire et non pas à moi. Que faites-vous ? Voyageons-nous ensemble, ou bien vous laissez-vous conduire ? Si vous vous laissez conduire, si vous suivez, il n'y a aucun rapport entre nous, parce que l'orateur dit : « Ne suivez pas. » Il n'est ni votre autorité ni votre gourou ; et si vous continuez à suivre, si vous continuez à écouter afin d'apprendre ce qu'il dit, alors aucune relation n'existe entre nous. Mais si vous dites : « J'ai soif d'apprendre », nous entreprenons ensemble un voyage dans ce monde extraordinaire où nous vivons, et ce monde c'est le « moi » et je veux pénétrer au cœur de ce « moi », je veux apprendre, alors nous sommes ensemble et il existe une vraie relation entre nous.

A. – Mais sommes-nous véritablement ensemble quand vous êtes assis sur l'estrade et que nous sommes assis par terre ?

K. – Il se trouve que je suis sur l'estrade parce que c'est plus commode, comme cela vous pouvez me voir, et je peux vous voir. Il est sans aucune importance d'être assis en haut ou en bas – nous faisons un voyage ensemble dans un monde où il n'y a ni hauteur ni profondeur, et c'est ce monde que nous cherchons à comprendre.

Donc, je reviens à ma question qui est celle-ci : vous êtes-vous jamais regardé vous-même ? Vous êtes-vous regardé vous-même pendant un certain temps, comme vous vous regardez dans un miroir quand vous vous rasez, quand vous vous brossez les cheveux ou que vous vous maquillez ? Avez-vous jamais passé dix minutes comme vous le faites devant un miroir, à vous observer, sans exercer aucun choix, sans aucune notion de jugement ou d'évaluation, simplement à vous observer ? C'est là la question principale.

Saanen
20 juillet 1971

3

Pouvons-nous nous comprendre
nous-mêmes ?

Le problème de la connaissance de soi : comment regarder ? Regarder sans fragmentation, sans le « moi ». La psychanalyse, les rêves, le sommeil. Le problème de l'« observateur » et du temps. « Quand vous vous regardez avec des yeux qui ne connaissent pas le temps, quel est celui qui regarde ? »

Certaines images sont-elles nécessaires ? Les jugements de valeur sont-ils faussés par notre état de confusion ? Le conflit.

KRISHNAMURTI – La plupart d'entre nous vit une vie très superficielle et nous nous déclarons satisfaits, nous abordons tous nos problèmes superficiellement et, ce faisant, nous les aggravons, parce que nos problèmes sont extraordinairement compliqués, très subtils, ils exigent une profonde pénétration et une grande compréhension. La plupart du temps nous nous complaisons à les traiter à un niveau superficiel selon les anciennes traditions, ou bien nous nous efforçons de nous adapter à une tendance moderne, ainsi jamais nous ne parvenons à résoudre totalement et complètement aucun de nos problèmes tels que la guerre, le conflit, la violence. Nous inclinons aussi à ne considérer que la surface des choses, ne sachant pas comment pénétrer profondément en nous-mêmes ; parfois, nous nous observons avec un certain dégoût, avec certaines conclusions préalables, ou bien dans l'espoir de modifier ce que nous voyons.

Il me semble qu'il est important pour nous de comprendre d'une façon totale et complète, parce que, comme nous l'avons dit l'autre jour, nous sommes le monde et le monde c'est nous. Ceci est un fait absolu, ce n'est pas une simple affirmation verbale ni une théorie, mais c'est une chose que l'on sent profondément, avec tout ce que cela comporte de tourment, de souffrance, de douleur, de brutalité, de fragmentation, de division en nationalités et en religions. Et il est impossible de résoudre jamais aucun de ces problèmes sans se comprendre soi-même de façon réelle, parce que le monde c'est nous-mêmes ; et dès l'instant où je me comprends moi-même, je vis dans une dimension totalement différente. Est-il donc possible pour chacun de nous de se comprendre, non seulement à la surface de notre esprit, mais encore de pénétrer les couches les plus profondes de notre être ? Voilà ce dont nous allons discuter ce matin ; et, en disant que nous allons discuter ensemble, il ne s'agit pas que ce soit moi qui parle et vous qui écoutiez – c'est une recherche que nous allons partager.

Comment se regarder soi-même ? Est-il possible de se regarder d'une façon globale sans que subsiste cette division entre le conscient et les couches plus profondes de notre conscience auxquelles nous n'avons probablement pas du tout accès ? Est-il possible d'observer, de saisir tout le mouvement du « moi », du « soi », du « ce que je suis », et ceci à la lumière d'un esprit non analytique, de sorte que l'observation même entraîne une compréhension immédiate et totale ? Ce sera là l'objet de notre recherche ; c'est un problème très important de découvrir si nous sommes capables d'aller au-delà de nous-mêmes, de trouver la réalité, d'entrer en contact avec quelque chose que le mental ne peut pas mesurer, de vivre sans aucune illusion. Tel a été le principal objet de toutes les religions à travers le monde ; et, dans cet effort pour se transcender, les hommes se sont laissé prendre à différents mythes, le mythe chrétien, le mythe hindou – toute cette culture des mythes, qui est inutile et totalement sans intérêt.

Est-il donc possible de nous considérer de façon non analytique et, par conséquent, sans qu'il y ait un « moi » qui observe ? Je veux me comprendre moi-même et je sais que le « moi » est une chose très complexe – elle est vivante et non pas morte ; elle est vivante, mouvante, et ce n'est pas tout simplement une accumulation de souvenirs, d'expériences, de savoir. C'est une chose vivante au même titre que la société qui est notre création. Et, maintenant, nous est-il possible de regarder sans qu'il y ait un observateur qui contemple la chose que l'on appelle l'observé ? Dès qu'il y a un observateur qui regarde, il regarde inévitablement d'un point de vue fragmenté à travers le prisme des divisions, et dès l'instant où il y a des divisions à la fois intérieures et extérieures, il y a forcément conflit. Extérieurement il y a les conflits nationaux, religieux, économiques, et intérieurement il y a un champ très vaste, non seulement superficiel, mais une vaste zone dont nous ignorons à peu près tout. Donc, si, quand nous regardons, il y a cette division entre « moi » et « non-moi », entre l'observateur et la chose observée, le penseur et sa pensée, le sujet et l'objet de l'expérience, il y a forcément conflit.

On se demande s'il est possible (je n'affirme pas que cela le soit ou non, nous allons découvrir la chose par nous-mêmes) de s'observer sans qu'existe cette fragmentation. Et, pour le découvrir, nous espérons parvenir à un état de perception dépourvu de toute division, et ce non au moyen d'une analyse (où intervient une division entre l'analyseur et la chose analysée). Quand je m'observe j'ai devant moi le fait de cette division. Quand je m'observe, je dis : « Ceci est bien, ceci est mauvais », « Ceci est juste, ceci est injuste », « Ceci a de la valeur et ceci est sans valeur », « Ceci est pertinent, cela ne l'est pas ». Par conséquent, dès l'instant où je me regarde, l'observateur est conditionné par la culture dans laquelle il a vécu ; l'observateur, c'est la mémoire, c'est une entité qui est conditionnée – c'est le « moi ». Et c'est à partir de cet arrière-plan conditionné, le « moi », que je juge, que je soupèse ; je m'observe conformément à cette culture, et c'est conformément à mon conditionnement que j'espère provoquer un changement dans ce qui est observé. C'est ce que nous faisons tous. Nous espérons modifier ce qui est observé au moyen de l'analyse, de la contrainte, des réformes, et ainsi de suite. Ceci est un fait.

Or, je veux découvrir pourquoi cette division existe, et je me mets à analyser dans l'espoir d'en découvrir la cause. Dans cette analyse, je n'espère pas seulement trouver la cause, mais encore la dépasser. Je suis en colère, avide, envieux, brutal, violent, névrosé, ou que sais-je encore, et je me mets à analyser la cause d'un tel état de névrose.

Cette analyse fait partie de notre culture. Dès notre enfance, nous avons été dressés à analyser, dans l'espoir qu'ainsi nous pourrions résoudre tous nos problèmes. On a écrit des volumes à ce sujet ; les psychanalystes espèrent ainsi trouver la cause des névroses, les comprendre et les transcender.

Ce processus analytique, qu'implique-t-il ? Il implique le temps, n'est-ce pas ? Il me faut beaucoup de temps pour m'analyser. Il faut que j'examine soigneusement chaque réaction, chaque incident, chaque pensée pour remonter à sa source ; et tout cela prend du temps. Et, entre-temps, d'autres incidents ont lieu, d'autres événements, d'autres réactions que je suis incapable de comprendre immédiatement. C'est là un des aspects de la chose : l'analyse exige du temps.

Elle implique aussi que chaque objet analysé soit complet et terminé, et s'il ne l'est pas (or il ne peut pas l'être), alors la conclusion est incorrecte, et c'est à partir de cette analyse faussée que j'examinerai les événements suivants, l'incident qui survient, le prochain morceau du puzzle. Donc, à chaque instant, je travaille à partir d'une conclusion fausse, en conséquence mes jugements sont faux et j'augmente d'instant en instant la marge d'erreur. L'analyse, par sa nature même, implique un analyste et la personne ou la chose analysée – que l'analyste soit un psychanalyste ou un psychologue, ou que ce soit vous-même. Mais, dans le cours de son examen, l'analyseur entretient et nourrit une division, et par là-même il ne fait qu'ajouter au conflit. Le processus d'analyse implique toutes ces choses : le temps, une évaluation complète de chaque expérience et de chaque pensée (ce qui est impossible), et la division existant entre l'observateur et la chose observée qui ne fait qu'augmenter le conflit.

Or, je suis peut-être capable d'analyser la couche superficielle de mon esprit, de ses activités quotidiennes, mais comment puis-je comprendre, comment puis-je creuser les couches beaucoup plus profondes, puisqu'il faut que je me comprenne totalement ? Je ne veux négliger aucun recoin, aucun point sombre ; je veux tout analyser, de sorte qu'il ne reste rien dans l'esprit qui n'ait pas été compris. S'il y a le moindre recoin qui n'ait pas été examiné, ce recoin fausse toute pensée, toute action. Et puis, l'analyse implique la remise au lendemain de l'action. Pendant que je me livre à l'analyse, je n'agis pas : j'attends qu'elle soit finie, espérant ainsi agir bien ; et ainsi, l'analyse, c'est la négation de l'action. L'action, c'est maintenant et ce n'est pas demain. Comment l'esprit peut-il comprendre complètement ses couches profondes et cachées ? Tout ceci est impliqué dans cette compréhension de soi-même.

Cette compréhension peut-elle nous être révélée par nos rêves ? Autrement dit, est-il possible que, pendant le sommeil, les rêves nous dévoilent ces couches profondes de l'inconscient, tout ce qui est caché ? Il y a des spécialistes qui prétendent qu'il faut rêver, que si l'on ne rêve pas c'est un symptôme de névrose. Ils prétendent également que les rêves aident à comprendre toutes les activités cachées de l'esprit. Il nous faut donc nous demander quelle est la signification des rêves et si les rêves sont chose nécessaire. Ou bien les rêves ne sont-ils pas tout simplement la continuation de notre vie quotidienne sous une forme symbolique ?

Pendant la journée, l'esprit est occupé par tous les événements triviaux de notre vie quotidienne – le travail de bureau, de ménage, les querelles, les irritations dans nos relations, une image en lutte contre une autre, et ainsi de suite. Mais avant de vous endormir, vous passez en revue tout ce qui vous est arrivé pendant la journée. N'est-ce pas là ce que vous faites avant de vous endormir ? Vous revivez tous ces incidents : il aurait fallu faire ceci, il aurait fallu dire cela, ou le dire autrement. Vous passez en revue toute votre journée, vous revivez toutes vos pensées, toutes vos activités, vos accès de colère, de jalousie, et tout ce qui s'ensuit.

Mais pourquoi donc votre esprit agit-il de cette façon ? Pourquoi fait-il le point sur tous les événements de la journée ? N'est-ce pas parce qu'il désire établir un certain ordre ? Il réexamine toutes les activités de la journée parce qu'il éprouve le besoin d'y mettre de l'ordre ; autrement dit, quand vous vous endormez, le cerveau continue à travailler, cherche à établir cet ordre en lui-même, parce que le cerveau ne peut fonctionner normalement et sainement que dans un état d'un ordre complet. Donc, s'il n'y a pas d'ordre dans le courant de la journée, le cerveau s'efforce de l'établir pendant que le corps est tranquille, endormi, et l'établissement de cet ordre fait partie des rêves. Admettez-vous tout ce que l'orateur est en train de dire ?

AUDITEUR – Non.

K. – Non ? J'en suis ravi. *(Rires.)* Ne dites pas que vous êtes d'accord ni que vous êtes en désaccord. Découvrez par vous-même et non pas selon quelque philosophe, quelque psychanalyste, quelque psychologue, mais faites vous-même la découverte. Tant qu'il existe un état de désordre dans notre vie quotidienne, le cerveau se voit forcé d'établir un état d'ordre, faute de quoi il est incapable de fonctionner sainement, normalement et avec efficacité. Et, quand il y a désordre, les rêves sont nécessaires pour instaurer un ordre profond ou superficiel.

En tenant compte de tout ceci, on se demande s'il est vraiment nécessaire de rêver, parce qu'il est très important de ne pas rêver ; c'est une chose très importante que d'avoir un esprit qui, pendant le sommeil est complètement tranquille, car alors, l'esprit tout entier, le cerveau tout entier, le corps tout entier peuvent se régénérer. Mais si le cerveau continue à travailler, à travailler pendant que vous dormez, il s'épuise et tombe dans la névrose et toutes ses séquelles. Est-il donc possible de ne pas rêver du tout ?

Je pose toutes ces questions parce que je veux me comprendre moi-même, et ceci fait partie de ma compréhension. Nous ne nous contentons pas d'examiner la question des rêves en leur attribuant plus ou moins d'importance. Mais faute d'une compréhension profonde de soi-même, toutes nos activités deviennent superficielles, contradictoires, et créent sans cesse de nouveaux problèmes.

Les anciennes traditions prétendent que, pour me comprendre, il faut me livrer à l'analyse, à l'introspection – mais je vois que tout ceci est faux. Je le rejette parce que c'est faux, bien que cela aille à l'encontre de ce que prétendent la plupart des psychologues. En s'observant soi-même, on se demande : « Mais pourquoi rêver, et n'est-il pas possible pour l'esprit tout entier d'être absolument tranquille pendant le sommeil ? » Ce n'est pas moi qui pose cette question, c'est vous. Je ne fais que vous la proposer : c'est vous qui devez trouver la réponse. Et, maintenant, comment allez-vous la découvrir ?

Je me rends compte que lorsque tout mon organisme est tranquille, complètement immobile, le corps est capable d'emmagasiner de l'énergie et de fonctionner avec plus d'efficacité. Quand le corps n'a jamais de repos, qu'il est sollicité du matin au soir sans un instant de répit, il s'épuise et s'effondre ; mais si le corps peut se reposer pendant dix ou vingt minutes dans le courant de la journée, il a plus d'énergie. L'esprit est très actif, il observe, il regarde, il critique, il soupèse, il lutte, et tout ce qui s'ensuit. Et quand il s'endort, les mêmes forces vives continuent d'agir. Je me demande donc si, pendant le sommeil, l'esprit peut être complètement tranquille. Voyez la beauté de la question, ne vous préoccupez pas encore de la réponse. À moins que le corps ne soit extrêmement tranquille, sans mouvement, sans geste, sans secousse nerveuse – parmi toutes ces choses que nous faisons –, s'il n'est pas absolument tranquille (et non pas contraint à la tranquillité) et détendu, il n'arrive pas à récupérer, ni reprendre de l'énergie.

Je veux par conséquent découvrir si l'esprit peut être absolument tranquille pendant la nuit, pendant le sommeil ; et je constate qu'il ne peut être tranquille que si chaque incident, chaque événement quotidien est instantanément compris et non pas reporté au lendemain. Si je reporte au lendemain le problème du jour, l'esprit est constamment occupé ; mais si l'esprit peut résoudre le problème immédiatement aujourd'hui, il en a fini avec ce problème. Est-il possible à l'esprit d'être suffisamment éveillé pour que les problèmes cessent d'exister ? Quand arrive le soir, votre ardoise est nettoyée, propre. Ceci, si vous le faites, si vous ne vous en amusez pas tout simplement, mais si vous le faites sérieusement, vous vous apercevrez que quand le cerveau a besoin de repos, il devient très calme, complètement tranquille ; un repos de dix minutes suffit. Et si vous insistez de façon très profonde, vous vous apercevrez que les rêves deviennent complètement inutiles, il n'y a plus de sujet de rêve ; vous n'êtes pas préoccupé de votre avenir, vous ne vous demandez plus si vous allez être un grand médecin, un grand savant, un écrivain très brillant ou si vous allez atteindre l'illumination après-demain ; l'avenir ne vous préoccupe plus du tout. J'ai bien peur que vous ne voyiez pas la beauté de tout ceci ! L'esprit ne projette plus rien dans le temps.

Et, maintenant, ayant dit toutes ces choses, l'esprit qui est en réalité l'observateur (non pas seulement un observateur visuel, un regard, etc.), l'esprit, donc, est-il capable d'observer sans être divisé ? Vous comprenez la question ? L'esprit est-il capable d'observer sans qu'il y ait la division entre observateur et observé ? – car seule la chose observée demeure, il n'y a plus d'observateur.

Demandons-nous ce que c'est que l'observateur ? L'observateur, c'est assurément le passé – que ce soit un passé vieux de quelques secondes, un passé qui remonte à la journée d'hier ou, au contraire, à d'innombrables années –, un passé qui vit en tant qu'entité conditionnée au sein de telle ou telle culture particulière. L'observateur, c'est l'accumulation de toutes les expériences passées. Il est aussi tout notre savoir. L'observateur existe dans le périmètre du temps. Quand il affirme qu'il sera « cela », il a projeté « cela » à partir de son savoir passé – qu'il s'agisse de plaisir, de souffrance, de douleur, de peur, de joie, et ainsi de suite – il dit : « Il faut que je devienne cela. » Le passé, par conséquent, traverse le présent, qu'il modifie et auquel il donne le nom d'avenir, mais tout cela n'est qu'une projection du passé : donc, l'observateur est le passé. Vous vivez dans le passé, n'est-ce pas ? Pensez-y. Vous êtes le passé, vous vivez dans le passé et telle est votre vie. Des souvenirs passés, des joies passées, une mémoire du passé, les choses qui vous ont donné du plaisir ou de la peine, les échecs, les déceptions, les frustrations', tout cela c'est le passé. Et c'est à travers les yeux de cet observateur que vous jugez le présent qui est vivant, mobile, et non pas une chose morte, statique.

Quand je me regarde moi-même, je regarde avec les yeux du passé ; c'est ainsi que je condamne, que je juge, que je soupèse : « Ceci est bien », « Ceci est mal », le bien et le mal étant conformes à ma culture, ma tradition, mon savoir et mes expériences accumulées. Par conséquent, tout cela nuit à l'observation d'une chose vivante qui est le « moi ». Or, ce « moi » peut fort bien ne pas être moi du tout, parce que je ne connais le « moi » qu'à travers le passé. Quand un musulman dit qu'il est musulman, il n'est autre qu'un passé, conditionné par la culture dans laquelle il a été élevé ; il en est de même pour le catholique et le communiste.

Donc, quand nous parlons de vivre, nous parlons d'une vie qui se situe dans le passé ; il y a un conflit entre le passé et le présent parce que je suis conditionné. Je ne peux aborder le présent vivant que si je brise mon conditionnement, et mon conditionnement a été délibérément créé par mes parents, mes aïeux, pour me maintenir dans l'étroite ligne de leurs croyances, de leurs traditions, dans le but de perpétuer leur souffrance et leur malfaisance. Ceci, nous le faisons tous ; nous vivons dans le passé, qui imprègne non seulement notre conditionnement, la culture dans laquelle nous avons vécu, mais encore chaque expérience, chaque incident, chaque événement de notre vie. Je vois un beau coucher de soleil et je me dis : « Comme il est merveilleux avec sa lumière, ses ombres, les rayons du soleil se réfléchissant sur les collines éloignées ! » Tout cela a déjà été accumulé sous forme de mémoire, et je me dis que demain il faut que je regarde de nouveau ce coucher de soleil pour en voir la beauté. Alors je lutte pour retrouver cette beauté, et m'en voyant incapable, je vais dans un musée, et tout le cirque se met en branle.

Alors, suis-je capable de me regarder moi-même avec des yeux qui n'aient jamais été effleurés par le temps ? Le temps implique l'analyse, l'attachement au passé, le processus des rêves, du souvenir, de l'accumulation du passé et sa persistance – tout cela entre en jeu. Puis-je me regarder avec des yeux que le temps n'aveugle pas ? Posez-vous cette question. N'allez pas dire que c'est possible ou non. Vous n'en savez rien. Et dès l'instant où vous vous regardez avec des yeux qui n'ont pas été embrumés par le temps, reste-t-il quelque chose ou quelqu'un pour regarder ? S'il vous plaît, ne me répondez pas. Comprenez-vous ma question ? Jusqu'à présent, je me suis toujours contemplé en fonction de cette qualité, de cette nature, de cette structure liée au temps, au passé. Je me suis regardé à travers les yeux du passé ; je n'en ai pas d'autres. Je me suis vu sous les traits d'un catholique ou toute autre chose synonyme de passé, et ainsi mes yeux sont incapables de regarder « ce qui est » sans qu'intervienne le temps, qui est le passé.

Et, maintenant, je pose la question : les yeux peuvent-ils observer sans qu'intervienne le passé ?

Permettez-moi d'exprimer la chose autrement. J'ai une certaine image de moi-même : elle a été créée et elle m'a été imposée par la culture dans laquelle j'ai vécu, et j'ai aussi mon image particulière de moi-même, l'idée de ce que je devrais être et de ce que je ne suis pas. En fait, nous avons beaucoup d'images. J'ai une image de vous, une image de ma femme, de mes enfants, de mon chef politique, de mon prêtre, et ainsi de suite. J'ai des images à la douzaine. N'en avez-vous pas aussi ?

A. – Si.

K. – Dans ce cas, comment pouvez-vous regarder sans passer par une image, parce que si vous regardez à travers une image, il y a évidemment une déformation ? Hier, vous étiez en colère contre moi, je me suis donc créé une image de vous, vous n'êtes plus mon ami, vous êtes moche, et tout ce qui s'ensuit. Et si la prochaine fois que je vous rencontre je vous regarde avec cette image en tête, celle-ci va fausser ma perception. Elle est issue du passé, comme le sont toutes mes images, et je n'ose pas m'en débarrasser parce que je ne sais pas ce que ce serait que de regarder sans mes images, et donc je m'y cramponne. L'esprit dépend des images pour survivre. Je me demande si vous suivez tout ceci. Donc, l'esprit est-il capable d'observer sans aucune image, sans l'image de l'arbre, du nuage, des collines, sans l'image de ma femme, de mes enfants, de mon mari ? L'esprit peut-il être exempt de toute image dans tous ses rapports ?

C'est l'image qui donne naissance aux conflits dans les rapports humains. Je ne peux pas m'entendre avec ma femme parce qu'elle me brime. Cette image a été construite jour après jour et empêche toute relation vraie ; certes, nous pouvons dormir ensemble, mais cela n'a aucun rapport ; d'où le conflit. L'esprit est-il capable de regarder, d'observer hors de toute image forgée par le temps ? Autrement dit, l'esprit est-il capable d'observer sans aucune image ? Capable d'observer sans l'observateur – qui est le passé, qui est le « moi » ? Suis-je capable de vous regarder sans qu'intervienne cette entité conditionnée qui est le « moi » ?

Qu'en dites-vous ? « Impossible ! » répondez-vous ? Mais comment savez-vous que c'est impossible ? Dès que vous dites : « Ce n'est pas possible », vous vous êtes bloqué, si vous dites que c'est possible, vous êtes encore bloqué, mais si vous dites : « Cherchons, examinons, approfondissons », vous découvrirez que l'esprit *est capable* d'observer sans ce regard du temps. Et quand ils observent de cette façon, qu'y a-t-il à observer ?

J'ai commencé par apprendre à me connaître moi-même ; j'ai exploré toutes les possibilités de l'analyse, et j'ai vu que l'observateur, c'est le passé. L'observateur est encore beaucoup plus complexe. On peut creuser beaucoup plus. Je vois que l'observateur est le passé, que l'esprit vit dans le passé parce que le cerveau a évolué au cours du temps, qui n'est autre que le passé. Dans le passé, il y a sécurité – ma maison, ma femme, ma foi religieuse, mon standing, ma situation, ma célébrité, ma médiocre petite personne : en tout cela il y a une grande sécurité. Je me demande donc si l'esprit est capable d'observer sans rien de tout cela et, s'il le peut, qu'y a-t-il à voir, sinon les collines, les fleurs, les gens, vous suivez ? Reste-t-il quelque chose en moi qu'il faille observer ? La conséquence, c'est que mon esprit est complètement libre.

Vous allez peut-être demander quel intérêt il y a à ce que l'esprit soit libre. Quand l'esprit n'a plus de conflits, il est complètement tranquille, en paix, non violent – et seul un esprit de cette qualité est capable de donner naissance à une autre culture, à une culture vraiment nouvelle qui ne soit pas simplement une contre-culture s'opposant à l'ancienne, mais quelque chose de totalement différent où ne subsiste aucun conflit. Or, tout ceci a été découvert non pas comme étant une théorie, un constat verbal, mais on a constaté ce fait en soi-même, à savoir que l'esprit est capable d'observer complètement sans les yeux du passé ; et alors l'esprit est quelque chose d'entièrement neuf, de complètement différent.

A. – Je crois que nous voyons tous le danger de ces images, mais il semble qu'à certains moments, certaines images soient nécessaires. Par exemple, si quelqu'un se précipite sur vous avec un couteau, l'image que vous avez de lui vous aidera à sauver votre vie. Comment choisir entre les images utiles et les images inutiles ?

K. – Nous vivons tous avec des images, et l'auditeur dit que certaines sont utiles, nécessaires, protectrices, et d'autres ne le sont pas. L'image que vous avez d'un tigre dans la jungle vous protège, mais l'image que vous avez de votre femme, de votre mari ou de tout autre chose, détruit tous les rapports possibles. Et l'auditeur demande comment choisir entre les images qui sont à conserver et celles qui sont à rejeter.

Tout d'abord, pourquoi choisir ? Écoutez ma question, s'il vous plaît. Pourquoi choisissons-nous ? Quelle est la structure, la nature intime du choix ? Je ne choisis, n'est-ce pas, que quand je suis hésitant, quand il y a incertitude ou confusion. Quand la clarté fait défaut, je choisis, alors je dis que je ne sais pas quoi faire, et peut-être ferai-je ceci ou cela. Mais quand vous voyez quelque chose très clairement, est-il besoin de choisir ? Ce n'est que l'esprit confus qui choisit. Or, nous avons fait du choix une des choses les plus importantes de la vie. Nous parlons de la liberté de choix, de choisir ceci ou cela, notre parti politique, nos hommes politiques. Et je me demande : mais pourquoi est-ce que je choisis ? Par exemple, je choisis entre deux tissus de coloris différent, mais ce n'est pas de cela que nous parlons. Nous parlons de ce choix qui est le résultat de l'incertitude, de la confusion, d'une absence de clarté – dans ce cas, je suis forcé de choisir. Mais un esprit qui voit les choses très clairement n'a pas besoin de choisir. Votre esprit est-il en proie à la confusion ? (Monsieur, j'en arrive à votre question.) Évidemment, votre esprit est incertain, confus, sinon vous ne seriez pas tous assis ici. Et c'est à partir de cette confusion que vous choisissez – et que vous aggravez la confusion.

Vous avez en vous tant d'images, certaines vous protègent, d'autres sont inutiles. Existe-t-il un choix à faire ? Écoutez soigneusement. Est-il nécessaire de choisir ? J'ai beaucoup, beaucoup d'images, des images à propos de toute chose, des opinions, des jugements, des évaluations ; plus j'ai d'opinions, plus je me figure que mon esprit est clair. Et c'est à partir de toutes ces images que je cherche à décider lesquelles sont importantes et lesquelles ne le sont pas. Mais pourquoi dois-je choisir ? C'est parce que je suis dans l'incertitude, je ne sais pas quelles images conserver et lesquelles rejeter. Et, maintenant, quelle est l'entité qui choisit ? Le savoir, assurément, or le savoir c'est le passé – le passé qui a créé toutes ces images choisira celles qu'il va garder et celles qu'il va rejeter. Donc, vous choisissez selon le passé, et par conséquent votre choix, inévitablement, sera cause de confusion : par conséquent, ne choisissez pas ! Attendez ! Regardez ! Si vous ne choisissez pas, qu'est-ce qui va se passer ? Bien évidemment, vous n'allez pas vous laisser écraser par un autobus. Mais c'est le choix lui-même qui nourrit les images.

A. – Vous avez dit, monsieur, que nous sommes tous incertains, autrement nous ne serions pas ici.

K. – C'est en partie cela, monsieur.

A. – Mais si je suis dans la confusion, comment puis-je vous écouter sans peser toutes les choses que vous dites ?

K. – Très exactement. C'est de cela que nous avons peur. L'auditeur dit : si je suis dans l'incertitude, ce qui est le cas, comment puis-je écouter clairement – d'accord ? Mais vous n'écoutez pas, n'est-il pas vrai ?

A. – Si, quelquefois.

K. – Quelquefois ? Nous ne parlons pas de « quelquefois ». La question est : écoutez-vous là, maintenant ? Voyons : quand vous écoutez avec attention, avec affection, avec sollicitude, êtes-vous dans la confusion et l'incertitude ? C'est quand vous n'écoutez pas et que vous désirez écouter que naît la confusion. Mais au moment même où vous écoutez, y a-t-il confusion ? Et quand vous vous souvenez d'un moment où vous avez écouté d'une façon totale, absolue, vous vous dites alors : « Comme je voudrais être de nouveau dans le même état », et ainsi naît le conflit. Voyez ce qui s'est passé. Quand vous dites : « Comment puis-je retrouver cet état où j'écoutais », le souvenir de cet état demeure, mais le fait lui-même s'est évaporé, et alors votre mémoire dit : « Il faut que j'écoute plus soigneusement » ; et il y a une contradiction en vous. Tandis que si vous écoutez de manière pleine et entière, au moment même où vous écoutez, il n'y a pas de confusion, et ce moment suffit. Ne cherchez pas à le faire revivre. Retrouvez-le dix minutes plus tard, mais pendant ces dix minutes, prenez conscience du fait que vous avez été inattentif.

A. – Cette nouvelle culture née de l'esprit immobile sera-t-elle une culture de paix ?

K. – Monsieur, je n'en sais rien. C'est une supposition.

A. – Je n'ai pas fini…

K. – Oh ! je vous demande pardon.

A. – Eh bien, si…

K. – Il ne faut pas dire si !

A. – Si j'atteignais un état de paix, serais-je en conflit avec la structure actuelle de la société ?

K. – Qu'entendons-nous par « en conflit avec la structure actuelle » ? Allez, monsieur, cherchez, n'attendez pas que ce soit moi qui le fasse.

A. – Le conflit lié à l'esprit de compétition.

K. – La compétition ? Je veux affirmer mes idées, mes croyances, et ainsi de suite. Mais c'est exactement ce que tout le monde fait, n'est-ce pas ?

A. – Mais si quelqu'un vous dit de prendre un fusil et de tuer quelqu'un, vous êtes dans un état de conflit.

K. – Si quelqu'un me dit de prendre un fusil et de tuer quelqu'un, je ne le ferai pas. Où est la question ?

A. – Si vous dites : « Je ne veux pas », vous êtes dans un état de conflit.

K. – Absolument pas.

A. – Les gens diront que vous l'êtes.

K. – Très bien, il » me mettent en prison, mais je ne suis pas en conflit avec eux. Si la culture qui admet les drogues me dit de prendre des drogues et que je refuse, est-ce moi qui suis en conflit ou bien eux ? Moi je ne le suis pas, c'est eux. Mais quel est l'intérêt de tout ceci ?

A. – Il y a deux camps, dans un conflit.

K. – Non, il n'y a pas deux camps. Je me refuse au conflit. En tant qu'être humain, j'ai approfondi toute cette question du conflit extérieur et intérieur. J'ai vu la chose très à fond, et supposons que j'aie complètement éliminé tout sentiment de violence en moi-même. Si vous êtes dans un état de conflit, que dois-je faire ? Vous me demandez de prendre un fusil et de tuer quelqu'un, et quand je refuse, vous vous fâchez, vous devenez violent, vous me frappez : c'est votre problème, ce n'est pas le mien.

A. – Vous dites qu'alors *lui* est en conflit avec *moi*, mais moi je ne suis pas en conflit avec lui.

K. – Je ne suis pas en conflit. Pourquoi devrais-je tuer qui que ce soit ? Voyez-vous, monsieur, vous ne me tendez pas un fusil – ici, maintenant – n'est-ce pas ? Alors, où est le problème ? Voyez-vous, le problème surgit parce que vous faites des hypothèses. « Qu'allez-vous faire si vous êtes complètement paisible ? » Trouvez d'abord comment être en paix et posez votre question après.

A. – Les conflits viennent-ils de l'imagination ?

K. – Quand deux personnes se querellent, est-ce que cela vient de l'imagination ? Examinez la question. Je suis lié, je dépends de vous. Je dépends de vous émotionnellement, psychologiquement, physiquement, sexuellement et économiquement ; je dépends de vous totalement. Et puis, un beau matin, vous me dites de m'en aller parce que vous aimez quelqu'un d'autre, alors il y a conflit : est-ce de l'imagination ? Non, c'est un fait. Et quand vous vous retournez contre moi, je suis perdu parce que je dépends de vous, de votre présence pour ne pas être seul et pour bien d'autres raisons : ce n'est pas une affaire d'imagination, c'est un fait bien réel.

Je commence alors à découvrir pourquoi je dépends de vous, et je veux le découvrir parce que cela fait partie de ma connaissance de moi-même. Ne dépendez-vous pas tous de quelqu'un ? Psychologiquement, intérieurement ? Êtes-vous capable de tenir bon absolument seul, sur le plan intérieur s'entend – vous comprenez ? Extérieurement, vous ne pouvez pas tenir le coup tout seul, vous avez besoin du laitier, du facteur, du conducteur d'autobus, et ainsi de suite. Mais, intérieurement, vous pouvez faire face en étant complètement seul, sans dépendre de personne. Donc, il me faut découvrir pourquoi je suis dépendant dans ma vie intérieure.

Quand je me sens seul, je ne sais pas comment dépasser cette solitude. J'ai peur, intensément peur, et je suis incapable de résoudre cette chose affreuse qu'on appelle la solitude – mais ne la connaissez-vous pas tous ? Et ainsi, ne sachant pas comment la résoudre, je m'attache à des gens, à des idées, à des groupes, à des activités, à des manifestations, à l'alpinisme, et tout ce qui s'ensuit. Si seulement je pouvais résoudre complètement ce problème de solitude afin qu'il n'existe pas du tout ! Comment transcender cette solitude contre laquelle l'homme lutte de toute éternité ? Il se sent seul, vide, insuffisant, incomplet, et alors il dit qu'il existe un Dieu, ou ceci ou cela. Il projette un élément extérieur. Comment l'esprit peut-il s'affranchir de cet abominable fardeau que nous appelons la solitude ? Vous êtes-vous jamais rendu compte des horreurs que nous accomplissons à cause de ce sentiment de solitude ? Nous approfondirons cette question la prochaine fois.

Saanen
22 juillet 1971

4

La solitude

Être préoccupé de soi-même. Rapports humains. Action dans les rapports humains et la vie quotidienne. Les images qui isolent. Compréhension de la construction des images. « La principale image, c'est l'autopréoccupation. » Les relations humaines sans conflit sont amour.

Le soi est-il capable de passion sans mobile ? Les images ; drogues et stimulants.

KRISHNAMURTI – Nous nous rendons compte, quand nous avons le courage de regarder, que nous sommes des êtres humains affreusement seuls et isolés. Quand nous nous en apercevons avec une lucidité plus ou moins consciente, nous cherchons à nous en évader, parce que nous ne savons pas ce qui pourrait se cacher derrière et au-delà de cette solitude. Étant effrayés, nous la fuyons au moyen d'attachements divers, d'activités et de toutes sortes de distractions, religieuses ou profanes. Si l'on veut bien observer ce phénomène en soi-même, il est assez évident. Nous nous isolons par nos activités quotidiennes, notre attitude, notre façon de penser ; malgré les rapports très intimes que nous pouvons avoir avec autrui, c'est à nous-mêmes que nous pensons toujours. Il en résulte un isolement et une solitude accrus, une dépendance par rapport aux objets extérieurs, aux attachements intensifiés et toute une gamme de souffrances qui en résultent. Je ne sais pas si tous tous rendez compte de tout ceci.

Peut-être pourrons-nous prendre conscience de cet isolement, de cette solitude, de cette dépendance et de la souffrance qui en découle, en prendre conscience maintenant alors que nous sommes assis sous cette tente. C'est un état qui est présent en nous tout le temps. Il est aisé de voir, pour peu qu'on soit un peu observateur, que toutes nos activités sont centrées sur nous-mêmes. Nous ne cessons de penser à nous-mêmes : à notre santé, au fait que nous devons méditer, changer ; nous désirons une situation meilleure qui rapporte plus d'argent, des rapports humains plus satisfaisants. « Je voudrais accéder à l'illumination » ; « Il faut que je fasse quelque chose de ma vie » – « moi » et « ma vie », mes soucis, mes problèmes.

Cette sempiternelle préoccupation de nous-mêmes est présente à chaque instant ; nous sommes complètement dévoués à nous-mêmes. C'est un fait évident. Que nous allions au bureau ou à l'usine, que nous soyons impliqués dans un travail social ou soucieux du bien-être du monde, c'est la préoccupation de nous-mêmes qui mobilise toutes nos activités ; c'est toujours le « moi » qui vient en premier. Et cette préoccupation de soi-même, à l'œuvre dans notre vie quotidienne et dans nos relations humaines entraîne un état d'isolement. Ceci encore est assez évident, et si l'on approfondit suffisamment la chose, on découvre que cet isolement a pour effet une impression d'être intérieurement seul, coupé de tout, de n'avoir aucun rapport réel avec rien ni personne. Vous pouvez être dans une foule, ou assis avec un ami, et, tout à coup, ce sentiment d'être complètement coupé de tout s'abat sur vous. Je ne sais pas si vous l'avez déjà remarqué ou si c'est une chose au contraire dont vous n'avez aucune expérience. Quand nous prenons conscience de cette solitude, nous cherchons à la fuir en nous préoccupant de conflits domestiques, de divertissements variés, de tentatives de méditer, et ainsi de suite.

Certes, tout ceci indique que l'esprit, qu'il soit superficiel ou profond, ou simplement accaparé par son savoir technique, se voit forcément privé de tout rapport réel puisqu'il est constamment replié sur lui-même. Les rapports humains sont la chose la plus importante de la vie, parce que si vous n'avez pas de rapports justes avec ne serait-ce qu'une personne, vous ne pouvez pas en avoir avec d'autres. Vous pouvez vous imaginer que vous pourrez avoir des rapports meilleurs avec telle autre personne, mais ceux-ci se limitent au niveau verbal et sont, par conséquent, illusoires. Mais si vous comprenez que les rapports entre deux êtres humains sont identiques aux rapports que l'on peut avoir avec le reste du monde, alors l'isolement, la solitude ont une portée tout à fait différente.

Que sont donc les rapports humains ? Nous cherchons à découvrir pourquoi les êtres humains sont si désespérément seuls. Vivant sans amour, mais ayant soif d'être aimés, ils se retranchent, physiquement et psychologiquement, et sombrent dans des états de névrose. En effet, la plupart des gens souffrent de névrose ; ils sont plus ou moins déséquilibrés ou esclaves d'une marotte particulière. Si vous y regardez de plus près, il semble que tout ceci découle de leur manque total de rapports réels. Donc, avant de pouvoir comprendre comment mettre fin à cette solitude et à cette souffrance, à cette douleur et à cette angoisse de l'existence humaine, il nous faut tout d'abord approfondir cette question des rapports humains, ce que cela veut dire d'être en contact.

Sommes-nous en relation avec les autres ? La pensée affirme que oui, mais, en fait, il est très possible qu'il n'en soit rien ; même si un être humain entretient des relations intimes ou sexuelles avec un autre. Faute de comprendre en profondeur la vraie nature des relations humaines, il semblerait que les hommes sombrent inévitablement dans la tristesse, la confusion et le conflit. Ils peuvent accepter certaines croyances, œuvrer au bien social, mais tout ceci est sans valeur s'ils n'ont pas établi entre eux des rapports sans conflit d'aucune sorte. Est-ce possible ? Vous et moi pouvons-nous être en relation ? Peut-être pourriez-vous avoir d'excellents rapports avec moi, parce que je vais partir bientôt et qu'alors ils prendront fin. Mais peut-il exister des rapports réels entre deux êtres humains si chacun est axé sur lui-même ? Si chacun est penché sur ses propres ambitions, ses soucis, son opposition au monde, et toutes les absurdités qui sont notre lot commun dans la vie ? Un être humain pris dans ce réseau peut-il avoir des rapports réels avec un autre ?

S'il vous plaît, suivez tout ceci. Peut-il y avoir des relations réelles entre un homme et une femme si l'un est catholique et l'autre protestant, si l'un est bouddhiste et l'autre hindou ?

Donc, qu'entend-on par rapports humains ? Il me semble que c'est une des choses les plus importantes de la vie, parce que celle-ci est *faite* de relations. S'il n'y en a pas, on ne peut pas vivre : la vie devient une suite de conflits, se terminant par la séparation ou le divorce, la solitude, avec tous les tourments, les anxiétés résultant des attachements, toutes ces choses qui découlent de ce sentiment d'isolement complet. Ceci, vous le connaissez tous, j'en suis certain. On peut observer combien sont essentielles dans la vie les relations humaines et combien sont rares ceux qui ont détruit le mur dressé entre eux-mêmes et leur prochain. Pour briser cette barrière et tout ce qu'elle implique – il ne s'agit pas seulement de barrières physiques – il faut approfondir la question de l'action.

Qu'est-ce que l'action ? Il ne s'agit pas d'action passée ou à venir, mais d'action immédiate. Notre action est-elle le résultat d'une conclusion et s'accomplit-elle conformément à cette conclusion, ou bien encore est-elle fondée sur une croyance et s'accomplit-elle cette croyance ? Est-elle fondée sur une expérience, et s'accomplit-elle conformément à cette expérience, à ce savoir accumulé ? Dans ce cas l'action est toujours fondée sur le passé, nos rapports sont affaire du passé, ils ignorent le présent.

Si j'entretiens avec un autre des rapports quelconques – et ces rapports sont évidemment action – pendant des journées, des semaines ou des années qu'ont duré ces rapports, j'ai construit une image de cet homme et j'agis conformément à cette image, et l'autre agit conformément à l'image qu'il a de moi ; il s'établit donc des relations non pas entre nous, mais entre ces deux images. Je vous en prie, observez votre propre esprit, votre propre activité dans vos rapports, et bien vite vous découvrirez la vérité, la valeur de cette affirmation. Tous nos rapports sont fondés sur des images, et comment pourrait-il y avoir des rapports réels avec un autre si ceux-ci ne relient que des images ?

Ce que je voudrais, ce serait d'avoir des rapports dénués de toute espèce de conflit, des rapports où je n'utilise ni n'exploite personne, pas plus sexuellement que pour des raisons d'agrément, ou simplement pour jouir de leur compagnie. Je vois très clairement que le conflit détruit tout rapport réel, il me faut le résoudre au centre même des choses et non à la périphérie. Je ne peux mettre fin au conflit que par la compréhension de l'action non seulement dans les relations, mais encore dans la vie quotidienne. Je veux découvrir si toutes mes activités poussent à l'isolement dans ce sens que j'ai construit un mur autour de moi-même ; ce mur qui n'est autre que l'intérêt que je me porte : mon avenir, mon bonheur, ma santé, mon dieu, ma croyance, ma réussite, ma souffrance. Vous me suivez ? Ou bien pourrait-on dire que les rapports humains n'ont absolument rien à faire avec moi ou moi-même ? Moi, je suis le centre, et toutes les activités ayant trait à mon bonheur, à mes satisfactions, à ma gloire, ne peuvent que m'isoler. Là où il y a isolement, il y a nécessairement attachement et dépendance ; si mes attachements sont empreints d'incertitude ou de dépendance, il en résulte un état de souffrance, et celle-ci implique un isolement total dans tous mes rapports. Je vois tout ceci clairement, pas verbalement, mais vraiment – c'est un fait.

Pendant bien des années, je me suis forgé des images de moi-même et des autres ; je me suis retranché derrière mes activités, mes croyances, et ainsi de suite. Ma première question est donc : comment me libérer de ces images – images de mon dieu, de mon conditionnement, images impliquant pour moi l'obligation de rechercher la célébrité, l'illumination (ce qui revient au même), obligation de réussir, et ainsi je redoute d'être un raté. J'ai en moi tant d'images à mon propre sujet et au vôtre. Comment m'en libérer ? Puis-je mettre fin à cette élaboration d'images qui passe par le processus analytique ? Très évidemment pas.

Alors, que faire ? C'est un problème, et il me faut le résoudre et ne pas le remettre au lendemain. Si je n'y mets pas fin aujourd'hui, il sera cause de désordre donc de troubles, or le cerveau a besoin d'ordre pour fonctionner sainement, normalement et ne pas tomber dans la névrose. Il faut que j'instaure l'ordre maintenant, dans le courant de la journée, sinon l'esprit est tourmenté, fait des cauchemars et est incapable d'être renouvelé le lendemain matin, il me faut donc mettre fin à ce problème.

Comment faire cesser cette élaboration d'images ? Tout d'abord, en m'abstenant de créer une super-image, évidemment. J'ai beaucoup d'images et, ne pouvant pas s'en affranchir, l'esprit invente malheureusement une super-image, le soi supérieur, l'atman, ou bien inventé un agent extérieur, spirituel, ou le « Grand Frère » du monde communiste. Il faut donc que je mette fin à toutes les images que j'ai créées, mais sans pour autant créer une image plus élevée, plus noble. Je vois que si j'entretiens une seule image, nulle vraie relation n'est possible, parce que les images séparent, et là où il y a séparation, il y a forcément conflit, non seulement entre nations, mais entre êtres humains ; ceci est clair. Donc, comment puis-je me débarrasser de toutes les images que j'ai accumulées, de sorte que mon esprit soit complètement libre, plein de fraîcheur, de jeunesse et capable d'observer tout le mouvement de la vie d'un regard neuf ?

Tout d'abord, il me faut découvrir, et sans avoir recours à l'analyse, comment naissent les images. Autrement dit, il me faut apprendre à observer. L'observation est-elle fondée sur l'analyse ? J'observe, je vois – est-ce là le résultat d'une analyse, d'un exercice, d'un laps de temps ? Ou bien est-ce une activité en dehors du temps ? L'homme s'est toujours efforcé d'aller au-delà du temps au moyen de différents procédés, et ses tentatives se sont soldées par un échec. Subodorant que, peut-être, il est incapable de se débarrasser de toutes ces images innombrables, il a créé une superimage et il devient esclave de sa propre création, il n'est par conséquent pas libre. Que cette super-image soit l'âme, le soi supérieur, l'État ou n'importe quoi d'autre, ce n'est toujours pas la liberté : c'est une image de plus. Par conséquent, j'ai un intérêt vital à mettre fin à toutes les images, parce que c'est alors seulement qu'il y a possibilité d'entretenir des rapports justes avec les autres ; mon souci est donc de découvrir s'il est possible de mettre fin à toutes les images *instantanément*, et non de pourchasser une image après l'autre, ce qui, évidemment, ne mènerait à rien.

Il me faut donc découvrir si je puis briser ce mécanisme de l'esprit qui conduit à la création d'images et, en même temps, me demander ce que cela signifie que d'être lucide. Parce que cela me permettra peut-être de résoudre mon problème et de voir la fin de toutes les images. Ceci conduit à la liberté. Et ce n'est que lorsqu'il y a liberté, qu'il est possible d'entretenir des relations justes, des relations dénuées de toute forme de conflit.

Que signifie cette lucidité ? Elle implique une attention dépourvue de toute espèce de choix. Je ne peux pas choisir une image de préférence à une autre, parce qu'alors on n'en verrait plus la fin. Il me faut donc découvrir ce que c'est que la lucidité, où il n'y a aucun choix, mais simplement une pure observation, une pure vision.

Donc, qu'est-ce que voir ? Comment est-ce que je regarde un arbre, une montagne, les collines, la lune, les eaux courantes ? Il ne s'agit pas seulement d'observation visuelle, mais l'esprit entretient une image de l'arbre, du nuage, de la rivière. Cette rivière porte un nom, elle est source d'un chant agréable ou désagréable. Sans cesse j'observe, je prends conscience des choses en fonction de préférences, d'aversions, de comparaisons. Est-il possible d'observer, d'écouter ce ruisseau sans qu'intervienne aucun choix, aucune résistance, aucun attachement, aucune verbalisation ? Faites-le, s'il vous plaît, tandis que nous parlons, c'est votre exercice du matin !

Suis-je capable d'écouter cette rivière, sans aucun écho du passé ? Puis-je observer toutes ces images variées sans aucun choix ? Ce qui veut dire sans en condamner aucune, sans m'y attacher, simplement observer sans préférence. Impossible, n'est-ce pas ? Pourquoi ? Est-ce parce que mon esprit est tellement habitué à ses préjugés ou à ses préférences ? Est-ce parce qu'il est paresseux et ne dispose pas de l'énergie suffisante ? Ou bien serait-ce que mon esprit n'a pas vraiment envie de se libérer des images et entretient le désir secret d'en garder une plus particulièrement ? Cela revient à dire que l'esprit se refuse à voir ce fait que toute existence est relation et que, lorsqu'il y a des conflits dans les relations, la vie devient un tourment d'où résultent la solitude et la confusion. L'esprit voit-il – autrement qu'en termes abstraits – cette vérité que, là où il y a conflit, il n'y a pas de rapports réels ?

Comment peut-on s'affranchir des images qui nous habitent ? Il faut tout d'abord découvrir comment ces images ont pris naissance, quel est le mécanisme qui les a créées. Vous ne pouvez voir ceci que dans l'instant de la relation, c'est-à-dire au moment même où vous parlez, où il y a des discussions, des insultes, de la brutalité ; si vous n'êtes pas complètement attentif à cet instant-là, alors le mécanisme de construction des images s'enclenche. Autrement dit, quand l'esprit n'est pas complètement attentif au moment même de l'action, alors le mécanisme constructeur d'images se met en marche. Quand vous me dites quelque chose qui ne me plaît pas – ou qui me plaît – si à ce moment-là je ne suis pas complètement attentif, le mécanisme se déclenche. En revanche, si je suis attentif, lucide, il n'y a pas de formation d'images. Quand l'esprit est pleinement éveillé au moment immédiat, s'il n'est pas distrait, effrayé, s'il ne rejette pas une partie de ce qui est dit, alors il n'y a pas de formation d'images possible. Faites l'expérience dans le courant de la journée ; vous verrez !

J'ai, par conséquent, découvert comment bloquer toute formation d'images ; mais qu'en est-il de toutes les images que j'ai accumulées dans le passé ? Vous partagez mon problème ? Il semblerait que ce n'est pas le vôtre. Parce que si c'était véritablement un problème réel, profond, vital de votre existence, vous l'auriez déjà résolu par vous-même au lieu d'être assis là à attendre que je trouve la réponse pour vous. Eh bien, qu'arrive-t-il à toutes ces images que vous avez amassées ? Vous rendez-vous compte que vous avez des quantités d'images dissimulées dans cette armoire qu'est votre esprit ? Pouvez-vous les dissoudre toutes l'une après l'autre, ou bien cela prendrait-il un temps infini ? Pendant que vous êtes à effacer une image, vous en créez d'autres, et ce processus graduel qui consiste à vous débarrasser d'une image après l'autre peut se poursuivre indéfiniment. Donc, vous avez découvert la vérité, à savoir que vous ne pouvez pas vous débarrasser des images une par une, et l'esprit qui a véritablement vu cette vérité est pleinement conscient quand il est en train de créer une image. Et, dans cette attention, cette vision, toutes les autres images disparaissent. Je me demande si vous saisissez ce point.

Donc, les images se forment quand l'esprit n'est pas attentif et, dans la plupart des cas, nos esprits ne le sont pas. Il arrive que nous fassions attention, mais le reste du temps, nous sommes inattentifs. Mais quand vous prenez conscience d'une seule image avec attention, vous êtes également attentif à tout le mécanisme de l'élaboration des images et à son fonctionnement, et dans cette attention, la construction de toutes les images prend fin ; qu'il s'agisse du passé, du présent ou de l'avenir. Ce qui importe, c'est votre état d'attention et non pas le nombre d'images que vous pouvez avoir. Je vous en prie, essayez de comprendre ceci, parce que c'est très important. Si, véritablement, vous avez saisi ce point, vous avez compris complètement tout le mécanisme du mental.

Malheureusement, la plupart d'entre nous n'ont pas su résoudre leurs problèmes ; nous ne savons pas comment nous y prendre et nous nous en accomodons, ils deviennent une habitude et sont comme une armure impénétrable. Si vous avez un problème non résolu, vous n'avez plus d'énergie : elle est absorbée par le problème, et si vous n'avez pas d'énergie, cela aussi devient une habitude. Donc, si vous êtes quelque peu sérieux, si vous voulez réellement vivre une vie absolument dénuée de conflits, il vous faut découvrir comment mettre fin à tout problème humain, immédiatement ; autrement dit, il vous faut accorder votre attention à n'importe quel problème et non chercher à y trouver une réponse. Parce que si vous êtes axé sur la réponse, vous regardez au-delà du problème, tandis que si vous restez en présence du problème, si vous y êtes complètement attentif, alors la réponse se trouve dans le problème lui-même et non pas au-delà.

Permettez-moi d'exprimer la chose différemment. Nous savons tous ce que c'est que la souffrance à la fois physique et psychologique, c'est-à-dire intérieure. On peut traiter la souffrance physique par différents remèdes, et aussi en ne permettant pas au souvenir de cette souffrance de s'attarder. Si vous êtes pleinement conscient de la souffrance, et dans cette prise de conscience même vous voyez le souvenir du passé, la souffrance disparaît ; et vous aurez par conséquent l'énergie nécessaire pour aborder la souffrance suivante au moment où elle surgira. Psychologiquement, nous avons tous souffert de diverses façons, soit très intensément, soit à un degré moindre – mais tous nous avons souffert d'une façon ou d'une autre. Quand nous souffrons, instinctivement nous voulons fuir – nous avons recours à une religion, à des distractions, à des lectures, à n'importe quoi pour fuir la souffrance.

En revanche, si l'esprit est attentif et ne recule pas du tout devant la souffrance, vous verrez que dans cet état d'attention totale surgit non seulement une énergie – c'est-à-dire une passion – mais encore que la souffrance prend fin. De la même façon, toutes les images peuvent prendre fin instantanément lorsqu'on n'accorde aucune préférence à aucune d'entre elles ; et ceci est très important. Quand vous etes sans préférence, vous êtes sans préjugé. Vous êtes alors attentif et capable de regarder. Et dans cette observation il y a non seulement la compréhension du processus constructeur d'images, mais eneore la fin de toutes les images.

Je vois donc l'importance des relations humaines ; il *peut* exister des rapports sans conflit, c'est-à-dire un état d'amour. L'amour n'est pas une image ; il n'est pas un plaisir, il n'est pas désir. Ce n'est pas une chose que l'on puisse eultiver, il ne dépend pas de la mémoire. Suis-je capable de vivre une vie quotidienne sans me préoccuper de moi-même, parce que cette préoccupation de moi-même, c'est la principale image ? Suis-je capable de vivre sans elle ? Alors, mon activité n'entraînera pas la solitude, l'isolement et la souffrance.

AUDITEUR – Quand on regarde en soi et que l'on paraît ressentir une profonde passion mais sans motif, une passion de comprendre, avec un peu de franchise on peut s'apercevoir que ce sentiment est en fait le désir de faire l'expérience de la réalité. Le soi (qui est tout ce que nous connaissons) peut-il connaître cette passion sans mobile et saisir la différence essentielle qui existe entre ces deux sentiments ?

K. – Tout d'abord qu'est-ce que le « soi », le « moi » ? Assurément, le « moi » est le résultat de notre éducation, de nos conflits, de notre culture, de nos rapports avec le reste du monde ; ce « moi » est le résultat de la propagande à laquelle nous avons été soumis pendant cinq mille ans. C'est ce « moi » qui est attaché à nos meubles, à nos femmes, à nos maris, et ainsi de suite. C'est ce « moi » qui dit : « Je veux être heureux, je veux réussir, j'ai réussi. » C'est ce « moi » qui dit je suis chrétien, communiste, hindou. Il y a toutes ces terribles divisions – ce « moi » est tout cela, n'est-ce pas ?

Ce « moi » qui est isolé, qui par sa structure et sa nature mêmes est limité et qui, par conséquent, crée la division, ce « moi » peut-il avoir aucune passion ? Évidemment non. Il peut avoir la passion du plaisir (chose entièrement différente de la passion dont nous parlons). La passion n'existe qu'avec la fin du « moi » ; seul un esprit libéré de tous les préjugés, opinions, jugements et conditionnements peut connaître la passion, l'énergie, l'intensité, parce qu'il est capable de voir « ce qui est ». Vous êtes d'accord et vous dites « oui ». N'est-ce pas là une affirmation purement verbale, ou bien avez-vous véritablement vu la vérité de tout cela, êtes-vous véritablement libéré ?

A. – Est-ce que toutes ces images que nous avons nous font gaspiller notre énergie ?

K. – C'est évident, n'est-ce pas ? Si j'ai une image de moi-même et qu'elle est contraire à votre image, il y a forcément conflit, et il y a par conséquent gaspillage d'énergie. N'en est-il pas ainsi ?

A. – Est-ce que quelqu'un qui est affranchi de ses problèmes peut entretenir des rapports avec quelqu'un qui est, lui, plein de problèmes ? *(Rires.)*

K. – Eh bien, vous avez donné la réponse, n'est-ce pas ? Si vous êtes réellement affranchi de tout problème, et non pas seulement dans votre imagination, mais si vous êtes véritablement libre de tous les problèmes que peuvent avoir les êtres humains, tels que la souffrance, la peur, la mort, l'amour et le plaisir, puis-je avoir des relations réelles avec vous si, moi, j'ai des problèmes ? Évidemment non. Écoutez bien ceci : vous n'avez pas de problèmes, et moi j'en ai, et alors que vais-je faire ? Ou bien je vous évite, ou bien je vous traite avec la plus grande révérence. Je vous mets sur un piédestal et je vous dis : « Quel homme extraordinaire vous êtes, vous n'avez pas de problèmes. » Je me mets à écouter tout ce que vous dites dans l'espoir que vous m'aiderez à résoudre les miens ; autrement dit, je vais vous détruire avec mes problèmes. Tout d'abord, je vous repousse, maintenant je vous accepte, je vous adore ; autrement dit, je vous détruis.

A. – Nous reste-t-il un espoir ? *(Rires.)*

K. – Tout cela dépend de vous ! Si vous êtes véritablement sérieux, si vous vous intéressez intensément à la résolution de vos problèmes, vous aurez alors l'intensité et la vitalité nécessaires, mais il ne sert à rien de traiter cela comme le jeu d'un jour et de tout oublier le lendemain.

A. – Que pouvons-nous faire pour empêcher les autres de prendre des drogues ?

K. – Prenez-vous des drogues ?

A. – Non, mais je bois du café et de l'alcool. Est-ce que cela ne revient pas au même ?

K. – Nous buvons du café, nous buvons de l'alcool, nous fumons, certains d'entre nous prennent des drogues. Pourquoi les prenez-vous ? Le café et le thé sont des stimulants. Je n'en prends pas moi-même, mais j'en ai entendu parler. Physiologiquement, il se peut que vous ayez besoin d'un stimulant, c'est le cas de certaines personnes. L'alcool et le tabac sont-ils la même chose que les drogues ? Allez, répondez.

A. – Oui.

K. – Vous prétendez que boire de l'alcool c'est la même chose que de se droguer. *(Opposition générale.)*

K. – Ne prenez pas parti, s'il vous plaît. L'un dit « non », un autre dit « oui », où en sommes-nous ? Simplement, je vous demande si vous faites usage de toutes ces choses. Avez-vous besoin d'un stimulant, avez-vous besoin de quelque chose pour vous encourager, pour vous donner des forces ? Je vous en prie, répondez à cette question. Avez-vous besoin d'un stimulant, de distractions constantes, avez-vous besoin de thé, de tabac, de drogues, et pourquoi en avez-vous besoin ?

A. – Pour nous évader.

K. – Pour vous évader, pour trouver une sortie facile, vous buvez un verre de vin et vous êtes content, et c'est vite fait.

A. – Oui.

K. – Donc, vous avez besoin de stimulants divers. En ce moment, est-ce que vous vous laissez stimuler par l'orateur ?

A. – Oui. *(Rires.)*

K. – Je vous en prie, faites preuve d'un peu d'attention. Vous dites « non » et ce monsieur dit « oui ». Examinez les faits. Vous laissez-vous stimuler en ce moment ? Si oui, l'orateur joue le même rôle qu'une drogue, cela veut dire que vous dépendez de lui tout comme vous dépendez du thé, du café, de l'alcool et des drogues. Et moi, je veux savoir d'où vient cette dépendance et non pas si c'est bien ou mal ni si on doit le faire ou non. Mais pourquoi dépendez-vous de tous ces stimulants ?

A. – Nous pouvons voir l'influence que cela a sur nous ; mais nous n'avons pas besoin d'en être dépendants.

K. – Mais vous l'êtes ! Une fois l'effet passé, il vous faut à nouveau des stimulants, et cela veut dire que vous en dépendez. Je peux peut-être prendre du L.S.D. et en recevoir un effet stimulant, et alors, quand cela passe, il m'en faut encore, et après-demain j'en serai devenu dépendant. Eh bien, je demande pourquoi l'esprit humain dépend – de la sexualité, des drogues, de l'alcool, de n'importe quel stimulant extérieur ? C'est une affaire psychologique, n'est-ce pas ? Il y a là un besoin physiologique de thé ou de café parce que nous ne mangeons pas bien et vivons mal, nous nous laissons aller et ainsi de suite. Mais pourquoi avons-nous besoin d'être stimulés psychologiquement ? Est-ce parce qu'il y a une telle misère intérieure en nous ? Parce que nous n'avons pas le cerveau, la faculté d'être quelque chose d'entièrement différent, est-ce pour cela que nous dépendons de stimulants ?

A. – Mais est-ce que l'alcool ne détruit pas le cerveau aussi bien que les drogues ? L'alcool peut avoir cet effet petit à petit.

K. – L'alcool peut avoir cet effet petit à petit. Cela peut prendre un certain nombre d'années, mais les drogues sont très dangereuses parce qu'elles ont une action sur les générations à venir, vos enfants. Donc, si vous dites : « Cela m'est égal ce qui peut arriver à mes petits-fils, je continue à prendre des drogues », c'est la fin de la discussion. Mais je demande : « Qu'arrive-t-il à votre esprit quand vous dépendez de *n'importe quoi*, que ce soit du thé, du café, une vie sexuelle, des drogues ou un sentiment de nationalisme ? »

A. – Je perds ma liberté.

K. – Ce sont des choses que vous dites mais que vous ne vivez pas, n'est-ce pas ? Quand vous dépendez de quelque chose, cela détruit votre liberté, cela vous rend esclave de l'alcool, vous avez besoin de votre verre, de votre Martini dry ou que sais-je encore. Et ainsi, petit à petit, votre esprit s'émousse à force de dépendance. Il a été établi il y a longtemps, en Inde, que tout homme véritablement religieux ne touche jamais à rien de tout cela. Mais cela vous est égal. Vous dites : « J'ai besoin d'un stimulant. »

J'ai rencontré un jour un homme qui avait pris du L.S.D., et il m'a dit qu'étant allé ensuite dans un musée, il voyait toutes les couleurs plus brillantes, tout se détachait d'une façon plus nette, plus aiguë, plus vive, il en émanait une grande beauté. Peut-être qu'il voit la merveilleuse lumière d'un coucher de soleil d'une façon plus éclatante, mais petit à petit son esprit est détruit et, au bout d'un an ou deux, il devient un être inutile. Si vous croyez que cela en vaut la peine, c'est à vous de décider. Mais, dans le cas contraire, surtout n'y touchez pas.

Saanen
25 juillet 1971

5

La pensée et l'incommensurable

La pensée peut-elle résoudre nos problèmes ? Fonction de la pensée. Le champ de la pensée et ses projections. L'esprit peut-il pénétrer dans l'immesurable ? Quel est l'élément qui crée l'illusion ? Peur physique et mentale, évasions. L'esprit qui apprend d'instant en instant.

Est-on capable d'observer sans jugement, sans évaluation ? La perception consiste-t-elle à voir quelque chose globalement ? Les mots peuvent-ils être utilisés pour décrire un état non verbal ?

KRISHNAMURTI – Pour certains d'entre nous, le monde est un tel chaos que, s'il avait été organisé par un fou, il ne serait pas plus catastrophique. Bien des gens pensent qu'il suffirait de changements dans l'environnement, changements économiques et politiques devant mettre fin aux guerres, à la pollution et à l'inégalité matérielle entre ceux qui sont trop riches et ceux qui sont dans la misère. Ils ont l'idée que, pour commencer, toutes ces choses devraient être changées, et que s'il y avait une transformation périphérique de l'environnement, l'homme serait capable de s'organiser lui-même plus raisonnablement et plus sagement.

Selon moi, le problème est beaucoup plus profond, beaucoup plus compliqué, et un simple changement d'ordre extérieur n'aurait que peu d'effet. En observant les événements mondiaux, la société permissive où baigne la jeunesse et l'affreuse hypocrisie qui règne dans la génération précédente, tout esprit éclairé et mûr doit se rendre à l'évidence : le problème est profond et exige d'être abordé d'une façon entièrement différente.

On peut observer que la plupart d'entre nous se figurent que la pensée peut satisfaire tous les efforts humains, qu'il s'agisse dans le domaine extérieur, d'explorer sur la lune ou, dans la vie intérieure, de transformer l'esprit et le cœur. Nous avons donné une immense importance aux activités de la pensée. Celle-ci, qu'elle soit logique et objective, ou irrationnelle et névrosée, a toujours joué un rôle prépondérant à travers les âges. Qui dit pensée dit mesure, or s'agissant d'établir un changement et un ordre dans la société, la pensée s'est révélée très limitée. Apparemment, elle n'a pas réussi – elle y est peut-être parvenue superficiellement, mais certes pas fondamentalement. Son mécanisme est responsable de l'état actuel du monde. On ne peut le nier. Non seulement nous nous figurons qu'elle peut transformer les événements extérieurs – la pollution, la violence et tout ce qui s'ensuit – mais que, conduite avec soin et habileté, elle est capable de transformer le conditionnement, le comportement humain et notre manière de vivre.

Il est évident que la pensée organisée est une chose nécessaire ; que pour transformer l'environnement et venir à bout de la pollution, de la misère, elle doit être employée de façon objective, saine et équilibrée. Tout le monde technologique dans lequel nous vivons est fondé sur la pensée, sur le mesurable ; elle ne peut fonctionner que lorsqu'il y a de l'espace. Elle crée son propre espace, le temps, la distance qui sépare ici de là. Tout notre monde moderne est construit sur ces données.

Le mesurable, l'espace, qui sont l'essence même de la pensée, sont évidemment limités parce que celle-ci est conditionnée. La pensée, c'est la réaction de la mémoire, qui appartient au passé ; la réaction de la pensée quand les événements lui portent un défi est issue du passé. Apparemment, elle n'a pas su mettre fin aux guerres, bien au contraire elle a engendré les divisions religieuses, économiques, sociales, et ainsi de suite. La pensée en elle-même est la cause de la fragmentation.

On demande alors : quelle est la fonction de la pensée qui est la réaction du connu ? Le connu est toujours enraciné dans le passé, et c'est à partir de ce connu que la pensée projette l'avenir, qui n'est rien d'autre qu'une modification dans les activités du présent. Donc, par ce qu'elle connaît, la pensée peut projeter l'avenir, ce que le monde « devrait être » ; mais, apparemment, « ce qui devrait être » ne se réalise jamais. Chaque philosophe, chaque soi-disant maître religieux a projeté un monde dans l'avenir fondé sur ce qu'il connaît du passé ; il a projeté un opposé ou un concept qui est une réaction au passé. Et ainsi la pensée n'a jamais unifié l'homme. En fait, elle a divisé les hommes entre eux parce qu'elle ne peut fonctionner que dans le connu, et le connu est le mesurable. Et ainsi la pensée ne peut jamais susciter de vraies relations entre individus.

D'où ma question : quelle est la fonction du savoir, qui est le connu, le passé ? Quelle est la fonction de la pensée qui est une réaction à ce passé, dans la vie quotidienne ? Vous êtes-vous jamais posé cette question ? On vit et on agit dans la pensée et par elle ; tous nos calculs, nos relations, notre comportement sont fondés sur la pensée, sur le savoir. Ce savoir est plus ou moins mesurable, et il agit toujours dans le champ du connu. Ainsi, vous et moi pouvons-nous nous rendre compte de l'importance du savoir – et néanmoins en apercevoir les limites et le transcender ? C'est ce que nous nous proposons de découvrir.

Je vois que si l'on fonctionne toujours dans le champ du connu, on sera toujours prisonnier, on sera toujours limité, que ce soit dans des limites en expansion ou qui se rétrécissent, mais toujours des limites qui sont mesurables. Par conséquent, l'esprit sera toujours prisonnier dans l'enclos du savoir. Et je me demande si ce savoir, qui est l'expérience humaine accumulée, que ce soit pendant les derniers jours, ou à travers les siècles, est capable d'affranchir l'homme de façon qu'il puisse fonctionner globalement, différemment, et non pas toujours dans le passé qui est le connu. Cette question m'a été posée de façons différentes par bien des gens sérieux appartenant plus particulièrement au monde religieux ; les intellectuels, les pandits, les gourous qui ont parlé avec moi m'ont toujours demandé si l'homme peut transcender le temps. L'activité dans le champ du savoir est mesurable, donc, à moins que l'homme ne soit affranchi de ce champ, il sera toujours esclave. Il peut accomplir toutes sortes d'exploits dans ce domaine-là, mais il vivra toujours dans les limites qui sont le temps, la mesure et le savoir.

Je vous en prie, posez-vous cette question : l'homme doit-il toujours être lié au passé ? Si c'est le cas, jamais il ne pourra être libre, il sera toujours conditionné. Il peut projeter une idée de la liberté, du paradis, s'évader du fait réel, du problème posé par le temps, il peut projeter une croyance, un concept, s'évader dans une illusion – mais cela reste une illusion.

Je veux donc découvrir si l'homme peut s'affranchir du temps et néanmoins continuer à fonctionner dans ce monde. Très évidemment, il y a le temps chronologique – aujourd'hui, demain, l'année prochaine, et ainsi de suite. S'il n'y avait pas ce temps chronologique, je raterais mon train, donc je me rends compte qu'un certain ordre de temps est nécessaire pour fonctionner, mais ce temps est toujours mesurable. L'action du temps, qui coïncide avec le savoir, est absolument nécessaire. Mais si c'est le seul champ dans lequel je peux vivre et fonctionner, je suis alors entièrement lié, je suis un esclave. Mon esprit observe, regarde, interroge et cherche à découvrir s'il peut jamais se rendre libre des entraves du temps. Il s'insurge à l'idée d'être son esclave ; étant pris dans ce piège, il se révolte à l'idée de vivre dans une culture fondée sur le passé, le temps et le savoir.

Or voici que l'esprit se propose de découvrir s'il est possible d'aller au-delà du temps. Peut-il pénétrer dans l'immesurable – qui comporte son espace à lui – et vivre dans ce monde, libéré du temps et néanmoins fonctionner avec le temps, avec le savoir, avec toutes les promesses techniques engendrées par la pensée ? C'est là une question très importante.

L'esprit peut-il s'interroger sur la qualité et la nature de ce qui n'est pas mesurable ? – il sait que toutes les projections de la pensée, les illusions en tous genres, se situent encore dans ce champ du temps, et par conséquent du savoir. Il faut donc que l'esprit soit entièrement libéré de tout mouvement propre à créer une illusion quelconque. Il est très facile de s'imaginer qu'on est dans un monde au-delà du temps, d'entretenir toutes sortes d'illusions et de se figurer qu'on touche Dieu lui-même de la main. Quel est donc le facteur qui engendre un esprit fragmentaire, névrosé, et qui donne naissance à l'illusion et à l'erreur ? Quel est l'élément qui favorise un tel état et quel est le facteur propre de l'illusion ?

Il faut approfondir cette question avec le plus grand soin. Tout d'abord, il vous faut observer et ne jamais vous abuser dans aucune circonstance, ne jamais être hypocrite ni avoir une double échelle de valeurs – une d'ordre privé et une d'ordre public ; disant une chose et en faisant une autre, pensant une chose et en disant une autre. Ceci exige une profonde honnêteté, autrement dit, il me faut découvrir quelle est cette part de l'esprit qui suscite cette erreur et cette hypocrisie, ce double langage, les différentes illusions et déformations névrotiques. Si l'esprit n'est pas dégagé de toute déformation, il ne peut absolument pas s'interroger sur la nature de ce qui n'est pas mesurable.

Selon vous, quelle serait la cause des erreurs, des illusions – illusion de grandeur, illusion d'avoir abouti à la réalité et à l'illumination ? Il faut voir par soi-même clairement, en dehors de toute analyse, où se produisent les déformations ; toute déformation est hypocrisie et naît de l'imagination, dans un cadre où l'imagination n'a pas sa place. Celle-ci peut avoir son rôle à jouer quand il s'agit de peindre un tableau, d'écrire un poème ou un livre, mais si elle se mêle d'affirmer : « Ceci existe », alors vous êtes tombé dans le piège. Il me faut donc non seulement découvrir quel est l'élément responsable de l'erreur et de la déformation, mais m'en affranchir complètement.

Vous êtes-vous demandé si l'esprit peut jamais être complètement dégagé de cet élément déformant qui intervient dans toutes nos actions ? Ce facteur de déformation, c'est la pensée elle-même ; elle qui engendre la peur tout comme elle cultive le plaisir. Elle affirme : « Il me faut pénétrer dans cet état intemporel parce que c'est un état qui contient une promesse de liberté. » La pensée veut aboutir, gagner, faire des expériences plus vastes. Quand la pensée, qui est savoir, fonctionne rationnellement, objectivement, d'une façon équilibrée, elle n'est pas un facteur de distorsion. Mais les principaux facteurs de distorsion sont la peur et le besoin de plaisir, de satisfaction ; donc l'esprit doit être complètement libéré de la peur. Est-ce possible ? N'allez pas dire « oui » ou « non », vous n'en savez rien. Examinons la chose – mais, s'il vous plaît, voyez l'importance de tout ceci. L'élément de déformation, c'est la peur, le besoin de plaisir, de satisfaction, de jouissance, non pas le plaisir lui-même, mais le *besoin* de plaisir. Toutes nos structures religieuses et morales sont fondées sur ce besoin. Je me demande donc si l'esprit humain peut être complètement dégagé de la peur, parce que s'il ne l'est pas, il se produit forcément une distorsion.

Il y a la peur physique, la peur de l'obscurité, de l'inconnu, la peur de perdre ce que l'on possède, de ne pas être aimé, de ne pas réussir, la peur de la solitude, de l'absence de tout lien avec les autres, puis les petites peins physiques et les peurs beaucoup plus complexes et subtiles qui sont les peurs psychologiques. L'esprit peut-il être affranchi de toutes ces peurs, non seulement celles du niveau conscient, mais encore celles qui sont enfouies dans les couches psychologiques profondes ? Dans cette démarche de découverte, l'esprit doit être implacable ; sinon, on se perd dans un monde d'illusion et de distorsion.

Nous connaissons tous la souffrance physique liée à la maladie, passagère ou chronique. Ces souffrances laissent en nous un souvenir, et ce souvenir, qui est pensée, affirme : « Vous ne devez pas éprouver à nouveau cette souffrance, faites attention. » La pensée, s'appesantissant sur la douleur passée, projette l'idée d'une douleur future et, par conséquent, elle redoute l'avenir. Quand la douleur physique se produit, vivez-la sans l'éluder et puis mettez-y fin – ne l'emportez pas avec vous tel un fardeau. Si vous n'y mettez pas fin instantanément, la peur intervient, autrement dit, j'ai subi naguère une intense douleur et je vois qu'il importe qu'elle ne se répète pas.

J'ai cette exigence vitale, intense, qu'il ne doit pas y avoir de peur. Quand survient la douleur, vous ne vous identifiez pas avec elle, vous ne l'emportez pas avec vous, mais vous l'éprouvez à fond et vous y mettez fin. Et pour y mettre fin, il vous faut vivre avec elle, sans vous dire : « Comment puis-je en avoir fini avec elle aussi vite que possible ? » Quand vous souffrez, êtes-vous capable de vivre avec votre souffrance sans vous apitoyer sur vous-même et sans vous plaindre ? Vous faites tout le nécessaire pour mettre fin à la douleur – et quand elle est passée, c'est fini. Et vous ne l'emportez pas avec vous sous forme de souvenir. C'est la pensée qui porte ce fardeau. La douleur est finie, mais la pensée qui est la réaction de la mémoire a gravé ce souvenir et vous suggère : « Il ne faut pas que cette souffrance revienne. » Donc, quand vous souffrez, est-il possible de ne pas construire un souvenir ; et savez-vous ce que cela signifie ? Cela signifie que vous êtes complètement conscient au moment où vous souffrez, complètement attentif, et ainsi cette souffrance ne vient pas encombrer la mémoire. Faites-le, si c'est là un sujet qui vous intéresse.

Et puis il y a toutes les peurs psychologiques qui sont beaucoup plus complexes ; la complexité elle aussi est un résultat de la pensée. « Je voudrais être un grand homme et je ne le suis pas », il y a alors la souffrance de ne pas réussir. Ou bien alors, je me suis comparé à quelqu'un qui, je me le figure, est supérieur à moi et, par conséquent, j'ai l'impression d'être inférieur ; j'en souffre. Tout ceci vient de la pensée qui mesure et qui compare. J'ai encore peur de la mort et de la fin de tout ce que je possède. Il y a toute cette complexité psychologique de la pensée. Celle-ci est toujours en quête de la sécurité, elle abomine toute incertitude, ayant le désir de réussir et sachant qu'un échec est toujours possible. Il y a lutte entre l'action de la pensée et la pensée elle-même. Est-il possible de mettre complètement fin à la peur ?

Assis ici comme vous l'êtes, à écouter l'orateur à cet instant précis, vous n'avez pas peur ; il n'y a en vous aucune peur parce que vous êtes en train d'écouter ; et vous ne pouvez pas évoquer une peur qui serait, dans ce cas, artificielle. Mais vous pouvez voir que, dès l'instant où vous êtes attaché ou dépendant, ces sentiments sont fondés sur la peur. Vous pouvez voir les choses auxquelles vous êtes attaché, votre attachement psychologique à votre femme, votre mari, vos livres, n'importe quoi ; et si vous regardez attentivement, vous découvrirez que la racine de cet attachement, c'est précisément la peur. Ne pouvant pas supporter la solitude, vous recherchez une compagnie ; vous sentant insuffisant, vide, vous dépendez de quelqu'un d'autre. Et, en tout cela, vous voyez la structure même de la peur. Vous la voyez impliquée dans tout état de dépendance et d'attachement ; et pouvez-vous vous rendre psychologiquement indépendant de quelqu'un ? Voici le point crucial : nous pouvons jouer avec les mots, les idées, mais quand nous nous trouvons devant un fait réel, nous nous dérobons. Et quand vous vous dérobez, que vous ne faites pas face au fait, vous n'avez aucun intérêt à comprendre l'illusion ; vous préférez vivre dans l'illusion que d'aller au-delà. Ne soyez pas hypocrite : vous aimez vivre dans l'illusion, dans l'erreur, n'allez pas le nier. Cependant, quand vous rencontrez la peur sur votre chemin, restez en sa présence, ne la combattez pas. Plus vous la combattrez, plus elle prendra de force. Mais si vous comprenez toute sa nature alors, tandis que vous observez, vous prenez conscience non seulement des peurs superficielles et conscientes, mais vous pénétrez profondément dans les recoins les plus reculés de l'esprit. Alors, la peur peut prendre complètement fin, et l'élément de distorsion est anéanti.

Si vous vous lancez à la poursuite du plaisir, il y a là encore un élément de distorsion : « Je n'aime pas ce gourou-ci, mais j'aime bien celui-là » ; « Mon gourou est plus sage que le vôtre » ; « Je suis prêt à aller jusque dans les recoins les plus reculés de la terre pour découvrir la vérité » – mais la vérité est au coin de la rue, ici même ! Dès qu'il y a un besoin de plaisir sous n'importe quelle forme, il y a forcément un élément de distorsion. Jouir, c'est une chose valable, n'est-ce pas ? Jouir de la beauté du ciel, de la lune, des nuages, des montagnes, des ombres, des lumières – il y a sur cette terre des choses merveilleusement belles. Mais l'esprit, la pensée se dit : « J'en veux de plus en plus, et ce plaisir-ci, je veux le voir se répéter demain. » C'est cette exigence qui fait naître toutes nos habitudes de boire et de nous droguer, habitudes qui font encore partie de l'activité de la pensée. Vous voyez les montagnes à la lumière du soir, les sommets neigeux et les ombres dans la vallée, vous jouissez de cette beauté, de ces merveilles. Puis intervient votre pensée disant : « Il faut que je revoie tout cela demain, c'était tellement beau. » Et ainsi la pensée exigeant le plaisir renouvelé se lance à la poursuite du souvenir de ce coucher de soleil derrière ces collines et entretient ce souvenir. La prochaine fois que vous verrez ce coucher de soleil, votre mémoire en sera renforcée. Mais l'esprit est-il capable de voir ce coucher de soleil, de le vivre complètement à cet instant et d'en avoir fini avec lui, et de voir toute la fraîcheur nouvelle du lendemain ? Ainsi l'esprit est toujours libre du connu.

Il y a une liberté qui n'est pas mesurable. Vous ne pouvez jamais dire : « Je suis libre » – vous comprenez ? C'est une abomination en soi. Tout ce que vous pouvez faire, c'est d'examiner le fonctionnement de la pensée et de découvrir par vous-même s'il existe une action qui n'est pas mesurable et qui est en dehors du champ du connu. Un esprit qui apprend d'instant en instant ignore la peur, et peut-être qu'un tel esprit est capable alors d'aborder l'examen de l'immesurable.

AUDITEUR – Mais peut-on observer sans jugement, sans préjugé ? Est-ce possible, ou n'est-ce encore qu'un jeu de l'esprit, une illusion ? Vous voyez une montagne et vous reconnaissez que c'est une montagne et pas un éléphant. Et pour établir une telle différence, il y a assurément un jugement et une évaluation.

K. – Vous voyez la montagne, vous la reconnaissez, et cette reconnaissance n'est possible que si un souvenir de la montagne a été précédemment établi. Évidemment, autrement vous ne pourriez pas la reconnaître.

A. – Je me souviens de la première fois où je suis venu en Suisse quand j'étais tout petit et j'ai vu une montagne pour la première fois, je n'en avais aucun souvenir antérieur. C'était si beau !

K. – Oui, monsieur, quand vous la voyez pour la première fois, vous ne vous dites pas : « C'est une montagne. » Et puis quelqu'un vient vous dire que c'en est une, et la fois suivante vous la reconnaissez en tant que telle. Donc, quand vous observez, il y a tout le processus de la reconnaissance. Vous n'allez pas confondre la montagne avec une maison ou un éléphant ; c'est une montagne. Mais surgit le problème difficile : l'observer sans passer par les mots, sans dire : « Ça, c'est une montagne », « Je l'aime ou je ne l'aime pas », « Je voudrais pouvoir vivre là-haut », et ainsi de suite. Dans ce cas, il est assez facile de se contenter d'observer, parce que la montagne ne joue pas un grand rôle dans votre vie. Mais votre mari, votre femme, votre voisin, votre fils ou votre fille, eux, ont un impact sur votre vie et, par conséquent, vous êtes incapable de les observer sans évaluation, en dehors de toute image. C'est là que surgit le problème : êtes-vous capable de voir la montagne et votre femme et votre mari sans qu'il y ait la moindre image ? Voyez ce qui se passe ! Si vous êtes capable d'observer sans image, c'est comme si vous voyiez la chose pour la première fois, n'est-ce pas ? Alors regardez la terre, les étoiles, la montagne ou le politicien pour la première fois. Ceci veut dire que vos yeux sont clairs et ne sont pas embrumés par le voile des souvenirs passés. Et c'est tout. Approfondissez la chose ; travaillez-y. Et vous découvrirez toute la beauté que comporte cette attitude.

A. – Et si vous regardez une usine de cette façon-là, sans vous rendre compte de ce qu'elle fait à l'environnement, vous ne pouvez pas agir.

K. – Bien au contraire, vous voyez qu'elle pollue l'air, qu'elle vomit de la fumée, et vous voulez faire quelque chose. N'allez pas embrouiller la question : restez très simple. Faites-le et vous verrez quelle action s'impose après une observation faite de cette façon.

A. – La perception consiste-t-elle à voir une chose globalement ? Et est-elle graduelle ou instantanée ?

K. – Suis-je capable de m'observer totalement, de voir toutes mes réactions, mes peurs, mes jouissances, mon amour du plaisir, tout cela d'un seul coup d'œil ? Ou dois-je le faire petit à petit ? Qu'en pensez-vous ? Si je le fais petit à petit, qu'un jour je regarde une parcelle de moi-même et le lendemain une autre – peut-on s'y prendre de cette façon-là ? Aujourd'hui j'observe un fragment de moi-même et demain un autre : quel sera le rapport qui s'installera entre le premier fragment et le second ? Et dans l'intervalle de temps qui s'écoule entre la perception du premier et du second fragment, d'autres éléments sont intervenus. Donc, un tel examen fragmentaire, une observation faite petit à petit conduit à une grande complexité ; en fait, il n'a pas de valeur. Et ma question est : dès lors, suis-je capable d'observer de façon non fragmentaire, totale, dans l'instant ?

J'ai été conditionné à me regarder, à regarder le monde entier de façon fragmentaire – en tant que chrétien, communiste, hindou. J'ai été dressé, sous l'influence de cette culture, à voir un monde morcelé. Étant conditionné par cette culture, il m'est impossible d'aboutir à un point de vue global. Ma préoccupation est alors de m'en affranchir, de me dégager de cette éducation, et non pas de constater si je suis capable de voir d'une façon complète ou non. Pour affranchir l'esprit de la fragmentation, ne pas être catholique ou protestant – il faut balayer tout cela ! Je peux le balayer instantanément quand j'en aperçois la vérité. Mais je ne peux pas en voir la vérité si je me complais à être un hindou, parce que cela va de pair avec une certaine situation, et grâce au turban que je porte j'impressionne beaucoup de gens pas très malins. Et je prends plaisir à vivre dans le passé parce que la tradition me dit : « Nous sommes une des races les plus anciennes au monde. » Ce qui me procure un grand plaisir. Mais la vérité, je ne peux la voir que si je vois combien tout cela est faux. La vérité se trouve dans ce qui est faux.

A. – Vous vous êtes servi de mots pour décrire un état d'esprit non verbal. N'y a-t-il pas là une contradiction ?

K. – La description n'est jamais la chose décrite. Je peux décrire cette montagne, mais la description n'est pas la montagne, et si vous vous laissez prendre à la description, comme c'est le cas pour la plupart des gens, jamais vous ne verrez la montagne. Il n'y a pas de contradiction. Faites très attention. Je n'ai jamais décrit l'incommensurable, ce qui échappe à toute notion de mesure. J'ai dit : « C'est une chose que vous ne pouvez pas explorer – quelle qu'elle soit – à moins que l'esprit ne comprenne le processus de la pensée dans son entier. » Donc, j'ai seulement décrit le fonctionnement de la pensée dans l'action, en ce qui concerne le temps, le savoir ; décrire cette « autre chose » est impossible.

Saanen
27 juillet 1971

6

L'action de la volonté.
L'énergie requise
pour un changement radical

Une grande quantité d'énergie requise ; son gaspillage. Toute volonté est résistance. La volonté, affirmation du « moi ». Existe-t-il une action sans choix, sans mobile ? « Regarder avec des yeux non conditionnés. » Le conditionnement perçu par une lucidité sans choix. Voir et rejeter le faux. Ce que l'amour n'est pas. Faire face à la question de la mort. « La fin de l'énergie manifestée en tant que "moi", c'est la faculté de regarder la mort en face. » L'énergie requise pour regarder l'inconnu : l'énergie suprême est intelligence.

Nous comprenons intellectuellement ; nous ne pouvons pas vivre la chose ; l'homme en est-il capable ? Comment écouter ? Les sentiments et les émotions ne sont-ils pas cause de violence ?

KRISHNAMURTI – Il faut une grande dose d'énergie, de vitalité et d'intérêt pour provoquer un changement radical en soi-même. Si les phénomènes extérieurs nous intéressent, il nous faut voir, quand nous changeons nous-mêmes, ce qui en résulte dans le reste du monde, et il ne suffit pas de voir comment conserver cette énergie, il faut l'augmenter. Nous la dissipons en permanence en bavardages inutiles, en proférant des opinions sur toute chose, en vivant dans un monde de concepts, de formules, et aussi à l'occasion de l'éternel conflit qui règne en nous. Tout ceci contribue à la déperdition de l'énergie. Mais au-delà de ces causes il y en a une encore beaucoup plus profonde qui dissipe cette énergie vitale qui nous est nécessaire non seulement pour provoquer un changement en nous-mêmes, mais encore pour pénétrer très profondément au-delà des limites de notre propre pensée.

Les anciens ont dit : contrôlez votre vie sexuelle, bridez vos sens, faites vœu de ne pas dissiper votre énergie – celle-ci doit être tout entière concentrée sur Dieu ou quoi que ce soit d'autre. Ces disciplines, elles aussi, constituent un gaspillage d'énergie, parce que dès que vous faites vœu de quelque chose, c'est une forme de résistance, s'il faut de l'énergie pour un changement superficiel extérieur, il en faut bien plus pour susciter une révolution, une transformation intérieure profonde. Il faut avoir un sentiment extraordinaire d'énergie, d'une énergie sans cause, sans mobile, et qui porte en elle la faculté d'être absolument tranquille, mais une tranquillité qui comporte une qualité explosive. Nous allons approfondir tout cela.

On voit comment les êtres humains éparpillent leur énergie dans leurs querelles, leurs jalousies, leurs angoisses exacerbées, l'éternelle recherche et le besoin de plaisir ; tout cela est de l'énergie perdue. Il est aisé de le constater. Et n'est-ce pas aussi un gaspillage d'énergie que d'entretenir des croyances et des opinions innombrables à tous les sujets ? – comment un tel devrait se comporter, ce que tel autre devrait faire, et ainsi de suite. N'est-ce pas un gaspillage d'énergie que d'entretenir des formules et des concepts selon lesquels nous vivons ? Notre culture nous y encourage. Ne vivez-vous pas dans un monde de formules et d'idées, dans ce sens que vous avez des images vous dictant comment vous devriez être, ce qui devrait se passer ? – et aussi la pensée qui rejette « ce qui est » et affirme « ce qui devrait être » ? Tous ces efforts sont de l'énergie inutilement perdue, et j'espère que nous pouvons avancer en tenant tout cela pour acquis.

Quelle est la cause fondamentale de ce gaspillage ? Écartant pour le moment les modèles culturels qui le favorisent et que nous avons acquis, il y a une question beaucoup plus profonde, à savoir : est-il possible de fonctionner, de mener notre vie quotidienne sans la moindre forme de résistance ? La résistance, c'est la volonté. Je sais que vous avez tous été dressés à exercer votre volonté, à vous contrôler, en disant : « Il faut, il ne faut pas, il faudrait, il ne faudrait pas. » La volonté agit indépendamment du fait. La volonté, c'est l'affirmation du « soi », du « moi », indépendamment de « ce qui est ». La volonté est désir, et la manifestation du désir est la volonté. Nous fonctionnons superficiellement ou à de grandes profondeurs, sur la base de cette affirmation d'une résistance du désir que nous nommons volonté, et qui est sans rapport avec le « fait », mais toujours dépendante du désir du « moi », du « soi ».

Sachant donc ce qu'il en est de la volonté, je demande : est-il possible de vivre dans un monde sans que la volonté intervienne, sans qu'elle agisse du tout ? Elle constitue une forme de résistance, de division. « Je veux » se dresse contre « je ne veux pas », « je dois » contre « je ne dois pas ». C'est ainsi qu'elle élève un mur dressé contre toute autre forme d'action. Nous ne connaissons d'action que celle qui se conforme à une formule, à un concept, ou qui tend vers un idéal et qui, dans nos rapports, agit selon cet idéal, ce modèle. C'est là ce que nous appelons action, et elle s'accompagne toujours de conflit. Il y a l'imitation de « ce qui devrait être », que nous avons projeté ; c'est un idéal conformément auquel nous agissons ; il y a par conséquent un conflit entre l'action et l'idéal, parce qu'il y a toujours une approximation, une imitation, un conformisme. Selon moi, c'est une déperdition totale d'énergie, et je vais vous indiquer pourquoi.

J'espère que nous observons sans relâche nos propres activités, notre esprit, et comment notre volonté s'exerce dans l'action. Je me répète : la volonté est indépendante du fait, du « ce qui est ». Elle dépend du soi, de ce qu'elle désire – et non pas de « ce qui est », seulement de ce qu'elle désire. Et ce désir dépend des circonstances, de l'environnement, de la culture, et ainsi de suite. Il est complètement étranger au fait. Il y a par conséquent contradiction et résistance contre « ce qui est », et cela, c'est un gaspillage d'énergie.

Agir signifie faire maintenant – pas demain, ni hier. L'action est affaire du présent. Peut-il y avoir une action sans idée, sans formule, sans concept ? – une action où il n'y ait aucune résistance se manifestant sous forme de volonté. S'il y a volonté, il y a contradiction, résistance et effort, déperdition d'énergie. Je veux donc découvrir s'il existe une action sans qu'il y ait de volonté en tant qu'affirmation du « moi » dans la résistance.

Voyez-vous, nous sommes esclaves de la culture actuelle, nous *sommes* cette culture, et s'il doit y avoir une action différente, une vie différente, un genre de culture complètement différent – non pas une contreculture, mais quelque chose d'absolument différent – il faut d'abord comprendre toute cette question de la volonté. La volonté appartient à l'ancienne culture qui est pétrie d'ambitions, de désirs, de toute cette affirmation, cette agressivité du « moi ». S'il doit y avoir une façon complètement différente de vivre, il nous faut comprendre le problème central, à savoir : peut-il y avoir une action sans formule, sans concept, sans idéal, sans croyance ? Une action fondée sur le savoir – lequel est le passé, lequel est conditionné – n'est pas une action véritable. Étant conditionnée, une telle action dépend du passé, et va forcément engendrer la discorde, et, par conséquent, le conflit. Je veux donc découvrir s'il existe une action dégagée de la volonté et où le choix ne joue aucun rôle.

Nous avons dit l'autre jour que la confusion va forcément de pair avec le choix. Un homme qui voit les choses avec lucidité (une lucidité exempte d'obstination et de névrose), cet homme-là ne choisit pas. Ainsi le choix, la volonté, la résistance – le « moi » en action –, c'est de l'énergie gaspillée. Existe-t-il une action qui soit sans rapport avec tout cela, permettant à l'esprit de vivre dans ce monde, de fonctionner dans le champ du savoir, mais qui soit néanmoins libre d'agir, sans les empêchements et les limitations du savoir ? L'orateur affirme qu'il existe une telle action dans laquelle il n'y a pas de résistance, pas d'intervention du passé, pas de réaction du « moi ». Cette action est instantanée, parce qu'elle ne s'exerce pas dans le champ du temps – le temps étant « jadis » avec tout le savoir et l'expérience qui agissent aujourd'hui, de sorte que l'avenir est déjà engagé par le passé. Il existe une action qui est instantanée et, par conséquent, intégrale, totale, et où la volonté n'agit pas du tout. Pour la découvrir, l'esprit doit apprendre à observer, à regarder. Si l'esprit regarde conformément à une formule définissant ce qui *devrait* être ou ce que je *devrais* être, alors cette action appartient au passé.

Ma question est celle-ci : existe-t-il une action qui n'est pas motivée, qui est du présent et qui n'entraîne ni contradiction, ni angoisse, ni conflit ? Comme je l'ai dit, un esprit formaté par une culture, un esprit qui croit, qui fonctionne, qui agit par la volonté, un tel esprit, très évidemment, est incapable d'agir dans le sens dont nous parlons, parce qu'il est conditionné. L'esprit – votre esprit – peut-il voir ce conditionnement et s'en affranchir afin d'agir différemment ? Si, par mon éducation, j'ai été dressé à fonctionner sur la base de la volonté, je suis absolument incapable de comprendre ce que c'est que d'agir sans volonté. Par conséquent, ce qui me préoccupe n'est pas tant de découvrir comment agir sans volonté, mais plutôt de voir si mon esprit peut s'affranchir de son conditionnement, qui est le conditionnement de la volonté. Tel est mon principal souci. Or je vois, quand je me regarde moi-même, que tout ce que je fais a un mobile secret, est le résultat d'une anxiété, d'une peur, d'une soif de plaisir, et ainsi de suite. Eh bien, l'esprit peut-il s'en affranchir instantanément, afin d'agir différemment ?

Il doit donc apprendre à regarder. C'est là pour moi le problème central. Cet esprit, qui est le résultat du temps, de cultures, d'expériences, de sciences différentes, peut-il regarder avec des yeux qui ne soient pas conditionnés ? Autrement dit, peut-il agir instantanément, s'affranchir de son conditionnement ? Il me faut donc apprendre à regarder mon conditionnement sans aucun désir de le changer, de le transformer, d'aller au-delà. Il me faut être capable de le voir tel qu'il est. Si je veux y changer quoi que ce soit, je fais intervenir la volonté. Si je prétends m'en évader, il y a de nouveau une résistance. Si je me propose d'en conserver une partie et d'en rejeter une autre, c'est une affaire de choix. Et le choix, comme nous l'avons indiqué, est source de confusion. Donc, puis-je – cet esprit peut-il – regarder sans aucune résistance, sans aucun choix ? Puis-je contempler les montagnes, les arbres, mon prochain, ma famille, les politiciens, les prêtres, sans qu'intervienne aucune image ? Car l'image c'est le passé. L'esprit doit donc être capable de regarder. Quand je regarde « ce qui est », en moi-même et dans le monde, sans résistance, il se produit, grâce à cette observation, une action instantanée où la volonté n'a joué aucun rôle. Comprenez-vous ?

Je veux découvrir comment vivre et comment agir dans ce monde ; il ne s'agit pas de me retirer dans un monastère ou de m'évader dans un quelconque nirvāna élaboré par tel ou tel gourou qui me promet : « Si vous faites ceci, vous aurez cela », ce sont là de pures bêtises. Les ayant rejetées, je voudrais découvrir comment vivre dans ce monde sans aucune résistance, sans aucune volonté. Je veux aussi découvrir ce que c'est que l'amour. Mon esprit, qui a été conditionné selon les exigences du plaisir, de la satisfaction, et par conséquent de la résistance, voit alors que tout cela *n'est pas* l'amour. Qu'est-ce donc que l'amour ? Voyez-vous, pour découvrir ce qu'il est, il faut tout d'abord nier et mettre complètement de côté ce qu'il n'est pas – et c'est par la négation que nous aborderons le positif ; n'allez pas le rechercher ; arrivez-y par la compréhension de ce qu'il n'est pas. Autrement dit, si je me propose de découvrir ce qu'est la vérité, et j'ignore tout d'elle, il me faut tout d'abord distinguer ce qui est faux. Si je ne suis pas capable de voir ce qui est faux, je ne peux pas voir la vérité. Il me faut donc découvrir ce qui est faux.

Qu'est-ce que le faux ? Tout ce que la pensée a construit est faux – sur le plan psychologique et non technologique. Autrement dit, la pensée a construit le « moi », le « moi » fait de ses souvenirs, de son agressivité, de sa faculté de division, de ses ambitions, de son esprit compétitif, imitatif, de sa peur et de ses souvenirs passés ; tout cela a été forgé et engrangé par la pensée. Celle -ci a évidemment élaboré les choses les plus extraordinaires au point de vue mécanique. Mais quand il s'agit du « moi », qui est essentiellement dénué de toute réalité, elle est alors le faux. Quand l'esprit comprend ce qui est faux, la vérité est là. De même, quand l'esprit se demande véritablement et profondément ce que c'est que l'amour, sans dire : « L'amour, c'est ceci », « L'amour, c'est cela », mais qu'il regarde vraiment, il lui faut tout d'abord voir ce que l'amour n'est pas et mettre ce faux complètement de côté ; sans cela, vous ne pourrez jamais trouver le vrai. Est-on capable de le faire ? De dire, par exemple : « L'amour n'est pas l'ambition. » Un esprit qui est ambitieux, désireux de parvenir, avide de puissance, un esprit qui est agressif, compétitif, imitatif, ne peut absolument pas comprendre ce que c'est que l'amour – cela, nous le voyons, n'est-ce pas ?

Eh bien, l'esprit peut-il voir tout ce que cela comporte de faux ? Peut-il voir qu'un esprit ambitieux est absolument incapable d'aimer, et ainsi peut-il rejeter instantanément toute ambition parce qu'elle est fausse ? C'est seulement quand vous niez complètement ce qui est faux qu'autre chose peut être. Pouvons-nous donc voir très clairement qu'un esprit avide de gain, de réussite, soit dans ce monde, soit dans le monde soi-disant quête spirituelle de l'illumination, qu'un tel esprit est incapable d'amour ? L'élan qui vous pousse à parvenir, à découvrir, c'est l'ambition. Par conséquent, l'esprit peut-il voir tout ce faux et le laisser tomber instantanément ? Autrement dit, sans cela vous ne découvrirez jamais « ce qui est » et vous ne découvrirez jamais ce qu'est l'amour. L'amour n'est pas la jalousie, n'est-ce pas ? L'amour n'est pas la possessivité ni la dépendance. Ceci, le voyez-vous ? Ne laissez pas perdurer toutes ces notions fausses, mais laissez-les tomber instantanément. Ce rejet instantané ne dépend pas de la volonté. Il dépend simplement du fait de voir ou non tout ce que cela comporte de faux. Et quand vous laissez tomber ce qui est faux, ce qui n'est pas, alors cette « autre chose » *est*.

La suite est un petit peu plus difficile. L'amour est-il plaisir ? Est-il satisfaction ? Si véritablement votre esprit veut connaître l'amour, il faut creuser très profondément. Nous avons demandé : l'amour est-il plaisir, satisfaction, accomplissement ? Nous avons dit que l'exigence du plaisir, c'est la continuité de la pensée qui poursuit le plaisir, par désir et par volonté, négligeant « ce qui est ». Nous avons associé les idées d'amour et de sexualité, parce que dans ce domaine il y a plaisir, et nous en avons fait une chose extraordinairement importante. Le sexe a pris une place prépondérante dans la vie. Nous avons essayé d'y trouver un sens profond, une réalité profonde, le sentiment d'une union, d'une unité intense, et bien d'autres choses transcendantales. Pourquoi le sexe a-t-il pris une telle importance dans notre vie ? Probablement parce que nous n'avons rien d'autre. Dans tous les autres champs d'activité, nous fonctionnons de façon mécanique. Rien en nous d'original, rien de créateur (créateur non pas dans le sens de peindre des tableaux, d'inventer des chants et des poèmes, tout cela c'est un aspect très superficiel de ce que signifie vraiment la créativité). Du fait que nous sommes plus ou moins des gens de seconde main, le plaisir et le sexe sont devenus extraordinairement importants. Et e'est pourquoi nous leur donnons le nom d'amour, et derrière ce masque, nous nous livrons à un tas d'activités malfaisantes.

Donc pouvons-nous découvrir ce que c'est que l'amour ? C'est une question que l'homme s'est toujours posée. Et n'ayant pu trouver la réponse, il a dit : « Aimez Dieu », « Aimez telle ou telle idée », « Aimez l'État », « Aimez votre prochain ». Ce n'est pas que vous ne deviez pas aimer votre prochain, mais c'est là une posture purement sociale. Cela n'a rien à voir avec cet amour qui est toujours neuf. Ainsi, l'amour n'est pas le produit de la pensée, qui est le plaisir. Comme nous l'avons dit, la pensée est vieille, mécanique, c'est une réaction du passé, et ainsi l'amour n'a aucun rapport direct avec elle. Comme nous le savons, presque toute notre vie est une lutte, un conflit, une angoisse, une culpabilité, un désespoir, un immense sentiment de solitude et de tristesse. Telle est notre vie. Tel est réellement « ce qui est » ; mais nous ne voulons pas regarder la chose en face. Quand vous la regardez sans résistance et sans choix, que se passe-t-il ? Êtes-vous capable de la regarder en face ? – il ne s'agit pas de vous efforcer de surmonter votre peur, votre jalousie, ceci ou cela, mais de regarder vraiment, sans vouloir y changer quoi que ce soit, sans vouloir la dominer, la contrôler, il faut simplement la regarder totalement, y donner toute votre attention. Quand vous contemplez la vie quotidienne de labeur, la vie bourgeoise (ou pas bourgeoise), que se passe-t-il ? Ne vous sentez-vous pas alors une immense énergie ? Votre énergie a été gaspillée sous forme de résistance, de volonté de dominer, de transcender, d'essayer de comprendre, d'essayer de changer. Mais quand vous regardez la vie telle qu'elle est, n'y a-t-il pas alors une transformation de « ce qui est » ? Cette transformation ne se produit que quand vous disposez de cette énergie, celle qui surgit quand il n'y a aucune intervention de la volonté.

Vous savez, nous aimons les explications, les théories, nous nous complaisons aux hypothèses philosophiques, nous nous laissons emporter par toutes ces choses qui, évidemment, sont une perte de temps et d'énergie. Il nous faut regarder en face ce qui existe réellement : la misère, la pauvreté, la pollution, les misérables divisions entre les peuples et les nations, les guerres que nous autres, êtres humains, avons créées – elles ne sont pas nées miraculeusement, chacun de nous en est responsable. Il nous faut regarder en face ce qui existe vraiment. Il nous faut aussi regarder en face une des choses les plus importantes de la vie, à savoir la mort. C'est une des choses devant laquelle l'homme a toujours reculé. Les civilisations anciennes, tout comme les modernes, ont cherché à aller au-delà, ont voulu s'en rendre maître, s'imaginer qu'il existe une immortalité, une vie après la mort – n'importe quoi plutôt que de la regarder en face. Or, mon esprit peut-il regarder en face une chose dont il ne sait absolument rien ? La plupart d'entre vous, très malheureusement – je me permets de le dire – ont lu beaucoup de choses à ce sujet. Vous avez probablement lu ce que les maîtres et les philosophes hindous ont pu dire. Ou bien vous avez lu d'autres philosophes inspirés par votre éducation chrétienne. Vous êtes remplis d'un savoir issu d'autres que vous, de leurs affirmations et de leurs opinions. Il ne peut pas en être autrement. Même si vous ne voulez pas le reconnaître consciemment, c'est là, dans votre sang, parce que vous avez été élevé dans cette culture et cette civilisation. Et puis, voilà cette chose dont vous ne savez absolument rien. Tout ce que vous savez, c'est que vous avez peur de prendre fin, et c'est là ce qu'est la mort.

La peur vous empêche de la regarder en face, comme elle vous a empêché de vivre sans angoisse, sans souffrance, sans culpabilité – nous avons déjà parlé de ce monde de la brutalité. La peur vous a empêché de vivre, et maintenant elle vous empêche de regarder ce que c'est que la mort. La peur exige le confort, le réconfort, ainsi est née cette idée de la réincarnation, d'une résurrection dans une autre vie, et ainsi de suite. Ce sont là des questions que nous allons laisser de côté pour le moment. Nous nous demandons – et c'est une préoccupation immédiate – si l'esprit est capable de regarder en face sa propre fin. C'est pourtant ce qui va se passer, que vous soyez bien portant ou estropié, ou riche, tout peut arriver – la vieillesse, la maladie ou l'accident. L'esprit est-il capable de regarder en face cette immense question dont il ignore tout ? Pouvez-vous la regarder comme pour la première fois ? – et que personne ne vienne vous dire quoi faire, sachant que chercher un réconfort, c'est s'évader, c'est fuir le fait. Pouvez-vous donc, comme si c'était la première fois, regarder en face une chose inévitable ?

Quel est l'état d'un esprit qui est capable de regarder une chose dont il ne sait absolument rien – en dehors du fait que la mort physique existe ? L'organisme prend fin, le cœur a flanché ou il y a une tension trop forte ou une maladie, et ainsi de suite. Mais la question psychologique, la voici : l'esprit peut-il faire face à une chose dont il ne sait rien véritablement, la regarder, vivre avec elle et la comprendre complètement ? Autrement dit, est-il capable de regarder sans aucun sentiment de peur ? Dès l'instant où intervient la peur, vous avez ouvert la porte à la volonté, à la résistance, toutes choses qui sont un gaspillage d'énergie. La fin de l'énergie qui se manifeste dans le « moi », c'est la faculté de regarder la mort en face.

Regarder en face un chose dont je ne sais absolument rien exige de grandes forces, n'est-ce pas ? Je ne peux le faire que s'il n'y a aucune volonté, aucune résistance, aucun choix, aucune perte d'énergie. Or, il en faut au plus haut point pour faire face à l'inconnu ; quand existe cette énergie totale, la peur de la mort existe-t-elle encore ? Ou bien ce qui existe est-il la peur de la continuité ? C'est seulement quand j'ai vécu une vie de résistance, de volonté et de choix qu'il y a cette peur de ne pas être, de ne pas vivre. Mais quand l'esprit a fait face à l'inconnu, toutes ces choses s'évanouissent et il subsiste une immense énergie. Là où elle existe, elle qui est intelligence, la mort existe-t-elle encore ? Il vous faut découvrir cela par vous-même.

Auditeur – Monsieur, ce matin vous avez mis en question ce que disent les religions, et cela me pousse à poser la question suivante : comment puis-je comprendre ce que vous dites au niveau intellectuel ? Cela paraît raisonnable, rationnel, mais en moi, il manque la passion.

K. – L'auditeur dit : ce que vous dites a un certain sens, cela se tient intellectuellement et verbalement, mais d'une certaine façon, cela ne paraît pas pénétrer, aller très profondément, cela ne touche pas en moi la source des forces me permettant de me libérer. Cela n'entraîne pas ce sentiment d'une vitalité immense, ce sentiment de vivre avec la chose. J'ai peur que ce ne soit là le cas pour la plupart des gens. *(Interruption.)*

Je vous en prie, ne répondez pas. Examinons les choses. Ce monsieur a dit : ce que vous dites est logique, je l'accepte intellectuellement, mais je ne le ressens pas profondément dans mon cœur, pas assez profondément pour que cela suscite en moi un changement, une révolution et une vie totalement différente. Et je réponds : c'est le cas pour la plupart des gens. Nous parcourons une partie du chemin, une petite distance du voyage, et puis nous nous arrêtons. Notre intérêt se maintient pendant dix minutes et le reste du temps nous pensons à autre chose. Après cette causerie, vous allez partir et continuer votre vie quotidienne. Et pourquoi les choses se passent-elles ainsi ? Intellectuellement, verbalement, logiquement, vous comprenez ; mais cela ne vous touche pas très profondément, cela ne vous permet pas de consumer comme une flamme et de détruire tout votre vieux passé. Pourquoi cela n'arrive-t-il pas ? Est-ce un manque d'intérêt ? Un sentiment de paresse, d'indolence profondes ? Examinez-le, monsieur, ne me répondez pas. Si c'est par manque d'intérêt, pourquoi est-ce que cela ne vous intéresse pas ? Quand la maison brûle – votre maison – quand vos enfants vont grandir pour se faire tuer à la guerre, pourquoi est-ce que cela ne vous intéresse pas ? Êtes-vous aveugle, insensible, indifférent, dur ?

Ou bien est-ce que profondément vous n'avez pas assez d'énergie et vous êtes paresseux ? Examinez, sans vous dire d'accord ou pas d'accord. Êtes-vous devenu insensible à ce point parce que vous avez vos propres problèmes ? Vous voulez vous accomplir, vous êtes inférieur, vous êtes supérieur, vous êtes angoissé, vous avez très peur – il y a tout cela ; et vos problèmes vous étouffent et, par conséquent, rien d'autre ne vous intéresse que de résoudre ces problèmes tout de suite. Mais ces problèmes sont bien ceux des autres hommes, ils sont le résultat de cette culture dans laquelle vous vivez.

Alors, qu'est-ce que c'est ? Une indifférence, une insensibilité, une dureté totales ? Ou bien ne serait-ce pas que toute votre culture, toute votre éducation s'en est tenue au niveau intellectuel ou verbal ? Vos philosophies sont verbales, vos théories sont le produit de cerveaux extraordinairement habiles et rusés, et vous avez été élevé de cette façon. Toute votre éducation est fondée là-dessus. La pensée n'a-t-elle pas pris une importance extraordinaire ? – cet esprit technique, capable, retors, habile, cet esprit qui sait mesurer, construire, combattre et organiser. Vous avez été dressé à réagir à ce niveau-là. Vous dites : « Oui, je suis d'accord avec vous, intellectuellement, verbalement, je vois la suite logique de vos propos. » Mais vous êtes incapable d'aller au-delà parce que votre esprit est tributaire du fonctionnement de la pensée, qui consiste à mesurer. La pensée est capable de mesurer la profondeur et la hauteur ; mais seulement à son propre niveau.

C'est là une question réellement importante pour chacun de nous, parce que la plupart d'entre nous sont verbalement et intellectuellement d'accord, mais, malheureusement, le feu ne s'allume pas.

A. – Je crois que si le changement ne se produit pas, c'est parce que les choses vraiment importantes ne sont pas d'ordre intellectuel, mais se passent sur un autre plan.

K. – C'est bien ce que nous avons dit, monsieur. Il n'y a pas de changement parce que, psychologiquement, économiquement, socialement et au cœur même de notre éducation, nous sommes conditionnés. Nous sommes le résultat de la culture dans laquelle nous vivons. Cet auditeur dit que tant que tout cela n'aura pas changé, cela ne nous intéressera pas profondément. Mais qu'est-ce qui peut vous intéresser ? Je pose la question : pourquoi, alors que vous écoutez tout ceci logiquement, et j'espère bien avec un esprit sain – pourquoi ce qui est dit n'allume-t-il pas la flamme dont vous pourriez brûler ? S'il vous plaît, interrogez-vous, découvrez pourquoi vous êtes d'accord logiquement, verbalement, superficiellement, et pourquoi vous restez malgré tout profondément indifférent. Si l'on vous prive de votre argent ou de votre vie sexuelle, vous serez touché. Si l'on vous prive du sentiment de votre importance, vous allez lutter. Si l'on vous prive vos dieux, votre nationalisme, votre petite vie bourgeoise, vous allez vous battre comme des chiens ou des chats. Cela prouve qu'intellectuellement vous êtes capable de n'importe quoi. Techniquement capables d'aller sur la lune, nous vivons au niveau de la pensée, mais la pensée est incapable d'allumer cette flamme qui change l'humanité. Ce qui la change, c'est de faire face à tout cela, de le regarder et de ne pas vivre à ce niveau très superficiel.

A. – Vous avez dit tout à l'heure que, si l'on est capable de regarder la mort comme étant l'inconnu le plus absolu, cela implique que l'on est également capable de regarder la vie telle qu'elle est et que l'on est capable d'action.

K. – Oui, monsieur. « Si l'on est capable. » Le mot « capable » est un mot délicat. La capacité indique une idée de travailler ou d'avoir l'aptitude à faire telle ou telle chose. On peut cultiver une aptitude. Je peux cultiver la capacité de jouer au golf ou au tennis, ou de construire une machine. Ne nous servons pas du mot « capacité » dans ce sens de temps – vous comprenez ? La capacité implique le temps, n'est-ce pas ? Autrement dit, je ne suis pas capable maintenant, mais donnez-moi un an et je serai capable de parler italien, français ou anglais. Si vous avez compris ce mot comme impliquant le temps, ce n'est pas là ce que je veux dire. Je veux dire : observez l'inconnu sans peur, vivez avec. Tout cela n'exige aucune capacité. J'ai dit que vous le ferez si vous savez ce qui est faux et si vous le rejetez.

A. – La question n'est-elle pas de ne pas savoir comment écouter ? Vous avez dit qu'écouter, c'est une des choses les plus difficiles à faire.

K. – Oui, c'est une des choses les plus difficiles à faire. Prétendez-vous qu'un homme engagé jusqu'au cou dans une activité sociale, à laquelle il a consacré toute sa vie, va jamais écouter tout ce que nous disons ? Ou celui qui dit : « J'ai fait vœu de célibat », va-t-il écouter ? Non, monsieur, écouter, c'est tout un art.

A. – Vous avez dit que la difficulté se situe au niveau intellectuel et que nous ne permettons pas à nos sentiments et à nos émotions de jouer un rôle dans nos rapports avec les autres. Mais j'ai l'impression que c'est exactement le contraire. Je crois que tous les ennuis du monde sont causés par des émotions et des passions destructrices, qui sont probablement nées d'un manque de compréhension, mais ce sont des passions. Nous vivons une vie violente.

K. – Violente, évidemment, c'est entendu. Mais est-ce que vous vivez une vie violente qui a besoin d'être maîtrisée ? Une vie d'émotion, excitante, pleine des enthousiasmes liés au plaisir et au sentiment – est-ce dans ce monde-là que vous vivez ? Il arrive inévitablement qu'un tel monde tombe dans le désordre, alors c'est l'intellect qui intervient, et vous commencez à le contrôler, disant : « Je ne dois pas » ; mais c'est toujours l'intellect qui domine.

A. – Ou qui justifie.

K. – Il justifie ou condamne. Je peux être très émotif, mais l'intellect intervient et dit : « Regardez, faites attention, tâchez de vous contrôler. » C'est toujours l'intellect – c'est-à-dire la pensée – qui domine, n'est-ce pas ? Dans mes rapports avec un autre, je me mets en colère, je m'emporte, je m'émeus. Alors qu'arrive-t-il ? Cela conduit au désordre, une querelle se déclenche entre deux êtres humains. J'essaie de la contrôler – c'est la pensée. Parce que celle-ci a élaboré ce qu'elle devrait faire ou ne devrait pas faire, elle dit : « Je dois me dominer. » Et nous disons : « Il faut qu'il y ait contrôle de tout cela », autrement, toutes nos relations seront brouillées. Ne reconnaissez-vous pas là tout le processus de la pensée, de l'intellect ? Celui-ci joue un rôle immense dans notre vie, c'est ce tout que nous voulons mettre en évidence. Nous ne disons pas que les émotions sont bonnes ou mauvaises, vraies ou fausses, mais que la pensée, avec son inclination à mesurer, est toujours en train de juger, d'évaluer, de contrôler, de surmonter, et que, par conséquent, cette pensée nous empêche de regarder.

Saanen
29 juillet 1971

7

La pensée, l'intelligence et l'immesurable

Sens différents de l'espace. L'espace à partir duquel nous pensons et agissons ; l'espace construit par la pensée. Comment accéder à un espace immesurable ? « Porter notre fardeau et néanmoins rechercher la liberté. » La pensée non divisée se meut au fil de l'expérimentation. La signification de l'intelligence. L'harmonie : l'esprit, le cœur, l'organisme. « La pensée est de l'ordre du temps, l'intelligence n'est pas de l'ordre du temps. » L'intelligence et l'immesurable.

Le hatha yoga. Existe-t-il une distinction entre l'observateur et la chose observée dans le travail technologique ? La lucidité et le sommeil.

KRISHNAMURTI. – Nous avons parlé des différents états contradictoires du monde, concernant ce qui se passe en quelque sorte à l'extérieur de notre peau – les tortures subies par les réfugiés, les horreurs de la guerre, de la misère, les affrontements entre religions ou nationalités différentes, les injustices économiques et sociales. Il ne s'agit pas là de simples constatations d'ordre verbal : ce sont des faits réels qui se passent dans notre monde : la violence, le désordre abominable, les haines et les corruptions de toutes sortes. Et les mêmes phénomènes se passent en nous-mêmes : nous sommes en guerre avec nous-mêmes, malheureux, mécontents, en quête de quelque chose dont nous ne savons rien, violents, agressifs, corrompus, étonnamment malheureux, solitaires et en proie à de grandes souffrances. Il semble que nous ne puissions pas nous dégager de tout ceci ni nous libérer de ces conditionnements. Nous avons essayé de toutes sortes de comportements, de thérapeutiques, de sanctions religieuses avec tout ce qui en résulte, nous avons essayé la vie monastique, une vie de sacrifices, de renoncement, d'interdits, de recherches aveugles, passant d'un livre à un autre, d'un gourou religieux à un autre ; ou bien nous tentons des réformes politiques et nous allons jusqu'à des révolutions. Nous avons fait l'essai de tant de choses, et pourtant nous ne semblons pas pouvoir nous dégager de cet affreux marasme présent en nous ainsi qu'autour de nous. Nous suivons le dernier gourou en vogue qui nous propose un système, une panacée, une façon de sortir péniblement de notre souffrance, et cela encore ne semble pas résoudre nos problèmes. Il me semble que, dans cette situation, l'individu moyen doit se demander : « Je sais que je suis pris au piège de la civilisation, que je suis malheureux et triste et que je mène une vie petite et mesquine. J'ai bien tâté de ceci ou de cela, mais ce chaos subsiste en moi tout de même. Que faire ? Comment me sortir de toute cette confusion ? »

Au cours de ces causeries, nous avons examiné des choses très variées : l'ordre, la peur, la souffrance, l'amour, la mort, le chagrin. Mais, à la fin de ces réunions, la plupart d'entre nous demeurons inchangés. Nous pourrions peut-être enregistrer de légères modifications périphériques, mais à la racine même de notre être, notre structure, notre nature tout entière demeurent plus ou moins ce qu'elles ont toujours été. Alors, comment tout ceci peut-il véritablement être anéanti, de sorte qu'en quittant cette tente, ne serait-ce que l'espace d'une journée ou d'une heure, il y ait en vous un souffle entièrement neuf, une vie dotée d'une signification réelle, une vie pleine de sens, large et profonde ?

Je ne sais pas si vous avez remarqué les montagnes ce matin, les rivières, les ombres mouvantes, les pins se dressant si sombres contre le ciel bleu et ces extraordinaires collines où se jouent les lumières et les ombres. Un matin comme celui-ci, rester assis sous une tente pour discuter de choses sérieuses, cela paraît presque absurde alors que tout ce qui nous entoure semble crier sa joie, chanter vers le ciel la beauté de la terre et la souffrance de l'homme. Mais puisque nous sommes ici, je voudrais aborder notre problème d'une façon différente. Simplement écoutez, non seulement le sens des mots, mais pas seulement la description, parce que la description n'est jamais la chose décrite – de même que, lorsque vous décrivez ces collines, ces arbres, ces rivières, ces ombres, si vous ne les voyez pas vous-même avec votre cœur et votre esprit, la description est peu de chose. C'est comme une description d'aliments destinés à un homme affamé ; c'est de la nourriture qu'il lui faut, et non pas des paroles et un parfum d'aliments.

Je ne sais pas très bien comment exprimer ces choses différemment, mais je voudrais explorer – si vous voulez bien m'accompagner – une autre façon d'envisager tout ceci, de regarder en quelque sorte en partant d'une dimension totalement différente. Non pas les dimensions habituelles de « moi et vous », « nous et eux », « mes problèmes et leurs problèmes », « comment mettre fin à ceci, comment mettre fin à cela », comment devenir plus intelligent, plus noble, mais plutôt voir si nous ne pouvons pas, ensemble, contempler tous ces phénomènes dans une dimension différente. Sans doute certains d'entre nous n'ont-ils pas l'habitude de cette dimension, nous ne savons même pas s'il en existe une. Nous faisons à ce sujet des hypothèses, nous imaginons, mais les hypothèses et l'imagination ne sont pas le fait. Or, ce sont les faits qui nous intéressent et non pas les hypothèses. Il ne suffit pas d'écouter les paroles de l'orateur, il faut, me semble-t-il, que vous alliez au-delà des mots et des explications. Cela veut dire qu'il vous faut être suffisamment attentifs, intéressés, conscients de la portée de cette dimension – que nous ne connaissons probablement pas du tout – pour demander : « Suis-je capable ce matin de contempler cette dimension non avec mes yeux, mais avec les yeux de l'intelligence ardente et objective, ceux qui sont capables de percevoir la beauté ? »

Je ne sais pas si vous avez jamais réfléchi à ce que c'est que l'espace. Là où il y a espace, il y a silence. Non pas l'espace élaboré par la pensée, mais un espace sans frontière, non mesurable, inaccessible à la pensée, à l'imagination. Parce que, quand l'homme connaît cet espace, un espace *réel*, une profondeur, une étendue, un sentiment infini d'extension – il ne s'agit pas d'une extension de la conscience, qui ne serait qu'un nouvel espace de la pensée s'étendant à partir d'un centre, mais il s'agit de ce sentiment d'un espace qui n'est pas conçu par la pensée – et quand cet *espace* existe, il y a un silence absolu.

Avec nos cités surpeuplées, le bruit, la population en pleine explosion, il y a extérieurement de plus en plus de restrictions, de moins en moins d'espace. Je ne sais pas si vous avez remarqué comment dans cette vallée de nouveaux bâtiments s'élèvent, il y a de plus en plus de gens et de plus en plus de voitures qui polluent l'air : extérieurement, il y a de moins en moins d'espace ; si vous parcourez n'importe quelle rue d'une ville encombrée, vous pourrez remarquer cela, et plus particulièrement encore en Orient. En Inde, on voit des milliers de gens dormir et vivre sur un trottoir déjà regorgeant de monde. Et prenez n'importe quelle grande ville, Londres, New York, où vous voudrez, il n'y a pour ainsi dire pas d'espace ; les maisons sont petites, les gens y vivent renfermés, comme pris au piège, et le manque d'espace va de pair avec la violence. Nous n'avons d'espace ni écologiquement, ni socialement, ni dans notre propre esprit ; et ce manque d'espace est une des causes de la violence.

Dans nos esprits, l'espace que nous créons équivaut à un isolement, à un univers que nous dressons autour de nous-mêmes. Je vous en prie, observez ceci en vous-même et non pas seulement parce que l'orateur en parle. Notre espace est fait d'isolement, de repli. Nous ne voulons plus être blessés, cela nous est arrivé dans notre jeunesse et les cicatrices de ces blessures demeurent ; ainsi nous nous replions sur nous-mêmes, nous résistons, nous construisons un mur autour de nous-mêmes et autour de ceux que nous croyons aimer. Et tout ceci ne nous laisse qu'un espace très limité. C'est comme si on regardait par-dessus le mur pour voir le jardin du voisin, ou encore l'âme du voisin, mais le mur est encore là, et dans ce monde, l'espace nous est mesuré. À partir de cet espace étroit, mesquin, banal, nous agissons, nous pensons, nous aimons, nous fonctionnons, et à partir de ce centre, nous nous efforçons de réformer le monde en nous joignant à tel ou tel parti. Ou bien, de cet enclos si étroit, nous essayons de trouver un nouveau gourou qui pourra nous enseigner les tout derniers moyens d'atteindre l'illumination. Alors, dans nos esprits bavards, encombrés de science, de rumeurs, d'opinions, il n'y a pour ainsi dire plus d'espace du tout.

Vous avez peut-être remarqué que si l'on est quelque peu observateur, on perçoit plus ou moins ce qui se passe en soi et autour de soi, et que si l'on n'a pas simplement vécu pour gagner de l'argent et engraisser son compte en banque, etc., on a forcément dû voir l'étroitesse de l'espace dont nous disposons, et en nous l'encombrement qui règne. Observez la chose en vous-même, s'il vous plaît. Isolé comme vous l'êtes dans ce petit espace, cerné par les murs épais et menaçants de vos résistances, de vos idées, de votre agressivité, comment pourriez-vous concevoir un espace véritablement non mesurable ? Comme nous l'avons dit l'autre jour, la pensée est mesurable, la pensée est mesure. Et toutes les améliorations en nous-mêmes sont encore une chose mesurable ; très évidemment, s'améliorer soi-même est la façon la plus impitoyable de s'isoler. On peut constater que la pensée est incapable de créer ce vaste espace où règne un silence total et absolu. Ce n'est pas la pensée qui pourra nous le donner. La pensée ne peut progresser, évoluer qu'en rapport avec un but qu'elle poursuit et qui est mesurable. L'espace créé par la pensée, effet de l'imagination ou de la nécessité, ne peut jamais aborder une dimension où règne un espace indépendant d'elle. À travers les siècles, la pensée a conçu un espace limité, étroit, isolé, et à cause de cet isolement, elle engendre des divisions ; et là où il y a division, il y a conflit : des conflits nationaux, religieux, politiques, des conflits relationnels et en tout genre. Le conflit est chose mesurable – on peut parler de moins de conflits, plus de conflits, et ainsi de suite.

Et maintenant, voici une question : comment la pensée peut-elle jamais pénétrer dans l'autre dimension ? Ou bien ne peut-elle jamais y pénétrer ? Je suis le résultat de la pensée. Toutes mes activités logiques, illogiques, névrotiques, ou hautement scientifiques et sophistiquées, tout cela est fondé sur la pensée. « Je » suis le résultat de tout cela, et ce « je » dispose d'un certain espace à l'intérieur des murs de résistance. Comment l'esprit peut-il espérer changer tout cela et découvrir quelque chose dont la dimension est entièrement différente ? Avez-vous compris ma question ? Les deux choses peuvent-elles s'accorder ? D'une part, cette liberté où règne un silence complet et, par conséquent, un espace infini, et, d'autre part, ces murs de résistance créés par la pensée autour de son petit espace étroit. Les deux peuvent-elles se confondre, couler d'un seul mouvement ? Tel est depuis toujours le problème de l'homme religieux dès qu'il veut creuser les choses en profondeur. Puis-je conserver mon petit ego, mon petit espace, les choses que j'ai rassemblées, ma science, mes expériences, mes espérances, mes plaisirs, et malgré cela me mouvoir dans une dimension entièrement différente où les deux principes pourraient agir ? Je voudrais être assis à la droite de Dieu, et néanmoins, je voudrais m'affranchir de Lui ! Je veux vivre une vie de satisfaction complète, de plaisir et de beauté, mais je veux aussi connaître une joie sans mesure, inaccessible à la pensée. Je veux le plaisir et la joie. Je connais le mouvement, les exigences, la recherche du plaisir avec toutes ses peurs, ses tourments, sa souffrance, ses tortures et ses angoisses. Et je connais aussi parfois cette allégresse qui survient sans avoir été sollicitée et que la pensée ne peut jamais saisir ; si elle s'en empare, je retombe dans le monde du plaisir, et la vieille routine se remet en marche. C'est ainsi que je voudrais bien avoir les deux – les choses de ce monde et celles de l'autre.

Je crois que c'est là le problème pour la plupart d'entre nous – n'est-ce pas ? Avoir une vie de pleine jouissance dans ce monde – et pourquoi pas ? – mais en évitant toute souffrance, toute douleur, parce que je connais aussi parfois des moments où il y a une félicité que l'on ne peut pas toucher et qui est incorruptible. Et je voudrais les deux, c'est ce que nous recherchons tous : porter notre fardeau et

vivre dans la liberté. Puis-je y parvenir par la volonté ? Vous vous souvenez de ce que nous avons dit l'autre jour au sujet de la volonté ? La
volonté n'a absolument rien à voir avec le réel, avec « ce qui est ». La
volonté est une expression du désir qui s'identifie au « moi ». Nous
nous figurons que, d'une façon ou d'une autre, grâce à notre volonté,
nous pourrons parvenir à cette autre dimension, et nous nous disons
à nous-mêmes : « Je dois dominer ma pensée, il me faut la discipliner. » Et quand je dis : « Je dois discipliner et contrôler ma
pensée », c'est la pensée qui parle, elle qui s'est séparée en prenant
l'aspect du « je » et prétend contrôler la pensée comme si elle était
quelque chose de différent. Mais le « je » et le « non-je », c'est toujours la pensée. Et on se rend compte – la pensée étant chose mesurable, bruyante, bavarde, envahissante – que c'est la pensée qui a créé
cet espace, l'espace d'un petit rat, d'un singe courant après sa queue.
Alors on dit : comment cette pensée pourrait-elle s'apaiser ? Elle a
créé ce monde technologique qui nous a donné le chaos, la guerre,
les divisions nationales, les séparations religieuses ; elle a engendré la
misère, la confusion, la souffrance. La pensée c'est le temps, et le
temps c'est la souffrance. Ceci, vous le voyez si vous creusez profondément en vous-même, non sur les conseils d'un autre, mais simplement en observant tout ceci dans le monde et en vous-même.

Alors se pose la question : la pensée peut-elle être complètement
silencieuse et ne fonctionner que là où c'est nécessaire, quand il s'agit
d'avoir recours à une technique, ou dans son bureau, quand on parle,
et ainsi de suite – mais le reste du temps, être absolument calme et
silencieux ? Plus il y a d'espace et de silence, plus elle peut fonctionner
logiquement, sainement, avec équilibre et en toute connaissance de
cause. Car sinon, le savoir devient une fin en soi et entraîne le chaos.
Je vous en prie, n'acquiescez pas à mes propos, voyez la chose par
vous-même. La pensée, qui est la réaction de la mémoire, du savoir,
de l'expérience et du temps, est le contenu de la conscience ; et la
pensée doit fonctionner avec son savoir, mais elle ne peut fonctionner avec le maximum d'intelligence que s'il y a espace et silence
– elle fonctionne alors à partir de cet espace, à partir de ce silence.

Il faut qu'il y ait un espace immense et un silence total, parce que, avec cet espace et ce silence, surviennent la beauté et l'amour. Non pas cette beauté conçue par l'homme où il s'agit d'architecture, de tapisseries, de porcelaines, de tableaux, de poèmes, mais ce sentiment de beauté, d'un espace vaste, d'un silence total. Pourtant la pensée doit agir, doit fonctionner. On ne vit pas *là-haut* pour redescendre ensuite. Tel est donc notre problème, j'en fais un problème pour que nous puissions examiner les choses ensemble, afin que vous et moi puissions découvrir quelque chose de totalement neuf. Parce que, chaque fois que l'on recherche sans savoir, on découvre quelque chose. Mais si vous recherchez à partir de bases connues, vous ne découvrirez jamais rien. C'est donc cela que nous nous proposons de faire. La pensée peut-elle donc être silencieuse ? Et cette pensée qui est destinée à fonctionner dans le champ du savoir d'une façon totale, complète, saine, objective, cette pensée peut-elle prendre fin ? Autrement dit, cette pensée qui est le passé, qui est mémoire, qui totalise des milliers de jours écoulés, ce passé tout entier, tout ce conditionnement peuvent-ils prendre fin ? – de façon qu'il y ait silence, espace et le sentiment d'une dimension extraordinairement différente.

Je m'interroge et vous vous interrogez avec moi : comment la pensée peut-elle prendre fin et ne pas, ce faisant, se pervertir, se perdre dans un état vague, illusoire et tomber dans le déséquilibre et le flou ? Comment cette pensée, qui doit fonctionner avec la plus grande énergie et la plus grande vitalité, peut-elle être en même temps complètement immobile ? Avez-vous compris ma question ? C'est là le problème de tout homme religieux et sérieux (non pas de celui qui appartient à une secte fondée sur une croyance organisée, entretenue par la propagande, et qui n'est absolument pas religieux). Les deux peuvent-ils agir ensemble, non pas s'unir, se confondre – mais avancer ensemble ? Ils ne peuvent avancer ensemble que si la pensée ne se scinde pas en observateur et chose observée.

Voyez-vous, la vie est un mouvement dans nos relations réciproques, un mouvement constant et changeant. Ce mouvement peut se maintenir librement s'il n'existe aucune division entre la pensée et le penseur. Autrement dit, quand la pensée ne se scinde pas en « moi » et « non-moi », en expérimentateur, observateur d'une part et chose observée, chose dont on fait l'expérience d'autre part : c'est cette attitude qui est cause de division et, par conséquent, de conflit. Et quand la pensée voit cette vérité, elle ne recherche plus l'expérience, alors son mouvement, son parcours est l'expérience. N'est-ce pas ce que vous faites en ce moment ?

Je viens de dire que la pensée, avec tout le contenu qui s'accumule d'instant en instant, est chose vivante ; ce n'est pas une chose morte ; le vaste espace dont je parle peut s'accorder à la pensée. Quand celle-ci a créé le penseur, cause de divisions et de conflits, alors ce penseur, cet observateur devient le passé qui est chose stationnaire, et par conséquent immobile. L'esprit perçoit, dans cet examen, que là où il y a division au sein de la pensée, le mouvement est impossible. Là où il y a division, le passé intervient et devient stationnaire, il devient un centre immobile. Ce centre immobile peut être modifié, on peut l'augmenter, mais c'est néanmoins un état d'immobilité n'admettant aucun mouvement libre.

Et la question que je me pose et que je vous pose aussi est celle-ci : est-ce la pensée qui voit tout ceci, ou bien la perception est-elle quelque chose d'entièrement différent de la pensée ? On constate des divisions dans le monde, d'ordre national, religieux, économique, social, et tout ce qui en découle ; et avec ces divisions règne le conflit, c'est bien clair. Et quand il y a division et fragmentation intérieures, il y a forcément conflit. Je suis alors divisé en moi-même – l'observateur et la chose observée, le penseur et sa pensée, le sujet de l'expérience et son objet. Mais cette division est elle-même créée par la pensée qui est le résultat du passé – je vois cette vérité. Ma question est donc : est-ce la pensée qui voit cette vérité, ou est-ce un autre facteur ? Ce nouveau facteur serait-il ce que j'appelle l'intelligence et non pas la pensée ? Et dès lors, quel rapport y a-t-il entre la pensée et cette intelligence ? Comprenez-vous ma question ? C'est une question qui m'intéresse beaucoup personnellement, et vous pourrez m'accompagner ou non dans mon voyage d'exploration. C'est une chose extraordinaire à explorer.

C'est la pensée qui a créé cette division : le passé, le présent, l'avenir. La pensée, c'est le temps. Elle s'est dit à elle-même : « J'aperçois cette division extérieurement et intérieurement, et je vois que cette division est un élément de conflit. » Elle n'est pas capable d'aller plus loin, et, par conséquent, elle se dit : « Je suis là où j'ai commencé, je suis toujours avec mes conflits », car elle se dit : « Je vois la vérité de la division et du conflit. » Mais en fait, est-ce la pensée qui voit cela, ou bien est-ce un nouvel élément d'intelligence ? Et si c'est ce nouvel élément d'intelligence qui voit cela, quel rapport existe-t-il entre la pensée et l'intelligence ? Cette intelligence, est-elle une chose personnelle ? Est-elle le résultat d'un savoir livresque, de la logique, de l'expérience ? Ou bien cette intelligence n'est-elle pas la libération de toutes les divisions nées de la pensée ? Apercevant cette vérité logiquement et étant incapable d'aller plus loin, elle demeure avec son problème, elle ne s'efforce plus de le surmonter. Et de cette attitude d'esprit naît l'intelligence.

En somme, nous demandons : qu'est-ce que l'intelligence ? Peut-on la cultiver ? Est-elle innée ? Est-ce la pensée qui voit ce qu'il y a de vrai dans le conflit, la division et tout ce qui en découle ? Ou bien est-ce une qualité de l'esprit qui constate le fait et qui, devant le fait, demeure absolument sans mouvement ? – l'esprit qui reste complètement silencieux, sans essayer d'aller au-delà, de dominer, de modifier ; complètement silencieux devant le fait. C'est cette immobilité, ce silence qui sont l'intelligence. L'intelligence, ce n'est pas la pensée. L'intelligence, c'est ce silence, et c'est, par conséquent, une chose totalement impersonnelle. Elle n'appartient à aucun groupe, à aucune personne, à aucune race, à aucune culture.

Mon esprit a donc découvert qu'il existe un silence, non pas quelque chose d'élaboré par la pensée, par une discipline, un exercice et toutes ces horreurs, mais une perception directe du fait que la pensée ne peut absolument pas se dépasser elle-même ; parce que la pensée est le résultat du passé, et là où fonctionne le passé, il crée forcément des divisions et, par conséquent, des conflits. Est-on capable de voir la chose et de demeurer immobile en sa présence ? Voyez-vous, le cas est le même quand on est totalement immobile et silencieux devant sa souffrance. Si quelqu'un que vous aimez vient à mourir, quelqu'un que vous avez soigné, chéri et aimé, il y a le choc de la solitude, du désespoir, un sentiment d'isolement, tout s'écroule autour de vous ; eh bien, pouvez-vous rester en présence de cette souffrance sans chercher d'explication ni de cause, sans vous dire : « Pourquoi partirait-il, lui, et pas moi ? » Rester complètement immobile, c'est l'intelligence. Cette intelligence, alors, peut agir dans la pensée, utilisant toute l'expérience, et alors ce savoir et cette pensée ne seront jamais cause de division.

Alors surgit la question : comment l'esprit, votre esprit – qui est toujours bavard, toujours bourgeois, entravé, qui lutte, qui recherche, qui suit un instructeur, qui établit une discipline – peut-il être complètement silencieux et immobile ?

L'harmonie est silence. Il y a une harmonie entre le corps, le cœur et l'esprit, une harmonie complète, sans dissonance. Cela veut dire que le corps ne doit pas être discipliné, contraint par l'esprit. S'il se plaît à une certaine nourriture ou au tabac, ou au régime et à l'excitation que cela donne, chercher à le contraindre par une action de l'esprit, c'est un abus. Le corps a sa propre intelligence quand il est sensitif, quand il est vivant, quand il n'est pas abîmé ; il a sa propre intelligence. C'est un tel corps qu'il faudrait avoir, un corps vivant, actif et non drogué. Il faut aussi avoir un cœur ignorant les excitations, la sentimentalité, l'émotivité, l'enthousiasme facile, mais jouissant de ce sentiment de plénitude, de profondeur, de qualité et de vigueur qui ne peut exister que là où il y a amour. Et il faut un esprit où règne un immense espace. Alors il y a harmonie.

Comment l'esprit peut-il connaître tout ceci ? Je suis certain que vous vous posez tous la question, peut-être pas en ce moment, assis là ici comme vous l'êtes, mais quand vous rentrerez chez vous, quand vous irez vous promener, vous vous demanderez : « Comment peut-on avoir ce sentiment d'intégrité complète, cette unité du corps, du cœur, de l'esprit, sans aucune déformation, aucune division ni fragmentation ? » Comment pensez-vous pouvoir l'obtenir ? Vous voyez les faits, n'est-ce pas ? Vous voyez la vérité, à savoir qu'il vous faut avoir une harmonie complète en vous-même, harmonie d'esprit, de cœur et de corps. C'est comme si l'on a une fenêtre parfaitement transparente, sans un défaut, sans une tache ; et alors, si vous regardez par la fenêtre, vous voyez des choses sans distorsion. Et comment y parvenir ?

Et, maintenant, qui voit cette vérité ? Qui voit cette vérité de la nécessité d'une complète harmonie ? Comme nous l'avons dit, là où il y a harmonie, il y a silence. Quand l'esprit, le cœur, l'organisme sont complètement en harmonie, il y a silence ; mais dès que l'un des trois est faussé, il y a résonance et bruit. Et ceci, qui le voit ? Voyez-vous la chose comme une idée, une théorie, quelque chose que « vous devriez avoir » ? Si tel est le cas, c'est encore une agitation de la pensée. Et vous direz alors : « Dites-moi à quel système je dois m'exercer pour obtenir ce résultat et je suis prêt à renoncer, je suis prêt à me discipliner » – tout cela, c'est l'activité de la pensée. Mais quand vous voyez la vérité des choses, la vérité et non pas « ce qui devrait être », quand vous voyez les faits, alors c'est l'intelligence qui les voit. Et c'est par conséquent l'intelligence qui fonctionne et qui fait naître cet état.

La pensée est chose du temps. L'intelligence ne l'est pas – l'intelligence est sans mesure ; il ne s'agit pas de l'intelligence scientifique, de celle du technicien ou de la maîtresse de maison, ou d'un homme au courant de tout. Toutes ces choses restent dans le cadre de la pensée, de la science. Mais quand l'esprit est complètement immobile et silencieux – et il *peut* l'être, vous n'avez plus à vous exercer ni à vous dominer, il peut être complètement silencieux – dès lors il y a harmonie, un espace illimité et le silence. Et alors seulement existe l'immesurable.

AUDITEUR – Je vous écoute depuis cinquante ans. Vous nous avez dit qu'il nous faudrait mourir d'instant en instant. Et c'est devenu pour moi plus vrai que cela ne l'a jamais été.

K. – Monsieur, je comprends. Mais vous faut-il écouter l'orateur pendant cinquante ans pour finir par comprendre ce qu'il dit ? Cela doit-il prendre du temps ? Ou bien voyez-vous la beauté d'une chose instantanément, et, par conséquent elle existe ? Et pourquoi donc vous et d'autres mettez-vous du temps en tout ceci ? Pourquoi vous faut-il de nombreuses années pour comprendre une chose très simple ? Et c'est véritablement très simple, je vous assure. Cela devient compliqué quand on explique, mais le fait lui-même est extraordinairement simple. Pourquoi ne voit-on pas la simplicité, la beauté et la vérité instantanément – et alors le phénomène de la vie dans son entier est changé ? Pourquoi ? Est-ce parce que nous sommes si lourdement conditionnés ? Et si vous êtes si lourdement conditionné, ne pouvez-vous voir ce conditionnement d'une façon totale et instantanée, vous faut-il le peler comme un oignon, enlever une couche après l'autre ? Est-ce qu'on est paresseux, indolent, indifférent, prisonnier de ses propres problèmes ? Mais si vous êtes obsédé par un problème, ce problème n'est pas séparé de tous les autres. Ils sont tous reliés entre eux. Si vous prenez un problème, que ce soit un problème sexuel, un problème de relations humaines, de solitude, ou n'importe lequel, allez jusqu'au bout. C'est parce que vous êtes incapable d'aller jusqu'au bout qu'il vous faut écouter quelqu'un pendant cinquante années ! Allez-vous prétendre qu'il vous faut cinquante ans pour regarder ces montagnes ?

A. – Je voudrais en savoir plus sur le hatha yoga. Je connais beaucoup de gens qui s'y exercent, mais ils se trahissent. Très évidemment, ils vivent dans leur propre imagination.

K. – On m'a dit que le hatha yoga et toutes les complications qui en résultent a été inventé il y a environ trois mille ans. Cela m'a été dit par un homme qui avait étudié la chose à fond. À ce moment-là, les dirigeants du pays devaient garder la tête et les idées claires, et alors ils mâchaient une certaine feuille qu'ils trouvaient dans les montagnes de l'Himalaya. Avec le temps, la plante en question vint à manquer, et il leur fallut inventer une méthode grâce à laquelle les différentes glandes du corps humain pouvaient être maintenues dans un état de vigueur et de santé. Ils ont donc inventé ces exercices de yoga pour garder le corps en bonne santé et jouir d'un esprit actif et clair. Et certains exercices – les asana et ainsi de suite – en effet, maintiennent le corps actif et bien portant. Ils ont aussi découvert qu'un certain genre de respiration est une aide – cela n'a pas abouti à l'illumination, mais à nourrir les cellules cérébrales d'air et d'oxygène pour qu'elles fonctionnent correctement. Alors sont survenus les exploiteurs, et ils ont dit : « Si vous faites toutes ces choses, votre esprit sera en paix et silencieux. » Leur silence est un silence né de la pensée qui est synonyme de corruption et donc de mort. Ils ont dit aussi : « De cette façon, vous allez stimuler certains centres et vous ferez l'expérience de l'illumination. » Évidemment, notre esprit est tellement avide, gourmand, toujours assoiffé d'expériences nouvelles, voulant toujours être meilleur que les autres, plus beau, jouir d'un corps bien portant, que nous tombons ainsi dans le piège. L'orateur, en effet, pratique certains exercices, à peu près deux fois par jour ; mais n'allez pas l'imiter, vous ne connaissez rien à la question ! Tant que vous vivez dans votre imagination, qui est une fonction de la pensée, vous pourrez faire tout ce que vous voudrez, jamais votre esprit ne sera paisible, tranquille, jouissant d'un sentiment de plénitude et de beauté intérieure.

A. – Dans l'état harmonieux et intégré dont vous parlez, quand l'esprit ne fonctionne que d'une façon strictement technique, la séparation entre l'observateur et la chose observée existe-t-elle toujours ?

K. – Je comprends votre question. Et vous, qu'en pensez-vous ? Quand existe l'harmonie complète – une harmonie réelle et non imaginaire – quand le corps, le cœur, l'esprit sont complètement intégrés et harmonieux, quand il y a ce sentiment d'intelligence qui est elle-même harmonie, et que cette intelligence utilise la pensée, y a-t-il toujours cette division entre l'observateur et la chose observée ? Très évidemment non. Quand il n'y a pas d'harmonie, il y a fragmentation et la pensée crée cette division, le « moi » et le « non-moi », l'observateur et la chose observée. Ceci est très simple.

A. – Dans votre deuxième causerie, vous avez dit qu'il faudrait être lucide non seulement quand on est éveillé, mais encore pendant le sommeil.

K. – Existe-t-il une lucidité quand on dort aussi bien que quand on est éveillé ? Comprenez-vous la question ? Autrement dit, dans le courant de la journée on est profondément ou superficiellement conscient de tout ce qui se passe en soi ; on prend conscience de tous les mouvements de la pensée, des divisions, du conflit, de la tristesse, de la solitude, de la soif de plaisirs, de l'ambition, de la gourmandise, de l'angoisse, on prend conscience de tout cela. Et quand on est ainsi perceptif durant la journée, cette lucidité se poursuit-elle pendant la nuit sous forme de rêves ? Ou bien n'y a-t-il plus de rêves et seulement cette perceptivité ?

Je vous en prie, écoutez ceci : suis-je, êtes-vous éveillé dans le courant de la journée, conscient de chaque mouvement de votre pensée ? Honnêtement et simplement, vous ne l'êtes pas. Vous êtes lucide par moments. Je suis lucide pendant deux minutes, puis vient un moment de vide, et puis je suis de nouveau conscient pendant quelques minutes et, une demi-heure plus tard, je me rends compte que j'ai oublié, et je reprends le fil de ma perception. Il y a des temps morts dans notre lucidité – nous ne sommes jamais lucides en continu ; or, nous nous figurons que nous devons être lucides tout le temps. Eh bien, pour commencer, il y a de grands vides entre les moments de lucidité, n'est-ce pas ? Il y a lucidité, non-lucidité et de nouveau lucidité dans le courant de la journée. Qu'est-ce qui est important ? D'être lucide d'une façon constante ? Ou bien d'être conscient pendant de courtes périodes ? Et que faire des longues périodes pendant lesquelles on ne l'est pas ? De ces trois états, auquel attachez-vous de l'importance ? Je sais ce qui est important pour moi. Je ne me préoccupe pas d'être lucide pendant une courte période de temps ou de désirer une lucidité continue. Ce sont les moments de non-lucidité, d'inattention qui retiennent mon intérêt. Cela m'intéresse beaucoup de savoir pourquoi je suis inattentif. Je me demande ce qu'il y a lieu de faire à l'égard de cette inattention. C'est cela mon problème – et non pas d'avoir une lucidité ininterrompue. On pourrait devenir fou si l'on n'avait pas approfondi cette question très profondément. Donc, je me préoccupe de savoir ceci :

pourquoi suis-je inattentif et que se passe-t-il pendant cette période d'inattention ?

Je sais ce qui se passe quand je suis attentif. Quand je suis attentif et lucide, il ne se passe rien. Je suis vivant, je bouge, je suis plein de vitalité ; dans cet état, rien ne peut se passer parce qu'il n'y a aucun choix qui permettrait à quelque chose de se passer. Mais c'est quand je suis inattentif, non lucide, que les choses se mettent en train. C'est alors que je dis des choses qui ne sont pas vraies. C'est alors que je suis nerveux, angoissé, piégé, que je retombe dans mon état de désespoir. Et pourquoi ? Vous me comprenez ? Est-ce vraiment là ce que vous faites ? Ou bien êtes-vous préoccupé d'avoir une lucidité constante et vous exercez-vous à une telle lucidité ? Je m'aperçois que je ne suis pas toujours lucide, et je vais observer ce qui se passe dans l'état où je ne le suis pas. Prendre conscience du fait que je ne le suis pas est en soi une lucidité. Je sais quand je suis lucide ; et quand il y a cette lucidité, c'est quelque chose d'entièrement différent. Mais je sais aussi quand je ne suis pas lucide : je deviens nerveux, je me tords les mains, je fais toutes sortes de choses inconsidérées. Mais dès que mon attention se porte sur ce manque de lucidité, tout cesse. Si, à un moment de non-lucidité, je prends conscience de cet état, alors c'est fini ; je n'ai pas à lutter ni à me dire : « Il me faut être lucide tout le temps ; je vous en prie, enseignez-moi une méthode pour l'être, il faut m'y exercer et ainsi de suite », devenant ainsi de plus de plus stupide. Donc, vous voyez, quand il n'y a pas de lucidité et que je sais que je ne suis pas lucide, tout le mouvement de ma vie en est changé.

Et, maintenant, que se passe-t-il pendant le sommeil ? Existe-t-il une lucidité quand on dort ? Si vous êtes lucide par moments dans le courant de la journée, cela continue pendant votre sommeil – évidemment. Mais quand vous êtes lucide, et que vous prenez conscience également des moments où vous n'êtes pas attentif, il se produit un mouvement entièrement différent. Alors, quand vous dormez, il y a la conscience d'un calme complet. L'esprit prend conscience de lui-même. Je ne vais pas approfondir tout ceci, ce n'est pas un mystère, ce n'est pas une chose extraordinaire. Mais, voyez-vous, quand l'esprit est profondément lucide dans le courant de la journée, cette lucidité profonde entraîne la qualité d'un esprit qui, pendant le sommeil, est absolument silencieux. Pendant la journée, vous avez observé, vous avez été attentif, lucide par moments, ou vous avez pris conscience de votre propre inattention ; et, dans le courant de votre journée, l'activité de votre cerveau a instauré un ordre qui persiste quand vous dormez. Le cerveau a besoin d'ordre, même si c'est un ordre imposé par une croyance d'inspiration névrotique, par exemple le nationalisme, ou ceci ou cela – mais en *cela* il trouve un ordre qui, inévitablement, entraîne le désordre. Mais si vous êtes lucide dans le courant de la journée, si vous prenez conscience de votre inattention, à la fin de la journée il y a ordre ; le cerveau alors n'a pas besoin de lutter pendant la nuit pour établir l'ordre. Dès lors, il se repose, il est au calme et, le lendemain matin, il est extraordinairement vivant, au lieu d'être une chose morte, corrompue et droguée.

Saanen
1ᵉʳ août 1971

Cinq dialogues à Saanen

1

La fragmentation de la conscience

*Avons-nous conscience d'envisager la vie de façon fragmentaire ? Le conditionne-
ment de la conscience. Connaissons-nous vraiment son contenu ? Existe-t-il une
division entre le conscient et l'inconscient ? L'observateur fait partie du contenu de
la conscience. Existe-t-il un agent extérieur à son contenu conditionné ? « Mes illusions dont je suis l'auteur. » Qu'est-ce que l'action ? Le « soi » étant fragmenté, le
« je » ne peut pas voir la vie comme une entité globale.*

KRISHNAMURTI – Ne pourrions-nous pas, dans ces dialogues,
démêler un problème chaque matin, l'approfondir complètement,
afin de le comprendre réellement ? Ceci est une conversation amicale entre nous, nous permettant de creuser un problème ensemble
et de voir si nous parvenons à résoudre le problème choisi chaque
matin. Un dialogue est autre chose qu'une discussion dialectique :
il ne s'agit pas de rechercher la vérité à travers des opinions, des discussions, ce qui implique raisonnement, logique, argumentation
– tout cela ne nous mènera pas bien loin. Pouvons-nous prendre un
problème, ce matin, l'examiner complètement, sans nous en laisser
détourner, mais avancer pas à pas, en détail, en tâtonnant, sans nous
forger d'avance une opinion ? – parce que alors, c'est votre opinion, votre argument qui s'élèvent contre ceux des autres. Il ne s'agit
pas non plus de se complaire à des idéologies en citant d'autres

453

personnes, mais de choisir un problème qui soit essentiel pour chacun de nous et le démêler ensemble. Cela en vaudrait la peine, me semble-t-il. Pouvons-nous faire cela ?

AUDITEUR (1) – Ne pourrions-nous pas discuter de la question de l'ordre ?

A. (2) – Je m'aperçois que, malgré tout ce que vous avez pu dire, je reste encore face à mon vide intérieur. Mon désir de m'en évader m'empêche de regarder. Je m'évade sans cesse.

A. (3) – Je me demande si la méthode que nous employons nous permet d'effectuer une transformation radicale et durable. Parce que cette méthode concerne le niveau conscient et les forces qui nous lient concernent le niveau inconscient. Comment pouvons-nous véritablement être affranchis de notre conditionnement et de nos mobiles inconscients ? Par exemple, si je peux me permettre de le dire, je connais des tas de gens qui vous écoutent depuis des années, ne portent plus de jugements d'inspiration nationaliste, mais ils jugent mal les hippies, ce qui revient au même.

A. (4) – J'ai des difficultés à comprendre la lucidité. Mon esprit prend conscience quand il passe par une expérience, il lui accole une étiquette, et dès lors je me dissocie de l'expérience. Et quand je prends conscience de tout ce processus, il y a un clivage entre l'observateur et la chose observée.

A. (5) – Considérer la vie d'une façon globale, qu'est-ce que cela signifie ?

A. (6) – Vous avez dit : « Je suis le monde et le monde c'est moi. » Quelles sont les simples raisons qui vous permettent une telle affirmation ?

K. – Lequel de ces problèmes allons-nous choisir ce matin, afin que lorsque vous et moi nous quitterons cette tente, nous l'ayons entièrement compris ?

A. – Pour vous, la vie est-elle bonne ou mauvaise ?

K. – En fait, comment envisagez-vous la vie ? Ne faites pas sem-blant. Ne nous permettons pas de devenir théoriques, hypothétiques et, par conséquent, quelque peu malhonnêtes. Considérez-vous la vie comme un tout, ou la regardez-vous d'une façon fragmentaire ? D'une façon morcelée ? Est-il possible de regarder tout ce mouve-ment comme un processus unitaire ? Et puis, moi qui ai été élevé dans une certaine culture, qui me conditionne, consciemment ou inconsciemment, qui me pousse à voir un Dieu et un diable – ce qui est d'ordre physique et non-physique – puis-je considérer ce mouve-ment de la vie comme un tout, ou bien dois-je précisément la mor-celer ? Si vous la morcelez, il en résulte un état de désordre. Eh bien, en fait, comment envisagez-vous réellement la vie ?

A. – Dans la plupart des discussions, vous partez du point de vue du désordre et jamais du point de vue de l'ordre.

K. – Je ne pose pas l'ordre en principe, je commence par le désordre. Nous *sommes* dans un état de désordre, c'est clair. Il y a la guerre, la division entre les nationalités, la lutte entre l'homme et la femme. Nous sommes en guerre les uns contre les autres, en guerre avec nous-mêmes, et cela c'est le désordre. C'est ainsi, il serait absurde d'affirmer par principe un état d'ordre. Il n'y a pas d'ordre !

A. – N'y a-t-il pas un ordre dans la nature ?

K. – Probablement dans la nature, mais ce n'est pas là ma ques-tion. Notre question est celle-ci : pouvons-nous, vous et moi, contempler tout ce fonctionnement de l'existence comme un seul mouvement unitaire et non pas comme étant scindé en conscient et inconscient ?

A. – Mais cela, ce serait un état d'ordre.

K. – C'est ce dont nous discutons, et je ne sais pas où cela va nous mener. Nous cherchons à découvrir par cette conversation si nos esprits sont capables de regarder la vie comme un tout, comme un mouvement unitaire et, par conséquent, excluant toute contra-diction.

A. – Mais la définition même de l'inconscient n'affirme-t-elle pas que je suis incapable de l'observer ?

K. – Il faut que nous abordions cette question lentement. Supposez que je sois incapable de voir la vie comme un tout. Ai-je conscience de la regarder d'une façon fragmentaire ? Commençons par là. Êtes-vous conscient, savez-vous que vous morcelez la vie ?

A. (1) – Non.

A. (2) – L'expression la « vie globale » n'implique-t-elle pas un concept abstrait ?

K. – Si nous affirmons que la vie est un processus unitaire, alors, oui, c'est un concept. Mais si nous nous rendons compte que nous vivons par fragments, et qu'alors nous nous demandons si cette division fragmentaire peut être modifiée, nous pourrons peut-être trouver cette autre dimension.

A. – Il me semble qu'il me faut découvrir tout d'abord ce que jesuis, et cela avant de pouvoir me mettre à changer. Je n'aime pas les hippies, je suis comme ça ! Il est possible que je puisse y changer quelque chose, mais, tout d'abord, je dois devenir ce que je suis.

K. – Écoutez, monsieur, nous ne parlons pas de changement. Ce matin, nous cherchons à approfondir la question suivante : comment est-ce que j'envisage la vie ?

A. – Si je suis fragmenté, je suis incapable de la voir comme étant un tout.

K. – C'est bien cela. Sommes-nous fragmentés ? Commençons par là.

A. – Il se peut que la fragmentation n'existe pas au niveau conscient, comme vous l'avez dit, sous forme de division entre artistes, savants, prêtres. La vraie fragmentation se trouve dans l'inconscient.

K. – Tout d'abord, il vous faut être absolument certain d'en avoir fini avec le superficiel ; de n'être plus la proie des attitudes fragmentaires, d'ordre religieux et national, à l'égard de la vie. Soyez absolument certain d'avoir rejeté tout cela complètement ; c'est une des choses les plus difficiles à faire. Mais approfondissons quelque peu.

A. – Mais si ces divisions existent au niveau conscient, n'est-ce pas là en soi-même une fragmentation que de vouloir les rejeter ?

K. – Nous y reviendrons. En examinant le conscient, en constatant à quel point il est fragmenté, tout naturellement nous aboutirons aux autres choses. Elles finiront par s'harmoniser, parce que nous avons divisé la vie en conscient et inconscient, en zones cachées et dévoilées. C'est là le point de vue psychanalytique, le point de vue psychologique. Pour moi, personnellement, tout cela n'existe pas, je ne dissocie pas conscient et inconscient. Mais, apparemment, ce clivage existe pour la plupart d'entre nous.

Et, maintenant, comment allez-vous examiner l'inconscient ? Vous avez dit qu'il existait cette division entre le conscient et l'inconscient, et que superficiellement, on pouvait s'affranchir de toutes ces divisions qui sont nées de notre culture, mais comment allez-vous examiner l'inconscient et toutes ses fragmentations ?

A. (1) – Ne pourrions-nous pas plutôt examiner s'il existe un conscient et un inconscient, nous rendre compte si véritablement ils existent ou non ?

A. (2) – Quelle définition pouvons-nous donner de l'inconscient ?

K. – Apparemment, la définition de l'inconscient, la voici : c'est ce que nous ne connaissons pas. Nous nous figurons connaître le conscient superficiel, mais l'inconscient, nous ne le connaissons pas. Écoutons ce qu'a dit ce monsieur là-bas : nous avons établi cette division, mais est-elle réelle ?

A. – Si l'inconscient n'est pas un fait, nous serons libérés après une seule causerie à Saanen !

K. – Il y a le conscient et l'inconscient. Je ne prétends pas que la division existe vraiment, mais c'est ce que nous avons admis. Connaissez-vous votre esprit conscient – ce que vous pensez, comment vous pensez, pourquoi vous pensez ? Prenez-vous conscience de ce que vous faites et de ce que vous ne faites pas ? Vous croyez comprendre le conscient, mais il se pourrait très bien que vous ne le connaissiez pas vraiment. Qu'est-ce qui est vrai ? Connaissez-vous réellement le conscient ? Connaissez-vous le contenu de votre esprit conscient ?

A. – Mais l'esprit conscient n'est-il pas, par définition, ce que nous comprenons ?

K. – Il se pourrait que vous compreniez une chose et qu'il y en ait une autre que vous ne compreniez pas. Il se pourrait que vous compreniez une partie de votre esprit conscient et qu'il existe une autre partie dont vous ne savez rien du tout. Donc, connaissez-vous le contenu de votre esprit conscient ?

A. – Si nous le connaissions, il n'y aurait pas dans le monde le chaos qui existe.

K. – Bien sûr, c'est une évidence.

A. – Mais nous ne le savons pas.

K. – C'est précisément cela que je voudrais indiquer. Nous *croyons* les connaître. Nous croyons connaître les opérations de notre esprit conscient parce qu'il existe toute une série d'habitudes : aller au bureau, faire ceci ou cela. Et nous croyons comprendre ce contenu de l'esprit superficiel. Mais c'est une chose que je mets en doute, et je mets en doute également que l'inconscient puisse jamais être examiné par le conscient. Si je ne connais pas bien le contenu de mon esprit conscient, comment puis-je espérer examiner le contenu de l'inconscient ? Il nous faut donc aborder la question tout à fait autrement.

A. (1) – Mais comment savez-vous que l'inconscient existe ?

A. (2) – Par ses manifestations.

K. – Vous dites « par ses manifestations ». Autrement dit, vous pouvez consciemment faire quelque chose, mais inconsciemment, votre mobile peut être différent de votre désir conscient.

A. – On agit « en négatif ».

K. – Évidemment. Je vous en prie, essayons de nous comprendre. Si le contenu du conscient ne peut pas être connu complètement, comment cet esprit conscient, qui est superficiel et qui ne se connaît pas à fond, peut-il prétendre examiner l'inconscient, et tout son contenu caché ? Vous n'avez qu'un seul moyen de procéder, qui consiste à observer cet inconscient de manière consciente. Je vous en prie, voyez l'importance de ce point.

A. – Mais n'est-il pas vrai qu'à toute activité consciente intérieure correspond une activité parallèle extérieure ?

K. – Évidemment. Disons les choses ainsi : est-ce que je connais le contenu de ma conscience ? Est-ce que je le comprends, est-ce que je le considère avec lucidité ? L'ai-je observé sans préjugé et sans avoir recours à aucune formule toute faite ?

A. – Je crois que le problème est plus profond. Ce que vous savez, ce dont vous avez conscience, c'est le conscient ; mais tout ce dont vous n'avez pas conscience, que vous ne savez pas, c'est l'inconscient.

K. – Je comprends ; c'est ce que ce monsieur vient de dire. Je vous en prie, accordez quelques instants de réflexion aux paroles des autres, à savoir : si je ne connais pas le contenu de ma conscience superficielle, cette conscience, qui n'est pas complète dans la compréhension de sa superficialité, peut-elle examiner l'inconscient ? Parce que c'est précisément ce que vous faites en ce moment, n'estce pas ? Vous vous efforcez d'aborder l'inconscient consciemment, non ?

A. (1) – Mais ce n'est pas possible. Nous en sommes incapables.

A. (2) – Mais il n'y a pas de frontière bien délimitée entre le conscient et l'inconscient.

K. – Alors, qu'allez-vous faire ? N'allez pas vous complaire à des théories. Regardez, j'ai été élevé selon une tradition brahmanique ; c'est une tradition implacable. Du matin au soir, on vous dit ce qu'il faut faire, ne pas faire, et quoi penser. Dès l'instant de votre naissance vous êtes conditionné. Ceci s'accomplit consciemment chaque jour au temple, par l'influence maternelle ou paternelle, par l'entourage, la culture, qui est brahmanique. Et puis, vous passez à un autre conditionnement, puis un autre et un autre encore. Un conditionnement s'affirme après l'autre, et tout ceci vous est imposé par la société, la civilisation, par accident ou par intention. Et, maintenant, comment allez-vous distinguer ceci de cela ? – tout cela est enchevêtré. Je peux rejeter la tradition brahmanique très vite, ou, en revanche, ne pas la rejeter du tout, ou encore je peux croire l'avoir fait, mais en être encore prisonnier. Comment vais-je comprendre tout ce contenu ?

A. – Mais je *suis* ce contenu.

K. – Évidemment, le conscient est son propre contenu ! Voyez bien cela. Ma conscience est constituée par la tradition brahmanique, la tradition théosophique, celle de l'Instructeur du Monde – tout cela ; le contenu de cette conscience, *c'est* cela. Maintenant, suis-je capable de voir tout ce contenu comme un tout, ou dois-je le considérer fragmentairement ? Attendez, il s'agit de voir la difficulté tout d'abord. Existe-t-il un contenu si profondément enraciné que je ne le connaisse pas ? Ne pourrai-je jamais connaître que le contenu superficiel ? Voilà le problème. Et maintenant, comment vais-je déconditionner l'esprit d'un tel contenu ?

A. – Vous avez dit que vous preniez comme exemple un conditionnement brahmanique, ce qui est encore une façon fragmentaire de regarder les choses. Mais vos rapports avec un père ou une mère, ou quelqu'un de votre entourage qui était extrêmement nerveux, ou qui avait coutume de vous frustrer – ceci serait encore plus important. Si vous demandez : « Comment déconditionner l'esprit ou comment me déconditionner moi-même », moi, je dirais : « Comment puis-je changer ? »

K. – Mais, monsieur, c'est la même chose.

A. – Je crois, moi, qu'il faut tout d'abord devenir ce que l'on est.

K. – Et qu'êtes-vous ? Vous êtes tout ce conditionncment. Avez-vous pris conscience de tout votre conditionnement ? Avant de penser à changer, il nous faut d'abord demander : suis-je conscient de mon conditionnement ? Pas seulement superficiellement, mais dans les couches les plus profondes. Comme ce monsieur l'a dit, je puis être pris dans les filets d'une tradition chrétienne, communiste ou brahmanique ; mais peut-être ai-je vécu dans une famille où il y avait une mère brutale ou anxieuse – mais qu'heureusement, dans la famille où a grandi la personne en question, il y avait treize enfants et personne ne s'en souciait !

A. – J'ai l'impression de me déconditionner moi-même rien qu'en vous écoutant.

K. – C'est très bien. Contentez-vous d'écouter. C'est là où je veux en venir. Avançons donc !

A. – C'est par l'attention que nous pouvons déconditionner l'esprit.

K. – Non, madame, ceci est une pure hypothèse. Poursuivons la démarche. Je suis tout le contenu de mon propre esprit : ce contenu c'est ma conscience, ce contenu c'est l'expérience, le savoir, la tradition, l'éducation, le père angoissé, la mère brutale ou qui vous harcèle. Tout cela, c'est le contenu qui fait le « moi ». Eh bien, ce contenu en ai-je conscience ? Ne haussez pas les épaules pour dire : « Je ne sais pas. » Car alors vous ne pouvez pas avancer. Si vous n'êtes pas lucide – et je crains bien que vous ne le soyez pas, si je peux me permettre de le dire – alors qu'allons-nous faire ?

461

A. – L'esprit est conscient d'être conditionné. Il voit le conditionnement.

K. – Je comprends. En fait, je peux voir une partie de mon conditionnement : je peux voir que je suis conditionné en tant que communiste ou musulman, mais il y a d'autres éléments. Suis-je capable d'examiner consciemment les différents fragments qui constituent le « moi », le contenu de ma conscience ? Puis-je, consciemment, regarder tout cela ?

A. – Mais nous ne sommes pas dissociés de tout cela.

K. – Je comprends. Mais comment puis-je regarder tous les différents éléments du contenu de ma conscience ? Ou bien cette façon de procéder n'est-elle pas complètement erronée ?

A. – Elle doit l'être.

K. – C'est ce que nous allons découvrir mais n'affirmez pas : « Elle doit l'être. »

A. – Je ne vois pas comment nous pouvons considérer toutes ces parcelles. Il me semble que si l'on peut s'en tenir à ce que l'on voit immédiatement autour de soi, sans jugement, sans préjugé, on commence alors à voir même le subconscient.

K. – Oui, je comprends. Mais vous n'avez pas encore répondu à ma question, à savoir : êtes-vous capable de regarder le contenu de votre conscience ? – alors que vous en faites partie. Si vous ne pouvez pas connaître le contenu de votre conscience, comment pouvez-vous dire : « J'ai raison » ou bien « J'ai tort », ou « Je déteste ceci ou cela », ou « Ceci est bon », Ceci est mauvais », ou « Les hippies sont charmants » ou « Les hippies ne sont pas charmants » ? Vous êtes mal placé pour juger. Donc, pouvez-vous connaître le contenu de votre propre conscience ?

A. – Qu'est-ce que cela veut dire, prendre conscience de son conditionnement ? C'est là le point important, sûrement.

K. – Avançons un peu. Est-ce que l'on peut se rendre compte que la conscience ne fait qu'un avec son contenu ? Comprenez-vous cette affirmation ? C'est le contenu qui est le conscient. Par conséquent, le conscient n'est pas séparé de son contenu ; le contenu *est* le conscient. Est-ce absolument clair ? Et, maintenant, qu'allez-vous faire ? Le fait est celui-ci : le contenu constitue le conscient ; être un communiste, un chrétien, un bouddhiste, subir l'influence du père ou de la mère, les pressions de la civilisation ou de toute autre chose, tout cela c'est le contenu. Pouvez-vous dire : « C'est un fait » ? Commencez par là et insistez. Et, alors, que faites-vous ?

A. – Je vois que ma façon habituelle de procéder en cherchant à modifier ce que je vois est en soi une fragmentation. Et quand je vois cela clairement, je cesse de vouloir agir sur ce que je vois.

K. – Non, vous passez à côté du point que je veux éclaircir.

A. – Nous ne pouvons rien faire. Il n'y a rien à faire.

K. – Attendez : n'allez pas plus loin.

A. – Mais ce processus doit nous conduire à un ordre mondial.

K. – Tout juste. L'ordre – ou le désordre – mondial n'est autre que le contenu de ma conscience, qui est en désordre. C'est ce qui m'amène à dire : « Je suis le monde et le monde c'est moi. » Le « moi » est constitué par toutes les différentes parties du contenu, et pour le monde, c'est la même chose. Le fait est celui-ci : le contenu de ma conscience, c'est la conscience. Et, partant de là, comment débrouiller l'enchevêtrement des différents contenus, comment les examiner, comment en rejeter certains et en conserver d'autres ? Quelle est l'entité directrice qui examine ? Cette entité qui paraît être séparée fait partie de ma conscience, qui est le résultat de la culture dans laquelle j'ai été élevé. Et un deuxième point est celui-ci : s'il existe une entité qui examine chaque fragmentation du contenu, alors cette entité fait elle-même partie du contenu, elle s'est séparée du reste du contenu pour diverses raisons psychologiques, des raisons de sécurité, d'assurance, de protection ; et cela fait aussi partie de la culture. Donc, réflexion faite, je m'aperçois que je m'illusionne et que je me trompe moi-même. Ceci le voyez-vous ?

Cette division qui sous-tend l'existence de celui qui examine, de celui qui observe, de celui qui s'est séparé du contenu, qui analyse, qui rejette ou qui conserve – tout cela est aussi le résultat du même contenu. Est-ce que je vois cela très clairement ? Et si oui, alors quelle est l'action ? Je me trouve face à ce problème. Je suis lourdement conditionné, et une partie de ce conditionnement, c'est le désir d'être en sécurité. Un enfant a besoin de sécurité, le cerveau a besoin d'être complètement en sécurité, pour pouvoir fonctionner sainement. Mais ce cerveau, dans son désir d'être en sécurité peut trouver une certaine sécurité dans quelque croyance relevant d'une névrose ou dans quelque action également névrosée. C'est ainsi qu'il l'a trouvée dans la tradition, et il s'y cramponne. Et il a aussi trouvé une certaine sécurité dans ce clivage entre l'observateur et la chose observée, parce que cela fait partie de la tradition ; et parce que si je rejette cet observateur, alors je suis perdu !

Je me trouve donc confronté au fait que la division entre l'observateur et la chose observée, ou tout autre mouvement auquel je peux me livrer, fait partie du même contenu. Voyez-vous ceci clairement ? Alors, que peut-on faire ? Il n'est plus ici question de conscient ou d'inconscient, parce que tout ceci en fait partie. Nous disons que l'esprit conscient observe à un certain niveau, mais il y a des mobiles plus profonds, des intentions plus profondes, des élans plus profonds, et tout cela constitue le contenu de ma conscience, qui est aussi la conscience mondiale.

Alors, que faire ? Mon esprit se rend bien compte qu'il me faut être libéré de mon conditionnement, parce que, sinon, je suis esclave ; et je vois qu'il y a toujours des guerres, de l'hostilité et des divisions. Donc, l'esprit, dans son intelligence, affirme qu'il doit se déconditionner à n'importe quel prix. Et comment ceci peut-il se faire sans cette division entre l'analyseur et la chose analysée ? – sachant que tout le contenu *est* la conscience et que tout effort que je fais pour m'en sortir fait précisément partie du même contenu. Vous saisissez ? Et alors, que faire, face à cette situation ?

A. – Ou bien nous acceptons le monde tel qu'il est, ou bien nous le rejetons – mais nous ne pouvons pas l'accepter tel qu'il est.

K. – Et qui êtes-vous pour l'accepter ? Pourquoi l'accepter ou le rejeter ? C'est un fait. Prenons l'exemple du soleil. Allez-vous l'accepter ou le rejeter ? Il est là ! Vous vous trouvez devant ce fait, et si vous le rejetez, qui est donc celui qui le rejette ? Il fait lui-même partie de ce conscient qu'il prétend rejeter ; seulement, c'est une partie qui ne lui convient pas. Et s'il accepte, c'est la partie qui lui convient qu'il va accepter.

A. – Mais c'est encore plus difficile que cela ; parce que si vous n'êtes conditionné qu'à une chose – disons à être hindou –, vous pourrez très bien ne même pas le savoir. Pour revenir à ce que vous avez dit tout à l'heure concernant un état d'esprit névrosé : on peut baigner dans la névrose même sans le savoir.

K. – Et c'est pourquoi, monsieur, je vais vous faire voir quelque chose.

A. – Mais comment puis-je le rejeter ?

K. – Vous ne pouvez rien rejeter. La chose est là ! Devant vous ! Maintenant, que se passe-t-il en vous quand vous constatez que vous ne pouvez rien faire ?

A. – Vous n'insistez pas. Vous sentez que toute cette conscience n'est pas quelque chose de réel, et que vous êtes peut-être un monstre. Et quand le sentiment vous gagne, vous n'insistez pas. Mais le processus continue et vous n'y pouvez rien.

K. – Non. Le processus ne se poursuit que si je n'ai pas encore compris le contenu de ma conscience : qu'il soit névrosé ou non, qu'il soit homosexuel ou non – ce contenu –, tout cela est impliqué. Et si je choisis un fragment et que je m'y accroche, c'est l'essence même de la névrose. Et toute action de ma part – qui fait partie du contenu de ma conscience – ne peut pas être déconditionnée ; ce n'est pas comme cela qu'il faut s'y prendre.

Alors, que faire ? Avez-vous saisi ? Je ne vais pas rejeter et je ne vais pas accepter. C'est un fait.

A. – Mais tout ce qu'on peut faire ne fera que renforcer cette division.

K. – Et alors, que faites-vous ?

A. – On ne peut rien faire du tout.

K. – Attendez, vous allez trop vite ! Vous ne savez même pas ce que cela veut dire que de ne rien faire du tout !

A. – Puis-je simplement répéter ce qu'a dit Freud : il faut faire accéder l'inconscient à la conscience.

K. – Ce que Freud dit ne m'intéresse pas.

A. – Moi, si.

K. – Pourquoi ?

A. – Parce que c'est un fait. Aisément vérifiable.

K. – Êtes-vous en train de citer Freud, ou avez-vous observé la chose en vous-même ? Est-ce votre propre existence quand vous dites que l'inconscient surgit et agit, ou que c'est l'inconscient qui nuit à l'action ? Vous pensez toujours en fonction de cet état de division – le conscient et l'inconscient – mais moi, je ne pense pas du tout en ces termes-là.

A. – Il n'y a pas vraiment de division.

K. – Mais vous continuez à dire : l'inconscient surgit.

A. – Mais ce n'est qu'un mot – comme « volonté ».

K. – Oh non ! quand nous nous servons du mot « inconscient », nous l'utilisons dans un sens bien défini, indiquant qu'il existe quelque chose qui n'est pas conscient. Pour moi, c'est une affirmation qui implique la fragmentation. Donc, si vous savez que vous êtes fragmenté ainsi, pourquoi est-ce que vous vous y tenez ?

A. – C'est notre inconscient qui fonctionne !

K. – Évidemment qu'il fonctionne. Quelqu'un prétend être hétérosexuel mais tout au fond de lui il est, en fait, homosexuel. Nous sommes toujours à nous contredire, toujours hypocrites. Ainsi, moi je dis que tout ceci fait partie du conscient : la tradition ou Freud, s'y accrocher ou pas, avoir de l'aversion pour les hippies ou une prédilection pour les gens conventionnés – tout cela revient au même. Donc, je vous dis que le contenu de ma conscience tout entière est ma conscience. Je ne vais pas en choisir une partie et en rejeter une autre ; je ne vais pas en conserver une partie parce qu'elle me plaît ou parce que je suis conditionné en ce sens.

A. – Mais quand vous parlez de l'« esprit religieux », vous parlez de cela…

K. – Hélas, oui, je le crains.

A. – … vous faites aussi une distinction, une division.

K. – Ah non ! je dis que quand il n'y a aucune division d'*aucune* sorte, non seulement superficiellement, mais dans le contenu de la conscience même, quand il n'y a plus de division entre l'observateur et la chose observée, alors il ne reste rien de tout cela, et alors est cette qualité de l'esprit religieux. Ceci a été dit très clairement.

Et maintenant, écoutez simplement. Quand nous disons que le contenu de la conscience constitue la conscience – qu'il s'agisse de philosophie freudienne ou de votre expérience particulière – *tout* est compris en cela. Il y a un pauvre homme en Inde qui n'a jamais entendu parler de Freud ni du Christ, mais un autre homme qui a été élevé selon la mythologie du Christ dira : « Voici, cela est un fait. » Et le pauvre villageois, avec *son* Dieu à lui, dit : « *Cela*, c'est un fait. » Et tous deux sont le contenu de la conscience. Vous voyez, monsieur.

A. – Ce n'est pas clair.

K. – Vous voyez, vous vous refusez à renoncer à un fragment particulier auquel vous tenez. C'est la même chose que ce contre quoi j'ai à lutter quand je vais en Inde, parce que, depuis des siècles, les gens ont été élevés avec l'idée qu'il existe un atman – l'âme – et un brahman – Dieu. Et ils croient fondamentalement que l'illumination n'est possible que lorsqu'il y a l'union de ces deux principes. Et moi, je dis : tout cela, ce sont des sottises et des inventions de la pensée.

Et maintenant, je suis arrivé à ce point : je vois par moi-même que tout mouvement du contenu fait encore partie du contenu ; c'est une chose que je connais totalement, qui est pour moi aussi claire que la lumière du soleil, c'est un fait absolu. Et alors, je dis : comment l'esprit peut-il se libérer de son conditionnement ?

A. – Il faudrait transcender le conditionnement.

K. – Transcender, cela fait encore partie du conditionnement.

A. – Mais il est possible de se transcender soi-même quand on écoute.

K. – Vous avez tout à fait raison.

A. – Parce que j'ai le sentiment que vous avez perdu votre conditionnement, et je vais vous écouter, vraiment vous écouter.

K. – Monsieur, je comprends. Vous ne me connaissez pas, alors, s'il vous plaît, ne dites pas : « Vous êtes non-conditionné » ; vous ne savez pas ce que cela veut dire. Je vous en prie, ne jugez pas.

A. – Mais nous n'avons pas le désir de nous débarrasser de notre conditionnement.

K. – Alors gardez-le, vivez avec, vivez dans les tourments, dans la douleur, dans les guerres ! Si cela vous plaît, restez-y accrochés. C'est du reste ce qui se passe ! L'Arabe tient à son conditionnement, et c'est pourquoi il combat l'Israélien. Et les Israéliens se cramponnent au leur. Tel est le monde. J'ai une ancre bien à moi et je ne veux pas la lâcher. Sachant tout cela, que peut faire l'esprit ?

A. – Je deviens très calme et silencieux. Je ne fais rien.

K. – Suivez-vous cette affirmation ? Il a dit : « Quand je me trouve devant ce fait que je suis complètement conditionné, je reste silencieux. Je peux me faire illusion à moi-même et dire que je me déconditionne – cela fait partie de mon éducation, cela fait partie du contenu. » Il dit : « Je deviens silencieux. » Est-ce qu'il en est vraiment ainsi ?

A. – Je ne peux pas m'empêcher de faire intervenir le « moi ».

K. – C'est exactement cela. Ce qu'il veut dire vraiment, c'est que c'est un moyen de dire « moi ». Eh bien, maintenant, que se passe-t-il quand vous vous trouvez devant une situation devant laquelle vous êtes complètement impuissant ? Jusqu'à présent vous avez pensé, à cause de votre conditionnement, que vous pouviez faire quelque chose, que vous pouviez changer, manipuler, modifier cette situation ; mais cela fait encore partie du même champ, cela revient à quitter un recoin du champ pour se réfugier dans un autre. Quand vous vous rendez compte que tout mouvement dans ce champ est encore un mouvement conditionné, que se passe-t-il ? Quand l'Arabe et l'Israélien disent : « Voyez, moi je suis conditionné, et vous aussi vous l'êtes », que se passe-t-il ?

A. – Il est alors possible de vivre.

K. – Je me rends compte de ce que je suis totalement conditionné et que toutes les illusions que je peux me faire font partie de mon conditionnement. Être catholique et devenir hindou, être hindou et devenir communiste, puis revenir à la philosophie du zen, puis du zen me tourner vers Krishnamurti, et ainsi de suite. *(Rires.)* Tout cela fait partie de mon conditionnement, cela fait partie du contenu total. Et que se passe-t-il quand je m'en rends compte ?

A. – Le processus s'arrête tout seul.

K. – Est-ce qu'il a cessé pour vous ? Ne faites pas de théorie !

A. – Mais c'est un fait. Il s'arrête tout seul.

K. – C'est beaucoup plus compliqué que cela. Vous allez trop vite, vous ne suivez pas la chose. Vous exigez un résultat.

A. – L'esprit qui voit cela n'est pas le même esprit que celui qui s'est posé le problème au début.

K. – C'est bien cela. Avançons lentement, monsieur. Que s'est-il passé dans un esprit qui a commencé à examiner son propre contenu, qui a découvert les contradictions, les divisions extraordinaires, la fragmentation, les affirmations, l'agressivité, tout cela ; qu'arrive-t-il à un tel esprit ?

A. – Il devient très clair. Il est dans un autre état, il a gagné de l'espace.

K. – Alors, monsieur, je vais vous poser une question différente : quand vous vous rendez compte de tout cela, alors que faites-vous dans votre vie quotidienne – et pas seulement dans les moments de crise ?

A. – Mais nous ne nous en rendons peut-être pas compte.

K. – C'est ce que je veux dire. Ou bien vous vous rendez compte que c'est un fait, et ce fait modifie fondamentalement toute la structure de votre conscience, ou bien vous ne vous en rendez pas compte. Si vous ne vous en rendez pas compte – et il semble que ce soit le cas – si vous vous contentez de dire : « Je comprends », cela ne veut rien dire du tout. Mais quand vous vous trouvez devant ce fait, que faites-vous alors dans votre vie quotidienne ? Voyez le rapport entre les deux et vous aurez la réponse. Autrement dit, je me rends compte que je suis conditionné en tant qu'hindou. Je me rends compte que j'ai été élevé dans des circonstances particulières – la théorie de l'Instructeur du Monde, la dévotion, les bougies, l'adoration, tout cela ; je me trouve confronté au monde, à la propriété, à l'argent, à la situation sociale, au prestige – et je vois que tout cela fait partie du contenu, cela fait partie du « moi ». Quel rapport existe-t-il entre cette perception et ma vie quotidienne ? Si je ne peux établir aucun rapport, cela demeure une notion verbale, théorique et dépourvue de sens. Il me faut donc établir un rapport. Et si vous ne pouvez pas répondre à cette question, alors vous ne vous êtes rendu compte de rien. Vous ne faites que jouer avec des mots.

A. – Il me semble, chaque fois que vous posez une question, que le problème, c'est que chacun cherche à trouver la réponse. La question en elle-même devait nous permettre de réaliser qu'il n'y a pas de réponse possible.

K. – Mais pas du tout, monsieur. Je pose la question parce que vous devez y répondre.

A. – Tout juste. C'est la personne qui pose la question qui cherche toujours la réponse.

K. – Mais c'est ce que je dis. Que vous soyez ligoté par une névrose ou par une autre, quand vous constatez tout ce conditionnement, quel effet cette constatation a-t-elle sur votre vie quotidienne ?

A. – Mais est-ce que tous les efforts venant du « moi » ne cessent pas ?

K. – C'est vous qui allez le découvrir. Quand vous dites : « J'ai compris », s'il y a une division entre cette réalisation et vos activités quotidiennes, il y a conflit. Ce conflit est désordre. C'est le déséquilibre dans lequel nous vivons, vous, le monde et tous les autres. Mais alors, que se passe-t-il quand il y a perception complète de la vérité, par exemple « le feu brûle » ou « le poison tue » ? Quand vous vous rendez compte de ce fait avec la même vigueur, quelle est alors l'influence de cette réalisation sur votre vie quotidienne ?

A. – Cette réalisation me rend vigilante dans ma vie quotidienne, et c'est tout ce qui est nécessaire.

K. – Non, madame, non. Ce n'est pas du tout cela.

A. – Cela devrait complètement changer ma façon de vivre.

K. – Découvrez la chose, monsieur. Évidemment. Je ne veux pas prendre avec vous un ton condescendant, mais je vous demande simplement : est-ce que vous vous en rendez vraiment compte, comme vous vous rendez compte que vous avez mal aux dents et que vous souffrez – et alors vous faites quelque chose ? Vous n'énoncez pas des tas de théories. Vous allez chez le pharmacien le plus proche ou chez le dentiste, vous vous activez. De la même façon, quand l'esprit se rend compte que vous êtes conditionné, que votre conscience est son propre contenu – que tout mouvement de votre part fait encore partie de cette conscience (vous pouvez essayer de vous en sortir, vous pouvez l'accepter ou le rejeter, cela en fait toujours partie) – alors, comment cette réaliastion agit-elle sur votre vie quotidienne ?

La vérité de ce fait étant aperçue agira d'elle-même. Vous comprenez ? Et cette vérité, issue de la plus haute intelligence, agira en fonction du moment.

A. – Mais peut-on se rendre compte de ce fait quand on est encore prisonnier de ses peurs et de ses désirs ?

K. – Non, c'est impossible. Vous vous efforcez de surmonter un fragment qui est la peur, à l'aide d'un autre fragment. En vous y prenant de cette façon-là, vous ne pouvez pas vous en débarrasser ; il faut donc qu'il y ait une autre façon de vous y prendre avec ce fragment auquel vous donnez le nom de peur. Et la façon de vous y prendre, la voici : *il ne faut absolument rien faire* concernant cette peur. En êtes-vous capable ?

Je ne peux absolument rien faire au bruit que fait ce train en passant, par conséquent j'écoute. Je ne peux absolument rien faire au grondement de ce train et, par conséquent, je n'y résiste pas. J'écoute. Il y a un bruit, mais ce bruit n'agit pas sur moi. Et, de la même façon, quand je me rends compte que je suis névrosé, que je me cramponne à une croyance particulière, à une façon d'agir particulière, que je suis homosexuel, ou quoi que ce soit d'autre, que j'ai des préjugés énormes, j'écoute d'une façon totale. Je ne résiste pas. Mais j'écoute totalement, de tout mon cœur.

La fragmentation de la conscience

Nous avons commencé par demander si je suis capable de contempler tout le mouvement de la vie comme étant un processus unitaire. Les meurtres, les réfugiés, la guerre au Moyen-Orient, les catholiques, les protestants, les savants, les artistes, les hommes d'affaires, la vie privée, la vie publique, votre famille, ma famille – il y a d'innombrables divisions. Ces divisions ont été cause d'un tel désordre dans le monde et en moi ! Suis-je capable de regarder tout cela comme faisant partie d'un unique mouvement étonnant et merveilleux ? J'en suis incapable, c'est un fait. J'en suis incapable parce que je suis moi-même fragmenté. En moi-même je suis conditionné. Donc, désormais, mon souci sera non pas de chercher à vivre une vie unitaire et globale, mais de chercher à savoir si la fragmentation ne peut pas prendre fin. Et cette fragmentation peut cesser si je vois clairement que toute ma conscience est elle-même constituée par ces fragments. C'est ma conscience qui est la fragmentation. Et quand je dis : « Il faut qu'il y ait intégration, il faut que tout ceci soit harmonisé », cela fait encore partie des illusions que je m'impose à moi-même, et cela je m'en rends compte. Je m'en rends compte comme étant une vérité, comme je suis sûr que le feu brûle, vous ne pouvez pas me tromper, c'est un fait et je demeure devant ce fait, et il me faut découvrir comment ce fait agira dans ma vie quotidienne – le découvrir et non pas deviner, m'amuser, échafauder des théories. Mais parce que j'ai vu la vérité de la question, cette vérité est agissante. Mais si je ne l'ai pas vue clairement et que je fasse semblant de l'avoir vue, je vais faire de ma vie tout entière une hideuse pagaille.

Saanen
4 août 1971

2

Notre intelligence est-elle éveillée ?

Quel est le rapport entre l'intelligence et la pensée ? Les bornes de la pensée conditionnée. Aucun mouvement neuf ne peut se produire si l'« ancien cerveau » est en activité constante. « Je me suis dirigé vers le sud croyant aller vers le nord. » La perception des limites de l'ancien est la semence de l'intelligence. Le « neuf » est-il reconnaissable ? La dimension nouvelle ne peut agir que par l'intelligence.

KRISHNAMURTI – Nous avons parlé du conscient et de l'inconscient et du contenu de la conscience. Allons-nous poursuivre ce sujet, ou préférez-vous discuter d'un autre problème ce matin ?

AUDITEUR (1) – Continuons.

A. (2) – Je voudrais pousser la discussion dans le sens du rapport existant entre l'intelligence et la pensée, entre le silence et la mort.

A. (3) – Je ne sais pas si nous en avons fini avec notre discussion d'hier et si nous avons véritablement poussé jusqu'au bout la question de nos mobiles dans la vie.

K. – Je me demande si nous ne pouvons pas discuter de cette question de la conscience avec plus de profondeur, en nous demandant quel rapport existe entre l'intelligence et la pensée ; et nous pourrons peut-être aussi creuser le problème du silence et de son rapport avec la mort. Mais avant d'aborder ces questions, il y a plusieurs choses qui étaient impliquées dans notre discussion d'hier. Je ne sais pas si vous avez creusé la question en vous-même : ce que vous avez pu comprendre et dans votre compréhension, quelle part correspond bien à une réalité ?

Hier, nous avons dit que pour la plupart nous sommes conditionnés par la culture, l'entourage, la nourriture, les vêtements, la religion, et ainsi de suite. Le conditionnement, c'est le contenu de la conscience, et la conscience est ce conditionnement. Quel rapport existe-t-il entre la pensée et ce conditionnement ? Peut-il y avoir intelligence là où il y a conditionnement ?

Si l'on s'est observé et examiné de façon objective, s'abstenant de toute censure ou de tout jugement, on se rend compte que l'on est conditionné à la fois superficiellement et très profondément. Il existe un conditionnement profond, lequel peut être le résultat de l'ambiance familiale, l'héritage racial, d'influences inaperçues, mais qui ont néanmoins pénétré très profondément. L'esprit peut-il s'en affranchir ? S'il est conditionné, peut-il se déconditionner totalement ? Bien plus, peut-il s'empêcher – sans qu'il y ait pour cela de résistance – de se laisser jamais conditionner à nouveau ? Ce sont deux choses que nous aurons à examiner ce matin dans leur rapport avec la pensée et l'intelligence, et dans le rapport entre le silence et la mort. Si c'est possible, c'est cela ce que nous allons approfondir, et nous chercherons à couvrir tout ce champ.

Pourquoi l'esprit se laisse-t-il jamais conditionner ? Est-il à ce point sensible, à ce point susceptible d'être blessé ? L'esprit est une chose tendre, délicate et, dans les rapports quotidiens, il se trouve blessé, invariablement conditionné. Est-il possible que ce conditionnement soit effacé à jamais ? On constate que l'esprit, le cerveau lui-même sont conditionnés, ils sont le résultat d'une évolution séculaire, et le cerveau est l'entrepôt des souvenirs. Vous pouvez observer la chose vous-même, il n'est point besoin de lire des livres philosophiques ou psychologiques – tout au moins, moi je ne le fais pas, peut-être le faites-vous. Ce cerveau, produit d'une évolution à travers le temps – qui est le passé, qui est l'accumulation des souvenirs, des expériences, du savoir – réagit instantanément à tout défi extérieur en fonction de son conditionnement, superficiellement ou dans les profondeurs. Il me semble que tout ceci est très clair.

Et, maintenant, cette réaction du passé peut-elle être suspendue, de façon qu'il s'écoule un intervalle de temps entre le défi et la réponse ? Prenons un conditionnement très superficiel : on a été élevé dans une certaine culture, une certaine croyance, selon un certain modèle, et quand tout cela est mis en doute, il y a alors une réaction instantanée en fonction de l'histoire de la personne en question. Vous me dites que je suis un imbécile, ma réponse est immédiate, je vous dis : « Vous en êtes un autre », ou bien je me mets en colère, ou ceci ou cela. Eh bien, quand vous m'avez appelé imbécile, peut-il y avoir un intervalle, un moment vide, avant que je ne réponde ? Permettant ainsi au cerveau d'être suffisamment calme pour répondre d'une façon différente.

A. – Ou pour observer sa propre réaction.

K. – Le cerveau réagit tout le temps selon son conditionnement et selon les différentes formes de stimuli : il est toujours en activité. Il est la réaction du temps, de la mémoire : tout le passé est en lui. Mais s'il peut se retenir et ne pas réagir immédiatement, il y a la possibilité d'une réponse différente.

Il agit toujours dans les anciennes habitudes établies par la culture au sein de laquelle nous vivons, selon l'héritage racial, etc. ; il réagit en permanence à n'importe quel stimulus – il juge ou soupèse, il croit, il se refuse à croire, il discute, protège, rejette, et ainsi de suite. Il ne peut être dépossédé de ses connaissances passées ; il faut qu'il puisse en disposer, il ne peut pas fonctionner. Je me demande donc si ce cerveau, qui est ancien – qui n'est autre que le passé – se permettra d'être tranquille, laissant agir une autre partie de lui-même. Quand vous me flattez, le cerveau ancien dit : « Comme c'est agréable. » Mais ce cerveau ancien peut-il écouter ce que vous dites sans réagir, laissant ainsi à un nouveau mouvement la possibilité de se produire ? Ce mouvement neuf ne peut surgir en présence d'un état de silence, quand le mécanisme n'agit pas en fonction du passé. Est-ce clair – clair dans le sens que vous vous observez vous-même, autrement ce n'est pas amusant ? Ces explications ne me sont pas destinées à moi – nous travaillons ensemble.

Je m'aperçois, en examinant mes activités, que le cerveau ancien réagit sans cesse, en réponse à son savoir limité, à ses traditions, à son héritage racial, et tant que tout cela est en action, rien de neuf ne peut se produire. Or, je veux découvrir si son activité peut être suspendue, permettant à un mouvement nouveau de se produire. Cela, je peux le faire dans mes relations avec mes semblables, en observant le cerveau ancien au moment même où il agit, et au moment où il saisit cette vérité, à savoir qu'il lui faut être absolument immobile si une action nouvelle doit se produire.

Ainsi le cerveau ne se force pas à être tranquille. S'il se force, c'est encore une activité du passé, un processus qui comporte la division, le conflit, la discipline, et tout ce qui s'ensuit. Mais s'il comprend, s'il voit la vérité – cette vérité que, tant qu'il est dans un état de réaction constante à l'égard des stimuli, il devra par force agir selon les anciennes normes – si, donc, le cerveau voit cette vérité, il s'apaise de lui-même. C'est la vérité qui fait naître cette tranquillité – et non pas la volonté d'être tranquille.

Vous voyez, cette question est très intéressante, parce que l'on s'aperçoit parfois que certains cerveaux ne sont jamais conditionnés. Vous allez dire : « Qu'en savez-vous ? » Si je le sais, c'est parce que c'est arrivé à l'orateur. Croyez-le ou ne le croyez pas ! Simplement enregistrez le fait.

Je me demande pourquoi le cerveau doit par force fonctionner selon l'ancien modèle ? S'il s'y refuse, il en contruit un autre selon ses souvenirs pour l'opposer à l'ancien. Nous n'utilisons qu'une très petite partie de notre cerveau, et cette partie-là correspond au passé. Il existe une partie du cerveau qui n'a pas encore fonctionné du tout, qui est ouverte, vide, neuve. En connaissez-vous quelque chose ? Ne dites pas tout de suite « oui ». Vous ne connaissez que l'ancien cerveau dans son activité, quand vous avez une conscience quelconque. La question est de savoir si un cerveau ancien peut rester immobile à l'égard des stimuli, permettant une réponse d'un ordre différent. Et la question suivante est celle-ci : comment ce cerveau conditionné comme il l'a été peut-il rester un instant en suspens ? Puis-je continuer ?

A. – C'est très clair.

K. – Et l'on s'aperçoit que ce cerveau suspend son activité quand il y a une nécessité, une urgence, quand la question est vitale – et ainsi, c'est une nouvelle qualité de l'esprit, du cerveau, une qualité vierge qui agit. C'est une chose qui arrive, et ce n'est pas seulement mon expérience à moi. N'importe quel savant de haut niveau, s'il est affranchi du désir de réussir, d'accéder à une haute situation, a dû se poser cette question, car comment pourrait-il découvrir quoi que ce soit d'original ? Si l'ancien cerveau agit en permanence, il ne peut rien découvrir de neuf. Aussi est-ce seulement quand il est tranquille que quelque chose de neuf peut être vu ; grâce à cet état de calme, quelque chose de neuf peut être découvert. C'est un fait.

Et, maintenant, sans contraindre le cerveau, comment cette tranquillité peut-elle se produire, comment ce cerveau peut-il être volontairement immobile ? Il ne pourra découvrir le neuf que s'il voit clairement cette vérité – que l'ancien, le passé est incapable de trouver quoi que ce soit d'original, et cette vérité l'amène à un état d'immobilité. C'est cette vérité qui l'apaise, et non le désir d'être calme. Ceci est-il tout à fait clair ? Donc, cet état de calme peut-il agir tout le temps ? – et, dès lors, le conditionnement ancien, avec toute sa science, n'agira que là où c'est nécessaire. Avez-vous compris ma question ?

A. – Vous avez dit : « Agit en permanence » ? Ceci ne peut-il être source de conflit ?

K. – Je vous en prie, écoutez, monsieur. Je voudrais découvrir, j'interroge, je ne dis pas : « Il *faut* qu'il soit tranquille. » Je vois que l'ancien cerveau doit agir. Autrement, je ne pourrais pas parler anglais, ni conduire une voiture, ni vous reconnaître. Fonctionnellement, le cerveau ancien doit agir. Mais d'autre part, tant qu'il agit, rien de neuf ne peut être perçu. Vous me suivez ?

A. – Oui.

K. – Et je me demande quel rapport peut exister entre cette nouvelle qualité du cerveau, qui ne fonctionne que dans le calme, et l'ancien ? L'ancien, *c'est* la pensée – vous êtes d'accord ? L'ancien, c'est toute l'accumulation des souvenirs et de toutes les réactions conformes à ces souvenirs ; tout cela c'est la pensée. Et cette pensée doit forcément fonctionner, faute de quoi vous ne pourrez rien faire du tout.

A. – Est-ce que vous n'établissez pas là une division ?

K. – Non, ce n'est pas une division. C'est comme une maison, cette maison est une chose entière, mais elle comporte des divisions à l'intérieur.

Nous avons découvert deux choses. Que l'ancien cerveau – c'est le nom que nous allons lui donner pour le moment – est le cerveau conditionné qui a accumulé tout son savoir à travers les siècles. Nous n'établissons pas une division entre l'ancien et le neuf, nous voulons simplement transmettre cette idée qu'il y a toute une structure du cerveau dont une partie est ancienne – cela ne veut pas dire qu'elle est séparée du neuf, elle est différente. Or, je me dis ceci : je vois que si le cerveau ancien est en activité, rien de neuf ne peut être découvert. Le neuf ne peut être découvert que si l'ancien est tranquille. Et l'ancien ne peut être calme que s'il aperçoit cette vérité que le neuf ne peut pas être découvert par l'ancien. Et, maintenant, nous nous trouvons devant ce fait : l'ancien doit être calme de lui-même, naturellement, pour pouvoir découvrir quelque chose de neuf.

A. (1) – Mais la découverte est-elle le fait du neuf, ou de l'ancien ?

A. (2) – Ni de l'un ni de l'autre.

K. – Répondez, messieurs ! Mon cerveau dit : « Vraiment je ne sais pas, et je vais découvrir. » Vous avez posé une question qui est la suivante : le cerveau ancien reconnaît-il le neuf, ou est-ce le neuf qui utilise l'ancien ?

Le cerveau ancien est tranquille parce qu'il a parfaitement compris qu'il ne sera jamais capable de découvrir quoi que ce soit de neuf. Nous n'allons même pas nous servir du mot « découvrir ». Aucun mouvement neuf ne peut se produire si l'ancien est constamment en activité. L'ancien constate ce fait et demeure immobile. Et, alors, un mouvement nouveau, un *happening* se produit. Ce *happening* est-il reconnu par le vieux, ou bien ouvre-t-il une porte permettant au neuf de l'utiliser ?

Voyez, messieurs, tout ceci est vraiment important, même si vous ne suivez pas, parce que je yeux découvrir une façon entièrement neuve de vivre. Je me rends compte que la manière de vivre ancienne est terrible, laide, brutale. Il me faut découvrir une dimension nouvelle, sans rapport avec l'ancienne. Or, tout mouvement de la part de l'ancien visant à découvrir une autre dimension est impossible. Se rendant compte de la chose, l'ancien n'agit plus. Or, que se passe-t-il dans cette tranquillité ? Continuons cet argument. Que se passe-t-il quand le cerveau ancien a compris qu'il ne peut absolument pas découvrir une dimension nouvelle ?

A. – L'inconnu ?

K. – Non, n'inventez pas. Si vous n'éprouvez rien de vous-même, ne devinez pas.

A. – Il y a un espace.

K. – Attendez une minute. Quand le cerveau ancien est tranquille, dit ce monsieur, il y a un espace. Examinons la chose. Qu'entendez-vous par « espace » ?

A. – Le vide.

K. – S'il vous plaît, n'inventez pas, ne devinez pas, observez. Votre ancien cerveau est-il silencieux ?

A. (1) – Non.

A. (2) – S'il est silencieux, pouvez-vous poser cette question ?

K. – Je vous la pose. C'est peut-être une fausse question, mais il faut en avoir le cœur net.

A. – La partie du cerveau qui n'a pas été utilisée commence à agir.

K. – Écoutez un peu ce qu'il dit. Quand le cerveau ancien reste tranquille, il est possible qu'une partie nouvelle du cerveau, qui jusqu'à présent n'a pas été utilisée, se mette à agir. Autrement dit nous ne fonctionnons qu'avec une très petite partie de notre cerveau, et quand cette petite partie du cerveau est tranquille, le reste peut entrer en activité. Ou bien il a été actif tout le temps, mais nous n'en avons rien su, parce que la partie qui a accumulé le savoir, la tradition, le temps, est toujours superactive, et par conséquent nous ne connaissons rien de l'autre partie ; elle peut avoir son activité propre. Est-ce que vous suivez tout ceci ?

C'est vraiment une question passionnante. Je vous en prie, accordez-lui un peu de réflexion, au lieu de dire : « Je ne comprends pas » et de tout laisser tomber. Donnez-vous du mal ! Voyez-vous, ayant utilisé l'ancien cerveau avec une telle intensité, nous n'avons jamais envisagé l'existence ni la nature d'une autre partie du cerveau, qui pourrait comporter une qualité, une dimension différente. Je dis que cette qualité, cette dimension différente peut être aperçue quand le cerveau ancien est véritablement calme. C'est cela ce que je veux souligner. Vous me suivez ? Quand le cerveau ancien est absolument calme, apaisé, et non pas *contraint* au calme, mais qu'il a compris naturellement qu'il doit être tranquille et que, par conséquent il *est* tranquille, nous pouvons alors découvrir ce qui se produit.

À présent, je vais examiner – pas vous, parce que votre cerveau ancien n'est pas tranquille. Vous êtes d'accord avec cela ? Il n'a pas compris cette nécessité d'une complète tranquillité quel que soit le stimulus auquel il est soumis, excepté, naturellement un stimulus physique – c'est-à-dire si vous m'enfoncez une épingle dans la jambe, il réagira. Mais personne, pour le moment, ne m'enfonce une épingle dans la jambe et le cerveau ancien peut rester calme et silencieux.

Je veux découvrir quelle est cette qualité du cerveau nouveau – cette qualité que le cerveau ancien est incapable de reconnaître. Parce que le cerveau ancien est incapable de reconnaître quelque chose dont il n'a pas déjà fait l'expérience, qui n'est pas un élément de la mémoire. Par conséquent, tout ce que le cerveau ancien peut reconnaître est toujours ancien. Est-ce clair ? D'où ma question : qu'est-ce que le neuf ? Le cerveau ancien n'en connaît rien, il ne peut par conséquent que dire : « Vraiment je ne sais pas. » Avançons à partir de ce point. Vous suivez ? – certains d'entre vous au moins ? Le cerveau ancien dit : « Je n'ai pas accès à ceci, et véritablement je ne sais pas. » Et parce que je ne peux pas y avoir accès ni le reconnaître, je ne vais pas me laisser abuser par lui. Je ne sais absolument rien des nouvelles dimensions de ce cerveau neuf. Quand le cerveau ancien est tranquille et incapable de reconnaître quoi que ce soit, il ne peut que dire : « Vraiment je ne sais pas. » Or, le cerveau ancien peut-il demeurer dans cet état de *non-savoir* ? Il a dit dans le passé : « Toute ma vie j'ai fonctionné par le savoir et la reconnaissance. » Fonctionnant de cette façon-là, il a pu dire : « Je sais », en fonction de ce qu'il ne sait pas, de ce qu'il se propose d'apprendre, mais tout cela se passe dans le cadre du savoir et de ce qui est accessible au savoir. À présent, il dit : « Vraiment je ne sais pas », parce qu'il y a quelque chose de neuf qui se passe. Or, le neuf ne peut pas le reconnaître, par conséquent, je n'ai aucun rapport avec ce neuf pour le moment. Je vais le découvrir.

Et, maintenant, quelle est la nature du non-savoir ? La peur existe-t-elle lorsqu'on est dans un état de non-savoir ? – ce qui n'est autre que la mort. Vous me suivez, messieurs ? Quand le cerveau ancien dit : « Vraiment je ne sais pas », il a renoncé à toute espèce de savoir, même au désir de savoir. Il y a donc un champ dans lequel le cerveau ancien ne peut pas fonctionner, parce qu'il n'en connaît rien. Qu'est-ce donc que ce champ ? Peut-on jamais le découvrir ? Il ne pourrait être objet de description que si le cerveau ancien le reconnaissait et le mettait en des mots pour communiquer. Il y a donc un champ dans lequel le cerveau ancien ne peut absolument pas pénétrer ; et ceci n'est pas une invention, ce n'est pas une théorie, c'est un fait, quand le cerveau ancien en vient à dire : « Je ne sais absolument rien de tout cela. » Et cela veut dire qu'il n'y a même aucune intention d'apprendre à connaître le neuf. Vous voyez la différence, messieurs ?

Je veux donc découvrir de façon non verbale, parce que dès l'instant où j'utilise un mot, je me retrouve dans l'ancien cycle. Par conséquent, y a-t-il une compréhension quelconque de quelque chose de neuf, une compréhension qui soit non verbale ? – c'est-à-dire qu'il ne s'agit pas d'inventer un mot neuf, ou d'avoir l'intention de le découvrir afin de le saisir et de le tenir. Donc, simplement, j'examine, mon esprit examine quelque chose dont il ne sait absolument rien. Est-ce là chose possible ? Jusqu'à présent, il a toujours regardé en fonction de la possibilité d'apprendre à connaître, à résister, à éviter, à s'évader ou à surmonter. Maintenant, il ne fait rien de tout cela. Vous comprenez ? Parce que si ceci n'est pas possible, vous ne pourrez pas comprendre l'autre champ.

Qu'est-ce donc ce champ que le cerveau ancien ne peut pas comprendre, que par conséquent il ne peut absolument pas connaître et à propos duquel il n'a pas l'intention d'acquérir un savoir quelconque ? Est-ce que cela existe ? Ou bien n'est-ce qu'une invention du cerveau ancien qui voudrait bien voir se passer quelque chose de neuf ? Si c'est le cerveau ancien qui aspire à quelque chose de neuf, cela fait encore partie du mécanisme ancien. Maintenant, je l'ai examiné de façon complète, de sorte que le cerveau ancien comprenne sa propre structure, sa propre nature ; il est absolument immobile et sans même le désir de connaître. Et c'est là la difficulté.

Existe-t-il quelque chose de réel qui ne soit ni imaginé ni inventé, qui ne soit pas une théorie ? Quelque chose que le cerveau ancien ne peut absolument pas comprendre, ni reconnaître, ni même désirer comprendre ? Une telle chose existe-t-elle ? Pour l'orateur, elle existe – mais ceci n'a aucune valeur en soi, peut-être qu'il se fait des idées. Cela n'a de valeur que dans le sens où c'est à vous qu'incombe la découverte. Vous avez donc à découvrir quel est le rapport du neuf – si vous voyez le neuf – avec l'ancien, qui doit agir dans la vie courante de manière objective, équilibrée, impersonnelle et, par conséquent, efficace. Est-ce l'ancien qui se saisit du neuf, permettant ainsi une vie différente, ou bien le neuf agit-il de telle façon que l'ancien ne peut absolument pas le reconnaître, et cette action c'est précisément cette nouvelle façon de vivre ?

Allez lentement, prenez votre temps, regardez ! Ce cerveau ancien, avec sa conscience telle qu'elle est, existe depuis des milliers d'années ; cette conscience du cerveau ancien est son propre contenu. Ce contenu peut avoir été acquis superficiellement ou dans les profondeurs, et c'est cela le cerveau ancien, avec toute sa science, toute l'expérience des siècles d'efforts et de l'évolution humaine. Tant qu'il fonctionne dans ce champ de la conscience, il est incapable de découvrir quoi que ce soit de neuf. Et il s'agit d'un fait absolu et non d'une théorie. Nous ne connaissons rien de la liberté, de l'amour, de la mort ; nous ne connaissons que la jalousie, l'envie, la peur, toutes choses qui font partie du contenu de l'ancien. Et voici que ce cerveau ancien, se rendant compte de son caractère totalement borné, s'apaise, parce qu'il a vu qu'il ne dispose d'aucune liberté. Et le cerveau n'ayant trouvé aucune liberté, une nouvelle partie de lui-même entre en action. Je ne sais pas si vous voyez ceci ?

Regardez ! Jusqu'à présent, j'ai avancé vers le sud, me figurant tout le temps que j'allais vers le nord, et tout à coup je m'en aperçois. Au moment de cette découverte, il se fait un bouleversement complet – le mouvement n'est plus orienté vers le nord ou vers le sud, mais dans une direction entièrement différente. Autrement dit, à l'instant de cette découverte, il y a un mouvement entièrement différent – qui est la liberté.

A. – Pourrions-nous discuter de la différence entre l'intensité de notre désir de découvrir et le désir de l'ancien pour le neuf ?

K. – Le désir de l'ancien pour le neuf, c'est encore l'ancien ; par conséquent, le désir du neuf, ou l'expérience que l'on pourrait avoir du neuf – donnez-lui le nom d'illumination, de Dieu – cela fait partie du vieux, cette voie-là par conséquent est exclue.

A. (1) – Krishnamurti, vous rendez-vous compte que vous parlez depuis tout à l'heure de la philosophie la plus sublime, et que nous, ici sous ce chapiteau, nous ne sommes même pas capables d'avoir les moindres relations les uns avec les autres ?

A. (2) – Mais qui sommes-nous ?

K. – C'est ce que nous avons déjà examiné – nous sommes des singes ! Voyez, monsieur, tout ceci ce n'est pas « la philosophie la plus sublime ». C'est la chose pure et simple. Vous rendez-vous compte vraiment, et non pas théoriquement, que nous n'avons aucune relation les uns avec les autres, que les relations réelles ne peuvent exister tant que le cerveau ancien est en activité, parce que le cerveau ancien fonctionne en termes d'images, de représentations, d'incidents passés ; quand ces événements passés, ces images, ce savoir sont vigoureux, les relations cessent d'exister – très évidemment. Si je me suis forgé une certaine image de vous – qui êtes ma femme, ou mon ami, ou ma fiancée, ou que sais-je encore – cette image, ce savoir, sont choses du passé et, évidemment, s'opposent à toute relation vraie. La relation vraie signifie un contact direct immédiat dans le présent, au même niveau, avec la même intensité, avec la même passion. Et cette passion, cette intensité au même niveau ne peuvent exister si j'ai une certaine image de vous et vous de même par rapport à moi. C'est donc à vous de voir si vous avez une image des autres. Évidemment, vous en avez une ; par conséquent, appliquez-vous, *travaillez* pour le découvrir – à supposer que vous ayez véritablement le désir d'avoir un rapport direct avec les autres, ce dont je doute fort. Nous sommes tous si affreusement égoïstes, si renfermés ! Si vous désirez véritablement un rapport direct avec un autre, il vous faut comprendre toute cette structure du passé – et c'est ce que nous avons fait. Et une fois tout cela évanoui, vous entrez dans un rapport qui est entièrement neuf et permanent, et ce nouveau rapport, c'est l'amour – et non pas la vieille ritournelle de jadis !

Quel est alors le rapport de cette qualité, de cette dimension qui est l'inédit, qui ne nous est pas connue, qui ne peut pas être appréhendée par l'ancien, quel est donc son rapport avec ma vie quotidienne ? J'ai découvert cette dimension, la chose est arrivée parce que j'ai vu que le cerveau ancien ne peut jamais être libre et qu'il est, par conséquent, incapable de découvrir ce qu'est la vérité. Donc, le cerveau ancien dit : « Toute ma structure implique le temps et je ne fonctionne qu'à l'égard des choses temporelles – les machines, le langage, et tout ce qui s'ensuit » – donc toute cette partie du cerveau va être complètement silencieuse. Quels rapports, donc, peuvent exister entre les deux ? Existe-t-il une relation entre ce qui est vieux et la liberté, l'amour, l'inconnu ? S'il a un lien quelconque avec l'inconnu, alors il fait partie de l'ancien – vous comprenez ? Mais si l'inconnu entre en relation avec ce qui est ancien, c'est une situation entièrement différente. Je ne sais pas si vous saisissez ?

Ma question est dès lors : quelle relation existe entre les deux, et quelle est l'entité qui désire l'existence d'une telle relation ? Qui veut cette relation ? Est-ce ce qui est vieux ? Si c'est l'ancien qui l'exige, alors cela fait partie du passé, et, par conséquent, il n'y a pas de rapport réel entre les deux. Je ne sais pas si vous voyez la beauté de tout ceci. Ce qui est vieux n'a aucun rapport avec la liberté, l'amour, la nouvelle dimension. Mais cette nouvelle dimension, l'amour, peut être en relation avec l'ancien, alors que le contraire n'est pas vrai. Vous voyez la chose, messieurs ?

Donc, le pas suivant est celui-ci : quelle action engager dans la vie quotidienne, quand l'ancien est sans rapport avec le neuf, mais que le neuf instaure une relation au fil des mouvements de la vie ? L'esprit a débouché sur quelque chose de neuf. Comment ce neuf va-t-il agir dans le champ du connu où fonctionne l'ancien cerveau, avec tout son cortège d'activités ?

A. – Serait-ce là qu'intervient l'intelligence ?

K. – Un instant, monsieur, vous avez peut-être raison. Quand le cerveau ancien constate qu'il est incapable de jamais comprendre ce qu'est la liberté, quand il constate qu'il est incapable de découvrir quoi que ce soit de neuf, sa perception même *est* cette graine d'intelligence, n'est-ce pas ? Dire : « Je ne sais pas » – c'est cela l'intelligence. « Je ne peux pas » – c'est cela l'intelligence. Je me suis cru capable de faire bien des choses, et je le peux, en effet, dans une certaine direction, mais quand il s'agit d'une direction entièrement neuve, je ne peux rien faire du tout. Découvrir cela, c'est évidemment l'intelligence.

Et, maintenant, quel rapport existe-t-il entre cette intelligence et ce que j'ai connu jusqu'à présent ? Est-ce que cela fait partie de ce sentiment extraordinaire de l'intelligence ? Je voudrais découvrir ce que nous entendons par ce mot « intelligence » : l'esprit ne doit pas se laisser prendre au piège des mots. Évidemment, le cerveau ancien, à travers les siècles, a cru qu'il pouvait avoir son Dieu, sa liberté et faire tout ce qu'il voudrait. Et, subitement, il découvre que tout mouvement de sa part fait forcément partie de l'ancien ; par conséquent, l'intelligence consiste à constater qu'il ne peut fonctionner que dans le champ du connu. Cette découverte, c'est l'intelligence, voilà ce que nous disons. Mais cette intelligence, en quoi consiste-t-elle ? Quel est son rapport avec la vie, avec cette dimension que le cerveau ancien ne peut connaître ?

Voyez-vous, cette intelligence n'est pas personnelle, elle n'est pas issue de la discussion, de la croyance, de l'opinion ou de la raison. Elle advient quand le cerveau découvre ses propres limites, quand il découvre es dont il est capable et ce dont il est incapable. Et, maintenant, quel est le rapport entre cette intelligence et la nouvelle dimension dont nous parlons ? Mais j'aimerais mieux ne pas me servir du mot « rapport » ou « relation ».

Cette dimension nouvelle ne peut agir qu'au moyen de l'intelligence. Sans cette intelligence, elle ne peut pas agir. Donc, dans notre vie quotidienne, elle ne peut agir que quand cette intelligence est à l'œuvre. Or, l'intelligence ne peut pas fonctionner quand le cerveau ancien est actif, si une quelconque forme de croyance ou un quelconque lien avec tel ou tel fragment du cerveau existe. Tout cela, c'est un manque d'intelligence. L'homme qui croit en Dieu, celui qui dit : « Il n'y a qu'un seul et unique Sauveur », n'est pas intelligent. L'homme qui dit : « J'appartiens à tel ou tel groupe », n'est pas intelligent. Mais quand on découvre les limites de l'ancien, cette découverte même est l'intelligence, et la dimension nouvelle ne peut être active que lorsque cette intelligence fonctionne. Un point c'est tout. Avez-vous saisi ?

A. – Puis-je poser une autre question ? Je ne suis pas complètement d'accord avec vous. Ce que vous dites de l'intelligence ne s'applique qu'à une intelligence primordiale. Mais il nous faut aussi une intelligence secondaire ; autrement dit, la faculté d'intégrer ce qui est neuf à ce qui est vieux.

K. – C'est là ce qui se passe quand l'intelligence est absente. Et je ne veux pas me servir du mot « intégrer » ; la dimension nouvelle agit quand il y a cette intelligence qui non seulement est primordiale, mais fondamentale.

A. – Mais, voyez-vous, dans votre causerie d'aujourd'hui, j'ai toujours entendu le mot « primordial ». Je crois que ce que vous appelez le « neuf » est, dans un certain sens, primordial. Si je joue à pile ou face avec une pièce de monnaie, je ne peux pas prédire le résultat, et l'on dit que dans ce cas, le jeu dépend du hasard. Je voudrais savoir ce que vous pensez du rapport entre ce que vous appelez « complètement neuf » et le hasard dans l'acception que je viens de citer de ce terme…

K. – Je comprends. Le professeur demande quel est le rapport entre le hasard, la chance et quelque chose d'entièrement neuf. Il y a des événements dans la vie qui paraissent être dus au hasard, à la chance. De tels événements sont-ils neufs, totalement inattendus ? Ou bien ne sont-ils pas plutôt le résultat d'événements inconscients et qui ont échappé à tout examen ?

Je vous rencontre, semble-t-il, par hasard. Est-ce vraiment un hasard, ou bien est-ce arrivé parce que certains événements inconscients ou inconnus ont rendu possible cette rencontre ? Nous pouvons dire que c'est un hasard. Mais ce n'est pas un hasard du tout. Je vous rencontre, je ne savais pas que vous existiez, et à l'occasion de notre rencontre, il s'est passé quelque chose entre nous. Ce peut être le résultat d'un grand nombre d'autres événements dont nous ne sommes pas conscients, et alors nous disons : « C'est un événement fortuit, un hasard inattendu, quelque chose d'entièrement neuf. » Mais cela peut très bien être autre chose. Le hasard existe-t-il dans la vie ? – un événement dénué de cause. Ou bien tous les événements de la vie ont-ils leur cause profonde que nous ne connaissons pas, ce qui nous amène à dire : « Notre rencontre est un effet du hasard, un événement fortuit » ? La cause subit un changement dès qu'il y a un effet. L'effet devient à son tour une cause. Il y a la cause, et l'effet qui devient cause de l'événement suivant. Donc, la cause et l'effet font partie d'une chaîne sans fin. Il n'y a pas une cause, un effet : il y a un changement constant. Chaque cause, chaque effet modifient la cause suivante, l'effet suivant. Et, comme c'est ainsi que va la vie, pouvons-nous vraiment dire qu'il existe quoi que ce soit de fortuit, qui serait le fruit du hasard ? Qu'en dites-vous ?

A. – Le concept même du hasard est fondé sur le principe de la causalité.

K. – La causalité ? Il ne me semble pas que la vie fonctionne de cette manière-là. La cause devient l'effet et l'effet devient la cause. On voit cela tous les jours dans la vie. Nous ne pouvons donc jamais dire « cause et effet ». Tout est là ! Le professeur a posé une question au sujet des rapports entre l'inconnu, non pas dans le sens d'une dimension nouvelle, mais d'un événement purement dû au hasard.

A. – Mais l'inconnu est en dehors du monde de la relativité.

K. – Vous pouvez en discuter entre vous. Je ne sais rien de toutes ces choses. Je parle de rapports humains, d'êtres humains, et non pas de problèmes mathématiques, d'événements dus au hasard et de l'ordre mathématique. Toutes ces choses ne semblent pas avoir d'influence sur notre vie quotidienne. Notre souci est de susciter un changement dans notre vie quotidienne, dans la façon dont nous

nous comportons. Et si notre comportement a ses racines dans le passé, il entraînera toujours des conflits et des insuffisances. C'est de cela que nous parlons.

Saanen
5 août 1971

3

La peur

Le lien entre le plaisir et la peur ; le rôle de la pensée. La pensée est incapable de réduire l'inconnu incertain en une notion de savoir. Nécessité de comprendre la structure de la peur. Psychologiquement, demain n'existe peut-être pas. « Vivre entièrement dans le présent », qu'est-ce que cela implique ?

AUDITEUR (1) – Je voudrais discuter de la peur et de la mort, et de leur rapport avec l'intelligence et la pensée.

A. (2) – Pourriez-vous approfondir l'affirmation suivante : le monde c'est moi et je suis le monde ?

A. (3) – Pourrions-nous discuter – mais pas en termes théoriques – de ce qui se passe après la mort et s'il est possible de mourir aux choses que nous connaissons ?

KRISHNAMURTI – La peur est un problème complexe, et nous aurons à l'examiner non pas en partant d'idées préconçues, mais en allant véritablement au cœur de la question. Pour commencer, en examinant ce problème, nous n'allons pas traiter des peurs collectives, pas plus que dans l'optique d'une thérapie de groupe visant à nous débarrasser de la peur. Nous allons découvrir ce qu'elle signifie, quelles sont sa nature et sa structure ; nous allons nous demander si la peur enfouie au plus profond des racines mêmes de notre être peut être comprise et si l'esprit peut jamais s'en affranchir. Comment vous proposez-vous d'aborder ce problème ? Avez-vous des peurs d'aucune sorte, d'ordre physique ou psychologique ? Si vous avez des peurs psychologiques – nous reviendrons plus tard sur les peurs physiques – comment les abordez-vous ?

Supposons que j'aie peur de perdre ma situation, mon standing : je dépends d'un auditoire, de vous, pour me stimuler, me donner de la vigueur, une certaine vitalité, qui passent par mon discours. Je redoute, en vieillissant, de tomber dans la sénilité, de me trouver face au vide, et j'ai peur. Quelle est donc cette peur ? Je crains de dépendre de vous – homme ou femme – et cette dépendance m'attache à vous et je redoute de vous perdre. Ou bien encore j'ai peur parce que, dans le passé, j'ai fait quelque chose que je regrette, dont j'ai honte, et je ne veux pas que vous le sachiez, j'ai peur que vous ne l'appreniez, et j'ai un sentiment de culpabilité. Ou bien j'éprouve une appréhension affreuse de la mort, de la vie, de ce que les gens peuvent dire, ou ne pas dire, du regard qu'ils me portent. Ou bien encore, j'ai un sentiment profond d'angoisse, des pressentiments funestes, un sentiment d'infériorité. Et, dans l'angoisse que me cause l'idée de la mort, que je mène d'une vie dépourvue de tout sens profond, j'attends de l'autre qu'il me rassure, au sein de mes relations humaines. Ou bien encore, à cause de mon angoisse, je cherche une sécurité dans une certaine croyance, une certaine idéologie, ou en Dieu, et ainsi de suite.

De plus, j'ai peur de ne pas pouvoir faire dans cette vie tout ce que j'aurais voulu. Je n'ai pas l'intelligence ou la capacité suffisante, mais j'ai une immense ambition d'accomplir quelque chose ; et cela aussi est une cause de peur. Et puis, naturellement, j'ai peur de la mort, d'être seul, de ne pas être aimé ; je voudrais entrer en relation avec un autre, mais une relation où cette peur, cette angoisse, cette solitude, cette division n'existeraient pas ; ou encore j'ai peur du noir, de l'ascenseur – des peurs névrotiques par centaines !

Qu'est-ce donc que cette peur ? Pourquoi (vous, ou n'importe qui d'autre), avez-vous peur ? Est-ce fondamentalement parce que vous vous refusez à subir des blessures ? Ou bien est-ce que vous avez soif d'une sécurité totale et, pensant ne pas la trouver – ce sentiment de sécurité, de protection physique, émotive, psychologique absolue – vous êtes terriblement angoissé dans cette vie ? – il y a donc un sentiment d'anxiété. Pourquoi la peur existe-t-elle ?

Elle est un de nos problèmes majeurs, que nous en soyons conscients ou non. Nous pouvons la fuir, chercher à la dominer, lui résister, nous efforcer d'être courageux, et tout ce qui s'ensuit, mais elle est toujours là. Et je me demande, je vous demande si la raison ne serait pas que l'esprit est tellement sensitif que, dès l'enfance, il se refuse à être blessé. Et, dans ce refus d'être blessé, on élève un mur. On est très timide ou bien, au contraire, on est agressif ; avant que vous ne m'attaquiez, je suis tout prêt à vous attaquer verbalement ou par mes pensées. J'ai été tellement blessé dans le courant de ma vie, tout le monde me fait du mal, tout le monde me marche sur les pieds – et je ne veux pas être blessé. Est-ce là une des raisons de la peur ?

Il vous est arrivé d'être blessé, n'est-ce pas ? Et, partant de cette blessure, vous avez fait toutes sortes de choses. Nous résistons énergiquement, nous ne voulons pas être troublés ; et cette crainte d'avoir mal fait que nous nous cramponnons à quelque chose qui, nous l'espérons, pourra nous protéger. Par conséquent, nous sommes agressifs à l'égard de tout ce qui pourrait nuire à cette protection.

Vous, en tant qu'être humain assis là, désireux de résoudre ce problème, quelle est la chose dont vous avez personnellement peur ? Est-ce une peur physique – la peur de la douleur physique ? Ou encore une peur psychologique – la peur du danger, de l'incertitude ou d'être blessé à nouveau ? Ou d'être incapable de trouver une sécurité totale et complète ? Ou la peur d'être dominé par quelqu'un (et pourtant, nous sommes toujours dominés) ? Donc, de quoi avez-vous peur ? Avez-vous conscience d'avoir peur ?

A. – J'ai peur de l'inconnu.

K. – Maintenant, écoutez cette remarque. Pourquoi avez-vous peur de l'inconnu, puisque vous n'en connaissez rien du tout ? Je vous en prie, creusez la question.

A. – Je garde l'image d'une chose qui m'est arrivée et j'ai peur qu'elle ne m'arrive à nouveau.

K. – Mais est-ce la peur d'avoir à se défaire du connu ? Ou bien est-ce la peur de l'inconnu ? Vous comprenez ? La peur d'avoir à renoncer aux choses que j'ai accumulées – mes biens, ma femme, mon nom, mes livres, mes meubles, ma beauté, mes talents – d'avoir à se défaire de toutes ces choses que je connais, que j'ai éprouvées : est-ce là votre peur ? Ou bien est-ce la peur de l'avenir, de l'inconnu ?

A. – Je m'aperçois qu'en général j'ai peur de ce qui va arriver, et pas tellement de ce qui arrive en ce moment.

K. – Voulez-vous que nous examinions cela de plus près ?

A. – Ce n'est pas tellement que l'on ait peur de ce qui pourrait se passer demain, on a peur de perdre les choses qu'on connaît, les satisfactions que l'on a aujourd'hui.

K. – Voyez, ce monsieur a posé une question, à savoir : je n'ai peur ni d'hier ou d'aujourd'hui, mais j'ai peur de ce qui pourrait se passer demain, dans l'avenir. Demain, cela peut-être une distance de vingt-quatre heures ou d'une année, et c'est de cela que j'ai peur.

A. – Mais l'avenir, c'est le résultat de tout ce que l'on attend, en raison du passé.

K. – J'ai peur de l'avenir, alors que faire ? S'il vous plaît, ne me donnez pas d'explications, je veux découvrir comment agir à l'égard de cette peur. J'ai peur de ce qui pourrait arriver : je pourrais tomber malade, perdre ma situation, il pourrait se passer des quantités de choses, je pourrais devenir fou, perdre les choses que j'ai emmagasinées. Alors, maintenant, cherchez.

A. – Il me semble que ce n'est pas tellement l'avenir qui nous fait peur, mais plutôt l'incertitude par rapport à l'avenir, à des événements nouveaux imprévisibles. Si l'on pouvait prédire l'avenir, il n'y aurait pas de peur, nous saurions ce qui va se passer. La peur est une sorte de défense du corps contre quelque chose d'entièrement neuf, contre toute l'incertitude de ce qui fait la vie.

K. – « J'ai peur de l'avenir parce que l'avenir est incertain. » Je ne sais pas comment faire face à cette incertitude, l'affronter de tout mon être et, par conséquent, j'ai peur. La peur est une indication de cette incertitude de l'avenir, c'est bien cela que vous voulez dire ?

A. – Cela en fait partie. Mais il y a encore d'autres peurs.

K. – Monsieur, nous sommes en train de parler d'une seule peur ; nous parlerons des différentes formes de peur tout à l'heure. Ce monsieur dit : « Je n'ai vraiment peur de rien, sauf de l'avenir. L'avenir est tellement incertain, je ne sais pas comment l'aborder. Je n'ai pas la capacité voulue pour comprendre non seulement le présent, mais encore l'avenir. » C'est donc ce sentiment d'incertitude qui est un symptôme de peur. Quelle qu'en soit l'explication, le fait est que j'ai peur du lendemain. Alors, que vais-je faire, comment me libérer de cette peur ?

A. – Si l'on considère la réaction que l'on a devant l'incertitude de l'avenir, il semblerait que cette réaction soit inadéquate.

K. – J'ai peur de demain, de ce qui pourrait se passer. Tout l'avenir est incertain, il pourrait y avoir une guerre atomique, il pourrait y avoir un nouvel âge glaciaire – j'ai peur de tout cela. Alors, que faire ? Aidez-moi, ne faites pas de théories et ne me donnez pas d'explications !

A. (1) – L'incertitude engendre-t-elle forcément la peur ?

A. (2) – Nous avons peur parce que nous faisons semblant, nous jouons un jeu, et nous avons peur de nous voir démasqués.

K. – Mais vous ne m'aidez pas du tout ! N'avez-vous pas peur de l'avenir, monsieur ? – il faut nous en tenir à ceci.

A. – Oui, peut-être.

K. – Eh bien, alors qu'allez-vous faire avec cette peur ?

A. – Je vais vivre dans le présent.

K. – Je ne sais pas ce que cela veut dire.

A. (1) – Je me suis rendu compte des choses dont j'ai eu peur dans le passé, et pourquoi j'avais peur, et j'ai examiné ces choses. Et cela m'a aidé à faire face à l'avenir.

A. (2) – Mais, tout d'abord, il nous faudrait comprendre à fond ce qu'on entend par « avenir ».

K. – C'est précisément ce que je cherche à découvrir.

A. – La première chose à faire est de ne pas craindre d'avoir peur.

K. – Monsieur, c'est là un cliché et cela ne m'aide pas du tout !

A. – Il faut comprendre que vous ne pouvez pas me venir en aide : la peur est toujours là. Il faut comprendre que la peur va nous accompagner toute notre vie durant.

K. – Monsieur, vous n'avez pas donné ce que j'attends. Vous m'avez accablé d'un flot de paroles, de cendres. Et j'ai toujours peur de l'avenir.

A. (1) – C'est là le problème. Personne ne peut aider personne.

A. (2) – Est-ce que l'on ne peut pas simplement attendre que demain vienne et voir ce qui se passe ?

A. (3) – Je sais qu'une sécurité physique est nécessaire, mais je voudrais bien comprendre ce besoin que j'ai d'une sécurité psychologique.

K. – Voilà exactement ce que veut dire ce monsieur. Il jouit probablement d'une certaine sécurité physique, mais psychologiquement, il redoute le lendemain. Il a son petit compte en banque, sa petite maison et tout ce qui s'ensuit, et il ne voit en tout cela aucun motif de crainte ; mais il a peur de ce qui pourrait se passer dans l'avenir.

A. (1) – N'est-il pas possible de vivre avec notre incertitude ?

A. (2) – Si nous savions ce qui va se passer, nous n'aurions pas peur.

A. (3) – Assis ici, je n'ai pas peur, mais quand je pense au lendemain, cela me fait peur.

K. – C'est la pensée qui en est la cause.

A. – C'est la pensée, oui, en effet. Quand nous avons peur *maintenant*, c'est un fait. Si nous acceptons ce fait et si nous vivons totalement dans le présent, nous oublions l'avenir.

K. – D'accord. Eh bien, regardons. Je veux découvrir quelle est la cause de cette peur du lendemain. Qu'est-ce que demain ? Pourquoi demain existe-t-il ? Vous comprenez ? Et, maintenant, je vais répondre.

Je veux découvrir comment naît la pensée et comment naît la peur. Je pense au lendemain : le passé me donne un sentiment de sécurité ; certes, il a pu y avoir de nombreuses incertitudes dans le passé, mais, tout compte fait, j'ai survécu. Jusqu'à nouvel ordre, je suis plus ou moins à l'abri, mais demain est très incertain et j'ai peur. Je veux donc découvrir pourquoi la peur surgit quand je pense à l'avenir. Autrement dit, l'avenir se présente peut-être très bien, mais en y pensant, je suis dans l'incertitude. Je ne connais pas l'avenir ; il peut être merveilleux ou affreux, terrible ou très beau, je n'en sais absolument rien ; la pensée n'a aucune certitude quant à l'avenir. Elle est toujours en quête de certitude, et elle se trouve subitement face à cette incertitude. Donc, pourquoi la pensée engendre-t-elle la peur ? Vous me suivez ?

A. – Parce que la peur instaure une division, crée une distance entre le passé et l'avenir, et elle investit cet espace.

K. – L'auditeur dit : « La pensée sépare l'avenir du passé et divise ce qui pourrait être. Cette séparation de "ce qui est" d'avec "ce qui pourrait être" fait partie de la peur. » Si je ne pensais pas au lendemain, il n'y aurait pas de peur, je ne connaîtrais pas l'avenir et cela me serait égal. Mais parce que je pense à l'avenir – cet avenir que je ne connais pas, cet avenir qui est tellement incertain – toute ma réaction psychologique et physique est de me dire : « Mon Dieu, qu'est-ce qui va se passer ? » C'est donc la pensée qui donne naissance à la peur.

A. – La pensée a-t-elle pour seule fonction psychologique de faire naître la peur ? Il y a d'autres éléments irrationnels, par exemple le sentiment ; cela aussi pourrait donner naissance à la peur.

K. – Je parle d'un élément particulier, mais il y en a d'autres.

A. (1) – Il y a la peur de l'inconnu, la peur du lendemain ; tout cela est fondé sur un attachement à une croyance, ou à une formule. La peur peut être comprise si je vois pourquoi je suis attaché à une croyance, à une idée particulière.

A. (2) – Que dire de la peur de vivre ?

K. – Toutes ces choses y sont impliquées, n'est-ce pas ? Être attaché à une croyance, à une formule, à un certain concept idéologique que je me suis moi-même forgé, tout cela fait partie de la peur. Eh bien, maintenant, je veux découvrir ce qu'est la peur en la regardant en face.

Je vous ai dit tout à l'heure que j'avais peut-être fait quelque chose dans le passé dont j'ai honte, dont j'ai peur : je ne veux pas que cela se reproduise. Quand je pense à ce que j'ai fait dans le passé, j'ai peur, n'est-ce pas ? Quand je pense à tout ce qui pourrait arriver dans l'avenir, cela aussi est cause de peur. Je vois donc – mais je peux me tromper – que la pensée est responsable de la peur, tant du passé que de l'avenir. Et la pensée en est encore responsable quand elle projette un idéal, une croyance, qu'elle se cramponne à cette croyance, se figurant qu'elle peut en retirer une certaine certitude ; tout cela c'est un effet de la pensée, n'est-ce pas ? Il me faut donc découvrir pourquoi la pensée regarde vers l'avenir, et pourquoi elle regarde en arrière, pourquoi elle revient vers un événement quelconque qui a suscité de la peur. Pourquoi la pensée fait-elle tout cela ?

A. – La pensée cherche à se venir en aide à elle-même ; en imaginant toutes sortes de malheurs qui pourraient se produire dans l'avenir, elle peut alors faire quelques projets pour empêcher que ces choses n'arrivent. Elle cherche à se protéger en imaginant les choses.

K. – La pensée vous aide aussi à vous protéger vous-même ; vous vous faites assurer, vous construisez une maison, vous évitez des guerres ; la pensée cultive la peur, mais elle protège aussi, n'est-ce pas ? Nous parlons en ce moment de la pensée qui crée la peur, et non pas de la façon dont elle protège. Je me demande pourquoi la pensée fait naître cette peur ; elle fait naître aussi le plaisir, n'est-ce pas ? – plaisir sexuel, le plaisir du beau coucher de soleil que nous avons contemplé hier, et ainsi de suite. C'est ainsi que la pensée donne une certaine continuité et au plaisir et à la peur.

A. – L'homme qui est toujours à la poursuite du plaisir fait un choix dans ses pensées en distinguant : « Ceci serait bon » de : « Cela serait mauvais ». Et la peur semble directement issue de ce que l'homme fait pour que les choses agréables se produisent et pour éviter celles qui ne le sont pas.

K. – Mais, assurément, tout ce processus est fondé sur la pensée, n'est-ce pas ?

A. – La peur vient de l'aspect de la pensée qui veut discriminer.

K. – Oui, mais c'est encore de la pensée ; elle dit : « Ceci est bon, je vais le conserver, mais cela je vais le rejeter. » Tout ce mouvement de la pensée vient de ce besoin de plaisir et du choix qui dit : « Ceci me donnera du plaisir, cela ne m'en donnera pas. » Donc, tout ce mouvement de la peur et du plaisir, cette soif de plaisir, cette continuité des deux principes, tout cela dépend de la pensée, n'est-ce pas ?

A. – Mais comment peut-on s'en libérer ?

K. – Attendez, continuons d'abord sur notre lancée.

A. – La pensée est la peur.

K. – Nous allons le découvrir. Aujourd'hui, je suis en sécurité et bien à l'abri. Je sais que mes repas me sont assurés, que j'ai un toit sur la tête, une chambre à moi ; mais je ne sais pas ce qui va se passer demain. Hier, j'ai connu de grands plaisirs en tous genres et je voudrais voir ces plaisirs se répéter demain. Donc, la pensée entretient la peur et, en même temps, donne une continuité au plaisir que j'ai connu hier.

Donc ma question est celle-ci : comment vais-je faire obstacle à cette continuité de la peur tout en permettant au plaisir de se prolonger ? J'ai soif de plaisirs, j'en veux autant que possible, en permanence dans l'avenir ; et j'ai aussi eu des peurs et je veux m'en débarrasser, et je ne veux plus de peurs dans l'avenir. C'est ainsi que la pensée agit dans les deux sens. Monsieur, c'est à vous de faire ce travail, pas à moi, alors regardez les choses en face !

A. – Tout ceci procure à la pensée une sorte d'énergie.

K. – La pensée est énergie.

A. – Mais ceci donne à la pensée une énergie différente.

K. – Approfondissons la chose, elle est les deux choses à la fois.

A. – Elle accumule les souvenirs.

K. – Les souvenirs qui m'ont procuré du plaisir, je m'y attache, et les souvenirs qui ont été douloureux – cause de peur – je veux m'en débarrasser. Mais je ne vois pas que la racine de tout ceci, c'est la pensée.

A. (1) – La pensée semble vouloir résister à sa propre fin – la peur et le plaisir semblent être plus ou moins analogues – mais un état où la pensée n'existerait plus m'échappe complètement.

A. (2) – Il faut être tout entier dans ce que l'on fait, penser aux choses qui procurent du plaisir au moment même où elles se produisent, et ne pas penser aux choses qui peut-être n'arriveront jamais.

K. – Ne dites pas : « Ne pas penser aux choses qui peut-être n'arriveront jamais. » Comment vais-je m'empêcher d'y penser ?

A. – Il faut penser à ce qui se passe maintenant, et s'en réjouir !

K. – Alors je me force à penser aux choses qui se passent maintenant et je me refuse à penser aux choses qui ne sont pas actuelles ?

A. – Il faut penser à ce qui se passe en ce moment même.

K. – Oui, mais mon esprit passe son temps à envisager ce qui pourrait se passer. Cela ne vous arrive-t-il pas ? Soyons tout à fait honnêtes et simples. Nous voulons bien penser aux choses qui se passent à l'instant même, mais notre pensée a tout de même un œil sur ce qui pourrait se passer. Et quand je n'y pense pas, cela surgit tout à coup !

A. – Monsieur, le sentiment exprimé par « je suis » n'a rien à voir avec le plaisir, la peur et la pensée. Si je pense seulement « je suis », je n'ai pas peur. Ce sentiment de « je suis » n'a rien à voir avec la pensée.

K. – Quand vous dites « je suis », qu'entendez-vous par ces mots ?

A. – Le sentiment que je suis présent, que je suis assis ici et que je n'ai pas peur.

K. – Ce n'est pas là le problème, monsieur.

A. – Tout d'abord, il nous faut découvrir s'il existe un état de certitude, parce que, alors, il n'y a pas de peur.

K. – Et comment vais-je le découvrir ?

A. – Je vois tout le processus de la pensée comme étant un piège.

K. – Approfondissons la chose ; chacun est à la poursuite de quelque chose de différent. Permettez-moi de dire ce que je pense être le problème.

J'ai peur du lendemain parce que demain est incertain. Jusqu'à présent, j'ai passé ma vie dans une relative certitude ; il y a eu des moments où j'ai eu peur, mais enfin, l'un dans l'autre, j'en suis venu à bout. Mais ce sentiment de peur du lendemain, lequel est pure incertitude – peur de la guerre atomique, des guerres ponctuelles qui peuvent exploser et devenir cause de toutes sortes d'horreurs, peur de perdre ma fortune –, je suis dans un état d'angoisse convulsif en pensant à l'avenir. Alors, que faire ? Je voudrais être libre, si je peux, à la fois de la peur du passé et de la peur de l'avenir, des peurs profondes et des peurs superficielles.

Ne me donnez pas d'explications – du genre : « Faites ceci », « Ne faites pas cela ». Je veux découvrir ce que c'est que la peur ; que ce soit la peur du noir, de l'incertitude, la peur d'un attachement, de me cramponner à quelque chose, à une personne ou à une idée. Je veux en découvrir la racine, savoir comment y échapper, et non pas comment l'étouffer. Je veux comprendre toute la structure de la peur. Si je la comprends, quelque chose d'autre pourra peut-être se produire. Je vais donc examiner ce qu'est la peur. Permettez-moi d'aller un peu plus loin, si vous le voulez bien.

Pour moi, la peur existe parce que je pense au lendemain ; malgré vos affirmations que demain se passera le mieux du monde, j'ai toujours peur. Mais pourquoi est-ce que je pense au lendemain ? Est-ce parce que le passé a été si satisfaisant, qu'il m'a procuré beaucoup de connaissances et que tout ceci est devenu pour moi un gage de sécurité, alors que je ne sais rien de l'avenir ? Si je pouvais comprendre l'avenir et le réduire au volume de ce que je sais, je n'aurais pas peur. Puis-je comprendre l'avenir en tant que savoir, expérience, de sorte que cela ne fasse qu'un avec le savoir que j'ai déjà, et dont je n'aurai pas peur ?

Je vois aussi combien j'ai soif de plaisirs, plaisirs sexuels, plaisirs de réussite, de m'accomplir, d'être quelqu'un. Ces plaisirs que j'ai eus, je voudrais les voir se répéter. Et puis, dans les moments d'ennui, de lassitude, je voudrais des plaisirs plus profonds, plus vastes. Mon moteur principal, c'est le plaisir dans tous les sens. Ainsi, je veux éviter la peur, j'ai soif de plaisirs accrus. C'est là ce dont nous avons tous soif. Mais le plaisir est-il séparé de la peur ? Ne sont-ils pas deux faces de la même médaille ? Je dois le découvrir et ne pas dire « oui » ou « non ». Il faut que je prenne le problème à bras le corps, que je découvre si ce n'est pas le plaisir qui fait naître la peur et si cette peur n'est pas le résultat de mon besoin de plaisir. Avez-vous compris ma question ?

A. – Mais le plaisir pourrait être autre chose, un processus d'apprentissage.

K. – Non, ce plaisir est également empreint de souffrance ; mais je veux surmonter tout cela dans le but de me procurer encore plus de plaisir. N'avez-vous pas remarqué cela dans votre vie, à quel point nous avons soif de plaisir ?

A. – Oui.

K. – C'est de cela que je parle. Nous exigeons et nous poursuivons le plaisir : tout est fondé là-dessus. Et quand je n'ai pas satisfaction, je tombe dans l'incertitude. Alors je me demande si le plaisir et la peur ne vont pas de pair. Jamais je n'ai mis le plaisir en doute, jamais je ne me suis dit : « Est-ce que je devrais éprouver tant de plaisir ? », « Où est-ce que cela me conduit ? », mais j'en veux toujours plus, au paradis, sur terre, dans ma famille, dans ma vie sexuelle – c'est le plaisir qui me pousse dans tout ce que je fais. Et la peur est là aussi. Regardez, je vous en prie, regardez les faits, ne vous en tenez pas à votre propre opinion à vous, pour l'amour du Ciel, n'en restez pas là ! Trouvez la réponse !

Donc, suivez bien ceci : j'ai soif de certitude pour demain, et la certitude ne peut exister que là où il y a savoir, que si je peux dire : « Je sais. » Puis-je savoir quoi que ce soit en dehors du passé ? Dès l'instant où je dis : « Je sais », c'est déjà du passé dont je parle. Quand je dis : « Je connais ma femme », c'est en fonction du passé que je la connais. Dans le passé il y a la certitude et dans l'avenir l'incertitude. Je veux donc faire fusionner avenir et passé, afin de me sentir en parfaite sécurité. Et puis, je vois que la peur surgit là où fonctionne la pensée ; si je ne pensais plus au lendemain, il n'y aurait pas de peur.

A. – La peur me paraît être quelque chose d'instinctif. J'ai le sentiment que la peur est une énergie, qu'elle renferme une certaine force.

K. – Voyez-vous, chacun de nous a son opinion. Chacun de nous a le sentiment de savoir comment gérer la peur. Nous l'expliquons, nous en découvrons les causes, nous croyons la comprendre et, à la fin, nous avons encore peur. Et je voudrais aller au-delà de tout cela et découvrir pourquoi la peur existe. Est-ce le résultat de la pensée songeant à l'avenir ? Parce que l'avenir est très incertain et la pensée est fondée sur le souvenir du passé. La pensée est la réaction de la mémoire, accumulée sous forme de savoir, l'expression de siècles d'expérience, et c'est donc là que naît la pensée. Et elle affirme : « Mon savoir, c'est ma sécurité. » Et maintenent, vous venez me dire de m'affranchir du lendemain incertain ; si je savais ce que sera demain, je n'aurais pas peur. Ce dont j'ai soif, c'est la certitude du savoir. Je connais mon passé, je sais ce que j'ai fait il y a dix ans ou il y a deux jours. Je peux l'analyser, je peux le comprendre, je peux vivre avec ; mais je ne connais pas demain et, ne le connaissant pas, j'ai peur. Ne pas savoir veut dire n'avoir aucune connaissance à ce sujet. Or, la pensée peut-elle avoir une connaissance quelconque de ce qu'elle ne sait pas ?

Donc, il y a la peur. La pensée qui s'efforce de connaître l'avenir et ne connaissant pas son contenu, elle a peur. Mais pourquoi la pensée veut-elle réfléchir à demain, chose dont elle ne sait rien ?

Elle a soif de certitude, mais la certitude est peut-être une chose qui n'existe pas. Je vous en prie, répondez à ma question et non à la vôtre.

A. – Tout système vivant a besoin de penser à l'avenir, c'est une règle de vie fondamentale : il a besoin d'une sorte de prédiction.

K. – Cela, je l'ai dit, monsieur.

A. – C'est une loi de la vie qu'il nous faut suivre. Il existe certains troubles psychologiques dus à l'imagination, qui projettent des peurs terribles, comme vous le dites. Mais il est impossible d'empêcher les êtres humains de réfléchir d'une façon logique.

K. – Si je peux me permettre de le dire, nous avons bien affirmé que la pensée était nécessaire pour protéger la survie physique. Cela fait partie de notre vie, c'est ce que nous faisons tout le temps.

A. – Je ne suis pas d'accord, pour moi la pensée n'est pas nécessaire à la survie. Les animaux ont un instinct de survie et ne connaissent pas cette peur qui est notre malédiction.

K. – Madame, nous embrouillons là deux choses. S'il vous plaît, nous avons essayé d'expliquer tout ceci au début.

A. – Mais elle a raison : la pensée humaine prend la place de l'instinct.

K. – Je suis d'accord avec vous. On a besoin de savoir que demain notre maison sera toujours là. La survie physique et les projets visant l'avenir sont des choses essentielles, n'est-ce pas ? Nous ne pourrions pas survivre sans cela.

A. (1) – Et quand on voit les choses clairement, la peur est en dehors du temps.

A. (2) – La pensée est l'idée de vivre dans le présent, mais il faut aussi penser au lendemain.

K. – Aujourd'hui il fait chaud et je fais le projet d'acheter un pantalon en tissu léger. Là, je fais des projets pour demain. Je dois aller en Inde cet hiver. J'aurai des projets à faire, ce qui relève du futur. Ceci, nous ne le nions pas, bien au contraire. Ce dont nous parlons, c'est de la peur de l'incertitude.

A. – Nous n'avons pas confiance en nous-mêmes.

K. – Alors, cela vraiment, je ne le comprends pas. Qu'est donc ce « vous-même » en qui il faudrait avoir confiance ? Êtes-vous un être humain tellement merveilleux que vous deviez avoir confiance en vous-même ?

A. – Pourquoi pas ?

K. – Mais qu'est-ce que c'est, « vous-même » ?

A. – C'est l'humanité.

K. – C'est quoi, l'humanité ? Le bien et le mal, les guerres – nous avons vu tout cela. Mais ce qui nous intéresse aujourd'hui, c'est la peur. Nous devons recourir à la pensée pour pouvoir survivre. Mais pour survivre, la pensée a divisé le monde en tant que votre pays, mon pays, votre gouvernement, mon gouvernement, mon Dieu, votre Dieu, votre gourou, mon gourou : la pensée a créé cette situation. Bien qu'elle ait pour but de contribuer à la survie, elle a divisé le monde, elle a créé un monde qui se détruit lui-même, et j'en fais partie. Il me faut donc comprendre la nature de la pensée, voir où elle est nécessaire, où elle est diabolique, où elle est destructrice et où elle crée la peur – tel est mon problème.

J'ai dit que la pensée doit forcément fonctionner, sinon on ne peut pas survivre ; mais dans ce désir de survivre, elle a créé des divisions et elle est, par conséquent, destructrice. Je vois qu'elle doit fonctionner clairement, objectivement, sans distorsions. Et ma question est désormais : pourquoi la pensée doit-elle réfléchir au lendemain ? Dans un sens, elle le doit, mais pourquoi, en réfléchissant à l'avenir, engendre-t-elle la peur ?

A. – Pour se sentir en sécurité.

K. – Vous voyez, la pensée doit réfléchir au lendemain dans le but de se sentir en sécurité, c'est clair. Mais vous voyez aussi qu'en réfléchissant au lendemain, elle suscite la peur. Mais pourquoi ?

A. (1) – Parce que nous voulons perdurer.

A. (2) – Parce que nous sommes totalement liés au plaisir.

K. – Nous n'avons pas pu résoudre ce problème parce que nous nous refusons à renoncer à nos propres petites opinions, nos jugements et nos conclusions. Rejetons-les et réfléchissons de manière neuve.

Pour moi, c'est très simple. La pensée engendre la peur parce qu'elle est incapable de jamais trouver une sécurité parfaite dans l'avenir. Sa sécurité est dans le temps ; mais demain échappe à toute notion de temps. Demain existe dans mon esprit, comme faisant partie du temps, mais, psychologiquement parlant, demain n'existe peut-être pas du tout. Et, à cause de cette incertitude, la pensée projette ses désirs dans l'avenir : ma sécurité, ce que j'ai pu gagner, ce que j'ai pu accomplir, ce que je possède, tout cela. Mais cela aussi c'est absolument incertain. La pensée peut-elle donc être suspendue, immobile, quand il s'agit de l'avenir ? Voilà le point que je veux faire ressortir. La pensée peut-elle être tranquille, autrement dit : peut-elle fonctionner là où c'est nécessaire à la protection physique ? – et par conséquent, ne pas donner naissance aux divisions nationalistes, aux dieux séparés, aux marchands de guerres. Que la pensée se taise de sorte que le temps sous forme de lendemain n'existe plus.

Je dois, par conséquent, comprendre ce que c'est que de vivre au présent. Je ne sais pas ce que c'est que de vivre, pas plus que je n'ai compris ce que c'est que de vivre dans le passé, et c'est pourquoi j'éprouve ce désir de vivre dans l'avenir, un avenir que je ne connais pas plus que je ne connais le présent. Je me demande donc si je peux vivre complètement et totalement dans l'aujourd'hui ? Et cela, je ne peux le faire que si je comprends tout le mécanisme, tout le fonctionnement de la pensée, et dans la compréhension même de la pensée, de la réalité de la pensée, il y a le silence. Et, quand l'esprit est tranquille, silencieux, il n'y a plus d'avenir, plus de temps.

Saanen
7 août 1971

4

La peur, le temps et l'image

Le temps chronologique et le temps psychologique. Le dilemme du savoir. Le dilemme de la pensée et de l'image. Peut-on découvrir la racine de la peur ? « Un esprit qui ne peut jamais être blessé. »

AUDITEUR (1) – Vous avez parcouru un assez grand périple, ne pourrions-nous pas consolider quelque peu ? Je ne suis pas très sûr en moi-même des relations existant entre la pensée et la peur ; pourrions-nous en parler encore ?

A. (2) – Quand la pensée aborde l'inconnu, elle ne sait que faire. Mais si l'on peut avoir la pensée sans le temps, s'il n'y a pas le temps, alors il n'y a pas de peur.

KRISHNAMURTI – Aimeriez-vous que nous parlions de cela ?

AUDITOIRE – Oui.

K. – Qu'est-ce que le temps ? Je devais être ici ce matin, malgré le mauvais temps, à dix heures et demie, et j'y étais. Si je n'étais pas arrivé à l'heure, vous auriez tous dû attendre. Il y a donc le temps que mesure la montre – hier, aujourd'hui et demain. Il y a le temps nécessaire pour parcourir une certaine distance – entre ici et la lune, entre ici et Montreux, et ainsi de suite. Mais il y a aussi le temps voulu pour parcourir la distance existant entre l'image de moi-même – ou l'image que j'ai projetée de moi-même – et ce que « je devrais être », et encore la distance entre ce que « je suis » et ce que « je voudrais être », entre la peur et la fin de la peur. C'est une distinction qu'il nous faut comprendre.

AUDITEUR. – Ne pourriez-vous pas nous donner des exemples pratiques à mesure que vous parlez ?

K. – Je ne suis pas très bon pour les exemples pratiques. Ce que je dis est assez simple. Je ne suis pas un philosophe, je n'expose pas une théorie.

Il y a donc le temps : hier, aujourd'hui, demain ; et il y a le temps – ou tout au moins nous nous figurons qu'il y a le temps – entre ce que je suis et ce que je devrais être, entre le fait de la peur et la fin possible de la peur. Tous deux sont des formes de temps, n'est-ce pas ? – le temps chronologique et le temps inventé par la pensée. « Je suis ceci » et « Je voudrais changer pour devenir cela », et pour parcourir la distance entre ce que je suis et ce que je devrais être, il me faut du temps. Cela aussi c'est du temps. Je mettrai plusieurs jours ou plusieurs semaines pour faire convenablement certains exercices physiques, pour me détendre les muscles – et pour cela, il me faut du temps ; peut-être trois jours, peut-être une semaine : cela encore c'est du temps.

Donc, quand nous parlons de temps, voyons clairement ce dont il s'agit. Il y a le temps chronologique, hier, aujourd'hui et demain ; et il y a le temps qui est nécessaire – ou tout au moins le croyons-nous, pour aboutir à la cessation de la peur. Or, le temps fait partie de la peur, n'est-ce pas ? J'ai peur de l'avenir – non pas de ce qui pourrait se passer dans l'avenir, mais de l'idée d'avenir, de l'idée de demain. Il y a donc le temps psychologique et le temps chronologique. Nous ne parlons pas du temps chronologique, le temps mesuré par la montre. Ce dont nous parlons, c'est ce sentiment : « En ce moment, tout va bien, mais j'ai peur de l'avenir, j'ai peur de demain. » Appelons cela le temps psychologique.

Ma question est celle-ci : le temps psychologique existe-t-il vraiment, ou n'est-il qu'une invention de la pensée ? « Je vous rencontrerai demain, sous un arbre, près du pont » – cela, c'est le temps chronologique. « J'ai peur de demain et je ne sais pas comment aborder cette peur du lendemain » – cela, c'est le temps psychologique, n'est-ce pas ?

A. – Et si je dis : « Pourquoi est-ce que cette chose si belle doit prendre fin ? », de quoi s'agit-il dans ce cas ?

K. – Cela aussi c'est le temps psychologique, n'est-ce pas ? Il s'établit une certaine relation entre moi-même et quelque chose de beau, et je voudrais ne pas en voir la fin. Et il y a cette idée que la chose pourrait prendre fin, et cela je ne le veux pas, et j'en ai peur. Cela fait partie des structures de la peur.

Un autre point de vue est celui-ci : j'ai connu autrefois la sécurité, la certitude, et demain est incertain, je le redoute. Cela, c'est le temps psychologique, n'est-ce pas ? J'ai vécu une vie de quasi-sécurité, mais demain est affreusement incertain, j'ai de l'appréhension. Alors surgit mon problème : comment ne pas avoir peur ? Tout cela est compris dans cette idée de temps psychologique, n'est-ce pas ? La connaissance des jours écoulés, de milliers de jours écoulés, a donné au cerveau un certain sentiment de sécurité, son savoir étant fait de ses expériences, de ses souvenirs, de sa mémoire. Dans le passé, il y a toujours eu une sécurité pour le cerveau ; demain, il pourrait n'y en avoir aucune, je pourrais être tué.

L'expérience accumulée sous forme de temps donne au cerveau un sentiment de sécurité. Ainsi, le savoir appartient au temps. Mais j'ignore tout de demain et, par conséquent, j'ai peur. Si je savais de quoi demain sera fait, je ne craindrais rien. Et c'est ainsi que le savoir engendre la peur, et il m'est pourtant indispensable. Vous me suivez ? J'ai besoin de tout ce que je sais pour aller d'ici à la gare, pour parler anglais, français ou toute autre langue ; pour n'importe quelle activité, le savoir m'est nécessaire. Et j'ai accumulé les éléments de savoir à mon propre sujet, moi, l'expérimentateur, et néanmoins, ce sujet de l'expérience a peur du lendemain, parce qu'il ne sait rien du lendemain.

A. – Que dire de la répétition ?

K. – C'est la même chose, c'est entièrement mécanique. Après tout, le savoir est affaire de répétition. Je peux y ajouter des éléments, je peux en retrancher, mais c'est un mécanisme d'accumulation.

A. – Que dire des gens qui passent par des tragédies épouvantables, qui ont assisté à l'assassinat et à la torture d'autres êtres humains ?

K. – Quel rapport est-ce que cela a-t-il avec le sujet de notre causerie ?

A. – Eh bien, voyez-vous, cette peur reste en eux.

K. – Mais nous parlons du rapport existant entre la pensée et la peur.

A. – Mais il y a tout de même des gens qui m'ont expliqué comment leurs peurs persistent en eux, et ils ne peuvent pas s'en débarrasser, et, pour eux, l'homme est une bête sauvage.

K. – Mais c'est toujours le même problème, assurément. Autrement dit, j'ai été blessé, par un serpent ou par un être humain. Cette blessure a laissé une profonde cicatrice dans mon cerveau, et j'ai peur des serpents et des êtres humains. Tout cela constitue le passé. Mais en outre, demain me fait peur. C'est le même problème, n'est-ce pas ? Seulement, l'un a trait au passé et l'autre à l'avenir.

A. – Mais c'est difficile quand vous dites : « Le savoir portant sur le passé m'a donné un sentiment de sécurité. » Il y a des gens qui s'aperçoivent que ce qu'ils savent du passé a été pour eux une cause d'insécurité.

K. – Le savoir donne de la sécurité et donne également de l'insécurité, n'est-ce pas ? Dans le passé, j'ai été blessé par des êtres humains – cela fait partie de ce que je sais, cela demeure profondément enraciné en moi, et je hais les êtres humains, j'en ai peur.

A. – Nous ne parlons pas de notre savoir psychologique, mais de la torture physique.

K. – Oui, la torture physique qui est encore une chose du passé.

A. – Mais on sait très bien qu'il y a des gens qui continuent à torturer à l'heure actuelle.

K. – Vous mélangez deux ordres de faits. Nous parlons de la peur et de ses rapports avec la pensée. Il y a des tortures physiques qui sont pratiquées dans le monde actuellement, il y a des gens affreusement brutaux ; je me plais à y penser, cela m'agace les nerfs. Je me sens irréprochable, mais je ne peux rien faire, n'est-ce pas ? Assis dans cette tente, je ne peux absolument rien faire aux choses qui se passent ailleurs. Mais je me complais à me laisser aller à une sorte d'excitation névrotique et à dire : « C'est affreux ce que les êtres humains sont capables de faire ! » Non ! Mais qu'est-ce que je peux y faire vraiment ? Faire partie d'un groupe qui se propose d'arrêter cette torture d'êtres humains ? Prendre part à une manifestation devant témoins ? – mais les tortures continueront. Ce dont je me préoccupe en ce moment, c'est de savoir comment modifier l'esprit humain, afin que l'on ne continue pas à torturer les êtres humains ni physiquement, ni psychologiquement, ni d'aucune façon. Mais si je suis quelque peu névrosé, je me complais à continuer à penser : « Que le monde est affreux ! »

Mais revenons à notre sujet. J'ai peur de ce que les hommes ont pu me faire à moi ou à un autre être humain, et ce souvenir est une cicatrice dans mon cerveau. Autrement dit, la connaissance du passé ne donne pas seulement la certitude, mais encore l'incertitude ; je pourrais être blessé demain, et, par conséquent, j'ai peur. Pourquoi le cerveau conserve-t-il le souvenir de cette blessure que j'ai subie hier ? Dans le but de se protéger des blessures à venir ? Poursuivons cette idée. Cela veut dire que je fais face au monde tout en portant en moi cette blessure, et, par conséquent, je n'ai de rapports réels avec aucun autre être humain, parce que cette blessure est si profonde ! Et je repousse tous les rapports humains, dans la crainte d'être blessé à nouveau. Par conséquent, je vis dans la peur. Ma connaissance du passé entraîne la peur d'une blessure à venir. Et c'est ainsi que ce que je sais fait naître la peur – et pourtant, ce savoir m'est indispensable.

La science, le savoir ont été accumulés au fil du temps. Le savoir scientifique et technique, la connaissance d'une langue, toutes ces choses exigent du temps. Le savoir, qui est un produit du temps, doit forcément exister, sans cela je ne pourrais rien faire, je ne pourrais même pas communiquer avec vous. Mais je vois également que l'idée d'une blessure passée me souffle à l'oreille : « Attention, fais attention à ne pas te laisser blesser dans l'avenir », et ainsi j'ai peur de l'avenir.

Donc, comment puis-je, moi, dont les cicatrices sont si profondes, comment puis-je m'affranchir de tout cela, sans projeter mon savoir dans l'avenir, en disant : « J'ai peur de l'avenir » ? Il y a là deux problèmes, n'est-ce pas ? Il y a la cicatrice laissée par la douleur, par la blessure, et le souvenir que j'en ai, qui me fait craindre le lendemain. L'esprit peut-il se libérer de cette cicatrice ? Regardons-y d'un peu plus près.

Je suis sûr que la plupart d'entre nous portent en eux des cicatrices psychologiques de ce genre. Est-ce le cas pour vous ? – évidemment. Nous ne parlons pas des cicatrices physiques, des lésions au cerveau – mettons cela de côté pour le moment. Mais il y a les cicatrices psycliologiques laissées par les blessures. Comment l'esprit, comment le cerveau peuvent-ils s'en affranchir ? Faut-il qu'ils s'en affranchissent ? Le souvenir d'une blessure passée serait-il une protection contre l'avenir ? Verbalement et de bien des manières, vous m'avez blessé. J'en garde le souvenir. Et si je l'oublie, j'arrive innocemment à votre rencontre demain matin, et vous me blessez à nouveau. Alors, que faire ? Cherchez, messieurs, réfléchissez.

A. – N'est-il pas important pour moi de découvrir pourquoi je suis psychologiquement susceptible d'être blessé ?

K. – C'est assez simple. Nous sommes très sensibles, il y a à cela des quantités de raisons. J'ai de moi-même une certaine image et je ne veux pas que cette image soit malmenée. Je me figure être un grand homme, vous arrivez et vous m'enfoncez une épingle dans le corps, et je suis blessé. Ou bien je me sens affreusement inférieur et je vous aborde, vous qui m'êtes très supérieur, et je me sens blessé. Vous êtes intelligent, je ne le suis pas, et je suis blessé. Vous êtes beau, moi pas. Le souvenir d'avoir été blessé non seulement physiquement, mais psychologiquement, intérieurement, a laissé une cicatrice dans mon cerveau. C'est un souvenir. Tout souvenir fait partie du savoir. Et pourquoi me libérer de ce souvenir ? Si j'en suis libre, vous allez me blesser à nouveau, et mon souvenir agit comme une résistance, comme un mur. Et qu'advient-il des relations entre êtres humains, quand il y a toujours ce mur entre vous et moi ?

A. – Nous ne pouvons pas nous rencontrer.

K. – Très exactement. Alors, quoi faire ? Allez, messieurs, suivez votre idée !

A. – Il faut enlever le mur.

K. – Alors, vous pourriez me blesser à nouveau.

A. – Ce n'est que l'image qui est blessée.

K. – Non, monsieur. Regardez, je vous aborde en toute inno-cence. (Le sens radical du mot « innocent » signifie que vous êtes incapable d'être blessé.) Donc, je vous aborde ; je suis ouvert, amical, et vous me dites quelque chose qui me blesse. Cela ne nous arrive-t-il pas à tous ? Alors, que se passe-t-il ? Il reste une cicatrice – cela fait partie du savoir. Et qu'y a-t-il de mal dans ce savoir ? Il va agir comme un mur entre vous et moi, évidemment. Alors, que faire ?

A. – Il faut le briser.

K. – Regardez d'abord, ne dites pas « briser » – regardez. Vous m'avez blessé et le souvenir demeure. Si je n'ai aucun souvenir de la

515

chose, vous allez me blesser à nouveau, et si ce souvenir est sans cesse renforcé, cela renforce le mur entre vous et moi, et alors, entre vous et moi, il n'y a pas de rapports possibles. Donc, la connaissance du passé empêche toute relation entre vous et moi. Alors, que faire ?

A. – L'examiner.

K. – Je l'ai examinée, cela m'a pris dix minutes, et en examinant j'ai constaté que cet examen, cette analyse, est absolument inutile.

A. – Est-ce là qu'intervient le temps ?

K. – Cela m'a pris dix minutes – l'analyse m'a pris dix minutes, et ces dix minutes sont perdues.

A. – S'il n'y avait pas de temps…

K. – J'ai pris du temps. N'allez pas dire qu'il n'y a pas de temps.

A. – Mais s'il n'y avait pas de temps.

K. – Je n'en sais rien. C'est une pure hypothèse. Il m'a fallu dix minutes pour voir pourquoi je suis blessé, pour examiner cette blessure et pour voir la nécessité de conserver cette blessure, ce savoir. Et je me suis demandé : « Si je supprime cette cicatrice, n'allez-vous pas me blesser à nouveau ? » Et je vois que tant que cette blessure demeure, il n'y a pas de rapports possibles entre vous et moi. Et tout cela m'a pris un quart d'heure, et je m'aperçois qu'au bout de ce quart d'heure je ne suis pas plus avancé. J'ai donc constaté que l'analyse est sans valeur aucune. Alors que puis-je faire, ayant été blessé et me souvenant que la blessure rend tout rapport vivant impossible ?

A. – Il nous faut accepter la blessure.

K. – Non, je n'accepte pas et je ne rejette pas, je regarde. Je n'accepte et ne rejette rien. Ma question est désormais : « Pourquoi suis-je blessé ? » Quelle est cette chose qui est blessée ?

A. – Je constate qu'en fait je suis un imbécile.

K. – Monsieur, dites quelque chose qui soit intéressant d'une façon immédiate. N'allez pas imaginer et ensuite verbaliser. Découvrez ce qui est blessé. Quand je dis que je suis blessé parce que vous m'avez dit que je suis un imbécile, qu'est-ce qui est blessé ?

A. – Votre orgueil. La conscience d'être un imbécile.

K. – Non, madame. Ce n'est pas seulement cela. Mais regardez de plus près. C'est beaucoup plus profond. Je suis blessé parce que vous m'avez appelé « imbécile ». Mais pourquoi est-ce que cela me blesse ?

A. – À cause d'une image que j'ai de moi.

K. – Autrement dit, j'ai de moi-même une image où je me vois comme n'étant pas un imbécile. Et quand vous me traitez d'imbécile, ou de canaille, ou que sais-je encore, je suis blessé à cause de mon image. Et pourquoi ai-je une image de moi-même ? Tant que j'aurai une image de moi-même, je serai blessé.

A. – Mais pourquoi me soucier de l'image qu'un autre se fait de moi, quelle qu'elle soit ?

K. – L'autre a de moi une image selon laquelle je suis un imbécile, ou encore il me voit comme étant d'une grande intelligence – cela revient au même, voyez-vous ? Mais pourquoi ai-je une image de moi-même ?

A. – Parce que ce que je suis ne me plaît pas.

K. – Mais, tout d'abord, pourquoi l'avez-vous ? Parce que vous ne vous aimez pas tel que vous êtes ? Mais qui êtes-vous ? Vous êtes-vous jamais regardé indépendamment de l'image ? Restons simples. J'ai une image de vous. Je vous vois très intelligent, brillant, intellectuel, éveillé, éclairé – une image prestigieuse. Et, par comparaison, moi, je suis très quelconque. En me mesurant à vous, je m'aperçois que je suis inférieur – évidemment. Et j'ai le sentiment d'être bête, stupide et partant de ce sentiment d'infériorité, de stupidité, j'ai de nombreux autres problèmes. Et, maintenant, pourquoi est-ce que je me compare à vous ? Est-ce parce que nous avons été entraînés dès notre plus tendre enfance à comparer ? À l'école, nous comparons en fonction des notes qu'on nous donne, des examens. Ma mère vient me dire : « Tâche d'être aussi brillant que ton frère aîné. » Il y a cette terrible comparaison qui nous accompagne tout le temps dans la vie. Et si je ne compare pas, où suis-je ? Suis-je bête ? Je n'en sais rien. Je me suis trouvé bête en me comparant à vous qui ne l'êtes pas, mais si je ne fais pas de comparaisons, qu'est-ce qui se passe ?

A. – Je deviens moi-même.

K. – Qu'est-ce que c'est, « moi-même » ? Voyez ce cercle que nous parcourons ; nous répétons toutes ces choses encore et encore, sans les comprendre. Alors, j'en reviens à ceci : pourquoi dois-je avoir une image de moi-même – bonne, mauvaise, noble, ignoble, laide ou terne. Pourquoi dois-je avoir une image de quoi que ce soit ?

A. – C'est un moyen d'agir d'une façon consciente. Un homme conscient, éveillé, a automatiquement recours à la comparaison.

K. – Monsieur, moi je demande : pourquoi dois-je comparer ? La comparaison implique non seulement le conflit, mais l'imitation, n'est-ce pas ?

A. – Mais, enfin, il est nécessaire de donner une valeur aux choses.

K. – Soyez attentifs : la comparaison implique conflit et imitation, n'est-ce pas ? C'est un aspect de la question. En me comparant à vous, j'ai l'impression d'être bête et, par conséquent, il me faut lutter pour être aussi intelligent que vous. Il y a un conflit et je me mets à imiter ce que vous êtes. Voilà ce qu'implique la comparaison : le conflit et l'imitation. Mais je vois aussi qu'il me faut comparer ce tissu-ci et ce tissu-là, cette maison-ci et cette maison-là, mesurer pour voir si vous êtes grand ou petit, mesurer la distance entre cet endroit-ci et cet autre. Vous suivez ? Mais pourquoi ai-je une image de moi-même ? Parce que si j'ai une image de moi-même, elle va fatalement être blessée.

A. – Mais peut-être que cette image n'existe pas du tout.

K. – Très bien, poursuivez, examinez. Pourquoi ai-je une image de moi-même comme étant quelque chose ou n'étant rien du tout ?

A. – Je voudrais me sentir en sécurité et cela dépend de la sécurité de mon image.

K. – Vous dites que vous recherchez une sécurité au moyen d'une image. Est-ce vrai ? Cette image a été forgée par la pensée. Vous trouvez donc une sécurité dans cette image forgée par la pensée, et dans cette image, votre pensée recherche la sécurité. Votre pensée a créé une image parce qu'elle a besoin de sécurité dans cette image, et ainsi elle recherche une sécurité en elle-même. Autrement dit, la pensée recherche une sécurité dans une image de sa fabrication, et cette image est fabriquée par elle-même ; or, la pensée est mémoire, c'est du passé. Donc, la pensée s'est construit cette image d'elle-même ? Non ?

A. – Monsieur, puis-je vous demander ce qu'il faudrait faire en matière d'éducation ? Parce que même les parents se mettent à comparer leurs enfants et disent : « Cet enfant est le plus intelligent des deux. »

K. – Mais je le sais bien. Les parents sont des êtres humains redoutables ! *(Rires.)* Ils détruisent leurs enfants parce qu'*eux-mêmes* ne sont pas éduqués.

Ainsi, l'image est construite par la pensée et la pensée recherche la sécurité ; ainsi, la pensée a inventé une image où elle trouve une sécurité, mais c'est encore de la pensée, or la pensée est une réaction de la mémoire, du passé. Qu'est-il arrivé ? C'est la connaissance du passé qui a créé cette image. Comment faire pour ne pas être blessé ? Ne pas être blessé, cela veut dire n'avoir aucune image – évidemment. Et, maintenant, comment vais-je empêcher les images d'exister ? – ces images de l'avenir qui vont m'effrayer. La pensée, c'est le temps, c'est la peur de l'image de demain qui ne comporte nulle certitude. Comment faire pour que l'esprit ou le cerveau n'ait pas la moindre image et, par conséquent, ne soit pas blessé ? Dès l'instant où il est blessé, il aura une image. Étant blessé, il se protège avec une autre image.

Ma question est donc : mettant de côté l'aspect physique des choses, où il va précisément se protéger contre le danger, la pollution de l'air, les guerres, etc., toutes choses où la protection est nécessaire, le cerveau peut-il ne pas être blessé du tout ? Autrement dit, n'avoir aucune sorte d'image. Ne pas être blessé implique que l'on soit sans résistance. Être sans résistance implique ne pas avoir d'image. Ne pas être blessé signifie vitalité, énergie, et cette énergie est dissipée dès l'instant où j'ai des images. Cette énergie est dissipée quand je me compare à vous, quand je compare mon image à la vôtre. Cette énergie se perd dans le conflit, dans l'effort que je fais pour devenir identique à l'image de vous que j'ai moi-même projetée. Cette énergie est gaspillée quand j'imite l'image que j'ai projetée à votre sujet. C'est donc le gaspillage de l'énergie qui est l'élément que nous recherchons. Et quand je suis plein d'énergie, ce qui ne peut se produire que dans un état d'attention, je ne suis pas blessé. Je ne sais pas si vous suivez tout ceci ? Nous allons l'appréhender un peu différemment.

On constate que l'on est blessé. Essentiellement, on est blessé parce qu'on a une image de soi-même. Cette image a été bâtie par les différentes formes de culture, de civilisation, de tradition, de nationalité, de conditions économiques et d'injustices sociales. Cette image appartient au passé ; elle est savoir. La pensée, que ce soit la mienne ou la pensée collective, a élaboré dans le cerveau cette notion de comparer une image à une autre. La mère, l'institutrice, le politicien, tous le font ; la mythologie chrétienne en est pénétrée ; toute la civilisation est fondée sur cette construction d'images. Elle est là, dans le cerveau, qui est pensée. Et, maintenant, on découvre, on constate que, tant qu'il y a image, il y a forcément blessure.

A. – Mais l'image *est* la blessure, n'est-ce pas ?

K. – Donc, le cerveau peut-il être libéré de toutes les images et, par conséquent, ne jamais être blessé ? Cela veut dire être libéré de la connaissance du passé en tant qu'image. Une connaissance du passé est essentielle s'il s'agit, par exemple, de parler une langue ; mais tant que ce savoir se manifeste sous forme d'image, une image construite par la pensée qui est le « je », lequel est l'image importante entre toutes, tant que j'ai cette immense image de moi-même, vous avez tout à fait le droit d'y enfoncer des épingles. Et c'est ce que vous faites !

Se pourrait-il que le cerveau ne soit jamais blessé ? Messieurs, il s'agit de découvrir s'il en est ainsi, afin de vivre une vie où le cerveau ne soit jamais blessé ! Alors seulement vous aurez des rapports possibles avec vos semblables. Mais si, dans les rapports qui règnent entre nous, vous me blessez, et que moi je vous blesse, tout rapport réel prend fin, et si dans nos rapports je me trouve blessé et que ces rapports prennent fin, je me mets en quête d'autres relations – je divorce et je pars avec quelqu'un d'autre ; et là encore il y aura blessure. Nous nous figurons qu'en changeant un rapport nous deviendrons complètement invulnérables. Mais nous sommes blessés en permanence.

A. – Et quand les images ont disparu, que devient la relation ? Le mot « relation » est un mot qui a un sens, et si les images n'existent plus, quelle relation y a-t-il entre un mari et sa femme ?

K. – Pourquoi me le demandez-vous, à moi ? Découvrez si vos images ont disparu, et non pas parce que vous voulez me poser une question à laquelle je devrai répondre. Découvrez si ces images, qui sont les vôtres, sont vraiment mortes ; vous saurez alors quels sont vos rapports avec les autres. Mais si je dis : « C'est l'amour », ce n'est qu'une théorie ; rejetez-la, elle n'a pas de sens. Mais si je dis : « Je sais que je suis blessé, toute ma vie j'ai été blessé », cela, ne le savez-vous pas ? – c'est une série de déchirures intérieures, d'angoisses. Et ces images existent !

Notre question est celle-ci : le cerveau peut-il ne jamais être blessé du tout ? C'est là qu'il faut vous donner de la peine et ne pas vous

521

payer de mots. Poursuivez l'enquête et dites : « Ai-je en moi une image ? » Bien évidemment, vous en avez une ; autrement, vous ne seriez pas assis ici. Et si vous avez une image, examinez-la, approfondissez-la et voyez la vanité de l'analyse, c'est un processus qui rend toute action impossible. Tandis que si vous dites dès à présent : « Je bouge avec l'image », se mouvoir avec l'image signifie que la pensée la construit ; et la pensée c'est le savoir. Le cerveau peut-il donc être plein de savoir dans un sens, et, dans un autre, n'en avoir aucun ? Ce qui implique un silence complet. Vous comprenez, monsieur ? Être complètement silencieux, mais à partir de ce silence, utiliser votre savoir. Mais vous vous refusez à le voir.

A. – Mais quelle place faut-il accorder aux relations stables, établies ? Existent-elles ?

K. – Allez à la mairie et mariez-vous. Cela instaure des relations légalisées, et alors, qu'est-ce qui se passe, mon Dieu ! Et que ne se passe-t-il pas aussi hors du cadre légal ! C'est la torture qui vous attend.

Mais pour revenir à notre sujet, quels sont les rapports entre la pensée et la peur ? Nous avons dit que la pensée naît de la connaissance du passé. Le savoir est le passé. Dans ce savoir, la pensée a trouvé une certaine sécurité : je connais ma maison, je vous connais, je suis ceci, je suis conditionné ou je ne le suis pas. C'est dans mon savoir que j'ai affirmé ce que je suis. Mais demain, je ne le connais pas, demain me fait peur. Et j'ai peur aussi du savoir que j'ai du passé, parce que là aussi je vois une immense insécurité. Si je vis dans le passé comme le font la plupart d'entre nous, je suis déjà mort, et ce sentiment de vivre dans le passé me suffoque. Je ne sais pas comment m'en débarrasser. Aussi ai-je peur, comme j'ai peur de demain. J'ai peur de vivre et j'ai peur de mourir ! Que faire de toutes ces peurs qui sont les miennes ? Ou bien n'y a-t-il, mettant de cote les peurs physiques et les peurs psychosomatiques, qu'une seule et même peur ? N'existe-t-il pas qu'une seule peur qui prend des formes différentes ?

A. – Est-ce la peur du vide ?

K. – Est-ce la peur de ne pas exister ? La peur de n'avoir aucune image : notre être, c'est notre image, n'est-ce pas ? Appliquons notre esprit à voir vraiment s'il peut être affranchi de la peur, à la fois des peurs physiques et des peurs psychologiques qui sont beaucoup plus profondes, qui sont des névroses. Ressaisissons-nous, prenons la question à bras le corps, parce que l'on voit que là où il y a peur d'aucune espèce, c'est une chose effroyable. On vit dans la nuit, dans un sentiment de vide, séparé de tout, sans rapport avec quoi que ce soit, et tout devient laid. Ne connaissez-vous pas la peur ? – non seulement celle du passé, mais encore celle de l'avenir ; non seulement les peurs dont on a conscience, mais encore celles qui sont profondément enfouies ?

Quand vous considérez tout ce phénomène, les différentes formes de peur physique et psychologique, avec toutes leurs divisions, leurs variétés, quand vous voyez toute la structure de la peur, quelle en est la racine ? Faute d'en découvrir la racine unique, je vais continuer à manipuler les éléments en les modifiant. Il faut donc que je trouve cette racine. Selon vous, quelle est la racine de toutes ces peurs ? – et non pas la cause d'une peur particulière. Je vous en prie, ne me répondez pas. Trouvez votre certitude en vous-même. Quelle est cette racine ? Découvrez-la, permettez-lui de se révéler.

A. – Monsieur, je voudrais vous dire que, en tant qu'exercice, nous devrions nous blesser les uns les autres. J'aimerais vous blesser, et vous, vous devriez blesser tous ces gens. À cause des conditions qui règnent ici. j'ai l'impression que toute l'atmosphère y est trop polie. Vous vous refusez à blesser les gens.

K. – Ce monsieur dit que l'atmosphère ici est trop polie, qu'elle est ennuyeuse. Je n'ai pas envie de vous blesser et vous n'avez pas envie de me blesser. C'est donc une forme de politesse et c'est complètement futile. En est-il ainsi ? Cela m'est égal si vous me blessez.

A. (1) – Mais je crois qu'une vraie relation ne consiste pas à être assis ici et à vous écouter. Je crois que si je vous blessais, il y aurait un rapport entre vous et moi, parce que, alors, j'aurais détruit une partie de l'image.

A. (2) – Nous disons des sottises ! Ne pouvez-vous pas continuer tout de même, nous avons si peu de temps ?

K. – Voyez-vous, monsieur, ce n'est pas une réaction, il dit quelque chose, il nous dit, regardez : nous avons passé en revue toutes ces idées ; nous avons examiné les images – vous en avez une, moi j'en ai une, vous blessez, moi je blesse. Tout cela nous l'avons examiné de fond en comble ; mais ce n'est pas de la politesse.

A. – Mais vous avez décrit des images et nous n'avons pas été jusqu'à les regarder à fond.

K. – Mais vous étiez censé le faire. Comment le savez-vous ?

A. – Il se peut que les autres l'aient fait.

K. – Qu'en savez-vous ? Voyez-vous, comment puis-je savoir que vous n'avez pas balayé toutes vos images ? C'est ma vanité qui me dit que vous ne l'avez pas fait. Qui suis-je pour vous dire que vous l'avez fait ou non ? Cela dépend de vous. Mais revenons à notre discussion.

Je veux apprendre à connaître la peur – non pas des éléments de différentes sortes de peur, mais je veux véritablement découvrir quelle en est la racine. Est-ce « ne pas être » ? – c'est-à-dire que c'est le « devenir », vous me suivez ? Autrement dit : « Je deviens quelque chose », « Je devrais être quelque chose ». J'ai été blessé et je voudrais être libéré de toutes les blessures. Toute notre vie n'est pas autre chose que ce processus de « devenir ». L'agression fait partie de ce devenir. Et le « non-devenir » est une peur immense ; « ne pas être » est une peur, n'est-ce pas ? En est-ce cela, la racine ?

A. – Monsieur, je m'efforce de trouver la racine de la peur. Je m'aperçois que je ne peux pas y penser, et ainsi mon esprit devient silencieux, et je peux tout juste ressentir cette peur ; alors, tout ce que je ressens, c'est une tension intérieure, profonde ; et je ne peux pas aller au-delà.

K. – Mais pourquoi cette tension ? Je veux simplement découvrir. Mais pourquoi devrais-je ressentir une tension ? Parce que s'il y a une tension, je désire aller au-delà, je suis si avide, tellement pressé ! Monsieur, regardez, tout simplement. Nous pensons tous, n'est-ce pas, chacun de nous, en termes de devenir – devenir éclairé, briser des images : « Vous n'êtes pas attentif à mon image », « Moi, je ne le suis pas à la vôtre » – vous me suivez ? Tout ce processus est une forme ou de « devenir » ou d'« être ». Quand l'« être » est menacé – ce qui équivaut à un « non-devenir » – la peur est là. D'accord ?

Mais devenir quoi ? Je comprends que je pourrais devenir mieux portant, je pourrais avoir des cheveux plus longs, mais, psychologiquement, devenir quoi ? Qu'est-ce que devenir ? Changer d'image ? Changer une image pour une autre ? Évidemment. Mais si je n'ai pas d'image du tout, et je vois une bonne raison logique de ne pas en avoir, je vois aussi cette vérité, à savoir que les images sont un empêchement aux relations vraies, que ce soit une image blessée ou une image agréable – et c'est très évidemment les deux. Si j'ai de vous une image agréable, vous êtes mon ami. Et si j'ai de vous une image désagréable, vous êtes mon ennemi. Alors, il faut n'avoir aucune image du tout ! Travaillez-y, *appliquez-vous*, ne vous contentez pas d'accepter, mais appliquez-vous vraiment. Cherchez, interrogez, appliquez-vous, et vivez la chose. Et l'on s'aperçoit – si vraiment vous vous appliquez, si vous vous y mettez – qu'il existe un esprit, un cerveau qui sont au-delà de toute blessure.

Saanen
8 août 1971

5

L'intelligence et la vie religieuse

Qu'est-ce que la vie religieuse ? Rapport entre la méditation et l'esprit silencieux. La pensée mesurable ; l'action de mesurer. Comment l'immesurable peut-il être compris ? L'intelligence : rapport entre le mesurable et l'immesurable. L'éveil de l'intelligence. Lucidité sans choix. Apprendre et non accumuler les connaissances.

AUDITEUR. (1) – Pouvons-nous discuter de l'observateur et de la chose observée, et de leurs rapports avec la lucidité ?

A. (2) – Pouvons-nous parler de ce que cela signifie que de mener une vie religieuse ?

A. (3) – Ne pourrions-nous pas parler de l'intelligence et de la méditation ?

KRISHNAMURTI – Qu'est-ce qu'une vie religieuse ? En discutant de cela, nous tomberons certainement sur la question de l'observateur et de la chose observée, de l'intelligence et de la méditation, et de tout le reste. Je ne sais pas si cela vous intéresse le moins du monde de découvrir ce que signifie la religion ; non point dans le sens accepté en général de ce mot, la croyance en un Sauveur, en un Dieu, en un rite quelconque, toutes choses qui sont pour moi de la propagande dépourvue de toute valeur – ce n'est pas une vie religieuse. Êtes-vous bien certain d'être convaincu de ce fait ? Vous n'appartenez sans doute à aucune secte, aucun groupe, aucune communauté de gens qui croient ou qui ne croient pas en Dieu. Cette croyance – ou absence de croyance – en Dieu est une forme de peur : l'esprit est à la recherche d'une certitude, d'une sécurité ; notre vie est tellement incertaine, confuse, dépourvue de sens, et nous avons soif de quelque chose à quoi nous puissions croire. Donc, pouvons-nous écarter cet espoir qu'il existe quelque chose d'extérieur, un agent supérieur ? Si nous voulons véritablement chercher, tout cela doit évidemment être banni.

La pensée peut inventer n'importe quoi – des dieux, pas de dieux, des anges, pas d'anges – elle peut produire n'importe quelle perception, n'importe quelle idée, n'importe quelle conclusion névrosée. Ayant constaté cela avec intelligence, l'homme se dit alors : « Comment la pensée pourrait-elle être tranquille afin que l'esprit soit libre d'examiner ? » Elle est capable d'inventer, d'imaginer n'importe quel genre de conclusion, de projeter une image dans laquelle l'esprit humain espère trouver la sécurité ; cette sécurité, cette image deviennent une illusion – le Sauveur, le brahman, l'atman, les expériences vécues par l'intermédiaire de différents types de discipline, et ainsi de suite. Notre problème est donc celui-ci : la pensée peut-elle être complètement silencieuse ? Il y a des gens qui prétendent qu'on ne peut y parvenir qu'au moyen d'un système inventé par un maître, et qui passe par certaines disciplines, de certaines contraintes. Un système, une discipline, un conformisme sont-ils véritablement de nature à calmer la pensée ? Ou bien le fait de suivre un système, de s'exercer quotidiennement, ne rend-il pas l'esprit mécanique ? – et quand il est mécanique, vous pouvez alors le manipuler comme n'importe quelle machine. Mais alors le cerveau n'est pas silencieux, il a été façonné, conditionné par le système auquel il s'est soumis. Un tel esprit étant mécanique, peut être contrôlé, et on se figure qu'un tel contrôle c'est le silence, la paix. Très évidemment, il n'en est rien. Je vous en prie, ne vous contentez pas d'accepter ce que dit l'orateur. Mais voyons-nous bien la nécessité d'avoir un esprit complètement silencieux ? Parce que l'esprit silencieux peut entendre et voir bien plus loin, il voit les choses telles qu'elles sont – sans rien inventer ni imaginer.

Donc, l'esprit peut-il être complètement silencieux sans pour cela y avoir été contraint ou forcé, ou par l'effet d'une discipline ? – la discipline étant la résistance, la contrainte, le conformisme, l'adaptation à un modèle préétabli. Ce faisant, vous contraignez l'esprit, au prix d'un conflit, à se conformer à un modèle établi par un système. Donc, la discipline, dans le sens courant du mot, est exclue. (Le mot « discipline » signifie apprendre ; non pas se conformer, réprimer, contrôler, mais apprendre.)

La structure du cerveau, celle de l'esprit peuvent-elles être complètement silencieuses sans être en aucune façon faussées par la volonté, le désir, la pensée ? C'est là le problème, et le connaissant, il y a des gens qui répondent : « Ce n'est pas possible. » Par conséquent, ils ont adopté la direction contraire, ils ont eu recours à la contrainte, la discipline, ils ont eu recours à toutes sortes de stratagèmes. Dans le système de la méditation zen, ils se tiennent assis, attentifs et vigilants, et s'il leur arrive de s'endormir, on les frappe pour les tenir éveillés. Une telle discipline farouche est mécanique et, par conséquent, contrôlable ; elle est exercée dans l'espoir d'aboutir à une expérience qui soit empreinte de vérité.

Dans cette recherche d'une expérience supertranscendentale, l'homme a dit : « Il faut que l'esprit soit absolument silencieux, s'il doit recevoir quelque chose dont il n'a jamais fait l'expérience auparavant, dont il n'a jamais respiré le parfum, jamais connu la qualité, et par conséquent il doit être silencieux. » On a prétendu qu'il n'y avait qu'une seule façon de rendre l'esprit silencieux : la contrainte. Mais dès qu'il y a action de la volonté, s'agissant d'aboutir à un esprit silencieux, il y a déformation. Et un esprit déformé ne peut absolument pas voir « ce qui est ». Est-ce là ce que nous faisons – c'est-à-dire est-ce que nous nous obstinons à agir avec notre volonté, à contraindre notre esprit au mécanisme, au moyen d'une forme de discipline ou d'un système qui comprend tous les procédés du yoga, et qui sont des erreurs totales ? Ces gens qui enseignent des exercices physiques en font un véritable racket.

Ayant saisi tout cela, l'esprit peut-il être complètement silencieux ? – l'esprit et le cerveau, parce qu'il est très important aussi que le cerveau soit parfaitement tranquille. Le cerveau, qui est le résultat d'une évolution à travers le temps, avec tout ce qu'il sait, toutes ses expériences, et ainsi de suite, est toujours sensible à toute forme d'incitation ; il répond à n'importe quel stimulus, n'importe quelle impression, n'importe quelle influence ; ce cerveau peut-il être également silencieux ?

A. – Pourquoi devrait-il être silencieux ? Il a beaucoup de fonctions différentes.

K. – Il doit être actif dans le champ du savoir, c'est là sa fonction. Si je ne savais pas qu'un cobra est un des serpents les plus venimeux de tous, je jouerais avec lui et je serais tué. Ce savoir que le serpent est venimeux est une forme d'auto-protection ; par conséquent, il faut que le savoir existe techniquement et dans tous les sens. C'est là un savoir qui a été acquis, mais nous n'allons pas intervenir pour dire : « Ce savoir est sans valeur » ; au contraire, il nous *faut* avoir une grande connaissance du monde et des faits. Mais cette connaissance doit être utilisée de manière impersonnelle.

Ainsi, le cerveau doit être silencieux, immobile ; tout mouvement qu'il pourrait faire serait dans la direction de la sécurité, parce qu'il n'est capable de fonctionner que dans la sécurité, que celle-ci soit d'ordre névrotique, rationnel ou irrationnel. Il faut, de plus, que le cerveau ait cette qualité de sensitivité lui permettant de fonctionner dans le domaine des connaissances d'une façon complète, efficace, saine, et non pas du point de vue de « mon pays », « mon peuple », « ma famille », « moi ». Mais il faut aussi qu'il y ait cette qualité de sensitivité qui lui permet d'être complètement tranquille – et là est le problème. Je l'ai expliqué, ce problème, je l'ai décrit, mais cela n'a aucun rapport avec le fait. Le fait est de savoir si vous, qui écoutez tout ce qui est dit ici, avez renoncé à toutes les formes de croyances organisées, toute soif d'expériences de plus en plus intenses. Parce que si vous êtes assoiffé d'expériences, alors c'est votre désir qui agit, et le désir c'est la volonté.

Le fait est que, si cela vous intéresse de vivre une vie religieuse, voici ce qu'il s'agit de faire : il faut mener une vie véritablement sérieuse – sans prendre de drogues, tout cela est exclu. Il ne faut ni exiger ni rechercher de nouvelles expériences. Parce que, quand vous êtes lancé à la poursuite d'une expérience transcendantale, ou toute autre chose, vous cherchez parce que vous êtes las des expériences quotidiennes de la vie, et vous avez soif d'une expérience qui soit au-delà. Et si vous éprouvez quelque chose que l'on appelle communément une expérience transcendantale, ou un niveau d'expérience différent, dans cet état-là il y a l'observateur, celui qui fait l'expérience, et l'observé qui est l'expérience elle-même. En tout ceci il y a division, conflit ; vous désirez de plus en plus d'expériences, et cela aussi il faut y renoncer complètement, car, lorsque vous enquêtez, l'expérience n'a plus de rôle à jouer.

On peut voir clairement qu'il est absolument nécessaire que l'esprit, le cerveau, tout le système, l'organisme soient tranquilles. Comme vous pouvez le voir, si vous vous proposez d'écouter quelque chose comme de la musique, votre corps et votre esprit sont tranquilles – vous écoutez. Et si vous écoutez un orateur, votre corps est tranquille. Regardez, en ce moment, alors que vous êtes assis là tranquillement, vous ne vous forcez pas, parce que cela vous intéresse de découvrir. Cet intérêt lui-même est la flamme qui permettra à l'esprit, au cerveau, au corps d'être tranquilles.

Et, maintenant, quel est le rapport qui existe entre la méditation et un esprit tranquille ? Le mot « méditation » signifie mesurer : c'est le sens radical de ce mot. Seule la pensée peut mesurer, la pensée, c'est la faculté de mesurer. S'il vous plaît, ceci, il est important de le comprendre. On ne devrait vraiment pas se servir du mot « méditation » du tout. La pensée est fondée sur la mesure, et la culture de la pensée, c'est une activité de mesure – technologiquement et dans la vie. Sans mesure, il ne pourrait pas y avoir de civilisation moderne.

Si vous prétendez aller sur la lune, il vous faut avoir une capacité infinie de mesurer.

Mais, bien que la mesure soit essentielle, et très évidemment nécessaire, comment la pensée – qui est mesurable, qui *est* mesure – peut-elle ne pas intervenir ? Disons les choses autrement. Quand existe cette tranquillité complète de l'esprit, de tout l'organisme, cerveau compris, la mesure en tant que pensée cesse. On peut alors se demander si l'incommensurable est une chose qui existe. Le mesurable, c'est la pensée, et tant que fonctionne la pensée, il est impossible de comprendre l'incommensurable. C'est pour cela que l'on a pu dire : « Contrôlez, abattez la pensée. » Et alors, tout le monde asiatique s'est tourné vers l'incommensurable, négligeant le mesurable. Est-ce que vous suivez tout ceci ?

Si nous nous servons encore du mot « méditation », quel rapport existe-t-il entre cela et un esprit silencieux ? La pensée peut-elle être véritablement silencieuse ? Et cela s'applique au corps, à l'esprit et au cœur, qui doivent être en harmonie complète – et, cependant, voyant cette vérité que la pensée est mesurable et que tout le savoir que nous lui devons est essentiel, nous voyons aussi cette vérité que la pensée mesurable ne pourra jamais comprendre ce qui est incommensurable.

Si donc nous sommes parvenus à ce point, quel rapport peut-il exister entre cette qualité incommensurable et notre vie quotidienne ? Êtes-vous tous endormis ? Est-ce que vous êtes hypnotisés par l'orateur ?

Nous savons que la pensée c'est la mesure, et nous savons aussi tout le mal qu'elle a pu faire dans la vie humaine – la misère, la confusion, la division entre les hommes. « Vous croyez et moi je ne crois pas », « Votre Dieu n'est pas mon Dieu » : c'est la pensée qui nous a valu cet état catastrophique dans le monde. Mais la pensée, c'est aussi la science. Elle est donc nécessaire. Voir cette vérité, et voir aussi que la pensée est incapable d'explorer l'incommensurable, c'est voir que la pensée ne peut jamais le connaître sous forme d'expériences, en tant que sujet et objet de l'expérience. Donc, quand la pensée est absolument silencieuse, il y a alors un état ou une dimension où l'incommensurable exerce son propre mouvement. Et, maintenant, quel est son rapport avec la vie quotidienne ?

Parce que s'il n'y a aucun rapport, je vais me voir contraint de vivre une vie où j'ajusterai soigneusement ma moralité, mon activité, selon les mesures de la pensée, et tout cela serait très limité.

Quel est donc le rapport de l'inconnu au connu ? Quel est le rapport entre le mesurable et ce qui ne l'est pas ? Il faut qu'il y ait un lien : c'est l'intelligence. Vous pouvez être très habile, très doué pour argumenter, très instruit. Vous pouvez avoir vécu bien des expériences, mener une vie des plus intéressantes, voyager dans le monde entier, à enquêter, à chercher, à observer, à accumuler des connaissances de tout ordre, à vous exercer au zen ou à la méditation hindoue. Mais tout cela n'a aucun rapport avec l'intelligence. L'intelligence naît quand l'esprit, le cœur et le corps sont en harmonie réelle.

Par conséquent – suivez bien ceci, messieurs – le corps doit être hautement sensitif. Il ne doit pas être grossier, se laisser aller à trop manger, à trop boire, aux excès sexuels et toutes ces choses qui le rendent épais, pesant et lourd. Et cela, il vous faut le comprendre. Le fait même de le constater vous poussera à manger moins, et cela donne au corps sa propre intelligence. Il y a une sorte de lucidité du corps d'où toute contrainte est absente. Et alors celui-ci devient très sensitif, comme un bel instrument délicat. Il en est de même du cœur. Autrement dit, celui-ci ne peut jamais blesser ni être blessé. C'est là l'innocence du cœur. Un esprit qui ne connaît pas la peur et qui n'exige pas le plaisir – et ceci ne veut pas dire qu'on ne puisse pas jouir de la beauté de la vie, des arbres, d'un visage, ni regarder des enfants, voir couler un fleuve, contempler des montagnes, des champs verdoyants – il y a un grand bonheur en tout cela. Mais, ce bonheur, quand la pensée s'y attache, devient plaisir.

Si l'esprit veut voir clairement, il doit être vide. Donc, le rapport entre l'incommensurable, l'inconnu et le connu, c'est précisément cette intelligence qui n'a absolument rien à voir avec le bouddhisme, ni le zen, ni avec moi, ni avec vous ; cela n'a aucun rapport avec l'autorité, avec la tradition. Cette intelligence l'avez-vous ? C'est là la seule question qui compte. Cette intelligence agira dans le monde moralement, et la moralité, dès lors, sera ordre et vertu. Non pas la vertu ou la moralité de la société – qui est complètement immorale.

Cette intelligence entraîne l'ordre, c'est-à-dire vertu, qui est une chose vivante et non mécanique. Par conséquent, vous ne pouvez absolument pas vous exercer à être bon, pas plus que vous ne pouvez vous exercer à être humble. Mais quand existe cette intelligence, tout naturellement, elle établit l'ordre et la beauté de l'ordre. C'est cela, la vraie vie religieuse, et non pas toutes ces sottises qui y sont associées.

En écoutant l'orateur comme vous le faites, avez-vous compris ? – non pas verbalement ni intellectuellement, mais avez-vous véritablement vu la vérité de tout ceci ? Si vous la voyez, elle agira. Quand vous sentez cette vérité – qu'un serpent est venimeux – vous agissez. Si vous voyez le danger d'un précipice, ce fait, sa vérité absolue : vous agissez. Si vous voyez la vérité de l'arsenic, d'un poison : vous agissez. Tout ceci le voyez-vous, ou bien vivez-vous encore dans un monde d'idées ? Si vous vivez dans un monde d'idées, de conclusions, ce n'est pas la vérité, ce n'est qu'une projection de la pensée.

C'est donc là la question véritable : en écoutant tout ceci comme vous le faites depuis trois semaines, alors que nous avons parlé de tous les aspects de l'existence humaine, de la souffrance, de la douleur et du plaisir, de la vie sexuelle, des injustices sociales, des divisions nationales, des guerres, et tout ce qui s'ensuit – avez-vous vu la vérité de ce que nous avons dit et, par conséquent, y a-t-il en vous cette intelligence qui agit ? – et non pas le « moi ». Quand vous dites : « Il faut que je sois moi-même », ce qui est un slogan ou le cliché à la mode, si vous examinez cette phrase : « Il faut que je sois moi-même », qu'est-ce que c'est que « moi-même » ? Un ramassis de paroles, de conclusions, de traditions, de réactions, de souvenirs, une accumulation de choses passées ; et, malgré cela, vous dites : « Je veux être moi-même », c'est trop puéril.

Donc, ayant écouté tout ceci, a-t-il lieu en vous, l'éveil de cette intelligence ? Et, si cet éveil se produit, il agira, vous n'avez pas besoin de dire : « Que dois-je faire ? » Il y a peut-être eu un millier de personnes pendant ces trois dernières semaines, qui ont écouté. Si, véritablement, elles vivent ce qu'elles ont entendu, savez-vous ce qui va se passer ? Nous devons changer le monde. Nous serons le sel de la terre.

A. – Si je comprends bien, pour que la pensée cesser d'exister, l'esprit doit voir la vérité – qui est que la sécurité que nous recherchons est un poison. Est-ce bien là ce que vous dites ?

K. – En partie, monsieur.

A. – La difficulté semble être celle-ci : il y a une partie qui ne voit pas, et l'esprit ne s'en rend pas compte ; pour que l'esprit voie quelque chose, il faudrait qu'il y ait un état d'immobilité, de silence – c'est un cercle vicieux. La difficulté, c'est que, précisément, l'esprit ne l'a pas vu.

K. – Non, monsieur. Tout d'abord, pourquoi l'esprit doit-il être silencieux, pourquoi est-ce qu'il ne continuerait pas à bavarder ? Quand l'esprit bavarde, vous ne pouvez voir personne et vous ne pouvez écouter personne, n'est-ce pas ? Si vous regardez une montagne, pour voir sa beauté, votre esprit doit être tranquille de manière naturelle ; cela signifie qu'il vous faut accorder toute votre attention à cet instant, être attentif à ce que vous voyez. Et c'est tout. Autrement dit, si vous êtes sensible au fait que la pensée est mesurable, qu'elle a divisé les êtres humains, qu'elle a été cause de guerres – si vous en voyez la vérité, et non pas les explications ou les justifications – vous voyez tout simplement ce que la pensée a pu faire. Très évidemment, pour être à même de voir ce fait, votre esprit doit être tranquille. Ce n'est pas du tout un cercle vicieux, monsieur.

A. – Puis-je vous poser une question ? Vous parlez souvent de la beauté des montagnes et du silence de l'esprit quand nous contemplons la beauté d'un nuage. L'esprit peut-il être tranquille, silencieux, s'il regarde quelque chose de hideux ?

K. – Écoutez très attentivement, observez l'obscurité et la lumière, le bidonville et son contraire. Êtes-vous capable de regarder cela ? Peut-il exister une lucidité où ces divisions n'existent plus ? Existe-t-il une lucidité où la distinction entre misère et richesse n'existe plus ? Il ne s'agit pas de faire en sorte que cette division n'existe pas, avec son injustice, son immoralité. Mais existe-t-il une lucidité où cette division n'existe pas ? Autrement dit, l'esprit peut-il observer la beauté de la colline et la crasse sans éprouver la préférence, sans avoir de penchant pour l'un ni d'aversion pour l'autre ? Ceci veut dire : une lucidité où il n'y a pas de choix. Vous pouvez le faire. Ce n'est pas que la misère doive continuer à exister – vous *ferez* quelque chose politiquement et socialement, et ainsi de suite ; mais l'esprit peut être affranchi de la division, de cette division classique entre le riche et le pauvre, la beauté et la laideur, les contraires, et tout ce qui s'ensuit.

A. – Je voudrais vous demander s'il existe pour vous une différence entre la pensée et les hypothèses ?

K. – Pourquoi y aurait-il une différence entre la pensée et les hypothèses ? Qui construit les hypothèses – n'est-ce pas la pensée ? N'est-ce pas elle qui lance cette théorie qu'il y a un Dieu, qu'il n'y a pas de Dieu, du nombre d'anges pouvant tenir assis sur la pointe d'une aiguille, et ainsi de suite ? C'est la fonction même de la pensée que de faire des hypothèses – il n'y a pas de différence, c'est la même chose.

A. – Peut-on prendre conscience objectivement d'un arbre, ou d'une montagne, ou d'un être humain ? La pensée peut-elle observer son propre mouvement ? Y a-t-il une perception de soi-même, peut-on percevoir que l'on perçoit ?

K. – Oui : y a-t-il une observation de la pensée s'observant elle-même ?

A. – Mais je n'aime pas ce mot « observer ».

K. – D'accord : disons une prise de conscience d'elle-même. Maintenant, attendez une minute et regardez. Avez-vous compris la question ? Vous pouvez avoir conscience de l'arbre, de la colline, du fait d'être assis ici ; il y a une perception, une prise de conscience de tout cela. Existe-t-il aussi une prise de conscience du fait d'être conscient de ce que vous percevez ? Je vous en prie, voyez la question. Vous percevez l'arbre, le nuage, la couleur de votre chemise, et vous pouvez percevoir cela objectivement. Et vous pouvez également percevoir le mode de fonctionnement de votre pensée. Mais existe-t-il une perception de la lucidité ?

Quand vous percevez un arbre, en tant qu'observateur, est-ce là de la lucidité ? L'arbre est là et vous prenez conscience que vous percevez cet arbre. Vous devenez alors l'observateur, l'arbre devient la chose observée, et vous dites : « Ce n'est pas cela, observer. » Dans un tel état, il y a une division : l'observateur et la chose observée. Il en est de même s'il s'agit d'un nuage, et encore la même chose s'il s'agit de vous-même assis ici, ou de celui qui vous parle, assis sur une estrade et qui observe. En cela aussi il y a une division. En cela aussi il y a l'observateur qui vous observe vous et la chose observée ; dans un tel état, il y a division. On peut prendre conscience de sa propre pensée. J'avance pas à pas. Mais si l'on prend conscience de sa propre pensée, là encore il y a division ; il y a celui qui prend conscience qu'il se sépare de la pensée.

Et, maintenant, vous posez une question, qui est celle-ci : la lucidité connaît-elle, sait-elle, est-elle consciente d'elle-même indépendamment de tout observateur ? Très évidemment non ; dès l'instant où il n'y a pas d'observateur, il n'y a pas de perception de la lucidité. C'est évident, monsieur, c'est le point même le plus important ! Dès l'instant où je suis conscient d'être conscient, je ne le suis pas. Demeurez avec cette pensée, monsieur, pendant deux minutes restez avec ! Dès l'instant où je prends conscience du fait que je suis humble, l'humilité n'existe pas. Dès l'instant où je prends conscience d'être heureux, le bonheur n'existe pas.

Par conséquent, si je prends conscience d'avoir conscience, il n'y a pas de prise de conscience ; dans tous ces états, il y a une division entre l'observateur et l'observé. Et maintenant, vous posez la question suivante : existe-t-il une lucidité, une prise de conscience où la division entre observateur et observé prend fin ? De toute évidence, c'est bien cela que veut dire la lucidité – la lucidité indique un état où l'observateur n'existe pas.

A. – Mais peut-on prendre conscience d'un arbre sans qu'il y ait l'observateur, sans qu'il y ait cet espace ?

K. – Observez bien. Quand vous regardez un arbre, il y a un espace entre vous et cet arbre. Attendez, monsieur, nous avançons pas à pas. Quand vous regardez cet arbre, il y a une distance entre vous et l'arbre, il y a une division. Cette division se produit quand il y a un observateur qui a en lui une image de cet arbre, se disant que c'est un pin ou un chêne. Ainsi, son savoir, cette image séparent l'observateur de la chose observée, de l'arbre. Regardez bien. Êtes-vous capable de regarder cet arbre sans qu'intervienne une image ? Si vous regardez l'arbre sans l'image, sans dire : « Voilà un chêne », « C'est beau ou ce n'est pas beau », sans préférence ou aversion, que se passe-t-il ? Que se passe-t-il quand il n'y a pas l'observateur, mais seulement la chose observée ? Avancez, monsieur, dites-moi ce qui se passe – ce n'est pas moi qui vais vous le dire !

A. (1) – Une union se fait.

A. (2) – Une unité.

K. – L'unité, cela veut dire la même chose.

A. – La lucidité.

K. – Non, je vous en prie, n'inventez pas, ne faites pas de théories.

A. – Quand je prends conscience de cet arbre, j'ai un sentiment...

K. – J'y arrive, monsieur. Écoutez. Avançons pas à pas. Je vous ai dit : quand vous regardez un arbre, habituellement, il y a une division entre vous et cet arbre. Vous êtes l'observateur, l'arbre est la chose observée. C'est un fait. Vous, avec votre image, vos préjugés, vos expériences, et tout ce qui s'ensuit – voilà ce qu'est l'observateur. Par conséquent, tant que tout cela existe sous forme d'observateur, il y a précisément une division entre vous et l'arbre. Mais quand l'observateur n'est plus et qu'il n'y a plus que l'objet, que se passe-t-il ? N'imaginez rien, faites-le !

A. (1) – Il y a un silence… La pensée n'agit plus.

A. (2) – Nous devenons l'arbre.

K. – Vous devenez l'arbre ? – mon Dieu ! J'espère bien que non ! Pourquoi pas devenir un éléphant ? *(Rires.)* Je vous en prie, écoutez. Faites-le. Regardez un arbre et voyez si vous pouvez le regarder en l'absence de toute image. C'est assez facile. Mais vous regarder vous-même sans image, vous regarder vous-même sans qu'il y ait un observateur, c'est beaucoup plus difficile. Ce que vous voyez alors est agréable ou désagréable, vous éprouvez l'envie de le modifier, de le diminuer ou de lui donner telle ou telle forme, et vous voulez intervenir.

Pouvez-vous donc vous regarder sans qu'il y ait d'observateur, comme vous pouvez regarder l'arbre ? Cela veut dire que vous pouvez vous regarder vous-même avec une attention totale. Quand l'attention est totale, absolue, il n'y a pas d'image. Mais c'est seulement quand votre esprit se dit : « J'aimerais tellement avoir un "moi" meilleur » ou « Je vais faire telle ou telle chose » – c'est quand vous regardez ainsi, qu'il y a inattention.

A. – Ai-je tort de dire que nous sommes en permanence dans un état de lucidité ? Et que c'est la pensée qui invente la division.

K. – Oh ! pas du tout. C'est encore là une hypothèse de la pensée, cette idée que nous sommes lucides en permanence. Nous ne sommes dans un état de lucidité absolue que par instants puis nous nous rendormons. Les moments où nous sommeillons, les moments où nous sommes inattentifs, ce sont eux qui sont importants, et non pas ceux où nous sommes lucides.

A. – Avons-nous conscience de l'affection infinie que l'on exprime, quand on manifeste l'intelligence dans la vie humaine ?

K. – Cela dépend de vous, monsieur !

A. – Mais si je prends conscience de mon image et que celle-ci s'évanouit, n'est-ce pas là la lucidité ?

K. – Quand je suis conscient de mon image, l'image existe-t-elle ? Non, elle n'existe pas.

A. – Mais, alors, c'est la lucidité même.

K. – C'est bien cela, la lucidité en elle-même, sans qu'il y ait aucun choix. Monsieur, ce qu'il y a d'important en tout ceci, ce n'est pas ce que l'on a pu entendre, mais ce que l'on a pu apprendre. Apprendre, ce n'est pas accumuler des connaissances. Quand vous partirez d'ici, vous aurez différentes idées de la lucidité, de l'amour, de la vérité, de la peur et de tout cela. Ces idées mêmes vous empê-cheront d'apprendre. Mais si vous êtes quelque peu lucide, vous ne cessez d'apprendre, et alors l'intelligence peut agir, grâce à cet apprentissage au quotidien.

Saanen
10 août 1971

Deux causeries à Brockwood, Grande-Bretagne

1

Rapports existant entre la pensée lucide et l'image

Utilisations et limites de la pensée. Les images : autorité de l'image. « Plus on est sensitif, plus est lourd le fardeau des images. » Analyses et images. Ordre psychologique ; causes du désordre : opinions, comparaisons, images. Possibilité de dissoudre les images. Formation des images. Attention et inattention. « Seule l'inattention de l'esprit permet à l'image de se former. » Attention et harmonie : l'esprit, le cœur, le corps.

KRISHNAMURTI – Il me semble que la question de la violence vaut la peine d'être discutée entre nous, cette violence qui empire, qui se répand dans le monde et qui fait partie de tout le conditionnement humain. L'homme peut-il s'affranchir du conditionnement social superficiel, conséquence de telle ou telle culture particulière, et du conditionnement beaucoup plus profond que sont la souffrance, la violence collective, les désespérances destructrices, les activités qui en découlent et dont nous sommes pour la plupart inconscients ? Il semble très difficile de nous libérer de tout cela.

Où qu'on aille, de par le monde, on peut observer que les cultures superficielles ne pénètrent pas très profondément la conscience humaine, mais les sombres nuages de la douleur – je n'aime pas recourir au mot « mal » – cette violence destructrice, cette hostilité et ces conflits semblent profondément enracinés en chacun de nous. Pouvons-nous en être complètement libérés ? Si c'est bien là une chose essentielle, comment aborder la question ? Superficiellement, nous pouvons être infiniment cultivés, policés, quelque peu désinvoltes, mais il me semble que, pour la plupart, nous sommes inconscients de ce pesant héritage de conflits, de peur et de souffrance. Si on en a quelque peu conscience, on se demande : est-il possible d'en être totalement dégagé, permettant ainsi à l'esprit d'être un instrument absolument différent ? Je ne sais pas si vous avez jamais réfléchi à ces choses – peut-être le conditionnement superficiel est-il si fort que vous êtes entièrement absorbé par la lutte que vous menez contre lui. Mais, une fois ce conditionnement déblayé, il subsiste encore ces couches profondes, inconscientes pour la plupart. Comment en devenir conscient ? Est-il possible de s'en débarrasser complètement ?

Peut-être allons-nous pouvoir en discuter ; comment prendre conscience de ces forces terribles dont l'homme a hérité, qu'il a cultivées. Quelques explications qu'on puisse en donner, le fait demeure : nous sommes foncièrement violents, nous sommes en proie à la souffrance. Il y a ce nuage menaçant de la peur qui entraîne évidemment des catastrophes et la confusion dans l'action. C'est facile à constater. Comment voir tout ceci avec lucidité ; est-il possible d'aller au-delà ?

Dans le monde entier, les religions organisées ont établi certaines règles, certaines disciplines, certaines attitudes et certaines croyances. Mais ont-elles su éliminer la souffrance humaine, les angoisses profondes, la culpabilité et tout le reste ? Nous pouvons donc rejeter toutes ces croyances, toutes ces espérances et toutes ces craintes religieuses. On voit ce qui se passe dans le monde, on connaît la nature des organisations religieuses avec leurs chefs, leurs gourous, leurs sauveurs et toute leur mythologie. Ayant balayé tout cela une fois pour toutes, parce qu'on l'a compris, qu'on en a constaté la vanité, la fausseté, et qu'on en est affranchi, certains faits demeurent : la douleur, la violence, la peur et l'angoisse profonde.

Si j'ai conscience de tout ceci, comment m'en libérer afin d'avoir un cerveau différent, une activité différente, une autre attitude devant l'existence, une autre façon de vivre ? Plus on est intelligent, curieux et intellectuellement éveillé, plus on sent le besoin d'un esprit qui soit dégagé de toute cette confusion créée par les hommes et dont ils portent le fardeau à jamais. C'est là, pour moi, le problème fondamental ; nous n'allons pas pour autant négliger la misère, les injustices sociales, les guerres, la violence, l'hostilité entre nations, et ainsi de suite. Mais toutes ces questions recevront réponse, me semble-t-il, quand les hommes auront compris réellement le problème global de l'existence. Ils pourront alors s'attaquer à la question de la guerre et de la confusion, et agir sur la base d'une dimension différente.

Cette dimension, l'esprit humain *veut* la découvrir. Il le *doit*, si nous voulons réduire toute cette souffrance. Si vous êtes sérieux, si vous ne jouez pas avec les mots, si vous ne vous complaisez pas à échafauder des hypothèses, des idées théoriques, mais si vous regardez en face toute cette souffrance humaine, et non pas seulement la vôtre, comment allez-vous faire pour mettre fin à tout ce malheur ? Notre soif d'une sécurité constante est bien plus le besoin d'une sécurité psychologique, qui est plus profonde que le besoin d'une sécurité physiologique ; dans notre désir d'une sécurité psychologique, nous tournons toutes nos pensées, tous nos espoirs vers tel ou tel instructeur, tel sauveur, telle foi. Sachant cela, comment vais-je comprendre et me libérer de cet effort, de cette lutte, de ce tourment constants.

Comment prendre conscience de tout cela ? Que signifie cette lucidité, cette perception ? Comment ai-je conscience de la douleur ? – non seulement de la mienne, mais de celle de chaque être humain présent en ce monde dont je fais partie. Cette douleur, comment la connaît-on ? Est-ce une reconnaissance d'ordre purement verbal, ou cela fait-il partie d'une idée que j'accepte et selon laquelle il existe une douleur dont je fais partie ? Existe-t-il une lucidité consciente qui me fait connaître ce fait – la souffrance ? Quand je me dis : « Il y a une immense souffrance dans ce monde dont je fais partie » – ce monde qui est moi, ce monde que je suis – c'est un fait. Ce n'est pas une idée, une affirmation dictée par l'émotion, ni un sentiment ; c'est un fait absolu que je suis le monde et que le monde c'*est* moi. Car nous l'avons fait, ce monde, et nous en sommes responsables. Toutes mes pensées, mes activités, mes espérances et mes craintes sont les espérances et les craintes du monde entier. Il n'y a aucune division entre le monde et moi-même. La communauté c'est moi, la culture c'est moi, et je suis identique à elles ; il n'y a pas de division. Je ne sais si cela, vous sentez si vous le voyez ?

Sachant que je suis le monde et qu'une révolution radicale de ce monde est nécessaire – il ne s'agit pas de bombes, cela ne mène jamais à rien – je me rends compte qu'il faut qu'il y ait une révolution dans la psyché, dans l'esprit lui-même. Dès lors, on vivrait, on penserait, on agirait d'une façon tout à fait autre. Comment libérer mon esprit, qui est responsable de cet état de choses ? – l'esprit ne faisant qu'un avec la pensée. C'est la pensée qui est à l'origine de cette division entre les peuples, des guerres, de la structure de nos croyances religieuses. Mais c'est aussi la pensée qui a élaboré cette technologie, cette science qui nous a permis d'aller dans la lune, c'est elle qui a rendu toutes ces choses possibles. Cette pensée qui a accumulé tant de savoir, comment peut-elle se délivrer de la structure et de la nature même de la souffrance et de la peur ? – tout en fonctionnant avec efficacité, équilibre, dans le domaine du savoir, sans pour cela donner naissance aux antagonismes et à l'hostilité qui divisent les hommes. Vous voyez le problème ?

Comment donc la pensée peut-elle empêcher cette division ? Parce que là où il y a division, il y a conflit, non seulement extérieur mais encore intérieur. Le problème est-il posé clairement ? – c'est le vôtre, celui de tous les êtres humains. On voit ce qu'a fait la pensée, rusée, extraordinairement capable ; elle a accumulé un savoir technique qu'il n'est pas question d'écarter ; il faut qu'elle soit agissante pour fonctionner. Et, cependant, elle a donné naissance à la violence, et elle est étrangère à l'amour. Donc, le fonctionnement clair de la pensée est nécessaire, et il faut reconnaître qu'elle est la cause de toute la souffrance du monde. Comment pouvons-nous appréhender l'impact global de la pensée – chose d'ordre mesurable – et percevoir aussi une dimension où la pensée en tant que chose mesurable n'existe pas ? Premièrement, le rôle de la pensée dans le monde, rôle à la fois bénéfique et destructeur, nous est-il bien clair ? Comment peut-elle fonctionner sainement, efficacement, sans être cause de division entre les hommes ?

La mémoire collective de l'homme réagit sous forme de pensée – qui n'est autre que le passé. Elle peut se manifester sous forme de projections dans le futur, mais elle a ses racines dans le passé, et c'est à partir du passé qu'elle fonctionne. Nous voyons ce processus et disons qu'il est chose nécessaire. Mais pourquoi la pensée est-elle cause de division entre les hommes ? Pourquoi dois-je être conditionné en tant que musulman – résultat de la pensée – et vous en tant que communiste – autre résultat de la pensée ? Il est des gens selon lesquels la violence seule est capable de produire un changement sociologique, d'autres pensent que non. Ainsi la pensée donne sans cesse naissance à des divisions, et là où il y a division, il y a conflit. Quelle est donc la fonction de la pensée ?

Ne pouvant fonctionner que dans le champ du connu, peut-elle inventer ou découvrir une dimension différente, dimension dépourvue de toutes les divisions dont elle est cause ? Personnellement, ce problème est d'un grand intérêt pour moi, parce que, partout dans le monde, j'ai pu admirer ses merveilleuses créations, j'ai vu aussi toute la souffrance, la confusion, la douleur qu'elle engendre. La pensée ne pourrait-elle pas agir complètement dans une direction mais être totalement suspendue dans une autre, afin de n'ouvrir la porte à aucune division ? M'étant posé cette question – et j'espère que vous vous la posez également – est-il possible pour la pensée de se dire : « Je ne vais pas agir en dehors de l'univers technique, du savoir et de la vie quotidienne », et je ne vais pas m'aventurer dans cette dimension où la division n'existe pas ? Est-il possible pour la pensée de se scinder ainsi, ou bien posons-nous une question totalement erronée ? La pensée peut-elle voir ses propres limites et donner naissance à une intelligence d'un autre ordre ? Si elle voit ses propres limites, n'est-ce pas là la manifestation d'une intelligence d'une autre nature ? N'est-ce pas là l'éveil d'une intelligence au-dessus et au-delà de la pensée ?

Auditeur – Quand la pensée se voit elle-même, elle n'est sans doute plus occupée à « penser ».

K. – Monsieur, je ne sais pas.

A. – La pensée n'a-t-elle pas inventé des systèmes pour se détruire ?

K. – Voyez d'abord notre problème, refusons toute réponse facile, voyons toute l'immensité de ce que cela implique. L'homme a vécu par la pensée. Nous mettons en œuvre notre pensée chaque jour, chaque minute. Elle nous est nécessaire : sans elle, pas d'action, pas de vie possible. Vous ne pouvez pas la détruire. Cela impliquerait l'existence d'une pensée qui lui soit supérieure et qui dise : « Il me faut détruire ma pensée inférieure » – tout cela se passe dans le champ de la pensée. C'est ce qu'ont fait les hindous. Ils ont dit : notre pensée est très limitée ; il existe une pensée supérieure, l'atman, le brahman, quelque chose qui est au-dessus ; imposez le silence à la pensée inférieure et l'autre agira. Cette affirmation est elle-même pensée, n'est-il pas vrai ? Si vous dites : « L'âme » – cela fait encore partie de la pensée. Donc, c'est elle qui a créé ce monde extraordinaire de la technique, qu'elle utilise pour le confort des êtres humains et pour leur destruction. C'est elle qui a inventé les sauveurs, les mythes, les dieux ; elle a engendré la violence qui devient jalousie, angoisse et peur.

Donc, est-il un champ qui échappe aux mesures de la pensée ? Ce champ peut-il agir dans le cadre de la pensée sans se briser en fragmentations ? Si elle agit en permanence, alors l'esprit fonctionne avec ce savoir qui est le passé. Le savoir *est* le passé – demain échappe à mon savoir, et le savoir c'est la pensée. Si l'unique façon de vivre est dans ce champ, alors l'esprit ne peut jamais être libre et l'homme se voit forcé de demeurer dans la douleur, la peur, la division et, par conséquent, dans le conflit. L'ayant constaté, il s'est dit qu'il doit y avoir un agent extérieur – tel que Dieu – qui aiderait à surmonter toute cette fragmentation. Mais ce Dieu, cet atman – ou toute autre forme d'espoir – est encore une invention de la pensée, laquelle, n'ayant pas trouvé la sécurité dans ce monde, invente ou projette une idée qu'elle nomme Dieu et qui est pour elle gage de sécurité. Ceci, je le vois. Si la pensée est le seul champ où les hommes puissent vivre, ils sont condamnés. Tout ceci n'est pas une invention de ma part, c'est ce qui se passe en ce moment même.

Le problème est-il clairement posé ? L'esprit humain a soif de liberté, d'être affranchi de sa culpabilité, de sa souffrance, de sa confusion, de ces éternelles guerres, de cette violence, et la pensée ne peut nous donner la liberté. Elle peut inventer une idée de liberté, mais l'idée n'est pas la chose. À l'esprit humain, donc, de trouver la réponse. Pour cela, il lui faut avoir compris la nature de la pensée, saisi la portée de son rayon d'action et découvert cet état immesurable où elle n'agit pas. C'est là ce qui constitue la méditation. Il y a des gens qui l'ont tenté ; mais leur méditation comprenait une intensification de la pensée elle-même. Ils disent : « Je dois rester assis, tranquille et calme, il me faut dominer mes pensées. » Connaissant les limites de la pensée, ils disent : « Il me faut la maîtriser », « Il me faut l'assujettir, lui interdire de vagabonder ». Ils s'imposent une impitoyable discipline, mais ils ignorent cette autre dimension, parce qu'elle n'est pas accessible à la pensée.

Des gens vraiment sérieux ont approfondi ce point. Cependant, leur principal instrument ayant été la pensée, ils n'ont pu résoudre le problème. Ils ont inventé, échafaudé des hypothèses. Et de pauvres naïfs comme nous acceptons ces hypothèses, ces philosophes, ces maîtres, toute la gamme ! Il est évidemment besoin d'une autre méditation, d'une autre perception, qui soit une vision et non une évaluation. Voir les cheminements de la pensée, tous ses mouvements intérieurs et extérieurs, sans l'orienter, sans exercer sur elle la moindre pression, c'est là une perception d'un tout autre ordre. Nous voyons, mais nous orientons toujours. Nous disons : « Cela ne doit pas être », « Cela devrait être », « Je vais surmonter ceci ». Tout cela, c'est l'ancienne façon de réagir à l'égard de toute action, de tout sentiment, de toute idée. Mais observer sans orientation, sans pression, sans distorsion – est-ce possible ? Si je peux me voir tel que je suis sans condamnation ni censure, sans dire : « Ceci je le garde, cela je le rejette », alors la perception prend une autre qualité. Elle devient une chose vivante, et non un modèle vétuste et rabâché.

Donc, par l'acte même d'écouter comme vous le faites en ce moment, vous voyez cette vérité que, pour percevoir vraiment, il faut n'être ni dirigé, ni persuadé, ni contraint. Une telle observation, vous pouvez le constater, est indépendante de la pensée. Autrement dit, dans cette perception, cette vision, il y a attention complète. Là où il n'y a pas d'attention, il y a distorsion. Or, quand vous écoutez ceci, si vous en apercevez la vérité, cette vérité même agit.

A. – Monsieur, dans un tel état, on se voit absolument impuissant et aussi amoral, et la pensée sent et connaît toujours sa propre puissance. Elle intervient toujours quand il y a intérêt, peur ou anxiété.

K. – Monsieur, la peur et l'anxiété ne sont-elles pas un résultat de la pensée – c'est la pensée qui a créé la peur !

A. – Elle surgit parfois de façon tout à fait inattendue.

K. – C'est possible, mais attendue ou inattendue, c'est la pensée qui en est cause – non ? C'est la pensée qui a engendré toute cette immense souffrance.

A. – Que dire des peurs enfantines ?

K. – N'ont-elles pas pour cause le manque de sécurité ? Les enfants ont besoin d'une sécurité complète, que leurs parents sont incapables de leur procurer parce quils sont préoccupés de leur propre petite personne, ils se querellent, ils sont ambitieux, et sont ainsi incapables de donner la sécurité dont l'enfant a besoin – qui est l'amour.

Nous voilà donc revenus à la même question. La pensée a engendré la peur, pas de doute là-dessus. Elle a engendré cette douloureuse solitude intérieure, elle a dit : « Je dois me réaliser, je dois être, je suis petit et je dois être grand. » Elle est cause de la jalousie, de l'angoisse, de la culpabilité. Elle *est* cette culpabilité. Il ne faut pas dire de la pensée qu'elle favorise la culpabilité : elle *est* la culpabilité. Comment vais-je m'observer moi-même et observer le monde, dont je fais partie, sans que la pensée joue aucun rôle dans mon observation et que, dès lors, celle-ci soit la source d'une action différente, action qui ne sera pas cause de peur, de regrets, et tout ce qui s'ensuit ? Il me faut donc apprendre à observer le monde, à m'observer moi-même et mes propres actions, de façon absolument différente. Il faut apprendre à observer sans aucune intervention de la pensée, parce que dès qu'elle intervient, tout est faussé. La perception est affaire de présent ; vous ne pouvez percevoir ce qui relève de demain. Vous percevez *maintenant,* et si la pensée intervient dans votre perception – la pensée étant une réaction du passé – elle déforme obligatoirement le présent ; ceci est logique.

A. – Mais, enfin, pour être conscient, il faut bien penser.

K. – Attendez, regardez. Percevoir, être conscient, qu'est-ce que cela signifie ? Je suis conscient du fait que vous êtes assis là-bas et moi ici, sur une chaise, etc. Puis intervient la pensée pour dire : « Je suis un personnage de plus grande valeur que celui qui est assis au pied de l'estrade, parce que c'est moi qui parle. » La pensée nourrit mon prestige – vous suivez ? Y a-t-il là perception, lucidité, ou est-ce simplement un mouvement continu de la pensée ? Êtes-vous capable de voir un arbre sans le mouvement de la pensée, sans l'image de l'arbre ? – cette image étant pensée qui dit : « C'est un chêne. »

Dans l'observation de l'arbre, que se passe-t-il ? Il y a un espace entre l'observateur et l'arbre, il y a une distance ; puis il y a la connaissance botanique, la préférence ou l'aversion pour tel ou tel arbre. J'ai l'image de l'arbre et cette image regarde l'arbre ; mais existe-t-il une perception sans image ? L'image est pensée, la pensée est tout ce que je sais de cet arbre. Quand il y a perception à travers une image, il n'y a pas de perception directe de l'arbre. Est-il possible de regarder l'arbre sans qu'il y ait d'image ? Ceci est en somme assez simple, mais devient beaucoup plus complexe si je me regarde *moi-même* en dehors de toute image. Je suis plein de mes images. Je suis ceci, je ne suis pas cela, je devrais être ceci, je ne devrais pas être cela, je dois devenir, je ne dois pas devenir – vous suivez ? Ce sont là toutes les images, et je me regarde à travers l'une d'entre elles – pas à travers toute la série d'images.

Donc, qu'est-ce que regarder ? S'il n'y a pas d'image, qu'est-ce que voir ? Si je n'ai aucune image de moi-même – chose très ardue à déchiffrer – alors que reste-t-il à voir ? Il n'y a absolument rien à voir, et c'est de cela que nous avons peur. Autrement dit, je ne suis absolument rien. Mais nous sommes incapables de voir la chose en face, et c'est pourquoi nous avons toutes ces images de nous-mêmes.

L'esprit humain a soif de liberté. C'est une chose essentielle, on l'exige même en matière politique, mais vous n'exigez pas d'être libéré de toutes vos images. La pensée les a créées pour diverses raisons sociologiques, économiques et culturelles. Ces images sont mesurables : il y en a de plus grandes que d'autres. On demande : la pensée peut-elle observer sans déformer ? Elle en est évidemment incapable. Il y a en elle un élément déformant parce qu'elle est l'écho du passé. Existe-t-il une observation où elle n'intervienne pas ? – autrement dit, excluant l'intervention d'aucune image. Découvrez-le par vous-même : il n'est pas question simplement d'accepter ou de croire. Vous pouvez regarder votre femme ou votre mari, ou l'arbre, le nuage, ou votre voisin, sans qu'intervienne aucune image.

A. – Existe-t-il des images inconscientes ?

K. – Oui, évidemment. Je vous en prie, écoutez la question : comment puis-je prendre conscience des nombreuses images inconscientes que j'ai accumulées ?

A. – Krishnaji, tant qu'on s'efforce de prendre conscience, on crée des objets pour cette conscience.

K. – C'est bien ce que je dis. Vous ne pouvez pas vous efforcer de prendre conscience, vous ne pouvez pas décider d'être lucide : la lucidité n'est pas le résultat d'un exercice de la volonté. Ou vous voyez, ou vous ne voyez pas, ou vous écoutez tandis que nous parlons – ou vous n'écoutez pas. Mais si vous écoutez avec une image en vous, vous n'écoutez pas du tout.

Cette question est vraiment très intéressante. Je peux comprendre les images conscientes, le savoir superficiel qui est le mien, c'est assez clair et simple. Mais comment prendre conscience des images profondes, cachées, dont l'influence est si forte dans notre vie courante ?

A. – Nous pouvons le découvrir par notre comportement, par la façon dont les images surgissent, parfois dans notre sommeil.

K. – Autrement dit, c'est par mon comportement que je commence à découvrir les images inconscientes, stockées l'une après l'autre – vous suivez ? Je me comporte autrement avec vous qu'avec cet autre homme, parce que vous êtes plus puissant, votre prestige est plus grand. Par conséquent, mon image de vous est plus imposante et je méprise l'autre ; ainsi nous progressons d'une image à l'autre. Existe-t-il un noyau central qui crée ces images consciemment et à un niveau plus profond ? Si je peux le découvrir, il ne me sera plus nécessaire de poursuivre une image après l'autre ou de compter sur mes rêves.

Mon comportement me dévoile mes images inconscientes ; c'est là une forme d'analyse, n'est-ce pas ? L'analyse va-t-elle dissoudre ces images ? Elles sont des créations de la pensée et l'analyse est elle-même pensée. C'est par la pensée que j'espère détruire les images qu'elle a elle-même créées, et je me trouve pris dans un cercle vicieux. Comment m'attaquer à ce problème ? Vos images vous sont-elles révélées dans vos rêves ? N'est-ce pas là une autre forme d'analyse ? Et pourquoi rêver ? Les rêves sont un prolongement de mes activités quotidiennes, n'est-ce pas ? Je mène une vie plutôt confuse – incertaine, triste, solitaire, effrayée, me comparant à tel autre, plus beau, plus intelligent que moi ; telle est ma vie pendant mes heures de veille, et quand je m'endors, tout cela continue. Je rêve de toutes les choses qui me sont arrivées ; c'est un prolongement de ma vie éveillée. Toute révélation qui me vient par mes rêves est une forme d'analyse. Il en résulte que je dépends de mes rêves pour que mes images inconscientes me soient révélées, et cette dépendance m'assoupit de plus en plus pendant mes heures de veille – non ?

A. – La pensée et la sous-pensée créent des images et, à un certain niveau, celles-ci sont utiles.

K. – Nous l'avons dit, il y a des images utiles qui doivent fonctionner, qu'il nous faut avoir, et il y a des images profondément dangereuses qu'il nous faut détruire totalement – c'est évident. C'est l'objet de toute cette discussion.

A. – La question n'est pas de savoir si la pensée peut oui ou non agir, mais plutôt de se demander s'il ne peut demeurer que le silence.

K. – Ce qui veut dire, monsieur : peut-il exister un silence à partir duquel la pensée peut agir ?

A. – La question n'est pas : la pensée peut-elle agir ou non, mais peut-il n'exister que le silence ?

K. – La pensée peut-elle être entièrement silencieuse ? Qui pose cette question ? Est-ce la pensée qui la pose ?

A. – Évidemment.

K. – Donc la pensée se demande si elle peut être silencieuse. Comment pourra-t-elle le découvrir ? Peut-elle *faire* quoi que ce soit pour l'être ? Non, n'est-ce pas ? Peut-elle se dire : il me faut être silencieuse ? Cela, ce n'est pas du silence ! Dès lors, qu'est-ce qu'un silence qui n'est pas le produit de la pensée ? Autrement dit, la pensée peut-elle prendre fin d'elle-même, sans solliciter sa propre fin ? N'est-ce pas là ce qui est impliqué quand vous êtes attentifs à quelque chose, quand vous voyez clairement ? Quand vous êtes totalement attentif, dans cette attention il y a silence, n'est-il pas vrai ? Une attention totale implique que votre corps, vos nerfs, que tout en vous soit attentif. Par une telle attention, l'observateur en tant que pensée n'existe plus.

A. – Cela ne se produit que dans les moments de grand danger.

K. – Vous voulez dire quand il y a une crise. Mais faut-il vivre en perpétuelle situation de crise ? Quelle épouvantable idée, n'est-ce pas ? Pour être tranquille, il me faut passer par une série de crises, espérant ainsi trouver le silence. C'est trop compliqué !

A. – Puis-je dire que le silence vient du dedans ?

K. – Mais comment ? Peut-on fonctionner à partir du silence – vous suivez ? S'il vous plaît, posez-vous la question : qu'est-ce que le silence ? Comment advient-il ? Est-il possible de fonctionner, de vivre la vie quotidienne à partir du silence ? Je ne puis affirmer qu'il y a lucidité à chaque instant, je n'en sais rien, vous n'en savez rien.

A. – Mais on dirait qu'elle est là, simplement elle change d'instant en instant.

K. – Nous ne savons qu'une seule chose : que la pensée agit perpétuellement. Quand elle agit, il n'y a pas de silence, pas de lucidité, comme nous l'avons indiqué. La lucidité, la perception directe impliquent un état de vision où n'existe aucune image d'aucune sorte. Avant d'avoir découvert s'il est possible de voir en l'absence de toute image, je ne peux rien affirmer de plus. Je ne peux affirmer l'existence ni de la lucidité ni du silence. M'est-il possible d'observer dans ma vie quotidienne ma femme, mon enfant, tout ce qui m'entoure, sans que subsiste l'ombre d'une image ? Découvrez par vous-même. De cette attention naîtra le silence. Cette attention *est* le silence. Et il n'est pas le résultat d'exercices répétés, qui sont encore de la pensée.

Brockwood Park
4 septembre 1971

2

L'esprit méditatif
et la question impossible

« La méditation est la mise en liberté complète de l'énergie. » Le monde occidental construit sur le mesurable, lequel est maya en Orient. Inutilité des écoles de méditation. L'énergie dépend de la connaissance de soi. Problème de l'observation de soi. Ne pas regarder avec « les yeux du passé ». Nommer. Ce qui est caché en soi-même. Les drogues. Le contenu caché et la question impossible. « La méditation est une façon de rejeter tout ce que l'homme a conçu de lui-même et du monde. » Une révolution intérieure radicale exerce une influence sur le monde entier. Que se passe-t-il quand l'esprit est tranquille ? « La méditation consiste à voir le mesurable et à le transcender. » L'harmonie et une « vie totalement différente ».

Questions. Intuition ; lucidité ; lucidité et sommeil ; le maître et le disciple.

KRISHNAMURTI. — Quand on voyage à travers le monde, qu'on observe nos effroyables conditions de vie et la misère, la laideur des relations régnant entre les hommes, on est convaincu de l'absolue nécessité d'une révolution radicale. Une culture différente s'impose. L'ancienne culture est moribonde, mais nous nous y cramponnons. Les jeunes en révolte contre elle n'ont malheureusement pas trouvé la voie ni les moyens de transformer cet élément essentiel de l'être humain, sa psyché. Une réforme périphérique n'aurait que peu d'effet, il faut une profonde révolution psychologique. Cette révolution – à mon sens la seule – est possible grâce à la méditation.

La méditation est la mise en liberté totale de l'énergie, et c'est ce dont nous allons discuter ce matin. La racine de ce mot signifie « mesurer ». Tout le monde occidental est fondé sur cette idée du mesurable, mais en Orient ils ont dit : « Le monde mesurable est maya, illusion, il faut par conséquent découvrir l'incommensurable. » Et les deux ont suivi un cours différent culturellement, socialement, intellectuellement et religieusement.

La méditation est un problème complexe, il convient de le creuser lentement, de l'aborder sous des angles différents, sans jamais perdre de vue la nécessité absolue d'une révolution psychologique si un monde, une société différente doivent prendre naissance. J'ignore la force de vos sentiments à cet égard. Il est probable que la plupart d'entre nous, étant comme nous le sommes des bourgeois, à notre aise avec nos petits revenus, notre famille et tout le reste, préféreraient demeurer dans l'état actuel et ne pas être troublés. Mais, les événements, les progrès de la technique, tout ce qui se déroule autour de nous, tout cela transforme le monde extérieur, mais, intérieurement, nous demeurons pour la plupart tels que nous avons été depuis des siècles. La révolution, dont nous parlons, ne peut se produire qu'au centre même de notre être et exige une énergie abondante ; la méditation est la mise en liberté de cette énergie totale, et c'est ce dont nous allons parler.

Nous avons d'innombrables opinions sur ce qu'est la méditation, sur ce qu'elle devrait être. Tout cela nous vient de l'Orient et nous l'interprétons selon nos penchants religieux individuels : contemplation, prière, apaisement du mental, ouverture du mental – nous entretenons toutes sortes d'idées plus ou moins fantaisistes ; et plus particulièrement ces temps-ci, des gens sont venus de l'Inde propager des systèmes de méditation divers.

Mais avant tout, comment disposer de cette qualité d'énergie exemple de friction ? Nous connaissons une énergie mécanique, résultant d'une friction d'ordre mécanique, et aussi une friction à l'intérieur de nous qui engendre de l'énergie par suite de conflits, de résistance, de contrôle. Il existe donc une sorte d'énergie qui résulte d'une friction mécanique. Existe-t-il une autre sorte d'énergie exempte de toute friction, qui est, par conséquent, absolument libre et hors de toute mesure ? Il me semble que la méditation est précisément la découverte de cette énergie. Faute d'en disposer en abondance, non seulement physiquement mais bien plus psychologiquement, nous ne connaîtrons jamais une action complète ; elle sera toujours génératrice de frictions, de conflits, de luttes. Si l'on considère les différentes formes de méditation, du zen, du yoga, venues de l'Inde, et les différents groupes contemplatifs de moines, etc., partout on retrouve cette idée de contrôle, d'acceptation d'un système, de formules répétées (les mantra), et différentes façons de respirer, le hatha yoga, etc. Tout cela, vous le connaissez sans doute.

Donc, disposons de toutes ces choses une fois pour toutes en les examinant à fond. Il ne s'agit pas d'accepter ces idées, mais de les creuser, de démêler ce qu'elles comportent de vrai ou de faux. Nous nous trouvons devant ces mots, ces phrases, ces mantra, leur répétition, formules qui vous sont confiées par un gourou, vous vous faites initier, et vous payez pour apprendre une ritournelle qu'il faut répéter en secret. Ce sont là des choses que certains d'entre vous ont probablement faites, et vous en savez long là-dessus. Tout cela fait partie de ce qu'on appelle le mantra yoga et nous vient de l'Inde. Je ne comprends pas pourquoi vous êtes prêt à payer le moindre sou pour répéter des mots qui vous sont donnés par un autre, lequel affirme : « Si vous faites tout cela, vous parviendrez à l'illumination, vous aurez un esprit silencieux. » Si vous répétez constamment une série de mots, que ce soit *Ave Maria* ou divers mots sanskrits, il est évident que votre esprit s'émousse quelque peu et que vous éprouvez un curieux sentiment d'unité, de calme, et que cela vous aidera à parvenir à une certaine clarté. Voyez-en l'absurdité, car pourquoi accepter les avis d'autres personnes, sur de tels sujets, y compris moi-même ? Pourquoi accepter une autorité quand il s'agit du mouvement intérieur de la vie ? Nous rejetons toute autorité extérieure ; si vous êtes intellectuellement lucide et politiquement observateur, vous rejetez tout cela. Mais nous acceptons apparemment l'autorité de celui qui affirme : « Je sais, j'ai atteint la réalisation. » L'homme qui prétend savoir *ne sait pas*. Dès l'instant où vous prétendez savoir, c'est que vous ne savez pas. Que savez-vous ? Vous avez vécu certaines expériences, vous avez eu une certaine vision, une illumination. Je n'aime pas utiliser ce mot « illumination ». Ayant eu une expérience de ce genre, vous vous figurez être parvenu à un état extraordinaire ; mais cela c'est le passé, on ne peut savoir que des choses passées, et par conséquent mortes. Et quand ces gens viennent vous dire, sous prétexte qu'ils sont des êtres réalisés : « Faites ceci » ou « Faites cela », en échange de sommes d'argent conséquentes, c'est absurde de toute évidence. Donc, tout cela est à bannir définitivement.

Nous pouvons aussi bannir toute cette idée de s'exercer à un système, une méthode. Quand vous pratiquez une méthode pour obtenir une illumination, ou la félicité, ou le silence de l'esprit, ou un état de tranquillité, ou toute autre chose, vous tombez de toute évidence dans le mécanique, vous ressassez et vous ressassez encore. Ceci implique non seulement la suppression de votre mouvement propre, de votre intelligence, mais encore vous impose un conformisme sans fin et tout le conflit résultant de la pratique d'un système auquel on s'astreint. L'esprit aime se soumettre un système parce qu'il se cristallise, et il est facile de vivre ainsi. Pouvons-nous donc, dès à présent, rejeter tous les systèmes de méditation ? Mais vous n'en ferez rien parce que toute notre structure, toutes nos habitudes sont fondées sur ce besoin d'une méthode que nous pouvons suivre afin de vivre une vie monotone et routinière ; ne pas être dérangés, voilà ce que nous voulons, et ainsi nous nous plions à l'autorité.

Il faut découvrir par soi-même et non par l'intermédiaire d'autrui. Nous avons subi l'autorité du prêtre pendant des siècles et des siècles, l'autorité des instructeurs, des sauveurs, des maîtres. Si vous voulez vraiment découvrir ce que c'est que la méditation, il vous faut rejeter toute autorité, complètement et totalement ; pas l'autorité de la loi, de l'agent de police – la loi, la législation, vous pourrez les comprendre plus tard quand, dans votre esprit, régneront l'ordre et la clarté. Donc, qu'est-ce que la méditation ? Est-ce la maîtrise de la pensée ? Et, dans ce cas, quel est celui qui maîtrise ? C'est la pensée elle-même, n'est-ce pas ? Notre culture tout entière, en Occident comme en Orient, est fondée sur le contrôle de la pensée et la concentration qui consiste à poursuivre une seule pensée jusqu'au bout. Mais pourquoi vouloir contrôler ? Tout contrôle implique imitation, conformisme ; il implique l'acceptation d'un modèle que l'on érige en autorité et selon lequel on s'efforce de vivre. Ce modèle est établi par la société, la culture, par quelqu'un qui, croyez-vous, est porteur d'un savoir, d'une illumination, etc. Selon ce modèle vous vous efforcez de vivre, étouffant tous vos sentiments, vos idées, vous efforçant de vous conformer. Tout cela n'est que conflit, et le conflit est pour l'essentiel un gaspillage d'énergie.

Donc, la concentration, prônée par un si grand nombre d'aspirants à la méditation, est une erreur totale. Êtes-vous d'accord avec moi, ou bien écoutez-vous par ennui ou par lassitude ? Parce que c'est une question que nous devons creuser, savoir si la pensée peut fonctionner là où c'est nécessaire, sans avoir recours à aucune forme de contrainte. La pensée peut-elle fonctionner quand c'est opportun en tant que savoir, et dans l'action, mais être complètement suspendue à d'autres moments ? Tel est le véritable problème. L'esprit, encombré comme il l'est par les innombrables activités de la pensée, est par conséquent incertain et il cherche à établir une clarté dans cette confusion, s'efforçant de se contraindre lui-même, de se conformer à une idée ; ce faisant, il ne fait qu'accroître sa confusion intérieure. Je veux découvrir si l'esprit peut être silencieux et ne fonctionner que là où c'est nécessaire.

Le processus du contrôle, suivi du conflit qui l'implique, est un immense gaspillage d'énergie ; ce point est important à comprendre, parce que je sens que la méditation est sans nul doute une mise en liberté de l'énergie, une énergie où n'existe aucune trace de friction. Comment l'esprit peut-il y parvenir ? Comment disposer de cette énergie à laquelle toute friction est étrangère ? Dans cette enquête, il faut se comprendre soi-même complètement, il faut qu'il y ait une totale connaissance de soi – une connaissance qui ne s'inspire d'aucun psychologue, philosophe ou maître, ni d'un modèle élaboré par telle ou telle culture – il s'agit de se connaître à fond, de connaître le niveau conscient aussi bien que les couches plus profondément enfouies – est-ce possible ? Quand la connaissance de soi est totale, c'est la fin de tout conflit, et cela, c'est la méditation.

Or, comment se connaître ? Je ne peux me connaître qu'à travers mes rapports avec les choses de la vie ; l'observation de moi-même ne surgit qu'en présence d'une réaction d'un écho à ces rapports ; l'isolement absolu en permanence n'existe pas. L'esprit s'isole dans toutes ses activités, s'entourant d'un mur afin de n'éprouver aucun inconfort, aucune souffrance, aucun trouble. Il s'isole continuellement par ses activités égocentriques. Mais je veux me connaître « moi-même » tout comme je veux savoir comment me rendre d'ici à telle ou telle ville ; c'est-à-dire clairement, observant tout ce qui est implicite en moi, mes sentiments, mes pensées, mes mobiles conscients ou inconscients. Comment est-ce possible ? Les Grecs, les hindous, les bouddhistes ont dit : « Connais-toi toi-même. » Mais c'est apparemment une des choses les plus difficiles à faire. Nous allons découvrir, ce matin, comment nous regarder nous-mêmes ; parce que si vous vous connaissez complètement, cela empêche toute friction, et ainsi jaillit cette qualité d'énergie qui est totalement différente. Pour découvrir comment s'observer, il faut comprendre ce qu'observer veut dire.

Quand nous observons des objets tels que des arbres, des nuages, des objets extérieurs, non seulement il y a l'espace entre l'observateur et la chose observée – l'espace physique – mais il y a aussi l'espace du temps. Quand nous regardons un arbre, ce n'est pas seulement à travers l'espace physique, il y a encore un espace psychologique. Il y a la distance entre vous et l'arbre, la distance due à l'image issue de votre savoir : c'est un chêne ou un orme. L'image dressée entre vous et l'arbre vous sépare.

Mais quand l'esprit de l'observateur est ainsi fait qu'il n'y a pas d'image, c'est-à-dire d'imagination, il existe alors un rapport tout autre entre l'observateur et la chose observée. N'avez-vous jamais contemplé un arbre sans qu'il y ait la moindre nuance d'attirance ou d'aversion – sans la moindre image ? Avez-vous remarqué ce qui se passe ? Alors, pour la première fois, vous voyez l'arbre tel qu'il est, vous en voyez la beauté, la couleur, la profondeur, la vitalité. Or, un arbre et même une autre personne sont encore assez faciles à observer, mais s'observer *soi-même* de cette façon, sans la présence d'aucun observateur, c'est beaucoup plus difficile. Il nous faut donc découvrir ce qu'est l'observateur.

Je veux m'observer, je veux me connaître aussi à fond que possible. Quelle est la nature, quelle est la structure de cet observateur qui regarde ? Il est le passé, n'est-ce pas ? – toutes les informations passées, recueillies et accumulées ; le passé étant la culture et le conditionnement. Tel est l'observateur qui dit : « Ceci est bien, ceci est mal, ceci doit être, ceci ne doit pas être, ceci est bon, ceci est mauvais. » L'observateur, c'est donc le passé, et avec ces yeux du passé, nous nous efforçons de voir ce que nous sommes. Puis, nous disons : « Je n'aime pas ceci, je suis laid » ou « Voici une chose à conserver ». Toutes ces discriminations et ces condamnations surgissent. Puis-je me regarder sans les yeux du passé ? Puis-je me regarder en pleine activité, c'est-à-dire dans mes rapports quotidiens, sans aucun mouvement du passé ? Avez-vous jamais essayé ? (Je suppose que non.)

Quand il n'y a pas d'observateur, il n'y a que l'observé. Constatez ceci, je vous en prie : je suis envieux, ou je mange trop, ou je suis gourmand. À cela, la réaction normale est : « Je ne dois pas trop manger », « Je ne dois pas être gourmand », « Je dois me maîtriser », vous savez la suite. Il y a là l'observateur qui cherche à dominer sa gourmandise ou son envie. En revanche, s'il y a perception de la gourmandise sans qu'il y ait l'observateur, que se passe-t-il ? Puis-je observer cette gourmandise sans la nommer, sans parler de gourmandise ? Dès l'instant où je l'ai nommée, elle est figée dans ma mémoire en tant que « gourmandise », et celle-ci dit aussitôt :

« Il me faut la dominer, m'en débarrasser. » Existe-t-il une observation sans le mot, sans aucune justification ni censure ? Autrement
dit, puis-je observer cette chose que l'on nomme gourmandise sans
qu'il y ait aucune réaction ?

Observer ainsi est une forme de discipline, n'est-ce pas ? Ne pas
imposer un modèle d'aucune sorte, ce qui serait conformisme, suppression et tout le reste, mais observer toute la suite des actions sans
condamner, ni justifier, ni nommer – observer simplement. Vous
verrez alors que l'esprit ne gaspille plus aucune énergie. Il est lucide
et dispose de toute l'énergie voulue pour traiter les phénomènes
observés.

AUDITEUR – Puis-je demander, monsieur, si le « moi » observant
le « moi » comme étant le « moi », mais sans le nommer, est le
même que celui qui observe le passé, également sans le nommer,
comme étant le passé ?

K. – Très juste, monsieur, c'est bien cela. Mais une fois que le
mécanisme a été totalement compris, cela n'est plus difficile. La
vérité ayant été une fois aperçue, cette vérité, ce fait, agit. Cela peut
se passer au niveau conscient. Mais il y a beaucoup de réactions
inconscientes, des mobiles, des tendances, des inclinations, des inhi-
bitions et des peurs. Que faire à l'égard de tout cela ? Faut-il examiner toutes ces accumulations cachées par un procédé analytique,
soulevant une couche après l'autre, attendant des révélations dans
les rêves ? Comment tout ceci peut-il être complètement révélé pour
que la connaissance de soi soit complète ?

Ceci ne peut apparemment pas être fait par l'esprit conscient. Je
ne peux pas examiner l'inconscient, ce qui est caché, à la lumière
du conscient. Et vous, en êtes-vous capable ? Ne dites pas « non »
– voyez la difficulté, parce que je ne sais pas ce qui est caché, et ce
contenu occulte peut se manifester à travers des rêves, lesquels
devront être interprétés, ce qui prendra un temps considérable,
n'est-ce pas ?

A. – Je crois qu'il est possible de se connaître au moyen de certaines drogues – il n'y a alors plus de conflit.

K. – Une drogue peut-elle vraiment révéler le contenu total de la conscience, ou bien ne s'agit-il pas plutôt d'un certain état d'esprit chimiquement imposé et entièrement différent de la connaissance de soi ? J'ai observé bien des gens en Inde qui ont pris des drogues, et aussi des étudiants dans les universités américaines, et d'autres encore, qui avaient recours à des drogues psychédéliques. Des drogues ont certes une influence sur le mental, sur les cellules cérébrales elles-mêmes – elles détruisent le cerveau. Si vous avez l'occasion de parler avec ceux qui ont pris des drogues, vous constatez qu'ils ne peuvent plus raisonner ni suivre une séquence logique de pensée. Je ne vous demande pas de vous abstenir de drogues, cela vous regarde, mais vous pouvez constater leurs effets sur les drogués. Ils perdent tout sens de responsabilité, ils se figurent pouvoir faire tout ce qui leur plaît – combien avons-nous d'hôpitaux remplis de déséquilibrés grâce aux drogues ! Nous parlons d'une action non chimique. Si le L.S.D., ou toute autre drogue, pouvait induire un état d'esprit exempt de tout conflit, tout en permettant de conserver la pensée logique et le sentiment de responsabilité, ce serait tout simplement merveilleux.

Notre question est celle-ci : comment dévoiler tout le contenu caché d'un seul coup d'œil ? Non par l'analyse des rêves, ni par aucune analyse, car ce procédé implique le temps et un gaspillage d'énergie. C'est une question importante, parce que je veux me connaître – moi-même étant tout mon passé, mes expériences, mes blessures, mes angoisses, mes craintes, ma culpabilité. Comment appréhender tout cela immédiatement ? Cette compréhension immédiate libère une énergie immense. Alors comment ? Est-ce impossible ? Il faut poser la question impossible pour trouver le moyen de s'en sortir. Faute de poser la question la plus impossible, nous n'aurons jamais devant nous que le possible, et ce qui est possible est bien peu de chose. Je pose donc la question impossible entre toutes, c'est-à-dire : exposer le contenu entier de la conscience, le comprendre, le voir totalement, sans que le temps entre en jeu – c'est-à-dire sans analyse, sans cette exploration d'une couche après l'autre, qui impliquent l'écoulement du temps –, comment l'esprit peut-il observer tout ce contenu d'un seul regard ?

Si cette question vous est posée, comme elle vous est posée en ce moment, si vous écoutez vraiment la question, quelle est votre réponse ? Évidemment, vous dites : « Je ne peux pas le faire. » Vous ne savez vraiment pas comment le faire. Attendez-vous une réponse de quelqu'un d'autre ? Si je me dis : « Je ne sais pas », est-ce que j'attends que quelqu'un me réponde – est-ce que j'attends une réponse ? Si j'attends une réponse, c'est que je sais d'avance. Vous me suivez ? Mais quand je dis : « Je ne sais pas, *vraiment* je ne sais pas » – je n'attends de réponse de personne, je n'attends rien parce que personne ne peut répondre. Donc, vraiment je ne sais pas. Quel est l'état d'un esprit qui dit : « Vraiment je ne sais pas » ? Je ne peux trouver la réponse dans aucun livre, je ne peux demander à personne, je ne peux trouver aucun maître, aucun prêtre, vraiment je ne sais pas. Quand l'esprit dit : « Je ne sais pas », quel est l'état de cet esprit ? S'il vous plaît, ne me répondez pas. Mais regardez, parce que toujours nous disons que nous savons, que nous connaissons. Je connais ma femme, je connais les mathématiques, je sais ceci, je sais cela. Jamais nous ne disons : « Vraiment je ne sais pas. » Et je demande quel est l'état d'un esprit qui dit honnêtement : « Je ne sais pas » ? Ne verbalisez pas tout de suite. Quand, véritablement, je dis : « Je ne sais pas », l'esprit n'a pas de réponse. Il n'attend rien de personne. Pas d'attente, pas d'expectative. Alors que se passe-t-il ? N'est-il pas absolument seul ? Il n'est pas isolé – l'isolement et la solitude sont deux choses différentes. Dans cette solitude, il n'y a pas d'influence, pas de résistance, l'esprit s'est dénudé de tout son passé, il dit : « Vraiment je ne sais pas. » Il s'est, par conséquent, vidé de tout son propre contenu. Avez-vous compris ?

J'ai posé la question impossible et j'ai dit : « Je ne sais pas. » L'esprit, par conséquent, est vidé de tout, de toute suggestion, de toute probabilité, de toute possibilité ; l'esprit est donc pleinement actif, mais vidé de tout le passé – le temps, l'analyse, l'autorité. Il a donc révélé tout son propre contenu en rejetant ce contenu. Comprenez-vous, maintenant ? Comme nous l'avons dit, la méditation ne peut commencer qu'avec une totale compréhension de soi-même ; cela fait partie du commencement de la méditation. Si je ne me connais pas, mon esprit peut s'illusionner, se tromper selon son conditionnement particulier. Si vous connaissez votre propre conditionnement et que vous en êtes libéré, il n'y a plus d'erreur possible, et c'est là une chose essentielle, car nous nous trompons si facilement. Donc, en creusant en moi-même, je vois que la conscience se vide de son contenu à mesure qu'elle se connaît, non en niant quoi que ce soit, mais en comprenant tout le contenu. Ceci libère une grande énergie, ce qui est nécessaire, parce que cette énergie fait subir à toutes mes activités une transformation complète. Elles ne sont plus centrées sur moi-même, et il n'y a plus aucune cause de friction.

La méditation est un moyen de rejeter tout ce que l'homme a pu concevoir de lui-même et du monde. Il a dès lors un esprit tout différent. La méditation implique un regard lucide, à la fois sur le monde et sur tout le mouvement de soi-même, c'est voir exactement ce qui est, sans choix, sans distorsion. Celle-ci se produit dès qu'intervient la pensée. Il faut que la pensée fonctionne, mais quand elle intervient dans le courant d'une observation sous forme d'image, il y a *ipso facto* distorsion et illusion. Or, pour observer ce qui est vraiment, en soi et dans le monde, sans aucune distorsion, un esprit apaisé, silencieux, est nécessaire. On sait qu'il faut un esprit tranquille, et c'est pourquoi on vous offre différents systèmes pour vous aider à le dominer, ce qui conduit à des frictions. Si c'est avec passion, avec intensité que vous voulez observer, votre esprit s'apaise inévitablement. Vous n'avez pas besoin de l'y contraindre – dès l'instant où vous le forcez, ce n'est plus un esprit tranquille, c'est un esprit mort. Pouvez-vous voir cette vérité – que pour percevoir quoi que ce soit il faut regarder ? – et si vous regardez à travers des préjugés, vous ne pouvez pas voir. Si vous voyez cela, votre esprit est tranquille.

Que se passe-t-il au sein d'un esprit tranquille ? Non seulement nous examinons la nature de cette énergie exempte de toute friction, mais nous nous demandons comment susciter un changement radical en soi-même. Nous sommes le monde, le monde c'est nous – le monde n'est pas un fruit séparé de moi : je suis le monde. Ce n'est pas une idée, c'est un fait absolu, que je suis le monde et que le monde c'est moi. Donc, un changement radical qui se produit en moi agit sur le monde puisque j'en fais partie.

Dans cette enquête, cet examen de la méditation, je vois que tout gaspillage d'énergie est causé par les frictions dans mes rapports avec autrui. Est-il possible d'avoir avec notre entourage des rapports dépourvus de toute friction ? Il faut pour cela que je comprenne ce que c'est que l'amour, c'est-à-dire le rejet de tout ce qu'il n'est pas. La jalousie, l'ambition, l'avidité, les activités égocentriques, bien évidemment tout cela nest pas l'amour. Si en me comprenant moi-même je rejette tout ce que l'amour n'est pas, alors l'amour *est*. L'observation dure une seconde, les explications, les descriptions sont longues, mais l'acte d'observation, lui, est instantané.

Dans mon observation, je n'ai rencontré aucun système, aucune autorité, aucune activité égocentrique, par conséquent aucun conformisme, aucune comparaison de moi-même avec un autre ; pour observer ainsi, l'esprit doit être extraordinairement tranquille. Pour écouter tout ce qui vient d'être dit, vous devez faire preuve d'attention, n'est-il pas vrai ? Vous ne pouvez pas écouter si vous pensez à autre chose. Si tout ceci vous ennuie, je peux me lever et partir, car il serait absurde de vous forcer à écouter. Si cela vous intéresse vraiment, passionnément, intensément, alors vous écoutez de façon complète, et pour cela, l'esprit doit être tranquille – c'est tout simple. Tout cela, c'est la méditation ; s'asseoir cinq minutes tout seul, les jambes croisées, en respirant comme il faut – cela n'est pas méditer, c'est de l'auto-hypnose.

Je veux découvrir quelle est la qualité d'un esprit complètement silencieux, et aussi ce qui se passe quand il l'est. J'ai observé, noté, compris et j'en ai fini avec cette question. Mais il y en a une autre : quel est l'état de l'esprit, des cellules cérébrales elles-mêmes ? Les cellules cérébrales emmagasinent les souvenirs utiles, ceux qui sont nécessaires à l'autoprotection, aux souvenirs liés à ce qui pourrait devenir un danger. Ne l'avez-vous pas remarqué ? J'imagine que vous lisez beaucoup de livres. Personnellement, ce n'est pas mon cas, et je puis, par conséquent, me regarder moi-même, découvrir, m'observer, non pas selon les critères d'un tel ou un tel, mais simplement observer. Je me demande maintenant quel est la qualité d'un tel esprit, ce qui est arrivé au cerveau ? Le cerveau enregistre, c'est là sa fonction. Il peut trouver une certaine sécurité dans une névrose ; il a pu la trouver dans le nationalisme, le sentiment de la famille, la possession de vastes biens, ce sont là des névroses. Le cerveau doit se sentir en sécurité pour pouvoir bien fonctionner, et, faute de mieux, il peut trouver cette sécurité dans des choses fausses, irréelles, illusoires, névrotiques.

Tout ceci disparaît quand je me suis examiné à fond. Plus de névrose, de croyance, de nationalité, de désir de blesser ni de me remémorer mes blessures. Le cerveau est alors un pur appareil enregistreur, que la pensée n'utilise plus comme moyen d'entretenir le « moi ». La méditation implique donc non seulement un corps apaisé, mais un cerveau tranquille. Avez-vous jamais observé votre cerveau en activité ? Pourquoi vous pensez certaines choses. Pourquoi vous réagissez à l'égard des autres. Pourquoi vous vous sentez désespérément seul, mal aimé, sans appui, sans espoir – vous connaissez cet immense sentiment de solitude ? Vous pouvez être marié, avoir des enfants, vivre dans un groupe, il subsiste ce sentiment de vide complet. Quand on s'en rend compte, on cherche à s'en évader, mais si vous demeurez avec lui, sans fuir, si vous le regardez complètement, sans juger, sans condamner, sans chercher à le vaincre, si vous l'observez tel qu'il est, vous vous apercevrez que ce que vous avez nommé solitude a cessé d'exister.

Donc, les cellules cérébrales enregistrent, et la pensée élaborée en vue du « moi » – mes ambitions, mon avidité, mes intentions, mon accomplissement – tout cela prend fin. Ainsi, le cerveau et l'esprit sont extraordinairement calmes et ne fonctionnent que lorsqu'il y a lieu. Par conséquent, ils pénètrent dans une dimension entièrement autre et échappant à toute description ; car la description n'est pas la chose décrite. Tout ce que nous avons fait ce matin est description, explication. Mais le mot n'est pas la chose, et quand on a compris cela, on est libéré du mot. L'esprit silencieux aborde alors l'incommensurable.

Toute notre vie est fondée sur la pensée qui est mesurable. Elle mesure Dieu, elle mesure nos rapports avec autrui à travers une image. Nous cherchons à nous améliorer, en fonction de ce que nous nous figurons devoir être. Ainsi, nous vivons, sans que ce soit nécessaire, dans un monde de mesure et prétendons pénétrer dans un monde où il n'existe pas de mesure. La méditation consiste à voir ce qui est, et à le transcender – voir la mesure et aller au-delà. Que se passe-t-il quand le cerveau, l'esprit et le corps sont réellement calmes et apaisés – quand l'esprit, le corps et le cœur ne font qu'un ? On vit alors une vie totalement différente.

A. – Qu'est-ce que l'intuition ?

K. – C'est un mot dont il faut user avec précaution. Parce que quelque chose me plaît inconsciemment, je dis que j'ai une intuition à son sujet. Ne connaissez-vous pas tous ces tours que l'on se joue à soi-même par l'emploi inconsidéré de ce mot ? Quand on voit les choses telles qu'elles sont, quel besoin d'intuition ? Quel besoin avons-nous de pressentiments, d'indices ? Nous parlons ici de connaissance de soi.

A. – Quand on prend conscience de ses appétits sexuels, ils semblent disparaître. Cette prise de conscience, cette attention peuvent-elles être maintenues constamment ?

K. – Voyez le danger de cette question. « Quand j'ai conscience de mes appétits sexuels, ils semblent disparaître. » La prise de conscience est désormais un procédé pour me permettre de faire disparaître les choses qui me déplaisent. La colère me déplaît, donc je vais en prendre conscience, et peut-être va-t-elle disparaître. Mais j'aime me réaliser, être un grand homme, et de cela je me garderai de prendre conscience. Je crois en Dieu, je révère l'État, mais je ne vais pas prendre conscience de tous les dangers que cela implique, malgré les divisions, les destructions, les tortures qui en résultent. Ainsi, je vais prendre conscience des choses les plus déplaisantes, mais je vais ignorer celles que je désire conserver. La prise de conscience n'est pas un procédé, une technique susceptible de m'aider à dissoudre les choses dont je ne veux pas. La lucidité, la prise de conscience exigent que vous observiez l'ensemble du mouvement d'attrait et d'aversion. Si vous êtes vieux jeu et que vous ne parlez pas de questions sexuelles, vous censurez le sexe, mais vous continuez d'y penser – il faut prendre conscience de tout cela.

A. – Monsieur, pouvons-nous, par la connaissance de notre esprit, être lucides tout en dormant ?

K. – Ceci est vraiment une question complexe. Comment puis-je être lucide tout en dormant ? Y a-t-il une lucidité qui persiste pendant le sommeil ? Mais ai-je conscience, pendant la journée, de tous les mouvements qui se produisent en moi, de toutes les réactions ? Si je n'en suis pas conscient pendant le jour, comment le serais-je la nuit quand je dors ? Si vous êtes lucide pendant la journée, si vous êtes attentif à ce que vous mangez, à ce que vous dites, à ce que vous pensez, à vos mobiles, y a-t-il lieu d'être lucide pendant la nuit ? Je vous invite à trouver la réponse par vous-même. Si vous ne prenez conscience que de ce qui est enregistré par le cerveau, que se passe-t-il ? J'ai passé ma journée en étant actif, pleinement lucide, en observant ce que je mange, ce que je pense, ce que je sens, comment je parle aux autres. La jalousie, l'envie, l'avidité, la violence – j'ai complètement perçu tout cela ; autrement dit, j'ai établi un certain ordre en tout cela, un ordre indépendant de tout modèle établi. Naguère, j'ai vécu une vie sans ordre, sans lucidité, j'en ai pris conscience, et l'ordre s'est établi. Et alors, quand le corps s'endort, que se passe-t-il ? En général, le cerveau s'efforce d'installer un certain ordre pendant que vous dormez, parce que pendant vos heures de veille vous avez vécu dans le désordre et que votre cerveau a besoin d'ordre. Je ne sais si vous avez observé la chose – le cerveau ne peut fonctionner convenablement, sainement, s'il n'y a pas d'ordre.

Si l'ordre a été établi dans le courant de la journée, le cerveau n'a pas lieu de l'établir pendant votre sommeil par des rêves, des « intuitions », et ainsi de suite – il est calme. Il peut enregistrer, mais il est apaisé, et il y a pour lui une possibilité de renouveau, la possibilité de ne plus lutter, de ne plus se battre ; et, par conséquent, l'esprit devient extraordinairement jeune, innocent, plein de fraîcheur, dans ce sens qu'il ne peut plus blesser ni être blessé.

A. – Quand un homme a un message, ses rapports avec ses disciples sont ceux de maître à élève. Le maître a souvent des pouvoirs, et son message est un système. Pourquoi ne vous considérez-vous pas comme un maître, ni votre message comme un système?

K. – Je me suis expliqué assez clairement, me semble-t-il. Ne suivez personne, n'acceptez personne en tant que maître, sauf si c'est vous-même qui devenez votre propre maître et votre propre disciple.

Brockwood Park
12 septembre 1971

Discussion avec un petit groupe à Brockwood

1. La violence et le « moi »

1

La violence et le « moi »

Le changement implique-t-il la violence ? Jusqu'à quel point rejetons-nous la vio-
lence ? La violence et l'énergie : observation de la violence. Racine de la violence.
Compréhension du « moi » ; le « moi » qui se propose de changer est violent. Est-ce
le « moi » ou l'intelligence qui voit ? Ce qu'implique la vision.

KRISHNAMURTI – En abordant n'importe quel problème, n'importe quelle question, il nous faudra creuser d'une façon complète et sérieuse, en prenant une chose à la fois, et ne pas nous mettre à parler vaguement d'une quantité de questions différentes. Donc, il serait intéressant, à mon avis, de choisir un problème humain véritable et d'en discuter ensemble complètement et sérieusement. Alors, de quoi parlerons-nous ?

AUDITEUR (1) – De l'éducation.

A. (2) – De notre manque de lucidité.

A. (3) – De l'amour.

A. (4) – Monsieur, quelquefois, par suite d'une fatigue nerveuse, l'esprit paraît perdre toute sensitivité. Je me demande ce que nous pouvons faire en face d'une telle situation.

K. – Ne pourrions-nous pas prendre un problème tel que la violence ? C'est une chose qui me paraît croître dans le monde entier ; nous pourrions voir ce qu'elle implique et si l'esprit humain peut véritablement résoudre les problèmes sociaux et aussi les problèmes psychologiques intérieurs sans faire appel à aucune violence.

Comme on peut l'observer, dans tous les coins du monde éclatent des révoltes, des révolutions ayant pour but de changer les structures sociales. Il est évident que ces structures doivent être modifiées ; cela peut-il se faire sans violence ? – parce que la violence engendre la violence. Suite à une révolte, un parti peut prendre le pouvoir et, y étant parvenu, il s'y maintiendra par la violence. C'est de toute évidence ce qui se passe à l'heure actuelle dans le monde entier. Nous demandons par conséquent s'il existe une façon d'effectuer un changement dans le monde et en nous-mêmes sans pour cela engendrer la violence. Il me semble que c'est un problème très sérieux et qui concerne chacun de nous. Cela vous plairait-il de discuter de cette question ? Qu'en dites-vous ?

A. – Oui, discutons de la violence.

K. – Mais alors, faisons la chose véritablement à fond et pas simplement superficiellement, parce que, tout en parlant, nous devons nous souvenir que cela doit entraîner un changement dans notre façon de vivre. Je ne sais pas si vous êtes disposés à creuser suffisamment profond. Et ma question est de savoir si le monde extérieur, les structures sociales, l'injustice, les divisions, l'épouvantable brutalité, les guerres, les révoltes et tout ce qui s'ensuit sont choses que l'on peut espérer changer, tout comme cette lutte psychologique intérieure qui se poursuit en nous sans cesse. Cela peut-il être changé sans qu'il soit fait appel à la violence, sans conflit, sans opposition, sans former un parti dressé contre un autre, non seulement extérieurement, mais aussi sans les divisions psychologiques intérieures ? – en ayant présent à l'esprit que toutes les divisions sont source de conflits et de violence. Comment donc provoquer ces changements intérieurs et extérieurs ? Il me semble que c'est là la question la plus importante qui s'impose à nous. Qu'en dites-vous, messieurs ? Et comment allons-nous nous y prendre ?

A. – Nous pourrions commencer par voir la violence telle qu'elle se manifeste chez les jeunes enfants ?

K. – Voulez-vous que nous commencions par les jeunes enfants, ou par l'étudiant, ou par l'éducateur ? – c'est-à-dire par nous-mêmes. Parlons-en ensemble, que ce ne soit pas moi qui parle tout le temps.

A. (1) – Il faudrait commencer par l'éducateur.

A. (2) – Par nous-mêmes. Moi, je constate la violence en moi-mcme tous les jours.

K. – Par où voulez-vous commencer pour résoudre ce problème ? Dans tous les coins du monde, même en Russie où il y a quelques intellectuels et quelques écrivains qui sont en révolte contre la tyrannie en place, il y a des révoltes. Ces gens ont soif de liberté et ils veulent arrêter les guerres. Par où voulez-vous commencer avec ce problème ? L'arrêt des guerres au Vietnam ou au Moyen-Orient ? Par où peut-on commencer pour comprendre ce problème ? Au centre, ou à la périphérie ?

A. – En soi-même, dans sa propre vie.

K. – Par ou voulez-vous commencer ? Par vous-même, votre propre foyer, ou là-bas, loin de chez vous ?

A. – Pourquoi pas les deux ? Si l'on peut provoquer un changement superficiel, cela peut peut-être résoudre un problème superficiel. Je ne vois pas de raison pour qu'on ne fasse pas cela en même temps que des examens individuels.

K. – Est-ce là ce qui nous intéresse : des changements superficiels, des réformes superficielles ? Et, par conséquent – ce qui peut s'avérer nécessaire – nous allons consacrer toutes nos énergies, toutes nos pensées, tous nos soins, tous nos soucis, toutes nos affections pour des réformes extérieures et superficielles ? Ou bien ne vaut-il pas mieux commencer à un niveau complètement différent ? – sans nous contenter toutefois d'y voir un opposé.

A. – Mais ces points de vue s'excluent-ils l'un l'autre ?

K. – Je n'ai pas dit qu'ils s'excluaient. J'ai dit qu'ils n'étaient pas opposés.

A. – Mais je ne vois pas pourquoi c'est un cas de « ou bien l'un ou bien l'autre ». On peut voir très clairement qu'il est possible de sauver une centaine de vies grâce à une action superficielle. Je ne vois pas de contradiction.

K. – Je suis tout à fait d'accord. Mais il y a beaucoup de gens qui se consacrent à des activités superficielles, il y en a des milliers ! Allons-nous exclure tout cela et ne nous préoccuper que de notre propre maison, ou bien est-ce que, dans l'intérêt que nous portons à notre propre maison, les autres problèmes sont inclus ? Il ne s'agit pas d'une exclusion, ni d'une opposition, ni d'éviter l'un pour mettre l'accent sur l'autre.

A. – Très bien, monsieur, je ne vais pas insister, mais il me semble tout de même que, très souvent, les gens vous écoutent – et je m'inclus dans le nombre – avec l'idée qu'un examen personnel était très important pour pouvoir résoudre le problème immédiat de l'exclusion, par exemple, de toute activité politique, laquelle, à son propre niveau, peut résoudre des questions particulières, à défaut des questions fondamentales. Mais je ne vois pas de raison pour que ces deux enquêtes ne puissent pas être poursuivies ensemble.

K. – Monsieur, je suis tout à fait d'acord. Allons-nous nous attaquer aux questions fondamentales ?

A. – C'est évidemment la chose importante.

K. – Donc, par où allons-nous commencer ? Quelle est la question fondamentale ?

A. – L'individu. La masse n'est qu'une prolongation de l'individu.

K. – C'est très clair, n'est-ce pas ? Nous avons soif de changements extérieurs et intérieurs, superficiels et profonds. L'un n'exclut pas l'autre : j'ai besoin de nourriture si je veux pouvoir penser ! Donc, sans établir de division, quelle est la question fondamentale ? Par quoi allons-nous commencer ?

A. – Quelle est la cause de la violence ?

K. – Est-ce là ce dont vous voulez discuter ?

A. – Pourquoi avons-nous soif de changements ?

K. – Cela aussi c'est une bonne question. Pourquoi changer ?

A. – Parce que, dans notre état actuel, nous ne semblons parvenir à rien.

K. – Et même si vous arrivez à quelque chose, pourquoi ne pas vouloir changer ? S'il vous plaît, revenons à notre point de départ.

A. – Dans notre état actuel, nous semblons disposer d'une très petite marge de mouvement ; nous sommes prisonniers de nos habitudes individuelles, ou d'événements sans cesse répétés. Il y a ce manque de mouvement qui nous bloque toujours d'une manière ou d'une autre dans la vie – d'où ces flambées de violence.

K. – Allons-nous découvrir quelles sont les causes de la violence ? Chacun aura une opinion différente ; même les experts ne sont pas d'accord sur les causes de la violence, on a écrit des volumes à ce sujet ! Allons-nous poursuivre l'examen des causes, ou bien ne pourrions-nous pas *voir* la violence telle qu'elle est – comme une question fondamentale dans les rapports humains ; découvrir si elle va forcément se perpétuer ou si elle peut être modifiée ? Quel est le problème fondamental qui ressort de cette violence ?

A. – Il semblerait que nous ayons reçu en partage une sorte de cerveau animal, et c'est là la cause principale. Il me semble que nous sommes violents par nature, à moins de sortir du piège. La moitié du temps, les politiciens se conduisent comme des volailles dans une basse-cour.

K. – Je le sais bien. *(Rires.)*

A. – Est-il possible d'examiner l'état de notre esprit individuel pour découvrir si nous sommes violents intérieurement et intrinsèquement, si cette violence fait partie intégrante de l'activité mentale elle-même, si notre mouvement psychologique dualiste est lui-même violent ?

K. – Alors, monsieur, quel est votre avis sur la violence ?

A. (1) – Je crois que c'est de l'égoïsme, l'intérêt qu'on se porte à soi-même.

A. (2) – Une séparation.

A. (3) – Une réaction à la peur.

K. – Notre éducation nous a dressés à être violents. Notre nature animale et l'activité de notre cerveau humain sont violentes et tournées vers la division ; tous, nous le savons. Nos activités égocentriques, notre agressivité, notre tendance à résister, à nous affirmer, à nous opposer, tout cela favorise la violence.

A. – Il y a aussi en nous un élément que la violence révulse, mais un autre qui s'y complaît, qui en profite à fond.

K. – Oui. Il y a en moi une partie qui résiste à la violence et qui en est scandalisée. Et, alors, où en sommes-nous ?

A. – Ce désir d'approfondir le problème de la violence ressort d'une vision partielle. C'est-à-dire que, globalement, nous n'avons pas envie de résoudre ce problème.

K. – Ah non ?

A. – Non.

K. – Alors, examinons. Est-il possible de résoudre cette question de la violence complètement ?

A. (1) – Mais le fait de se révolter contre la violence n'est-il pas en lui-même une sorte de violence ? Il me semble que cela pourrait être très destructeur.

A. (2) – Si l'esprit ou son conditionnement est violent dès le départ, le résultat sera forcément violent.

K. – Donc, messieurs, qu'allons-nous faire ?

A. – Ne serait-il pas sage, simplement, d'observer cette violence sans chercher à nous en débarrasser ?

K. – Ce monsieur a posé une question : est-ce qu'au fond de nous-mêmes nous désirons véritablement être affranchis de toute espèce de violence ? Répondez à cette question. Le désirons-nous vraiment ? Cela voudrait dire qu'il n'y aurait plus de conflit, plus de mouvement dualiste en nous, plus de résistance, plus d'opposition, plus d'agression, plus d'ambition nous portant à vouloir *être* quelqu'un, plus d'affirmation de nos propres opinions dressées contre d'autres. Parce que ces choses impliquent une sorte de violence, non seulement la violence de l'autodiscipline, mais encore cette violence qui me porte à déformer mes désirs afin de me conformer à un modèle pour que mon désir soit moral ; tout cela, ce sont des formes de violence. La volonté elle-même est violence. Désirons-nous être libérés de tout cela ? Et un être vivant peut-il s'en affranchir ?

A. – Il semblerait que, dans ce processus que nous appelons la vie, une certaine tension soit nécessaire. Il nous faut donc distinguer, me semble-t-il, entre la tension et la violence. Cela me rappelle une histoire de poissons, des harengs pleins de torpeur et qui se sont éveillés seulement quand on a introduit des prédateurs dans l'aquarium. Où cesse la tension normale de la vie et où commence la violence ? Y a-t-il une distinction à faire ?

K. – Alors vous voyez un état de tension comme étant nécessaire ?

A. – Mais il y a partout une sorte de polarité.

K. – Messieurs, examinons. L'être humain (c'est-à-dire nous, qui sommes ici) veut-il être libéré de *toute espèce* de violence ?

A. (1) – Cela me paraît une question très difficile, parce qu'il y a en nous tant de contradictions. À un moment, on dit qu'on ne veut pas de violence ; et puis la scène change et, en l'espace d'une heure, on est pris, on est violent. Il y a tant de facettes en nous.

A. (2) – Il peut y avoir quelqu'un qui cherche très sérieusement à approfondir sa propre violence intérieure, mais comment cette personne va-t-elle réagir face à une violence extérieure ?

K. – Attendez, monsieur, c'est une question qui viendra plus tard. Mais ici, nous rendons-nous compte de l'importance qu'il y a à être complètement affranchi de toute violence ? Ou bien ne nourrissez-vous pas le secret désir d'en conserver une certaine partie ? Est-il possible d'être complètement libre de toute violence ? – ce qui veut dire être affranchi de toute irritation, de toute colère, de toute angoisse et de toute résistance face à n'importe quoi.

A. – Il me semble qu'il y a une différence entre vous qui exprimez la question comme vous le faites et un individu qui dit : « Je veux être affranchi de toute violence. » Parce que l'un regarde la question d'une façon impassible et l'autre est mouvement – un mouvement violent.

K. – Et voilà le point crucial !

A. – Il me semble que c'est une attitude juste, raisonnable, que d'examiner la question plutôt que de s'efforcer de résoudre la violence. Pour moi, ce sont deux choses différentes.

K. – Alors quelle est votre question, monsieur ?

A. – Est-il possible d'être complètement affranchi de toute espèce de violence ?

K. – Toute la question est là.

A. – Mais e'est tout à fait différent que de s'efforcer d'en être affranchi.

K. – Absolument ! Alors, qu'est-ce que je fais ? – la chose est-elle possible ?

A. (1) – Si l'on voit le tracé, le modèle de sa vie quotidienne, on constate que, sans une certaine forme de violence – ou peut-être ce que ce monsieur appelle tension – on ne pourrait jamais exercer un métier face à toutes les pressions et les difficultés qui nous affrontent dans la société. Nous parlons d'être affranchis de la violence quand nous sommes en colère, ou que nous avons peur comme si nous étions pris au piège, mais j'ai le sentiment qu'il y a peut-être toujours une certaine violence dans notre vie. Il est difficile de concevoir une façon de vivre, de faire un métier quelconque, sans qu'il y ait une sorte de poussée en soi qui *est* à mon avis violence.

A. (2) – N'y a-t-il pas une différence entre la tension et la violence ? Il semblerait que la violence, étant résistance et agressivité, est une chose nocive ; elle s'efforce d'arrêter quelque chose, alors que la tension avance et épouse le mouvement de notre activité. Il me semble que nous devons comprendre la différence entre la violence et la tension.

K. – Monsieur, pouvons-nous approfondir cette question : est-il possible pour un être humain d'être complètement libéré de toute violence ? Et nous avons compris ce que nous entendons par la violence, plus ou moins.

A. (1) – Mais ce n'est pas mon avis. S'il n'y a aucune différence entre la violence et l'énergie, alors je n'ai pas envie d'être affranchi de ma violence.

A. (2) – Si nous pouvions observer notre violence tout le temps, il n'y en aurait plus.

K. – Non, monsieur. Mais avant d'en arriver là, en tant qu'être humain je me suis posé cette question : est-il possible de vivre sans violence ?

A. – Mais, de toute évidence, nous n'en savons rien.

K. – Alors, enquêtons, monsieur, et partons à la découverte.

A. – Est-ce que la seule façon de le découvrir ne serait pas d'essayer de le faire ?

K. – Pas seulement de le faire, mais de nous interroger, d'approfondir la chose, de l'observer et de prendre conscience de tout ce mouvement de résistance. Connaissant le danger de la violence, voyant ses effets extérieurs, les divisions, les horreurs, tout cela, je me pose la question : est-il possible pour moi d'être libéré de toute violence ? En fait, je n'en sais rien. Je vais donc examiner, je veux découvrir, non pas verbalement, mais passionnément ! Les êtres humains ont vécu avec violence pendant des milliers d'années et je veux découvrir s'il est possible de vivre sans elle. Donc, par où vais-je commencer ?

A. – Voudriez-vous tout d'abord commencer à comprendre ce qu'est la violence ?

K. – Mais je sais très bien ce qu'elle est : colère, jalousie, brutalité, révolte, résistance, ambition, et tout ce qui s'ensuit. Nous n'avons pas à définir interminablement ce que c'est que la violence.

A. – Moi, je ne vois pas comment l'ambition fait partie de la violence.

K. – Non ?

A. – Est-il possible de voir comment la violence prend naissance en soi-même, quand elle surgit et quand elle fait surface ?

K. – Monsieur, dois-je attendre que la colère surgisse, en prendre conscience et me dire : « Je suis violent » ? Est-ce là ce que vous proposez, monsieur ?

A. (1) – Le mouvement qui conduit à un état de violence et de colère est très rarement saisi par nous.

A. (2) – Ne faudrait-il pas comprendre nos pensées ? – nos pensées subites.

K. – Monsieur, c'est un problème tellement vaste, n'en examinons pas quelques parcelles par-ci par-là. Observons-le au cœur de sa nature. Qu'est-ce en moi qui me donne un esprit violent, qui met de la violence dans ce corps, dans cette personne humaine ? Quelle est la source de cette violence ? Observez la chose en vous-même.

A. – Est-ce que ce n'est pas mon désir de réussir quelque chose, de gagner, d'être quelque chose ? Je voudrais regarder pour voir, concernant la violence que je savais être la mienne, dans quelle mesure je pourrais y renoncer et néanmoins survivre dans des limites raisonnables. C'est cela à mon avis le premier pas à faire.

K. – Les limites raisonnables – mais cela pourrait être encore de la violence.

A. – Oui, cela ne m'étonnerait pas, si je conservais encore une certaine dose de violence.

K. – Mais je demande s'il est possible de vivre *sans* aucune violence, et alors je dis : quelle est sa racine ? Et cela, si je pouvais le comprendre, peut-être pourrais-je comprendre comment vivre sans violence. Quelle en est la racine ?

A. – Un sentiment de révolution et de séparation.

K. – Vous dites que la racine de cette violence, c'est le clivage, la division, le « moi ». L'esprit peut-il vivre sans ce « moi » ? Je vous en prie, continuons, examinons.

A. – Est-il vrai que tant qu'il y a un but, un désir d'aucune sorte, il y a des germes de violence ?

K. – Mais évidemment ! C'est là le nœud de la question. Avançons pas à pas. S'il vous plaît, messieurs, continuons.

A. – Cela ne pose pas la question de savoir s'il est possible de vivre sans aucun but ?

K. – En effet. Est-il possible de vivre sans but, sans principe, sans objectif ?

A. – Mais le but, c'est la vie.

K. – L'attitude opposée, c'est de se laisser aller avec le courant. Il faut par conséquent que nous fassions très attention à ne pas penser en fonction d'un opposé. J'ai l'impression, si je n'ai aucun but, de me laisser aller. Il me faut donc être très circonspect quand je dis : « Avoir un but, c'est une forme de violence » ; parce que, quand on est sans but, il se peut que tout simplement on se laisse aller au fil de l'eau.

A. – Mais tout cela est hors du sujet, monsieur, ce n'est pas là la question. La question est celle-ci : est-il possible de vivre sans violence ?

K. – Monsieur, je ne faisais que vous prévenir. Faites attention de ne pas vous lancer dans une direction opposée. Donc, est-il possible de vivre sans avoir une direction ? Avoir une direction, un objectif, cela veut dire un élan qui nous pousse vers un but. Quel besoin ai-je d'avoir un but, une fin ? Cette fin, ce but, cet objectif, ce principe, cet idéal – tout cela est-il réel ? Ou bien n'est-ce pas une chose que l'esprit a inventée parce qu'il est conditionné, parce qu'il a peur, parce qu'il recherche une sécurité extérieure et intérieure, et alors il invente quelque chose et se lance à sa poursuite, espérant y trouver une certaine sécurité ?

A. – Il y a des moments où on semble avoir une sorte d'intuition de cette autre attitude, et ces intuitions semblent nous donner une certaine énergie.

K. – Oui, on peut en avoir une certaine intuition mais cela ne me suffit pas. Je veux découvrir s'il est possible de vivre sans violence, et je pose ma question avec *passion*. Ce n'est pas une fantaisie idéologique, véritablement je veux découvrir.

A. – L'ennui, pour moi, c'est que cette question, je ne la sens pas.

K. – Vous ne la sentez pas ?

A. – Pas assez pour me secouer, pour aller à sa rencontre.

K. – Et pourquoi pas ? Pourquoi pas ? Mais tout le problème de l'existence est là !

A. – Je crois que c'est un problème pour la plupart d'entre nous.

K. – Mon Dieu ! Ces gens brûlent, détruisent, et vous venez dire : « Je suis désolé, mais cela ne m'intéresse pas vraiment ! »

A. (1) – Si cette question de la violence vous intéresse, je crois que vous y contribuez. Vous contribuez à l'incendie et vous en jouissez. Je crois que s'il n'y avait pas en vous de la violence, cela ne vous intéresserait pas vraiment.

A. (2) – Mais, monsieur, quel est le sens du mot « violence » ? Par exemple, vous y incluez des choses comme de l'enthousiasme, du dynamisme. Ces choses-là, direz-vous que c'est de la violence ?

K. – Il ne s'agit pas de ce que, moi, je l'appellerais, monsieur – mais vous, comment l'appelez-vous ?

A. – Mais je ne sais pas…

K. – Je ne suis pas un oracle, allons à la découverte. Mais tenons-nous à cette question. Est-il possible pour moi de vivre *complètement* sans violence ?

A. – Mais nous sommes pris dans un piège épouvantable.

K. – Nous y sommes pris ; mais allons-nous y rester ?

A. – Non, mais nous avons un corps, uni individualité à protéger. C'est très difficile.

K. – Alors, qu'est-ce que je vais faire ? Je vous en prie, répondez à ma question ! Pour moi, cela a une importance extrême. Le monde est en feu. N'allez pas dire : « Mon corps est faible, tout ceci est bien difficile, ce n'est pas possible. Il faut que je devienne végétarien. Il faut que je m'abstienne de tuer. » Et moi, je demande : est-ce possible ? Et pour le découvrir, il me faut découvrir quelle est la *source* de cette violence.

A. – Mais je crois que c'est parce que je suis divisé en moi-même. Si je suis divisé, je suis forcément violent. J'ai l'impression que je vais être détruit, et, par conséquent, j'ai peur.

K. – Et, par conséquent, nous acceptons la violence.

A. – Non, mais nous voulons détruire la chose dont nous avons peur.

K. – Monsieur, seriez-vous prêt à exprimer la chose comme suit : si vous pouvez découvrir la source, la racine de cette violence, et si cette racine pouvait périr d'elle-même, il vous serait posssible de vivre d'une vie totalement différente. Donc, cela ne vaudrait-il pas la peine de découvrir quelle est cette racine, et s'il est possible qu'elle s'étiole et meure ?

A. – Elle est probablement en relation avec la peur.

K. – La peur ne m'intéresse pas. Je veux mettre fin à la violence parce que je vois que la violence engendre toujours la violence. C'est un processus qui n'a pas de fin. Vous savez ce qui se passe dans le monde. Alors je me demande : est-il possible de mettre fin à la violence ? Mais avant de pouvoir répondre à cette question, il me faut trouver la racine de toutes ces innombrables branches.

A. – Mais nous ne pouvons pas le faire en y pensant.

K. – Nous allons le découvrir. Nous allons y réfléchir, nous allons voir la vanité de la pensée, et ensuite avancer. Mais il nous faut nous servir de notre intelligence, de notre pensée.

A. – Mais tant que je veux faire quoi que ce soit, il y a violence, il y a plus ou moins de violence.

K. – Cela, je l'ai compris. Mais, simplement, je dis : est-il possible de vivre sans violence ? Et pour le découvrir, il faut examiner quelle est la racine de la violence.

A. – Ce que j'essaie de dire, monsieur, c'est que toute la structure de la vie, telle que nous la connaissons, le désir de faire ceci ou cela, tout cela implique la violence.

K. – Évidemment, monsieur, nous sommes d'accord.

A. – Mais ce serait un paradoxe. Ne pourrions-nous pas examiner ce que c'est que de se protéger soi-même ?

K. – Vous voyez, vous n'arrivez pas à la question principale.

A. – Monsieur, vous parlez sans cesse de la racine, mais vivant en ville et la vie étant ce qu'elle est en ce moment, la violence dans une société humaine, c'est comme l'air qu'il nous faut respirer ou un brouillard qui pénètre tout. Et cette question de la racine ne me vient pas à l'idée d'elle-même. On voit la violence d'une façon animale, on sait qu'il y a des gens qui ont peur, qui se comportent d'une certaine façon, mais simplement on ne prend conscience que de certaines réactions.

K. – Mais tout cela je le comprends, monsieur, mais je vous pose la question : quelle est la racine de tout ceci ?

A. – C'est le « moi ».

K. – Le « moi » ! Très bien. Si le « moi » est la racine de tout ceci, que puis-je faire ? J'ai découvert que le « moi » veut ceci, ne veut pas cela, qu'il désire avoir un but et le poursuivre, qu'il éprouve un besoin de résister, qu'il y a en lui des luttes intérieures, et ceci c'est la racine de la violence – et pour moi, c'est bien là la racine. Que puis-je faire ?

A. – On ne peut rien faire du tout.

K. – Attendez, monsieur. Vais-je l'accepter ? Vais-je continuer à vivre dans ces luttes, dans cette violence ?

A. – Monsieur, j'ai le sentiment que si on dit : « Je suis violent », on n'a pas atteint la racine du problème.

K. – Non, en effet. Vous avez tout à fait raison.

A. – Parce qu'on peut continuer à dire : « Je suis violent », jusqu'à la fin des temps.

K. – D'accord. Mais je vois que c'est le « moi » avec toutes ses branches qui est la cause de la violence ; c'est ce « moi » qui sépare : vous et moi, nous et eux, les Blancs et les Noirs, les Arabes et les Israéliens.

A. – D'un point de vue rationnel on pourrait dire : éliminez le « moi ».

K. – Comment l'esprit peut-il éliminer sa propre structure, qui est fondée sur ce « moi » ? Monsieur, regardez bien la question et sa portée. Le « moi » est la racine de toute cette confusion, ce « moi » s'est identifié à une certaine nation, une certaine communauté, une certaine idéologie ou un fantasme religieux. Il s'est identifié à un certain préjugé, et il dit : « Il faut que je me réalise » ; et, quand il se sent frustré, il y a colère et amertume. C'est lui qui dit : « Il faut que j'atteigne mon but, il faut que je réussisse », c'est lui qui veut et qui ne veut pas, qui dit : « Je voudrais vivre en paix », et c'est le « moi » qui devient violent.

A. – Bien que l'on puisse en parler comme d'une entité, pour moi c'est plutôt une action, une activité. Est-ce que ce mot ne pourrait pas nous tromper ?

K. – Non, monsieur. Cela ne veut pas dire que c'est quelque chose de solide, comme le tronc d'un arbre. C'est un mouvement, c'est une chose vivante. Un jour, il est au sommet de l'exaltation, le lendemain, complètement déprimé. Un jour, il est passionné, plein de désirs, le lendemain, il est à plat et il dit : « Mon Dieu, laissez-moi en paix ! » C'est une chose constamment mobile, active. Comment ce mouvement peut-il se transformer en un autre mouvement sans devenir violent ? Et tout d'abord, que la question soit clairement posée. Nous avons dit : c'est un mouvement, c'est une chose vivante, ce n'est pas une chose statique ni morte, c'est une chose à laquelle des éléments sont sans cesse fournis ou retranchés. Tel est le « moi ». Et quand ce « moi » dit : « Il faut que je me débarrasse du "moi" », qu'il se lance à la recherche d'un autre « moi », il est encore violent. Le « moi » qui proclame : « Je suis pacifiste, je vis dans la paix », qui recherche la vérité, qui dit : « Je veux vivre une vie sans violence et toute de beauté », est encore le « moi », cause même de la violence.

Alors, que peut faire l'esprit devant cette chose vivante ? L'esprit lui-même est le « moi ». Alors, comprenez-vous la question ? Tout mouvement venant du « moi » dans le but de s'en débarrasser, de dire : « Il faudrait que je disparaisse », « Il faudrait que je me détruise », « Il faudrait que petit à petit je me débarrasse de moi-même », tout cela c'est encore et toujours le même mouvement du « moi », ce « moi » qui est la racine de la violence. Est-ce que nous nous en rendons compte ? Est-ce que nous voyons vraiment cet état de choses ? Pas théoriquement, mais est-ce que véritablement nous nous rendons compte de cette vérité – que n'importe quel mouvement du « moi », dans n'importe quelle direction, est encore une action liée à la violence. Est-ce que réellement, sensoriellement, intelligemment, je vois la vérité de tout ceci ? Cette chose, en ai-je la sensation ? Parce que si ce n'est pas le cas, je peux continuer à jouer avec les mots jusqu'à la fin des temps.

A. – Mais est-ce que l'esprit ne consiste qu'en un « moi » ? Sont-ce bien choses identiques ?

K. – Quand l'esprit ne se préoccupe pas du « moi », il n'est pas le « moi ». Mais la plupart d'entre nous ne s'occupent que du « moi », consciemment ou inconsciemment.

A. – Mais nous paraissons être capables de renoncer à toutes sortes de pensées, et comme le « moi » est une fabrication de notre pensée, pourquoi est-ce que nous ne pouvons pas le rejeter ?

K. – Non, monsieur, il est impossible de rejeter quoi que ce soit, sauf peut-être quand on cesse de fumer des cigarettes. Mais, s'il vous plaît, ne lâchons pas cette question : est-ce que je vois véritablement que, dans toutes les actions du « moi », qu'elles soient positives ou négatives, il règne une forme de violence ? *C'est* de la violence ; si je ne le vois pas, pourquoi ? Y a-t-il quelque chose de fautif dans ma vision, mes sentiments ? Ai-je peur de ce qui pourrait se passer si je voyais clair ? Ou bien est-ce que tout cela m'ennuie ? Allons, messieurs, parlez !

A. – Mais il arrive qu'on se laisse emporter, et alors…

K. – Non, monsieur, non. Ce n'est pas une question de se laisser emporter. Ne pas être violent – je veux résoudre la question !

A. – Nous ne pouvons pas trouver en nous l'énergie requise pour porter notre attention sur ce sujet.

K. – Non, monsieur. Si vous dites que vous n'avez pas l'énergie requise, le fait de rassembler cette énergie est encore une forme du « moi » qui se dit : « Il me faut plus d'énergie si je veux m'attaquer à cette question. » Tout mouvement du « moi » qui est pensée, consciemment ou inconsciemment, est encore le « moi ». Est-ce que je vois réellement cette vérité ?

A. – Mais n'existe-t-il pas quelque chose derrière le « moi » qui, dans son essence, n'appartient pas à la pensée ?

K. – Je vous en prie, écoutez cette question et n'allez pas dire : « Nous savons ou nous ne savons pas. » Existe-t-il quelque chose derrière ce « moi » qui n'appartient pas à ce « moi » ?

A. – Mais si cela existe et si nous y pensons, ce serait encore une partie du « moi ».

K. – Qui pose cette question ? C'est certainement encore le « moi » !

A. – Mais pourquoi pas ? La pensée est un outil, pourquoi ne pas s'en servir ?

K. – Non, vous ne pouvez pas dire : « Pourquoi pas ? » – ce « Pourquoi pas ? » est encore un mouvement du « moi ».

A. – Vous avez posé la question : est-ce que nous voyons vraiment que tout mouvement du « moi » est violence ? Il me semble que la seule raison pour laquelle nous ne pouvons pas le voir, c'est que nous rejetons la violence.

K. – Ah ! pas du tout. Ou bien vous voyez la chose, ou bien vous ne la voyez pas. Ce n'est pas qu'il existe un obstacle qui m'empêche de voir. Je ne vois pas l'affection que je porte à mon chien, ou à ma femme, ou à mon mari, parce que la beauté de la chose fait partie du « moi » ; et je me figure que c'est un état merveilleux.

A. – Mais, monsieur, par définition, vous avez dit virtuellement que la vie est violence, mouvement, changement.

K. – Telle que nous la vivons maintenant, la vie est une forme de violence.

A. – Et la vie est-elle possible sans changement, sans mouvement ?

K. – C'est ce que nous demandons. La vie que nous menons est une vie de violence, cette violence est causée par ce « moi » et nous disons : pouvons-nous voir que tout mouvement de ce « moi », dans quelque direction que ce soit consciente ou inconsciente, est une forme de violence ? Et si je ne le vois pas, pourquoi est-ce que je ne le vois pas ? Qu'est-ce qu'il y a qui ne marche pas ?

A. – Mais il me semble que c'est ce « moi » qui voit.

593

K. – Attendez. Est-ce bien le « moi » qui voit ?

A. – Est-ce l'intelligence ?

K. – Je n'en sais rien. Découvrez par vous-même ! Quelle est l'entité qui voit que le « moi » est la racine de tout le mal ? Monsieur, je vous en prie, regardez. Qui est l'entité qui voit ?

A. – Je ne vois rien de tout cela. J'ai peur de renoncer à toutes les choses que j'ai jamais connues.

K. – Donc, vous vous refusez à voir que c'est le « moi » qui est responsable de toute cette hideuse pagaille. Et alors on dit : « Cela m'est tout à fait égal si le monde saute, mais je veux garder mon petit recoin à moi. » Et, par conséquent, je ne vois pas ce « moi », la racine de tout le mal.

A. – Iriez-vous jusqu'à dire qu'il y a un autre « moi » différent de ce processus de la pensée, qui se propose un but ? Quand ma pensée se dirige vers un but, c'est là le « moi », et il n'y a pas d'autre « moi » que ce processus.

K. – Évidemment.

A. – Mais vous avez dit que ce n'est pas l'entité qui voit l'importance de la question.

K. – Non. Nous avons dit : ce « moi » est une chose vivante, c'est un mouvement. D'instant en instant, il ajoute des éléments à lui-même et il en retranche. C'est ce « moi », ce mouvement qui est à la racine de toute violence. Il ne s'agit pas seulement du « moi » statique qui invente l'existence d'une âme, d'un Dieu, d'un paradis, d'un châtiment – il est tout cela.

Et nous nous demandons : l'esprit se rend-il compte que ce « moi » est la cause de tout le mal ? L'esprit – ou prenez, si vous le voulez, le mot « intelligence » – qui voit étalé devant lui tout ce tableau de la violence, toutes ces complications, l'aperçoit en l'observant. Et alors l'esprit se dit : « C'est là la racine de tout le mal. Est-il possible de vivre sans le "moi" ? »

A. – Mais le processus par lequel il voit est différent du processus qui consiste à se mouvoir dans une certaine direction, vers un but.

K. – Tout à fait juste. Le processus de la vision est entièrement différent. Mais ce n'est pas un « processus ». Je ne veux pas me servir de ce mot. La vision est dans le présent ; ce n'est pas un *processus*. Voir, c'est agir. Alors, l'esprit voit-il tout ce tableau de la violence et sa racine ? Et, alors, ce qui voit c'est quoi ? Si c'est le « moi » qui voit, il a peur de vivre différemment, et alors il dit : « Je dois me protéger, je dois résister, j'ai peur. » Et, par conséquent, il refuse de voir le tableau étalé là devant lui. Mais la vision, le voir, n'est pas le « moi ».

A. – Voir comme cela n'a pas de but, n'est-ce pas ?

K. – Il n'y a pas de but à voir un tableau : il y a vision.

A. – Mais dès que je dis que je vois…

K. – Attendez ! Nous rendons-nous compte que l'esprit qui observe tout ce tableau est quelque chose d'entièrement différent du « moi » qui voit et qui a peur de le rejeter ? Ces deux observations sont d'un ordre différent : d'une part, le « moi » qui voit, d'autre part la « vision ». Quand c'est le « moi » qui voit, inévitablement il a peur, inévitablement il résiste et dit : « Comment vais-je vivre ? Comment vais-je faire ? Me faut-il renoncer à ceci ? Dois-je tenir à cela ? », et ainsi de suite. Nous avons dit : tout mouvement du « moi » est violence. Mais il existe une simple vision du tableau qui est entièrement différente. Maintenant, ceci est-il clair ? Et, de ces deux choses, que faites-vous ?

A. – C'est le « moi » qui voit.

K. – Vous dites que c'est le « moi » qui voit, et, par conséquent, il a peur.

A. – Évidemment qu'il a peur.

K. – Alors, qu'allez-vous faire, parce que vous savez que tout mouvement du « moi » ne fait qu'augmenter cette peur ?

A. – Je n'en sais rien.

K. – Ah ! Qu'entendez-vous par : « Je n'en sais rien » ?

A. – Mais, pour moi, le « moi », c'est tout ce que je connais.

K. – Non, monsieur. Nous avons dit ceci très clairement. Écoutez. Il y a deux actions de voir. Voir le tableau sans direction, sans orientation, sans but, simplement voir, et puis, d'autre part, le « moi » qui voit – le « moi » avec tous ses buts, son désir, son orientation, ses résistances. Lui, il voit, mais il a peur de faire ceci ou cela.

A. – Mais vous servez-vous du mot « voir » dans le même sens que quand vous parlez d'être lucide ?

K. – Oui, je me sers du mot « voir » pour changer, voilà tout.

A. – Monsieur, vous me dites qu'il existe un état où on peut voir sans qu'il y ait le « moi ». Mais je n'ai jamais vécu cet état.

K. – Mais faites-le, maintenant, monsieur ! Je vous en fais la démonstration ! En ce moment, il y a le « moi » qui contemple tout ce tableau de la violence, et, par conséquent, il a peur, et il résiste. Et puis, il y a une autre vision qui est indépendante du « moi », qui se contente d'observer, sans objectif ni but fixés d'avance, et qui dit simplement : « Je vois. »
Ceci est simple, n'est-ce pas ? Je vois que vous avez une chemise verte, je ne dis pas : « Elle me plaît » ou « Elle me déplaît », simplement je la vois. Mais dès l'instant où je dis : « Elle me plaît », c'est déjà le « moi » qui affirme « cela me plaît », et tout le reste s'ensuit. Est-ce que tout ceci est assez clair – tout au moins verbalement ?

A. – Ne pourrions-nous pas poser la question de savoir pourquoi cette façon de regarder sans le « moi » est tellement difficile et qu'elle est si rare ?

K. – Je ne crois pas que cela soit difficile. Ne dites pas que c'est difficile. Parce que, alors, vous êtes coincé, vous vous bloquez vous-même.

A. – Est-ce qu'on pourrait résumer la chose en disant que, dans un cas, on voit sans en faire un but en soi et que, dans l'autre, on a un but, un objectif ?

K. – Oui, c'est tout. Suis-je capable de regarder sans me fixer d'orientation ? Quand je regarde en ayant orientation, c'est le « moi » qui agit. Et où est la difficulté, si je peux le demander ?

A. – Mais, habituellement, nous avons l'impression que le fait de regarder en ayant un but ou une orientation, c'est tout de même regarder.

K. – Regarder avec un but, une orientation, bien évidemment ce n'est *pas* regarder.

A. – Il me semble qu'il y ait une différence entre regarder et voir. Si l'on regarde, le « moi » est impliqué.

K. – N'allons pas compliquer les choses. Nous avons dit : l'esprit voit-il l'ensemble du tableau sans aucune orientation préalable ?

A. – Mais le tableau en question a été choisi à partir des deux directions.

K. – Non, non. Écoutez-moi bien : toute cette structure du « moi » est violence ; cette structure, c'est ma façon de vivre, de penser, de sentir, toutes mes réactions à toute chose, c'est une forme de violence, c'est le « moi ». Tout cela entre dans la catégorie du temps. Mais la vision, le voir est en dehors du temps – on voit. Mais dès l'instant où je vois et que le temps intervient dans ma vision, la peur est là.

A. – Il y a la vision et il y a l'objet qui est vu. Mais quand on a vu quelque chose, est-ce l'esprit ancien qui l'a vu ?

K. – Oui. Maintenant, monsieur, je vous en prie, découvrez par vous-même comment vous voyez. Voyez-vous avec un but, une orientation ? Voyez-vous en fonction du temps ? Autrement dit, vous dites-vous à vous-même : « C'est trop difficile, c'est trop compliqué, qu'est-ce que je vais pouvoir faire ? » Ou bien voyez-vous hors de toute intervention du temps ?

« Je n'arrive pas à voir sans faire intervenir le temps », alors la question qui se pose immédiatement est celle-ci : « Pourquoi ? Où est le problème ? » Est-ce un aveuglement physique ou une répugnance psychologique à regarder les choses telles qu'elles sont ? Est-ce parce que jamais nous n'avons regardé quoi que ce soit d'une façon directe, et que nous cherchons toujours à éviter, à fuir ? Par conséquent, si, en effet, nous sommes en train de fuir, voyons-le – mais ne cherchons pas à trouver comment résister à ce mouvement d'évasion.

Brockwood Park
6 juin 1970

*Conversation entre J. Krishnamurti
et le professeur David Bohm*

1. L'intelligence

1

L'intelligence

La pensée est du même ordre que le temps ; l'intelligence est d'un autre ordre, d'une autre qualité. L'intelligence est-elle liée à la pensée ? Le cerveau, instrument de l'intelligence ; la pensée indicatrice. La pensée – et non l'intelligence – conduit le monde. Problème de la pensée et de l'éveil de l'intelligence. L'intelligence agissant dans un cadre limité peut servir à des buts foncièrement inintelligents. La matière, la pensée, l'intelligence ont une source commune, sont une seule et même énergie ; pourquoi y a-t-il eu division ? Sécurité et survie : la pensée incapable d'envisager la mort de façon adéquate. « L'esprit peut-il conserver la pureté de sa source originelle ? » Le problème de l'apaisement de la pensée. La vision pénétrante, la perception de la totalité est nécessaire. Communication sans intervention de l'esprit conscient.

PROFESSEUR BOHM [1] – S'agissant de l'intelligence, j'aime toujours m'assurer de l'origine d'un mot aussi bien que de son sens. Ici, c'est très intéressant ; ce mot vient de *inter* et de *legere*, et signifie « lire entre ». Il apparaît donc que l'on pourrait considérer la pensée comme les renseignements tirés d'un livre, et qu'il incombe à l'intelligence de lire, de dégager le sens. Ceci, me semble-t-il, nous donne une assez bonne notion de ce qu'est l'intelligence.

---

1. David Bohn (1917-1992), physicien et chercheur américain, qui occupa une chaire de physique théorique au Birbeck College de Londres, a effectué d'importantes contributions en physique quantique, physique théorique, philosophie et neuropsychologie.

KRISHNAMURTI – Lire entre les lignes.

B. – Oui, voir ce que cela signifie. Le dictionnaire donne un autre sens qui peut aussi nous intéresser, à savoir : « vigilance mentale ».

K. – Oui. Vigilance mentale.

B. – Tout ceci est très différent de ce qu'entendent les gens quand ils se proposent de mesurer l'intelligence. D'après bien des choses que vous dites, l'intelligence, pour vous, n'est pas la pensée. Vous dites que la pensée fonctionne dans le cerveau ancien ; c'est un processus physique, électrochimique ; il a été amplement établi par la science que toute pensée est un processus physique et chimique. Nous pourrions peut-être dire que l'intelligence n'est pas du même ordre, n'est pas du tout de l'ordre du temps.

K. – L'intelligence…

B. – L'intelligence lit « entre les lignes » de la pensée, elle en aperçoit le sens. Il y a encore un point à éclaircir avant d'aborder cette question ; si vous affirmez que la pensée est physique, alors l'esprit ou l'intelligence, nommez-le comme vous le voulez, paraît être différent, appartenir à un autre ordre. Iriez-vous jusqu'à dire qu'il y a une différence réelle entre le physique et l'intelligence ?

K. – Oui. Sommes-nous en train de dire que la pensée est matière ? Exprimons la chose autrement.

B. – Elle serait matière ? Je parlerais plutôt d'un processus matériel.

K. – D'accord ; la pensée est un processus matériel, et quel est son rapport avec l'intelligence ? L'intelligence est-elle un produit de la pensée ?

B. – Je crois que nous pouvons admettre qu'elle ne l'est pas.

K. – Pourquoi l'admettre ?

B. – Simplement parce que la pensée est mécanique.

K. – La pensée est mécanique, d'accord.

B. – L'intelligence ne l'est pas.

K. – Ainsi, la pensée est mesurable ; l'intelligence ne l'est pas. Et comment cette intelligence prend-elle naissance ? Si la pensée n'a aucun rapport avec l'intelligence, la cessation de la pensée est-elle l'éveil de l'intelligence ? Ou bien cette intelligence, étant indépendante de la pensée, du temps, existerait-elle toujours ?

B. – Ceci soulève beaucoup de questions épineuses.

K. – Je le sais bien.

B. – Je voudrais remettre tout ceci dans un cadre de pensée que l'on pourrait relier aux idées scientifiques prévalentes.

K. – Oui.

B. – Pour démontrer qu'il y a accord ou non. Vous dites donc que l'intelligence pourrait exister toujours – est-ce une chose qui existe toujours ?

K. – Je le demande – est-ce une chose qui existe toujours ?

B. – Cela pourrait être le cas ou non. Ou bien se pourrait-il que quelque chose intervienne pour faire obstacle à l'intelligence ?

K. – Voyez-vous, les hindous ont une théorie selon laquelle l'intelligence, ou brahman, existe toujours mais qu'elle est voilée par l'illusion, la matière, la stupidité, par toutes sortes de facteurs malfaisants, qui sont créations de la pensée. Je ne sais pas si vous êtes prêt à aller jusque-là.

B. – À tout prendre, oui ; mais nous ne voyons pas vraiment l'existence éternelle de l'intelligence.

K. – Ils disent : en éliminant tout cela, cette chose est là. Ils admettent qu'elle a toujours existé.

B. – C'est dans le mot « toujours » que réside la difficulté.

K. – Oui.

B. – Parce que le mot « toujours » implique l'idée de temps.

K. – Très juste.

B. – C'est là la difficulté. Le temps est pensée – j'aimerais mieux dire que la pensée est de l'ordre du temps, ou peut-être le contraire, que le temps est de l'ordre de la pensée. Autrement dit, la pensée a inventé le temps, en fait elle *est* le temps. À mon sens, la pensée peut survoler la totalité du temps en un instant ; mais, par ailleurs, la pensée change d'instant en instant sans que l'on remarque qu'elle change physiquement – c'est-à-dire, pour des raisons physiques.

K. – Oui.

B. – Pas pour des raisons rationnelles.

K. – Non.

B. – Ces raisons n'ont de rapport avec rien de global, mais sont dues à certains mouvements physiques dans le cerveau ; par conséquent...

K. – ... elles dépendent de l'environnement et de toutes sortes de facteurs.

B. – Du fait que la pensée se modifie avec le temps, sa signification n'est pas logique, elle tombe dans la contradiction et change de façon arbitraire.

K. – Oui, je vous suis.

B. – Alors on se met à penser, tout change, tout est en train de changer, et on se rend compte, on constate « Je vis dans le temps ». Quand le temps se prolonge, il prend une dimension vaste, le temps qui a existé avant moi, de plus en plus loin en arrière et de plus en plus loin dans le futur, et on commence à se dire que le temps est l'essence de toute chose, qu'il domine tout. Au commencement, l'enfant peut penser : « Je suis éternel » ; puis il commence à comprendre qu'il est inclus dans le temps. Le point de vue général auquel nous parvenons est que le temps est l'essence même de l'existence. Ceci est, me semble-t-il, non seulement le point de vue du sens commun, mais encore celui de la science. Il est difficile de renoncer à un tel point de vue parce qu'il résulte d'un conditionnement tellement intense et puissant. Plus intense encore que celui de l'observateur et de la chose observée.

K. – Tout à fait. Disons-nous que la pensée est de l'ordre du temps, qu'elle est mesurable, qu'elle peut changer, se modifier, se déployer ? Et que l'intelligence est d'une qualité tout à fait autre ?

B. – Oui, d'un autre ordre, d'une autre qualité. Il me vient une impression intéressante au sujet de la pensée et de ses rapports avec le temps. Quand nous pensons au passé et à l'avenir, pour nous le passé devient l'avenir ; mais il est aisé de voir que cela ne peut pas être, en effet, ce n'est que la pensée. On a pourtant l'impression que le passé et l'avenir sont présents ensemble, et qu'il y a un mouvement dans un autre sens ; que tout le système est en mouvement.

K. – Tout le système est en mouvement.

B. – Mais je n'arrive pas à me figurer comment il se meut. Dans un sens, il est perpendiculaire à la direction allant du passé à l'avenir. Tout ce mouvement… – alors je me mets à penser qu'il existe dans un autre temps.

K. – Exactement, c'est tout à fait ça.

B. – Mais ceci nous ramène à un paradoxe.

K. – Voilà la question. L'intelligence existe-t-elle en dehors du temps, et alors elle n'a pas de rapport avec la pensée, laquelle des deux est un mouvement du temps ?

B. – Mais la pensée doit forcément avoir un rapport avec elle.

K. – Est-ce le cas ? Je pose la question. Pour moi, il n'y a pas de rapport.

B. – Pas de rapport ? Mais il semble tout de même y en avoir un, dans ce sens qu'il fait la différence entre une pensée intelligente et une pensée inintelligente.

K. – Oui, mais pour cela il faut de l'intelligence – pour reconnaître la pensée intelligente.

B. – Mais quand l'intelligence lit la pensée, quel rapport y a-t-il ?

K. – Avançons lentement.

B. – Et la pensée réagit-elle à l'intelligence ? Ne se modifie-t-elle pas ?

K. – Soyons simples. La pensée est temps. Elle est un mouvement dans le temps. Elle est mesurable et fonctionne dans le champ du temps, tout se meut, se modifie, se transforme. L'intelligence agit-elle dans le champ du temps ?

B. – Eh bien, nous avons vu que dans un sens c'est impossible. Mais cela n'est pas clair. En premier lieu, la pensée est mécanique.

K. – La pensée est mécanique, cela c'est clair.

B. – Deuxièmement, il y a un mouvement dans une autre direction.

K. – La pensée est mécanique ; étant mécanique, elle peut se mouvoir dans des directions diverses, etc. L'intelligence est-elle mécanique ? Disons les choses ainsi.

B. – J'aimerais poser une question : que signifie être mécanique ?

K. – Bon ! – disons répétitif, mesurable, comparatif.

B. – J'ajouterais aussi « dépendant ».

K. – Dépendant, oui.

B. – L'intelligence – que cela soit clair – l'intelligence ne peut pas dépendre de conditions pour être vraie. Et, pourtant, il semblerait que, dans un certain sens, l'intelligence n'agit pas si le cerveau n'est pas sain.

K. – C'est évident.

B. – Dans ce sens, il semblerait que l'intelligence dépende du cerveau.

K. – Ou de l'immobilité du cerveau.

B. – Si vous voulez, de l'immobilité du cerveau.

K. – Et non pas de son activité.

B. – Il y a tout de même un rapport entre l'intelligence et le cerveau. Nous avons discuté de cette question il y a bien des années, et j'ai exprimé cette idée que l'on peut, en science physique, se servir d'un instrument de mesure de deux façons, l'une positive, l'autre négative. Par exemple, on peut mesurer le courant électrique par l'oscillation d'une aiguille dans un instrument, ou bien on peut utiliser le même instrument dans ce que l'on nomme le pont de Wheatstone, où la lecture qui est recherchée est négative ; une lecture négative indique un état d'harmonie et d'équilibre entre les deux côtés du système total. Donc, si l'on utilise l'instrument négativement, le non-mouvement de l'instrument est un signal indiquant qu'il fonctionne correctement. Ne pourrions-nous pas dire que le cerveau a sans doute utilisé la pensée positivement pour construire une image du monde...

K. – ... ce qui constitue une fonction de la pensée – *une* de ses fonctions.

B. – L'autre fonction de la pensée est négative, son mouvement indique un état de dysharmonie, de discordance.

K. – Oui, de discordance. Partons de là. L'intelligence dépend-elle du cerveau ? Sommes-nous parvenus à ce point-là ? Bien, quand nous disons « dépendre », qu'entendons-nous par là ?

B. – Il y a plusieurs significations possibles. Il peut s'agir d'une simple dépendance mécanique. Mais il peut y en avoir une autre : qu'*un* élément ne peut exister sans *l'autre*. Si je dis : « Je dépends pour exister de ma nourriture », il ne s'ensuit pas que tout ce que je pense est déterminé par ce que je mange.

K. – En effet.

B. – J'avance donc que l'intelligence dépend de ce cerveau pour exister ; il peut indiquer un état de non-harmonie, mais n'a aucun rapport avec le contenu de l'intelligence.

K. – Et si le cerveau n'est pas en état d'harmonie, l'intelligence peut-elle fonctionner ?

B. – C'est là toute la question.

K. – C'est ce que nous disons. Elle ne peut pas fonctionner si le cerveau est lésé.

B. – Mais si l'intelligence ne fonctionne pas, existe-t-il une intelligence ? Il semblerait donc que l'intelligence ait besoin d'un cerveau pour exister.

K. – Mais le cerveau n'est qu'un instrument.

B. – Qui indique un état d'harmonie ou de dysharmonie.

K. – Mais il ne crée pas l'intelligence.

B. – Non.

K. – N'allons pas trop vite.

B. – Le cerveau ne crée pas l'intelligence, mais il est un instrument qui l'aide à fonctionner. Voilà.

K. – Voilà. Maintenant, si le cerveau fonctionne dans le champs du temps, de haut en bas, positivement, négativement, l'intelligence peut-elle agir dans ce mouvement du temps ? Ou bien, faut-il que l'instrument soit au repos pour que l'intelligence agisse ?

B. – Oui. J'exprimerais la chose quelque peu différemment. L'état de repos de l'instrument *est* le fonctionnement même de l'intelligence.

K. – Oui, c'est bien cela. Les deux ne sont pas distincts.

B. – Ils sont une seule et même chose. L'absence de silence de l'instrument est un échec de l'intelligence.

K. – Exact.

B. – Mais je crois qu'il serait opportun de revenir à des questions que les pensées scientifiques et philosophiques ont tendance à soulever. Nous poserons la question : existe-t-il un sens dans lequel l'intelligence existe indépendamment de la matière ? On s'aperçoit que certains penseurs sont d'avis que l'esprit et la matière ont une sorte d'existence séparée. C'est une des questions qui se posent. Elle ne se rapporte peut-être pas à notre entretien, mais elle mérite examen, car elle peut contribuer à l'apaisement de l'esprit. Les questions qui ne reçoivent pas de réponse claire sont un des facteurs qui troublent l'esprit.

K. – Mais, voyez-vous, monsieur, quand vous dites : « aider ou contribuer à l'apaisement de l'esprit » ? – la pensée peut-elle contribuer à l'éveil de l'intelligence ? C'est bien là ce que cela veut dire, n'est-ce pas ? La pensée et la matière, l'action et le mouvement de la pensée, ou la pensée se disant à elle-même : « Je veux être apaisée afin de contribuer à l'éveil de l'intelligence. » Tout mouvement de la pensée est temps, parce qu'il est mesurable, *tout* mouvement, quel qu'il soit fonctionne, positivement ou négativement, harmonieusement ou non, mais toujours dans ce champ. On se rend compte que la pensée peut se dire consciemment ou inconsciemment : « Je voudrais être silencieuse afin d'avoir ceci ou cela », et que ceci se passe forcément dans le champ restreint du temps.

B. – Oui. Il y a encore projection.

K. – Elle projette pour saisir. Donc, comment cette intelligence surgit-elle – non pas « comment », mais plutôt *quand* s'éveille-t-elle ?

B. – Encore une fois, c'est une question de temps.

K. – C'est pourquoi je n'aime pas me servir des mots « quand », « comment ».

B. – On pourrait peut-être dire que la condition de cet éveil est la non-activité de la pensée.

K. – Oui.

B. – Mais c'est la même chose que pour l'éveil, ce n'est pas seulement la condition. On ne peut même pas demander s'il existe des conditions à l'éveil de l'intelligence. Parler d'une condition est en soi une forme de pensée.

K. – Oui. Soyons bien d'accord, tout mouvement de la pensée, dans n'importe quelle direction, verticale, horizontale, action, inaction, se passe encore dans le cadre du temps – quel que soit le mouvement.

B. – Oui.

K. – Alors, quel est le rapport entre ce mouvement et cette intelligence qui n'est pas un mouvement, qui est en dehors du temps, qui n'est pas un produit de la pensée ? Où ces deux principes peuvent-ils se rencontrer ?

B. – Ils ne se rencontrent pas. Mais il y a tout de même un lien de relation.

K. – C'est ce que nous cherchons à découvrir. Existe-t-il un lien de relation ? On se figure qu'il y en a un. On espère qu'il y en a un, on en projette un. Mais existe-t-il ?

B. – Cela dépend de ce que vous entendez par « relation ».

K. – La relation ? – c'est être en contact, reconnaître, c'est avoir le sentiment d'un certain lien.

B. – Le mot « relation » pourrait avoir un autre sens.

K. – Quel autre ?

B. – On pourrait trouver une analogie. Une harmonie entre les deux. Autrement dit, deux choses peuvent être reliées sans qu'il y ait contact, en étant simplement en harmonie.

K. – L'harmonie implique-t-elle un mouvement des deux dans la même direction ?

B. – Cela pourrait signifier, en quelque sorte, garder le même ordre.

K. – Le même ordre : la même direction, la même profondeur, la même intensité – tout cela c'est l'harmonie. Mais la pensée peut-elle jamais être harmonieuse ? La pensée en tant que mouvement, et non la pensée statique.

B. – Je comprends. Il y a cette pensée que vous abstrayez en l'appelant statique, dans le domaine de la géométrie, par exemple, on pourrait dire qu'il règne une sorte d'harmonie ; mais la pensée en mouvement est toujours contradictoire.

K. – Donc elle n'a en elle aucune harmonie. Mais l'intelligence a cette harmonie en elle.

B. – Je crois voir d'ou vient la confusion. Nous connaissons des produits statiques de la pensée qui paraissent comporter une harmonie relative. Mais cette harmonie est le résultat de l'intelligence, ou tout au moins, c'est ce qu'il me semble. Dans le domaine des mathématiques, nous pouvons constater une certaine harmonie relative dans les produits de la pensée, même si le mouvement de la pensée du mathématicien n'est pas nécessairement en état d'harmonie – en général elle ne l'est pas. Or, cette harmonie qui se fait jour dans l'ordre des mathématiques est le résultat de l'intelligence, n'est-ce pas ?

K. – Poursuivez, monsieur.

B. – Ce n'est pas une harmonie parfaite parce qu'il s'est révélé que toute forme de mathématiques comporte des limites ; c'est pourquoi je parle d'harmonie relative.

K. – Oui. Or, dans le mouvement de la pensée, existe-t-il une harmonie ? Si oui, il y a un rapport avec l'intelligence. Si aucune harmonie n'existe, s'il n'y a que des contradictions, etc., alors la pensée est sans rapport avec l'intelligence.

B. – Alors, iriez-vous jusqu'à dire que nous pouvons nous passer complètement de la pensée ?

K. – Je tournerais la phrase dans l'autre sens. L'intelligence se sert de la pensée.

B. – Bon. Mais comment peut-elle se servir de quelque chose de non harmonieux ?

K. – L'expression, la communication, tout passe par l'utilisation de la pensée, qui est contradictoire, non harmonieuse, ceci afin de créer des objets dans le monde.

B. – Tout de même, il faut pourtant qu'il existe une harmonie dans un autre sens, dans l'utilisation de la pensée, dans ce que nous venons de décrire.

K. – Ici, avançons lentement. Pouvons-nous tout d'abord exprimer en paroles, positivement ou négativement, ce qu'est et ce que n'est pas l'intelligence ? Ou bien est-ce impossible, du fait que les mots sont pensée, temps, mesure, etc. ?

B. – Toute mise en mots est impossible. Nous essayons juste de donner des pistes. Ne pourrions-nous pas dire que la pensée peut fonctionner comme un indicateur, un indice signalant l'intelligence, ses contradictions cesseraient alors d'avoir de l'importance ?

K. – Voilà. C'est cela.

B. – Parce que, dans ce cas, nous ne l'utilisons pas pour son contenu ni pour sa signification, mais comme un indicateur qui pointe vers une zone au-delà du temps.

K. – Ainsi, la pensée sert d'indicateur. Et le contenu, c'est l'intelligence.

B. – Le contenu vers lequel elle pointe.

K. – Oui. Ne pourrions-nous pas exprimer les choses tout à fait autrement ? Ne pouvons-nous pas dire : la pensée est stérile ?

B. – Oui. Quand son mouvement ne vient que d'elle-même, oui.

K. – Elle est mécanique et tout ce qui s'ensuit. La pensée a une valeur d'indication, mais sans l'intelligence, cette indication est sans valeur.

B. – Ne pourrions-nous pas dire que l'intelligence déchiffre l'indication, le signe ? S'il n'existe personne pour le voir, le signal n'a plus lieu d'être.

K. – Bien. Donc, l'intelligence est nécessaire. Sans elle, la pensée n'a pas de sens du tout.

B. – Ne pouvons-nous pas dire à présent : si la pensée n'est pas intelligente, elle indique de façon très confuse ?

K. – Oui, d'une façon vaine, sans portée.

B. – Vaine, dépourvue de sens, et ainsi de suite. Puis, quand l'intelligence l'accompagne, elle commence à pointer vers une autre direction. Il semble, alors, que la pensée et l'intelligence se fondent en une fonction commune.

K. – Oui. Et nous pouvons demander : quel est le rapport entre l'action et l'intelligence. D'accord ?

B. – Oui.

K. – Quel est le rapport entre l'action et l'intelligence, et pour la mise en pratique de cette action, la pensée est-elle nécessaire ?

B. – Oui. Eh bien, la pensée est nécessaire et cette pensée pointe évidemment vers la matière. Mais elle semble pointer dans les deux sens – donc aussi en arrière, vers l'intelligence. Une question qui surgit sans cesse est celle-ci : doit-on dire que l'intelligence et la matière ne sont que deux aspects d'une même chose, ou sont-elles différentes ? Sont-elles vraiment séparées ?

K. – Je crois que ce sont deux choses séparées, distinctes l'une de l'autre.

B. – Elles sont distinctes, mais sont-elles réellement séparées ?

K. – Qu'entendez-vous par le mot « séparées » ? Non reliées, non liées, sans source commune ?

B. – Oui. Ont-elles une source commune ?

K. – C'est justement là la question. La pensée, la matière et l'intelligence ont-elles une source commune ? *(Long silence.)* Je crois que oui.

B. – Sans cela il ne pourrait y avoir aucune harmonie, évidemment.

K. – Mais la pensée a conquis le monde, vous comprenez, elle y règne.

B. – Elle domine le monde.

K. – La pensée, le mental, l'intellect dominent le monde. Par conséquent, l'intelligence n'y trouve qu'une très petite place. Quand une chose domine, l'autre devient forcément subalterne.

B. – La question qu'on se pose (j'ignore si elle est pertinente), c'est de savoir comment tout cela est arrivé.

K. – C'est assez simple.

B. – Que diriez-vous ?

K. – La pensée ne peut se passer de sécurité ; elle la recherche dans chacun de ses mouvements.

B. – Oui.

K. – L'intelligence, elle, ne recherche pas la sécurité. Elle l'ignore. L'idée de sécurité est inexistante dans l'intelligence. L'intelligence est elle-même sécurité, elle ne la recherche pas.

B. – Oui, mais comment est-il arrivé que l'intelligence se soit laissé dominer ?

K. – Oh ! c'est assez clair. Le plaisir, le confort, la sécurité physique ; la sécurité dans les rapports humains, dans l'action, la sécurité…

B. – Mais ce n'est qu'une sécurité illusoire.

K. – Une illusion de sécurité, évidemment.

B. – On pourrait dire que la pensée a échappé à tout contrôle, qu'elle a cessé de se soumettre à un ordre, de se laisser diriger par l'intelligence ou de vouloir rester en harmonie avec elle, et qu'elle s'est mise à se mouvoir de son propre chef.

K. – De son propre chef.

B. – En recherchant le plaisir, et ainsi de suite.

K. – Comme nous le disions l'autre jour dans notre conversation, toute la culture occidentale est fondée sur le mesurable ; en Orient, ils ont voulu le transcender, mais pour ce faire, ils ont eu recours à la pensée.

B. – Ils s'y sont efforcés, tout au moins.

K. – Ils se sont efforcés de transcender le mesurable en faisant appel à la pensée ; ils se sont laissé prendre dans les mailles de la pensée. Or, la sécurité, la sécurité physique est nécessaire, et ainsi, l'existence, les plaisirs, le bien-être physiques ont pris une importance extraordinaire.

B. – Oui. J'ai réfléchi un peu dans ce sens. Si on remonte aux animaux, il y a chez eux une réaction instinctive au plaisir et à la sécurité ; rien à redire à cela. Mais survient la pensée qui éblouit l'instinct et exerce une fascination, recherche des plaisirs, une sécurité sans cesse accrue. Les instincts ne sont pas assez intelligents pour résister à la complexité de la pensée, et celle-ci s'est égarée parce qu'elle a excité les instincts qui en ont exigé de plus en plus.

K. – Ainsi, la pensée a vraiment créé un monde d'illusions, de miasmes, de confusion, et elle s'est détournée de l'intelligence.

B. – Comme nous l'avons dit, le cerveau est devenu chaotique et bruyant, or l'intelligence est le silence du cerveau ; le cerveau bruyant n'est pas intelligent.

K. – Évidemment, le cerveau bruyant n'est pas intelligent !

B. – Eh bien, cela explique plus ou moins l'origine de l'état actuel des choses.

K. – Nous cherchons à découvrir quels sont dans l'action les rapports entre la pensée et l'intelligence. Tout est action ou inaction. Quel est le rapport de tout cela avec l'intelligence ? La pensée engendre une action chaotique et fragmentaire.

B. – Quand elle n'est pas orchestrée par l'intelligence.

K. – Et dans notre façon de vivre, elle ne l'est pas.

B. – À cause de ce que nous venons de dire.

K. – C'est une activité fragmentaire ; ce n'est pas une activité issue de la plénitude d'un état global. L'activité lié à la plénitude, c'est intelligence.

B. – L'intelligence aussi doit comprendre l'activité de la pensée.

K. – Oui, nous l'avons dit.

B. – Diriez-vous que quand l'intelligence comprend l'activité de la pensée, alors celle-ci agit différemment ?

K. – Évidemment. Autrement dit, si la pensée a engendré le nationalisme comme un moyen d'assurer sa sécurité, puis qu'elle en aperçoive le caractère fallacieux, cette perception est intelligence. La pensée alors crée un monde différent où le nationalisme n'existe pas.

B. – Oui.

K. – Pas plus que les divisions, les guerres, le conflit et tout ce qui s'ensuit.

B. – Cela est très clair. L'intelligence perçoit tout ce qu'il y a de faux dans la vie actuelle. Quand elle est dégagée de ce « faux », tout est différent. Il y a un parallélisme entre elle et l'intelligence.

K. – Tout juste.

B. – Autrement dit, elle commence à mettre en pratique tout ce qu'implique l'intelligence.

K. – Et la pensée a un rôle à jouer.

B. – Ceci est très intéressant, parce que la pensée n'est vraiment jamais contrôlée ou dominée par l'intelligence, elle se meut toujours de son propre mouvement. Mais, à la lumière de l'intelligence, quand le faux est vu, elle se meut parallèlement ou en harmonie avec l'intelligence.

K. – C'est bien cela.

B. – Mais il n'y a jamais rien qui force la pensée à faire quoi que ce soit. Ceci nous suggère que la pensée et l'intelligence ont cette substance ou cette origine commune, et qu'elles constituent deux manières différentes d'attirer l'attention sur un tout d'ordre plus vaste.

K. – Oui. Il est possible de voir comment, politiquement, psychologiquement et religieusement, la pensée a engendré un monde de fragmentation plein de contradictions, et une intelligence issue de cette confusion cherche à y instaurer l'ordre. Il ne s'agit pas là de l'intelligence qui voit le faux de tout cet état de choses. Je ne sais pas si je m'exprime clairement. Voyez-vous, il arrive qu'on soit extrêmement intelligent tout en étant chaotique.

B. – Oui, parfois.

K. – C'est ce qui se passe dans le monde.

B. – C'est une chose assez difficile à comprendre en ce moment. On pourrait dire que dans une sphère assez limitée, il semblerait que l'intelligence soit à même de fonctionner, mais qu'elle ne le puisse pas en dehors de cette sphère.

K. – Après tout, ce qui nous intéresse, c'est de vivre et non d'émettre des théories. Pour nous, il s'agit d'une existence qui soit orientée par l'intelligence ; cette intelligence qui est en dehors du temps, du mesurable, des mouvements de la pensée, de l'ordre de la pensée. Actuellement, l'homme veut vivre d'une façon différente. Il est sous la domination de la pensée, celle-ci fonctionne selon le mesurable, la comparaison, le conflit. Et il demande : « Comment m'affranchir de tout ceci afin d'être intelligent ? », « Comment le « moi », comment moi puis-je être l'instrument de l'intelligence ? »

B. – Je ne le peux évidemment pas.

K. – Et voilà !

B. – Parce que cette pensée liée au temps est l'essence même de l'inintelligence.

K. – Mais on pense tout le temps en fonction de cette intelligence.

B. – Oui. La pensée projette une sorte de fantasme de ce que pourrait être l'intelligence et s'efforce d'y accéder.

K. – Je dirai donc que la pensée doit être absolument silencieuse, pour que l'éveil de l'intelligence puisse avoir lieu. Tout mouvement de la pensée rend cet éveil impossible.

B. – La chose est claire à un certain niveau. Nous considérons que la pensée est absolument mécanique, ce qui peut être constaté à un certain niveau – mais le mécanisme continue néanmoins.

K. – Continue, oui..

B. – ... par les instincts, le plaisir, la peur, etc. Cette question de la peur, etc., il faut que l'intelligence la prenne à la gorge.

K. – Oui.

B. – Et, voyez-vous, il y a toujours un piège : l'image, le concept que nous en avons, lesquels sont toujours partiels.

K. – Donc, en tant qu'être humain, je ne me préoccupe que de cette question centrale. Je sais à quel point notre vie est confuse, contradictoire, discordante. Est-il possible de changer et que l'intelligence puisse fonctionner dans ma vie, que je vive sans discordance et que l'orientation soit dirigée par l'intelligence ? C'est peut-être pourquoi les gens religieux, plutôt que de parler d'intelligence, parlent de Dieu.

B. – Quel en est l'avantage ?

K. – Je n'en vois aucun.

B. – Alors, pourquoi se servir de ce mot ?

K. – Cela a surgi par suite de la peur primitive, peur de la nature, et petit à petit est née cette idée qu'il existe un principe paternel supérieur.

B. – Mais c'est encore un effet de la peur fonctionnant seule, sans l'intelligence.

K. – Évidemment, c'est simplement une chose que je rappelle. Ils ont dit : « Ayez confiance en Dieu, croyez en Dieu, et il agira à travers vous. »

B. – Dieu est peut-etre une métaphore pour l'intelligence – mais les gens n'y voyaient pas une métaphore.

K. – Bien sûr que non. C'est une image d'une puissance terrifiante.

B. – Oui. On pourrait dire que Dieu signifie ce qui est incommensurable, au-delà de la pensée…

K. – … ce ne peut ni être nommé ni être mesuré, par conséquent il n'en existe aucune image.

B. – Et cela peut agir dans la sphère du mesurable.

K. – Oui. Ce que j'essaie de faire comprendre c'est que la soif de cette intelligence, avec le temps, a créé cette image de Dieu. Et que grâce à cette image de Dieu, de Jésus, ou de Krishna, peu importe, en ayant foi en cette image – toujours issue d'un mouvement de la pensée – on espère voir s'établir une sorte d'harmonie dans sa vie.

B. – Et ce genre d'image, parce qu'elle est si totale, engendre un désir, un élan dominant ; c'est-à-dire qu'elle l'emporte sur la raison… elle l'emporte sur tout.

K. – Vous avez entendu l'autre jour ce qu'ont dit les évêques et les archevêques que seul importe Jésus ; rien d'autre ne compte.

B. – Cela émane du même mouvement qui fait que le plaisir l'emporte sur la raison.

K. – Le plaisir et la peur.

B. – Ils sont tous deux vainqueurs, on ne peut pas les départager.

K. – Oui, ce que je veux dire c'est qu'on voit que le monde entier est ainsi conditionné.

B. – Oui, mais la question est celle que vous avez suggérée : qu'est-ce que ce monde qui est ainsi conditionné ? Si nous admettons qu'il existe indépendamment de la pensée, nous sommes tombés dans le même piège.

K. – Évidemment, évidemment.

B. – Donc, le monde conditionné dans sa totalité est le résultat de cette façon de penser, il est à la fois la cause et le résultat de cette pensée.

K. – C'est juste.

B. – Et cette façon de penser est dissonante, chaotique et inintelligente.

K. – J'ai écouté la conférence du parti travailliste à Blackpool – discours très habile, certains sont très sérieux, mais tout ce double langage, et ainsi de suite, ils pensent en fonction du parti travailliste ou du parti conservateur, au lieu de dire : « Écoutez, mettons-nous tous ensemble pour voir ce qui serait le mieux pour les êtres humains. »

B. – Ils n'en sont pas capables.

K. – C'est bien ça, mais pourtant, ils se servent de leur intelligence !

B. – Oui, mais dans un cadre limité. C'est de là que viennent toujours nos erreurs ; les gens ont développé la technique et d'autres choses encore en fonction d'une intelligence limitée, qu'ils ont mise au service de buts absolument inintelligents.

K. – C'est là l'erreur.

B. – Il en est ainsi depuis des milliers d'années. Puis, évidemment, cela soulève des réactions : tous ces problèmes sont beaucoup trop grands, trop vastes.

K. – Mais c'est tout de même très simple, extraordinairement simple, ce sens de l'harmonie. Mais, du fait que c'est simple, cela peut fonctionner dans le champ le plus complexe.

K. – Mais revenons en arrière. Nous avons dit qu'il y avait une source commune à la pensée et à l'intelligence...

B. – Oui, nous en étions arrivés à ce point.

K. – Quelle est cette source ? Habituellement, on l'attribue à un concept philosophique quelconque, ou on dit que cette source est Dieu – je me sers de ce mot pour le moment – ou brahman. Cette source est commune, elle est un mouvement central qui se divise en deux : la matière et l'intelligence. Mais cela n'est qu'une affirmation verbale, c'est une idée, c'est-à-dire encore de la pensée. Vous ne pouvez pas la découvrir au moyen de la pensée.

B. – Et cela soulève une question : si vous la découvrez, alors qu'êtes-« vous » vous-même ?

K. – « Vous » n'existe pas. « Vous » ne peut pas exister quand vous posez la question de savoir quelle est la source.

K. – « Vous », c'est le temps, le mouvement, l'environnement conditionné – « vous », c'est tout cela.

B. – Après cette question, toute division est éliminée.

K. – Absolument, c'était le but recherché, n'est-ce pas ?

B. – Nous n'avons pas le temps…

K. – Et, néanmoins, nous persistons à dire : « Je ne vais pas faire intervenir ma pensée. » Dès qu'intervient le « moi », il y a division : donc, ayant compris tout ceci – ce dont nous avons parlé – je rejette complètement le « moi ».

B. – Ceci a un parfum de contradiction.

K. – Je sais. *Je* ne peux pas le rejeter. C'est comme ça. Alors, quelle est la source ? Peut-elle jamais être nommée ? Par exemple, le sentiment religieux juif affirme qu'elle ne peut être nommée : vous ne la nommez pas, vous ne pouvez en parler, vous ne pouvez pas la toucher. Vous ne pouvez pas regarder. Les hindous disent la même chose autrement. Les chrétiens ont trébuché sur le mot Jésus, cette image, sans jamais remonter jusqu'à sa source.

B. – C'est une question complexe ; peut-être cherchaient-ils une synthèse de plusieurs philosophies, hébraïque, grecque et orientale.

K. – Je voudrais percer l'énigme : quelle est la source ? La pensée peut-elle la découvrir ? La pensée est née de cette source ; et l'intelligence aussi. Comme deux fleuves qui coulent dans des sens différents.

B. – Diriez-vous que la matière est également née de cette source, pour parler d'une façon plus générale ?

K. – Certainement.

B. – Je parle de l'univers tout entier ; parce que alors, la source serait au-delà de l'univers.

K. – Évidemment. Nous pourrions exprimer la chose ainsi : la pensée est énergie, l'intelligence aussi.

B. – Et la matière aussi.

K. – La pensée, la matière, le mécanique, tout cela est énergie. La pensée est confuse, polluée, divisée, fragmentée.

B. – Oui, elle est multiple.

K. – Ce que l'autre n'est pas. Elle n'est pas polluée. Elle ne peut pas se diviser en « mon intelligence » et « votre intelligence ». Elle est intelligence, elle n'est pas divisible. Elle a jailli d'une source d'énergie qui, elle, s'est divisée.

B. – Pourquoi s'est-elle divisée ?

K. – Pour des raisons physiques, des raisons de confort…

B. – Pour assurer l'existence physique. Ainsi, une partie de l'intelligence a été modifiée de façon à contribuer au maintien de l'existence physique.

K. – Oui.

B. – Elle s'est développée d'une certaine façon.

K. – Et elle a persisté dans la même direction. Elles sont toutes deux énergie. Il n'y a qu'*une* énergie.

B. – Oui. Ce sont des formes d'énergie différentes. Il y a plusieurs analogies possibles, mais sur une échelle beaucoup plus limitée. Dans le domaine de la physique, on peut dire que, normalement, la lumière a des ondes très complexes, mais dans le cas du laser, elle peut se mouvoir avec beaucoup de simplicité et d'harmonie.

K. – Oui. Je lisais un article sur le laser. Que de choses monstrueuses on propose d'en faire !

B. – Oui, en l'utilisant à des fins destructrices. La pensée atteint parfois des perspectives heureuses, mais, ensuite, on les utilise plus largement à des fins de destruction.

K. – Donc, il n'y a qu'une énergie : la source.

B. – Diriez-vous que l'énergie est une sorte de mouvement ?

K. – Non, elle est énergie. Dès l'instant où il est question de mouvement, nous sommes dans le champ de la pensée.

B. – Il faut clarifier cette notion d'énergie. J'ai également recherché le sens de ce mot. Voyez-vous, il est fondé sur la notion de travail ; énergie signifie « travailler dans ».

K. – Travailler dans, oui.

B. – Mais vous parlez d'une énergie qui travaille, mais sans qu'il y ait mouvement.

K. – Oui. J'y songeais hier – non, je n'y pensais pas : je me suis rendu compte que la source est là, non contaminée, sans mouvement, sans contact avec la pensée, elle est là. Les deux sont nées d'elle. Pourquoi ?

B. – L'une était nécessaire à la survie.

K. – Et c'est tout. En vue de la survie, celle-ci – dans sa totalité, son unité – a été rejetée, mise de côté. Voilà où je veux en venir monsieur : je veux découvrir, en tant qu'être humain vivant dans ce monde plein de chaos et de douleur, si l'être humain peut avoir un contact avec cette source où ni l'un ni l'autre de ces divisions n'existent ? – et étant entré en contact avec cette source qui ne connaît aucune division, il peut agir libéré de ces divisions. Je ne sais si je me fais bien comprendre ?

B. – Mais comment est-il possible pour l'esprit humain de *ne pas* toucher la source ? Pourquoi ne la touche-t-il pas ?

K. – Parce que nous sommes consumés par la pensée, par son mouvement, par son savoir-faire. Tous leurs dieux, leurs méditations – ce n'est que cela.

B. – Oui. Ceci nous conduit à la question de la vie et de la mort. C'est en rapport avec la survie ; parce que c'est une des choses qui constituent un obstacle.

K. – La pensée et son champ de sécurité, sa soif de sécurité, ont fait de la mort une chose dont elle est dissociée.

B. – Oui. C'est sans doute cela, la question clé.

K. – Oui, en effet.

B. – On peut voir les choses de la façon suivante. La pensée s'est construite en tant qu'instrument de survie. Par conséquent...

K. – ... elle a créé l'immortalité dans la personne de Jésus, ou dans telle ou telle chose.

B. – La pensée est incapable d'envisager sa propre mort. Quand elle s'y efforce, elle projette sans cesse autre chose, un point de vue plus large à partir duquel elle semble la regarder. Celui qui s'imagine qu'il est mort, s'imagine comme étant vivant et se contemplant lui-même comme étant mort. On peut toujours compliquer la chose par des à-côtés religieux de tous ordres ; mais il semble que la pensée porte en elle un principe lui interdisant d'observer sa propre mort de façon adéquate.

K. – Elle ne le peut pas. Ce serait mettre fin à elle-même.

B. – C'est très intéressant. Prenons par exemple la mort du corps, que nous voyons extérieurement ; l'organisme périt, perd son énergie et se désagrège.

K. – Mais, en fait, le corps est l'instrument de l'énergie.

B. – Mettons que l'énergie cesse d'imprégner le corps et que, par conséquent, celui-ci a perdu son intégrité. On pourrait dire la même chose de la pensée ; dans un certain sens, l'énergie est dirigée vers la pensée comme vers le corps – c'est bien cela ?

K. – C'est exact.

B. – Vous et d'autres ont dit : « L'esprit meurt à la totalité de la pensée. » Cette façon de parler est assez troublante ; on pourrait penser que c'est la pensée qui meurt.

K. – Oui, oui.

B. – Mais, maintenant, vous dites que c'est l'esprit qui meurt, ou que c'est l'énergie qui meurt à la pensée. Ce que je semble saisir est que, quand la pensée fonctionne, elle est investie d'une certaine énergie par l'esprit ou l'intelligence ; quand elle cesse d'être pertinente, l'énergie l'abandonne et la pensée demeure comme un organisme mort.

K. – C'est bien cela.

B. – Il est très difficile pour l'esprit d'accepter cette idée. La comparaison entre la pensée et l'organisme paraît fragile, parce que la pensée est insubstantielle et que l'organisme est substantiel. Ainsi, la mort de l'organisme paraît être quelque chose de bien plus conséquent que celle de la pensée. Et il y a un point qui n'est pas clair. Diriez-vous que dans la mort de la pensée est aussi l'essence de la mort de l'organisme ?

K. – Évidemment.

B. – Bien que cela se passe en quelque sorte sur une échelle plus petite, elle est de la même nature ?

K. – Comme nous l'avons dit, dans les deux cas l'énergie est là ; la pensée dans son propre mouvement fait partie de la même énergie, et elle ne peut pas se voir mourir.

B. – La pensée n'a pas le moyen d'imaginer, ni de projeter, ni de concevoir sa propre mort.

K. – Par conséquent, elle s'en évade.

B. – Enfin, elle en a l'illusion.

K. – Mais c'en est une évidemment. Et elle s'est créé une illusion d'immortalité ou d'un état au-delà de la mort, une projection de son propre désir de continuité.

B. – Elle peut avoir commencé par désirer la continuité de l'organisme – cela, c'est une chose.

K. – Oui, c'est cela, et après elle est allée plus loin.

B. – Au-delà. Elle a désiré sa propre continuité. C'est là son erreur, c'est là qu'elle a fait fausse route. Elle s'est vue comme étant une extension, non pas une simple extension, mais l'essence même de l'organisme. Au début, elle se contente de fonctionner au sein de l'organisme, puis elle se présente comme étant l'essence même de l'organisme.

K. – C'est exact.

B. – Puis elle désire sa propre immortalité.

K. – Elle sait, elle sent très bien qu'elle n'est pas immortelle.

B. – Elle ne le sait qu'extérieurement. Je veux dire, elle le sait comme on connaît un fait extérieur.

K. – Par conséquent, elle crée cette immortalité sous forme d'images, de tableaux. J'écoute tout ceci comme de l'extérieur et je me dis : « Ceci est parfaitement vrai, clair, logique et sain ; nous voyons la chose clairement, psychologiquement et physiquement. »

Ayant observé tout ceci, ma question est : l'esprit peut-il conserver la source originelle dans sa pureté ? La clarté d'antan, la clarté originelle, cette énergie non contaminée par la corruption de la pensée ? Je ne sais pas si je m'exprime clairement ?

B. – La question est claire.

K. – L'esprit en est-il capable ? Est-ce une chose qu'il puisse jamais découvrir ?

B. – Qu'est-ce que l'esprit ?

K. – L'esprit, comme nous disons maintenant, a pour synonyme l'organisme, la pensée, le cerveau avec ses souvenirs, ses expériences et tout cela, tout cela qui est du domaine du temps. Et l'esprit dit : « Puis-je atteindre cette source dont nous parlons ? » Il ne le peut pas. Alors, je me dis : « Puisque je ne le peux pas, je vais rester immobile. » Vous voyez tous ces jeux auxquels il se livre ?

B. – Oui.

K. – Je vais apprendre comment parvenir à la tranquillité. Je vais apprendre comment méditer afin d'être tranquille. Je vois l'importance d'un esprit libéré du temps, du mécanisme de la pensée ; je vais donc le contrôler, le dominer, me dégager de la pensée. Mais ceci *est* un mouvement de la pensée. C'est plus que clair. Alors, que faire ? Un esprit qui vit dans la discordance doit forcément se poser la question. C'est ce que nous faisons. Dans le courant de notre enquête, nous tombons sur la notion de cette source. Est-ce une perception, une vision, et cette vision est-elle absolument sans aucun rapport avec la pensée ? Est-elle le résultat de la pensée ? Les conclusions que l'on tire d'une telle vision sont de l'ordre de la pensée, mais la vision elle-même n'appartient pas à la pensée. Je tiens donc une clé. Alors, qu'est-ce que cette vision pénétrante ? Puis-je la cultiver, la solliciter ?

B. – Vous ne pouvez rien faire de tout cela. Mais il existe une certaine énergie qui est requise.

K. – C'est justement cela. Je ne peux faire aucune de ces choses. Si je cherche à les cultiver, c'est par désir. Quand je dis : « Fais ceci ou cela », c'est la même chose. Cette vision n'est donc pas le résultat de la pensée. Alors, comment y parvenons-nous ? *(Pause.)* Nous y sommes effectivement parvenus parce que nous avons tout rejeté.

B. – Oui. La chose est là – un point c'est tout. On ne peut jamais répondre à cette question de savoir : comment on l'atteint, elle ou quoi que ce soit d'autre ?

K. – Non. Il me semble que c'est assez clair, monsieur. Vous y êtes quand vous voyez toute la question globalement. Donc, cette vision est la perception de la totalité. Un fragment est incapable de cette vision, mais le « je », voyant les fragments, voit le tout, et la qualité d'un esprit qui voit le tout n'est pas effleurée par la pensée ; alors, il y a perception, il y a vision.

B. – Nous pourrions peut-être récapituler tout cela plus lentement. Nous voyons tous les fragments : pouvons-nous dire que l'énergie, l'activité qui voit tous ces fragments est une totalité ?

K. – Oui, oui.

B. – Nous ne parvenons pas à voir la totalité parce que…

K. – … nous avons été éduqués – et ainsi de suite.

B. – Voici ce que je veux exprimer, c'est qu'en tout cas nous n'apercevrions pas le tout comme une chose. Plutôt, la vision de la totalité est la liberté dans la vision des fragments.

K. – C'est cela. La liberté de voir. La liberté n'existe pas tant qu'il y a des fragments.

B. – C'est un paradoxe.

K. – Évidemment.

B. – Mais le tout ne prend pas son départ à partir des fragments. Dès que le tout agit, il n'y a plus de fragments. Le paradoxe surgit quand on suppose que les fragments sont réels, qu'ils existent indépendamment de la pensée. On dirait, alors, je suppose, que les fragments sont présents avec moi dans ma pensée, et que, d'une façon ou d'une autre, il me faut agir sur eux – et ceci serait un paradoxe. La totalité provient de cette vision que les fragments sont en un sens inexistants. C'est ainsi que je vois les choses. Ils ne sont pas substantiels.

K. – Oui. Ils sont insubstantiels.

B. – Par conséquent, ils ne sont pas un obstacle à la totalité.

K. – C'est cela.

B. – Voyez-vous, une des choses qui est cause de confusion, c'est que, exprimé en fonction de la pensée, il semble que l'on se trouve devant des fragments qui sont réels et substantiels. Il faut les voir et dire néanmoins que, tant que les fragments sont présents, il n'y a pas de totalité, donc ils ne peuvent être aperçus.' Et on en revient à cette chose unique, la source.

K. – Je suis certain, monsieur, que des gens vraiment sérieux se sont posé cette question. Ils l'ont posée et ont cherché la réponse par le biais la pensée.

B. – Ce qui paraît natureL

K. – Et ils n'ont jamais vu qu'ils étaient pris dans les pièges de la pensée.

B. – C'est là l'écueil. Chacun tomhe dans ce piège : l'homme cherche, il paraît tout regarder, regarder ses problèmes, et il dit : « Voilà mes problèmes, je les regarde. » Mais ce « regarder », c'est penser, qu'il confond avec le fait de *regarder*. C'est une des confusions qui surgit. Si vous lui dites : « Ne pensez pas, mais regardez », cet homme a l'impression qu'il est déjà en train de regarder.

K. – Oui. Alors, voyez-vous, cette question a surgi et on dit : « En effet. Alors il me faut contrôler cette pensée, l'assujettir, apaiser mon esprit pour lui permettre d'être intégré, alors je verrai les fragments, les parcelles et je trouverai la source. » Mais tout cela, c'est toujours et encore un jeu de la pensée.

B. – L'action de la pensée est le plus souvent inconsciente et, par conséquent, on ne sait pas comment cela se passe. Nous pouvons dire consciemment que nous nous rendons compte que tout doit être changé, doit être différent.

K. – Mais cela se poursuit inconsciemment. Pouvez-vous vous adresser à mon inconscient, sachant que mon cerveau conscient va vous résister ? Parce que vous me dites une chose révolutionnaire, une chose qui va détruire toute la maison que j'ai construite avec tant de soin, et je me refuse à vous écouter – vous me suivez ? Mes réactions instinctives sont de vous repousser. Vous vous en rendez compte et vous dites : « Bon, bon, mon vieil ami, ne vous donnez pas la peine de m'écouter. Je vais m'adresser à votre inconscient. Je vais lui parler et lui faire constater que tout mouvement qu'il pourrait faire serait toujours dans le champ du temps, et ainsi de suite. » Ainsi, votre esprit conscient n'agit à aucun moment. S'il agit, inévitablement ce sera pour résister ou pour dire : « Je vais accepter », créant ainsi un conflit intérieur. Donc, pouvez-vous vous adresser à mon inconscient ?

B. – On peut toujours demander comment.

K. – Non, non. Vous pouvez dire à un ami : « Ne résiste pas, n'y pense pas, mais je vais t'en parler. » « Nous communiquons ensemble sans que l'esprit conscient soit à l'écoute. »

B. – Oui.

K. – Je crois que ce qui se passe vraiment est ceci : tandis que vous parliez – je l'ai remarqué – je n'écoutais pas tellement vos paroles. Je vous écoutais, vous. J'étais ouvert, non pas tant à vos paroles, mais au sens, à la qualité intérieure de votre sentiment que vous vous efforciez de me communiquer.

B. – Je comprends.

K. – C'est cela qui me change, et non toute cette verbalisation. Vous pouvez ainsi me parler de toutes mes inconséquences, de mes illusions, de mes penchants particuliers, sans que l'esprit conscient intervienne pour dire : « Je vous en prie, laissez tout cela de côté, laissez-moi tranquille ! » On a fait des expériences avec la publicité subliminale, où, alors que vous ne faites pas vraiment attention, votre inconscient le fait pour vous et vous achetez telle marque de savon ! Nous n'allons pas faire cela, ce serait mortel. Mais je dis ceci : ne m'écoutez pas avec vos oreilles conscientes, mais avec des oreilles beaucoup plus profondes. C'est comme cela que je vous ai écouté ce matin, parce que cette question de la source m'intéresse énormément, tout comme vous. Vous suivez, monsieur ? Je suis vraiment passionné par cette chose unique. Tout ceci c'est l'explicable, facile à comprendre – mais parvenir à cette chose ensemble, la ressentir ensemble ! Vous suivez ? C'est ainsi, me semble-t-il, que peuvent êtes brisés un conditionnement, une habitude, une image qui a été cultivée. On en parle à un niveau où l'esprit conscient n'est pas entièrement intéressé. Cela paraît bizarre, mais comprenez-vous ?

Mettons que je sois soumis à un conditionnement ; vous pouvez me le faire remarquer des douzaines de fois, discuter, m'en faire voir l'erreur, l'inanité – mais je persiste. Et vous voyez cette vérité : tant que l'esprit est conditionné, il y a conflit. Et vous percez de part en part, ou écartez ma résistance, vous atteignez mon inconscient qui est beaucoup plus subtil, plus rapide. Il peut être effrayé, mais il perçoit le danger de la peur beaucoup plus vite que ne le fait le conscient. Comme ce jour où je me promenais en Californie, haut dans les montagnes : je regardais les oiseaux et les arbres, et j'ai entendu un serpent à sonnettes et j'ai soudain sursauté. C'est l'inconscient qui a poussé le corps à réagir ; à l'instant même du sursaut j'ai vu le serpent, il était à moins d'un mètre de moi, il aurait pu me mordre très facilement. Si j'avais réagi au signal de l'esprit conscient, il aurait fallu plusieurs secondes.

B. – Pour atteindre l'inconscient, il faut une action qui ne fasse pas appel directement au conscient.

K. – Oui. Cela, c'est l'affection, c'est l'amour. Quand vous vous adressez à ma conscience éveillée, tout est dur, habile, rusé, friable. Et vous franchissez ces strates, vous les pénétrez avec votre regard, votre affection, tout ce que vous avez de sentiment. C'est cela qui agit, et rien d'autre.

Brockwood Park
7 octobre 1972

Table

INDE

EUROPE